中国经济政策丛书

寻找内外平衡的发展战略

——未来 10 年的中国和全球经济

何 帆 张 斌 主编

上海财经大学出版社

图书在版编目(CIP)数据

寻找内外平衡的发展战略——未来10年的中国和全球经济/何帆,
张斌主编. 一上海:上海财经大学出版社,2006.5
(中国经济政策丛书)
ISBN 7-81098-670-8/F·617

Ⅰ.寻… Ⅱ.①何… ②张… Ⅲ.经济发展-经济战略-研究-中国
Ⅳ.F120.4

中国版本图书馆CIP数据核字(2006)第051955号

□ 丛书策划　王永长
□ 责任编辑　王永长
□ 封面设计　钱宇辰

XUNZHAO NEIWAI PINGHENG DE FAZHAN ZHANLUE

寻 找 内 外 平 衡 的 发 展 战 略
——未来 10 年的中国和全球经济

何 帆　张 斌　主编

上海财经大学出版社出版发行
(上海市武东路 321 号乙　邮编 200434)
网　　址:http://www.sufep.com
电子邮箱:webmaster @ sufep.com
全国新华书店经销
上海市印刷七厂印刷装订
2006 年 5 月第 1 版　2006 年 5 月第 1 次印刷

787mm×1092mm　1/16　25 印张　504 千字
印数:0 001—4 000　定价:36.00 元

序 言

　　这本书的内容包括中国经济研究和咨询项目（Chinese Economic Research and Advisory Programme,简称 CERAP)完成的第二期研究项目的综合报告以及其他 14 份分报告。中国经济研究和咨询项目的第一期研究项目的主要内容是关于社会保障体制改革。报告的主要建议已经在 2004 年 11 月向温家宝总理做了汇报,并在北京的一次研讨会上宣读。第一期研究项目的报告以及其背景材料正在由《比较》杂志肖梦女士负责整理成集,并将在以后出版。根据和温家宝总理会晤时所确定的内容,第二期研究项目主要应分析中国和世界经济在中期内遇到的问题。此研究的中方合作单位是中国社会科学院世界经济与政治研究所以及中国人民银行研究局。

　　在研究的第一阶段,我们邀请了一些有不同背景的国际知名经济学家,请他们根据其自己的经验和专长,就中国与全球经济这一主题或围绕这一主题的具体问题分别提交论文。同时,中方的合作研究机构也提交了若干相关论文。

　　在外方和中方经济学家所提供的论文的基础上,我们还整理出了一份综合报告,该报告总结和概括了外方和中方经济学家的主要观点和政策建议。最后,2006 年 6 月,我们将在北京组织一次国际学术研讨会,参加本研究项目的外方和中方学者将和中国的政策决策者以及其他学者交流和研讨。

　　为本研究项目提交论文的外方专家包括:

　　Olivier Blanchard（法国）,麻省理工学院经济学教授,法国总理经济顾问团成员;

　　Barry Eichengreen（美国）,加州大学伯克利分校经济学和政治学教授,国际货币基金组织前高级政策顾问;

　　Francesco Giavazzi（意大利）,米兰 Bocconi 大学经济学教授,麻省理工学院经济学访问教授,欧洲委员会主席经济顾问团成员;

　　Ricardo Hausmann（委内瑞拉）,哈佛大学肯尼迪政府学院经济学教授,委内瑞拉前计划部部长和美洲开发银行前首席经济学家;

Takatoshi Ito（日本），东京大学经济学教授，曾任日本财政部负责国际事务的副部长，国际货币基金组织研究部高级顾问；

Michael Lipton（英国），英国萨塞克斯（Sussex）大学贫困问题研究小组教授；

Warwick McKibbin（澳大利亚），澳大利亚国立大学亚太研究院国际经济学教授，应用宏观经济学研究中心主任；

Maurice Obstfeld（美国），加州大学伯克利分校经济学教授；

Jean Pisani-Ferry（法国），布鲁塞尔欧洲和全球经济实验室主任（勃鲁盖尔，Bruegel），巴黎—多芬大学（Paris-Dauphine University，又称巴黎九大）经济学教授，法国总理经济顾问团成员；

Dani Rodrik（美国），哈佛大学肯尼迪学院国际政治经济学教授；

André Sapir（比利时），布鲁塞尔自由大学（Université Libre de Bruxelles）经济学教授，欧洲委员会主席经济顾问团成员；

Anthony Venables（英国），伦敦政治经济学院国际经济学教授，英国国际发展部首席经济学家。

除了外方专家提交的论文之外，本书还包括了中方的论文，其中包括：由中国人民银行研究局唐旭领导的课题组完成的报告；由中国社会科学院世界经济与政治研究所余永定教授和何帆博士领导的课题组完成的系列报告。

在这些论文的基础上，林重庚、斯宾塞（Michael Spence，诺贝尔经济学奖得主）和豪斯曼（Ricardo Hausmann）共同完成了本研究项目的综合报告。Christopher Allsopp（英国牛津大学经济学教授，曾任英格兰银行货币政策委员会委员），William Hsiao（哈佛大学公共卫生学院教授），许和意博士（Dr. Khor Hoe Ee，新加坡金融管理局助理局长）、Cyril Lin博士（发展首创公司执行经理，曾任牛津大学经济学讲师）和Tan Kim Song博士（新加坡管理大学）也参与了综合报告的写作。

中国的改革经验和所面临的问题都是相当独特的，这也是对经济学家们的挑战。在这一探索过程中，现代经济学的思想将更加丰富，并能涵盖现实的复杂性。值得指出的是，在研究和探讨的过程中有错误发生是在所难免的。我们并不同意每位作者的所有观点，事实上，我们已经察觉，由于对中国经济的隔膜和生疏，即使是训练有素的经济学大家，在分析中国问题的时候也会出现很多判断错误。争鸣带来学术的进步，这才是我们所期待的结果。

CERAP的研究是在顾问团指导下进行的，顾问团的很多成员曾读过报告的初稿并提出了宝贵的意见。中方顾问包括：

刘仲藜，全国政协经济委员会主任；

项怀诚，全国社保基金理事会理事长；

周小川，中国人民银行行长；

吴敬琏，国务院发展研究中心高级研究员；

李剑阁,国务院发展研究中心副主任;

楼继伟,中国财政部副部长;

郭树清,中国建设银行董事长;

余永定,中国社会科学院世界经济与政治研究所所长。

外方顾问包括:

Stanley Fischer,以色列银行行长,曾任花旗国际集团总裁,国际货币基金组织第一执行副总裁,世界银行首席经济学家,麻省理工学院经济学教授;

Caio Koch-Weser,德意志银行 Group 前副主席,德国财政部前副部长,世界银行前执行总裁;

Edwin Lim,中国经济研究与咨询项目负责人,世界银行前局长,世界银行第一任驻中国首席代表,中国国际金融公司首任 CEO;

James Mirrlees 爵士,剑桥大学经济学教授,诺贝尔经济学奖得主;

Michael Spence,诺贝尔经济学奖得主,曾任斯坦福大学商学院院长,哈佛大学文理学院院长;

Nicholas Stern 爵士,英国财政部第二常任秘书,曾任世界银行首席经济学家,伦敦政治经济学院经济学教授;

Teh Kok-Peng,新加坡政府投资有限公司(GIC)特别投资(Special Investments Pte Ltd.)公司总裁,曾任新加坡货币管理局执行副总裁。

最后,我谨代表参与研究的全体成员向曾经为本项研究提供资助的新加坡国立大学东亚研究所、英国国际发展署、为在 2006 年 6 月即将召开的围绕本书主题的国际学术研讨会提供资助的新加坡金融管理局和中国香港地区金融管理局,以及曾经为本课题的研究、为本书的出版以及国际学术研讨会提供各种帮助和支持的朋友们表示感谢。

林重庚(Edwin Lim)

2006 年 4 月 28 日

目 录

综合报告

中国和全球经济:中期问题和对策

Edwin Lim   Michael Spence   Ricardo Hausmann

Edwin Lim（林重庚），世界银行前董事、世界银行北京办公室首任主任、中国国际金融公司首任CEO。

林重庚博士本科毕业于普林斯顿大学，并于哈佛大学获得经济学博士学位。1970年加入世界银行，并在随后的30年中，署理世界银行在加纳、尼日利亚、印度尼西亚、泰国、越南、印度和中国等国家的地区事务。2002年，他以董事的身份从世界银行退休。

1980年，林博士加入了世界银行负责设计和指导中国业务的管理团队。1980～1990年他一直是世界银行驻中国的首席经济学家。1985年林博士创建了世界银行驻中国办事处，并在1985～1990年间担任第一届首席代表。

1994年林博士从世界银行外调两年，与中国建设银行、摩根斯坦利以及其他股东一起，创立了中国首家国际性的投资银行——中国国际金融有限公司，并担当了首任CEO。

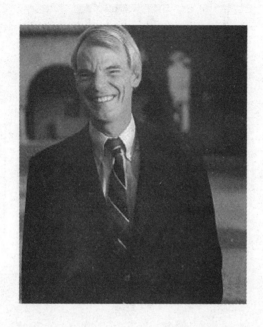

  Michael Spence,2001 年诺贝尔经济学奖获得者,美国斯坦福大学商学院研究生院前任院长,现任名誉院长。

  1943 年生于美国新泽西州,1962～1966 年就读于普林斯顿大学并获哲学学士学位;1968 年在牛津大学获数学硕士学位,并获得该校罗氏奖学金;1972 年在哈佛大学获经济学博士学位。

  1972～1975 年 Mr. Spence 任斯坦福大学经济学系副教授;之后一直在哈佛大学从事研究和教学工作,并担任经济学和工商管理学教授,历任哈佛大学企业经济学博士部主任、经济学系主任、哈佛大学文理学院院长。1983 年,当选为美国艺术及科学院院士。1990 年斯宾塞回到斯坦福大学并担任该校商学院研究生院院长,同期(1991～1997 年)担任国家科技及经济政策研究委员会主席。另外,他还是计量经济学学会成员,同时担任 7 家公司的董事会成员职务。

  2001 年,因其在不对称信息市场分析方面所做出的开创性研究而与另外两位经济学家共同获得诺贝尔经济学奖。主要出版论著包括:《投资银行的竞争结构》、《学习曲线与竞争》、《开放经济的产业结构》等。

  Ricardo Hausmann（委内瑞拉），哈佛大学国际发展中心主任，肯尼迪政府学院经济学教授。

  毕业于美国康奈尔大学，获经济学博士学位。其他学术和兼职包括：美洲开发银行前首席经济学家(1994～2000年)，美洲开发银行研究部创始人，委内瑞拉前计划部部长(1992～1993年)，委内瑞拉央行董事会成员，国际货币基金组织——世界银行发展委员会主席，委内瑞拉高等管理学院(IESA)经济学家(并创立了公共政策研究中心)，牛津大学访问学者(1988～1991年)。主要研究问题包括：经济增长、宏观经济稳定、国际金融以及从社会的层面来考虑发展问题等。

  已发表多部专著，并发表了大量学术论文，已出版著作包括：《币种搭配不当、债务不耐和原罪》《从拉美的视角看全球金融》《拉美国家的民主化、分权化和赤字》、《确保拉美的稳定和增长：政策与易受冲击经济体的发展前景》《拉美银行危机》等。

内 容 提 要

　　自从实行改革开放政策之后,中国所实现的经济增长和社会进步在全球历史上都是史无前例的。在不断变动的环境中管理经济增长需要高超的技巧和不拘一格的政策。中国的经济政策的特征是实用主义、渐进主义、创新试验和保持谨慎(摸着石头过河),避免"激进疗法"和结果的不确定性。中国经济增长的收益惠及广大人民,数以亿计的人民摆脱了贫困。

　　但是,中国已经进入了一个新的发展阶段,出现了很多过去不曾遇到的挑战。有些挑战如继续推进改革、实现经济现代化、创造就业机会和提高人民生活水平仍然是突出的问题,而且将始终以这样或那样的形式长期存在。但另外一些挑战,如不断恶化的内外部失衡、不断扩大的收入不平等和地区间的不平等,则恰恰是改革以来带来了高速增长的那种发展战略引起的,或是由于这样的战略而加剧的。除此之外,快速变化的全球经济也将给中国经济带来新的挑战。我们需要综合而协调地解决这些问题。有些问题必须同时解决,但有些改革却需要考虑其次序。

　　本报告试图列出中国当前所面临的主要的基本问题,并且讨论了应对这些问题的对策。第 1 章是导言。第 2 章将给出一个解决内外部失衡的综合的政策组合,这些政策不但有助于实现中国的平衡增长战略,同时也能解决正在出现的各种社会和经济问题。第 3 章讨论如何在维持高速增长的同时减少不平等和持久贫困。第 4 章建议采用一种宏观管理的"双轨制",在保持经济增长的同时,顺利地完成以后几年的调整。第 5 章讨论了中国如何在区域和国际经济中扮演更积极的角色,甚至在某些情况下扮演重要的领导角色。我们所讨论的是中期即 3~5 年内的计划。到最后一章,我们试图将视野放宽,因此列出了在未来 10 年内全球经济的主要趋势,中国在现在就应该对这些趋势有所认识。

应对内外部失衡

　　当前,全球经济面临严重的国际收支失衡。在这一背景下,人们经常会谈到中国的国际收支顺差及其对人民币汇率政策的影响。然而,这是一种不全面而且是有误导性的观点。我们认为,中国必须同时解决其内部和外部的失衡。解决这一问题需要一个综合配套的政策组合。这样既能有益于全球经济调整,又能够实现中国经济中最急迫的目标。

中国的经常账户顺差是由于国内储蓄大于国内投资造成的。对于像中国这样的低收入国家来说,出现这种局面是不常见的,也是不利的。这意味着中国放弃了大规模的消费,却积累了收益极低的国外资产。这些资源本来是可以更好地加以运用,解决在过去十多年积累的"社会负债",并为未来的经济增长创造条件,这样才能提高中国人民现在和未来的福利。

当前,中国的储蓄和投资水平不仅高过历史水平,而且高于其他发达国家和发展中国家的水平。投资占 GDP 的比重已经达到 46%,在某些领域,投资的回报极其微薄。尽管在一些关键领域仍然需要增加投资,但是通过提高投资效率,即使降低总体的投资水平仍然能够保持高速经济增长。

为了消除国内储蓄和国内投资之间的缺口,必须降低储蓄,增加消费。从 20 世纪 90 年代起,储蓄的增长非常迅猛,到 2004 年已经占 GDP 的 50%,中国是世界上储蓄率最高的国家之一。降低储蓄、提高消费的空间仍然很大。消费支出的增加既能够促进中国经济更加平衡的增长,同时,也能增加中国从其他国家的进口,减少中国对外部需求的依赖,有助于中国实现外部平衡。

为了实现内外部平衡,中国需要在未来 10 年内将消费占 GDP 的比重从当前的 50% 提高到 55%～60%,这样才能够达到世界的平均水平。本报告的主要政策主张是一个综合的政策组合,其中包括三项主要的任务:(1)从长期看有助于促进消费增长的改革措施;(2)在中期和短期可以刺激国内消费的公共支出政策;(3)有管理的货币升值。

促进消费增长的改革措施

中国的居民消费的增长滞后于国民收入的增长。最近几年,尽管居民的储蓄率增长基本稳定,但是仍然处于世界上较高的水平,于是国民收入中居民可支配收入所占的比重相应下降。居民储蓄率居高不下的一个主要原因是所谓的预防性储蓄。尽管收入有了大幅度的提高,但是社会保障体系在很大程度上已经解体,加上经济生活中的快速变化,就更增加了不确定性。

解决这些问题需要完善社会保障体制。社会保障体制中最至关重要的部分是养老金制度。2004 年,中国经济研究和顾问项目组织了一个国际研究小组对城市养老金制度的改革进行了探讨,有关的建议包括解决现有体系中条块分割的问题、国家集中资金并进行管理、制止滥用提前退休、将国家仍然持有的国有企业的股份转入国家社保基金,以便为过去的国有企业体系遗留的问题提供资金、通过转向名义缴费确定型(Notional Defined Contribution system,NDC)体系强化个人账户等。此外，一个迫切的任务就是为农村人口中的老年人提供老年保障、强化最低收入保障计划、提供更多的健康和教育机会以及更多的分担健康和教育风险的渠道。

应该加快推进金融体制改革，为居民提供更有效的储蓄工具，否则像现在的情况，居民储蓄只能沉淀为收益低下的银行存款。

过去几年中，个人消费增长迟缓的另外一个原因是由于居民可支配收入占GDP的比重下降了。在过去几年中，企业的净收入急剧增加。在市场经济国家中，企业净收入中的很大比重作为红利分配给居民，支持了私人消费，但是在中国，国有企业的所有收入几乎都被用于投资，或是企业自己投资，或是在企业所在的部门内增加投资。通过让更多的企业上市，增加企业收入中的分红比例，能够使得中国的居民分享到企业收入增长的收益。

过去几年中，由于税收征收效率的提高，政府收入在国民收入中的比重也有大幅度的增长。机构改革减少了政府消费。但是，对教育、健康和其他公共服务的支持却没有相应的增加。财政状况的改善主要被用于投资。但是这些投资，尤其是地方政府的投资，收益却非常低。为了刺激消费，政府需要增加居民收入在国民收入中的比重，比如通过降低对居民收入的税收，增加对居民的转移支付和补贴，同时，政府消费也要提高。

在中期内刺激消费的公共支出项目

为了在中期和短期内能够刺激国内需求，同时实现将消费占GDP的比重提高6%～10%的目标，在未来3～5年内可考虑采取特别的公共支出政策。这一政策能够通过增加社会服务和消费，实现"以人为本"和综合协调发展的国策。过去在社会发展方面所欠的"债务"亟待弥补。公共支出项目可用于改善健康、教育和其他社会服务，这将有助于减少预防性的储蓄，刺激私人消费。

公共支出项目应优先考虑如下领域：

● 改善健康服务。它包括增加政府在健康领域的支出，增加对贫穷地区和老年人的补贴。

● 增加对教育的支出。它包括在最贫穷地区实行九年制义务教育和发展技术教育。

● 国内市场一体化。正如中国在过去10年从融入世界经济中获益匪浅一样，国内市场一体化也将带来巨大的效率增进和经济增长。应该优先考虑改善落后的偏僻地区交通和通讯基础设施的质量，增加农业的研究和技术传播、发展灌溉、改善农村基础设施，促进农村地区交通和通讯的发展，以便让农民能够更方便的获得农业投入品和接近农产品市场。考虑到中国在未来将面临大规模的城市化，公共支出项目中应该优先考虑提供城市基础设施如交通、供水和卫生设施。

在当前中国的形势下，实行公共支出政策是适宜的。政府的财政状况良好。

由于中国经济的增长速度大约为 9%，远远高于按照实际值计算的平均债务成本（大约为 2.5%），中国可以在未来几年保持较大规模的财政赤字，且不必担心未来的债务负担。实施公共支出政策的困难不在于资金上的压力，而在于如何能够使得财政政策更好的与宏观稳定、社会和地区平衡发展的目标相协调，同时尽可能的减少政府失败导致的风险。同时，这一财政调整政策不能成为财政体系的长期特征。由于预算收入不断增长，很多反复发生的财政支出项目应该纳入经常性的预算中，政府应该仍然大体上维持财政预算平衡。

有管理的汇率调整

人民币升值不仅有助于实现贸易平衡，而且能够促进国内经济更平衡的发展。由于人民币升值对经济增长有抑制作用，它可以防止由于消费增长导致经济过热和通货膨胀。人民币升值还会导致贸易品相对于非贸易品的价格增加，这会加速非贸易品部门如服务业的发展。

人民币需要多大的升值幅度，这是很难在事前估计的。如果仅仅实施人民币升值，会对经济增长和收入分配带来负面的影响。因此，汇率调整需要慎重管理并严密监控其对经济的影响。如果在人民币升值的同时，能够实施我们在上面所谈的扩大公共支出政策，那么升值可能带来的负面影响就会被克服或减少，需要升值的幅度也会被缩小。

最终，政府应在市场条件成熟，或为实现内外部平衡必须做的时候，准备好做较大幅度的汇率调整。2005 年 7 月 21 日宣布的汇率制度改革为逐渐并有序的人民币完全可兑换创造了必要的条件。新的汇率制度也为实现有管理的汇率升值提供了条件。

总之，在执行上述政策建议，实现内外部平衡的时候，必须注意慎重考虑各项政策出台的最佳时机、政策调整的最佳力度，并将各项政策结合起来综合实施。幅度过小的升值加上大规模的扩张性公共支出政策将造成经济过热和通货膨胀压力。公共支出政策还需要加以认真设计，以便供给方能够对需求的增加做出反应。需要认真考虑中央政府和地方政府在为这些项目出资和执行这些项目的过程中的相对作用。

从其他国家的经验我们可以看出，如果不能够利用这些新的机制所提供的机会，教训将是惨重的。在 20 世纪 70 年代初期，日本面临着和中国当前相似的境况。日本没有采取有管理的货币升值，而是选择了增加货币供给，以实现外部平衡。这是一个严重的失误。1973 年 10 月石油危机爆发之后日本陷入了恶性通货膨胀和经济负增长。在中国当前的新体制下，如果采取过渡性的安排，有可能会像其他新兴市场经济如智利和以色列那样，最终实现健康的经济增长、低通货膨胀、稳定的金融体制、货币逐步实现完全的可兑换、汇率最终实现完全浮动。这也将是中国的目标。

中国和全球国际收支失衡

目前尚难以预测在未来3～5年,全球经济会出现哪些必要的调整。但我们可以指出为了有序而平稳的实现调整,哪些政策是必须的。美国需要大幅度的增加储蓄、减少消费。欧盟和日本需要提高经济增长速度。除了中国之外的其他亚洲国家储蓄已经非常高,投资在20世纪90年代后期爆发了金融危机之后低迷,因此这些国家需要提高投资水平。汇率调整有助于加速这些变化。美元需要大幅度贬值,拥有大规模经常账户顺差的国家需要货币升值。中国应该让消费成为经济增长的新动力,而有管理的浮动汇率应该使得汇率根据市场状况调整。这些政策不仅能对全球经济的有序、稳定调整有所贡献,同时也是和中国的新发展战略一致的,它们能帮助提高中国人民的福利。

中国的外部失衡不仅限于上面已经谈到的经常账户顺差,而且包括大规模的资本账户顺差,即所谓的"双顺差"。资本账户中最主要的部分是随着外商直接投资(FDI)进入的资本流入。到2004年,FDI流入已经达到了经常账户顺差的规模。在过去的十多年中,FDI是中国生产率提高和经济增长的主要源泉。中国面临的挑战是如何继续吸收外国投资者所带来的技术和管理经验,以便在生产价值链条上能向更高端提升,同时减少FDI所引起的资本流入。

第一步是要消除对内外资在税收和其他方面的差别待遇。同时,要鼓励用国内资本为外国投资者融资。这样做的目的不仅仅是为了减少由于FDI带来的资本账户顺差,而且是为了使得中国的储蓄和资本能够得到更有效的配置,以便提高国内储蓄的收益率。应该允许外国投资者通过向银行借款或发行公司债的方式在本地借人民币。应鼓励成熟和成功的外国投资企业在本地的股票市场上出售股份。不必等到A股市场的改革全部完成之后才考虑外国投资企业在国内股票市场上市。外国投资企业的资产已经达到6 500亿美元,而且它们是中国经济中最有活力也是管理得最好的部分。允许哪怕是一小部分外国投资企业上市,都会使得A股市场更有吸引力。如果一个企业成功之后能够在本地市场上出售股份,那么就能够鼓励外国投资者带来更多的先进技术和更有效率的管理经验。

即使是采取了这些措施之后,只要中国仍然能够保持现在的增长速度,那么由FDI带来的大规模资本流入仍然会在较长时期内继续存在。因此,即使不考虑投机性的资本流入,资本账户仍然会保持顺差,而且除非中国甘心出现经常账户逆差,否则外汇储备的增长也会持续下去,而且会超过按照通常的指标需要的外汇储备数量。因此,如何为当前和未来的利益管理这些外汇储备便成为一个重要的问题。一种可行的办法是在留够了为预防流动性支出所需要的外汇储备之后,分出一部分外汇储备进行更加积极的管理。外汇储备的积极管理是为了提高投资收益,为政府提供额外的收入来源。新加坡、文莱、科威特、阿布扎比(组成阿拉伯联合酋长国的酋长国之一)、挪威等国均有独立于中央银行的专门的投资公司来管理部分外汇储备,韩国最近也在做这样的尝试。这些公司很像长期全球投资基金,在满足了长期负债的匹配要求之后,目标在于最大化其长期收益。

当然,这些国家的规模均较小,缺乏足够的国内投资机会,中国的情况和需求有很大的不同。这一建议对中国来说更多的只是一个暂时的安排,等到中国完成了金融体制改革,国内的投资机会能够吸收国内的储蓄倾向,这种安排的使命便宣告结束。但是,在未来5～10年内,对部分外汇储备进行积极管理是非常可取的。

维持经济增长:挑战和机遇

尽管过去25年中国一直保持着高速增长,但目前面临着多方面的挑战,这些挑战可能会降低中国经济增长的速度。因为中国比世界上的其他国家增长得快,它就面临着贸易条件恶化的威胁。产生这种状况是因为:中国供应出口产品的增长速度超过了全球需求增长的速度,同时它对进口产品的需求增长超过了全球供给的增长。随着中国经济占全球经济比重的增加,这种趋势将越来越明显。此外,中国在主要的出口市场上都面临着日益严重的贸易保护政策。随着中国经济的持续增长,一些固定的生产要素如土地、水、自然资源、干净的空气,相对于可积累的要素如实物和人力资本变得越来越稀缺。如我们在前面所讨论的,如果无法解决内外部失衡,也会对经济增长产生不利的影响。

维持出口的活力

到目前为止,出口导向和鼓励外资的政策促进了制造业生产率的提高,而制造业生产率的提高正是中国经济增长的主要动力。这使得中国的出口组合非常高级:中国的出口特征和那些人均收入是其三倍的国家非常相似。这正是中国的出口具有活力的主要原因。然而,中国出口的层次(degree of sophistication)在过去的十年没有太大的提升,这就意味着如果中国不能尽力推动出口升级,就会面临价格、利润和增长率降低的风险。

产业政策方面应当停止对出口活动的普遍补贴。应当鼓励进入新领域的尝试并直接或间接地对国内的改造、劳工培训和发展供应链予以补贴,同时应确保满足这些活动对基础设施、管制和教育的特殊需求。但是,这种试验的过程注定既有成功又有失败,关键是要发展出一套机制以确保无效的创意被尽早摈弃以使资源不至于浪费在无利可图的活动上。

促进服务业发展

尽管从20世纪90年代之后,服务业已经成为中国就业的主要增长点,但是服务业的生产率一直远远落后于制造业。但是在未来的数十年内,全世界受过高等教育的人们所提供的服务贸易将在全球贸易中逐渐占据越来越大的比重。促进中国服务业发展的具体政策包括:减少被列为"战略部门"的国有企业;取消对服务业外商投资的限制;应缩短开办个体企业的发证时间并降低向小企业收取的证照费用;鼓励商业过程中的外包,尤其是中国境内的外包。因为在中国国内不存在语言障碍,商业过程中的服务外包会创造出大量机会以吸引中西部的劳动力。对中国服务业的了解非常匮乏,进一步的研究需要关注阻碍服务业发展的主要因素。

提高投资效率

中国的投资率是大国中最高的。因此现在的问题不是如何增加投资而是如何提高投资的效率。金融体系是提高投资效率的关键,因为它决定着储蓄被如何配置和监管。中国正在逐渐培育和发展一个更加成熟的金融体系。这样一来,更多的资金分配决策将由市场决定,储蓄应能在各个行业间转移从而配置到能够带来最高的风险调整后收益的商业活动中。为了促进资本市场的发展和作为辅助的无形资产的建立,有关的政策应在大力推进改革的同时保持试验性、灵活性和渐进性的原则。产权保护、公司法和破产法等基础领域的改革对未来金融系统的深化也是至关重要的。

此外,还有很大一部分储蓄根本就没有进入金融体系或是没有在整个经济体系的范围内配置。公司储蓄几乎和居民储蓄的比重一样大。这部分储蓄要么作为未分配利润仍然投资到自己的公司,要么作为红利分配给仍然在本行业的持股公司。为了提高投资的效率,必须尽可能地让更多的资金在整个经济体系的范围内进行配置。必须制定有关的政策,打破国有企业投资资源的行业分割,要求越来越多的企业利润被支付给面向整个经济层面进行投资的机构。在很多国家,国有企业上交给财政部的红利都被列入全国性的预算计划。将国家仍然持有的国有企业股份纳入社会保障基金就是朝着这一方向迈出的一步。

为人力资本投资

中国是大国中实物资本投资率最高的国家,但对人力资本的投资却在近年来不断减少,这将极大地损害中国在全球经济中的竞争力,因为国际贸易将变得越来越偏向技术密集型服务。这一不平衡意味着公共部门投资应该进行重新分配并从强调实物资本投资转为强调人力资本投资,这应该成为新增长战略的一部分。

在改革开放时期,医疗保健受到了不利的冲击。这个问题在农村地区最为严峻。在 20 世纪 70 年代,集体健康保险覆盖了 90％的农村人口,而到 2003 年这一比率下降到 20％。风险分担机制的缺失和高昂的医疗费用造成了医疗保健消费的严重不足,以及人口健康状况日趋恶化。在健康领域,有些项目是公认为应该优先发展的:为公共卫生和低收入地区的基本医疗服务提供资金、为穷人提供营养项目、扩大强制性社会健康保险的范围,使其能够覆盖受雇于小企业的工人和非正规部门的工人,尤其是进城务工人员及其家属。这些项目很多已经被政府所考虑,但是由于过于依赖市场力量,而大部分目标人群的支付能力相对较低,且贫困省份不能提供资金,所以项目的实施受到了很大的阻碍。

农业、移民和国内一体化

中国大约一半以上的劳动力仍然在农业部门。农业部门的生产率平均仅为制造业的 1/8 或服务业的 1/4。劳动力从农业和农村转移到工业将是中国人均工人GDP 不断增长的主要来源。

中国在很大程度上仍然是农业国家。2003 年中国的城市人口占总人口的40％,如果按照国际经验,考虑到中国的收入水平,这一比例应该在 60％左右。最近的研究表明城市对于经济增长非常重要。因为城市使得技术市场、投入品和服务市场不断深化、多样化,由此会带来积聚的正外部性。

正如中国在过去 10 年从融入世界经济中获益匪浅一样,在未来 10 年内,国内市场的一体化将带来巨大的效率增进和经济增长。目前存在着许多阻隔国内一体化的地方和部门间的障碍,这就限制了资源转移到最有效率的地方,也降低了可以促进生产率提高和创新的竞争压力。

中国从融入世界经济中大为受益,但这个过程使沿海省份受惠多于中西部地区,城市多于农村。这是不可避免的,但也反映了出于慎重,决策者只向国外直接投资开放了部分地区的事实。政府的投资政策应该更为平等,这样就能降低政策导致的不平衡,而提高运输和通讯基础设施质量的政策也能够减少由于运输成本导致的不平等。

为了促进这些发展,政府可以考虑以下政策:通过逐渐消除户籍制度增加劳动力流动性、促进移民;应该优先在贫穷的省份进行改革,因为没有对人口流动的放开,这些地区将永远陷入贫穷;通过改革社会保障体制,并使得工人的养老金可以在各省之间转移,也可以增加劳动力流动性;政府还需要通过对住房和城市基础设施(公用事业、城市交通、社会服务等)的投资加快城市化进程,这些项目可以由中央政府融资。

促进增长和减少贫困的另外一个来源是人均农业生产率的提高。2000 年中国农业单个劳动力增加的价值为每年 349 美元,这与同等收入水平国家相比是最低的。在所有成功的国家,农业生产率和农村收入的提高都伴随着农村人口的快速下降和农村人均土地占有量的上升。因此,应该大力发展土地租赁市场和更自由的土地市场,比如更长期的租赁,更多的土地安全(防止征收或转移个人土地),给移出者更多的租让权利等。这将带来更多的劳动力流动,更好地利用土地资产,把土地重新配置给有最高生产效率的使用者。应为贫困地区设计特殊政策,包括农业研究和推广,灌溉,农村基础设施,通过改善交通和信息条件便利农业投入和产出品的市场进入。各种农业税应被代之以对收入来源呈中性作用的税收。农村金融对于农村发展非常关键,所以改革农村信用合作社应该被优先考虑。

能源利用和环境

中国已经成为全球第三大能源生产国和第二大能源消费国,占到全球能源消费的 10% 强。根据合理的假设,估计到 2025 年这个比例会上升到 15%。中国目前正致力于通过国内的一系列措施提高能源的利用效率,但是效率的提高很可能被经济增长所抵消,因此能源的需求量并不会降低。在大多数经济体中,GDP 能源消耗强度随着经济的发展而下降是一个正常的现象。对能源依赖程度的降低既来自各个特定经济部门提高能源使用效率,更来自于经济结构的调整,也就是说像重型制造业这样的能源高耗型部门在国民经济中的份额逐渐降低,而像服务业这样的能源低耗型部门所占比重逐渐提高。中国在未来的几十年内也将经历这样的转变。不过,在短期内,中国的能源供应不会像能源需求增长的那样快。因此,中国的能源进口会增长。

随着全球能源价格达到历史最高纪录,在未来的能源市场上,能源供应将大幅增长。特别是,其他替代能源的供应将变得更加可行。由于全球能源市场相当开放而且区域上高度分散,因此不太会出现能源短缺的情况。然而,未来几年内会存在能源价格上涨的压力,价格的波动性也会增加。

中国面临一个更为重要的问题:能源使用持续增加给环境带来的压力。特别是,中国在未来的几十年仍将把化石燃料(尤其是煤)作为首要的能源。与煤炭燃烧相关的环境问题不仅对于中国,而且对于该地区和全球而言,都值得关注。中国的二氧化碳排放量占全球总排放量的 13%。而这种主要的温室气体在未来几十年内将引起全球气候的重大转变。此外,人们认为黑炭的排放引起了中国的一些区域性气候问题,比如北方的干旱和南方夏季的洪水。

为了解决由于利用能源而出现的各种问题,同样需要政府干预和以市场为基础的激励手段双管齐下。比如,为了提高空气质量,应该推广目前已经实施的硫交易体制;为了解决二氧化碳的排放问题,需要一个长期的战略:由于中国需求持续增长,因此不应该有短期内的二氧化碳排放限制,但对短期和长期的二氧化碳排放带来的成本必须有一个清晰的定价机制。为了减少黑炭的排放，要用技术创新改善居民的烧炭（以及农业中的焚烧活动），这将会带来巨大的健康和经济上的益处。

宏观管理和汇率体制的"双轨制"

中国在未来面临的挑战是在维持高速增长的同时解决地区不平等和贫困问题，并解决内外部失衡问题。这些挑战给宏观管理体制带来了更大的压力。尽管已经有了 25 年的改革历史，但是中国依然没有建立起像发达国家那样完善的宏观管理体制。同时，由于中国经济已经基本上按照市场规律运作，传统的计划和直接控制手段也逐渐失效，所以我们需要考虑一个宏观调控的新方法。

通货膨胀目标制

经济学家对于这种新方法的终极目标可能很少会有异议。很多发达市场经济国家的宏观管理体制在过去 10 年里出现了趋同，即都趋向于采用所谓的（弹性）通货膨胀目标制。这种制度试图将政策集中于控制通货膨胀和经济增长等最终目标，而非货币供给量或汇率等中间目标（这两种政策目标都被证明只能在短期内有效或是很难成功）。通货膨胀目标制的目的是将非通胀条件下的稳态增长率维持在潜在水平，这和中国的宏观经济政策目标是一致的。

但是，短期内这种制度对中国并不适合。如果贸然实施的话，存在着失控的严重危险——而这完全背离了实施通货膨胀目标制的初衷。因此我们推荐一种"双轨制"方法。这种"双轨制"的内容包括以下两个主要内容：
- 继续保持资本管制，但汇率制度越来越富有弹性；
- 继续保持信贷控制（以及其他影响总支出的直接方法），但是随着金融改革的深入，越来越多地使用利率这一间接工具。

这种方法的整体设计思路是，只有当存在更好的方法，而且不再需要直接管制的方法时，才停止使用当前的调控体系。从长期来看，要实行通货膨胀目标制，这一长期目标应该成为短期政策制定的重要指导。

汇率体制的演变

在未来数年中，双轨制的重要内容就是汇率体制的演变。2005 年 7 月 21 日汇率机制的调整为渐进且有管理地转变为更灵活的汇率制度创造了必要的条件。这种新的汇率制度属于所谓的"货币篮子、波动区间和爬行钉住"（Basket，Band，Crawl，也被称为 BBC 制度）汇率制度。从原则上讲，这一体制能够使得汇率有管理地浮动，以便实现前面提到的内外部平衡。

考虑到政府公布的在长期内增强人民币可兑换性的目标,有必要允许人民币相对于其贸易伙伴国货币进行有管理的浮动。从当前的制度向这样一种制度转型,需要经过两个步骤。

第一步是转为实行一种真正意义上的钉住一篮子货币汇率制度,其中各种货币的权重和中国与该国贸易的比重成比例。实际操作中,这种类型的一篮子钉住等价于人民币对美元的可移动钉住,因为钉住汇率的每日价格取决于美元与货币篮中其他货币的双边汇率。这种一篮子钉住制度的优点之一是能够遏制投机,因为它可以防止在双边钉住的机制中可能发生的对第三种货币的错配。如果货币篮子中的权重是随意的,投机中的不确定性也会相应增加。

第二步将是随着时间的推移,逐渐扩大波动区间,其最终目的是通过浮动区间的扩大逐渐降低干预次数。因为,市场干预(或者更一般地说,货币政策)可被用来熨平这一区间内的波动。如果这一区间逐渐扩大,那么从区间中点起始的爬行升降,或者波动区间的上下界限就会相应的扩大,就能够适应人民币的逐渐升值,从而实现内部和外部的均衡。这种逐渐扩大目标区的做法的一大优点就是有利于控制风险,同时使得市场参与者和机构投资者能够逐渐适应货币频繁交易和汇率频繁波动这种充满不确定性的市场环境。

资市管制

这种制度只是"促进",而不是意味着政策的立即变动——除非政策制定者想这么做。但是,随着利率工具越来越多地针对国内目标,(在区间内)管理汇率的能力就取决于能否维持资本管制。

当前银行体系的健康状况不允许突然地开放资本账户。在近期取消资本管制的一个风险是,一旦经济形势恶化,而且市场对于人民币的热情跌落,那么就存在巨额资本外流的风险,特别是考虑到中国的银行系统中保留着数额巨大的存款。另一个危险是可能失去控制。开放的资本账户意味着政府要么根据市场变化让汇率浮动,要么必须把货币政策的重心从国内的宏观管理目标转移到汇率管理上来,后一种政策将面临投机性冲击的风险。因此,需要强化资本管制,但同时逐步使得汇率更加灵活化。

如果存在资本管制,而且能够干预外汇市场,那么宏观政策(包括利率)就能够对经济进行总体调控(事实上也应该这样),与此同时,可以使用选择性的干预政策来调控汇率。但是,对外汇市场的干预本身不应该给汇率带来压力。比如,外汇市场干预不应该强化市场对货币贬值或升值的预期。当前,大规模的投机性资本内流给人民币汇率带来了升值的压力。如果疲于应对汇率压力,将会转移政策的方向,损害依靠间接政策进行宏观管理的努力,并妨碍其他方面的金融体制和经济体制改革。如果能够减少汇率压力或回避汇率压力,利率政策或更广泛地讲货币政策就能够越来越关注于整体的宏观调控。

中国和全球经济治理

为了中国自身的国家利益,也为了全球经济的利益,中国应该在区域和国际经济中起到更积极的作用,在某些情况下甚至要担当领导的角色。全球经济面临着各种风险,为了控制和消除这些风险,需要包括中国在内的世界主要大国齐心协力。为了改进其参与区域和全球经济的效果,中国需要在各级政府的层面加快制度建设、提高技术能力。

中国已经是 WTO、IMF、世界银行和亚洲开发银行等很多正式的多边机构的成员。其在这些机构中的作用和影响力与日俱增。但在短期内,中国需要加强和非正式的集团的合作,如全球范围内的 G3、G7/G8、G20,区域范围内的 ASEAN+3、APEC 等。中国应试图在 10 年之内成为 G7/G8 财政部长和央行行长会议的正式代表,以便在世界主要大国关于全球问题达成政策联合行动的时候确保这些政策能反映中国的利益,同时这也有助于强化全球经济治理的多边机制。通过更积极地参与 G20,中国应谋求和其他发展中大国如巴西和印度等国在各种全球经济面临的长期问题上达成共识。

通过密切参与 G3 之间高层官员(副部级)更加非正式的内部磋商,中国可以加强在全球货币和汇率安排方面的合作。G3 可以扩展为 G4。

在区域事务中,中国在最近几年开始积极地和其他东亚国家谈判建立自由贸易区或次区域自由贸易区。但是,由于中国和东亚地区的经济联系日益广泛和深入,应该考虑建立一个正式的东亚范围内的自由贸易区。为了防止周边国家产生中国可能会支配这一组织的不必要担心,这一组织可以东南亚联盟为中心。东南亚联盟有丰富的经验促成各国之间的共识和合作,由于历史、政治和文化等原因,它的成员国经常发现双边间的谈判是很困难的。中国可以大胆的通过模范作用发挥自己的领导力,比如在中国—东南亚联盟自由贸易区谈判中,向东南亚联盟建议"早期收获"计划。

和中国与东亚的关系,甚至是中美之间的关系相比,中国和欧盟之间的经济关系可能遇到更多的摩擦。欧盟的一些新成员国仍然主要生产劳动力密集型产品,因此,中国和欧盟之间的经济联系会比中美、中国和东亚之间的经济联系更有竞争性。而且,欧盟的劳动力市场和美国的劳动力市场相比缺少弹性,因此欧盟和中国之间的贸易自由化会在欧盟内部遇到更多的政治阻力。中国为了获得能源和原材料,在某些情况下通过战略性的投资确保这些战略资源供应的安全,这给欧盟带来了压力,因为欧盟也依赖于这些原材料的进口。此外,中国力量的崛起可能意味着欧盟在多边机构和非正式集团中的影响力衰落。

尽管欧盟自己必须完成其结构改革,但是中国和欧盟之间需要更紧密的协商和联合行动,以减少阵痛。在某些情况下,解决这些问题需要双方均做出重大的政策调整。尽早建立中国和欧盟之间的对话机制对双方都是有利的,这样有助于提前发现并化解可能的冲突,使之不至于破坏双边贸易的扩张。过去 20 年中,投资和金融的联系对双方均带来了巨大的收益。

全球经济的长期趋势

全球经济中的变化迅速,并已开始对发达国家和发展中国家未来经济增长的来源、模式和速度带来深刻的影响。因而,中国决策者需要预见到全球经济中的长期趋势所带来的机遇与挑战,并采取先行的主动战略。在第"十一个"五年计划(2006~2010 年)的准备工作和其他决策安排中,中国决策者应充分利用这一大好时机。

在科技进步的带动下,世界经济已经进入持续增长的第三个世纪。经历了大约 800 多年的停滞之后,在 19 世纪按照实际值计算的全球人均收入增长了 20%,在 20 世纪增长了 90%。然而,这一引人注目的增长却掩盖了国与国之间的巨大差异。尽管我们难以清楚地预见 21 世纪,但是有理由认为未来的全球经济增长将使 20 世纪的经济增长相形见绌,但是,各国的差异仍然存在,很多穷国将被落在后面。

全球经济很明显已进入了较快的增长和生产力提高的时期,这主要得益于:信息技术显著地增加了市场的效率,拓宽了供应渠道,使得人力资本和服务可以跨区域、跨时间流通。几十年过去了,各种技术静悄悄地带来了革命性的变化。除了增加各国的经济效率之外,中长期内科学技术对全球经济的影响将更为深远。服务贸易在绝对量上和在世界贸易额中所占的份额将逐步增加。研发活动(R&D)、商业服务和金融服务将遍及全球。贸易占全球 GDP 的比率会持续增长,并提高各国之间的相互依赖程度。

其结果是,人力资源在经济全球化的背景下更有价值。劳动力市场似乎已经在逐渐突破国界的限制。这种现象的规模和影响都将是非常巨大的。对这些新的趋势和可能提前预见并做出积极的准备将给中国带来又一个增长源泉。同时为中国更快地提升技术层次提供了难得的机遇。

对于那些能够持续不断地对人力资本进行大规模投资的发展中国家,包括中国而言,这些全球经济的大趋势意味着大好的发展机遇。经常被忽视的是,这些趋势对国内经济也意味着巨大的机会。例如,欠发达省份受过教育但未被使用的人力资源能被雇用来为较发达地区提供服务。在较发达地区,劳动力的供求并不匹配而且劳动力成本较高。这样做可以减少一些从农村向城市以及从中部地区向沿海地区的大规模迁移所带来的压力。

中国由于其规模和活力变得日益重要,如果能够不断完善各种制度并提供现代金融资本市场所需要的人力资本和基础设施,它将成为世界上的国际金融中心之一。在未来 25 年,随着中国 GDP 两到三倍地增长,中国将成为世界的一支主要力量,在制定国际经济政策中将和美国、欧盟、日本一起发挥领导作用。中国的对外经济政策以及中国制定对外经济政策的指导框架,将对全球经济政策的演进产生越来越大的影响。

从长期来看,可以预见,具有巨大经济规模并不断增长的中国对其他国家的影响将越来越大,它将成为一个经济大国,并在国际经济关系中扮演重要角色。在这种情况下,中国的政策需要逐渐地把重点落在那些对全球经济有益,又是中国内部所需的事务方面。在不断强化的全球经济一体化过程中,对世界经济有利的事情对中国经济也有利;反之,对中国经济有利的事情对世界经济也有利。中国在制定长期发展战略过程中考虑到这种相互依赖,正如其他国家也要考虑中国对它们的影响一样。通过中国和外部世界的对话、沟通与合作,政策制定过程会非常成功。希望此报告是沿着这方面努力的过程中的重要一步。

第1章 引 言

1.1 中国的经济成就:历史视角

从 1978 年开始实施市场化改革和对外贸外资的开放政策以来,中国所实现的经济增长率从未在规模如此之大的国家中取得过。图 1.1 列举了从 1978 年到 2003 年的 25 年间,世界上经济增长最快的 20 个国家,并且按照人均 GDP[①] 的增长速度进行了排序。该图说明中国有着最高的总体 GDP 增长率(9.4%)、最高的人均 GDP 增长率(8.1%)和最高的劳动力人均 GDP 增长率(7.7%)。中国经济的增长惠及广大人民,数以亿计的人民摆脱了贫困。

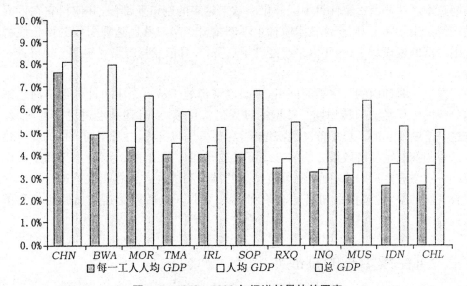

图 1.1 1978~2003 年间增长最快的国家

---

① 数据引自世界银行的《全球发展指标》(2005)。该数据覆盖了这一时期中的 157 个国家,在 2003 年排除了人口数低于 100 万的国家。

中国取得的成就格外引人注目,因为中国的高增长既不是特别迅速的人口结构转型的结果,又不是快速城市化进程的结果,此外也不是人力资本迅速积累的结果——而上述因素正是其他东亚国家获得高速增长奇迹的原因。事实上,在1978年中国的经济增长开始加速之时,中国在其人口结构转型方面早已非常有优势了。这意味着中国的增长并没有从人均资本的显著增长中获益——尽管在韩国和其他东亚新型经济体中是如此。相反,中国的经济增长是建立在以人均GDP来衡量的劳动生产率的增长的基础之上。

这种生产率的增长也并不能用人力资本的积累来解释。与一个处于相同收入层次的国家相比较,中国在教育方面的努力(用入学率来衡量)并不是特别的显著。中国在教育(用入学率的增长来衡量)和医疗方面取得的成就虽然不错,但是无论如何也并不突出。与之类似,城市化也不能很好地解释中国异常的高增长。在农村人口的下降率方面,中国在全球仅仅只排到第64位。中国整体经济中的劳动力人均GDP是农业中劳动力人均增加值的3倍,因此中国在农业部门和经济中其他部门的劳动生产率的差距方面是世界上差距最大的国家之一。

中国经济高增长的秘密必须主要从制造业部门劳动生产率的显著上升来解释。这种劳动生产率的上升受到以下因素的推动:一是中国的开放政策在使得这个国家逐步稳健地融入到全球市场的同时,也引入了强大的竞争压力;二是通过引入外商直接投资,中国开始逐渐吸收世界领先的技术。中国在管理外商直接投资和通过制造业增长来获得相应的技术转移方面一直做得非常成功,而这提高了潜在增长率。这些因素也使得中国分化出越来越多的制造业部门,并使得它在世界供应链条中不断上升,全球技术阶梯上不断攀升。出口和制造业引致的增长使得中国经济的规模从1978年以来已经翻了三番,并且依然将每隔8年到9年再翻一番。

在这一时期内的大多数时间里,中国经济都处于从一个中央计划经济向越来越分权的市场经济的转型期。转型的过程仍将持续,而且还要经过更多的阶段。在这一不断变化的环境中推动经济增长,需要高超的技巧,以及不拘一格的经济政策。中国在制定经济政策方面的方式可以被归纳为实用主义、渐进主义和小心谨慎(避免"激进疗法"),以便回避风险过高的结果和试验。当然在改革进程中也存在着大胆的举动,包括最初启动改革和加入WTO(包括接受其附加的变化和条款)。

1.2　可持续增长的挑战

除非妥善应对当前正在涌现出来的一系列挑战,否则的话,中国的增长模式在长期内就不太可能持续下去。首先面临的挑战是正在不断恶化的内部结构失衡,这种失衡从1978年增长加速起就已经出现了,或者说越来越恶化了。一种主要的失衡是日益扩大的收入不平等和地区间的不平等,这种不平等从 20 世纪 80 年代制造业部门和出口部门开始增长以来就不断恶化。一直有大量的人口从农村地区和农业流向城市地区,涌入制造业和服务业部门。降低不平等程度和为这些流动人口创造就业机会,是中国的政策制定者们所面临的最大挑战之一。因此,为了实现吸收剩余劳动力和降低不平等程度的目标,维持产出和就业的高增长率就至关重要。

要想在长期内实现强劲和可持续的增长,还必须解决好其他一些问题,例如储蓄和投资的失衡(比如过高的预防性储蓄率和相对较低的家庭消费率)——这种失衡在很大程度上是由于就业的不确定性以及养老金体系和医疗体系的不完善所导致的。事实上,中国的增长主要是由制成品的出口驱动的(这一部门主要是外商直接投资且集中在沿海地区),而不是由国内消费所驱动的,也不是由其他部门和内陆地区协调和均衡发展起来之后驱动的。其次,宏观经济管理体制也需要加以改革,以适应已经大步推进的市场化改革,以及未来进一步市场化改革的要求,特别是在金融市场发育、国内市场统一和竞争政策方面。这些领域对于提高跨部门和跨地区的资源配置效率而言至关重要。此外,经济活动的水平已经达到了这样一个临界点,即对于环境的潜在和现实影响都相当大,因此需要加以重视。

中国逐渐融入全球经济的进程也带来了一系列的挑战。这一方面来自中国日益恶化的外部失衡,另一方面来自全球经济中的外部变化,这些趋势给中国的长期增长既带来了威胁,也带来了机遇。外部失衡应归因于中国出口导向的增长战略。这一战略包括钉住美元的汇率制度,并造成了经常项目和资本项目的巨额顺差。中国制造业的规模和实力已经成长到足以向发达国家和发展中国家的竞争对手施加显著竞争压力的程度,所以经常招致发达国家的政治反弹。中国已经成长为商品、原材料和能源的重要消费者,以至于中国在增量上对全球价格的影响是显著的。对于能源而言,由于短期和中期内供给弹性很低,能源价格已经大幅上涨。此外,的确存在"能源战"的风险,因为各国都试图通过收购去控制主要的供应来源①。

高增长带来价格的迅速变动,特别是劳动力价格。如果每年都有数量众多的劳动力进入市场的话,劳动力价格上涨的趋势可能会被拖延或者放缓。然而不管怎样,价格最终都会上升,而这将导致比较优势的转变以及产业结构的调整。当这些变化非常迅速的时候(考虑到中国当前和今后计划的增长速度,这些变化一定会非常迅猛),必须准确地预测这些变化,并且对新产业、新市场和人力资本进行投资,以便使得经济转型和结构调整的过程更加平稳。历史的教训告诉我们,人们总是倾向于墨守成规,即使过去的做法在新形势下已经不再适用。

---

① 这种情况类似于因徒困境。在这种激励结构下,保障自身能源供应安全符合每个国家的利益,但是如果每个国家都这样做的话,从整体上而言各国的福利水平都降低了。

1.3 管理中国的增长和全球化

管理中国的经济增长,需要高超的技巧和不拘一格的经济政策。中国制定经济政策的方式可以被概括为实用主义、渐进主义、创新试验(摸着石头过河)、小心谨慎、避免"激进疗法"和巨大的风险。

如上所述,中国已经进入了一个新的发展阶段,出现了很多过去不曾遇到的挑战。有些挑战如继续推进改革、实现经济现代化、创造就业机会和提高人民生活水平仍然是突出的问题,而且将不断地以这样或那样的形式长期存在。但是另外一些挑战,如不断恶化的内外部失衡、不断扩大的收入和地区间不平等,则恰恰是改革以来带来了高速增长的那种发展战略引起的,或是由于这样的战略而加剧的。除此之外,快速变化的全球经济也将给中国经济带来新的挑战。中国发展所面临的挑战最好能够以一种综合的和协调的方式来加以应对。有些问题必须同时解决,有些改革需要考虑其次序。

第 2 章　应对内外部失衡[①]

2.1 引　言

目前,关于全球宏观问题的讨论经常会谈到中国的国际收支顺差以及其对人民币汇率政策的影响。很多国外人士希望人民币会升值。但是,中国的政策制定者却担心汇率调整会对经济增长和就业带来负面影响。

本章提出了一个研究这一问题的综合的分析框架。首先,我们注意到,中国所面临的主要问题是家庭储蓄过度,这主要是由于过去提供社会保障、基本医疗卫生和教育的体制已经解体,而新的体制又尚未完善。而且,近年来居民收入在 GDP 中的比重显著下降,企业收入和政府收入的比重不断提高,但这部分收入主要被用于投资。由于储蓄过度,中国付出的代价是放弃消费,并在国内外积累了大量的资产。然而,这些资产的回报如此之低,甚至有时候是负的。从理论上讲,这些资源应该能够得到更有效的利用,以增加中国的当代和下一代人民的福利水平。

我们需要一套政策组合,以便降低储蓄、提高消费的增长率,使得中国经济能够更加平衡地增长。这将提高对各种商品的需求,并从理论上说能减少经常账户顺差。就业也会增加,并缓解备受关注的大规模失业的风险。国内需求的增长将提高那些在中国的投资项目,尤其是面向国内市场的投资项目的收益率。

如何降低储蓄? 首先,应该解决那些引起高得反常的"预防性储蓄"(precautionary savings)的问题,主要是要建立退休金和健康体系。同时要提高居民可支配收入在国民收入中的比重。不过,这些决策的效果只能在长期见效。其次,短期的对策是通过公共支出项目解决过去 10 年内逐渐出现的社会和区域问题,增加的公共支出项目如果需要可以通过发债融资。这些项目的目的是增加人民的福利,

---

① 本章内容主要基于为此研究提交的几篇论文,包括:Blanchard and Giavazzi, "China：A Three-handed Approach", Hausmann, "Global Imbalances, Chinese Imbalances：A Fiscal Solution", and He Fan, Zhang Bin and Cao Yongfu, "Rethinking China's Development Strategy".

并提高其增加消费的意愿,从而有利于政府调整长期的发展战略。

降低储蓄和刺激消费的措施需要配合有管理的人民币的升值。没有人民币升值的缓冲,增加消费的措施会引起经济过热和通货膨胀。日本在 20 世纪 60 年代和 70 年代的经历值得中国吸取教训(参见附录 B)。作为政策组合中的一个配套措施,货币升值的幅度和速度都会适中,其对经济的负面影响也会减小。这一政策还有助于解决全球国际收支失衡的问题,因为中国国内需求的增长将通过进口的增加推动全球经济增长。这一政策将使贸易收支得到改善,与此同时,通过鼓励对 FDI 的国内融资,以及对部分外汇储备更积极的管理,中国的资本账户顺差也会降低,中国人民银行被迫增加低收益的外汇资产的压力就会得到缓解。

2.2 面临的问题和可能的解决方法:一个图示

图 2.1 解释了在开放经济条件下达到内部平衡和外部平衡的条件[①]。纵轴表示实际汇率[②],以每 1 元人民币折合美元表示。横轴表示国内支出,即国内消费和投资之和。

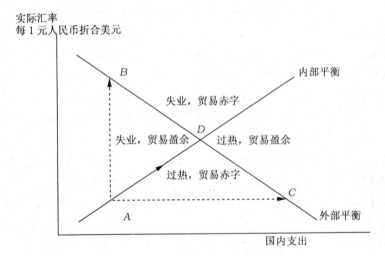

图 2.1 开放经济条件下的内外平衡

---

① Swan 和 Salter 1961 年最早使用这个图解释开放条件下的宏观经济学模型。此后,在很多教材和经济学论文中开始使用这样的图或在此基础上稍做修改,这已经成为一种标准。Blanchard 和 Giavazzi 的论文更详细地解释了这一图形以及其背后的模型,并针对中国的一些特殊情况对该模型做出了修改。

② 由于该图关心的是实体经济,因此只有实际汇率才起作用。实际汇率是对本国和其他国家的通货膨胀差异进行调整之后的汇率水平。举例而言,如果中国的通货膨胀比世界其他国家更高,即使中国的名义汇率保持不变,实际汇率也会升值。这反映出由于中国的通货膨胀率更高,因此在其他国家,中国的产品价格更加昂贵,即使名义汇率并未发生变化。所以说,实际汇率可以衡量出一国的竞争力。

图中的内部平衡线表示能够实现国内经济平衡(即充分就业)的汇率和国内支出水平的不同组合。首先考虑离开内部平衡线向右移动的情况,比如国内支出增加但汇率并未变化。这意味着国内需求增加而国外需求保持不变。于是一国经济将出现过热。如果采取措施使得该国经济向上移动达到内部平衡线,内部平衡就又可以得到恢复。比如,通过汇率升值,外部需求将减少,同时部分内部需求将转为对进口商品的需求。再考虑离开内部平衡线向下移动的情况。比如,人民币贬值。对中国产品的外部需求将增加,而中国对进口产品的需求将减少。这也会导致经济过热。为了恢复平衡,需要减少国内的支出水平,即通过向左移动回到内部平衡线。因此,如图所示,内部平衡线是上斜的。

图中的外部平衡线表示能够实现贸易平衡的汇率和国内支出水平的不同组合。首先考虑离开外部平衡线向左移动的情况,比如由于外生因素导致国内支出减少。这会带来贸易顺差,因为更多的商品可以被用于出口,而且对进口的需求减少。货币升值将减少出口需求、增加进口需求,于是该国经济向上走并回到外部平衡线,最终恢复了贸易平衡。因此,如图所示,外部平衡线是下斜的。

根据以上分析,可以看出,内部平衡线以上的各点均表示一国经济处于就业不足的状态,而内部平衡线以下的各点均表示一国经济处于过热状态。外部平衡线左边的各点均表示一国有贸易盈余,其右边的各点均表示该国有贸易赤字。因此,除了在内部和外部平衡线上的点之外,图中各点均表示经济处于过热/失业,贸易盈余/赤字的不同组合。

2.3 通过调整达到平衡

根据支出水平和贸易条件的不同,一国经济可以处于图2.1中的任何位置。当前,中国大致位于A点的位置。中国经济基本上处于劳动力供给和劳动力需求相等的状态,但是有贸易盈余。

图2.1中的三个箭头表明可以通过不同的途径恢复外部平衡。垂直向上的箭头从A到B,表示的是货币升值而国内需求没有任何变化。这将带来出口减少、进口增加,并直接减少贸易盈余。但B点却在内部平衡线的上方。这表明,升值使得外国对中国产品的需求减少,中国对外国产品的需求增加,中国经济将低于劳动力供给和劳动力需求相等所需要的水平。

图2.1中横向的箭头表示,通过增加国内支出(国内消费和国内投资),即使不调整汇率,也可以恢复外部平衡。支出的增加将增加对进口产品的需求,能够用于出口的国内产品数量则减少,于是实现了贸易平衡。但是,仅仅通过扩大国内支出以减少贸易顺差将使得一国经济移动到C点的位置。C点却在内部平衡线的下方。这意味着国内支出的水平远远高于劳动力供给和劳动力需求相等所需要的水平,于是会产生经济过热和通货膨胀。

从图 2.1 中可以看出,同时实现内外部平衡的路径是显而易见的。中国经济需要实行扩大国内支出和人民币升值适度组合的政策,以便将经济从 A 点移至 D 点。D 点就是能够同时实现内外部平衡的点。因此,当前的挑战是,如何审慎地采用适宜的政策组合,一方面能够减少贸易盈余,另一方面又能保持充分就业,这些政策又必须和基本的政策目标即维持经济增长和减少贫穷相协调。

本章将讨论实现这些目标的各项政策措施:(1)增加私人消费。这主要将通过改革社会保障体系以及其他措施来减少居民预防性储蓄的水平,同时要增加居民收入在国民收入中的比重。(2)公共支出项目。通过发债融资,旨在解决地区和社会问题。(3)人民币有管理的升值。最后我们还将讨论如何减少资本账户的顺差。

根据图中所示,增加国内支出即消费和投资是减少贸易盈余的办法之一。我们可以从另外一个角度看这一问题:贸易盈余还代表着国内储蓄大于国内投资。当前,中国的储蓄和投资水平不仅高过历史水平,而且高于其他发达国家和发展中国家的水平。在过去几年中,储蓄的增长快于投资,因此,储蓄大于投资的盈余(相当于外部的经常账户盈余)持续增加。居高不下而且持续增长的储蓄因此成为了一个问题,对于发展中国家来说,出现这种情况是非常少见的。继续提高投资水平会使得投资的质量下降、收益减少并有增加不良贷款的风险。正如我们已经谈到的,投资所面临的挑战不是增加其投入量,而是提高其质量并将投资投向更有重要性的领域。

因此,调整不平衡就意味着要增加消费。增加消费是和政府的长期战略目标即更多地依靠内需尤其是消费推动未来经济增长相一致的。如图 2.2 所示,在过去的 10 年中,私人消费的增长并没有赶上收入的增长。居民消费的年均增长率比 GDP 增长率低将近 2%。如表 2.1 所示,最近几年,私人消费占 GDP 的比重不到一半,这比大多数其他国家都低。

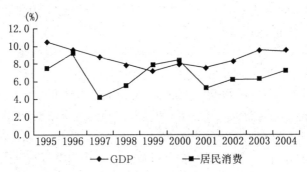

资料来源:《中国统计年鉴》,2005。

图 2.2 GDP 和居民消费的增长率

表 2.1 储蓄和消费的国际比较

	中国 (2001)	美国 (2002)	法国 (2002)	日本 (2002)	韩国 (2002)	墨西哥 (2001)
私人消费占 GDP 的比重（%）	47.2	70.8	54.6	57.1	55.7	73.9
家庭储蓄占可支配收入的比重（%）	25.3	6.4	16.6	12.6	7.4	9.8

资料来源：Kuijs（2005）。

增加消费意味着降低储蓄。同样，由表 2.1 可以看出，中国的私人储蓄比几乎所有国家，无论是发达国家还是发展中国家都高。中国的私人储蓄是另外两个也以高储蓄著称的国家即韩国和日本的几乎两倍。极高的私人储蓄是导致国民储蓄率居高不下的主要原因，近年来私人储蓄占总储蓄的一半以上。导致中国私人储蓄率高的因素中，有些因素是和其他国家相似的，比如近年来人均收入的高速增长以及人口结构的因素。尤其是，一个家庭只能生一个孩子的政策意味着每个家庭必须有更多地储蓄，以便养老之用[①]。

即使是考虑到了上述因素，中国的私人储蓄仍然异常地高，尽管最近几年内居民储蓄率的增长似乎趋于平缓且有下降。这个国家过去十多年发生的变化能够解释这一现象。尽管收入有了大幅度的提高，但是原有的社会保障体系却在很大程度上已经解体。在城市中，过去的"铁饭碗"已经被打破，但新的社会保障体系却尚未全面建立。在农村，靠家庭成员相互支持的体系已经弱化，合作形式的教育和健康卫生体系几乎已经消失，却没有新的体系作为替代。全国范围内，繁荣带来的却是由于变化速度太快而增加的不确定性。正如表 2.2 所显示的，家庭储蓄率在过去十多年增长非常快。农村地区的家庭储蓄率增长尤其快。尽管农村的收入水平比城市低、收入增长速度比城市慢，但是农村地区的家庭储蓄率早已超过城市地区的家庭储蓄率。通过调查得到的信息表明，农村的家庭储蓄主要是预防性储蓄：养老、医药开支、一生中的大事如孩子的教育、婚礼和葬礼。

表 2.2 中国城市和农村地区的家庭储蓄率（占可支配收入的比重） 单位：%

	城 市	农 村
1993 年	18.1	16.5
2003 年	23.1	25.9

资料来源：根据国家统计局居民调查。

加快私人消费的增长，减少预防性储蓄的水平，需要加强社会保障体系的建

---

① Kuijs，L.（2005），"Investment and Saving in China"，World Bank Research Working Paper 3633，July；Kraay，A.（2000），"Household Saving in China"，*The World Bank Economic Review*，September；and Modigliani，F.，and Cao，S. L.（2004），"The Chinese Saving Puzzle and the Life-Cycle Hypothesis"，*Journal of Economic Literature*，March.

立。这一体系的发展已经滞后于经济的变化。社会安全体系中最至关重要的部分是养老金体系。2004 年,一个国际研究小组对城市养老金体系的改革进行了研究,有关的建议如今仍然有效。专栏 2.1 总结了有关的政策建议。

专栏 2.1　改革城市养老金体系①

- 减少现有体系的分割现象。至少在省一级上集中资金,政府已经在考虑这样做,但最好是在国家一级集中资金。体制的统一将巩固其资金力量,如果养老金可以跟随工人转移,会增加劳动力的流动性。
- 强化行政管理。这包括建立一个国家级的养老金管理机构,负责记录的保存和资金记账。应该通过税务机关落实义务入资的征收。
- 避免滥用提前退休,强化现有的退休制度,同时逐渐提高退休年龄。退休年龄可以灵活,但是晚退休的工人可以有更高的收益。
- 将国家持有的国有企业股份转入全国社保基金,为国有企业遗留的养老问题提供资金。将这些股份转移出去也可以提高国有企业的公司治理,并且正如在第 3 章所讨论的那样,将增加资本的流动性。
- 改善个人账户,将出资账户转变为记账账户,即很多国家都已经实行的确定缴费型计划(National Defined Contributions,NDC)。由于美国的私人储蓄很低,因此在美国有人建议将账户设计为出资账户,但是中国的情况恰好相反。现行计划没有设计得很成功,主要是因为个人账户计划中普遍存在"空账户"的现象。工人面对着更多的不确定性,他们将资金存入这些账户,却不知道这些钱会到哪里,最后他们能拿回多少钱。

　　除了上述的城市养老金体系的改革,通过强化和深化社会保障体系中济贫的部分,也能够减少人们的不安全感。比如,在对城市居民提供的最低收入保障中应拓展到包括老年人。

　　城市养老金体系最多能够覆盖 1/3 的中国人口。一个非常迫切的任务就是为农村的老年人提供安全保障。在过去的 10 年中,农村的传统保障体系已经解体,而且随着农村的青壮年移民到城市,农村的老龄化问题比全国范围的老龄化更加严重。中国各省已经在进行不同的尝试,除此之外,中国还可以借鉴其他国家如新西兰或南非的经验,解决大规模贫穷人口中的老龄化安全问题。这些国家的经验

---

① "Social Security Reform in China: Issues and Options", prepared by an international team led by Professor Peter Diamond and Professor Nicholas Barr for the China Economic Research and Advisory Programme, November, 2004.

主要是通过养老金和最低工资保障制度解决这一问题。对于农村人口来说,使其更容易得到健康和教育机会,或使其更容易分散健康和教育中的风险,是降低不确定性,从而减少预防性储蓄的最有效办法。其他国家的经验表明,改善公共卫生将直接导致家庭消费的增加,这在中国也会应验[①]。下节将介绍如何在短期内通过公共支出政策,兼顾这些问题的同时,提高国内需求。

过去几年中,个人消费增长迟缓的另外一个原因是由于居民可支配收入占GDP的比重下降了,这使得居民消费的增长显著落后于GDP的增长,尽管居民储蓄率的增长趋于平缓且有所下降,但仍然处于较高水平[②]。在过去几年中,企业的净收入急剧增加。在市场经济国家中,企业净收入中的很大比重作为红利分配给居民,支持了私人消费,但是在中国,国有企业的所有收入几乎都被用于投资,或是企业自己投资,或是在企业所在的部门内增加投资。通过让更多的企业上市,增加企业收入中的分红比例,能够使得中国的居民分享到企业收入增长的收益。

过去几年中,政府收入在国民收入中的比重也有大幅度的增长。机构改革减少了政府消费。但是,对教育、健康和其他公共服务的支持却没有相应的增加。财政状况的改善主要被用于投资。但是这些投资,尤其是地方政府的投资,收益却非常低。为了刺激消费,政府需要增加居民收入在国民收入中的比重,比如通过降低对居民收入的税收,增加对居民的转移支付和补贴,同时,政府消费也要提高。

2.4 以发债融资的公共支出项目来增加国内需求并关注社会和区域问题

以上介绍的均是长期的政策,其对家庭消费的影响是持久的,但是难以在短期内见效。我们还需要短期的政策调整,以便和长期中降低个人储蓄并增加消费的政策配套。这一短期政策的工具可以是财政扩张或信贷扩张。

使用信贷扩张政策有以下缺点:首先,国内银行体系并不健全,因此信贷扩张最终易于造成损失。其次,由信贷刺激的消费扩张将使得增加的支出集中于已经富有的阶层,因为他们拥有资产和收入,更容易获得抵押贷款。这将带来从社会阶层和地区分布来说更不合理的分配效果。

与此相反,公共支出项目具有如下优点:财政政策可以针对不同的社会阶层或地区,从而避免沉疴不起的银行体系可能带来的扭曲配置。此外,它们还能顺带地解决其他发展或社会目标,比如健康和教育服务改革本身就能刺激私人消费。公

---

① 世界银行对越南的一项研究表明,健康保险的引入会导致非健康项目如食品等的消费增加。参见:Pradhan and Wagstaff (2005),"Health Insurance Impacts on Health and Non-medical Consumption in a Developing Countries",World Bank Policy Research Working Paper 3563.

② 这一部分的内容主要取自何新华和曹永福的《理解中国的高储蓄率》。

共支出项目比信贷扩张更富有透明性，其内容和执行过程更容易被监督管理。

财政政策具有这些优点，但是也有些潜在的风险。这些风险不仅包括由于政府保护主义或腐败带来的各种形式的政府失败，也包括由于政府项目设计和资金配置失误，和可持续发展路径无法协调，以及形成了难以被颠覆的权贵阶层等。财政政策面临的挑战是能否设计得当，既满足了宏观、社会和区域发展目标，又减少了可能出现的政府失败的风险。此外，调整项目并不能作为财政系统的永久组成部分。随着政府预算收入的增加，很多反复出现的开支应该被纳入经常预算中，政府仍然要大体保持财政收支平衡。

在当前中国的形势下，实行公共支出政策可能更为适宜。为了达到所希望的目的，公共支出项目应该靠发债（赤字）而非征税融资。事实上，当前中国的情况非常有利于发债。2004 年公债占 GDP 的比重仅为 33%，基本赤字占 GDP 的比重不到 2%。中国经济的增长速度大约为 9%，远远高于按照实际值计算的债务的平均成本（大约为 2.5%）。按照动态的债务原理，中国可以在中期继续保持较大规模的财政赤字，且不必担心未来的债务负担。而且，如果我们所建议的财政支出政策能够给未来的人们带来利益，那么所谓的公共财政的"黄金法则"（golden rule）告诉我们，应该靠发债而非征税为财政项目融资①。事实上，像对健康、教育和关键性的基础设施瓶颈的投资显然会在未来带来收益。

为了在中期和短期内能够刺激国内需求，同时实现将消费占 GDP 的比重提高 6%～10% 的目标，在未来 3～5 年内可考虑采取特别的公共支出政策。这一政策能够通过增加社会服务和消费，实现"以人为本"和综合协调发展的国策。过去在社会发展方面所欠的"债务"亟待弥补。公共支出项目可用于改善健康、教育和其他社会服务，这将有助于减少预防性的储蓄，刺激私人消费。

公共支持项目应优先考虑如下领域：

● 改善健康服务。这包括增加政府在健康领域的支出，增加对贫穷地区和老年人的补贴。

● 增加对教育的支出。这包括在最贫穷地区实行九年制义务教育和发展技术教育。

● 国内市场一体化。正如中国在过去 10 年从融入世界经济中获益匪浅一样，国内市场一体化也将带来巨大的效率增进和经济增长。应该优先考虑改善落后的偏僻地区交通和通讯基础设施的质量，增加农业的研究和技术传播，发展灌溉农业，改善农村基础设施，促进农村地区交通和通讯的发展，以便让农民能够更方便的获得农业投入品和接近农产品市场。考虑到中国在未来将面临大规模的城市化，公共支出项目中应该优先考虑提供城市基础设施如交通、供水和卫生设施。

---

① 参见 Blanchard and Giavazzi 的论文。

2.5 人民币升值

正如图2.1所显示的,单纯依靠国内支出增加解决贸易盈余问题将导致国内经济过热。因此,调整政策中还必须包括人民币升值。值得指出的是,货币升值可以减少出口需求,鼓励进口以满足国内需求的增加,从而有助于实现政府增加消费以达到平衡增长的目标。否则,随着消费的增长,投资必须相应地减少以避免过热,而这将是很难实现的。人民币升值既符合政府的长期目标即更少地依赖外部需求,更多地依赖国内需求,尤其是诸如服务业等非贸易品部门,也能解决当前的紧迫问题即贸易盈余。

问题在于,人民币升值多少才合适。尽管有些经济学家通过各种模型和假设条件计算了为达到贸易平衡,人民币需要升值的幅度,但是,实际上答案是:我们根本不可能知道。我们几乎没有可靠的数据能够知道中国的出口和进口究竟如何对价格的变化做出反应。这还取决于那些和中国在出口市场上竞争的国家以及为中国提供进口品的国家的反应。货币升值应该被视为政策组合的一部分,所以需要升值的幅度还取决于其他配套措施的使用,尤其是那些实现国内储蓄和投资平衡的政策,以及经济主体对这些政策做出的回应。

当然,我们能够预测人民币升值之后各种变化的方向。人们可以预测到,如果单单进行人民币升值,而不配以其他辅助措施的话,会对中国经济造成什么影响。事实上,单纯升值会对经济产生抑制作用,同时对收入分配带来不利的影响。由于中国的农产品价格和国际价格互相联系,升值将带来农产品价格的下降,农村收入因此也会下降。农村收入的下降将使得更多的农民移民到城市,使得城市非熟练工人的工资水平进一步下降,从而加剧了熟练工人和非熟练工人的工资差距。考虑到中国经济在全球经济中的重要性,人民币的过度升值将使中国经济陷入通货紧缩,这一结果带来的负面影响将超过中国经济本身。

由于事先无法估计人民币需要升值的幅度,也由于人民币升值会对经济增长和收入分配可能带来不利的影响,因此为了实现内外部平衡而实行的升值措施应该慎重管理,并且对其对经济的影响密切关注。升值应该配合上述减少储蓄、增加国内需求的政策,以减少需要升值的幅度和升值对经济可能带来的不利影响。其他需要考虑的政策包括取消或限制那些可能带来扭曲的政策,比如通过出口补贴刺激出口而非为国内经济生产。事实上,作为政府平衡增长战略的一部分,取消带来扭曲的措施可以进一步减少人民币需要升值的幅度。

最终,政府应在市场条件成熟,或为实现内外部平衡必须做的时候准备好做较大幅度的汇率调整。2005年7月21日宣布的汇率制度改革为逐渐并有序的人民币完全可兑换创造了必要的条件。新的汇率制度也为实现有管理的汇率升值提供了条件。

从其他国家的经验我们可以看出,如果不能够利用这些新的机制所提供的机会,教训将是惨重的。在 20 世纪 70 年代初期,日本面临着和中国当前相似的境况。日本没有采取有管理的货币升值,而是选择了增加货币供给,以实现外部平衡。这是一个严重的失误。1973 年 10 月石油危机爆发之后日本陷入了恶性通货膨胀和经济负增长。在中国当前的新体制下,如果采取过渡性的安排,有可能会像其他新兴市场经济如智利和以色列那样,最终实现健康的经济增长、低通货膨胀、稳定的金融体制、货币逐步实现完全的可兑换、汇率最终实现完全浮动。这也将是中国的目标。

最后,在执行上述实现内外部平衡的政策过程中,应慎重考虑并协调政策组合中三个主要内容即降低预防性储蓄、扩张性公共支出计划和人民币升值的相对时机和幅度。幅度过小的升值加上大规模的扩张性公共支出政策将造成经济过热和通货膨胀压力。公共支出政策还需要加以认真设计,以便供给方能够对需求方(比如医疗服务)的增加做出反应。另一方面,过度的升值但没有足够规模的扩张性财政政策配合,将带来经济收缩和失业增加。由于这些影响难以在事前预测,所以必须严密观测、灵活执行。这个例子再次说明中国的战略即"摸着石头过河"是非常明智的。

2.6 应对资本账户盈余

中国的外部失衡包括所谓的"双顺差",即前面谈到的经常账户顺差以及同时存在的巨额资本账户顺差。最近几年,资本账户顺差的规模远远大于经常账户顺差的规模。外商直接投资(FDI)带来的资本流入在 2004 年已经和经常账户顺差规模相当,大约占 GDP 的 4%。除此之外,中国还有大规模的其他形式的资本流入,这部分资本流入很可能主要是出于投机,而且在 2004 年已经达到了 1 000 亿美元。从长期来看,中国似乎需要维持足够的资本账户盈余,以弥补同样规模的经常账户赤字,或者说中国应该成为世界其他国家的净借债国。但当前的政策必须关注 FDI 流入并管理不断增加的外汇储备。这就是下面两个小节的内容。

2.6.1 对 FDI 的国内融资

中国的政策决策者在 FDI 流入问题上遇到了两难选择。在过去十多年中,FDI 是中国生产率提高和经济增长的主要来源。以后,中国为了逐渐攀升到生产价值链条更高端的地方,仍然必须从国外的投资者那里学习新的知识和管理经验。但是,另一方面,由于 FDI 带来的资本流入却是导致国际收支盈余的主要原因。

解决这一问题的方法是区分外国投资者作为资本来源的角色和其作为新技术和管理经验提供者的角色。FDI 之所以和证券投资不同,最主要的原因就是 FDI

不是为了融资而是为了"控制"和"管理"。在很多国家,外国投资者可以从当地融资,主要是因为这样的融资成本更低。在中国,允许外国投资者在本地融资能够帮助解决资本"过剩"和先进技术以及有效的管理经验"短缺"的两难问题。

由国内资金为外国投资者融资可以有几种途径。以下是三种选择以及其面临的约束。

● 允许外国投资者在中国国内借人民币。这是使得外国投资者能够利用国内储蓄的最直接的办法。但是,外国投资者没有兴趣在境内借款,因为境外借款的成本更低。这主要是由于国内的公司借贷市场分割,同时也是因为人民币升值预期。

● 允许外资企业在中国上市。允许在中国国内经营的外国公司上市(卖出股权)或以本地货币发债也可以让外资企业直接利用国内储蓄。对股票发行程序和企业发债的管理办法应进一步改革以使这种办法可行。成熟和成功的外国投资企业应该被鼓励在本地股票市场卖出股份。外国投资企业上市没有必要等到完善 A 股市场的现行措施完全到位之后才考虑。外国投资企业的资产达到6 500亿美元,它们是中国经济中最具有活力、管理最好的部分,哪怕是这些企业中只有一小部分上市都会让 A 股市场更有吸引力,并会带来更多的投资者。让企业成功之后能够在本地市场上出售股份,也能鼓励更多的外国投资者从国外带入先进的技术和有效的管理经验。

● 允许国外私人股票投资者利用本地资金。另外一种选择是让国外私人股票投资基金吸纳本地机构或个人的资金,因为它们能帮助其投资的中国企业成长。但是,国外风险资本投资之后面临退出的风险,而且国内资金不允许投资离岸的基金。

为了使得以上渠道可行,必须对现有的资本流动和资本市场的管制进行改革。一般而言,虽然中国对资本的流入和流出都进行严格的控制,但是事实上,对资本流入却采用了减税等刺激办法。这一政策非常有效,使得中国成为最大的 FDI 吸收国,甚至超过了美国。FDI 对中国的成功做出了巨大贡献。但是在今天的情况下,有必要对管理资本账户和外国投资的规定重新进行审视。仅仅因为是外国投资,就有必要提供那么多的税收优惠和妥协吗? 国内储蓄怎样才能有机会投资于国内最有活力和生产能力的领域即外资企业呢? 这样做的目的不仅仅是为了解决由于 FDI 资本流入带来的资本账户盈余,而且是为了使中国国内的储蓄和资本实现更有效的配置,并提高国内储蓄的回报。因此,FDI 带来的大量资本内流反映出来的问题是国内金融体系落后。

2.6.2 积极管理外汇储备

即使采取上述措施,但是只要中国仍然按照现在的速度增长,FDI 带来的资本流入仍将非常大。因此,即使不考虑投机资本的流入,资本账户盈余也仍将持续,而且,除非中国变为经常账户赤字,否则外汇储备将继续增长,其规模将大大高于一般来说国际储备需要的规模。问题是中国如何管理其外汇储备,使其能够在泽被当代的同时惠及下一代。一个可能的办法是在为预防性的流动储备划出足够多的份额后,划出一部分的外汇储备进行更积极的管理。积极管理的目的是增加投资收益并为政府的财政收入提供额外的来源。

新加坡、文莱、科威特、阿布扎比(阿拉伯联合酋长国的首都,也是阿拉伯联合酋长国的 6 个酋长国之一——译者注)和挪威正是出于这样的目的在中央银行之外建立了专门的投资公司,以管理部分外汇储备。这些公司的管理更像全球长期投资基金,根据长期负债的要求进行匹配之后,使长期收益最大化。由于分立出来,它们可以不再像中央银行管理流动储备那样墨守成规,而是可以关注长期的风险和流动性溢价。最著名的例子是新加坡的政府投资公司(GIC)和挪威的 Norge 银行投资管理公司(NBIM)。这些公司的成功能够巩固一国的外部平衡和资信地位。此外,由于这些公司是商业导向的,它们能够为政府决策者提供相当多的贴近市场的经济和金融情报。

当然,中国的情况与需要和这些国家并不一样。上述国家大多数是小国,国内投资机会匮乏。这样一个政策建议对中国来说,只是为了解决眼前的问题,中国最终需要通过金融体系改革和其他措施,更有效地投资、更好地利用国内的储蓄。当然,在未来 5~10 年间,对部分外汇储备进行更积极的管理可能还是比较合适的。为了这样做,需要估计政府在未来 10~50 年间可能出现的官方债务,按照政府对风险的承受能力确定一个收益目标和资产搭配方案。中国必须提高更积极地管理外汇储备的能力。这一能力可以通过内部和外部的资源实现,比如可以将资金的管理外包给其他公司,政府必须决定希望外包给公司积极管理的外汇储备规模,同时严格区分内部和外部管理团队。必须构建一个强有力的公司治理框架,确保资产管理过程中的高度专业性,并确定严格的透明度和风险管理标准。如果有必要的话,可以借鉴其他国家的经验如新加坡的政府投资公司或挪威的 Norge 银行投资管理公司,来帮助建立投资公司。

第3章　可持续增长:挑战与机遇[①]

尽管过去 25 年一直保持着高速增长,但目前中国经济却面临着很多挑战,而这些挑战可能会降低中国经济的发展速度。因为中国经济比世界上的其他国家增长得快,它就面临着贸易条件恶化的威胁。这种状况的产生是因为:它对于出口产品的供给比全球需求的增长要快,并且它对于进口产品的需求比全球供给增长得快。随着中国经济占全球经济的比重越来越大,这种趋势将越来越明显。此外,中国在其主要的出口市场上将面临日益严峻的贸易保护政策。随着中国经济的持续增长,一些固定的生产要素如土地、水、自然资源、干净的空气相对于可积累的要素如物力和人力资本越来越稀缺。正如第 2 章所讨论的,如果不能有效地解决内外部失衡,也会对经济增长产生不利的影响。

这一章将探讨保持中国高速增长速度的八个主要的挑战和机遇:

- 城市化;
- 农业生产率和农村地区贫困;
- 维持制造业出口的活力;
- 服务业生产率;
- 投资效率;
- 国内贸易一体化;
- 人力资本投资;
- 能源和环境。

---

① 这一章基于以下的相关背景文章形成:R. Hausmann,"China's Growth Miracle in Perspective"; D. Rodrik, "What is so Special about China's Exports"; M. Lipton and Q. Zhang ,"Reducing Inequality and Poverty During Liberalization in China: Rural andAgricultural Policy Options"; A. J. Venables, "Trade and Regional Inequalities in China"; Warwick J. McKibbin ,"Global Energy and Environmental Impact of an Expanding China".

3.1　城市化

3.1.1　目前的情况

中国的农业劳动力约占总人口的一半以上,而农业的劳动生产率平均仅约为工业的1/8、服务业的1/4。农业劳动力向工业部门的转移在现在和将来都会是人均GDP增长的主要来源。

尽管存在巨大的机会,但是中国仍然基本上是一个农业国家。2003年中国的城市人口占总人口的40.5%。按照国际经验,考虑到中国的收入和人口,这一比率应该提高大约20个百分点。城市化将通过增加每个农村劳动力所拥有的土地数量,加速农业生产率的提高,从而缩小农村和城市间的收入差距。在1988~2003年这15年中,中国城市化率提高了15个百分点,这意味着城市人口以每年4%的速度增长。在同一时期,葡萄牙的城市化率提高了25.2%,收入水平和欧洲迅速趋近。马来西亚、印度尼西亚和菲律宾也比中国的城市化速度快。这表明中国的城市化过程还能为持续的高增长做出更大贡献。

近年来,关于增长理论的经济学文献大多都强调了城市对现代经济增长的重要性。这些研究强调了城市中技术市场、投入品和服务市场的不断深化和多样化带来的集聚效应。Peng, Zucker and Darby (1997)[1]研究了城市溢出效应对中国农村工业生产率的影响,他们的结论是靠近城市对生产率有很大影响(由于从城市居民那里可以获得技术转移,所以如果一个县离人口中心的紧密程度比平均水平超出一个标准误差,则生产率会提高30%~35%)。魏尚进(Shang-Jin Wei,1994)提出同一个城市内公司间的管理和技术外溢是中国出口成功的主要原因[2]。这些集聚外部性在一定程度上有助于解释不同城市间工资和生活成本的差异。举个例子,Eaton and Eckstein (1994)提出[3],即使工人是同质的并且能够在城市间自由流动,集聚效应也能使工人的生产率更高,于是形成了一种机制,城市越大,人力资本层次越高,租金越贵,人均工资越高。他们发现城市规模的相对大小取决于城市所提供的"学习环境"。

城市化的过程中充满着市场失灵。在利用公共资源的时候存在着"搭便车"现象,这将导致拥挤、污染和更高的犯罪率。而且,城市的发展在很大程度上取决于

---

[1]　Chinese Rural Industrial Productivity and Urban Spillovers, NBER WP♯ 6202.

[2]　Shang-Jin Wei(1995),"Open Door Policy and China's Rapid Growth: Evidence from City-Level Data",in Takatoshi Ito and Anne O. Krueger (eds) Growth Theories in Light of the East Asian Experience (Chicago: University of Chicago Press; 1995), pp. 73~98.

[3]　Cities and Growth: Theory and Evidence from France and Japan, NBER WP♯ 4612, 1994.

政府关于住房供给、城市交通、公共服务和其他方面的政策。有些国家在处理城市化过程中的问题时比另外一些国家更出色，但是不存在一招奏效的政策。有些国家的增长主要集中于少数大城市，比如巴黎、伦敦、墨西哥、布宜诺斯艾利斯、曼谷和圣地亚哥就是这样的例子。在另外一些国家，中等城市附近存在着很大的增长辐射效应，如德国、美国和哥伦比亚的城市发展就更为发散。

中国的经济增长将继续依靠城市化所带来的集聚效应。促进城市发展和劳动力流动的政策将决定城市化发展的速度和效率。

3.1.2 政策建议

● 逐渐取消户籍制度以增加劳动力的流动性。这一改革应首先在最贫困地区进行。通过允许进城务工人员更便利地获得工作、住房和社会服务，将提高他们的福利。同时，由于在外务工人员会向家里汇款，而移民迁出后原来的地区土地与劳动力比率也会降低，这一政策也能提高那些没有移出的农民的福利。

● 由中央政府投资建设住房和城市基础设施（公共事业、城市交通、社会服务等）以加快城市化的进程。

● 为了鼓励各省消除户籍制度并建立有效和公平的迁徙机制，需要认真考虑政府间的转移支付。应该对移民流入地区的原有居民进行适当补偿，因为移民人口给当地服务带来了额外负担。因此，应该设计支持有效迁徙的财政转移政策。特别是应该由第2章所建议的公共支出扩张政策支持，为地方政府提供解决住房和城市发展的特殊资金，以此作为放松户籍制度的交换。

● 改革养老金制度，确保养老金在各省之间自由转移，以促进国内劳动力市场的发展。

3.2 农业生产率和农村地区贫困问题

3.2.1 目前的状况

中国经济增长的第二个来源应该是农业人均劳动生产率的提高。2000年中国农业部门平均每个劳动力的增加值为每年490美元[①]，这与同等收入水平国家相比是最低的，和另外一些具有可比性的国家相比也偏低，如印度尼西亚（547美元）、泰国（620美元）、菲律宾（1 040美元）、马来西亚（4 851美元）、韩国（9 792美元）。这表明增加农业产出和劳动生产率的潜力仍然是巨大的。在所有的成功国

---

① 以2000年的价格计算，数据来源于《世界发展报告（2005）》。

家中,农业生产率和农村收入的提高都伴随着农村人口的快速下降和农村人均土地占有量的上升。这个过程将有助于缩小农村和城市间的收入差距。而且,中国的贫困人口主要集中在农村地区,尤其是在中西部省份的农村地区。

3.2.2 政策建议

● 农业生产率过低的部分原因在于农村人口太多、土地与劳动力的比率太低。应该通过采取上一部分提到的鼓励迁移的政策减轻这些压力。

● 应该通过发展土地租赁市场完善土地市场。特别是应建立有关的政策进一步放开土地市场,比如可以延长租赁期,确保土地的安全性(避免被社区征用或转移),给予迁出者更多的租让土地的权力等。这些将在促进劳动力流动的同时,使得土地资产得到更好的利用,并使之用到最有生产效率的领域。

● 应为贫困地区设计特殊政策,包括农业研究和推广、灌溉、农村基础设施、通过改善交通和信息条件便利农民进入农业投入品和产出品市场。

● 取消农业税,代之以对收入来源呈中性作用的税收。温家宝总理在2005年6月的讲话已经谈到了这一点。为了使此项政策发挥作用,应确保它能顺利执行,防止省级或县级政府再次对农业征收费税。

● 农村金融对于农村发展至关重要。中国的农村信用合作社受到了难以持续的利率补贴的负面影响。另外实际上,它们已成为一种政策垄断机构。逐渐引入竞争,包括私人贷款者,将起到促进作用。然而,各国的经验表明,仅仅依靠市场力量不足以解决贫困人口获取金融服务难的问题。非政府组织的监督有时能发挥很大作用。

● 应鼓励农民建立专业组织并帮助其在金融市场上操作(这需要新的立法)。

● 按照农民可以支付的费用为他们提供综合的农作物保险,可以通过在村庄和村庄之间分散风险,降低投保农民遭遇自然灾害后的损失。

3.3 保持制造业出口的活力

3.3.1 目前的状况

中国经济增长的第三个潜在源泉在于保持制造业出口的业绩。事实上迄今为止,制造业生产率的提高是中国经济增长的主要动力,而出口导向和鼓励FDI的政策又加速了制造业生产率的提高。这就产生了一种不寻常的高级的出口特征:虽然2003年中国按购买力平价计算的人均收入只有4 900美元,但是其出口特征和人均收入与13 575美元的国家是一样的①。这种差距正是中国出口保持活力的同时又令较为富裕的国家担忧的主要原因。然而,中国出口的层次在过去10年没有太大的提升。这就意味着,如果中国不能尽力去推动出口升级,就会因贸易条件恶化而面临价格、利润和增长率降低的问题。

3.3.2 政策建议

一方面,应该通过普遍提供公共产品(包括基础设施、教育、劳动培训、恰当的规章制度、产权、合同实施和法律规范)改善商业环境;另一方面,在产业政策方面,应当停止对出口活动的普遍补贴,将资源集中用于鼓励能够产生示范效应或信息和技术外溢的新兴活动上。

应当鼓励进入新领域的尝试,并直接或间接地对国内的改造、劳工培训和发展供应链予以补贴,同时应确保满足这些活动对基础设施、管制和教育的特殊需求。但是,这种试验的过程注定既有成功又有失败,关键是要发展出一套机制以确保无效的创意被尽早摈弃,以使资源不至于浪费在无利可图的活动上。在今后的政策中,应该特别重视设计出适宜的制度安排,以实现这一目标。

3.4 服务业效率

3.4.1 目前的状况

自1990年以来服务业一直是中国就业增长的主要源泉。在1990～2003年间,整个经济体系增加了9 680万个工作岗位,其中服务业增加了9 830万个就业机会,也就是说超过了就业增长的100%②。但是,服务业的生产率却远远落后于制造业。1990年工业部门的人均产出只比服务业高14.9%,而2003年这个差距已经扩大到了113.3%。竞争和FDI带动了制造业生产率的提高,而服务业在很大程度上却没有受到这些因素的影响。显然,这是由于服务业仅仅服务于国内市场,很难产生如制造业那样在全球市场范围的竞争。但是,在服务业中同样需要鼓励竞争和FDI,这样的政策可以使其生产率和增长有显著提高。

---

① 参见 Dani Rodrik 的论文。
② 在此期间工业创造了2 220万个工作岗位,但却有2 370万农民离开了土地。

3.4.2 政策建议

- 减少被列为"战略部门"的国有企业。
- 应放松对目标是国内市场的 FDI 的限制以鼓励竞争和创新。
- 应缩短开办个体企业的发证时间并降低向小企业收取的证照费用。
- 鼓励商业过程中的外包,这尤其适用于中国境内。因为在中国国内不存在语言障碍,商业过程中的服务外包会创造出大量机会以吸引中西部的劳动力。

3.5 投资效率

3.5.1 目前的状况

能带来额外增长的第五个源泉是投资效率的提高。中国是世界上投资率最高的国家之一①,但其效率却不佳。因此,中国的问题不是如何去增加投资率,而是如何去提高投资效率。

金融市场是影响投资效率的核心,因为它决定着储蓄被如何配置和监管。资本市场是由一系列因不同国家而异的无形资产构成的,包括各种私有金融机构(银行、互助基金、投资银行、养老金、保险公司等)、法律及实施机构、公司治理机制问责制及其相应的个人或公共监管机构(如股票交易所)、审计服务、信息披露标准以及组织和发布相关信息的机构、法律咨询服务、会计制度、合同规范、法庭和仲裁机制,等等。所有这些制度和机构的建立都有赖于熟悉该国的交易实践,同时具有专业知识的人才。

中国正在逐渐建立成熟健全的金融体系。在这一过程中,越来越多的资金将通过市场进行配置,储蓄可以在各个部门间转移从而得到经风险调整后的最高收益。但是,现在的情况是,许多投资并没有通过市场,这主要是由于国有企业过去在经济中的重要性造成的。

投资的低效在很大程度上应归咎于国有企业。这主要是因为国有企业产生的利润被重新投资到了同一家企业,或是流到了同行业中的控股公司,而没有被配置到更高收益的活动中。根据世界银行的研究(Kuijs,2005),国有企业投资的 50% 没有通过市场,而是直接投回了企业内部。此外,尽管规定越来越严格,但是国有企业依然拥有向银行贷款的优先权,而这更加剧了投资的低效率。

---

① 事实上,在 1999~2003 年期间,人口在 100 万以上,并超过了中国的投资率的国家只有乍得,因为这个非常贫穷的国家正在实施一个大型采矿项目。

3.5.2 政策建议

● 为了促进资本市场的发展和辅助性的无形资产的建立,应在大力推进改革的同时保持试验性、灵活性和渐进性的原则。明确改革的实验性至关重要,因为从国际经验来看,有时候花费巨大努力建立的金融市场却从未真正启动,而那些最初看似没有前途或计划外的市场却迅速成功。

● 在短期内,应采取措施打破国有企业投资中按行业分割的现状。应要求国有企业分配更多股利给持股人,而控股公司应该将股利交于政府。这样,政府就可以把股利重新分配给其他部门,或是投资于人力资本以及其他迫切需要的公共产品上去。

● 对养老金制度的改革也能够促进资金的再配置。如果把国有企业的国有股转让给社保基金,由社保基金来行使所有者权利并把股利再投资到回报更高的地方,就可以实现资金的市场化配置。

3.6 国内贸易一体化

3.6.1 目前的状况

中国从融入世界经济中大为受益。但这个过程使沿海省份受惠多于中西部地区,城市多于农村。这种情况很大程度上是不可避免的,它也是农业进步、经济发展和全球化过程的一部分,因为出口主要集中于国际运输成本最小的沿海地区。但是,在中国,这也反映了决策者出于慎重只向国外直接投资开放了部分地区的事实。这些决策固然非常成功,但是也加剧了两类地区(开放试点和非开放地区)的不平等。一视同仁的投资政策能帮助降低原有政策导致的不平衡,而提高运输和通讯基础设施质量能够减少由于运输成本导致的不平等。

国内市场一体化能够产生巨大的潜在收益。目前存在着许多阻隔国内一体化的地区和部门间的障碍,这就限制了资源转移到最具生产效率的用途,也限制了可以提高生产效率、促进创新的竞争压力的产生。正如在过去的 10 年中中国从融入世界经济中获益匪浅一样,在接下来的 10 年中,通过国内市场一体化我们会拥有提高效率产出和经济增长的更多机会。

事实上,国内市场的分割和基础设施障碍可能是导致出口活动集中于沿海地区的一个原因。尤其是对于那些进口中间产品并出口最终产品的部门而言,很少的贸易壁垒和贸易成本就会对国内价值增量产生很大的影响。例如,如果进口的中间产品占总成本的 50%,生产的产品全部出口,假设贸易成本的上升相当于装船货物价值的 1%,就会导致国内增加值降低 3%(增加值被更高的进口成本和更低的出口收价所挤轧)。如果一半的增加值分配给可流动要素(比如,可以在不同地区有同一价格的资本要素),则不可流动的要素(譬如非熟练劳动)的收入就会减少 6%。这就解释了为什么出口活动如此集中于沿海地区,以及为什么从沿海到内地工资水平的落差如此之大。减少国内壁垒会带来巨大的乘数效应,促进内地参加出口贸易,从而提高其工资水平。然而,尽管降低内部壁垒会使得更多的省份参与向世界市场的出口,仍然会有一些省份由于天然的贸易成本过高而不能有效地参与进来。

国内一体化也会促使企业将位置选取在远离海岸线但毗邻广阔的国内市场的地区,从而缩小地区间的不平衡。减少壁垒也有助于最有效率的国内公司和部门的扩张,这是因为如下原因:(1)中国传统的工业布局并不符合地区比较优势的原则;(2)无论是从部门还是从总体而言,中国没有完全获得集聚效应的潜在效率收益(Chan, Henderson and Tsui,2005);(3)企业的生产力水平还存在巨大差异。

促进地区竞争,鼓励各地经济专业化能够得到的收益是巨大的。如果能出现动态的规模经济(例如学习和知识能够外溢),这种专业化会促进地区中心的经济增长。如果能够提高国内效率,国内需求的增长就可能由国内供给而非进口来满足。

贸易自由化会导致贸易转移,并因此导致潜在的总量损失,但这不是中国应首要考虑的问题。之所以出现贸易转移,是因为一个地区从内部的其他地区购买产品,而不是购买更为廉价的外国产品。由于中国已经加入了 WTO,进口体制相当开放,因此中国完全可以避免出现这种情况。

由专业化带来的效率增进会使得效率高的部门和企业增长更快,但效率低的部门和企业却要关门。这会涉及到就业转移。标准的贸易利得(gains-from-trade)研究证明,所有省份都能从自由化中获利,但是前提是必须可以进行价格和数量的调整。这些转化有可能使某些地区的某些要素收益降低。例如,在没有相对工资调整的情况下,一个省份的扩张性部门可能并不能自动雇佣从因进口竞争而收缩的产业部门中转移出来的所有工人。

由于各地面临的出口机会和进口竞争不同,这些问题的表现也会各异。有的省份在国内市场统一的过程中会经历劳动密集型产业的扩张,这就会提高工资。在那些制造业受到保护的省份,密集地用于制造业的要素的需求会下降,同时用于农业的要素会获益。为了让失业者再就业,要么需要降低工资,要么需要将劳动力向工资水平较高的地区转移。如果这些机制不能正常运转(或劳动力转移成本太高),要素就不能被合理利用,并将伴随着实际收入的损失。

3.6.2 政策建议

- 通过取消移民限制(如户籍政策)和使养老金计划在全国范围内通用,使劳动力更具流动性。

- 改善国内的交通和通讯网络。
- 消除省际的贸易和投资壁垒。
- 减少外国公司在国内市场销售的限制。

3.7 人力资本投资

3.7.1 目前的状况

中国是全球实物资本投资率最高的国家之一。但是,尽管在人力资本方面的投资已经有了重大的发展,中国的人力资本投资率却远逊于实物资本投资率。特别令人担忧的是,在高等教育方面的投资比例相当低。

教育投资无论对于经济增长,还是对于社会公平都相当重要。对于经济增长而言,它对于保持生产率增长和提升中国出口结构是至关重要的;对于社会公平而言,高等教育可以防止在大学毕业生和其他阶层之间出现过大的工资差距。而这种差距在社会不公平的国家中是很高的,巴西就是其中一个典型的代表。巴西的高等教育入学率和中等教育入学率的比值与中国很接近(17%),同时巴西也是世界上工资差距和基尼系数最高的国家之一。

医疗保健又是中国亟待改进的又一个领域[1]。在改革和开放时期,医疗保健受到了不利的冲击。这个问题在农村地区最为严峻。在20世纪70年代,集体健康保险覆盖了90%的农村人口,而到2003年这一比率下降到20%。风险分担机制的缺失和高昂的医疗费用造成了医疗保健消费的严重不足。根据最近的调查,在城市和农村分别有34%和44%的人口由于无力支付费用,在生病的时候也不会到医院看病。医疗支出是导致贫穷的主要原因。在中国西部地区,每年有大约4%的人口因为医疗支出陷入贫困。缺乏足够的健康卫生服务已经引起人口健康状况的恶化。最近世界银行的一项研究发现,最贫穷的25%人口的健康状况在过去10年轻度恶化。

3.7.2 几点建议

- 在低收入地区,加大资金扶持力度,支持公共卫生设施和基本疾病预防项目的建设;

---

[1] 此部分基于哈佛公共健康学院的 William Hsiao 教授的贡献以及世界银行的系列报告"Briefing Notes on Health in China"。

- 为贫困人群提供营养计划；
- 扩大强制性社会健康保险的范围,使之能够覆盖受雇于小企业和非正规部门的工人,尤其是进城务工人员及其家属；
- 在农村人口中重建以集体为基础的医疗保险计划。

很多这样的项目已经被政府所考虑,但是由于相当大一部分目标人群支付能力较弱、贫困省份也无力提供资金,它们的落实还受到很大制约。中央政府需要考虑是否对穷人提供更多的补贴,或者是否对落后省份或落后县应该分担的相应资金予以豁免。这些政策从财政上看应该是可以负担的。比如,假设要对 4 亿农民提供基本防治计划,每年需要花费大约 20 亿~30 亿元人民币,而在东亚金融危机之后实行的财政刺激政策就高达 1 000 亿元人民币。目前的计划是中央政府、地方政府和个人各出资 10 元,假设各自的出资增加至 15 元,那么每人 45 元的保费就可以使他获得基本的医疗保障,可以为大部分的重大疾病提供担保。中央和地方政府需要提供的补贴总数在 120 亿~150 亿元人民币。如果政府希望对贫困户提供全额补贴,每年的总支出可能需要达到 12 亿元人民币。

实物资本的积累率非常高但边际收益却很低,人力资本投资并未令人满意但边际收益却很高。这种不平衡性意味着,对公共部门的投资进行重大的调整:从实物资本投资转向人力资本投资,将是中国新增长战略的组成之一。

3.8　能源和环境

3.8.1　目前的状况

中国已经成为全球第三大能源生产国和第二大能源消费国,占到全球能源消费的 10％强。根据合理的假设,估计到 2025 年这个比例会上升到 15％。从 20 世纪 90 年代中期成为能源净进口国以来,中国一直由于对全球能源价格带来上升的压力而遭到指责。但是,中国能源使用的增加对全球能源市场的影响将很大程度上取决于中国能源的供应状况,以及未来几十年内全球能源的需求和供应状况。中国已经在大型的能源建设方面投入巨资,这其中包括在未来的 20 年内计划建设 30 个核反应堆。加上在水力发电上的巨大投资和对于包括风能在内的可再生能源的利用,未来中国的能源供应将会增加。然而,作为世界上最大的煤炭生产国,在未来的几十年里中国仍然需要依靠煤炭来提供 75％的能源。中国目前正致力于通过国内的一系列措施提高能源的利用效率,但这些努力有可能会被经济增长所抵消,所以能源的需求量并不会降低。在大多数经济体中,GDP 能源消耗强度随着经济的发展而下降是一个正常的现象。对能源依赖程度的降低既来自各个特定经济部门提高能源使用效率,更来自于经济结构的调整,也就是说,像重型制造业这样的能源高耗型部门在国民经济中的份额逐渐降低,而像服务业这样的能源低耗型部门所占比重逐渐提高。中国在未来几十年内也将经历这样的转变。不过,在短期内,中国的能源供应不会像能源需求增长得那样快。因此,中国的能源进口将会继续增加。

随着全球能源价格达到历史纪录,在未来的能源市场上,能源供应将大幅度增加。特别是,其他替代能源的供应将变得更加可行。举例而言,在当前的价格水平下,加拿大的沥青砂在经济上就变得可行了。中国可以在不出现严重的能源瓶颈下继续保持每年9%的增长水平。全球能源市场相当开放而且区域上高度分散,因此不太会出现能源短缺的情况。然而,未来几年内能源价格上涨的压力会存在,价格的波动性也会增加。

中国在使用能源效率方面取得了显著的进步。图3.1列示了中国、韩国和美国每单位能源投入(按每千克石油当量计算)创造的GDP(根据购买力平价计算)的变化趋势。数据清楚地显示,中国在这个方面取得了很大的进步,从不到美国的1/4,到最后以绝对的优势高于其他两个国家。

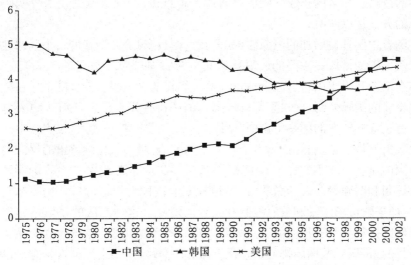

图3.1 能源效率:中国、韩国和美国每单位能源投入
(每千克石油当量)所创造的GDP(按不变购买力平价计算)

中国面临一个更为重要的问题:由于能源使用持续增加,给环境带来了巨大的压力。特别是,中国在未来的几十年仍将把化石燃料(尤其是煤)作为首要的能源。与煤炭燃烧相关的环境问题不仅对于中国,而且对于该地区和全球而言,都值得关注。很多研究估计每年由于使用化石燃料而造成的环境污染成本达到中国GDP的2%。由于使用化石燃料而带来的二氧化硫导致对当地(健康和酸雨)和附近地区(酸雨)的影响。世界卫生组织(WHO)估计,按照WHO规定标准,有超过6亿

人口的中国人生活在二氧化硫超标的环境中。二氧化硫和氧化氮混合在一起会导致酸雨。2004 年世界卫生组织估计,中国 30％的地区受到酸雨的严重影响。然而,这还不仅仅是中国自己的问题。中国是东北亚地区酸雨的主要来源地。中国已经出台了一系列控制二氧化硫排放的政策,使得二氧化硫的排放从 1995 年到 2002 年不断降低,但是最近又开始持续上升。直接的控制政策,比如硫交易制度,有助于进一步解决这个问题。

与化石燃料相关的另一个问题是黑炭的排放。黑炭是一种由于含碳物质非充分燃烧而产生的微小颗粒。造成这一问题的源头不是发电站,而是使用烧碳小炉子的居民。当前的研究表明,采取直接的行动减少由于居民家庭能源使用(以及放火烧林和焚烧秸秆)而带来的黑炭是当前中国亟需关注的一个重要问题。黑炭所造成的后果是多方面的:能见度的降低;严重的健康问题;对建筑物的破坏;农作物产量的降低等。人们认为黑炭应该对中国一些地区性的气候问题负责,比如北方的干旱和南方夏季的洪水。从降低黑炭的排放,到取得显著的气候改变,大概有 5 年的时间差。这和以见效时间长达几十年的二氧化碳处理问题比较起来,是一个快得多的过程。黑炭的排放问题可以通过一种直接的、低成本的技术改变居民使用能源的方法加以解决。

伴随着中国日益增加的能源使用(尤其是化石燃料)而带来的一个全球性的问题是二氧化碳的排放。中国的二氧化碳排放量占全球总排放量的 13％。这种温室气体在未来几十年内将引起全球重大的气候转变。中国已经批准了旨在控制二氧化碳排放的国际公约——《京都议定书》,但中国并没有设定任何有约束力的目标。在有关气候转变的国际争论中,中国是一个重要的参与者,这是因为中国不仅是个比较大的排放国,而且作为一个发展中国家,它对二氧化碳政策的反应会引导全球范围内对这一政策的争论。中国不应该采取《京都议定书》中罗列的那种有严格的目标制和明确时间表的做法,而是最好采取被称为 McKibbin-Wilcoxen 规划的方法,即采取市场激励和政府控制相结合的道路。这种方法的基础是建立一套基于长期的排放控制安排的关于二氧化碳排放的产权制度。应该建立交易和定价这种产权的市场,对短期的排放量不设上限,而只规定价格上限。这种方法以较低的成本促进能源节约,提高能源使用的效率,并对放弃使用二氧化碳排放技术提供长期的激励。同时,政府还可以通过在全国范围内分配二氧化碳的排放权,来鼓励外国资本投资到能源行业。

3.8.2　政策建议

能源使用所带来的各种环境问题需要区别对待。但它们都同样需要政府干预和以市场为基础的激励手段双管齐下。比如:
- 为了提高空气质量,应该推广目前已经实施的硫交易体制;

● 为了减少黑炭的排放,要用技术创新改善居民的烧炭(以及农业中的焚烧活动),这将会带来巨大的健康和经济上的益处;

● 解决二氧化碳的排放问题,需要一个长期的战略。由于中国经济需要持续增长,因此短期内不应该对二氧化碳排放进行限制,但对短期和长期的二氧化碳排放带来的成本必须有一个清晰的定价机制。

第 4 章 改革宏观调控体制和汇率机制[①]

4.1 宏观调控双轨制

　　未来几年,中国面临的挑战将是在维持经济高速增长的同时解决地区不平等和贫困问题,以及内外部失衡问题。这些挑战给宏观调控体制带来了更大的压力。尽管已经有了 25 年的改革历史,但是中国依然没有建立起像发达国家那样完善的宏观调控体制,同时,由于中国经济已经基本上按照市场规律运作,传统的计划和直接控制手段也已逐渐失效,所以我们需要考虑一个宏观调控的新方法。

　　经济学家对于这种新方法的终极目标可能很少会有异议。很多发达市场经济国家的宏观调控体制在过去 10 年里出现了趋同,即都趋向于采用所谓的(弹性)通货膨胀目标制。这种制度试图将政策集中于控制通货膨胀和经济增长等最终目标,而非货币供给量或汇率等中间目标(这两种政策目标都被证明只能在短期内有效或是很难成功)。通货膨胀目标制的目的是将非通胀条件下的稳态增长率维持在潜在水平,这和中国的宏观经济政策目标是一致的。

　　在发达的金融体系和国际资本自由流动的情况下,通货膨胀目标制通常是由独立的中央银行来实施的,中央银行通过使用短期政策性利率这一间接调控工具来实现其目标。随着中国金融改革的深入,以及金融市场越来越紧密地融入全球经济,中国在更长的时期内也应该转为实施通货膨胀目标制。这一目标应该作为短期的政策制定的重要指导。

　　然而,短期内这种制度对中国而言并不适合。如果贸然实施的话,存在会失控的严重危险——而这完全背离了实施通货膨胀目标制的初衷。因此,我们推荐一种二元方法,其目的在于在短期内保持控制,同时在长期内逐渐转向更具弹性的通

　　① 本章内容主要感谢 Christopher Allsopp 和 Cyril Lin 的贡献,并参考了 Takatoshi Ito,"A Robust Monetary Framework for China", Maurice Obstfeld, "The Renminbi's Dollar Peg at the Crossroad",以及中国人民银行研究局提供的报告。

货膨胀目标制。这种"双轨制"的内容包括以下两个主要内容：

- 继续保持资本管制，但汇率制度要越来越富有弹性；
- 继续保持信贷控制（以及其他影响总支出的直接方法），但是随着金融改革的深入，越来越多地使用利率这一间接工具。

显然，一方面要对金融改革和自由化的过程进行协调和排序，另一方面则要转向更加依赖于间接调控工具（利率），这两个方面都至关重要。这种方法的整体设计思路是，继续使用当前的调控体系，直到我们可以找到更好的方法，或者不再需要直接的管理为止。从长期来看，要实行通货膨胀目标制，这一长期目标应该成为短期政策制定的重要指导。

4.2 通货膨胀目标制

中国宏观管理体制的长期目标之所以要选择通货膨胀目标制，在很大程度上是因为其他一些可供选择的体制并不适合中国，比如钉住货币供应量（用基础货币或者广义货币来定义）的中间目标制或是汇率目标制。大多数采纳通货膨胀目标制的国家之所以这样做，就是因为此前采用的其他制度（例如货币供应量目标制）遭到失败。在发达国家中，把货币供应量目标制作为宏观经济调控基础的做法几乎全面受挫，而这正是这一制度被弃用的原因。中国目前的现实是，基础货币和名义消费之间的联系是很弱的、模糊的或者根本不存在的。中国的广义货币量一直在迅速上升（已经达到 GDP 的 180％），但是与增长率或通胀率的联系却同样间接和模糊。显然，无论是基础货币还是广义货币，对于中国的宏观经济政策而言都不是一种合适的中间目标。

中国的宏观经济政策框架也不能采用汇率目标制（例如钉住美元制）。很多小国都把汇率目标作为整体政策的基础，这是因为这种制度在长期内为（相对）通货膨胀提供了一种替代性的"名义锚"。在这种制度下，国内政策反应函数（即宏观经济政策制定者对于经济环境变化和冲击的反应）就需要进行调整以配合钉住汇率制，而不像通货膨胀目标制那样直接关注中期的国内通货膨胀（以及增长率的潜在水平）。汇率目标制对中国这样的大型经济体而言并不是一项适当的选择。此外，中国存在资本管制，这意味着可以在一定程度上钉住汇率的水平，而不牺牲国内宏观经济政策的独立性（参见下面的讨论）。但是这和调动总体的宏观经济政策去钉住汇率的做法存在本质区别。

通货膨胀目标制的主要优点在于它直接瞄准政策目标并确定了优先次序。首先要关注的目标是通货膨胀率，或者更加严格地说，是通胀率对中期内目标值的偏离。另一个目标是潜在经济增长率，其目的是使当前值对目标轨迹的偏离最小化。因此，政策制定者的任务就是使得增长率尽可能地趋近潜在增长率，通胀率尽可能地趋近目标值。这其中存在着权衡，例如在产出波动和通胀变动之间可能存在着此消彼长的关系,冲击也会使得经济体偏离轨道。但是,政策应该总是能够把经济体带回到潜在增长率和通胀目标值的轨道上来。

4.3 汇率制度和资本账户

2005 年 7 月 21 日,中国人民银行调整了人民币汇率,人民币相对于美元升值了 2%,并且宣布:

- "实施以市场供求为基础的,参考一篮子货币进行调节,有管理的浮动汇率制度。"
- "每日银行间外汇市场美元对人民币的交易价仍在人民银行公布的美元交易中间价上下千分之三的幅度内浮动,非美元货币对人民币的交易价在人民银行公布的该货币交易中间价上下一定幅度内浮动。"
- "将根据市场发育状况和经济金融形势,适时调整汇率浮动区间",并且"保持人民币汇率在合理、均衡水平上的基本稳定,促进国际收支基本平衡,维护宏观经济和金融市场的稳定"。

这些变化为渐进且有管理地转变为与宏观调控双轨制相符的更灵活的汇率制度创造了必要的条件。这种新的汇率制度属于所谓的"货币篮、波动区间和爬行钉住"(Basket,Band,Crawl,也被称为 BBC 制度)汇率制度类别。从原则上讲,这种汇率制度可以使得汇率有管理地浮动,以便实现前面提到的内外部均衡。在新制度下的过渡性安排也与智利和以色列等其他新兴市场国家的经验相一致(参见附录 B),这些国家最终获得了健康的经济增长,并且伴之以低通胀、金融稳定、完全的货币可兑换,以及纯粹的浮动汇率制度。

新制度有两个重要和直接的优点。第一,即使存在日汇率变化得很小的双向不确定性,对于预期人民币将继续升值的投机资本流入而言都是一种震慑。给定汇率的波动区间,赌人民币升值和美元贬值的投机者存在损失的可能性。第二,有限的波动性允许国内外汇市场在每日不确定性的条件下不断成长。必须进一步发展外汇现货和期货交易市场,以便让市场力量在汇率决定中发挥更加重要的作用。

考虑到政府公布的在长期内增强人民币可兑换性的目标,有必要允许人民币相对于其贸易伙伴国货币进行波动,这种波动需要采用有管理的方式。当前,向这一制度转型需要经过两个步骤。第一步是转为实行一种真正意义上的钉住一篮子货币汇率制度。尽管中国人民银行宣布将把人民币兑非美元货币的汇率限制在给定区间,同时把人民币兑美元汇率限制在一个狭窄区间内,但是这并非在所有环境下都能实现。例如,美元兑欧元汇率在某日的大幅波动将会导致人民币兑欧元汇率的相应变动,除非人民币兑美元的汇率突破了既定区间的限制。在过去,美元兑欧元或日元汇率的波动在一周时间内可以高达两个百分点(或者甚至更高)。对于某些市场参与者而言,如此大幅度的波动会让他们很难做出调整。

因此,需要迅速地转为实施钉住货币篮子的汇率制度,其中各种货币的权重和中国与该国贸易的比重成比例。从操作上而言,这种类型的一篮子钉住等价于人民币兑美元的可移动钉住,因为钉住汇率的每日价格取决于美元与货币篮中其他货币的双边汇率。在目前这种带有货币波动区间的制度下,这些波动区间会随着时间的推移而发生变化,它们最终由美元兑货币篮子中其他货币的汇率波动所决定。货币篮制度的另一个特征是,外汇干预仍然可以完全在人民币兑美元市场上进行。

这种一篮子钉住制度的优点之一是能够遏制投机。在该制度的运作中,未必会有投机者在波动区间的边缘去单方面地赌美元贬值,因为作为美元对日元和欧元汇率运动的结果,汇率可能向任何一个方向浮动。投机者也许能够就货币篮的价值下注,然而,通过在货币篮子权重的制定过程中引入一些随机性,就能够给投机者带来更大的不确定性。诸如新加坡等国家就试图通过在货币篮子的不同组成货币的权重中创造不确定性来遏制投机。

转为实施一种真正意义上的货币篮区间是第一步,而下一步将是随着时间的推移,逐渐扩大波动区间,其最终目的通过浮动空间的不断扩大,逐步降低对于市场的干预次数。市场干预(或者更一般地说,货币政策)是被用来熨平这一区间内的波动的。如果这一区间被逐渐扩大,那么从区间中点起始的爬行升降,或者波动区间的上下界限就会相应的扩大,就能够适应人民币的逐渐升值,从而实现内外部的均衡。这种逐渐扩大目标区的做法的一大优点就是有利于控制风险,同时使得市场参与者和机构投资者能够逐渐适应货币频繁兑换和汇率频繁波动这种充满不确定性的市场环境。

4.4 资本管制

这种制度的实施需引进一种更具弹性的汇率政策,从而能够更好地适应不断变化的环境。但我们现在只是"促进"这种制度的实施,而不是意味着政策的立即变动——除非政策制定者想这么做。但是,随着利率工具越来越多地针对国内目标,(在区间内)管理汇率的能力就取决于能否维持资本管制。这是我们推荐的双轨制的另外一个方面,在汇率制度越来越灵活的情况下,短期内继续维持资本管制。

然而存在这样一种看法,即资本管制的漏洞越来越多,而且是无效的。值得强调的是,通过实施一种使得汇率更加贴近市场预期的均衡汇率的政策——减轻汇率压力(参见下面的 D 部分)——会使得资本管制更容易维持,而且扭曲程度更低。然而,在长期内,金融改革的逻辑是实现资本项目自由化。但是存在重要的论据反对中国在近期减少或者取消资本管制。危险之一是,一旦经济形势恶化,而且市场对于人民币的热情跌落,那么就存在巨额资本外流的风险,特别是考虑到中国的银行系统中保留着数额巨大的存款的情况下。另一个危险是依然脆弱的银行体系没有能力应对资本项目自由化。这些都是关于未来风险的论据。

另一项特别重要的反对中国在近期放松资本管制的论据不是关于风险的,而是关于管制的。当存在资本管制时,尽管存在着政府能够忍受多大程度"压力"的限制,政府还是有相当大的权力去对汇率施加影响。但是,一旦开放资本项目就意味着政府或者必须让汇率浮动(从而承受市场的波动性),或者必须把货币政策的重心从国内的宏观管理目标转移到汇率管理上来,但这时投机性冲击的风险会增加。事实上,当前还存在以下观点,即在实施更具弹性的汇率政策的同时,还应该加强资本管制。从排序的角度来看,开放资本项目和采纳自由浮动汇率制度并非需要同时实施。

4.5 中国的宏观经济政策和汇率

在通货膨胀目标制框架下,宏观经济政策制定者的任务是考虑汇率对整体经济的影响。这和考虑诸如消费者需求高涨或者国际石油价格变化之类的事项没有什么区别。

4.5.1 汇率压力

然而,有些类型的汇率政策可能与宏观经济总体调控的要求相冲突。来自发达国家的一个重要经验教训就是,一种政策工具(例如通货膨胀目标制下的利率)不能用来实现超过一种以上的经济目标。因此,同时使用利率工具来钉住通货膨胀率和汇率是没有意义的。出于宏观经济总体调控的目的,考虑其他不同的具体工具作为替代通常是很有帮助的。当然它们各自的效应也是不同的。因此,为了达到一定程度的总需求效应,财政工具和货币工具之间政策组合的变化将会对利率和汇率(在一个资本自由流动的开放经济体中)产生影响。当存在资本管制和市场干预的可能时,宏观政策(包括利率)就能够被指派给对经济进行总体调控(事实上也应该这样),与此同时,使用选择性的干预来调控汇率。

关键问题在于,外汇市场干预过程本身是否会威胁到国内的货币和宏观经济调控。这并不仅仅是汇率水平本身的问题,而且还涉及市场对于某种货币的贬值或升值预期所形成的汇率压力,这种压力会加剧错误的汇率水平所产生的长期影响。关于这种压力程度的最明显的症状,就是中国迅速积累起来的外汇储备,这是关于人民币必然升值的市场预期所导致的。在一个资本自由流动的经济体中,外汇储备的累积将会非常迅速地迫使该国放弃钉住汇率或者控制汇率的努力。即使在一个资本管制的经济体中,汇率压力和外汇储备的累积也会导致汇率政策的变化,事实上正如中国近来所发生的那样。

4.5.2 汇率压力的负面冲击

其他一些理由也能说明为什么要减轻汇率压力。第一，如果政策目标之一就是维持低汇率水平，那么就存在压低利率水平的趋势（以减轻汇率的向上压力），此外一旦经济过热，政策制定者也不愿意通过提高利率来使经济减速。如此一来，利率实际上变成了部分钉住汇率，或者至少受到汇率的影响，而这和我们推荐的方法大相径庭。弹性通货膨胀目标制这一宏观经济调控体系的重要特征之一，就是利率（和其他工具一起）被更加积极地用于实现无通货膨胀的增长这一目标。对于总体政策而言，向上的（或者向下的）汇率压力是完全无益的。如果利率工具被用来应对这一压力，那么用来调控宏观经济的其他政策措施（例如信贷控制）就会受到过多的青睐。而这些并不是合适的政策措施，而且我们的长期目标是让这些措施发挥的作用更小，而不是更大。

第二，金融改革一般而言会导致更具弹性或者可能更高的利率（至少在某些领域内）。金融改革也会不可避免地给资本管制带来更多的风险，并且使得汇率两难问题变得更加突出。因此，如果汇率压力非常显著，那么金融改革就可能被推迟，而这会对我们整体战略——即转为实施弹性通货膨胀目标制，并且在长期内依赖间接（利率）调控——的实施造成负面影响。

第三，就像货币政策可能从它的最佳角色中偏离，并且导致其他替代性的和不适合的国内政策工具被采用那样，对于汇率压力的不适当的或者危险的反应也可能受到鼓励。资本流出的自由化就是一种能够缓解汇率压力的潜在方法。但是，如果银行体系中存在规模巨大的和流动性相对较强的资金的话，那么一旦市场对于人民币的热情褪去，汇率压力发生逆转，那么资本流出的自由化就可能招致严重的货币危机。

以上这些理由意味着，如果能将利率政策（或者更一般而言，货币政策）从汇率压力中分离出来，让其更关注国内经济目标，从而使得货币政策能够更加集中地行使其总体宏观调控的职能，将是非常有益的。

4.6 其他改革及排序

这种双轨制将会涉及到经济体其他领域内的持续的和相互配合的改革，以及这些改革的合理排序。金融改革对于提高资源配置的效率、对于家庭投资组合的选择、对于储蓄决策而言都十分重要。但似乎人们对于金融改革的资产方以及家庭持有更加广泛的可供选择的资产组合的愿望所给予的关注却相对很少。因此，由于缺乏合适的储蓄工具，中国的预防性储蓄可能要比合理水平高得多。解决这一问题的主要办法就是实施依赖利率工具进行宏观经济调控的金融改革。

4.6.1　银行业改革

当前中国经济体系的一个关键特征就是过度依赖于银行业,这表现为(广义)货币的累积现在已经高达 GDP 的 180%。这是由于中国过度依赖银行业媒介将家庭的高储蓄转化成企业的资金来源。开发除银行业之外的其他替代性中介渠道,对于解决以上问题而言是至关重要的,但是,改变现有体系的运行方式也同等重要。

信贷管理体系仍然是中国银行融资的中心。目前在更加间接的信贷控制方法上已经取得了一定进展,但是这些方法相对较少地依赖于利率——而当前的利率水平依然很低。银行的行为——例如它们对于利率自由化的反应——相对而言是难以预测的。由于汇率政策和资本流入的原因,积极使用利率来遏制过度投资的做法基本上行不通。即使信贷管理体系在最近的将来依然重要,但是对这一体系进行调整,从而使得利率能够在二元系统中扮演更为重要的角色,是非常重要的。

银行系统的其他方面,例如银行间货币市场,正处于更快的发展进程中。一个重要的问题是,这种发展将变得与资本管制和汇率管理越来越不一致。而相应的解决方法依然是实施一种二元方法,即在维持管理这一体系的能力的同时,使得汇率回归到市场的基本面和市场预期上来(从而减轻汇率压力)。

4.6.2　替代性融资渠道

发展替代性融资渠道的需要早在 10 年前就已经被中国政府所认识到,但是这些渠道一直发展得非常缓慢。银行融资的低成本阻碍了这些渠道的发展。同时,公司债券市场只对那些实力最强的借款者开放,因为债券发行必须得到政府的批准,而发行者也在事实上获得了政府的担保。股票市场在 20 世纪 90 年代获得了迅速发展,但是其发展已经受到以下因素的拖累:糟糕的公司治理、模糊的产权、证券公司的违规操作,以及投资人对上市公司的国有股大规模减持的顾虑。

随着资本外流的增加,资产组合的多样化将得到进一步发展。对于资本项目自由化的一种担忧是,海外的资产组合多样化可能会失去控制。发展替代性中介渠道的主要风险在于,这可能会弱化宏观经济调控的效力。但是这也正是支持我们转向间接调控方式的一种论据,因为这些间接调控工具是在整个金融体系中发挥作用的,而不是仅仅在银行业体系中发挥作用。我们可以通过改善公司治理和监管性框架来降低潜在风险,而不是因噎废食地在金融改革中停滞不前。

第 5 章　中国在全球和区域组织中的作用

中国不断增长的经济实力不可避免地带来一个问题,那就是中国应该在全球经济中扮演什么样的角色。中国现在是全球第六大经济体,也是美国、欧盟和日本以及东亚最大的贸易伙伴国。中国的经济发展和政策变化对世界其他地方产生了深远的影响。但是,从很多方面来看,中国在全球和区域经济组织中的地位依然相对过低,这不仅与其相对的经济实力不相称,而且与中国和其他国家之间紧密的相互依赖程度形成反差。所以,很多人认为,中国还远远没有对全球经济的发展和稳定做出其应有的贡献。

我们相信,无论是出于其自身的国家利益还是全球经济的考虑,中国都应该扮演一个更为积极的角色,在某些情况下,中国甚至需要在区域和国际经济中担当领导者。全球经济面临各种各样的风险,需要各个大国果断地采取联合行动:解决全球经常性项目失衡问题;进行结构改革、促进高速增长(尤其是在欧盟和日本);提高东亚地区汇率的灵活性;针对上升的油价做出共同反应,石油供给方应加大投资,石油需求方应节约能源并提高能源利用效率;解决全球自由贸易和区域性贸易协定之间的潜在冲突等等。在上述以及其他政策领域,中国的积极参与对于最后能够达成实质性的积极结果是至关重要的。

中国已经是多个多边组织(如世贸组织、国际货币基金组织、世界银行和亚洲发展银行等)的正式成员国。它在这些组织中的影响力将与日俱增。在短期和中期之内,如果中国希望采取更积极的战略提高其影响力,那么应该把更多的注意力放在一些非正式组织上(例如:国际层面上的 G3、G7/8 和 G20,以及地区层面的东盟 10+3 和 APEC)。此外,在不改变支持 WTO 下多边自由贸易的原则下,中国应该积极拓宽与其他主要的区域性组织(例如欧盟和东盟等)的联系。中国应该清醒地了解这些经济组织的变化趋势,以便在和每一个经济组织交往的过程中分别采取不同的策略。

同时,为了更加有效地融入全球经济管理,中国应该继续增强各级政府机构的管理水平,将这方面卓有成效的改革继续推进下去。

5.1 中国在非正式全球组织中的角色

5.1.1 七国或八国集团(G7/G8)

考虑到经济相互依赖的因素,中国应该积极寻求加入 G7/G8 全球财长和央行行长会议,并确定加入的战略和时间安排。如果中国能够加入这个包括了世界上最有实力的组织,就能够在各国应对全球性的紧急和战略性事务的共同政策行动中,充分保证自己的利益得到体现。这一好处会远远超过被组织的"游戏规则"限制所带来的风险,以及可能被发展中国家疏远的成本[①]。重要的是,中国加入 G7/G8 会强化全球经济治理中的多边性,有助于对抗美国的单极趋势。慢慢地,中国的言论和参与会对解决全球经济失衡、宏观监控和风险预防,以及金融危机管理和金融稳定性等问题起到日益重要的作用。

中国应该寻求在 2010 年以前加入 G7/G8。为了发挥重要作用,中国不应接受任何低于正式成员国以下的位置。然而,这样做需要妥善处理两个方面的事情:第一,作为一个正式成员,中国会不得不加入 8 国首脑会议。这一会议讨论的内容涉及各种政治和其他非经济问题,中国需要准备好对这些问题采取合作的立场。第二,俄罗斯现在是 8 国首脑会议的成员,但却不是 G7/G8 财长和央行行长会议的成员。事实上,许多 G7 成员对俄罗斯成为正式成员(例如,可以参加 G7 部长级会议的所有议题)存在严重的抵触情绪。中国需要更多的与现有正式成员合作,妥善地解决好这一问题。

5.1.2 二十国集团(G20)

2005 年,中国担任了 20 国集团财长和央行行长会议的轮值主席国。从长远来看,这个包括了世界上几个最大发展中经济体(例如巴西,印度等)的非正式组织,有可能会在某些领域像今天的 G7 那样掌控全球经济[②]。在成功地担任了轮值主席国的基础上,中国应该继续扩大它在 G20 中的参与和影响(同时提高自己的能力),最终使这一组织转化成为一个既代表成员国利益,又代表其他新兴市场国家共同利益的论坛。

G20 的构成有助于成员国之间达成共识,并使得该组织在全球经济面临的一

[①] 后一个风险可以被积极地参与 G20 所抵消。

[②] 有预测指出,巴西、俄罗斯、印度和中国的加总 GDP 会在 2025 年达到 7 国组织的一半,并于 2040 年超过七国组织,见 Goldman Sachs(2003)的研究。

系列紧迫和长期问题上担任领导者角色。这些问题包括：能源政策(G20包括最大的石油生产者和消费者)；国际货币基金组织和世界银行的改革，包括增加新兴市场国家的席位等；作为对全球化的反应的地区一体化；移民政策；制定规则以避免国际金融体系的滥用等。但是，全球宏观经济监控和汇率政策在短期内还不适合在这个组织内讨论。

5.1.3　四国组织(G4)

中国应该继续深化它在汇率政策上与三大货币区域(美元、欧元和日元)的协作，更多地参与保密的、非正式的磋商过程。中国应该完全参与这些由美国财政部、欧洲银行、欧盟成员国财政部、日本财政部的高级代表(副手级)之间的专门(ad hoc)会议。

由于议题的敏感性，以及市场可能会对议题产生立即的反映，这些专门会议主要局限在三大货币区之间，只有G7的部分成员国才能参加。近年来，中国在某些议题上参与了这一副手级别的专门讨论。中国在这些会议上的不断参与以及最终的全面参与，将有助于使关于汇率问题的敏感讨论"多边化"，而不是陷于单一国家利益驱动的双边谈判当中。关于汇率政策协调的讨论可能会促成非正式G4的建立，并在未来世界经济的其他领域发挥指导作用。

5.2　中国和区域组织的联系

5.2.1　中国和东亚

从2002年中国—东盟自由贸易区建立伊始，中国一直积极致力于与不同的东亚经济体建立自由贸易协定的行动。中国的积极主动为推动本地区自由贸易产生了不可估量的影响。例如，很多人认为，日本之所以决定在2001年与新加坡，并随后与整个东盟建立自由贸易区，就是出于对中国的反应。中国需要关注以下两个问题：(1)是应该继续与单一国家或组织建立双边贸易协定，还是应该在东亚倡议建成一个地区性的一体化组织；(2)如果决定走后面一条路的话，应该如何促进这一泛东亚组织的建立。

中国与东亚国家之间原本就很紧密的贸易和投资联系会在未来几年内继续深化。但是随着中国国内经济结构的转型，这一经济联系的本质可能会发生变化。目前，它们之间的紧密联系多是建立在中国作为本地区工业产品"中转站"(processing hub)的基础之上的，这种模式的形成主要是为了利用中国低成本劳动力的比较优势。事实上，中国的出口包含了大量来自东亚国家原材料、技术、资本品和其他中间产品的投入,构成了它们的间接出口。但是由于中国正在迅速多样化它的产业结构,尤其是正在努力提高自己产品的技术附加值,所以将来可能会与相对发达的东亚国家形成相似的比较优势。

随着这个趋势的继续以及中国收入水平的提高,东亚地区的产业内贸易会越来越多。中国会从东亚国家进口大量的服务和消费品。同时,中国对能源以及其他资源和原材料的需求也会增加。此外,中国在本地区的投资也会增加,不仅包括为其储备寻求高回报,还将包括对于关键行业,例如能源基础性行业的战略收购。总之,目前中国已是本地区产业链的核心,但未来中国和东亚地区的经济联系将远远比现在深远。所以,扩大与其他东亚经济体的一体化是符合中国利益的。事实上,建立地区性的自由贸易协定确实能使中国获益良多。

考虑到中国经济的主导性优势,任何不以中国为核心建立的泛东亚经济一体化组织都将不可避免地失败。中短期内,这一观点可能不被本地区的其他一些国家所接受。由于一些历史、地缘政治甚至经济原因,相当一部分东亚国家对于建立一个以中国为核心的经济组织心存芥蒂。事实上,如果中国单方面的强制性推进这一组织的建立,可能会加深这些国家的猜忌。但是就长期而言,由于经济上的必要性越来越明显,成立这样一种组织是大势所趋,这些东亚国家的政治抵触可能会最终消失。

就中短期而言,一个可能的方法是推进和东盟的合作,在此基础上建立泛东亚经济组织。东盟是目前东亚地区最正规的区域组织。它多年来的成功证明了,在一个较大的组织框架下,由于各种错综复杂的利益联合,使得两个原本不友好的经济体进行合作是可能的。东盟较大的平台使得相互敌对的经济体避免了一对一的协调,相反,它们可能会归入一个更大的组织内部的不同阵营。集体机制和重复博弈为沟通的过程添加了更多的中和性,使得成员国不再单一地从双边角度看待问题。同样,东盟可以在缓冲中国与其他东亚经济体之间紧张关系方面扮演同样的角色。正如上面所提到的,东盟已经显示了它作为"催化剂"的能力:正是由于中国开始与东盟进行中国—东盟自由贸易区的谈判,才推动了日本对于地区经济政策的重新思考。

在短期内,即使不作为中心,中国依然能够在推动一体化的进程中担当建设性角色。例如,通过加快中国—东盟自由贸易区的谈判,中国事实上对其他的东亚经济体施加了压力,推动它们采取同样的做法。中国在中国—东盟自由贸易区的谈判中走出的史无前例的一步——"早期收获计划",出乎很多国家的意料之外。中国向东盟提前开放了农业部门,而农业部门历来被认为是经济中最为敏感的部门之一。中国的做法和日本抵制开放、保护其农业部门的做法形成了鲜明的对比。中国—东盟自由贸易区可以作为日本—东盟自由贸易区(以及区域内其他自由贸易区)的样板,并为最终整个东亚地区自由贸易区的建成发挥显著作用。

5.2.2　中国和欧盟

20年以来,中国与欧盟之间的经济关系一直平稳发展。与中美贸易关系不同,中国与欧盟之间很少发生大的争端。这在很大程度上是因为欧盟方面采取了"善意的忽视"。长期以来,直到最近一段时间,欧盟一直将它大部分的政治精力放到内部调整,例如建立共同市场,单一货币,以及与美国之间的关系上面。针对中国的这一善意忽视策略帮助扩展了双方的贸易和投资,符合两方面的利益。但是,情况已经开始有所改变。中国不断上升的经济实力及其对欧盟的影响(包括不利的影响)已经开始受到密切的关注。

与中国—东亚,甚至中美关系相比,中国与欧盟的经济关系充满了更多潜在的冲突。作为一个联合体,欧盟需要综合代表25个成员国的共同立场。而在一些方面,这些成员国之间存在结构性差异。例如,欧盟新成员国的生产在很大程度上还是劳动密集型的,这构成了与中国的竞争关系。这一点在中美之间不存在,在中国与东亚之间也没有那么严重。再加上欧盟的劳动力市场远没有美国的流动性,这就更增加了与中国达成贸易自由化所需要承受的政治压力。与中国之间更多的贸易会损害欧盟成员国之间为彼此保留的贸易特权,进而影响内部的一体化进程。

还有一个方面的原因可能会加剧中国与欧盟之间的紧张关系。中国需要越来越多的能源和原材料,有时中国需要通过战略性的外国投资来获取这些资源,这一点会对同样依赖原材料进口的欧盟造成很大的压力。人民币汇率缺乏弹性也会对世界上其他实行浮动汇率制的货币造成不恰当的调整负担,欧元当然也包括在内。同时,中国逐渐增大的经济实力可能会使得欧盟在多边机构和非正式团体中的地位下降。

尽管许多结构性问题需要欧盟自身加以解决,但是中国与欧盟之间的磋商与协作会降低成本。一些情况下,问题的解决需要双边的重大政策调整。因此,尽早建立起来一个对话机制是符合中欧双边利益的。这样一个机制有助于及早辨别出那些潜在的冲突,避免在未来20年由于冲突而削弱双方越来越紧密的贸易、投资和金融联系,并进而损害双方的利益。

第6章 未来10年的中国与全球经济

前面的几章已提到,为了维持经济的强劲增长,中国决策者短期和中期内需要采取的主要政策和制度改革。从1978年开始,中国经济向越来越开放和市场化的方向转型,取得了非凡的成功,但同时也出现或加剧了各种结构性的内部和外部不平衡,为了解决各种结构性的内部和外部不平衡,有必要进行上述改革。各种不平衡主要来自于中国基于出口、FDI和外汇积累的发展战略;还来自于愈加不和谐的中国制度安排的转型特性;也来自于全球经济中已发生和正在发生的一些基本变化。特别是,全球经济中的变化迅速并已开始对将来的资源、发达和发展中国家的增长模式和增长率具有深刻的影响。因此,对于中国决策者来说,预见到全球经济中的长期趋势所产生的机遇与挑战并采取先行主动的战略,是至关重要的。正在进行的对第"十一个"五年计划(2006~2010年)的准备工作和其他的决策安排为中国决策者提供了一个如此做的大好时机。本章概述了对中国决策者形成国家长期发展战略有所帮助的全球经济发展的主要趋势。

世界正进入科技驱动增长的第三个世纪。由世界银行整理的数据清晰地显示出:史无前例的一些事情正在发生。尽管我们不能清晰地预见21世纪,但有理由相信:即便是20世纪的增长,在未来也将相形见绌。

我们做出这样的判断是基于以下理由:先进国家很明显已进入了较快的增长和生产力提高的时期。这主要得益于:信息技术显著地增加了市场的效率、拓宽了供应渠道,使得人力资本和服务可以跨区域、跨时间流通。几十年过去了,各种技术在静悄悄地发生着革命性的变化。除了增加各国的经济效率,中长期内更大的影响在于改变了全球经济。全世界受过高等教育的人们所提供的服务贸易在绝对量上和在总世界贸易额中所占的比率都增加了。研发(R&D)、商业服务和金融服务遍及全球。贸易占全球GDP的比率持续增长,国与国之间相互依赖增强。

中国和印度作为两个人口最多的大国,将在这一场景中扮演主要的角色。通过持续努力,地广人多的中国能建立现代金融和资本市场所需的制度和人力资本基础,成为世界主要金融中心之一。

6.1 全球经济的长期趋势——基于网络的信息技术的冲击

全球经济正在许多方面发生剧烈的变化。随着中国和印度的先后加入,世界 GDP 中真正积极地融入全球经济的规模将更大,并变得更加有活力(参见图 6.1)。中国和印度合起来就已经占了世界人口的 40%。

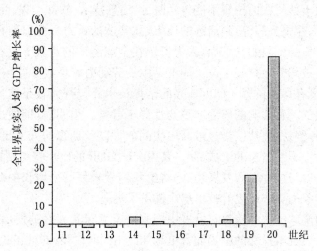

资料来源:DeLong,2000。

图 6.1 从公元 1000 年到现在全世界真实人均 GDP 的增长

更为重要的是基于网络的信息技术的出现和广泛普及。从经济学的观点看,此类技术大大降低了交易成本。它所产生的影响是普遍深入、旷日持久的,而现在仅仅是一个开始。另外,每年都会有新的创新,所以不可能准确预测在接下去的 20 年中这些技术所产生的影响。然而,有一点是确定无疑的,有一些非常重要和根本的事情正在发生。它们包括以下三类情形:

第一,公司内部所需的信息结构,以及公司之间相互交往所需要的全球经济供应链的信息结构可以变得更有效率、更省成本。简而言之,就是实现了自动化。信息的人工处理被系统地排除了,从而降低了成本、错误以及延误。随时间的推移,这一影响会非常巨大。所有这一切离不开可靠并持续可用、不仅由人们而且包括了相互联系的信息处理机器所构成的网络的支撑。覆盖全球的互联网是基础。在全球拓展的供应链仅需要很少的成本来协调。例如,有证据显示:那些运用了离岸制造和全球采购的行业,从产品设计到市场推广的时间间隔由于三个或更多因素已经缩短了。信息技术方面的影响是资本密集和劳动节约。

第二,形成市场的成本(例如买卖者各自找到对方;学习包括价格等的有关产品特征的知识;用不同的产品与买者不同的偏好匹配,所有这些代表了一个市场的信息基础)大大降低了。结果,成千上万的市场开始涌现(就拿 eBay 的例子来说,它很快就成为一个全球的市场,市场的地理边界彻底消失了)。信息和交易密集的金融服务将倾向于使用互联网。这些影响难以准确测量,但影响很大——至少与第一种影响相当。这一情形包括了使用基于网络的信息技术以一种高效率的方式传送政府服务。如果运用得当,单纯这一点就能显著增加经济效率以及私有部门的增长率。

第三,最重要的是,互联网使得各种服务能被送达遥远的地方,而不需要派人到递送点。由于其所在的位置不能传送服务(信息技术、软件工程、商业程序、研究和开发工程、医疗服务等等)到遥远的地方,高素质的人力资源以前在全球经济中所能发挥的价值受到限制。从而,人力资源在全球经济的背景下更有价值。劳动力市场的边界被部分地打破了——旧世界中的劳动力好像成了"可移动"的,但实际上,他们并没有移动位置。印度新兴的信息技术外包行业就是这种趋势和技术创新的早期例子。它影响的广度和重要性异乎寻常。很明显,即便这种趋势才刚露出端倪,服务贸易,包括接受过最高层次的教育以及训练的人所提供的服务,将成为全球贸易中不断增长的组成部分,其占全球 GDP 的比率将急剧攀升。提早预见并做好准备参与这些新的发展趋势,将给我们带来另一个增长的源泉。它也为比原先所能想象的更快地提升技术层次提供了机遇。

这些推动全球经济的趋势对发展中国家而言意味着大好的发展机遇,特别是对于不断对人力资本投资的中国而言更是如此。同时,尽管对此谈论得比较少,但它们也代表着发展国内经济的大好机会。例如,欠发达省份受过教育但未被使用的人力资源能被雇佣来为较发达地区提供服务。在较发达地区,劳动力供求的平衡状况差别很大,劳动力成本较高。这样做可以减少一些从农村向城市以及从中部地区向沿海地区的高迁移率所带来的压力。

意识到下面的这一点是重要的:上面所描述的技术使发达国家进入一个比正常的生产力增长更高的增长时期——4%,而第二次世界大战后阶段的平均增长为2%。关于这种趋势会持续多久是有争议的,但大多资深观察家以及分析家认为,我们正处于这种趋势的早期阶段,并且有理由预期:在未来 20 年或更长的时间内,这种趋势将持续扩大,逐渐融入全球经济。

欧洲和日本仍然没有显示出在美国能看到的更高的生产力增长速度。这一点有许多原因,其中的一些原因与整体经济和劳动力市场的适应性有关。但是这种情形不会持久,因而,下列预测是正确的:欧洲和日本将来会处于与之类似的发展路径上,尽管会有延迟或滞后。

6.2　美国金融的不平衡

中期内全球经济的主要风险不是来自于中国或者来自于发展中国家,而是来自于美国。美国储蓄率低,依靠外贸赤字和向外国借债为其投资融资,普遍的观点认为这种体制在长期内不可持续。对于美国储蓄率非常低的原因不是很清楚,但是绝对受到联邦政府赤字的影响。其次,由于便利消费者依靠债务进行消费的机制已很好地建立起来,有可能整个经济体倾向于非理性与过度使用债务。其中的一小部分原因也许与破产法律有关。直到现在,有关的破产法律使得家庭部门的破产成本非常低。然而,难以相信单凭此原因就导致接近于零的储蓄率。对人口统计的分析也解释了一部分原因。根据莫迪格利亚尼的生命周期储蓄模型,在婴儿高峰期出生的一代正处于支出大于收入的生命阶段。即使远远没有为退休凑足资金,社会保障制度缺乏透明度会使得各家庭认为他们已储蓄了足够的养老金,尽管总体上说他们没有储蓄足够的养老金。他们宁愿把问题留给下一代。最后,不久的以前,是由于互联网的繁荣,而现在则是由于低利率政策的影响造成了房地产泡沫,造成了相当高的资产价格;而当资产价格较高时,家庭部门也许觉得适量的储蓄就足够的了。

然而,如果将所有这些因素加起来,我们可以很明显地看出,尽管美国能在一段时期内维持低储蓄率,但是它决不能长期保持贸易赤字,并依靠外国"借债"(更适当地应称为外国投资)来为其投资—储蓄缺口融资。如果这样的分析是正确的,那么剩下的问题(对此还没有人提出答案)就是这种状况在何时以及多快走向结束。

利用10年的时间来渐进地消除这一不平衡是可能的。当然,如果采取非常措施促使美国储蓄增加,利率达到峰值,同时美国经济衰退,并在全球蔓延,那么这一不平衡也可以迅速扭转。但是显然,每个人都不希望看到第二种情形的出现。

中国新的汇率机制,包括人民币对美元、日元和欧元的逐步升值,都有助于纠正全球货币和金融市场的不均衡,但是它不会消除或者是大幅降低中国对这些国家和地区的贸易顺差。虽然公众认为中国新的货币体制会对消除美国的贸易逆差起到帮助,但事实并非如此。

6.3 中国不断增长的经济实力与其在全球经济中的作用

从经济实力上看中国显得异常重要。首先,中国已经经历了连续1/4个世纪的高速增长。虽然目前面临着一系列的我们熟知的挑战、转型和瓶颈问题,但是由于中国对这些挑战和问题进行了务实的成功处理,所以中国非常可能继续保持成功增长。中国现在是许多其他国家的一个典范,其他国家讨论并吸取中国的经验十分有助于提高自己成功发展的可能性。

其次,现在中国经济规模巨大,地位重要,在外贸方面更是这样。在未来25年,随着中国GDP两到三倍地增长,中国将成为世界的一支主要力量,在制定国际经济政策中将成为继美国、欧盟、日本之后出现的世界领导力量。中国的国际经济政策,以及制定政策的参照系将对全球经济政策的演进产生越来越大的影响。

没有人会认为经济萧条国家增长停滞仅仅是由于不利于这些国家的国际经济政策和规则造成的，但是几乎都会赞成现行的很多政策是无益的。中国将在决定这些政策如何改革演进当中发挥主要的作用，而中国经济快速增长和发展的经验将成为非常有价值的贡献。

从长期来看，可以预见的是：具有巨大经济规模并不断增长的中国对其他国家的影响将越来越大，在经济和国际经济关系中也将变得更强有力。当中国如愿实现增长和发展的时候，中国的政策需要逐渐而稳定地把重点放在既对全球经济有益又是中国内部所需的事务方面。在不断强化的全球经济一体化过程中，对世界经济有利的事情对中国经济也有利；反之亦然。正如其他国家考虑中国对它们的影响一样，中国在制定长期发展战略过程中考虑到中国与其他国家的相互依赖性是十分重要的。通过中国和外部世界的对话沟通与合作，政策制定过程会非常成功。希望此报告是沿着这方面努力的过程中的一步。

（何　帆　张　明　王世华　罗　瑜　译）

分报告之一

重新平衡的中国经济增长：
一种三管齐下的解决方案*

Olivier Blanchard　Francesco Giavazzi

　　* 作者分别来自 MIT、NBER、CERP 与 Bocconi 大学。这篇论文是"2010 年的中国与世界经济"项目的成果之一。我们感谢 Edwin Lim 的帮助和讨论，感谢 Ricardo Caballero、Ricardo Hausmann、Eswar Prasad 和 Francesco Sisci 的评论，同时还要感谢中国社会科学院世界经济与政治研究所何帆和其他研究人员在提供数据方面的帮助。

Olivier Blanchard（法国），麻省理工学院经济学教授。

1948 年出生于法国，1977 年于美国麻省理工大学获得经济学博士学位，随后在哈佛大学执教，1982 年回到麻省理工学院任教。期间曾担任经济系系主任。其他学术和社会兼职包括：美国计量经济学学会顾问团成员、美国经济学会副会长、美国科学院院士、法国总理经济顾问团成员、美国国家经济研究局研究员、纽约联邦储备银行经济顾问、麦肯锡专家顾问团成员等。

Mr. Blanchard 的研究主要集中于宏观经济学领域，包括货币政策、投机泡沫的本质、劳动力市场的本质、决定失业的主要因素以及前社会主义国家的转型等等。已经出版多部专著和论文，包括两本《宏观经济学》的教科书（一本是与 Stanley Fischer 合著的研究生用书）、《对欧洲中央银行的监控——定义欧元区的宏观经济框架》、《说 No 的后果：拒绝欧元的经济影响》等，并在《计量经济学》、《美国经济评论》等核心期刊上发表论文数十篇，包括《产出、股市和利率》、《储蓄和投资的一般均衡模型》等富有深远影响的研究成果。

Francesco Giavazzi(意大利)，米兰波科尼(Bocconi)大学经济学教授，麻省理工学院客座教授。

1949 年出生于意大利贝加莫城(Bergamo)，1972 年毕业于米兰工业大学电气工程专业，1978 年在麻省理工学院获得经济学博士学位。Giavazzi 教授担任的学术和社会职务有：英国经济政策研究中心(CEPR)和美国国民经济研究局(NBER)研究员、华盛顿布鲁克林研究院经济委员会成员、法国财政部战略委员会成员、欧洲中央银行幕后顾问团成员、CEPR"监控欧洲中央银行"小组成员以及欧洲委员会主席巴罗佐经济政策顾问组成员。他还曾经担任过：国际货币基金组织研究活动外部评估委员会成员(1999 年)、意大利总理经济顾问委员会成员(1998～2000 年)、意大利财政部负责债务管理和私有化的官员(1992～1994 年)、波科尼大学副校长(2001～2003 年)、《欧洲经济评论》编辑(1991～1999 年)等。

主要研究领域：宏观经济学、国际政治经济学。Giavazzi 教授发表了大量的专著、论文和工作报告，已出版文献包括：《有限的汇率弹性：欧洲货币系统》、《可管理的浮动汇率制下货币政策干预》、《高产出：德国利率的扩散效应》等。

1. 引 言

2005 年 7 月 21 日,中国启动了重新平衡本国经济的进程。随着时间的推移,新的汇率规则将会降低投资于外贸部门的动机。这对于中国而言是正确的一步,因为越来越多的迹象表明,中国经济已经过度地依赖出口导向的制造业,以至于国内的资本配置出现了扭曲:过多的资本流向制造业,而流入本国服务业的资本严重不足——特别是医疗服务的供给方面。

与此同时,中国政府宣布,将在所有的农业省份取消农业税,并且正在考虑降低这些省份里的某些区域性税收。对于所有的农村家庭而言,中国政府也已经实施了免费的初等教育,以及某种程度上的免费基本医疗服务。这些政策也是正确的,原因有二:其一,中国农产品价格已经非常接近国际市场价格,因此货币的重新定值将会带来以人民币计值的粮食价格的相应下降,其结果将会降低农民收入。其二,人民币大幅度升值可能导致中国经济陷入衰退——或者至少是增长率显著下滑。使用财政政策来支撑国内需求是非常明智的选择。将扩张性财政政策的重点放在农业省份,无论是从收入分配的视角还是从宏观经济的视角来看都是正确的方案。

2. 迄今为止的战略

2.1 储蓄和出口

从 20 世纪 90 年代早期依赖的中国经济战略具有两大特征:高储蓄和高资本积累,以及出口导向的增长[①]。这种特征部分是深思熟虑的政策选择的结果,部分是历史的偶然。

• 高储蓄

无论和哪一种类型的国家相比,中国的国民储蓄率——在 2003 年达到 43%都异乎寻常地高(表 1)。

[①] 关于对中国经济增长的更加详细的描述,以及与韩国和日本等其他国家在更早时期内的高速增长经验的比较研究,可以参见 Hausmann(2005)。

表1   国民储蓄率(占 GDP 的百分比,2003)

中国	43.2
低收入国家	20.3
低中收入国家	30.4
中等收入国家	28.3
高中收入国家	23.9

资料来源:World Development Indicators(2004)。

高的国民储蓄率同时反映了高私人储蓄和高公共储蓄。投资于海外的储蓄比例相对较小:在过去15年间中国一直保持着经常项目顺差,但是规模从来都不是很大:从20世纪90年代以来平均为 GDP 的2%。作为高家庭储蓄的结果,私人消费一直相对较低。正如表2所显示的,当前消费占 GDP 的56%,与20世纪90年代早期相比,降低了6个百分点。私人消费降低的份额完全被用来为国内投资融资,在同一时期内,投资占 GDP 的比率上升了6个百分点。

表2   需求的构成(占 GDP 的百分比)

	1991 年	2003 年
消费	62	56
私人	49	43
公共	13	13
投资	36	42
出口	16	31
进口	14	29

资料来源:中国社会科学院世界经济与政治研究所。

● 高出口和高进口

用贸易总额占 GDP 比重来衡量的开放度在2003年达到60%:中国的开放程度相当于法国和意大利,而这两个经济体已经深深融入到欧洲单一市场中(比较而言,拉美国家的平均贸易开放度不到40%)。在不到10年时间里,中国的开放度几乎提高了1倍,无论是出口还是进口的增长率都数倍于全球贸易的增长率(表3)。中国对外贸易的很大一部分属于进口中间产品的加工贸易(加工贸易占到中国对外贸易总额的一半左右)。而对外开放的主要收益之一——"干中学"(learning by doing),恰好发生在加工贸易领域。

表3 　　　　　　　　　　出口和进口的增长率(年均百分比)

	20世纪80年代	20世纪90年代	2000～2003年
出口			
中国	5.7	12.4	23.1
全球	5.0	6.2	5.8(*)
进口	10.2	15.5	23.5
中国	4.7	5.8	5.3
全球			

注:*为2000～2002年数据。

资料来源:World Development Indicators(2004)。

总体而言,这显然是一种非常成功的战略。

● 人均收入

在仅仅15年时间里,中国的人均GDP(经过PPP调整)已经由与印度的人均GDP持平,增长为印度人均GDP的两倍。或者用另一个例子,中国的人均GDP已经从韩国人均GDP的18%增长到29%。这是令人印象深刻的成就。

● 全要素生产率和"干中学"

从1990～2002年间,工业部门劳动生产率平均每年增长12.5%。劳动生产率的增长明显与高投资率相关,但是(正如Hu, Jefferson, Xiaojing and Jinchang, 2003所展示的那样)"干中学"导致了全要素生产率的增长。从改革启动以来,由不同作者计算的全要素生产率的增长率——在Wang(2005)的总结中认为在年均3%的范围内波动(表4)。然而,近年来,正如Hu和Zheng(2004)所讨论的那样,全要素生产率的增长速度似乎显著下滑。我们在下文中将继续讨论这一问题。

表4 　　　　　　　　　　全要素生产率的增长率(不同的估计)

作 者	时 期	年均全要素生产增长率
Wang Mengkui	1978～1985	0.5
	1978～2003	2.4
Li Shantong	1982～1997	1.4
Maddison	1952～1978	−0.8
	1978～1995	2.2
World Bank	1978～1995	3.1
Zheng Jinghai	1979～1984	7.7
	1985～1990	2.2
	1991～1995	3.7
	1995～2001	0.6
Zhu Baoliang	1978～2002	3.0

资料来源:中国社会科学院世界经济与政治研究所。

● 没有过热的证据

从劳动力方面来看,没有工资上涨的普遍压力。从资本方面来看,设备和建筑材料的价格只能表明存在过度供给(表5)。

表5 价格指数(变动率,2003年)

出厂价格	2.3%
价格缩减指数,固定资产投资	2.2%
价格缩减指数,工业设备	−3.0%
价格缩减指数,工业建筑材料	−0.4%

资料来源:中国社会科学院世界经济与政治研究所。

2.2 失衡

然而,在增长的同时,涌现出一系列的社会性和经济性失衡。

● 省际之间的不平衡增长

在20世纪70年代,城市的人均收入是农村的3倍:对于粮食价格的管制和对于劳动力流动性的限制明显对城市有利。20世纪80年代的改革使得这一比率下降到2.2。然而,从20世纪90年代以来,这一比率再次上升,到2003年达到3.2。城市和农村的人均消费也是如此(表6)。毫不奇怪,城市家庭和农村家庭的这一差异,也能够体现在省际之间人均收入差距的不断扩大上(表6的最后一列)。在1998~2003年间,省际之间人均收入的标准差增长了72%。

表6 人均收入和人均消费的比率(城市家庭比农村家庭以及排名靠前的8个省份与排名垫底的22个省份)

年 份	收入比率	消费比率	收入比率
	城市比农村	城市比农村	省际之间比较
1979	2.6	2.9	
1990	2.2	3.0	
1998	2.9	3.4	2.8
2003	3.2	3.6	3.1

资料来源:中国社会科学院世界经济与政治研究所。

省际之间增长率的差异,已经超过了由地理位置、人力资源禀赋等不同特征所能解释的程度。值得指出的是,向指定区域里的出口商和投资者提供财政优惠的政策,直接导致了收入差距的扩大。被授予"经济特区"地位的城市的年均增长率要比其他城市高5%(Jones et al.,2003)。省际之间的溢出效应也导致了收入差距的扩大,因为(正如Brun et al. 2002所展示的那样)溢出效应在沿海省份间是积极的,但是在沿海省份和内陆省份或西部省份之间却并不存在。

● 不同熟练程度劳动力之间的不平衡增长

我们估计,在 10 年时间里,熟练劳动力和非熟练劳动力之间的工资差距已经由 1.3 倍扩大到 2.1 倍(估计的详细步骤见专栏 1)。劳动力从农村向城市、从内陆和西部省份向沿海省份的大规模迁移,说明农村地区发挥着劳动力蓄水池的功能。非熟练劳动力的高供给弹性肯定是导致熟练劳动力和非熟练劳动力工资差距拉大的主要因素之一。

这一弹性究竟有多大? Zhu(2000)使用了一次湖北省居民调查的数据,发现迁移到城市的劳动力的工资水平相当于仍然留在农村的劳动力的工资水平的两倍。这一收入差距部分反映了劳动力在技能方面的差异。然而,即使经过不同技能的调整,农民工的工资依然高于农民的工资(劳动技能调整使得这一比率从 2 降低到 1.8),这说明城市里对劳动力技能的回报率更高,但是劳动力迁移过程的成本高昂(主要障碍之一是对劳动力流动的法律限制,即所谓的户籍政策)。因此我们很难准确地在农村工作和城市工作间权衡。然而,有趣的问题是,工资差距的扩大在多大程度上会导致更高的劳动力流动性。同一调查显示,农村工资下降10%——假定城市工资保持不变——将会使得劳动力迁移规模增加大约 0.5%。因此,农村收入的波动是迁移决策的重要决定因素之一,尽管迁移成本妨碍了我们作出精确判断。正如我们将要讨论的那样,在分析货币重新定值效应的时候,这是一个重要的事实,因为货币升值将会降低农村地区的收入。

专栏 1 估计熟练劳动力和非熟练劳动力的工资差距

假定 i 部门在第 t 年的平均工资为 w_{it}。把劳动力分成两个群体,熟练劳动力(高中文化程度以上)和非熟练劳动力(没有上过高中),假定他们各自的工资分别为 w_{it}^s 和 w_{it}^u。假定熟练劳动力和非熟练劳动力所占比重分别为 α_{it}^s 和 α_{it}^u。那么,定义:

$$w_{it} = \alpha_{it}^s w_{it}^s + \alpha_{it}^u w_{it}^u$$

如果我们假定在不同部门之间熟练劳动力的工资相同,不同部门之间非熟练劳动力的工资也相同,这就意味着:

$$w_{it} = \alpha_{it}^s w_t^s + \alpha_{it}^u w_t^u$$

这样我们就能够用各年该部门熟练劳动力和非熟练劳动力的平均工资,通过跨部门的回归得到 w_t^s 和 w_t^u 的估计值。数据来自中国社会科学院世界经济与政治研究所,回归方程包括了 14 个部门的样本。正文中采用的数字是第一个估计参数与第二个估计参数的比值,分别使用了 1994 年和 2003 年的比值。

● 部门之间的不平衡增长

毫不奇怪,一旦给定了增长战略和出口构成(在 2003 年,中国 91%的出口商品是制成品),中国制造业占 GDP 的比重是极大的,这在与中国相比较的不同国家群体中都显得格外突出(表 7)。服务业的比重相应较低。特别是医疗服务的供给严重不足,在农村则情况更加糟糕(我们在下文将继续谈及这一问题)。零售贸易和批发贸易的比重也相对较低,我们怀疑这是否是事实,但是我们没有数据来证实或者质疑这一点[①]。

表 7　　　　　　　　　　产出的构成(增加值,占 GDP 的百分比,2000 年)

	农业	工业	服务业
中国(1990)	27	42	31
中国(2003)	14	52	33
其他国家(2003)			
低收入国家	25	27	48
中高收入国家	12	41	59
全球	4	28	68

资料来源:World Development Indicators(2004),以及中国社会科学院世界经济与政治研究所。

● 社会保障网络被极大地削弱

高储蓄率反映了(正如我们在下文中将要展示的那样)与医疗费用、退休费用、教育费用等相关的高水平的个人风险。社会保障的削弱使得个人产生了自我保障的需求——这是一种昂贵的而且非常不完美的解决方案。在医疗领域内,社会保障网络的削弱显得更加突出,向以收费为基础的医疗体系和教育体系(在下文中将更多地谈及)的转变,使收入不平等变得更加严重。

● 投资的扭曲配置

过度储蓄,加上以银行为中心的金融体系以及国有企业优先的融资通道,已经造成了投资的扭曲配置。全要素生产率增长率的下降(估计全要素生产率的增长率从 1991～1995 年间的 3.7% 下降到 1996～2001 年间的 0.6%,Angang and Zheng,2004)也许不应该被解释为真实技术进步的下降,而是反映了资本的错配,从而导致在制造业的某些部门里的资本边际生产率接近零甚至为负。然而,社会性资本(医疗、教育等)的资本生产率可能仍然相当高,特别是在农村地区。因此,我们很难得出结论说中国是否投资过度,但是部分投资肯定出现了错配。

---

① 　与类似发展水平的国家相比,零售贸易和批发贸易占 GDP 的比重较低,也许在一定程度上反映了低估的汇率水平(在下文中将更多地谈及这一点)。低估的汇率水平可能导致非贸易品(例如服务)的相对价格较低——相对于贸易品(例如制成品)的价格。因此,零售贸易和批发贸易占 GDP 的比重较低,可能反映了更低的价格水平,而非数量更少的贸易服务。出于相同原因,制造业和投资规模可能被高估了。

专栏2 在增长率如此之高的情况下,全要素生产率的增长率真的能够接近于零吗?

答案是肯定的。

假定生产函数为 $Y=F(hL,K,A)$,其中 h 是每个劳动力的人力资本,L 是劳动力的数量,K 是实际资本存量,A 衡量技术进步,函数 F 规模报酬不变。那么,在所有要素都得到它们的边际产品作为报酬的假定下,索罗剩余,即全要素生产率的增长率,就等于:

$$S \equiv \frac{\Delta Y}{Y} - \alpha_N \left(\frac{\Delta h}{h} + \frac{\Delta L}{L} \right) - \alpha_K \left(\frac{\Delta K}{K} \right)$$

对于 1995 年到 2001 年这一期间,使用 Angang 和 Zheng(2004)中的有关信息,相关数据如下:

$$\frac{\Delta Y}{Y} = 8.2\%; \frac{\Delta h}{h} = 2.8\%; \frac{\Delta L}{L} = 1.2\%; \frac{\Delta K}{K} = 12\%$$

因此,如果我们假定资本的比重为 0.4(也就是假定劳动的比重为 0.6),这意味着:

$$S = 8.2\% - 0.6 \times (2.8\% + 1.2\%) + 0.4 \times (12\%) = 1.0\%$$

如果对假定做细微的调整,就能够很容易地把 S 的值变小。例如,我们假定资本存量的增长率为:

$$\frac{\Delta K}{K} = \frac{I}{Y} \frac{Y}{K} - \delta$$

上述资本增长率建立在 $I/Y = 45\%$,$K/Y = 2.5$,以及 $\delta = 0.06$ 的基础上,因此 $\Delta K/K = 12\%$。然而 K 具有极大的不确定性,它建立在永续存货法的基础上。假定 $K/Y = 2$,那么 $\Delta K/K = 16.5\%$,这就意味着为负的索罗剩余。(通过假定劳动力比重为 0.47 和资本比重为 0.53,OECD 估计 1979~1985 年到 1991~1995 年期间,中国全要素生产率的增长率为 4%。而 OECD 估计中国全要素生产率的增长率从 1995 年后开始下降,在 2003 年为 −3%)(OECD Economic Survey of China, August 2005)。然而,这一计算的涵义并不是中国没有技术进步。计算的潜在假定是各种要素都以获得其边际产品作为报酬。事实上,如果资本出现错配,那么与以上假定相反,那些过度投资的部门中资本的边际生产率就可能为负。因此,解读这一计算结果的正确方式是,技术进步是肯定存在的,但是它部分被资本错配所抵消。

● 不断扩大的宏观经济失衡

高储蓄和出口导向的增长并不意味着贸易盈余。投资可能等于储蓄,同时进口等于出口。但是,近年来,储蓄已经超过了投资;相应的出口也超过了进口。

贸易盈余正不断扩大:2004 年为 300 亿美元,在 2005 年则可能增长到 1 000 亿美元。

在对中国迄今为止所采取的战略,以及该战略所取得的成就和存在的缺陷进行描述后,我们现在转为建议改革的一系列发展方向。

3. 改革的方向

大的政策变动将是不明智的。虽然出现了一定程度的失衡,中国的经济增长依然取得了非凡的成就,因此在政策变动时应该小心谨慎。对迄今为止所追求战略的修正,应该更多地采取弹性调整而非剧烈变动的形式。我们认为改革有三个主要方向:

● 改善居民抵御风险的能力。在当前这一阶段,中国居民面临着高度的退休风险、医疗支出风险以及教育风险(即抚养一个小孩并使之接受昂贵教育的可能性)。

● 降低或者重新配置投资。制造业的投资太高,而服务业尤其是公共服务方面的投资太低。这就意味着应该大幅提高在医疗和教育部门的公共投资,特别是要针对需求更加旺盛的农业省份。

● 让人民币升值以减少贸易盈余(其深层含义是,相对于投资,降低储蓄)。

这三个方向中的每一个都是值得追求的。问题在于,如何最好地把它们结合起来。储蓄的显著下降将会导致经济过热。人民币的大幅升值可能会导致出口部门甚至整体经济走向衰退。

从某些维度来看,这三个方向能够很好地配合。降低储蓄和人民币升值的组合,原则上将会在保持内部平衡的前提下降低贸易盈余。

从其他维度来看,这三个方向可能会发生冲突。如果大量增加社会保障就可能导致私人储蓄下降得太快;要抑制经济过热,人民币需要大幅升值,而这会导致出口部门遭受冲击,并且抑制"干中学"的进程。人民币大幅度的升值将会扩大农业省份与其他省份之间的收入不平等。

考虑到以上因素,我们分两步来展开下文。首先,我们分析每一项改革的动机和效应,讨论如果仅仅实施这项改革的话,对于中国的宏观经济失衡而言意味着什么。其次,我们讨论如何把这三项改革最好地组合起来。

3.1 私人储蓄

43%的储蓄率是非常高的。在我们考虑到以下问题时尤其如此,在一个世代交叠的经济体中,总储蓄率是年轻人储蓄和老年人负储蓄的结果。这就意味着年轻人的储蓄率必定比43%更高。那么到底高多少呢？答案大致取决于经济增长率以及平均寿命。在年均增长率8%～10%，以及平均寿命60岁的假定下，中国年轻人的储蓄将超过老年人的负储蓄。这意味着年轻人的储蓄率要高于43%，但是不会高出太多。

从宏观经济的视角来看，43%的储蓄率是否"太高"？一个有用的基准是"黄金准则"。在标准的新古典增长模型中，"黄金准则"储蓄率——即能够最大化稳态消费的储蓄率——等于资本在GDP中所占份额。以这一标准来判断，43%的储蓄率可能太高了。但是由于中国尚未达到稳态增长，这也许能够解释转型过程中更高的储蓄率。

生命周期理论能够在多大程度上解释储蓄率，而其他理论又能在多大程度上解释储蓄率[1]？从一个家庭储蓄、企业储蓄和政府储蓄的分类表来开始分析，是很有必要的。引自Kujis(2005)的表8，提供了中国和其他一些国家的这种分类表。企业储蓄几乎占到中国储蓄率的一半，但是表8中最突出的显然是家庭储蓄。

表8   部门储蓄率（GDP的百分比）

	中国	中国	日本	韩国	墨西哥
	2001	2003	2001	2001	2001
家庭	16.0	16.6	8.2	4.5	8.0
企业	15.0	18.9	19.4	14.8	10.6
政府	7.5	7.0	−2.2	11.7	2.2
国民储蓄	38.5	42.5	25.5	31.0	20.8

资料来源：Kujis,2005。

为什么家庭储蓄如此之高？Modigliani和Cao(2004)的结论是，一旦考虑到中国的高增长率和计划生育政策，中国高家庭储蓄率在很大程度上符合生命周期模型（这一模型强调了为退休而储蓄）。高增长率增加了年轻人储蓄与老年人负储蓄的比例，导致了更高的净储蓄率。而且他们认为，计划生育政策导致了剩余的储蓄增长：一个孩子通常是生命周期储蓄的有效替代品。因此，当中国政府在20世纪70年代开始实施严格的生育控制措施（计划生育）后，作为孩子的替代品，生命周期（有形的）资产的积累开始变得重要，储蓄也开始增长。尽管生命周期储蓄是非常重要的，然而有充分的证据显示，高储蓄率至少部分反映了"谨慎性"储蓄（precautionary saving），这是由强迫中国居民通过资产积累来自我保障的一系列扭曲所导致的结果[2]。

---

[1] Chamon和Prasad(2005)也探讨了这些问题。

[2] 在Qu(2005)引用的一项调查中，中国居民们给出了以下的主要储蓄动机：孩子教育(35%)、退休(32%)、医疗服务(10%)、买房(7%)、孩子的婚礼开支(6%)。

随着国有企业在经济中的比重下降,公共退休体系在很大程度上已经瓦解[启动了改革项目,然而尚未完成,参见 Diamond(2004)]。大部分退休风险——特别是与预期寿命相关的风险——现在为居民所承担①。

从 20 世纪 90 年代开始,医疗服务和教育的供给更多地建立在一种收费体系(表 9)的基础之上。与城市家庭相比,农村家庭要承担更大比重的医疗费用(表10)。这也许是因为城市企业能够为员工提供某些形式的医疗保险。农村居民所承担的风险更高的这一假定。事实上,与城市地区和农村地区的储蓄率的演化(表11)是完全一致的。对于那些从农村地区迁移到城市地区并且在暂住许可下生活的农民工[在 2000 年的普查中,农民工的比例占到城市人口的 17.7%(Bian,2004)]而言,社会保障网络显得格外地脆弱。表 12 显示,与城市的永久性居民相比,农民工能够享受到的社会保障要有限得多。

表 9 谁支付了医疗和教育费用

年 份	医疗支出	个人支付医疗费用的百分比	学费在个人支出中的百分比
1965	4.7	16%	n. a. (0?)
1980	10.9	18%	n. a. (0?)
1991	37.7	50%	2.3%
2001	101.7	61%	12.5%*

注:(1) * 为 1998 年的数据。
(2)医疗支出:重复发生的医疗支出,单位为元/人,以不变价格计算。
资料来源:Kanbur 和 Zhang(2003)。

表 10 1998 年医疗费用的分配(占总费用的百分比)

	城市	农村
由国家支付	16.0	1.2
与劳动有关	22.9	0.5
与准劳动有关	5.8	0.2
保险	3.3	1.4
合作性	4.2	6.6
自己支付	44.1	87.4
其他	3.7	2.7

资料来源:《中国卫生年鉴 1999》(卫生部,1999),第 410 页,引自 Kanbur 和 Zhang(2003)。

① 这里的问题不仅仅是人们为退休而储蓄,人们之所以储蓄得更多,是由于他们对自己的预期寿命不确定,他们不敢保证是否能够覆盖这一不确定性所带来的风险。

表 11　　　　　　　　城市和农村的家庭储蓄率(占可支配收入的百分比)

年　份	城市家庭	农村家庭
1993	18.1	16.5
2003	23.1	25.9

资料来源:中国社会科学院世界经济与政治研究所。

表 12　　　　　　　2000 年城市临时性居民和永久性居民享受社会保障的程度:
五个主要城市(占所在群体中总人数的百分比)

	农民工	城市居民
医疗保险	12.4	67.7
养老金项目	10.2	74.4
失业补助	0.8	33.3
工伤保险	14.3	25.3
产假	31.0	71.1

资料来源:Gao et al. ,2002。

其他导致高私人储蓄率的因素,大多和薄弱的金融市场有关。

● 为买房而储蓄。住房抵押贷款市场已经存在并且正在迅速地扩大,然而总体规模依然较小。障碍之一就是财产所有权定义不清晰:例如,如果借款者违约的话,银行能够收回房产,但是银行出售此类房产的能力是有限的。

● 为开公司而储蓄。由于经济增长率在 10% 左右,很多人都有自己创业的想法。如果这是事实的话,那么将这一想法转变为投资的惟一途径,就是通过自身的资金积累。银行缺乏一种信贷文化,而且信贷经理还不习惯承受风险:他们最关注的可能是,一旦创意不成功和公司违约,他们可能会被指控接受了贿赂。

提供退休保险和医疗保险显而易见是必需的。在这两个领域中,在存在个体风险的情况下,自我保障是一种昂贵的和非常不完善的解决方案。任何使风险在人群中分散的措施都能够提高福利水平。对于抵押贷款市场的培育,以及更多地按照项目贷款而非抵押品贷款而言,相似的论据同样存在。

部分保险能够由市场来提供:如果是这样的话,最急需的就是法律体系的一系列改革。例如,在抵押贷款的情况下,银行需要能够更容易地取得抵押品的所有权,否则银行就不会提供贷款。在医疗服务领域内,私人保险能够在某种程度上分散和多元化风险,但是改善享受医疗服务的通道(特别是针对农村居民而言)并不能完全指望私人部门。

然而,以上所有措施都有一个重要的宏观经济涵义。它们将会降低私人储蓄率——同等程度地增加消费。在其他条件不变的前提下,这将导致经济过热,以及(或者)资本积累的下降。在思考下面的整体战略时,这一涵义必须被我们牢记在心。

3.2 医疗服务、税收和赤字

在我们上面列举的增长失衡中,服务业的份额出乎寻常地低,尤其是医疗服务。一个相关证据是,在 20 世纪 90 年代,医疗服务占人均收入的比例并没有上升,在农业省份中该指标甚至出现了显著下降。在 20 世纪 90 年代,农村的医疗人员指数和人均病床指数均出现了绝对下降(表 13)。农村地区的婴儿死亡率相对于城市地区也有所恶化:该比率在 1980 年为 1.5%,在 1990 年增长到 1.7%,在 1995 年则增长到 2.1%(Kanbur 和 Zhang,2003)。

表 13   城市和农村的医疗服务

年 份	每千人病床变动的百分比		每千人医疗人员变动的百分比	
	农村	城市	农村	城市
1952~1978	+1.662%	+220%	+72%	+176%
1978~1990	−2%	+24%	+16%	+22%
1990~1998	−23%	+5%	−9%	0%
1998~2003	n. a.	n. a.	n. a.	n. a.

资料来源:《新中国 50 年综合统计数据和材料》(中国国家统计局,2000),引自 Kanbur 和 Kanbur(2003)。

在不充足的医疗服务背后,可能有三个因素:

● 我们在上文中曾经提到过第一个因素:医疗保险的缺乏一方面导致人们通过储蓄来实现自我保障——我们曾经分析过其效应——另一方面会导致人们购买更少的医疗服务。

● 第二个因素是收入分配。在向以收费为基础的医疗体系的转变过程中,医疗服务对于很多人而言开始变得过于昂贵,以至于他们负担不起。正如我们所看到的那样,这一问题在农村地区以及城市地区的农民工群体中显得格外突出。

● 随着乡镇企业的私有化,以及更多地关注利润而非社会保障,农村地区大部分医疗服务基础设施已经解体。医疗服务的供给是不充足的,特别是农村地区。

这意味着,以扩张医疗服务部门为目标的改革,必须同时聚焦于需求和供给。在需求方面,我们已经讨论了引入一个医疗保险体系[越南在医疗保险项目方面的经验——World Bank(2001)对其进行了描述,Pradhan 和 Wagstaff(2005)对其进行的研究说明,这样一个体系将会改善医疗服务,与此同时让人们储蓄得更少和消费得更多]。收入分配方面的考虑意味着,医疗服务的供给中应该有一个再分配性质的组成部分。在供给方面,需要在医疗服务方面投入更多的公共开支——从建设新的医院和诊所,到增加农村居民成为医生和护士的动机。

我们必须承认,由于我们对于医疗服务特别是中国的医疗服务所知有限,因此很难提出更富有针对性的政策建议。我们也认识到,某些论据对于其他公共投资领域(诸如教育)而言也同样适用;同理,我们把对教育开支的讨论留给那些比我们更加专业的研究者。然而,我们试图讨论对上述开支提供融资的财政问题,这显然是个宏观经济问题。以医疗服务为例,要扩大对医疗服务的供给,相应增加的政府开支应该通过举债还是通过征税来融资? 这里有三种相关因素可以考虑。

● 第一种以公共融资的标准原则为基础。如果支出对未来的人们有益,那么就应该通过举债而非征税来融资。在这种方式下(用来支付债务利息而需要的),税收的收入流能够更好地和收益的收入流相配比。这正是所谓的公共融资的"黄金准则",即通过税收来为消费型支出融资,通过举债为投资型支出融资(即使投资支出的财务回报率很低,只要社会性回报足够高,也值得这样做)。我们在对欧洲《发展和稳定公约》改革过程的分析中,对以上问题进行了充分的讨论(Blanchard和 Giavazzi,2004)。相关讨论和基本结论与这里的问题是相关的。

● 第二种以实现内部平衡的需求为基础。在试图避免经济过热和维持宏观经济平衡的过程中,我们应该重视财政政策以及在征税和举债中作出选择的重要性。这里一个相关例子是,在亚洲危机后中国的农村地区启动了电气化项目。和今天的医疗服务一样,当时进行电气化是必需的。当时,由于很多亚洲国家的货币大幅贬值,总需求较低,但是中国政府仍然推进了这一项目。因此,通过赤字来为电气化项目融资是正确的政策。这一次的情况也许有所不同。我们在上文中指出,医疗保险的供给可能会导致私人储蓄的降低以及消费的增加。如果这是事实的话,那么通过公共开支(负储蓄)来进一步降低储蓄的理由就不够充分。事实上,需要的是更小的赤字而非更大的赤字。另一方面,人民币升值可能需要增加内部需求来配合,因此需要更大的赤字。这种不确定性的存在,意味着政府不应该事先采取刚性的政策,而是应该针对环境的变化,来决定到底是主要通过征税来融资、还是主要通过举债来融资。

● 第三个论据以债务动态为基础。当中国经济的增长率远远高于中国政府需要支付的贷款利息时(这正是当前中国所面临的现实),很多关于债务动态的典型忧虑就不复存在。如果增长率能够持续高于利率,政府就能降低税收,并且可以永远不考虑重新提高税收:债务和 GDP 的比率持续为正,但是不会出现爆炸性增长。如果增长率最终下降到低于利率的水平(这种情况很可能发生),那么今天更大的赤字只会导致跨期债务出现小幅增长,以及长期债务负担的小幅上升。换句话说,今天更大的赤字只要求未来税收最终温和上升(我们将在下面的专栏里正式探讨这一问题)。也就是说,如果赤字在宏观经济的立场上而言是正确的,那么中国政府就应该毫不犹豫地使用赤字政策。

专栏3　中国的债务动态

债务动态受到以下关系的决定：

$$d_{t+1}-d_t=(r-g)d_t+x_{t+1}$$

其中，d是债务占GDP的比率，r是债务的平均利率，g是GDP的增长率，x是基本赤字（除了利息偿付之外的赤字）占GDP的比率。

典型的情形是，如果r大于g，那么举债迟早都会需要基本盈余来稳定债务。

然而，有些时候情况有所不同，r可能小于g。这对于当前中国而言显然是事实。2004年中国的平均实际债务水平在2.5%左右，而中国的增长率在9%上下。在这种情况下，政府可以在出现基础赤字的前提下仍然保持稳定的债务比率。例如，假定r=2.5%和g=9%，那么上述方程就变为：

$$d_{t+1}=0.935d_t+x_{t+1}$$

如果r和g在未来保持不变，这就意味着，如果中国永久性地保持2%的基本赤字（2004年中国的基本赤字率等于1.7%），中国的债务比率将会逐渐逼近30%——而不论最初的债务水平是多少（为了看到这一点，假定x=2%，那么债务比率将会趋近d=2%/(1-0.935)=30.7%）。

然而，无论是从经验还是理论角度而言，中国都不可能一直把经济增长率保持在高于债务利率的水平上。但是如果我们假定中国能够在一定时间内（例如今后10年内）做到这一点，那么得到的结论是相似的。在10年时间内维持2%的赤字，只会导致债务占GDP比率上升15个百分点，因此在未来只会增加较小的债务负担。

一个相似的论据适用于以下情形，即通过政府债券来替换银行资产负债表上的不良贷款，从而重新充实银行的资本。人们普遍认为，使不良贷款显性化，并且用政府债券来替换银行资产负债表中的不良贷款，能够消除相应风险，因此，这是值得考虑的。然而，一种典型的反对意见是，这将导致政府显性债务的显著上升，并且导致危险的债务动态。的确，用这种方式来消除银行的长期债务，的确会导致当前政府显性（即财务性）债务的上升，但是在10年时间内增加债务所导致的最终的债务负担可能是较小的。

2004年年底的不良贷款存量约为6 020亿美元，或者GDP的38%。假定不良贷款的恢复率为20%，那么重新充实银行资本将会导致债务与GDP的比率增长30%——在25%的基础上，Dornbusch和Giavazzi在1999年曾经估算了这一成本。更多的不良贷款可能正在形成中。Roubini和Salter（2005）估计，在新增贷款中可能变成不良贷款的部分约占GDP的15%～25%。如果把这些数字加到当前33%的债务与GDP比率上来的话，整体的债务比率就可能上升到GDP的80%～90%。即使在这种情况下，假定基本赤字维持在每年2%的路径上，那么按照我们的假定，当前80%的债务比率，在10年后将会变成55%[0.8×0.935^10+0.02×(1-0.935^10)/(1-0.935)]，这是一个不太令人担忧的数值。

3.3 人民币升值

在2005年7月22日,中国停止把人民币钉住美元。在新的汇率机制——管理浮动汇率制之下,人民币能够以美元平价为中心在一个较小的区间内波动。在这一区间内,汇率将根据"市场供给与需求"而波动,同时受到中国人民银行的干预。新机制的核心要素明显在于中心平价的决定。

中国人民银行宣称,在每一工作日的交易结束后,它将宣布银行间外汇市场上美元的收盘价,并且将其作为下一个工作日美元兑人民币交易的中心平价。收盘价——即第二天的中心平价——将取决于干预。从原则上讲,如果存在对人民币的过度需求,而且干预有限的话,人民币汇率每天将达到区间的上限。该机制将转变为月度重新定值幅度为6%的爬行钉住制。由于中国人民银行并未排除这一可能性,这就意味着汇率可能变动的最大幅度。这一可能性本身就会导致人民币汇率的上升压力:结果就是外汇储备的积累——为了避免汇率上升超过每天0.3%的幅度,中国人民银行必须这么做——甚至可能超过固定汇率制下的外汇储备积累(自7月份以来的外汇储备积累数据显示,这一现象目前尚未发生)。最后中国政府也许会发现,与管理浮动相比,让人民币自由浮动将是一件更容易的事情。

最后升值的幅度会有多大呢?在2004年中国人民银行积累了2 000亿美元的外汇储备。其中一半与贸易和FDI有关:500亿美元来自贸易盈余,500亿美元来自FDI。剩下的1 000亿美元主要是预期人民币升值的投机资本流入:组合投资、汇款和再投资利润。

在浮动汇率制下,这种单方向的投资资本流入将会消失。在自由浮动制下,中国人民银行不会继续累积外汇储备,人民币需要重新定值来减少贸易盈余和FDI流入。升值幅度会有多大,这一点很难判断。出口对汇率的弹性可能较低,事实上没有人知道它到底是多少。升值最可能导致的结果之一,是中国相对于其身后的其他国家——特别是巴基斯坦、埃及、马格里布国家——在出口方面竞争力的丧失。在任何情况下,大幅升值的可能性都不能被排除。使用美国的弹性数据——它们可能要比中国的相关弹性更高——人民币至少应该升值30%[①]。而20%~30%恰好是中国商品与中国的主要竞争对手——如其他东南亚国家或者马格里布国家——的相似产品之间的相对价格差异。

为了减轻人民币升值压力,中国人民银行应该做两件事情:

第一,它应该非对称地解除资本管制。也就是说,只解除对资本流出的管制,

---

① 对美国的典型估计意味着,美元升值10%,出口将减少9%,进口将增加8%。如果对中国使用这些数据的话,假定进口加出口占GDP的比率为25%,而且经常项目占GDP的比率变化5%的话,人民币需要升值30%左右。

保留对资本流入的管制。中国人民银行应该允许中国投资者获得外国资产,或者宣布一条逐步解除对资本流出的管制的路径。这一切并不需要立即实施以影响当前汇率。中国投资者拥有极大的人民币风险暴露,这意味着资产组合多元化将会显著地增加人民币的供给,从而限制升值的幅度。

资本管制的逐渐取消是否会导致银行系统产生问题?有观点认为,资产组合多样化将使得银行存款的下降速度超过银行能够清偿的限度。这一风险也许是有限的。中国人民银行已经通过发行对冲债券来冲销外汇储备流入,而且大多数对冲债券掌握在商业银行手中。因此,考虑这样一个简单的例子,即中国的私人投资者通过购买中国人民的所有外汇储备来实现资产组合的多样化,那么商业银行的居民存款就会降低相同的数额。在这一例子中,对商业银行的资产负债表所产生的效应将会抵消。在资产一方,银行将会失去价值7 000亿美元的对冲债券,与此同时,在负债一方,银行存款将减少相同的数额。

如果中国私人投资者要想获得的美元数量超过了中国人民银行持有的美元资产的话,将会发生什么情况呢?在这里进行一个简单的计算是必要的。中国人民银行持有的外汇储备大致相当于中国GDP的40%。用广义货币来衡量的金融财富等于GDP的180%。如果中国投资者试图以美元资产形式持有的财富为25%,那么他们想要积累的美元资产就相当于GDP的45%(180%×25%),这就高于当前中国人民银行持有的美元资产数量。在这一例子中可能会发生信贷挤出(credit squeeze)。更为严重的结果是,银行偿还贷款的速度可能赶不上客户要求银行偿还的速度,银行将会发现,很多贷款不再能够偿还。一些银行可能会破产。这就意味着,资本流出的自由化——尽管它对于降低人民币升值压力而言是必需的——应该采取渐进的形式。例如,可以采取 Prasad 和 Rajan(2005)所建议的开放路线,也就是说,创建一个封闭式共同基金,它对国内投资者开放,并投资于外国资产。在银行体系显著改善后——特别是在创建了一种"信贷文化",并且对贷款进行更好的监控后——再实施更大范围内的自由化。

中国人民银行能够抑制升值的第二种方法——至少在一段时间内抑制升值——是继续积累外汇储备。这样做有一个潜在的理由:通过抑制升值,外汇储备的积累将会导致更大的出口,以及更高程度的"干中学"和劳动生产率增长。一旦人民币最终升值,外汇储备存量所发生的资本损失,可能低于从更高的劳动生产率增长上所获得的产出收益。在这种条件下,进一步积累外汇储备至少在一段时间内是明智的。是否满足这一前提条件,显然是很难评价的。在下面的专栏中,我们提供的计算显示,即使某些外汇储备的积累是必要的,但是当前外汇储备的积累率显然是太高了。

专栏 4 外汇储备的积累和"干中学"

- 假定如果要平衡中国的经常项目的话,人民币需要升值 x%。
- 假定由于资本管制的存在,汇率能够维持在现有水平上,但是其代价是外汇储备的积累率每年等于 GDP 的 z%。
- 假定将人民币升值推迟 1 年时间,将会导致更大的出口和更高程度的"干中学",因此导致增长率每年提高 y%。

将人民币升值推迟一年是有成本的,即积累的外汇储备发生预期资本损失的成本,它等于 GDP 的 x%乘以 z%。它也是有收益的,即当前和未来更高的产出水平,它等于 GDP 的 y%(有人可能会假定,学习过程最终会抵消"干中学"带来的劳动生产率增长,因此在长期内,产出将回到相同的水平,而不论汇率是否在当年升值。这一假定将导致收入流的降低)。

在 2004 年,累积的外汇储备大致等于 2 000 亿美元,或者 GDP 的 12%。如果我们假定人民币最终将会升值 30%,这就意味着相当于 GDP3.6%的资本损失。

至于推迟升值的收益,(非常困难的)问题在于,从低估的汇率中能够预期获得多大程度的增长。Hausmann 和 Rodrik 尚未发表的论文给了我们一个有益的启发。通过使用不同国家和不同时期的面板数据,他们最先计算了衡量汇率低估的一种指标,该指标是每个国家和每一年度实际汇率对人均收入水平和该国人口进行回归的残值。他们接着发现,在新兴市场国家中,汇率低估往往伴随着快速增长。为了将这一思想正式化,他们再次使用这一面板数据,他们在对增长率与这一残值和其他一些控制的面板数据回归分析中,估计了实际汇率残值的系数。他们得到的系数显示,1%的低估伴随着0.015%的产出增长[①]。如果我们把这一关系解读为从低估到产出的因果关系,那么 30%的汇率低估——这很可能是中国的现状——就意味着 GDP 增速提高了 0.45%。

因此,在以上假定下,外汇储备一年积累 GDP 的 3.6%,意味着产出永久性地——至少在很多年内——提高 0.45%。这意味着存在很高的社会内部收益率。

那么,为什么不继续这样做呢? 除了这一计算方法本身的局限,以及低估的人民币所带来的内部(和国际性)压力——这被完全排除在计算之外,要维持汇率水平不变,外汇储备的积累率将会迅速提高,因此中国投资者将发现越来越多应付资本管制的方法。随着时间的推移,这一做法将变得越来越没有吸引力。

---

① 我们感谢 Ricardo Hausmann 提供了这些回归分析的结果。

现在转为分析人民币升值的宏观经济效应。效应很可能是双重的(本文的附录将会更加正式地讨论这两方面的效应)。

● 升值将在一定程度上损害中国的竞争力,出口将会下降,出口部门的比重也将下降。在缺乏配套措施的前提下,出口的下降并不会伴之以经济体中其他领域内的需求增加。升值对于贸易条件的积极效应(这是中国人民银行在解释实施新的汇率机制的理由时所使用的一项论据)很可能是有限的。为了维持内部平衡,人民币升值必须辅之以内部需求的上升。

这就使得我们回到了上文中所讨论的储蓄问题上来。降低风险和降低储蓄不仅能够提升福利——正如上文中所讨论的那样,而且还是和升值相辅相成的适宜政策。

● 升值可能会恶化地区间的不平等,以及熟练劳动力和非熟练劳动力之间的不平等。原因在于,中国是全球农业市场中的价格接受者。给定美元价格不变,升值将会降低中国农产品的国内人民币价格,从而降低农村居民的实际收入①。此外,通过劳动力的迁移,这将导致工业部门中非熟练劳动力的工资下降:熟练劳动力和非熟练劳动力之间的收入差距将会扩大。

由升值所导致的本国食品价格的下降,是从农民到城市(和农村)消费者的转移支付。在二者消费倾向相同的假定下,这种转移支付对总需求没有什么影响。然而消费倾向可能有所不同。如果农村的消费倾向高于城市,那么农村收入的下降(中国农村人口的官方统计为8亿人)将会对国内需求产生负面影响。这一点支持了第一项论据。

即使转移支付对总需求没有影响,不平等程度的扩大也是令人不快的。这就把我们带回到上文讨论过的不平等问题上来。无论人民币升值与否,医疗服务的供给、或者特别针对农业省份的措施的采纳——诸如取消农业税,从社会福利的意义上而言都是必要的。但是,如果考虑到升值对于收入分配的负面影响,这些措施就更加必要。

是否还存在其他方法——既能降低制造业出口,又能够避免升值对于农民收入和不平等的不良影响? 从原则上而言答案是肯定的,这些方法值得我们去探索。例如,通过引入污染税,减少对FDI的补贴,就能够降低人民币的升值压力,抑制投资于出口部门的动机(有人建议征收出口税,这有助于限制农产品价格的下跌。我们对这一建议表示怀疑,因为出口税的实施在当前的中国将造成更大程度的扭曲)。

---

① 过去有两个类似的例子:在两次大战期间,当意大利回归到金本位制时,里拉升值了50%,结果是农村出现了严重衰退。尽管意大利试图通过对进口小麦征税来将国内外市场隔离开来,但农产品价格还是大幅下降。与此类似——正如凯恩斯在《预言与劝说》中曾经生动地描述过的那样——英国向金本位制的回归,摧毁了国内的煤炭工业。

4. 试验性的政策组合

我们建议实施如下的政策组合：

● 消除高谨慎性储蓄率背后的某些不完善。相关措施包括设计一套更加有效的退休制度、医疗保险的供给、私人保险市场的培育、更加完善的产权（使得银行更多地对项目贷款而非对抵押品贷款）。

这些措施不仅能够直接地提升福利水平，而且能够逐步降低储蓄。

● 让人民币升值，从而使得更多的资源离开出口部门。宣布将逐步解除对资本流出的管制以及宣布取消对 FDI 的税收优惠，将有利于缓解人民币的升值压力。最终，中国应该考虑用简单的清洁浮动来替换 7 月份宣布的汇率规则，因为清洁浮动不会导致资本流入的加速。

其他工具也能发挥作用。例如，引入污染税将会降低投资于出口部门的动机，同时不会对农民收入产生负面影响。污染税的税率越高，需要升值来重新配置资源的幅度就越小，升值对于城乡差距的负面影响也就越小。

● 增加医疗服务和其他公共服务的提供。应该把重点瞄准农村地区，因为升值将会造成收入从农村到城市的再分配。当然，避免资金在从城市转移到农村的过程中因为贪污腐败而消失，是至关重要的。

然而，这三项政策还需要仔细地搭配：

● 个人风险的过度降低将会导致储蓄大幅下降。为了避免经济过热，这需要较大幅度的贬值。

● 过大幅度的升值将会扩大不平等程度：包括地区不平等（农产品价格）和技能不平等（出口部门的工资）。升值也将导致出口部门中"干中学"进程的放慢，从而降低全要素生产率的增长率。

因此，如何确保转型不会造成衰退、过热、或者出口部门比重的过快下降？正确的工具是财政政策，特别是通过征税或举债来为新的医疗服务的政府支出融资。给定当前的增长率和利率，债务动态允许维持较大规模的基本赤字，因为其最终的债务负担相对较小。

货币政策也能有所帮助吗？从原则上而言，提高利率有助于降低国内需求。但是当前的资本管制存在大量漏洞，提高利率可能会导致汇率面临更大的升值压力。

政策组合最后的评论：如果成功实施，这一战略将会降低中国经济（经过衡量的）的增长率。这是因为服务业的劳动生产率增长率要低于制造业（至少用劳动生产率的增长率来衡量是这样）。然而，更低的增长率并不意味着更低的福利水平。让我们考虑下面这个极端例子，即中国在高科技制造业方面拥有专业化优势，但是却没有任何公共医疗服务。其增长率可能比当前的增长率更高；但是福利水平却会更低。更低的产出增长率也并不意味着更低的就业增长率。如果劳动生产率的增长率降低 x‰，产出增长率也下降 x‰ 的话，就业的增长率将保持不变。所谓的"就业的增长弹性"(employment elasticity of growth)的说法——这种说法没有考虑到产出的构成，但是却被一些分析中国经济增长和中国适宜增长率的文章所采用——没有任何实际意义，因此应该被我们所抛弃。

附录

人民币升值、资源重新配置和收入分配

在本附录中，我们将考察人民币升值的一般均衡效应。我们分两步进行。第一步，构建一个关于贸易品/非贸易品的标准模型。接下来，我们引入两个中国的特征：农业部门的重要性，以及劳动力在农业部门和非农业部门之间的流动，这将导致农村收入和工资之间的部分套利。

一、非贸易品/贸易品，本国和外国商品

中国消费者/企业将会购买三种类型的商品：
- 非贸易品，定义为 N，以本国货币表示的价格为 P_N；
- 本国贸易品(在本国生产的贸易品，或者在国内销售，或者作为出口商品在国外销售)，定义为 H，价格为 P_H；
- 外国贸易品(在外国生产的贸易品，或者在外国销售，或者作为进口商品在中国销售)，定义为 F，价格为 P_F。假定 E 为汇率，它是本国货币相对于外国货币的价格(因此 E 上升意味着升值)。给定世界价格 P_F^*，$P_F = P_F^*/E$。

（一）内部平衡

写出在国内生产的两种商品——非贸易品和本国贸易品——的供给与需求函数，即：

$$Y_N(P_N/W) = D_N(X) \tag{1}$$
$$Y_H(P_H/W) = D_H(P_H/P_F, X) + D_H^*(P_H/P_F) \tag{2}$$

非贸易品的供给是相关产品工资 P_N/W 的增函数。对非贸易品的需求是实际国内支出的函数，出于解释性的目的，X 是一个方便的简化。

本国贸易品的供给是相关产品工资 P_H/W 的增函数。对本国贸易品的需求

是本国需求和外国需求之和。本国需求是实际国内支出 X 和贸易条件 P_H/P_F 的函数。外国需求是实际外国支出——为了简化起见而省略——和贸易条件的函数。

假定劳动力数量是固定的。劳动力市场均衡给了我们关于两种产品工资的另一种关系：

$$L_N(P_N/W)+L_H(P_H/W)=\overline{L}$$

以上三个方程联立，就能够得到为了实现内部平衡，在国内支出和贸易条件之间的关系。考虑一个国内支出 X 增加的例子。这一增加导致对非贸易品的需求增加，这要求非贸易品价格相对于工资的比率上升。从劳动市场均衡来看，这意味着本国贸易品价格相对于工资比率的下降。从本国贸易品市场的均衡来看，供给的下降必须辅之以需求的下降，因此，本国贸易品相对于外国贸易品的价格就需要上升，即贸易条件上升。

这一内部平衡关系反映在图 1 中向右上方倾斜的直线上。简言之，支出的增加要求生产从本国贸易品向非贸易品转移；而这将通过对本国贸易品的需求下降——使得本国贸易品相对于外国贸易品变得更加昂贵，即贸易条件上升——来实现。

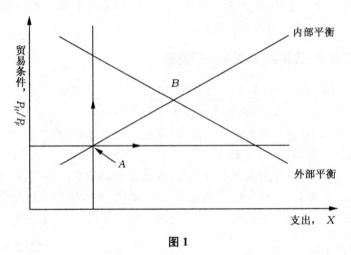

图 1

(二)外部平衡

假定对外国贸易品的本国需求是本国支出和贸易条件的函数：

$$D_F=D_F(P_H/P_F,X)$$

用本国商品来表示的贸易平衡为：

$$TB=D_H^*(P_H/P_F)-(P_F/P_H)D_F(P_H/P_F,X)$$

这一方程式给出了为了实现外部平衡，本国支出和贸易条件之间的关系。本国支出的增加将导致对外国贸易品的需求增加。如果贸易平衡要依然维持在零水平上,那么这一增加就必须被本国贸易品的相对价格下降——即贸易条件的下降(这里假定满足马歇尔—勒纳条件)所抵消。这一外部平衡关系反映在图1中向右下方倾斜的直线上。

(三)调整

一个国家可能处在图1中的任何一点上,这取决于其支出和贸易条件的水平。不同的点对应着不同的贸易状况和经济活动水平。我们可以认为中国处于点 A。经济体大致实现充分就业(在内部平衡线上),但是存在贸易顺差(位于外部平衡线之下)。

考虑降低储蓄的措施。通过这些措施,将会扩大本国支出,这就使得经济体向 A 的右边移动。这些措施将会降低贸易盈余(经济体更加接近外部平衡线),但是它们将导致劳动力市场上的过度需求,以及经济过热。

考虑降低贸易盈余的措施,例如人民币升值,这将导致 $P_H/P_F = EP_H/P_F^*$ 的增长。升值将会提高贸易条件,使得经济体从 A 点向上运动。贸易盈余将会被降低,但是其成本使商品市场出现过度供给,经济体有走向衰退的危险。

很明显,正确的政策组合是降低储蓄和人民币升值。综合运用这两种政策,可以使经济体从 A 点移动到 B 点,从而在维持内部平衡的前提下实现外部平衡。

到目前为止,分析是标准化的。现在我们引入两个中国经济的特征,这两个特征将会是重要的。

二、农业、收入分配,以及升值

中国农产品的价格和全球价格联系紧密。使用 1990 年以来的数据(以美元表示),中国稻米价格和美国稻米价格的相关系数为 0.66;而小麦价格的相关系数为 0.57。用另一种方式来说明(假定全球价格和中国价格的标准差相似),人民币相对于美元升值 10%,意味着中国市场上的农产品价格将下降大约 6%。

农产品价格是农民收入的主要决定因素。使用 1991 年以来的数据,在小麦价格变动和农民收入增长率之间的相关系数为 0.64。

考虑到以上事实,我们引入了第二种贸易品——农产品,其以人民币表示的价格为 P_A。假定中国是全球农产品市场上的价格接受者,因此,$P_A = P_A^*/E$,本币升值将导致以本币表示的农产品价格下降。

(一)内部平衡

假定非贸易品和本国贸易品的方程保持不变(这又是一种简化,因为这些产品与农产品的相对价格将会影响以上方程)。

解方程(1),得到:

$$P_N/W = f(X), f' > 0 \qquad\qquad (3)$$

支出的增加意味着对非贸易品的需求增长,因此要求供给相应增长,也就是非贸易品价格的上升——这相当于产品工资的下降。

解方程(2),得到:

$$P_H/W = g(X, P_H/P_F), g'_x > 0, g'_t < 0 \qquad\qquad (4)$$

其中,g'_t 是 g 对贸易条件的导数。支出的增加意味着对本国贸易品的需求增加,因此要求供给相应增加,也就是贸易品价格的上升——这相当于产品工资的下降。贸易条件的上升意味着需求的下降,而这要求供给相应下降,也就是价格的下降——这相当于产品工资的上升。

现在转到劳动力市场上来。人们可以选择或者在非贸易品部门工作、或者在本国贸易品部门工作、或者在农业部门工作。假定存在一个统一劳动力市场,因此在非贸易品部门和非农贸易品部门之间存在着统一的工资水平。假定该劳动力市场上的劳动供给是工资与农民收入比例的增函数——我们假定农民收入与农产品价格成比例:

$$L_N(P_N/W) + L_H(P_H/W) = L(W/P_A)$$

将 W/P_A 改写成:

$$W/P_A = (W/P_H)(P_H/P_F)(P_F^*/P_A^*)$$

然后用它来替代劳动力市场均衡中的条件,得到:

$$L_N(P_N W) + L_H(P_H/W) = L((W/P_H)(P_H/P_F)(P_F^*/P_A^*))$$

把两个刻画商品市场均衡的方程——方程(3)和(4)——与上面的劳动力市场条件联立,可以得到内部平衡关系:

$$L_N(f(X)) + L_H(g(X, P_H/P_F)) = L(1/(g(X, P_H/P_F))(P_H/P_F)(P_F^*/P_A^*))$$

这又给了我们一个关于支出 X 和贸易条件 P_H/P_F 之间的关系:

● X 的增加将会导致 P_N/W 和 P_H/W 同时增加,从而增加劳动力需求。它同时会降低 W/P_H,从而降低劳动力供给。结果是出现对劳动力的过度需求。

● P_H/P_F 的增加将会降低对本国贸易品的需求,从而降低 P_H/W,即降低对劳动力的需求。它也会导致劳动力供给的增加,无论是直接地还是间接地(通过 W/P_H)。结果是出现对劳动力的过剩供给。

因此,内部平衡揭示了 X 和 P_H/P_F 之间的正向变动关系。这一关系的斜率为:

$$\frac{d(P_H/P_F)}{dX} = \frac{L'_N f' + L'_H g'_x + (L'/g^2)g'_x}{-L'_H g'_t - (L'/g^2)g'_t + L'/g} > 0$$

很明显,内部平衡线依然是向右上方倾斜的。主要区别在于,现在贸易条件的上升将会产生积极的劳动力供给效应:农产品价格下降,使得到农业以外的部门工作变得更具吸引力。

为了看到这一点,考虑在农业部门和经济体其他部门之间,劳动力具有完全流

动性的极端例子,因此 $L'=\infty$,而且 W/P_A 保持不变。记得我们曾经把 W/P_A 改写成:

$$W/P_A=(W/P_H)(P_H/P_F)(P_F^*/P_A^*)$$

因此 W/P_A 不变,就意味着本国贸易品的工资就根据贸易条件的变化而内生性地变动。贸易条件越高,本国贸易品的产业工资就越低:

$$W/P_H=常数\times\frac{1}{P_H/P_F}$$

现在回到本国贸易品的均衡条件方程(2)上来。贸易条件 P_H/P_F 的上升和上面论述的一样,将会降低对本国贸易品的需求。但是现在我们知道,它会降低产业工资 W/P_H,从而导致供给的增长。因此,本国贸易品的供给将会上升。为了维持市场均衡,需要本国支出 X 出现(比以前更大的)增长;内部平衡线向右上方倾斜。给定 X,非贸易品市场的均衡将决定 P_N/W;X 的增加意味着 W/P_N 的下降。

因此,当我们顺着内部平衡线向上移动时,一个重要的涵义就是,工资相对于 P_H 和 P_N 将会下降。考虑到劳动力市场的完全流动性,工资相对于 P_A 和 P_F 并不会改变(一旦本币升值,P_A 和 P_F 将会和汇率同时变动),考虑到消费者指数取决于所有四种商品的价格,那么实际消费工资就会下降。

(二)外部平衡

外部平衡关系的推导——即为了实现内部均衡和外部均衡,需要同时减少 X 和提高 P_H/P_F——基本上保持不变(除了在贸易平衡关系中将出现农产品出口之外)。

三、涵义

从以上扩展中得到的重要结论如下:

与我们在之前考虑的案例相比,人民币升值将会导致劳动力从农业部门转向其他部门,从而导致实际工资的下降,以及实际农业收入的下降。换句话说,人民币升值将会恶化收入分配,无论是地区之间(农业和非农业)还是个人之间(非熟练劳动力——他们就是考虑从农村转移出来的相关群体——的工资将会下降)。

这里可能还存在其他涵义。在维持内部平衡的前提下,在正确使用支出政策和人民币升值政策来降低贸易盈余之后,非贸易部门和国内贸易品部门事实上可能会变得更大——代价是农业部门变得更小。这一结论同样来自劳动力供给效应,即劳动力从农村向城市的潜在迁移。

参考文献

Bi'an, Yanjie, Zhang Weimin and Liu Yongli (2004), "Social stratification, home ownership and quality of living: Evidence from the 2000 Census", paper presented at the International conference on China 2000 population and housing census, Beijing, April.

Blanchard, Olivier and Francesco Giavazzi (2004), "Improving the SGP through a proper accounting of public investment", in "Reformer le Pacte de Stabilit'e et de Croissance", Conseil d'Analyse Economique, Paris.

Brun, J.-F., J.-L. Combes and M.-F. Renard (2002), "Are there spillover effects between coastal and non coastal regions in China?", mimeo, Universit'e Blaise Pascal.

Chamon, Marc and Eswar Prasad (2005), "Determinants of household saving in China", mimeo, Research Department, IMF, September.

Diamond, Peter (2004), "Report on social security reform in China", China Economic Research and Advisory Programme, November.

Dornbusch, Rudiger and Francesco Giavazzi (1999), "Heading off China's financial crisis", in "Strengthening the Banking System in China: Issue and Experience", BIS Policy papers No. 7, (1999).

Fang, Cheng, Xiaobo Zhang and Shenggen Fan (2002), "Emergence of urban poverty and inequality in China: evidence from household survey", China Economic Review, 13, 430—443.

Feldstein, Martin (1973), "The welfare loss of excess health insurance." Journal of Political Economy 81(2): 251—80.

Gao, Jun, Juncheng Qian, Bo Eriksson and Erik Blas (2002), "Health equity in transition from planned to market economy in China", Health Policy Planning, 17,1, 20—29

Gruber, Jonathan and Aaron Yelowitz (1999), "Public health insurance and private savings", Journal of Political Economy 107(6): 1249—74.

Hausmann, Ricardo, (2005), "China's growth miracle in perspective", mimeo Kennedy School of Government, Harvard University, September.

Qu, Hongbin, "China's Economic Insight. Reducing the saving glut", HSBC, June 30, 2005.

Hu, Albert, Gary Jefferson and Qian Jinchang (2003), "R&D and technology transfer: Firm-level evidence from Chinese industry", William Davidson institute, Working Paper No. 582, June.

Hu, Angang and Zheng Jinghai, (2004), "Why China's TFP has dropped", mimeo, Center for China Studies, School of Public Policy and Management, Tsinghua University, Beijing.

Jones, Derek, Cheng Li and Ann Owen (2003), "Growth and regional inequality in China during the reform era", William Davdson Institute, Working paper No. 561.

Kanbur, Ravi and Xiaobo Zhang (2003), "Spatial inequality in education and health care in China", International Food Policy Research Institute, Washington, DC.

Kuijs, Louis (2005), "Investment and saving in China", Research working paper No. 1, World Bank China Office.

Manning, Willard and M. Susan Marquis (1996), "Health insurance and moral hazard", Journal of Health Economics 15(5): 609—39.

Modigliani, Franco, and Shi Larry Cao, 2004, "The Chinese savings puzzle and the life cycle analysis", *Journal of Economic Literature*, 42(1): 145—170.

Pradhan, Menno and Adam Wagstaff (2005), "Health insurance impacts on health and non-medical consumption in a developing country", World Bank Policy Research Working Paper 3563, April.

Prasad, Eswar and Raghu Rajan (2005), "Controlled capital account liberalization: A proposal", IMF Policy Discussion Paper, October.

Rodrik, Dani (2005), "What's so special about China's exports?", mimeo Harvard University, July.

Roubini, Nouriel and Brad Setser (2005), "China trip report", available at www. stern. nyu. edu /globalmacro/.

World Bank (2001), "Vietnam. Growing healthy: A review of Vietnam's health sector", Hanoi, The World Bank.

Zhang, Kevin Honglin and Shunfeng Song (2003), "Rural-urban migration and urbanization in China", *China Economic Review*, 14, 386—400.

Zu, Nong (2002), "The impacts of income gaps on migration decisions in China", *China Economic Review*, 13, 213—230.

（张明　译）

分报告之二

中国的双顺差：性质、根源和解决办法*

余永定　覃东海

　　* 感谢张斌博士、何帆博士、何新华教授以及姚枝仲博士等人提供的帮助及有益评论。当然，文责自负。本文的部分内容曾在 2005 年 11 月 22 日 Namura Tokyo Club 组织的 Kyoto Conference 上以 "China's Rise, Twin Surplus and the Change of China's Development Strategy" 为题发表。笔者对日本野村证券公司对世界经济与政治研究所有关课题的资助表示感谢，并特别对氏家先生和关志雄博士表示感谢。最后，笔者对新加坡东亚研究所在本文修改时所提供的研究便利表示感谢。

余永定,中国社会科学院世界经济与政治研究所所长,研究员。

1948年出生,1969年毕业于中国科学院北京科学技术学校。1979年进入中国社会科学院世界经济与政治研究所工作;1983年任助理研究员;1986年获中国社会科学院研究生院硕士学位并任中国社会科学院世界经济与政治研究所理论研究室主任;1987年被破格晋升为副研究员。1988年赴英国牛津大学留学,1994年获牛津大学经济学博士学位。1994年回国,继续在世界经济与政治研究所任职。1995年晋升为研究员并获国家特殊津贴;1996年任博士生导师;1998年任世界经济与政治研究所所长。余永定教授的其他社会兼职包括:中国世界经济学会会长、中国人民银行货币政策委员会委员、福建省政府顾问、南开大学客座教授等。曾获孙冶方经济学奖、中国社会科学院优秀科研成果奖等。

余永定教授的主要研究领域包括:宏观经济、世界经济、国际金融。自1981年以来,余永定教授发表学术论文、文章100余篇,专著(含主编、合著)10余部。其中有:《我看世界经济》、《一个学者的思想轨迹》、《两个剑桥之争——对新古典主义的再认识》(硕士论文,1986)、《中国宏观经济分析和稳定政策设计》(博士论文,1994)、《通过加总推出的总供给曲线》等。

覃东海：中国社会科学院世界经济与政治研究所博士研究生。

1977年出生于湖南省永顺县。2000年毕业于北京师范大学经济学院国际经济系，获经济学学士学位；2003年毕业于北京师范大学经济学院金融系，获金融学硕士学位；2003～2006年就读于中国社会科学院研究生院，攻读经济学博士学位。

主要研究领域包括：国际金融、中国宏观经济、能源政策。先后参与国家社会科学基金、中国社会科学院、财政部、国家发展和改革委员会、亚洲开发银行等部门委托的重大科研项目10余项。已经在《世界经济》、《管理世界》、《国际金融研究》等重要经济类核心期刊发表论文30余篇。参与了《人民币悬念》、《中国经济的夏天》、《世界经济形势分析与预测》等著作的撰写工作。翻译和参与翻译了《博弈的规则：国际货币和汇率》(Ronald I. McKinnon 著)、《部分国家的支付和结算体系》等5部著作。在《南方周末》、《中国证券报》、《中国经营报》等主流财经媒体发表经济评论60余篇。

1. 引 言

20 世纪 90 年代以来,除个别年份外,中国一直保持着经常项目和资本项目的
"双顺差";特别是进入 21 世纪以来,双顺差规模出现迅速放大的趋势(图 1)。在
一般情况下,一个国家的国际收支要么是经常项目逆差,资本项目顺差;要么是经
常项目顺差,资本项目逆差。只是在金融危机期间,为了积累外汇储备、稳定宏观
经济形势,受金融危机影响的国家可能会在一段时间内保持双顺差。像中国这样
一个大国,保持双顺差 15 年以上,在国际经济历史上绝无仅有。目前中国已经积
累了超过 8 000 亿美元的外汇储备,但双顺差的局面在短期内仍难以改变。在
2006 年,中国将有可能超过日本而成为世界第一外汇资产持有国。中国的外汇储
备主要是美元资产。在今后两年内,美元很可能会大幅度贬值。世界各国经济学
家,特别是美国经济学家所期待已久的美元大幅度贬值一旦发生,中国将遭受惨重
的资产损失。即便最坏的情况不会发生,外汇储备的不断积累也将对中央银行货
币政策的有效性构成进一步挑战。本文将提供一个分析中国双顺差的理论框架,
并在此基础上回答以下一些问题:双顺差的本质是什么? 双顺差的原因何在? 双
顺差是否可持续? 双顺差的福利效应如何? 为了降低双顺差,需要采取什么措施?

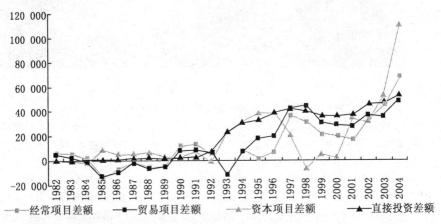

资料来源:国家外汇管理局官方网站:http://www.safe.gov.cn。

图 1　中国国际收支的双顺差特点

2. 中国双顺差问题的分析框架

开放经济和封闭经济的基本区别在于,开放经济体的经济增长可以突破国内资源约束,在国内资源不足时,从外部世界输入资源;国内资源充裕时,向外部世界输出资源;通过资金的国际流动实现资源的跨期最优配置。外国资源的利用即为外国储蓄的利用,定义 s_f 为外国储蓄净利用对本国 GDP 之比。我们给出下述关系式:

$$s_f = s_t + s_r \tag{1}$$

其中,s_t、s_r 分别为跨境外国储蓄利用率和外资企业再投资率。上式的含义是:外国储蓄净利用由新跨境流入的外国储蓄和境内外资企业利润中既未消费掉也未汇出的部分(即外资企业利润再投资)所构成。

在开放经济条件下,国(境)内投资不一定等于国内储蓄,但一定等于国内储蓄和外国储蓄净利用之和(外国储蓄净利用存在零、正值和负值三种可能)。我们可以把国内投资分解为本土企业投资、政府投资和外资企业投资。相应地,把储蓄分解为国内私人储蓄①、政府储蓄和外国储蓄净利用三部分,分别为上述三种投资提供融资支持。由式(1),我们可以得到下述恒等式:

$$i = i_e + i_g + i_f \equiv s_p + s_g + (s_t + s_r) \tag{2}$$

其中,i_e、i_g、i_f、s_p、s_g 分别表示本土企业投资率、政府投资率、外资企业投资率、国内私人储蓄率、政府储蓄率②。这里的分部门讨论是全文的关键所在。我们所要强调的是:整体经济的资金流量平衡是经济稳定增长的必要条件而非充分条件。长期而言,部门间的资金流量平衡依赖于相关部门的存量/流量比率的可持续性。如果比率过高,即便可以从其他部门获得资金,所论部门间的流量平衡最终也将难以为继。例如,虽然可以通过私人和外国为政府赤字融资,政府债务/比率过高将阻止私人和外国继续为政府赤字融资。政府财政的崩溃反过来会引起整体经济增长的中断,而不论整体经济的总储蓄是否足以支持总投资。

根据收入法国民经济核算,我们有如下恒等式:

GDP =国内私人储蓄+政府储蓄③+外国投资者储蓄+消费

　　　=投资+消费+出口-进口

---

① 这里的国内私人储蓄包含了国内家庭储蓄和本土企业储蓄。

② 这里把外国储蓄净利用分解为跨境外国储蓄利用和外资企业再投资两部分,跨境外国储蓄利用部分包含了净出口和投资收益的净汇出部分;而外资企业再投资相当于投资收益中的未汇出部分。除非特别说明,论文中的小写字母均表示对 GDP 的比率。

③ 这里的政府储蓄=税收-政府消费。在恒等式中,政府消费包含在了一般消费之中。

其中:外国投资者储蓄^①＝再投资利润＋投资收益汇出

投资＝本土企业投资＋政府投资＋外资企业再投资＋新的流入

因此:国内私人储蓄＋政府储蓄＋再投资利润＋投资收益汇出＝本土企业投
资＋政府投资＋再投资利润＋新的流入＋出口－进口

上述关系可以表示为:

(国内私人储蓄－本土企业投资)＋(政府储蓄－政府投资)＋(进口－出口＋
投资收益汇出＋再投资利润)＝0 (3)

其中,按国际收支平衡表定义,进口－出口＋投资收益汇出＋再投资利润＝经
常项目差额,我们将经常项目逆差记为 CA;FDI＝新的流入＋外资企业再投资利
润。在中国,外资企业利润再投资被记为外资的一部分^②。

把等式(3)中的变量表示为对 GDP 的比率:

$$(i_e - s_p) + (i_g - s_g) + (i_f - ca) = 0 \tag{4}$$

其中,ca＝CA/GDP。

根据式(2)和式(3)可推出:

$$(i_e - s_p) + (i_g - s_g) + (i_f - s_t - s_r) = 0 \tag{$4'$}$$

由式(1)、式(4)和式(4′),可知:

$$s_f = s_t + s_r = ca \tag{$1'$}$$

由式(4)、式(4′)和式(1′),我们可以得到:

$$(i_e + i_g + i_f) - (s_p + s_g) = ca = s_f \tag{$4''$}$$

式(4″)说明,国内投资(包括外资企业在中国大陆的境内投资)和国内储蓄两
者之间的差额为经常项目余额。如果经常项目余额为零,意味着国内储蓄刚好等
于国内投资所需要的融资支持,即中国对外国储蓄(新增外国资本流入)的净利用
为零。如果经常项目赤字,意味着国内储蓄不足以为国内投资提供融资支持,差额
部分通过利用外国储蓄来弥补。如果经常项目盈余,意味着国内储蓄超过了国内
投资的融资需要,剩余部分将为外国投资提供融资支持,剩余国内储蓄将以经常项
目盈余的方式流出本国。

根据等式(4″)建立起来的框架为基础,可以提出如下一些命题:

(1)投资受到储蓄的约束。在开放经济条件下,投资最终受到可供弥补国内储
蓄不足的外国储蓄的约束。换言之,国内投资是否可以大于国内储蓄受可以实现
的经常项目赤字的约束。反过来说,没有经常项目赤字,就不能实现对外国储蓄
(外国资源)的利用。

---

① 这些外国投资者是指在东道国内已经拥有所有权的投资者。

② 在这里我们不讨论发展中国家的 FDI 流出问题。同时我们的分析框架中经常项目余额仅考虑 FDI
投资收益和净出口部分,不考虑其他项目。像印度这样的国家,如果外国投资通过外国企业的再投资利润而
不是新的 FDI 流入提供融资支持,新增投资不再计入新的外国投资中。本文讨论中采用了国际收支平衡表
中经过修改的最新编制方式和相关定义。

（2）即便在总量上，总投资能够由总储蓄（国内加国外）提供融资支持。式（4'）中每个括号描述的部门平衡如果遭到破坏，经济整体最终也难以平稳增长。因为局部失衡将会产生——相对某种流量（如 GDP）而言——存量过度累积问题。在中国至少可以考察三种情形。

①由于家庭储蓄存款的过度累积（与此相关的是企业债务的过度积累），私人投资和家庭储蓄之间的平衡可能崩溃。

②即便存在足够的私人储蓄以为政府财政赤字融资，由于政府债务过多，私人不再愿意购买国债而导致财政危机。

③由于外国权益（外债或外汇储备）的过度累积，外部平衡状况也可能难以为继。

等式（4"）以及命题（1）和（2）包含了中国双顺差问题的分析框架。

3. 中国双顺差的性质和外汇储备累积

为了简化分析，我们假定政府预算赤字为零。根据式（4）和式（4'），可以得到：

$$s_p - i_e - i_f = -ca = -(s_t + s_r) = -s_f \tag{5}$$

如果国内私人储蓄等于本土企业投资，则有：

$$i_f = ca \equiv s_f \tag{6}$$

FDI 等于经常项目赤字，意味着 FDI 流入全部由外国储蓄提供融资支持。

如果经常项目余额为零，即：

$$s_p - i_e - i_f = 0 \tag{7}$$

这意味着本土企业投资以及外资企业投资都由国内储蓄提供融资支持。换言之，如果没有经常项目赤字，尽管一国可以吸引 FDI，而且 FDI 通常也能带来外汇，但从总体上看该国并未利用外国储蓄。由于不能把 FDI 转化为经常项目赤字，通过 FDI 带来的外汇并没有真正引起外国储蓄流入东道国。对此，我们将在下面说明。

对式（7）进行移项处理，可以得到：

$$s_p = i_e = i_f \tag{8}$$

式（8）是本文理解的难点。其第一层含义是：FDI（外企投资）是由国内剩余储蓄提供融资的。而 FDI 意味着外汇的流入。既然 FDI 已由国内储蓄提供融资，流入的外汇必然会被以某种形式保存起来。式（8）的第二层含义是：如果 FDI 完全由国内储蓄提供融资，其价值必然等于外汇储备的增加量。i_f 移到了等式右边后可以看成是与 FDI 等值的外汇储备增加额（对 GDP 的比率）。外汇储备通常以美国国库券的形式持有①。式(8)的第三层含义是：外国投资者获得东道国股权资产（在价值上等于 i_f），东道国则获得了等量的以美国国库券形式持有的外国债权资产。式(8)还意味着，在给定国内储蓄的条件下，FDI 挤出了等值的本土企业投资。需要注意的是：国内储蓄是通过迂回方式为外资企业融资的。所谓迂回方式可以理解为：美国通过向中国出售国库券，为美国投资者筹集到资金（来源于中国储蓄），而美国投资者则以直接投资的形式将等量的资金输出到中国。迂回方式也可以理解为：FDI 带来的外国储蓄"使用凭证"（表现为一定数量的外汇），从总体上看②，被换成了国内储蓄"使用凭证"（表现为相应数量的人民币）。货币当局则用通过购汇得到的外汇购买美国国库券。这样，外国储蓄"使用凭证"回到外国。从整个经济来看，外国储蓄并未被中国所利用。外资企业投资所利用的只能是中国的国内储蓄。至于用债务资产交换股权资产是否会降低东道国的福利的问题，我们将在后面继续讨论。

对中国而言，储蓄—投资缺口和外汇储备之间更为完整的关系式为③：

$$(s_p - i_e) + (s_g - i_g) = i_f - ca \tag{9}$$

也就是说，正的家庭和政府储蓄—投资缺口之和等于外汇储备的增加。

我们已经指出，如果 $i_f - ca = 0$ 并且 $i_f > 0$，则必然有 $i_f = ca \equiv s_f > 0$。在这种情形下，FDI 是由外国储蓄融资的，对 FDI 的利用意味着对外国资源的利用。这种状况对于发展中国家来说是最为正常的。如果 $i_f < 0$，那么 $-ca > 0$。意味着该国输出资本，经常项目盈余。这是发达国家国际收支的典型状态。

如果 $i_f - ca > 0$，$i_f > 0$ 并且 $ca \equiv s_f = 0$（外国储蓄利用为零），意味着 FDI 由国内储蓄融资。从等式(9)的右边可以看到，国内储蓄不仅足以为本土企业和政府融资，而且也足以给外资企业融资。通过 FDI 带来的资金最终以外汇储备增加的形式而流出。

如果 $i_f - ca > 0$，$i_f > 0$ 并且 $ca \equiv s_f < 0$，则国内储蓄不仅为国内所有投资（内、外资企业投资）融资，还通过经常项目盈余为外国人在外国的投资提供融资。因此，尽管有 FDI 流入，东道国是净资本输出国，资本输出量等于经常项目顺差（$-ca$）。FDI 带来的外汇并未被用于购买外国资本品、技术和管理（没有形成相应的贸易逆差），而变成了以美国国库券为形式的外汇储备。通过经常项目盈余创造的外汇也以美国国库券的形式为东道国所持有④。因此，外汇储备的总增长等于（$i_f - ca$）。

---

① 为什么 FDI 流入没有产生经常项目赤字，最后却表现为外汇储备的累积？我们将在接下来的第三部分进行详细讨论。

② 外资企业可能用外汇购买机器设备等，但也有中国企业通过出口赚到外汇，只要经常项目差额为零，从总体上看，外汇就没有作为外国储蓄"使用凭证"被用掉。

③ 如果考虑到资本外逃（简单理解为误差于遗漏），则有：$(s_p - i_e) + (s_g - i_g) = i_f - ca - 资本外逃$（capital flight）。

④ 这里，我们假定发展中国家的资本输出不包括 FDI 流出。

这就是中国目前的国际收支状况。

有关中国的双顺差本质以及外汇储备累积问题,我们有如下结论:

第一,中国并未利用外国储蓄(外国资源)用于国内投资;相反,中国作为资本输出国已经持续了十多年的时间。外国利用的国内储蓄部分正是中国的经常项目盈余。如果考虑到资本外逃,这一现象就更为严重。

第二,外资企业投资(FDI 流入)给中国造成的负资本权益通过中国持有美国国库券所得到的等量债权的增加而抵消了。流入中国的 FDI 是由中国储蓄通过迂回的方式提供融资的。外资企业代替中资企业利用了中国的储蓄。在这个意义上可以说 FDI 挤出了国内投资。

第三,FDI 与外汇储备相应增加是中国出让股权换取外国的结果。其金融学的含义还有待进一步分析。

第四,中国外汇储备的增加,既是 FDI 未能相应转化为经常项目逆差也是国内储蓄大于国内投资的反映。两者在很大程度上是同一个问题的两个方面。

4. 中国双顺差成因的政策解释

过去 15 年来中国持续保持双顺差绝非偶然。20 世纪 80 年代早期,中国的对外开放恰逢拉丁美洲债务危机。拉丁美洲国家主要采取了借债而不是引入 FDI 的外资利用方式,其储蓄—投资缺口和外汇储备变化之间的关系可以用下式描述[①]:

$$s_p - i_e = -ca \tag{10}$$

因为国内私人储蓄不足以支持本土企业投资,负的储蓄—投资缺口必然伴随经常项目赤字($ca > 0$)。而经常项目赤字必然引起外汇储备的减少。为了维持一定的外汇储备水平,必须通过资本项目盈余,即资金流入来弥补外汇储备的流失,对应于对外借款,经常项目赤字数额代表新增外债数额。20 世纪 70 年代开始的持续对外借款导致拉丁美洲外债/GDP 比率高达 30% 以上,外债/出口比率接近300%,债务负担过重最终演变为 80 年代严重的债务危机。

鉴于拉丁美洲债务危机的经验教训,中国政府选择了吸引 FDI 的政策[②]。对中国政府而言,FDI 的最大好处在于:这种外资利用方式不会带来债务问题。既然FDI 不仅可以带来先进的技术和管理以及销售网络,又不会引起债务危机,何乐而不为呢? 但是,天下没有免费的午餐,虽然比较安全,FDI 却是最为昂贵的一种引资方式,这种代价在引入 FDI 的开始阶段往往不会表现出来。

---

① 这里,我们不考虑政府部门。

② 即便如此,由于多方面的原因,1992 年之前中国各年实际利用的对外借款仍然显著高于实际利用的FDI。1992 年以后,FDI 在中国实际利用外资中才占据主导地位。

根据中国的外资利用模式,如前所述,可以用下述等式描述中国储蓄—投资缺口和外汇储备变化之间的关系:

$$s_p - i_e = i_f - ca \tag{11}$$

从式(11)出发,我们既可以用等式的左端来解释等式的右端,即用储蓄—投资缺口来解释双顺差,也可以用等式的右端来解释等式的左端,即用双顺差来解释储蓄—投资缺口[①]。另外一种可能性是用第三者同时解释等式的两端。在本节中,我们将主要用第三者,即中国的引资政策,来解释等式的右端。更全面的分析将在另文给出。

中国的 FDI 大致可以分为三类:第一类为技术导向型 FDI,引进 FDI 主要着眼于引进外国先进技术;第二类为出口导向型 FDI,强调外资企业对出口的贡献;第三类为市场寻求型 FDI,外资企业以进军中国消费市场为目标[②]。根据这三种类型的 FDI,可以依次得到如下国际收支状况的三种结果。

结果一:技术导向型 FDI

在生产能力形成期为:资本项目顺差、经常项目逆差、外汇储备不变。

在生产能力形成后为:资本项目顺差(如有利润再投资)或平衡,经常项目平衡,逆差或顺差,外汇储备增、减不确定。

在技术导向型 FDI 政策下,进入中国的 FDI 首先产生资本项目顺差,带来外汇资金流入。这些外汇资金通过购买外国先进技术的方式流出,产生经常项目逆差(贸易逆差)。尽管 FDI 产生了经常项目逆差,但是经常项目逆差由 FDI 带来的资本项目顺差所弥补,外汇储备水平不发生变化,即[③]:

$$s_p - i_e = i_f - ca = 0 \tag{11'}$$

其中,$i_f > 0$,$ca > 0$ 且 $i_f = ca$。

如前所述,对发展中国家而言,这是比较"正常"的外资利用方式。

在生产能力形成后,投资一般会逐渐减少(或仅保持一定的利润再投资)。与此同时,这类企业可能会因具备较强的出口竞争力,而变成出口导向型企业,从而创造出口顺差。但从长期来看,由于利润(投资收益)的汇出,这类企业是否能继续保持经常项目顺差难以做理论上的判断。但是似乎可以认为,在中国技术导向型外资企业不是双顺差的主要贡献者。

结果二:出口导向型 FDI

在生产能力形成期为:资本项目顺差、经常项目逆差、外汇储备不变。

在生产能力形成后为:资本项目顺差(设 $i_f = s_r > 0$)、经常项目顺差、外汇储备

---

① 这是一个非常有趣的课题。

② 中国引入外资也是看中了它们的就业创造作用。关于这个问题可以另文讨论。

③ 由于这里已经不再是宏观分析,所用概念和符号应该改变且应考虑时滞、加总等问题。这类问题将另文讨论。

增加。

为了积累外汇储备以及为防止债务危机,在"入世"之前,中国政府对大多数外资企业实施"外汇自我平衡"政策,要求外资企业通过出口创汇来满足企业进口的外汇需求。为了以最快的速度解决就业问题,政府特别鼓励劳动密集型行业 FDI 的进入。由于中国廉价劳动力的巨大比较优势(更确切地说绝对优势),进入劳动密集+出口导向型产品(行业)对外国投资者也同样具有巨大吸引力,而中国推行劳动密集+出口导向型优惠政策之时,又恰逢香港地区实行产业升级和国际生产网络迅速发展,这就造成了加工贸易型 FDI 的支配地位。

在生产能力形成期,加工贸易型 FDI 对国际收支状况的影响与其他类型 FDI 没有很大不同。但在形成生产能力之后,由于"两头在外",加工贸易条件下的出口额必然大于进口额,贸易顺差即为加工生产带来的增加值。由于这类企业一般仍然会把相当部分利润用于再投资,在经常项目保持顺差的同时,资本项目也将保持顺差。因此,出口导向型 FDI 必然带来资本项目和经常项目的双顺差。考虑到当时的历史条件,鼓励加工贸易型 FDI 的政策是有其合理性的。可以说,不是中国政府未能成功地把 FDI 转化为经常项目赤字,而是中国政府有意防止 FDI 转化为经常项目赤字,而且取得了成功。

结果三:市场寻找型 FDI

在生产能力形成期为:资本项目顺差、经常项目逆差、外汇储备不变。

在生产能力形成后为:资本项目顺差(设 $i_f = s_r > 0$)、经常项目逆差(贸易逆差加上外资投资收益)、外汇储备很可能减少。

在后 WTO 时期,进入中国的 FDI 越来越具有市场寻找型特点。这部分 FDI 看中的只是中国巨大的市场,而不以出口为目的。市场寻找型 FDI 进入中国首先带来外汇资金流入、形成资本项目顺差。外汇资金用于购买外国技术、资本品和管理经验等,形成经常项目逆差。这类企业在生产能力形成之前不会导致国际收支逆差和外汇储备减少。问题是,这类企业没有创汇能力,中间投入的进口,再加上外资投资收益的汇出,将导致经常项目逆差。由于占领了国内市场,这类外资还会通过其他途径影响中国的贸易差额和贸易格局。即便这类企业会将部分利润用于再投资,一般而言,这类企业的发展将导致外汇储备的减少。

中国目前的国际收支格局是由以上三种(或更多种)类型 FDI 和本土企业的国际收支同时决定的。上述三类企业的此消彼长,以及每类企业所处的不同发展阶段都会对中国国际收支格局造成不同影响。例如,如果贸易加工型 FDI 继续占有支配地位,中国的双顺差格局在短期内就难以改变。如果市场寻找型 FDI 在逐渐占领支配地位,中国就可能成为经常项目逆差国,外汇储备就会逐渐减少,甚至在将来会面临债务危机。从中观和微观的层面来研究中国双顺差将是一项十分有意义的工作[①]。

本节的结论是：中国的双顺差是中国长期推行 FDI 的优惠政策，特别是加工贸易型优惠政策的结果。加工贸易型 FDI 和加工贸易在对外贸易中的支配地位说明：双顺差已经成为结构性问题。无法通过宏观经济政策在短期内加以纠正。

5. 中国双顺差的可持续性

正如我们过去研究过的中国财政的可持续性问题（余永定，2000）和广义货币增长的可持续性问题（余永定，2002），中国国际收支平衡的可持续性问题，对中国经济增长的可持续性具有十分重要的意义。而国际收支平衡的可持续性是一个更为复杂的问题。研究这一问题时，我们将运用第一节中提到的方法，即从存量对流量比的可持续性来考察流量平衡的可持续性。由于是双顺差，我们只考虑 $i_f-ca>0$ 的情形。同时，由于假定资本项目是顺差，下面对双顺差可持续性的讨论可归结为对经常项目差额可持续性的讨论。由于经常项目差额可持续性涉及许多外部条件，本文主要讨论经常项目差额的收敛性问题[②]。显然，收敛性最多只是可持续性的必要条件之一。

对应于 $i_f-ca>0$，外汇储备存量等于 $\int_0^t [i_f(t)-ca(t)]dt$。根据国际货币基金组织的最新定义，经常项目差额等于贸易差额、投资收益[③]和转移支付之和。这里我们不考虑最后一项。根据定义：

$$ca=(m-x)+p_f=(m-c)+s'_r p_f+(1-s'_r)p_f \tag{12}$$

其中，p_f 表示外资企业的总利润对 GDP 的比率；$s'_r p_f$ 是利润再投资部分对 GDP 的比率，s'_r 表示外资企业的再投资率[④]，我们假定其为常数；$(1-s'_r)p_f$ 表示利润汇出部分对 GDP 的比率；m 表示进口对 GDP 的比率；x 表示出口对 GDP 的比率。同前几节一样，除非特别加以说明，小写字母代表的变量都是对 GDP 的比率。因为利润再投资部分一方面带来了经常项目逆差，同时带来了资本项目顺差，两相抵消以后不会对国际收支的可持续性带来实际影响。只有贸易逆差和利润汇出部分带来的经常项目逆差。因此，可以不考虑利润再投资对经常项目的直接影

响,但下面我们将说明,其间接影响则是十分重要的。式(12)可简化为:

$$ca' = (m-c) + (1-s'_r)p_f \tag{13}$$

假定外资企业的总利润可由资本约束型固定系数生产函数乘以利润率表示:

$$P_f = \pi \frac{K_f}{v_f} \tag{14}$$

其中,π 为利润率,K_f 为外国投资资本存量,v_f 为外国投资的资本—产出率。FDI 存量对 GDP 比的动态增长路径可由下式表示:

$$\frac{dk_f}{dt} = \frac{d\left(\frac{K_f}{GDP}\right)}{dt} = \left(\frac{FDI_n}{K_f} + \frac{s'_r \pi}{v_f}\right)k_f - nk_f = fdi_n + \left(\frac{s'_r \pi}{v_f} - n\right)k_f \tag{15}$$

其中,FDI_n 表示新的跨境 FDI 流入,以区别于 FDI 中的外资企业再投资部分。n 是 GDP 增长率。式(15)已经假定资本项目是顺差。

假定 $fdi_n = \frac{FDI_n}{GDP}$ 是外生变量,式(15)是一个线性微分方程,解该微分方程可以得到如下结果:

$$k_f = \frac{fdi_n}{\left(\frac{s'_f \pi}{v_f} - n\right)} + C_1 e^{\left(\frac{s'_f \pi}{v_f} - n\right)t} \tag{16}$$

其中,$C_1 = \left[k_f(0) + \frac{fdi_n}{\frac{s'_f \pi}{v_f} - n}\right]$。设初始条件为:t = 0 时,$k_f = 0.25$;$v_f = 2$;$fdi_n = 0.025$;$\pi = 0.1$;$s'_r = 0.8$;$n = 0.09$。可以得到 $C_1 = -0.25$。于是,可以得到一个特解[①]。

另外,贸易项目并非外生于 FDI 的变化,FDI 对贸易项目的影响可以用下式表示:

$$m-x = (m'-x')f(k_f) = (m'-x')\frac{k_f}{v_f} \tag{17}$$

其中,$f(\cdot)$ 为外资企业的生产函数,并假定产出仅仅是资本的函数[②];m' 为外资企业对原材料等的进口在其产出中的比例;x' 为外商投资企业制成品的出口或对原进口品的替代在其产出中的比例。式(17)的设定至少有三大缺陷。第一,内资企业对贸易差额的作用并未予以考虑。第二,外资企业对内资企业的技术扩散作用未予以考虑(这将影响内资企业对贸易差额的贡献)。第三,外资企业在其成长过程中对进、出口的作用的变化并未予以考虑。上述三点的加入,将使模型的内

---

① 因为根据这个初始条件,经济增长率较高,外资企业利润率较低,资本产出率较高,所以微分方程的解是收敛的。

② 注意,这里的资本是指 FDI 的累积存量,与作为生产要素的资本存量是两个概念。但在资本—产出比不变的假设下,这种概念上的差别并不影响本文的分析。FDI 对贸易项目的影响借鉴了姚枝仲、何帆(2004)的处理办法。

容大为丰富。但暂不考虑上述三点似乎不会改变本文后面的基本结论。

把式(17)代入式(13),可以得到:

$$ca' = (m'-x')\frac{k_f}{v_f} + \pi(1-s'_f)\frac{k_f}{v_f} = [m'-x'+\pi(1-s'_f)]\frac{k_f}{v_f} \qquad (18)$$

把式(16)代入式(18),可以得到:

$$ca' = [m'-x'+\pi(1-s'_f)]\frac{k_f}{v_f}$$

$$= [m'-x'+\pi(1-s'_f)]\left(\frac{fdi_n}{nv_f - s'_f\pi} + \frac{C_1}{v_f}e^{(\frac{s'_f\pi}{v_f}-n)t}\right) \qquad (19)$$

假定式(19)中的系数 m'、x'、π、s'_f、n、v_f、fdi_n 均大于零。根据对 $[m'-x'+\pi(1-s_f)]$ 和 $(s'_f\pi - nv_f)$ 符号的判断,关于经常项目差额可以得出以下结论:

结论一:如果$[m'-x'+\pi(1-s_f)]>0$ 且 $\frac{s'_f\pi}{v_f}-n>0$,经常项目逆差不具有收敛性。

FDI 进入后带来外资企业资本存量积累,外资企业生产规模越来越大,利润汇出和进口带来的经常项目逆差越来越大,而且通过出口创造的经常项目顺差不足以弥补逆差带来的外汇储备流失。而且,FDI 进入规模越大,外汇储备流失压力越大。经常项目逆差不可持续性的条件是$\frac{s'_f\pi}{v_f}-n>0$,即外资企业的利润再投资率 s'_r 和外资企业的利润率 π 越高,东道国的经济增长率 n 和外资企业的资本产出率 v_f 越低,原有的经常项目逆差就越容易被无限放大而无法稳定在一定水平上。颇为有趣的是:在短期内,再投资率 s'_r 越高,外资企业利润汇出压力越小,经常项目平衡的压力也就越小。但是在长期,再投资利润流量不断积累带来外资企业资本不断积累,因而未来的利润汇出压力也就越大。换言之,s'_f 较高,意味着经常项目平衡的当前压力被转移到了未来。

结论二:如果$[m'-x'+\pi(1-s_f)]>0$ 且 $\frac{s'_f\pi}{v_f}-n<0$,经常项目逆差具有收敛性。

同样,FDI 进入后带来外资企业资本存量积累,外资企业生产规模越来越大,利润汇出和进口带来的经常项目逆差越来越大,而且通过出口创造的经常项目顺差不足以弥补逆差带来的外汇储备流失。不同的是,经常项目逆差积累速度将逐渐放慢,最终能够收敛到某一水平。满足经常项目逆差可持续性的条件是$\frac{s'_f\pi}{v_f}-n<0$,换言之,外资企业的利润再投资率 s'_r 较低、外资企业的利润率 π 较低,东道国的经济增长率 n 较高、外资企业的资本产出率 v_f 较高,这就意味着经常项目逆差有可能稳定在一定水平上。

结论三:如果$[m'-x'+\pi(1-s_f)]<0$ 且 $\frac{s'_f\pi}{v_f}-n>0$,经常项目顺差不具有收

敛性。

FDI 进入后带来外资企业资本存量积累,外资企业生产规模越来越大,利润汇出和进口带来的经常项目逆差越来越大。但是,通过出口创造的经常项目顺差要高于利润汇出和进口带来的经常项目逆差,外资企业资本存量的增长导致外汇储备的无限增长。

结论四:如果 $[m'-x'+\pi(1-s'_f)]<0$ 且 $\dfrac{s'_f\pi}{v_f}-n<0$,经常项目顺差具有收敛性。

FDI 进入后带来外资企业资本存量积累,外资企业生产规模越来越大,利润汇出和进口带来的经常项目逆差越来越大。但是,通过出口创造的经常项目顺差要高于利润汇出和进口带来的经常项目逆差,外资企业资本存量的增长导致外汇储备的不断增加。与前一种情况不同的是,经常项目顺差积累速度将逐渐放慢,最终能够收敛到某一水平,因而外汇储备不会无限增长,经常项目顺差在不考虑其他条件的情况下具有收敛性。

由于中国奉行出口导向型 FDI 政策,外资企业的再投资率 s'_r 较高,因而,$m'-x'<0$。$1-s'_f\to0$ 因此,$[m'-x'+\pi(1-s'_f)]<0$ 成立。由于 s'_r 较高,外资企业的利润率 π 较高,外资企业的资本—产出率 v_f 较低,虽然中国的经济增长率 n 较高,$\dfrac{s'_f\pi}{v_f}-n>0$ 很可能成立。在此前提下,中国基本符合经常项目顺差不会收敛的结论三。经常项目顺差不收敛状况的不可持续性在于:首先,双顺差不断积累带来外汇储备的不断积累,最终会对外汇市场和国内货币市场带来难以承受的压力。其次,从长期看,为了平衡经常项目,贸易顺差必须保持相当高的增长速度以平衡迅速增长的投资收益汇出。而这很可能是未来国际环境所不能容许的[①]。第三,即便经常项目平衡可以保持,由于外资企业效率较高,在再投资率不变的情况下,中国 GDP 与 GNP 的差距会越来越大,且不会趋于某一稳定值。这一现象的政治经济后果已超出本文范围,这里且存而不论。

关于 GDP 和 GNP 之间缺口增大问题可证明如下:

$$\frac{GNP}{GDP}=1-p_f \tag{20}$$

对式(20)两边取全微分,可以得到:

$$(1-p_f)(n_n-n)=-\dot{p}_f \tag{21}$$

$$n_n=n-\frac{\dot{p}_f}{1-p_f}=n-c_1\frac{\pi}{v_f}\left[\frac{s'_r\pi}{v_f}-n\right]/(1-p_f) \tag{22}$$

其中,n_n 为 GNP 增长率。只要 $\dfrac{s'_r\pi}{v_f}-n>0$,p_f 就会随时间的推移而增加。$\dfrac{s'_r\pi}{v_f}$

———————————

① 关于这点,可以做数字模拟。

—n越大,p_f的增速就越快。GDP和GNP之间的缺口就会以更快的速度放大。

6. 降低双顺差的政策选择

可持续性是长期问题,当前更为紧迫的问题是双顺差可能给中国带来巨大的福利损失。首先,中国不能用自己的储蓄为国内投资融资,却在大规模输出资本为美国弥补投资—储蓄缺口,用高收益的股权资产交换低收益的资产。这种国际收支格局造成了国民收入的不断流失。作为一个资本净输出国,长期以来中国的投资收益一直是负数。与此相对照,作为一个资本净输入国(拥有大量外债),长期以来美国的投资收益却一直是正数。其中的含义不言自明,其跨期资源配置的后果更是值得关注。其次,中国的外汇储备正在迅速接近1万亿美元。由于美国经常项目赤字的不断增加,2002年以来美元已经开始了所谓"战略性贬值"的过程。尽管目前美元有所回升。今后几年中美元大幅贬值的可能性极大。一旦美元大幅度贬值将会造成中国外汇资产缩水。对于这种可能性我们必须及早拿出有效对策,否则悔之晚矣[①]。

由于目前许多亚洲国家也开始迅速积累外汇储备(这意味着,双顺差不仅仅是中国一个国家的特殊问题)。显然,亚洲国家不需要持有如此大量的外汇储备(2.6万亿美元)。一方面,它们不应该让人民辛辛苦苦挣来的财富突然蒸发;另一方面,也不应该慌不择路地采取愚蠢行动。

为了降低中国的外汇储备,或降低外汇储备的增长率,原则上我们有如下选择:

第一,增加政府当前支出以及削减税收(扩张性财政政策)以降低政府储蓄s_g。

第二,增加政府对基础设施上的投资以及增加政府对R&D的支持以增加i_g(扩张性财政政策)。

第三,增加公共支出(社会保障体系、医疗体系以及教育体系等)以降低居民对未来的不确定性,从而降低私人储蓄s_p(扩张性财政政策)。

第四,加快国内金融市场、投融资体系改革,使国内储蓄能够顺利转化为国内投资,在减少外国投资对国内投资的"挤出效应"的前提下,提高国内企业投资水平i_e。

第五,取消针对FDI的优惠政策以降低i_f(并间接地减少贸易顺差)。

第六,取消出口导向的贸易政策降低并通过渐进的方式使人民币升值以减少—ca。特别应该强调的是:中国目前许多地方的引资实践已经偏离了利用外资的

---

① 20世纪20年代,英镑官方外汇持有者开始对英国的外贸逆差表示担心。不过,这些外国中央银行被告之,英格兰银行不会放弃英镑同黄金之间的联系。1931年9月20~21日,当不可避免的英镑贬值终于发生以后,许多外国中央银行遭受重创。这些中央银行因在外汇储备管理上的失误饱受批评。荷兰中央银行负责人Gerard Vissering由于英镑崩溃对荷兰中央银行资产的毁灭性打击,被迫辞职并最终以自杀谢罪(See "Wobbly dollar spells big trouble for central bankers" by Harold James ,1 Jan, 2005. CuEvents.com)。

初衷。大量的外资根本没有技术含量且恶化了中国的资源配置(利用价格扭曲大量使用稀缺资源)、占领了中国的国内市场和潜在的国外市场。这种外资对中国的增长有害无益,因而不应该继续笼统地提改善投资环境。应该明确,我们要改善的是法制环境、服务和知识产权保护而不是提供更多的优惠政策。应尽快取消引资优惠政策,对内外资企业实行国民待遇。应取消"十一五"期间引资的数量目标,不再把引资作为考核政绩的标准,要坚决遏制地方政府为引资争相提供优惠条件的恶性竞争。

7. 小　结

在过去 25 年中,中国经济取得了无可争辩的伟大成绩。中国在过去 25 年中所执行的经济政策从总体来说是正确的。但是,中国经济已经发展到必须进行重大调整的时候了。以双顺差为特征的中国国际收支失衡是中国经济结构失衡的重要表现。中国的持续双顺差是中国经济过度依赖外需、过度依赖外资;国内要素市场,特别是金融市场改革滞后;政府不当干预过多,特别是地方政府在错误的政绩观指导下盲目引资的结果。制度缺陷导致资源真实成本"扭曲"(虽然在一定时期内某种"扭曲"是必要的),而后者又导致中国国际收支结构的失衡。在资源无法实现优化配置的情况下,中国经济的增长将是低效的和不可持续的。

失衡的经济结构已经形成,校正这种失衡显然是无法通过宏观经济政策(如通过财政、货币政策刺激内需等)在短期内实现的。中国必须尽快调整外资、外贸和产业政策,必须加速市场化进程。宏观经济政策应与上述调整相配合,并能促进这些调整的进行。"成功是失败之母。"目前中国经济结构的失衡是我们为过去的成功所付出的代价。只要我们在"十一五"期间能够实现经济发展战略和经济结构的调整,在未来的 10 年和 20 年中,中国就能够继续维持稳定、高速的经济增长。

参考文献

Dornbusch R. and F. Leslie C. H. Helmers (edited)(1988), The Open Economy: Tools for Policymakers in Developing Countries, Oxford University Press, 1988, London.

Williamson, J. (1995), "The Management of Capital Inflows", a working paper published in Pensamiento Iberoamericano January-June 1995.

余永定:《关于资本流入的宏观管理的几个问题》,《世界经济与政治》,1996 年第 10 期。

余永定:《关于外汇储备和国际收支结构的几个问题》,《世界经济与政治》,1997 年第 10 期。

余永定:《财政稳定问题研究的一个理论框架》,《世界经济》,2000 年第 12 期。

余永定:《M2——GDP 比的动态增长路径》,《世界经济》,2002 年第 12 期。

姚枝仲、何帆:《FDI 会造成国际收支危机吗?》,《经济研究》,2004 年第 11 期,第 38～47 页。

分报告之三

中国的出口有何独到之处?[*]

Dani Rodrik

———————

　　[*] 本文是提交给中国经济研究与咨询项目"中国和全球经济 2010"的论文。非常感谢 Edwin Lim 先生的指导和评论,也感谢该项目给我提供了资金支持。此外,余永定和 Adrian Wood 先生也对本文提出了宝贵的意见。Oeindrila Dube 为本文提供了优秀的研究助理工作。

Dani Rodrik（美国），哈佛大学肯尼迪学院国际政治经济学教授。

本科毕业于哈佛大学并获得最高学位荣誉。后于普林斯顿大学分别获得公共管理硕士学位与经济学博士学位。2002年，因推进经济学前沿思想而被授予里昂惕夫奖。其他学术与兼职：在美国国民经济研究局、经济政策研究中心（伦敦）、全球发展中心、国际经济学会、外交关系委员会担任职务，任《经济学与统计学评论》（Review of Economics and Statistics）编辑,《经济文献期刊》（Journal of Economic Literature）副主编,享受卡耐基公司、福特基金和洛克菲勒基金的科研补助。

研究领域涉及：国际经济学、发展经济学和政治经济学。主要关注的领域：好的经济政策的构成要素，以及为什么有的政府能更好地利用经济政策来调控经济。已经出版的著作包括《全球化是否走得太远了?》（被《商业周刊》评为10年中最重要的经济著作之一）、《寻找繁荣：经济增长的分析》、《新的全球经济与发展中国家：使开放发挥作用》。

1. 引　言

　　中国经济的不俗表现创造了过去的 25 年世界经济的一大奇迹。在这 25 年里,中国经济跳跃式地前进,其增长之快远远超出了一些经济学家的预期,令他们深感不可思议。更可贵的是,中国的经济增长不仅使上亿人民从贫困中摆脱出来,更使得他们的健康水平、教育水平和其他社会指标得到了极大的提高。这些成就的取得在于中国在发展中摸索出了一条符合自身特色的改革之路,即采用实验性的渐进式改革方法,逐步依靠市场和价格信号的力量实现改革。迄今为止,中国的改革都是在其高度非正统的制度框架下实现的。

　　贸易在这一变化过程中发挥了重要的作用。我们说,即便没有全球经济,中国经济仍可能保持增长。因为在中国经济增长的早期,经济增长的动力是农村改革,对全球市场的依赖并不是很大。但我们也必须承认,20 世纪 80 年代以来中国的经济能得到持续飞速的增长,是与世界市场所提供的大量机会分不开的。翻看中国所有的主要综合指标,我们会发现,外资和外贸的分量日益加重。出口占 GDP的百分比从 20 世纪 60 年代的近于零上升到 2003 年的 30%,这一增长速度比世界上其他国家要大得多(见图 1);流入的外商直接投资占 GDP 的比重也从 20 世纪 80 年代早期的近于零上升到现在的 5%。这些数字从另一侧面也反映出,中国已经成为世界上最大的贸易力量之一,其商品的出口已经占到全球贸易总流量的6%(见图 2)。

　　当然,在中国成功融入全球经济的过程中不可避免地会出现很多问题。从这些问题中总结经验,对中国来说至关重要。这不仅因为中国现在是其他发展中国家竞相效仿的对象,也因为中国在制定未来符合自身发展的政策时,需要且应该参考这些经验。

　　从中国实现全球一体化的特殊模式中总结经验并不容易。对于追求全球一体化的国家,通常会推荐以下"标准处方":取消进口的数量限制、降低进口关税及其离散程度、实现货币在经常账户下的可自由兑换、减少官僚机构拖拉的办事程序和其他阻碍外商直接投资的因素、改善海关程序、建立健全法律法规等。如果用这些标准来衡量中国的政策,只能说中国和其他很多国家一样弄得一团糟,中国并不具备在世界市场上同时对富国和穷国构成潜在威胁的条件。简言之,中国的开放是渐进式的,许多重要的改革至少要滞后增长(出口的增长和总收入的增长)10 年或更多。虽然国家垄断贸易的做法自 20 世纪 70 年代晚期就被取消,但取而代之的却是一系列更复杂、更具限制性的措施,包括关税、非关税壁垒和许可证等。这些限制到 20 世纪 90 年代早期仍然没有得到实质性的放松。

　　表 1 列出了中国进口关税的变动趋势:在 20 世纪 90 年代早期,关税税率平均

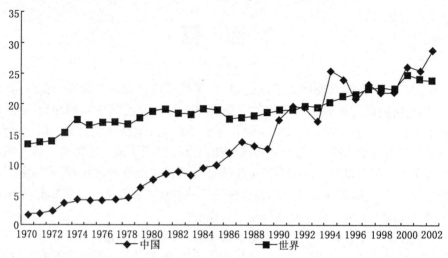

资料来源:世界发展指标数据库。

图1　出口占 GDP 的百分比

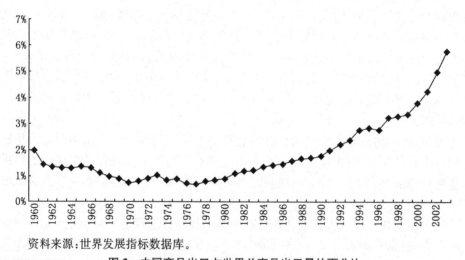

资料来源:世界发展指标数据库。

图2　中国商品出口占世界总商品出口量的百分比

在40％以上(是世界上关税税率最高的国家之一),最高的时候超过200％,而且税率的差别很大。关税政策使得中国国内市场得到高度的保护的同时,也损害了出口厂商的利益。为此,中国政府采取了出口退税和其他的激励措施刺激出口导向型项目的投资,从而抵消了关税对出口的"抑制"效应。货币市场的管制更不必说,直到1994年中国的货币市场才得以统一。腐败和执法不严是发展中比较重要的问题。所以,中国并不是一个典型的通过贸易自由化和自由市场的力量来实现出口增长的国家。

表1   中国的进口关税

年份	（未加权）平均	加权平均	离散程度(标准差)	最大值
1982	55.6	—	—	—
1985	43.3	—	—	—
1988	43.7	—	—	—
1991	44.1	—	—	—
1992	42.9	40.6	—	220
1993	39.9	38.4	29.9	220
1994	36.2	35.5	27.9	—
1995	35.2	26.8	220	
1996	23.6	22.6	17.4	121.6
1997	17.6	16	13	121.6
1998	17.5	15.7	13	121.6
2000	16.4	—	—	—
2001	15.3	9.1	12.1	121.6
2002	12.3	6.4	9.1	70

资料来源：Prasad（2004），第10页。

中国实行专业化生产也不是简单地按照比较优势来进行的。在中国出口的商品中，虽然劳动密集型产品(如玩具、衣服、简单的电子器件集成)的出口仍然占很大比重，但高度精密的产品的出口的范围之广也不容忽视。实际上，本文的一个主要观点是，如果依据商品的精密性来考察一国商品的出口，中国将是一个"特例"：它的商品出口结构是与比它的人均收入高3倍的国家的出口结构相同的。这说明，不管怎样，中国已经掌握了一些先进的、具有较高生产率的产品的生产。而这些产品，在大多数人看来，并非中国这样贫穷、劳动力丰富的国家所能生产的，更不必说还要出口了。在下文中，我将提供一些事实对此观点进行具体阐述，以分析它对中国近期经济增长的重要贡献。中国的经验将向我们展示，一国出口了多少数量的商品并不重要，重要的是它出口了什么。

中国精密产品的出口在多大程度上是直接由中国异于常规的政策引致的还不是很清楚。但是，将中国产业结构的形成归功于政府的推动和保护的想法并不过分，这和早期"亚洲四小龙"的发展模式有些相近。在文章的最后我将再一次回到这个主题，并给出一些一般性评论，从而为贸易和产业化领域未来政策的制定提供思路。

本文的结构安排如下。在文章的第二部分，我将采用比较研究的方法对中国的出口结构进行定量评价，并证明中国的贸易模式仅仅通过要素禀赋或其他"经济原理"是无法给予完全解释的。文章的第三部分，我将通过一些事实，考察出口商品的类别与它们的增长之间的关系，以此证明中国经济的增长是与其某些出口产业的发展相关的，而这些产业，对于类似中国这样的低收入的国家来说，几乎是不可能发展起来的。文章的第四部分简单地回顾了中国电子消费品行业的发展：一是对前文统计描述的例证,二是通过实例来说明政府政策的作用。文章的第五部分进行总结,并提出政策建议,方便中国政府制定决策①。

2. 似是而非的比较优势

我们先来讨论一下一国的专业化生产模式和贸易模式。比较优势理论指出:一国的贸易模式取决于该国与世界上其他国家的生产成本的相对差异。这些差异又与产业间的劳动生产率差异(李嘉图贸易模型)或国家间相对要素禀赋的差异(赫克歇尔—俄林模型)相联系。在这些模型中,企业家都是直接考察成本然后进行投资决策的。

但是,在一个欠发达的国家,投资者进入一个全新的、异于传统的行业,必然面临营运成本的不确定性问题。这些运营成本不仅仅取决于要素禀赋的状况,还可能取决于投资者能否成功地引进并使用新技术,取决于该行业的政策环境,某些时候甚至取决于有没有其他的投资者也选择进入该行业。这种不确定性所带来的风险对每个投资者来说并不相同,早期进入新行业的投资者要承担较大的风险,但是,他们的提前进入将对后来者产生有益的信息外溢效应。如果他们投资成功,后进入者将会观察到该行业的盈利能力,从而进入并"模仿";但如果他们失败了,却只能独自承担项目的全部损失。这种外部性意味着仅依靠市场的力量,所能吸引到的对新产业的投资将会少之又少;用豪斯曼和罗德瑞克(1993)的话来说,市场只能诱发很小规模的"自我探索"。其结果就是,低收入国家只能生产很少量的可用于进行国际贸易的高端产品,只能拿到很低的收入。相反,高速增长的国家将会是那些能够大量投资生产有别于传统产业的、生产率水平较高的贸易品的国家。

为了对以上的设想进行实证性研究,豪斯曼和我最近建立了一个能衡量一国贸易篮子生产率水平的指数,称之为 EXPY 指数。该指数的计算步骤有两步:首先,对每一个以 6 位数分类法分类的商品,计算出口该商品的国家的加权平均收入,权数为一国对该产品的比较优势(对其进行标准化以使其和为 1),这样就得到对应该商品的收入水平,称之为 PRODY 指数。6 位数分类法下共有 5 000 多种商

---

① 本文采集了多个国家的样本,它们多以简写的形式出现在图表中,现将各国名称及其简写补充如下:澳大利亚(AUS)、孟加拉国(BGD)、伯利兹(BLZ)、玻利维亚(BOL)、布基纳法索(BFA)、巴勒斯坦(BLZ)、巴西(BRA)、瑞士(CHE)、中国(CHN)、智利(CHL)、哥伦比亚(COL)、阿尔及利亚(DZA)、厄瓜多尔(ECU)、芬兰(FIN)、几内亚(GIN)、希腊(GRC)、海地共和国(HTI)、匈牙利(HUN)、印度尼西亚(IDN)、印度(IND)、爱尔兰(IRL)、冰岛(ISL)、牙买加(JAM)、肯尼亚(KEN)、韩国(KOR)、圣卢西亚(LCA)、斯里兰卡(LKA)、摩纳哥(MAC)、马达加斯加(MDG)、墨西哥(MEX)、莫桑比克(MOZ)、尼泊尔(NER)、尼日利亚(NGA)、挪威(NOR)、秘鲁(PER)、菲律宾(PHL)、葡萄牙(PRT)、巴拉圭(PRY)、罗马尼亚(ROM)、卢旺达(RWA)、沙特阿拉伯(SAU)、新加坡(SGP)、斯洛文尼亚(SLE)、瑞典(SWE)、斯威士兰(SWZ)、泰国(THA)、特立尼达和多巴哥(TTO)、土耳其(TUR)、美国(USA)等等。

品,也就是说,需要计算5 000多个PRODY指数。其次,计算每个国家的EXPY指数,即每个国家PRODY指数的加权平均数,权数为每种商品出口在一国总出口中的比率。文章的附录记录了该指数的具体建立过程。

与设想的一样,EXPY与人均收入呈现出极强的相关关系:一个富国能够出口的产品,其他富国也能够出口。图3绘出了1992年的EXPY指数与人均GDP的分布散点图。我们发现二者的相关系数高达0.83。但是,每个国家所对应的点并未严格地落在回归线上。有些国家在回归线的下方,有些则在回归线的上方。在处于回归线上方的国家中,印度(IND)和中国(CHN)显得异常突出:较低的人均GDP,较高的EXPY水平。这意味着这两个经济运行良好的国家的商品出口可能都倾向于那些有较高生产率的产品。1992年,中国的出口商品所对应的收入水平是中国当时实际人均GDP的6倍。尽管这一缺口随着时间的推移已经有所缩小,但依然保持在较高的水平上。

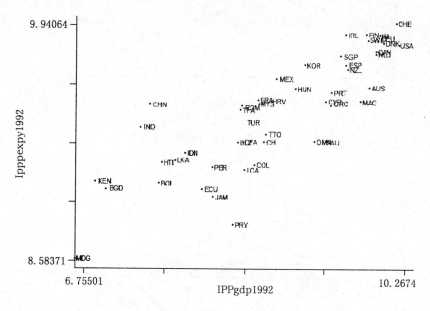

注:图中使用了各国的简写,具体名称参照注释。

图3　1992年EXPY与人均GDP之间的关系图

用其他基本的经济变量来解释,结果也不怎么理想。图4和图5分别展示了在保持人均GDP不变条件下EXPY与人力资本状况和体制的质量状况的偏相关关系。为使国家样本更大,分布散点图采用了2002年以来最新的贸易数据。结果表明,EXPY指数与人力资本存量之间存在极不显著的正相关关系(见图4),而与体制的质量指数(文中用法律规则来衡量该指数)之间几乎没有任何相关关系(见图5)。所以基本面变量如何影响EXPY也不明确。一国出口商品的生产率固然部分取决于该国的生产能力和人力资本禀赋,但也可能受某些特殊因素的影响。为更具说服力,我们以孟加拉国(BGD)为例来说明。孟加拉国与中国一样,都有着非常相似的要素禀赋特征,包括劳动力丰富,人力与实物资本稀缺等,但是孟加拉国的 EXPY 指数却比中国的 EXPY 指数低近 50%。很显然,在影响中国的 EXPY 的因素中,且不论那些特定的因素是什么(关于此,我会在下文予以思考),他们似乎都有助于中国较高EXPY 指数[①]的实现。也就是说,可能恰恰就是这些特殊因素,成了中国近来经济快速增长的重要驱动力。这一点将在下一部分进行解释。

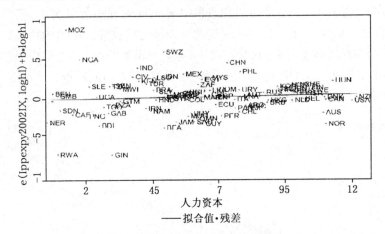

图 4　指数与人力资本偏相关散点图

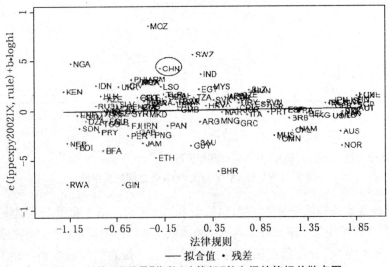

图 5　与体制"质量"指数(法律规则)之间的偏相关散点图

---

① Lo and Chan (1998)也着重指出了比较优势不是决定贸易结构的惟一因素,并指出了政府生产和技术导向政策的作用。

再把中国的 EXPY 指数的演变趋势与一些重要贸易竞争伙伴国相比较,我们也发现了一些有趣的结论。图 6 列出了中国、印度、中国香港地区和韩国的 EXPY 指数的演变趋势。该图清楚地表明,自 1992 年以来,中国出口商品的精密化程度在逐渐增加,虽然仍落后于韩国和中国香港地区,但差距已随着时间的推移而稳步缩小。但中国与印度的 EXPY 指数的差异在过去的 10 年中却呈现递增趋势①。

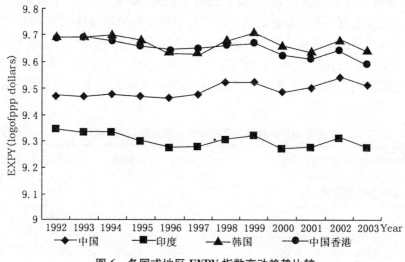

图 6 各国或地区 EXPY 指数变动趋势比较

这一结论与 Wood(Mayer, Jorg, and Adrian Wood, 2001)的结论正好相反。Wood 认为,就一国的要素禀赋而论,中国在技术密集型产品上的出口成效要低于预期的水平。Wood 采用了横向分析法,以一国技术密集型产品的出口与劳动密集型产品的出口的比率为因变量,以该国工人的技术水平为自变量,通过回归分析得出的预测值,并与实际值进行比较,从而得出结论。Wood 的结果是,1990 年,中国制造业技术密集型产品的实际出口比率为 33%,而预测比率则为 40%(Wood,1991,表 5)。产生这一差异的可能理由是,Wood 的研究方法是以对商品分类的二分法(技术密集型或非技术密集型)为基础的。这种二分法比本文采用的商品分类法更具笼统性(我们计算 EXPY 指标时所用的数据来自于 5 000 多种完全不同的商品)。事实上,Wood(1991)自己也指出的,某种商品在一个国家可能技术密集型成分多一些,而在其他国家则可能技术密集型成分少一些,这是非常普遍的。因此,建立在更细化的分类方法——6 位数分类法上的分析则可能更能捕捉这些差异。

然而,值得注意的是,即使在 6 位数商品分类法下,同一类别下的产品也经常

① 注意 EXPY 指数是用商品出口的数据计算的,所以,印度的软件出口没有包括在计算中。如果包括软件出口,印度的 EXPY 指数将会高很多。

会有一些显著的质量上的差异。以此分类法为标准,我们发现,同许多高度发达的国家的出口相比,中国的商品出口仍然集中在劳动密集型产品上,高技术含量产品的出口相对要少得多。表 2 比较了中国和其他国家的一些领先性电子出口产品的单位价值。从表 2 可以看出,在大多数情况下,中国出口的商品的单位价值要低于韩国、马来西亚或新加坡。也就是说,中国出口的电子产品更多还是倾向于那些成本低、技术含量不太高的产品,从而难以对美国的"霸主"地位产生威胁(Lardy,2004)。当然,也有一些很有趣的例外,例如,中国出口的电视接收机、视频监视器和投影机等产品的单位价值要比韩国的类似产品高很多。不管怎样,像中国这样低收入水平的国家,能领先出口这样的电子产品,是令人惊奇的。毕竟,我们之前的跨国比较研究表明,对于具有类似要素禀赋的国家来说,这样的出口几乎是不可能的。

表 2　　　　　　　　　　电子出口产品及设备的单位价值比较(2003 年)　　　　　　　单位:美元

产品名称	中国	韩国	马来西亚	新加坡
变压器,变频器与整流器	0.855	5.713	0.884	0.229
电容器	1.317	2.519	17.295	1.248
有线电话电报机	14.488	66.581	46.995	36.496
扬声设备,不含录音功能	13.520	50.003	52.966	68.260
录、放像机	48.733	39.356	90.926	112.492
录放音、像机的零附件	9.875	26.222	14.299	n. a.
无线电和电视机发射机,电视摄影机	62.040	259.014	117.773	92.389
收音机及收(放)音组合机	7.370	38.552	83.770	68.803
电视接收机,视频监视器和投影机	72.903	17.987	144.185	195.939
电视、收音机及无线电讯设备的零附件	31.982	47.988	15.007	n. a.
印刷电路	1.774	65.973	2.281	49.581
集成电路及微电子组件	1.101	960.988	1.478	2.337

资料来源:联合国商品贸易数据库。

3. 重要的不是出口多少,而是出口什么

我们怎样才能知道一国出口商品的生产率水平(以 EXPY 指数衡量)对经济发展有多重要? 事实表明,一国初始的 EXPY 的大小与该国随后的经济增长率之间存在着紧密的关系。图 7 描绘了 1992 年的 EXPY 和 1992 年之后的经济增长之间的相关关系分布散点图:它表明在保持初始收入水平不变条件下,1992 年的 EXPY 与 1992~2003 年间的经济增长之间存在显著的正相关关系(95%的置信水平)。估计相关系数可以知道,一国出口的商品的生产率如果增加 1 倍,将会使该国人均 GDP 增长 6%。因此,如果中国仅仅出口那些同等收入国家出口的产品,它的经济增长率无疑将会显著降低,而不会出现图中所示的意外。虽然较高的 EXPY 值并不能解释全部的中国的经济增长——因为图中还有另一个"界外值":爱尔兰(IRL)——但无疑可以此为切入点对中国经济的快速增长进行解释。

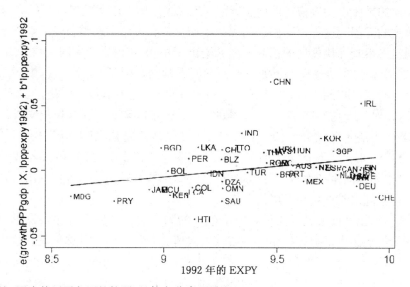

注:图中使用了各国的简写,具体名称参照注释。

图 7 初始收入水平不变条件下,期初的 EXPY 与经济增长的关系

问题是 EXPY 的水平和经济增长之间真的存在因果关系吗? 在回归分析中我们是以 EXPY 在某段时期内初始年的数值为回归因子进行回归的,但也有可能 EXPY 和经济增长二者之间的因果是由 EXPY 的增长引起的,而不是 EXPY 的水平或其他因素(如果 EXPY 及其增长都随时间推移而存在的话)。所以为了排除这种可能性,我们采用工具变量法来进行验证。首先,我们寻求一个仅仅能够通过影响 EXPY 指数从而影响经济增长的外生变量,比如人口(或人口密度)。这一方

法背后的基本原理是很简单的。回想一下上文中提到的新行业比较优势的决定。比较优势部分取决于新产业的初始进入者的成本探索过程。如果探索的结果发现生产率水平很高，就会吸引更多的进入者模仿。这样一个经济中可贸易品部门的生产率就倾向收敛于"探索者"发现的最有盈利能力的经济活动的生产率。经济规模越大，就有相对更多的企业从事这种探索工作，因此，在其他条件不变的情况下，可贸易品的数量增加，可贸易品部门的生产率水平也趋于最大[①]。实际上，正如该理论所指出的，当保持收入、人力资本和其他回归因子不变时，国家的大小确实对EXPY有正面的影响，且在统计上是显著的。因此，我们可以使用衡量一国大小的指标作为EXPY的工具变量。在实际处理中，我们发现，通过用工具变量法进行回归所得的结果与用普通的OLS回归所得的结果是一样的。也就是说，一国初始EXPY的水平确实能够帮助我们预测随后的经济增长态势。

那么EXPY是通过什么样的机制推动经济增长的呢？从理论上讲，一旦一国的投资者在"探索"的过程中找到一些具有较高生产率的有利可图的出口产品产业，他们就会进入，并对后来的投资者产生较强的示范效应，吸引其他投资者跟进。随着产业的扩张以及供应商的增加，经济资源就会从生产率较低的部门转移到生产率较高的部门。这种由不同部门间的生产率差异及结构调整引发的经济增长正是中国经济得到飞快发展的根源。图8给出了1992年以来的中国人均GDP的变动，及EXPY的变动过程。正如我们前面所看到的，从某种程度上说，中国的商品出口已经有了"质"的飞跃，与其竞争者相比，表现得尤为明显。但是，从图上也可以看出，相对于人均GDP，EXPY的水平自1992年以来一直保持稳定增长。而人均GDP水平则不断上升，且有向EXPY快速收敛的趋势：从EXPY的15%上升到2003年的35%。该图也表明了一国经济中生产率的扩散过程：随着劳动力跨部门、跨空间地向生产率较高的出口部门转移，那些有较高技术含量的出口部门的生产利得也随之扩展到整个经济范围。

但同时，图8所示的增长模式也给中国的未来提出了挑战。如果说中国目前的经济增长的绝大部分可以由这种收敛模式所解释，那么，一旦这一收敛过程趋近完成、经济中的非出口部门的生产率接近出口部门的生产率时，中国经济会不会出现经济增长停滞或乏力呢？我们已经看到，中国出口商品的"质"的确已经有了大的提高，但它的增长速度仍赶不上整体收入水平的增加速度。如果还是横向考察整体收入水平和EXPY之间关系，我们会得到这样的一个结果，中国将不会再像1992年那样，特立于其他国家之外（见图9）。相反，用我们前文建立的增长回归模型对系数进行估计，我们会发现，中国经济的增长将显著放慢。此外，更细化的分析表明，中国的EXPY水平的增加，主要源于中国从低生产率产品的生产向高生产率产品的转移。新产品，即1992年未曾出口的产品，对整体EXPY指数上升的

[①] 这一过程的正式模型化，参见 Hausmann and Rodrik（正在写作中）。

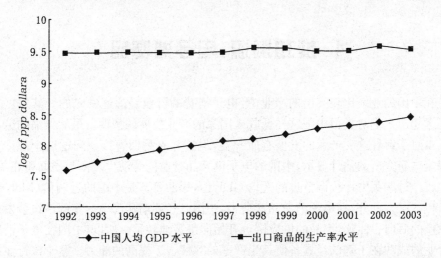

图 8　出口商品的生产率和人均 GDP 的趋势图(数值经过购买力调整后取其对数)

贡献可以忽略不计[①]。因此,中国经济要继续保持目前的增长率,迟早得开发新的可贸易产品。另一方面,人均 GDP 向当前 EXPY 水平的收敛,也意味着未来中国的人均 GDP 将会高于目前的水平。

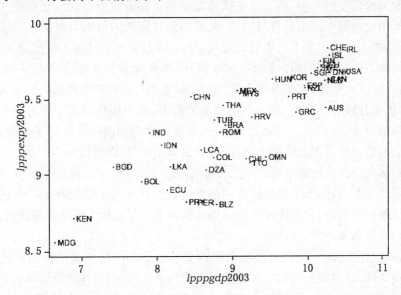

注:图中使用了各国的简写,具体名称参照注释。

图 9　2003 年 EXPY 指数与人均 GDP 的关系(与图 3 中的样本相同)

---

①　记住这里的分析是建立在商品的 6 位数分类法基础上的,所以许多新商品的缺乏是有影响的。

4. 成功溯源：电子消费品

在中国的业绩比较突出的产业中，电子消费品行业是遥遥领先的。其发展之快远远超出人们对类似中国这样低收入国家的产业发展的预期。虽然低廉的劳动力成本对于解释这一产业的发展有所裨益，但这并不是回答这一问题的全部。麦肯锡全球研究所的估计显示，中国的电子消费品行业的劳动生产率与墨西哥相仿，但比较经过购买力评价调整过的人均 GDP 值，墨西哥却是中国的近两倍(McKinsey,2003)[①]。此外，在电子消费品产业上，中国已经逐渐从简单的零部件组装发展到生产的后向一体化，产品的供应链也开始向组装地转移。所以，中国在电子消费品行业的成功在于它已经具备使其生产率的"跳跃式"提高的能力。鉴于该行业的在我们上文讨论的产业发展中具有典型性，我将以此为例，进行简要地评述。

外国投资者在电子消费品产业的发展中发挥了重要的作用。他们是最有效率的生产商，同时也是技术的引入者，是产品出口的主导者。出于此考虑，中国打开了对外开放的门户，成立了经济特区，鼓励外商到中国来，并为他们提供较好的基础设施和宽松的发展环境，所有这些措施都受到了国外投资者的广泛欢迎。但中国吸引外国公司到中国来是有目的的，是希望借外资的力量来培育本土的生产能力。为此，中国政府制定了大量的政策规章以确保技术转移能够顺利实现，确保国内有较强实力的企业能得以成长。在早期，中国开放主要依靠国有大型企业，随后，政府采取了一系列"胡萝卜加大棒"的政策，吸引外国投资者和国内公司合资办厂（如手机和计算机行业）。国内市场被保护起来，成为那些寻求市场机会和追求成本节约的投资者的阵地。知识产权法的不完善也为国内厂商制造了机会，使他们在不必担心侵权诉讼的情况下通过实施"逆向工程"从而模仿外国技术。一些地方政府则被允许自主的制定他们自己的激励与支持政策，从而使得中国在很多地方出现了产业群。Huchet 如此评价中国 20 世纪 90 年代中期的政策："中国的技术获取战略非常明确：它允许外国公司进入国内市场是以技术转移为条件的，进入的方式则是合作或合资。"(Huchet,1997)

所有这些措施的效果可以通过与墨西哥的截然不同的产业结构的比较总结出。如表 3 所示，内资公司在中国扮演着重要角色。实际上，各产业的领头企业很少有百分之百的外资公司，他们大多数是外商和内资企业（大多数为国有企业）的合资企业。引用麦肯锡全球研究所的话："正是这种跨国公司与内资企业的互动造就了中国在全球的成功。"(McKinsey,2003,着重补充)

---

① 该报告也指出了 2003 年中国的 EXPY 指数超过了墨西哥。

表 3 按所有权类型划分的中国主要电子消费品企业

产品部门	外资所有	合资	非外商直接投资
移动手机		摩托罗拉/东信 诺基亚/首信 西门子/ MII 分支 三星/科健 萨基姆/ 波导	TCL
个人电脑	惠普 戴尔	IBM/长城 东芝/东芝电脑(上海) 爱普生/实达 台湾 GVC/TCL	联想(Lenovo) 方正 同方
电视、录音机、音响等		索尼/SVA 菲利浦/苏州 CTV 东芝/大连大显 长城电子/TCL	长虹 康佳 海信 创维 海尔 熊猫 厦华
冰箱、洗衣机等	西门子	三星/苏州香雪海 伊莱克斯 /长沙中意 LG/春兰 三菱/海尔 三洋/科龙,荣事达 Sigma/美菱 丰隆(SG)/新飞 东芝 Carrier/美的	长岭 格力

资料来源:麦肯锡(2003),第 83 页。

　　当然,也有许多在政府支持下创建起来最后却以失败而告终的企业。中国的大量产业政策正是针对那些生产率和技术吸收水平都较低的国有企业的。(国家各部委和不同层次的政府之间)缺乏有效的协调是中国政策的特征(见 Huchet,1997;Kraemer and Dedrick,2001)。但是,如同在其他的政策领域一样,当旧的政策失败时,中国政府还是能够以务实和开放的态度继续尝试新的方法。一个广为人知的失败的例子是早期彩色电视机产业的发展。20 世纪 80 年代,中国的彩电业有超过 100 家的生产商在从事短期的、高成本的生产。但在 20 世纪 90 年代早期,地方和中央实施了一系列的扭转措施,通过强制合并、与外商合资等方式,有效地整合了彩电业,从而使之成为一个有序发展的、有盈利能力的出口导向型产业(Lo and Chan,1998)。

　　此外,中国的官僚体制的弱点可能被很多人夸大了。在经济的发展中,"自我探索"模型的精髓是,只要有少数的成功,就会带动全盘的发展,因为一旦高生产率的产业被探索到,他们就会成为经济收敛的"杠杆",使经济资源从生产率低的产业向生产率高的产业转移。但这一过程的自主完成是很困难的。如果没有国家和公共基金对研发的资助,像联想公司这样经营规模大、盈利能力强到足以收购 IBM PC 业务的大公司在中国绝不会出现①。去实验、探索高新技术的产业总比什么都不做要好。而且在这一过程中,缺乏协调反而可能是件好事,因为它允许你不断尝试各种想法,允许你把一个区域的成功模式复制到另一个区域。中国在政策制定和实施过程中表现出的优柔、"渐进"和时有矛盾的作风比起高度集中、由上至下和高度协调的作风可能更能为企业家的自我探索和成本发现提供一个适合的环境,尽管这听起来似乎有点荒谬。

总而言之,中国的发展离不开一些有利的基本条件,诸如低廉的劳动力和原材料成本、外向型经济特区以及大的市场规模等,也离不开中国政府为提高国内生产能力、实现工业现代化所作的努力。较大的经济规模给政府提供了不断进行政策试验的可能,也给政府提供了充分利用内部市场这个"胡萝卜"来吸引外国投资者与国内生产厂商进行合资生产的可能。所以说,中国能生产出日益精密的电子消费品来,不能不归功于良好的政策环境和自由市场的作用。

5. 结 论

本文以三条建议作为结论,希望能对中国的政策制定者有所启示。

第一个结论是必须正确理解支持中国出口部门业绩和经济增长的基本因素。如前文所阐述的,在中国经济的运行中,并不是只有比较优势和自由市场在起作用。如果中国按照传统的比较优势理论进行生产,优先生产那些与其较低收入水平相适应的劳动密集型产品,那么中国的生产和出口模式将与目前的情况完全不同。现在的结果是,中国出口产品的技术含量要比人们一般认为的大得多。中国政府在国内高端行业诸如国内电子消费品及其他高新行业的发展中发挥了积极的作用。可以说没有政府的支持和培育,就没有电子消费品和其他高技术行业的良好发展势头。尽管在此过程中中国也走了很多弯路,并为之付出了相当的代价,但这些代价对中国经济增长依然具有重要的积极意义。"市场基础论"者和"计划论"者在针对中国问题进行争辩的时候,必须将这一点的重要性考虑进去。

第二个结论涉及中国出口导向型经济增长的可持续性。这里的问题是,在中国出口占 GDP 比率很高且不断上升的情况下,中国的经济增长是否将不可避免地失去动力呢?本文认为,对中国未来的增长来说,重要的不在于出口的"量",或出口与 GDP 的关系,而在于这些出口产品的"质"。中国商品出口的特殊之处不在于它的出口额巨大,也不在于其大量人口给它带来的劳动力成本优势,而在于中国的

---

① 联想的主要所有者是国有单位。

出口商品的生产率水平远高于与其收入水平相仿的国家。这既解释了为什么发达国家对中国的很多对外贸易问题不理解，又解释了为何中国经济能得以迅速增长。中国经济能否可持续发展关键不在于贸易占 GDP 的比率是否保持增长，而在于能否做到持续锁定较高技术的产品的生产以推动增长。正如我们所看到的，在过去的 10 年中，EXPY 指数与人均 GDP 之间的缺口正在急剧缩小。在其他因素不变的条件下，必定存在某种因素使经济增长放慢。

第三个结论涉及到未来产业政策的性质。本文的观点是，中国的产业政策无论是否具有连续性，都已经为中国过去的成功立下了汗马功劳。中国未来的经济发展也需要这样的政策支持。这也是从其他东亚经济如日本、中国台湾、韩国和新加坡的成功经历中得出的经验。

未来中国的产业政策应该是什么样的呢？一般的观点是，产业政策要防止出现对发展态势良好的企业一边倒的态势。这不是确立正确的产业政策的思路。因为在不确定性与技术和信息外溢效应广泛存在的条件下，只依靠市场的力量，很难筹集到发展高新产业所需要的资金。这时，合适的产业政策就应该是加大对新产品的补贴力度，从而弥补市场的不完善。当然，并不是所有新增投资都对整个社会有益。好的产业政策应该及时从那些已露败绩的项目上撤资，以免资源在无效的经营中被浪费。因此，制定适当产业政策的标准不是"只保留胜出者"（实现的可能性很小），而应该是"使失败者退出"（实现的可行性很大），后者才是衡量产业政策的基准。

因此，中国继续向前发展的一个主要问题是中国的政策是否能继续保持其实验性和灵活性——即政府能否会继续支持新产业的发展，并且坚决抵制低效的投资活动。如何设计一个合适的制度结构，从而有利于实验性的、"胡萝卜加大棒"的方法能更好地应用于产业政策中，是中国产业政策制定者所面临的重要挑战。在 2004 年的一篇论文中，我就某些问题进行了讨论，并从东亚和拉丁美洲的案例分析中提炼出了一些宽泛的指导原则。当然，在这一领域中，进行制度移植是没有多大效果的。我们所作的是在一般的基础上找出一些比较重要的原则，并需要根据不同的国情，对这些原则加以更新和修正。因此，中国的研究人员所面临的挑战是如何建立基于中国现实的制度模型。

附录

PRODY 和 EPXY 指数的建立

PRODY 指数是出口某项商品的国家人均 GDP 的加权和，因此代表了每一项商品的相应的收入水平。以 j 代表第 j 个国家,以 l 代表第 l 种商品,对于某一给定的年份,第 j 个国家的总出口的价值为:

$$X_j = \sum_l x_{jl}$$

以 Y_j 代表第 j 个国家的人均 GDP,第 k 种商品的 PRODY 指数为:

$$PRODY_k = \sum_j \frac{x_{jk}/X_j}{x_{jk}/X_j} Y_j$$

权数的分子 x_{jk}/X_j 是第 j 个国家中第 k 种商品的出口价值占该国总出口价值的比率,权数的分母 $\sum_j (x_{jk}/x_j)$ 是指出口第 k 种商品的所有国家的该比率的累计值,使用比率而不是数量,能保证使一些贫穷的小国的出口被赋予足够的权重。

第 j 个国家的 EXPY 指数为:

$$EXPY_j = \sum_l \frac{x_{jl}}{X_j} PRODY_l$$

EXPY 指数是与一国出口相对应的代表性收入的加权平均指数,权重为一国第 l 种商品的出口价值与总出口的比率。

我们的贸易数据来自于联合国商品贸易统计数据库(COMTRADE)。该数据库包含了从 1992~2003 年的以 HS 制分类的商品。出口商品的价格以当年美元价格计量,我们可以将其转换成 2000 年的价格以与实际人均 GDP 数字进行比较。公布贸易数据的国家数目在不同的年份之间有很大差异。然而,我们对 1999 年、2000 年以及 2001 年 3 年皆报告贸易数据的国家建立 PRODY 指数,以保证国家样本的一致性。去掉一些遗漏的观察值后,我们得到 5 023 个 PRODY 指数的观察值。注意,我们利用 1999~2001 年的平均 PRODY 指数来建立 EXPY 指数,所以在 EXPY 指数建立过程中的 PRODY 并不是逐年变化的。

参考文献

Hausmann, Ricardo, and Dani Rodrik, "Economic Development as Self-Discovery," *Journal of Development Economics*, December 1993.

Hausmann, Ricardo, and Dani Rodrik, "Self-Discovery, Exports, and Incomes," work in progress.

Huchet, Jean-Francois, "The China Circle and Technological Development in the Chinese Electronics Industry," in B. Naughton, ed., The China Circle: Economics and Electronics in the PRC, Taiwan, and Hong Kong, Washington, DC: *Brookings Institution Press*, 1997.

Kraemer, Kenneth L., and Jason Dedrick, "Creating a Computer Industry Giant: China's Industrial Policies and Outcomes in the 1990s", *Center for Research on Information Technology and Organizations*, UC Irvine, 2001.

Lardy, Nicholas, "China: The Great New Economic Challenge?" *Institute for International Economics*, Washington, DC, 2004.

Lo, Dic and Thomas M. H. Chan, "Machinery and China's nexus of foreign trade and eco-
nomic growth", *Journal of International Development*, 10(6), 1998, 733—749.

Mayer, Jorg, and Adrian Wood, "South Asia's Exports in a Comparative Perspective",
Oxford Development Studies, 29(1), 2001.

McKinsey Global Institute, New Horizons: Multinational Company Investment in Develo-
ping Economies, San Francisco, October 2003.

Prasad, Eswar, ed., China's Growth and Integration into the World Economy: Prospects
and Challenges, IMF Occasional Paper 232, Washington, DC, 2004.

Dani Rodrik, "Industrial Policy for the Twenty-First Century", unpublished paper, Har-
vard University, September 2004 (http://ksghome. harvard. edu/~drodrik/UNIDOSep. pdf).

（田慧芳 译）

分报告之四

人民币钉住美元面临重大选择 *

Maurice Obstfeld

* 感谢 Tyler Sorba 的研究协助和魏尚进在数据获取方面的支持。本文的改进得益于林重庚先生和余永定先生对本文的评论。

Maurice Obstfeld（美国），加州大学伯克利分校经济学教授。

1973 年毕业于宾夕法尼亚大学,获学士学位,1975 年在剑桥大学获硕士学位,1979 年于麻省理工学院获博士学位。毕业后先后在哥伦比亚大学、宾夕法尼亚大学执教,自 1995 年任加州大学伯克利分校经济学教授至今,期间曾担任过经济学系主任(1998～2001 年)。

其他学术和社会兼职包括:日本银行货币与经济研究所荣誉顾问、国际货币基金组织顾问、德国基尔世界经济研究所尖端研究项目访问教授、麻省理工学院经济学院客座教授(1982 年)、美国艺术与科学院院士、美国计量经济学会会员、美国国民经济研究局(NBER)研究员、英国经济政策研究中心(伦敦)研究员、布鲁金斯贸易论坛资深顾问、《货币经济学杂志》顾问、《国际经济学评论》编委等。

主要研究领域包括:开放的宏观经济学、国际金融等。已出版数本专著,并发表论文 100 多篇,其主要著作包括:《全球资本市场:一体化、危机和增长》、《全球化和宏观经济学》、《国际经济学:理论与政策》、《国际宏观经济学基础》、《货币危机内在逻辑》、《金融冲击和商业周期:美国以外的教训》、《连续时间经济模型中的动态最优化》等。

1997~2005 年 7 月 21 日,中国当局把以人民币(RMB)表示的美元价格钉住在一个较窄的范围内。2005 年 7 月 21 日,中国当局转向了对美元可调整的一篮子钉住汇率制度,美元对人民币的汇率从以前的 1 美元=8.28 元人民币的水平升值 2.1%。图 1 说明了较长历史时期内美元对人民币名义汇率变动过程。随着通货膨胀时期的到来,1994 年人民币官方汇率大幅贬值,并实现了官方汇率和外汇市场平行汇率的并轨[①]。尽管中国要维持人民币汇率低估的政策观点备受关注,但是 1997 年的亚洲金融危机期间中国当局以一定的通货紧缩为代价承受了人民币大幅贬值的压力。几年之后时局已发生逆转,中国目前面临巨大的货币升值压力、投机性资本流入以及通货膨胀压力。限制私人资本流动,尤其是资本流入以抵御投机压力,加上行政管制都有助于遏制通货膨胀[②],然而,"热钱"流入却使近年来中国的外汇储备出奇地膨胀起来。

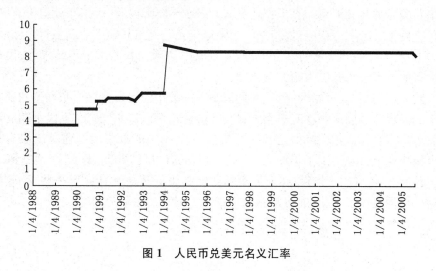

图 1　人民币兑美元名义汇率

2005 年 7 月 21 日前,大多数的观察家,实际上是中国政府本身,认识到了在没有通货膨胀或通货紧缩的破坏性事件下,当前的汇率制度在应对真实冲击和经济中长期变化(比如巴拉萨—萨缪尔森效应)方面是不可持续、不合意的。最近的货币重估以及汇率制度"弹性化"正是对这一缺陷的回应,同时也是为了应对由其带来的外部贸易压力。但是,剩下的问题是如何实施弹性化。目前为止,即使规定的美元对人民币汇率±0.3%的变动范围也没有完全得到实施。进一步说,对全球开放的资本市场似乎应该是中国这样最终致力于实现现代高收入经济体的前提条件。诸类问题涉及到转轨。中国应该如何名副其实地走向灵活的汇率安排呢?应该如何解除资本管制?应该如何安排这两项理念上截然不同的自由化构想?

---

① 在并轨之时,平行汇率相对于官方汇率已经处在贬值水平。

② 这是在 Prasad and Wei(2005)一文中的精彩论述。

本文有四个目标:第一,对中国的真实汇率、外部账户和通货膨胀的发展进行简要概括,由此把图 1 中关于名义汇率变化轨迹带来的相关问题考虑进来。第二,和布雷顿森林体系时代的德国经验进行对比(中国和德国仍然是世界上重要的出口国)。第三,探讨最近智利和以色列从资本管制下的钉住汇率制度转变为金融开放下的浮动汇率制度的成功经验。最后在第四部分,对如何在资本账户自由化之前渐进地增加人民币汇率灵活性提出了初步建议。

1. 近期趋势

在 1994 年人民币大幅贬值兼实现汇率并轨之前,与国内的通货膨胀相适应,中国对美元的名义汇率一直呈贬值态势。自 1994 年开始这一汇率就再没有贬值,并且直到 2005 年 7 月一直保持绝对固定。美元一直与其他工业国家货币波动,就中国本身而言,通货膨胀一直在波动,并且有时达到很高的水平。结果,人民币的实际有效汇率一直处于大幅波动。

图 2 说明了 20 世纪 80 年代后期以来中国的按消费者价格指数衡量的通货膨胀率的表现。早期通货膨胀的高峰伴有社会的动荡。20 世纪 90 年代中期后通货膨胀下降,到了 90 年代晚期已经变为负值。2004 年的数据表明通货膨胀有显著的大幅快速上升且达到了年均 3.9% 的水平,同时 IMF(2005 年 4 月)预测到 2005 年会达到 3%。对中国当前和未来实际通货膨胀的其他估计还要高些;行政管制使这一局面变得复杂化,通货膨胀的估量也受到约束和牵制。

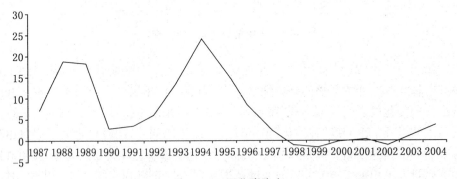

图 2 CPI 通货膨胀率

图 3 表明了中国的实际有效汇率指数,上升表示人民币实际升值。面对国内通货膨胀,尽管 1994 年人民币对美元名义贬值,20 世纪 80 年代后期由于通货膨胀下降,本币实际贬值,之后实际升值。90 年代后期,人民币汇率如价格水平一样实际上一直保持稳定。但是在最近,由于美元贬值,人民币实际汇率贬值到了低于其在亚洲危机时的水平。实际汇率的上述变化与图 4 表示的中国经常账户的表现

无明显的一致关系。

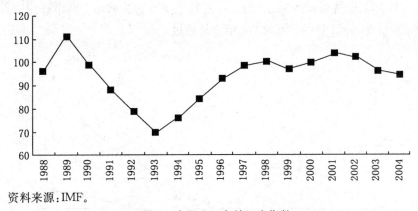

资料来源：IMF。

图 3　中国实际有效汇率指数

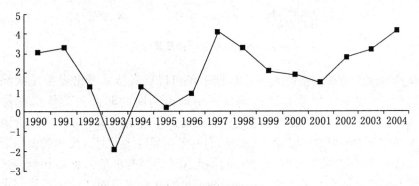

图 4　经常账户平衡

　　90 年代初期顺差强劲增长，1993 年经常账户转为逆差，后来又转回顺差。在亚洲金融危机前夕贸易顺差占 GDP 的 4％，从而达到了顶峰。自 2001 年以来净出口盈余一路上涨，2004 年超过 1997 年的峰值水平。

　　经常账户顺差本身将带来大量国际收支盈余以及外汇储备增长，如果没有采取冲销政策，这还会带来基础货币增长和广义货币量增加。更严重的是，其他国际收支流量又强化了这些效应。在亚洲金融危机前外国直接投资（FDI）的净流入平均占 GDP 的 5％。从那以后 FDI 一直较低，但在 2003 年和 2004 年仍然约占 GDP 的 3.2％。FDI 只是私人资本账户中的一类。在此，2003 年和 2004 年国际收支的进展确实相当显著。

　　图 5 表明了这些变化，私人部门存在对人民币升值的预期，并带来了投机压力。特别是在近几年，金融和资本内流迅速上升，2004 年达到占 GDP 的 6％以上。错误与遗漏项过去曾经是负值，现在却是较大的正值，这可能也反映出隐蔽的金融流入。2004 年的错误遗漏项下无记录的资本内流只相当于 GDP 的 1.6％。这可

能是通过提前或者迟付款机制,经常账户差额的衡量也被扭曲并处于上升趋势。结果是中国外汇储备累积的速度(图 5 中的其他两项的总和加上经常账户顺差)非常显著:2003 年占 GDP 的 8%,2004 年增长超过了 50%。

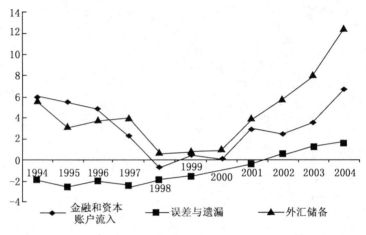

图 5　外汇储备的增长及其构成

　　从香港地区的非交割的人民币远期市场可以更直接地看出对市场状况的预期。该市场的结算根据结算日远期合同中理论利润的非人民币货币支付为基础[①]。图 6 表明了不同期限到 1 年之后的人民币年远期升水。可以清楚看到推动上述水平变化的预期的波动很大,而且,有时是与预期美元对人民币的大幅贬值一致的。从 2005 年 6 月 9 日起,1 个月的年人民币远期升水是 3.8%,相对应的 1 年期的年人民币远期升水是 5.3%。我们知道远期升水的预期理论并不是完全正确的,但是从另一方面来看,如果人民钉住完全具有可信性,如此大幅的升水是不会存在的。从该种衡量方式可以看出,在 2005 年 7 月 21 日小幅升值后升值预期是一直持续的。

　　衡量资产市场失衡程度的一种方法是,如果中国的资本账户完全开放并不受政治风险影响,抛补套利平价意味着零或者是负的名义人民币利率。抛补套利平价将使美元和人民币之间的名义利率差等于人民币的远期升水。假定美元利率处于一般水平,导致的"实际利率"(virtual interest)可能是负的。比如,1 年期的欧洲美元的存款利率是 4%,当前,1 年期的人民币远期升水曾经超过了 5%。中国的 1 年期存款利率是 2.25%。在资本市场开放的情况下,这将会导致大量的投机冲击驱使人民币名义利率下降到零,虽然在缺少升值冲击的模型下,很难得到非常明确的动态趋势。

　　虽然还存在对资本内流的行政管制,但人民币升值预期刺激了大量资本流入

---

　　①　参见 Ma,Ho,and McCauley(2004)。

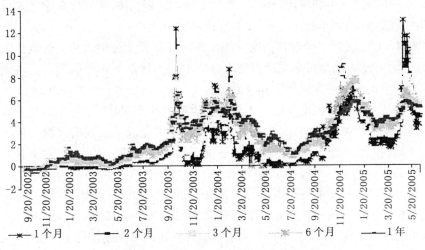

图6 一年期人民币远期升水(香港)

中国[①]。中国人民银行(PBOC)尝试冲销外汇储备大量增长,最终要借助于发行特别冲销票据以吸纳流动性(如果在资本市场开放的情况下,投机驱使人民币利率达到零,那么这些冲销票据自然将成为货币的完美替代)。冲销的一个效应可以从央行的资产负债表显现出来。根据中国人民银行(2005)的统计,在2004年净外国资产达到央行资产总量的60%,1995年的这一比例是33%。很显然,中国人民银行一直处于困境:它必须要维持以相对高的利率来阻止经济过热,可是这一利率水平又强化了资本内流动机,汇率升值预期带来了大量资本内流。正如Frankel(2005)观察到的,中国人民银行一直面临内外平衡的冲突,抑制通货膨胀的货币政策同时也放大了外部盈余,并因此削弱了反通货膨胀的货币手段。

迄今为止,一定程度上能够独立地运用数量管理和利率政策的能力帮助了中国货币当局,但这些策略同样带来了蒙代尔提出的稳定性问题,维持稳定的目标能否实现取决于国际资本的流动性。当局的中期目标是走向一个更有竞争力的内部金融体系,在货币市场上独立进行价格和货币市场数量管理将至关重要。一旦放弃钉住美元制度,货币政策必须选择其他的名义锚,如果选择国内通货膨胀目标制(domestic inflation targeting),那么短期利率则成为货币当局的主要工具。

2005年7月21日中国当局将人民币对美元升值2.1%,央行的声明中指出:

● 中国"实行以市场供求为基础、参考一篮子货币进行调节、有管理的浮动汇率制度";

● 中国人民银行将保证"每日银行间外汇市场美元对人民币的交易价仍在中

---

① 这一主张有时认为近期的资本内流代表资本的调回,并且会自然减退。该观点与大量资本内流的现象是不一致的。

间价上下千分之三的幅度内浮动,非美元货币对人民币的交易价在中国人民银行公布的该货币交易中间价上下一定幅度内浮动";

● 中国人民银行"今后将根据市场发育状况和经济金融形势适时调整汇率浮动区间",并使"人民币汇率在适当和均衡的水平上基本上保持稳定以促进国际收支的基本平衡和保证宏观经济和金融稳定"。

这些调整并没有说明人民币汇率未来改革的性质和时间表。但是这一举措初步实现了汇率制度的过渡,这与新兴市场国家中已经成功实现的过渡安排非常相近,比如智利和以色列,最终取得了低通货膨胀、金融稳定、货币完全可兑换和完全浮动汇率下的健康经济增长。

从目前已经发生的调整可以看出,中国人民银行的意愿是采取比过去几年中人民币在窄幅区间内钉住美元汇率稍微激进的行动。从战略上看,两方面的意愿都是重要的。首先,即使人民币汇率能够实现双边的不确定性的小幅变动,也是对人民币升值预期下投机资本的威慑。给定汇率波动的区间范围,可能会导致对美元空头的排挤。允许非常有限的波幅的第二个优点是,汇率水平的不确定将有助于国内外汇金融市场的发展。市场力量在汇率决定中发挥更大的作用的前提条件是即期和远期外汇交易必须要进一步发展。上述两个方面的考虑意味着,在下一步应该引入比目前汇率波动区间内更大的人民币汇率波动。到目前为止,浮动区间包含的有限灵活度还未被充分利用。

中国人民银行已经声明人民币区间在合意的时候要以"适当的"方式进行调整。这就是说,人民币汇率制度是在可调整范围内的有管理浮动。从过去很多的经验来看,尤其是对美元平价的可调整钉住的解体使布雷顿森林体系走向终结,在国际金融交易不断开放的情况下,不管是从理论上(通过规则的变化)还是事实上(通过增加机会规避规则)看,这一体系长期内都是不稳定的。人民币可兑换是中国当局的长期目标,这意味着目前的汇率安排不可能是永恒的。此外,2005 年 7月的升值阻挡进一步升值的政治和投机压力的作用看来也只是暂时的。此后带来的关键问题如下:

● 当前货币安排要走向的终点是什么?

● 要经过哪些后续阶段才会达到该目标?

● 汇率制度变化和金融调整变化的次序如何确定?

在开放经济下固定汇率、开放的资本市场以及实现内部目标的货币政策不可能同时达到。与主要的工业化地区和发达的新兴市场类似,中国希望货币政策走向灵活的国内通货膨胀定标(flexible domestic inflation targeting)。这一进程本身需要国内金融体系的进一步改革与发展,以便使银行间利率成为货币政策的主要直接工具。经验表明通货膨胀目标制(inflation-targeting regime)的成功要求低通货膨胀信誉,这一信誉又能通过中央银行的独立性得到进一步强化。但是,在该体制下为货币政策提供名义锚的是通货膨胀目标,而不是汇率目标。给定人民币可兑换性和低通货膨胀的政策目标,人民币对贸易伙伴货币波动(或许通过有管理的方式进行波动)是不可避免的。重要的是,人民币汇率走向浮动的进程还相当遥远,但是在资本账户自由化之前必须要这样做。这最后一点将在下文关于排序的讨论中再次阐述。其他成功的新兴市场已经实现了从单一钉住美元到一篮子钉住的转变,并保持了相对于更多贸易伙伴,而不是单一对美国的竞争力。尽管中国人民银行声明的意向是把人民币对非美元货币汇率限制在一个规定范围内,同时也使得人民币对美元的汇率限制在一个窄幅范围内,但很难理解在多种环境下这一意愿如何能够实现。比如,欧元对美元汇率的逐日大幅变动必然导致欧元对人民币汇率的相应变动,除非打破美元对人民币汇率窄幅波动的限制。倘若快速走向根据主要贸易伙伴与中国双边贸易比例为篮子货币权重的一篮子钉住制度,这种大幅非预期性的波动可能会给某些市场参与者带来严峻的调整问题。

然而走向钉住一揽子货币是必要的第一步,下一步是随着时间的推移逐步扩大篮子波动区间的范围,在区间最终目标足够宽的情况下,倘若干预的限制是罕见的,就能够过渡到浮动汇率。自然而然,干预(或者是更通常所说的货币政策)应当是用来平滑区间内的波动。如果缓慢扩大区间宽度(zone width),区间中点的爬行,或者是区间随时间推移非对称地扩张,对于适应长期的结构趋势变化都是有意义的(比如,人民币实际升值的巴拉萨—萨缪尔森模型的动态趋势)。渐进扩大目标范围的另一个好处是当市场参与者和机构根据活跃的货币交易和汇率不确定性进行调整时,可以防范风险。

最后是排序问题。中国银行体系的健康程度不允许金融账户的开放操之过急,特别是对于资本内流。但无论如何,拖延增加汇率灵活性和发展国内外汇交易的方案是毫无理由的。最终,无论如何,银行资产组合重组的成功执行将会强化审慎监管和放松管制,也将允许进一步的金融开放。彻底进行国内金融改革的另一个动力是在有管理浮动汇率制度下,如果环境使某一反应适当,中央银行利率将成为对外汇市场发展反应最有效的工具。

2. 德国第二次世界大战后的经验

中国目前的情况表明了开放经济中著名的三难选择——固定汇率、自由资本流动和实现内部目标的货币政策难以同时实现。到目前为止,中国主要通过资本流动的管制,实现汇率稳定和价格稳定。但是,这些管制的有效性会随着时间的推移而消减,三难选择隐含的取舍(tradeoffs)问题将迅速变得更加严峻。

德国第二次世界大战后的经验提供了很好的例证。在整个 20 世纪 50 年代,遭战争重创的德国脱颖而出,成为经济强国和世界上的出口大国。在 50 年代的大多数时期,马克和其他欧洲货币一样,在资本和金融账户是不可兑换的。1958 年

12 月,欧洲国家实现了非居民经常账户下的可兑换;德国则更向前推进一步实现了资本账户下的可兑换。德国当时已经出现了持续的贸易顺差。另外,德国在制造业方面很高的生产力增长率预示着未来德国马克实际汇率肯定要升值。这意味着在对美元保持固定的名义汇率平价下,德国通货膨胀率要高于美国。德国当局不愿意接受较高的通货膨胀。在 1959 年初实行金融账户的开放中,为限制短期投机"热钱"流入(见 Obstfeld and Taylor,2004,156~157;对德国经验更具体的讨论见 Emminger,1977),他们保留了大量的限制。当时认为,这些措施有助于对顺差的冲销,这正是德意志联邦银行积极执行的政策。

德意志联邦银行的外汇储备到 1959 年春出现下降,于是,德国在 1959 年 5 月解除了对资本内流的限制,但是一年后面对投机资本内流卷土重来,联邦银行又被迫恢复了管制。最后,在 1961 年 3 月,德国将马克对美元升值 5%。

升值带来了暂时的缓解,但是更广泛的可兑换性和增长的世界贸易为规避资本管制带来了更多的机会。面对货币投机的卷土重来,20 世纪 60 年代后期和 70 年代早期德国逐渐加强内流管制,首先是重新调整马克对法国法朗的汇率,然后重新调整马克对美元的汇率。由于受资本内流的巨大冲击,德国当局允许马克在 1971 年 12 月《史密斯协定》(Smithsonian realignment)实施前暂时浮动。然而,最终对资本内流的限制和实行利息税只是轻微地阻止了 1972 年和 1973 年初持续的投机活动,这迫使外汇市场关闭,1973 年 3 月马克实行了浮动汇率。

表 1 描述了布雷顿森林体系时期德国经济的一些基本面。考虑到部门相对生产力增长的模式,人们会预期德国马克实际汇率将对美元升值。然而在固定汇率制下,这可能仅通过德国承受长期高于美国的通货膨胀实现。如表 1 所示,1960 年前的马克不可兑换时期,德国能够保持与美国较接近的通货膨胀率。在 60 年代,由于冲销国际收支顺差的范围大大缩减,德国被迫忍受比美国还要高的通货膨胀。最终,当局对通货膨胀的排斥与他们对布雷顿森林体系的承诺的冲突导致了崩溃。投机资本不断地涌向货币市场,美国对流动性没有实行任何的限制,尽管在当时的制度下美国本应这样做,于是,德国的通货膨胀加速,迫使钉住美元制解体。

表 1   德国和美国通货膨胀率和生产率增长比较

	德国	美国
通货膨胀率:		
1950~1960	2.8	2.6
1960~1971	4.1	3.4
各部门劳动生产率 1950~1973		
服务业	2.8	1.4
工业	5.6	2.2
农业	6.3	5.4

资料来源:Obstfeld(1993)。

所幸的是,由于放弃了钉住汇率制,德国既可以控制通货膨胀,又可以控制货币发行。不像某些工业化国家(最著名的是日本),德国没有经历 1973~1974 年石油价格危机导致的高通货膨胀。在 20 世纪 80 年代初期的全球衰退中,德国失业率仍然保持在低水平。与战后初期相比,德国在 20 世纪 70 年代的增长并没有降低。1970~1980 年每年真实 GDP 增长速度达到 2.8%,1981~1990 年稍有降低(2.6%,在出现高通货膨胀的 10 年间)——可是与德国统一后的 1991~2001 年 1.5%的增长率相比,这些数据对西德来说是令人满意的。很难把德国在 20 世纪 60 年代后增长的放慢归罪于浮动汇率。由于有石油危机,在一定程度上衰退是由石油危机造成的。由于实行了浮动汇率制度,德国才得以解除了对资本内流的管制,重新获得了货币政策自主性。在欧元诞生之前,德国马克成为欧洲范围内实施反通货膨胀时钉住的锚。即使作为一个福利国家,德国面对着增长、失业和财政平衡等问题,但是德国仍然保持着世界出口大国的地位。大多数学者认为德国保持了浮动汇率制和开放金融账户是非常有益的。1973~1999 年的汇率制度并没有导致或者加剧德国的长期问题。

中国现在处于与德国 20 世纪 60 年代早期相似的局面,但是面临的全球资本市场要比当时深化和广泛得多。由于近期已经实现了经常账户可兑换并面临投机资本流入,中国当局已经选择了冲销手段,加强对金融流入的管制,并放松对资本流出的管制,所有这些都是为了管理国内的流动性以便抑制通货膨胀压力。这一进程将会变得越来越难了。进一步说,在资本外流越来越自由化后,如果不能把门再关起来,人民币就会像 20 世纪 90 年代后期一样处于贬值的压力,这一进程就会愈加艰难。

而另外一方面是中国的状况比 20 世界 60 年代的德国要不稳定得多。中国本身处于贸易保护主义的对象,尤其以汇率的“操纵”为由来自美国的发难,然而这是编造的,人民币似乎成为带着工业化国家全体选民的感情化和政治化的替罪羊[①]。

人民币较大的灵活性将有利于中国实现宏观经济目标,同时消除来自贸易伙伴的某些压力。中国已经声明要逐渐实现汇率制度的灵活性。中国现在需要逐步退出事实上仍然存在的钉住货币制度。

3. 智利和以色列的经验

智利和以色列都在金融账户完全可兑换的情况下非常成功地走向了浮动汇率安排。二者现在都实行通货膨胀目标制。智利有独立的中央银行;以色列的中央

---

① Dooley and Garber(2005)争辩到,中国能够轻松把货币钉住再延续 10 年,或者看起来对中国已经构成压力并明确努力解除压力的情况过于乐观。

银行的独立性也被纳入经济改革的重要议程。两国走过的路径是相近的①。

1982 年的危机中,智利经历了早期金融开放的惨痛经验,经济衰退、货币贬值以及诸多私人契约下金融部门对外债务的国有化。这一刻骨铭心的经历给自 20世纪 80 年代中期以来实行的成功改革提供了背景。自 20 世纪 80 年代中期以来,智利比索对美元的汇率保持在一个爬行区间(crawling band)——中心平价逐日调节以反映智利和主要贸易伙伴的通货膨胀差异。爬行的目标是为了保持竞争力,但类似的安排会带来风险,它把预期引入通货膨胀,并导致汇率根据通货膨胀预期做出调整。部分由于这一原因,当然也因为普遍的指数化,这 10 年间智利的通货膨胀居高不下,只有到 20 世纪 90 年代中期才下降到两位数。(1998 年,在定义爬行制度的时候智利以目标通货膨胀率取代了滞后的国内通货膨胀率,这是降低通货膨胀的关键改革。)1991 年以前,由于比索是一种弱货币,因此其汇率经常冲击波动区间的上限,但是 1991~1997 年这一时间段中智利与中国的情况相似,比索接近波动范围的下限(强比索),同时当局试图阻挡资本内流和进行冲销干预(据估计,冲销的准财政成本每年约占 GDP 的 0.5%,规模庞大;净国际储备在顶峰时期占 GDP 的 25%)。

1992 年智利根据包括德国马克、日元和美元的一篮子货币重新规定了比索的中心汇率。当局会根据情况的变化调整篮子货币的结构。从 1998 年 9 月开始,亚洲金融危机的外溢效应导致资本流出智利,货币波动范围确定在±4%,此后波动范围不断放大,直到 1999 年 12 月比索实行自由浮动。

在金融账户自由化之前,智利通过正式的外汇市场进行交易,外汇市场成员包括中央银行、商业银行和特别授权的外汇交易公司。还有一个非金融交易的非正式的(但完全合法)的外汇市场,在这个市场上实行浮动汇率。起初,资本的输出者和输入者有义务在正式的市场卖出外汇收益。允许非金融的私人部门通过非正式的外汇市场获取外汇。强制的强度有时反映了国际收支的压力。20 世纪 90 年代中期前,正式和非正式的汇率偏差基本消失。随后几年,智利仍然保持其著名的对外国资本内流实施无报酬的准备金(unremunerated reserve requirement)制度,但是这项制度在 20 世纪 90 年代后期被废止了。在完全金融自由化之前,即实行浮动汇率的不久之后,智利大刀阔斧地重组国内金融体系并实行广泛的规制与监管,特别关注资产负债表上的货币错配。同时 1995 年后也大力发展了国内的远期外汇市场。

实行钉住美元制是 1985 年以色列反对高通货膨胀的改革的一部分。1986 年8 月以色列从钉住美元转向一篮子钉住,经历 1988~1991 年一系列的投机性的贬值冲击后,以色列引入了爬行钉住。在同一时期,以色列引入了通货膨胀目标制。

---

① 关于智利更有意义的背景参见 Cowan 和 De Gregorio(2005),Le Fort(2005);关于以色列参见 Bufman 和 Leiderman(2001)、Haas(2005)。

以色列以前采取的是固定的可调整的区间制,由于以色列相对于贸易伙伴有较高的通货膨胀率,这种制度会引发投机。但在新制度下,区间宽度可根据不同的市场压力进行放大。

1995 年后以色列的情况和中国类似。以色列经历了几年的资本内流,货币当局以每年几乎占 GDP1％的巨大准财政成本被迫进行冲销,另外的应对措施是在 1997 年 6 月将货币区间扩大 1 倍,从 14％扩大到 28％,而且当时声明未来要逐步放大区间。从 2004 年起,谢克尔汇率实行浮动,以色列的通货膨胀与工业化国家最低的通货膨胀水平相当。这些成绩都是在 2000 年以来特别不利的政治环境下取得的。

以色列是在引入相当大的汇率灵活性之后取消了外汇管制,在 20 世纪 90 年代后期和 21 世纪初期完成了这一变动,同时还实行了国内金融市场的改革。

4. 中国的退出战略

中国退出战略包括两部分:第一,人民币对以主要贸易伙伴国货币组成的篮子实行目标区。2005 年 7 月中国已经走出这一步,虽然上文提及过,目前为止该制度运行的仍然是事实上的钉住美元制,人民币对美元汇率的波动范围还是太窄,并且从对保持人民币对美元双边汇率相当稳定的承诺来看,对"篮子"的规定看起来没什么意义。本人建议篮子目标区(basket target zone)逐步扩大,直到实现完全浮动。中期内,篮子汇率的作用在于阻止有效汇率的大幅波动。第二,是继续保持现有的金融账户管制,尤其是对资本内流的管制,直到实现更大范围的汇率灵活性和国内金融改革。正如文中提到的,类似的战略组合已经在智利和以色列获得成功实施。

人民币对美元汇率的联系并没有从总体上带来汇率的稳定性。虽然人民币对美元一直保持稳定,但美元自身的变动意味着人民币对第三方货币汇率的大幅波动,尤其是对欧元和日元。图 7 表明了近期数据中人民币对日元和欧元汇率波动。在一周内,人民币对非美元汇率的波动性经常达到±2％(或者更高)。因为中国与欧洲和日本的贸易量相当大,由于真实汇率的稳定才能起到贸易促进效应(trade-enhancing effects),人民币对美元的钉住并不是合理的——最多和美国有贸易创造效应(还有那些也钉住美元的国家),但对欧洲和日本就是存在贸易转移了。

这种不平衡的波动意味着对中国而言,实施官方所声明的钉住一揽子货币制度能够更好地平衡汇率目标制的收益和成本。原则上,货币篮将包括中国所有主要贸易伙伴的货币,贸易伙伴包括出口中间产品和消费品的国家以及进口中间产品和消费品的国家。

举一个简单的例子,假设一个由三种货币组成的货币篮包括了 1 美元,100 日

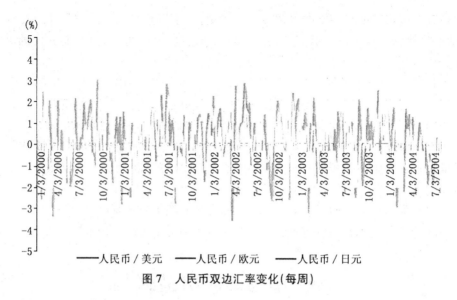

图7　人民币双边汇率变化(每周)

元,1 欧元,那么其价格 $R/B=(R/\$)^{1/3}(R/¥)^{1/3}(R/E)^{1/3}$ (显然中国当前实际货币篮应该包括更多的货币)。事实上,人民币一篮子价格指数也可以写成 $R/B=(R/\$)^{1/3}(\$/¥)^{1/3}(\$/E)^{1/3}$,中国人民银行能够通过稳定美元汇率 $\log R/\$$ 稳定 $\log R/B$,即 $c_l \leqslant \log R/B \leqslant c_u$,不是像现在这样位于不变的边界之间,但是由美元对日元和欧元双边汇率的变化决定了边界:

$$c_l-(1/3)\log \$/¥ -(1/3)\log \$/E \leqslant \log R/\$ \leqslant c_u -(1/3)\log \$/¥ -(1/3)\log \$/E.$$

比如,如果美元对日元贬值,美元对人民币汇率的波幅就会下降(对美元升值),以平滑一篮子人民币价格的变动。

图8试图举例说明之。假设 1994 年初中国对由相同权重的美元、日元和欧元组成的货币篮的人民币价格实行了 4% 的波幅(即上下 2% 的波动,1999 年采用欧洲货币单位 ECU)。假如当美元对欧元和日元发生了变动,人民币对美元的双边汇率的波幅该如何做出反应呢?即人民币对美元升值或贬值到什么程度才是规定的相当窄的篮子钉住所允许的呢[①]? 该图展示了人民币对美元汇率较大范围的波动。在 20 世纪 90 年代中期,美元疲软期间人民币对美元升值显著,可能超过 15%。另一方面,在亚洲金融危机严峻时期,由于日元对美元贬值,人民币应该对美元贬值。1998 年秋季,日元对美元急剧升值应将引起人民币兑美元升值,接下来是当美元强劲上升到 2002 年高峰(以人民币表示的美元价格潜在升值差不多

---

①　McKinnon(2005)建议在中心平价不升值的情况下,人民币对美元的汇率目前波动范围应该扩大到上下 1%。如果中国完全开放其金融账户,这无疑不能胜任和变得不可持续。进一步说,在欧元和日元都不是钉住美元的世界,很难找到持续钉住美元的理由——从持续钉住美元来看,根据总体有效汇率的稳定性,将不存在"网络外部性"。

15％)时人民币兑美元贬值。

图8　钉住货币篮子并实施±2％波动区间的人民币波动趋势

　　有趣的是,美元对欧元、日元的最近变动,直到美元升值的过去几个月,应将允许人民币对美元汇率升值差不多 10％,或许能消除一些美国国会的保护主义情绪。相当窄的货币篮波幅(这些数据说明波幅比旧的欧洲货币体系波幅还要窄)做不到对美元这么大的灵活性。

　　货币篮制度的一个特点是,支持篮子汇率的干预仍然完全在人民币/美元市场上进行。理由是,能够完全通过(可变的)人民币对美元的汇率目标来实施货币篮。技术方面,每天上午可以采用当天东京市场上的较早的美元汇市行情重定波幅,或者可以更频繁地更新波幅。

　　原则上钉住货币篮的决策与外币计价的外币储备还是可分的。官方储备的分散化与货币篮权重一致将有助于稳定以人民币表示的储备资产的价值,但是不必要成为货币篮制度的附属品。

　　到目前为止,中国还没有实施上文描述的钉住货币篮制度。它应该实施,并且人民币对美元波动的隐含限制应该随时间推移放宽,并且是双方向的。这样做的结果是,不会必然出现在波幅的边界对美元的单向投机(one-way bet),因为,波幅作为整体可能向任何一个方面变动,这是美元对日元和欧元波动的结果。投机者会赌货币篮价值,但是,货币篮权重的随机选择也会给这种交易带来更大的不确定性。某些国家(比如,新加坡)企图通过创造多种货币篮成分中权重的不确定性来阻止投机。

　　另一种类似货币篮的方案将是调节人民币对美元汇率的波幅,而不是针对美元对第三方货币汇率做出反应(既然这些价格不是逐日监控,实践中逐日波动将主要反映汇率变化)。该种方法的逻辑是,从福利的角度看,进口价格的稳定比货币价值的稳定更关键。这种类型的安排可能更适合通货膨胀管制目标,因为它将采取行动抑制进口价格通货膨胀率。然而,在实践中这种做法与货币目标(currency targeting)差别将逐渐的体现出来。

　　究竟多大幅度的升值对人民币是必要的？对该问题的答案有很多不确定性，并且有很多不同的方法和估计。Frankel(2005)建议一个可行的方法是,即以人均真实收入和真实汇率之间的巴拉萨—萨缪尔森关系为基础。中国与 Penn World Table 样本中关于真实人均收入的价格水平的横截面回归的关系暗示 2006 年人民币被低估 36%。如果图 3 是一个较好的向导,低估水平与现在也是相似的。Goldstein and Lardy(2004)认为人民币被低估了 15%。如我一样,他们建议实行区间内的货币篮目标(basket target within a zone),但是要有初始的 15%的升值。Eichengreen (2005)认为人民币的低估比 15%要小一些。考虑到潜在的不确定性,我倾向于累进的方法,就像中国人民银行已经开始着手实行的,而不是可能对经济具有破坏性并且可能之后会发生逆转的初始的急剧升值[①]。即使是一个窄的波幅,如麦金农(2005)强调的,将有助于确立国内外汇交易的发展阶段。但是,在加快金融市场压力之前,灵活度范围的放宽是很重要的。

　　一旦市场力量在人民币对美元汇率价值的逐日决定中有很大的发挥余地,人民币可能就开始移向已经建立的任何波幅的上限。在汇率波动区间达到有管理浮动汇率那一点之前,继续保持现存的资本流动管制是重要的。走向货币波动区间,一个能够随时间而扩大的区间,将使一些为减轻汇率压力而部署的特定自由化措施显得冗余。很多研究在增加汇率弹性与金融账户自由化之间没有做到充分的区分,增加汇率弹性(汇率波动幅度不是很大)是可以在限制资本自由流动情况下做到的。

　　这两件事区别很大,只有在获得较好的汇率灵活性之后,较小风险的排序才能解决完全放松金融账户问题。这种排序的案例在 Eichengreen (2005)、Prasad, Rumbaugh,和 Wang(2005)中有更详细表述。在当前国内金融体系脆弱的格局下,开放资本内流可能会带来各种各样的危害。

5. 总　结

　　面对巨大的国际收支顺差和内部通货膨胀压力,在钉住美元制下中国已经陷入内外均衡的传统冲突。从长期来看,中国巨大的、现代化的和多样化的经济将需要汇率的灵活性,而且最终要开放资本市场。从固定的人民币汇率转向一个既可

---

　　① 当然,初始的升值无意中做得过火可能引起通过应对当前升值压力而敞开的出口大门(exit door)的大幅金融外流。实际上,当过去几年已经建立的投机头寸还未解套,则任何没有预期到的升值不久将会反复并可能鼓励急剧的金融外流。再者,在过去的布雷顿森林体系中德国经历了该种形式的内流、升值和外流(Obstfeld,1993)。在走向更灵活的人民币汇率的转轨过程中,这种类型的不确定性是不能放松金融账户限制的另一个原因。

行又有吸引力的战略将是两阶段法(two stages approach),与 2005 年 7 月已经走的步骤相一致,但是要超越这些步骤。

1. 建立人民币相对于主要贸易伙伴国货币组成一篮子货币的有限制的交易区间。建立区间以便允许人民币对美元的初始升值。必要时在区间内管理货币篮汇率,并且在国内外汇市场发展的情况下放大区间。在可能情况下,允许在区间内实行趋势爬行(trend crawl),以适应由于巴拉萨—萨缪尔森效应的结构变化导致的长期的真实汇率变化。

2. 继续实行特别的金融账户自由化措施。当人民币对货币篮汇率允许在区间内浮动,这些限制金融自由化的措施在减轻汇率压力方面发挥的作用就不那么大了,并且,这些限制措施最好要拖延到国内外汇市场进一步发展、汇率完全浮动、国内金融市场健康发展之后。

参考文献

Bufman, Gil and Leonardo Leiderman (2001), "Surprises on Israel's Road to Exchange Rate Flexibility", Manuscript.

Cowan, Kevin and José De Gregorio(2005), "International Borrowing, Capital Controls and the Exchange Rate: Lessons from Chile", National Bureau of Economic Research Working Paper 11382 (May).

Dooley, Michael and Peter Garber (2005), "Is it 1958 or 1968? Three Notes on the Longevity of the Revived Bretton Woods System", *Brookings Papers on Economic Activity*, forthcoming.

Eichengreen, Barry (2005), "Is a Change in the Renminbi Exchange Rate in China's Interest?" Mimeo, University of California, Berkeley (March).

Emminger, Otmar (1977), *The D-Mark in the Conflict between Internal and External-Equilibrium.* Essays in International Finance 122, International Finance Section, Department of Economics, Princeton University (June).

Frankel, Jeffrey (2005),"On the Renminbi: The Choice between Adjustment under a Fixed Exchange Rate and Adjustment under a Flexible Rate", Working Paper 11274, National Bureau of Economic Research (April).

Goldstein, Morris, and Nicholas Lardy (2004), "What Kind of Landing for the Chinese Economy?" *Policy Briefs in International Economics*, Institute for International Economics, Washington, D. C. (November).

Haas, Rick, Natan Epstein, Franziska Ohnsorge, Gil Mehrez, and Allan D. Brunner (2005), "Israel: Selected Issues", Manuscript, IMF (March).

Le Fort, Guillermo (2005), "Capital Account Liberalization and the Real Exchange Rate in Chile", IMF Working Paper WP/05/132 (June).

Ma, Guonan, Corrinne Ho, and Robert N. McCauley (2004),"The Markets for Non-Deliverable Forwards in Asian Currencies", *BIS Quarterly Review* (June): 81—94.

McKinnon, Ronald I. (2005), "Limited Foreign Exchange Flexibility for China: A Two-Percent Solution?" Manuscript, Stanford University (May).

Obstfeld, Maurice(1993), "The Adjustment Mechanism", In Michael D. Bordo and Barry Eichengreen, eds. , *A Retrospective on the Bretton Woods System*, Chicago: University of Chicago Press.

（李　婧　译）

论稳定的中国货币体制

伊藤隆敏

伊藤隆敏:东京大学研究生院经济学教授,尖端科技研究中心成员。

1975 年毕业于日本一桥大学,获经济学硕士学位,1979 年毕业于哈佛大学,获经济学博士学位。其他学术和社会兼职包括:美国斯坦福大学胡佛研究所国家研究员、哈佛大学客座教授、美国明尼苏达大学经济系客座教授、亚洲发展银行访问学者、日本一桥大学经济研究所教授、日本银行金融研究所客座研究员、《日本和国际经济期刊》主编、日本经济联合会会长(2004 年)、美国经济学会成员等。

主要研究领域包括:外汇市场的微观结构、外汇干预的经济学分析、发达和新兴市场国家的通货膨胀目标制、日本经济以及金融危机等。

已出版著作:《日本经济》、《日本货币政策的政治经济学》、《日本的财政政策和央行》、《亚洲的通货膨胀目标制》等。

1. 引 言

在过去 15 年中,通过引进外国直接投资和制造业生产与出口的迅速发展,中国的经济增长大显成效。1994 年的汇率并轨改革(调低官方汇率并统一官方汇率与市场汇率)也提高了货币与外汇体制的效率,1997~1998 年的亚洲金融危机并没有对中国造成严重影响,相反中国通过保持汇率稳定帮助了整个东亚地区。同时,资本账户的有限开放使中国一方面能够大量吸引外国直接投资,另一方面又避免了短期资本流动带来的风险。

然而,在 10 年的高速增长之后,部分由于经济规模的因素,原有的出口导向型增长模式开始受到了来自外部与内部的严重限制。本文的重点,即是考察这些限制,并对此提出一些建议。尤其是,由于中国经济的快速增长及其在世界经济中地位的崛起,与 20 世纪 50 年代初至 20 世纪 70 年代初的日本有一些类似与差异之处,因此本文也对 20 世纪 70 年代与 20 世纪 80 年代日本的经验教训及其可供中国借鉴之处进行了分析。

国际金融理论认为,货币政策与汇率制度之间有着错综复杂的联系,当资本账户开放时,若实行固定汇率制度(如钉住美元),就不可能实行独立的货币政策。在钉住美元的情况下,资本流动会迫使本国利率(大体上)等于美国利率。而浮动汇率才能保证本国货币政策的独立性。另一方面,如果对短期国际资本流动实行管制,就可以同时维持固定汇率与货币政策独立性。像其他发展中国家一样,许多亚洲发展中国家都曾实行过不同形式的资本管制。即便是发达国家,在 20 世纪 60 年代和 20 世纪 70 年代也曾实施过资本管制,有些国家的资本管制甚至一直延续到 80 年代。

然而,总的来说,资本管制是要承担成本的。它使一国难以引进建设工厂与基础设施所必需的外部资金(当然,中国的情况并非如此);国内利率水平可能会降到世界利率水平之下以便刺激投资和消费;而且,当一国对外贸易不断发展,与其他一体化程度不断提高的情况下,维持资本管制也将越来越困难。

固定汇率制度既有利也有弊。保持(对美元的)固定汇率将促进贸易与投资,因为投资者与出口商以其本币计值的收益具有较高的确定性。但固定汇率也会增加货币政策的操作难度。首先,当本国经济竞争力提高导致贸易乃至经常账户顺差时,坚持固定汇率可能造成通货膨胀,除非通过提高利率等手段实施紧缩性的货币政策,但高利率会吸引更多的资本流入。其次,当经济增速很快时,产业结构与相对生产率增长将明显改变,突出的表现就是贸易品部门的生产率增长速度会超过非贸易品部门。

更加灵活的汇率制度能够使货币政策不再承担实现汇率稳定与国内价格稳定

这双重目标的压力。当一国经济符合以下条件时,汇率制度的灵活化更为有利:(1)经常账户顺差与资本流入的规模越来越大(表现为外汇储备不断增加);(2)国内经济繁荣达到了过热的程度(实际经济增长率超过潜在增长率,物价水平普遍上涨,出现资产价格泡沫);(3)中国人民银行通过公开市场业务进行冲销的成本越来越高。

通过对数据的检验,笔者认为近年来中国上述三个方面的条件表现得越来越明显。如果使汇率制度更加灵活,中国就能建立一个在外部与内部冲击下保持稳定的货币体制。

为了使货币政策在冲击面前保持稳定,需要慎重选择相互搭配的货币政策架构与汇率制度。在经济规模扩大、对外一体化程度提高的情况下,将汇率制度由钉住美元转为管理浮动已经成为普遍规律,问题只是这种转变的进程是否平稳。为了进一步了解这一转变进程的危险性,本文对 20 世纪 70 年代初日本的经历进行了评述。

本文的其余部分考察了中国的宏观经济发展,将其与日本 1971 年的情况进行了比较,并提出了可能的政策选择。

2. 中国近来的宏观金融形势

2.1　高速经济增长与制造业、出口的扩张

1991~2003 年间,主要由于制造业部门增长的驱动,中国经济年均增长率达到 9.7%,这一数字显示出经济增长的整体高水平但并没有反映出 90 年代中期以来的经济波动。按照"拇指定律",似乎 8.5%~9% 的增长率为潜在增长率,7% 反映了"衰退",而 10% 才是过热,这确实是令人瞩目的成就。这里需要指出的是,一些迹象表明,GDP 统计数字可能存在一定误差,因而可能并未完全反映出经济增长的真实状况。具体而言,1985~1996 年,中国的 GDP 增长率与能源消费增长率保持平行波动,但 1997 年后,二者的相关性有所下降,GDP 增长率保持在 7%~9.5% 之间,而能源消费增长率则低至 −4%,高至 13%,前者始终比较稳定,而后者先是在 1997~1999 年间大幅下降,而后在 2000~2003 年间又迅速上升(见附录图 1)。鉴于使用能源的制造业部门在经济中所占比重在上升,GDP 与能源消费增长率的相关性也应当上升而非下降。因此,有理由怀疑中国的 GDP 增长率在 1997~1999 年间可能高估,而在 2002~2003 年间则可能低估了。根据能源消费数据,2003 年后中国的经济高涨可能要比 GDP 统计数字所显示的更加强劲,波及范围更广。

2.2　不平衡增长?

并非中国的所有地区与所有经济部门都经历了上述高速增长。工业部门增长远快于农业部门,而工业部门发达、人均工业产值较高的地区,如北京、上海、天津、江苏、浙江等地,其增长率也远高于其他地区,如人均农业产值较高的湖南、新疆、西藏等地(见附录图2)。不仅如此,地区间平均工资率差异也很明显。高工资地区包括上海、北京、浙江、广东、天津等地,大体上也正是人均工业产值高的地区(见附录图3)。其中,平均工资最高的上海,其平均工资是最低的内陆地区的2.5倍以上。由于2001~2002年及2002~2003年中国各地区平均工资增长率大体相等,可以认为中国近来的快速增长并未消除由工农业发展不平衡导致的地区差距与收入差距。

在经济发展的早期阶段,收入差距可能会扩大,在较晚的发展阶段,由于财政政策与劳动力流动的作用,收入差距才会再度缩小,这已经是一个普遍规律。而目前中国可能正处于由高速不平衡增长的早期阶段向增长更为平衡的第二阶段过渡的进程之中。

2.3　通货膨胀风险

从表面看来,中国经济并未出现明显的通货膨胀,甚至可以说并无通货膨胀迹象。1998~2003年,以消费价格指数(CPI)计算的通货膨胀率(简称CPI通胀率,下同)保持在−1.4%~1.2%之间。当1998~1999年与2002年中,CPI通胀率降为负值时,人们更为担心的其实并非通货膨胀而是通货紧缩。然而在2004年,通货膨胀率开始上升,由第一季度的2.8%涨至第三季度的5.3%,其后在2004年第四季度和2005年第一季度又分别回落至3.2%和2.8%(见附录图4)。尽管通货膨胀率已经回落,通货膨胀压力仍然存在,通货膨胀风险仍是必须认真对待的问题。

尽管从一般物价水平看,最多只能说是存在温和的通货膨胀,但在某些城市,资产价格却显著上涨(见附录图5)。2002~2003年,有6个地区(城市)房地产价格涨幅达到了两位数:浙江为35.7%,上海为24.5%,安徽为14.9%,西藏为13.2%,江苏为11.7%。尽管无法得到最近的数据,但看来房地产价格上涨速度似乎并未得到减缓。

通货膨胀压力主要来自货币供给的扩张,而后者主要归因于不完善的冲销措施。首先,由于经常账户顺差与大规模的资本流入(主要是外国直接投资的流入),中国的外汇储备由2001年第三季度的2 000亿美元增加到2003年第四季度的4 000亿美元,乃至2005年第一季度的6 600亿美元(见附录图6)。在钉住美元汇率制度下,国际收支顺差将自动导致中国人民银行干预和外汇储备的累积,为了维持汇率稳定,中国人民银行必然会通过买入美元卖出人民币吸收市场上的美元供给,而这在另一方面会增加市场上的人民币供给。当中国人民银行出售大量人民币导致市场流动性过剩时,很可能导致一般物价水平和资产价格的上涨,此时就有必要通过冲销措施吸收过剩的流动性以防止通货膨胀。但是,冲销措施意味着中国人民银行要出售有价证券以回收基础货币,为了顺利销售证券,中国人民银行可能要对其支付更高的利率,这是冲销的直接成本。此外,当国内利率超过外汇储备资产收益率时,这一负利差造成的损失还会增加维持巨额外汇储备的财政成本。尽管中国尚未面临负利差问题,但潜在的危险不可忽视。总之,维持过多的外汇储备可能导致通货膨胀与负利差问题,要承担很大的风险。

3. 第二次世界大战后日本的经验教训

3.1 失去了退出固定汇率制度的时机(1971年)

1969~1970年的日本经济与2004~2005年的中国经济有不少相似之处。最为突出的是,二者都拥有巨额贸易顺差,对美纺织品出口都急剧增长,并引来了美国贸易保护主义者的批评和来自美国的升值压力。在1969~1970年,日本同西德等其他大国一起,抵挡住了升值压力。

日本经济在经历了长达20年平均增长率10%的持续高速增长之后,在1969~1971年到达了一个关键阶段。日本与西德的巨额贸易顺差造成了日元与马克的升值压力。在劝说贸易伙伴实行货币升值失败后,美国于1971年8月单方面宣布美元与黄金脱钩,并征收10%的进口附加税,就此突然终结了布雷顿森林体系。日元随之不再保持1949年以来一直未变的1美元兑360日元的固定汇率,而开始升值,日本货币当局最终不情愿地实行了管理浮动汇率制度。1971年8月到12月,各大国再次协商以求确定各国间新的均衡汇率水平,结果于1971年12月签订了史密森协定,将美元对日元平价设定为1美元兑308日元(日元较以往升值了16.88%),并规定了±2.25%的波幅限制。然而,尽管存在资本管制,日元仍然继续受到升值压力。

此时日本对证券投资与直接投资的流入、流出都还实行着管制,这种情况下贸易顺差就意味着外汇储备的增长。为了防止通货膨胀,货币当局采取了冲销措施(央行通过公开市场业务出售证券),然而货币供给仍然趋于上升。从某种意义上说,货币当局故意容忍了一定程度的通货膨胀以缓解日元升值压力。在1972年日本货币当局避免日元进一步升值的又一次努力中,这种对通货膨胀的容忍态度表现得更加明显,导致了货币供给量大幅度提高。

在1971年放弃固定汇率之后,日本又经过了一年半的时间才真正实行了自由浮动汇率制度。在实行高度管理的灵活汇率制度期间(1971年8月至1973年2月),日本试图刺激国内需求以增加进口、缓解日元升值压力,甚至不惜以一定程度的通货膨胀为代价。在外汇储备大量累积与通货膨胀恶化之后,日本最终于1973年3月接受了自由浮动汇率制度。由于过去一年中非常宽松的货币政策,到1973年夏季,日本CPI通胀率已经上升到10%,随着石油危机的爆发,日本通货膨胀率到1974年进一步上升到30%。为了将通货膨胀率压低到个位数,日本在1974~1975年经历了严重的经济衰退。在日本货币政策史上,这次货币当局选择了通货膨胀而非本币升值是犯了大错①。

从日本1971~1973年的经历中可以得到两点教训:首先,想要通过增加货币供给、容忍通货膨胀来抵挡本币的升值压力是一大错误,正是这一点使得日本在1973年石油危机到来时陷入超高通货膨胀。日本应当选择接受货币升值而非通货膨胀。其次,汇率的渐进调整可能引致更多的资本流入(包括贸易账户下的"提前错后"交易),最终难以维持。

3.2 中日的相似与不同之处

2005年的中国与1971年的日本相似之处表现为:(1)由制造业增长推动的持续高速经济增长,使经济规模在之前的几十年中扩大了一倍乃至两倍;(2)资本账户或多或少都存在管制;(3)正在从钉住美元转向管理浮动汇率制度;(4)高速经济增长导致现实的(或可能的)经济过热;(5)不断增加的外汇储备迫使政策当局在本币升值和通货膨胀之间做出选择;(6)本国贸易与经济规模在世界经济中的地位使得本国必须与其他国家展开协作;(7)出现了与美国的贸易摩擦。

图1比较了中国在1991~2004年间与日本在1957~1971年间的实际GDP年增长率,两国在不同时期都经历了持续高速经济增长,从图中可以看出两国的高增长状况非常相似。而且在临近固定汇率制度结束时,经济都呈现加速增长态势。如前所述,日本对于退出固定汇率制度,转向管理浮动乃至自由浮动汇率制度的进程处置失当,造成增长率在1974年大幅下跌。而如果及早转向浮动汇率制度并及时采取紧缩性的货币政策,1972~1973年间的通货膨胀就能得到控制,经济衰退也能得以避免。

图2比较了中国在1989年第一季度至2005年第一季度与日本在1964年第一季度至1972年第一季度外汇储备的变动情况。两国脱离钉住美元制度的时间(2005年第三季度和1971年第三季度)被置于时间轴上的同一点。可以看出,中

① 关于这一时期日本经济史的更多论述,参见Ito(1992)。

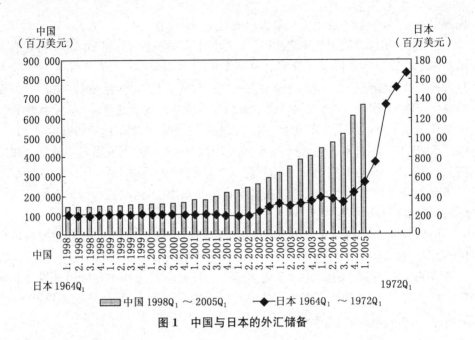

图1　中国与日本的外汇储备

国的外汇储备规模从2001年前后开始增加,而在2004年中加速扩张。而在日本,外汇储备规模在史密森协定达成后的1972年第一季度出现了急剧上升,这反映出,由于史密森协定规定的日元升值幅度与浮动范围有限,日元升值压力仍然存在,使得日本在退出固定汇率制度后采取的资本管制与抑制资本流入的努力归于无效。换言之,过小的升值幅度最终遭致失败。

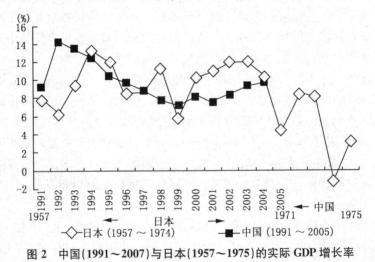

图2　中国(1991~2007)与日本(1957~1975)的实际GDP增长率

2005年的中国与1971年的日本不同之处在于:(1)外国直接投资在当前中国经济中占有重要地位,而在1971年的日本则并非如此;(2)当前中国的通货膨胀率远低于 1971 年的日本;(3)当前中国地区间收入不平衡与通货膨胀率差异大,与 1971 年的日本相比,反映出中国国内市场的不统一;(4)在中国,国有经济的比重要高得多。

图 3 显示了中日两国的 CPI 通胀率,时间轴的安排与图 2 相同。从图中可见,日本在退出钉住美元制度之前的通货膨胀率高于中国。造成这一差异的原因可能有以下几方面:(1)20 世纪 60 年代日本贸易伙伴的通货膨胀率较高,而 20 世纪 90 年代全球通货膨胀都处于较低水平。(2)20 世纪 60 年代日本贸易品部门生产率增长率可能远高于 20 世纪 90 年代与 21 世纪初的中国,因此其工资增长速度也就更快(参见下文对巴拉萨—萨缪尔森效应的分析)。(3)由于地理上和管制方面的障碍导致中国国内市场割裂,影响了商品与劳动力的流动,因此各地区价格和工资增长幅度存在差异。

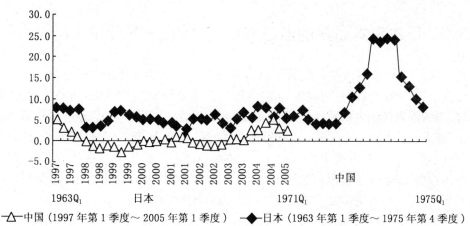

图 3　中国(1997 年 1 季度～2005 年 1 季度)与日本
(1964 年 1 季度～1975 年 1 季度)的 CPI 通胀率

图 4 反映的是中日两国各地区 CPI 通胀率的标准差(中国样本为 31 个省、市、自治区,日本为 47 个都、府、道、县)。标准差越大,国内市场越不符合一价定律。可以看到,目前中国各地区 CPI 通胀率标准差尚明显高于日本 20 世纪 60 年代的水平,更不用说其后的时期了。

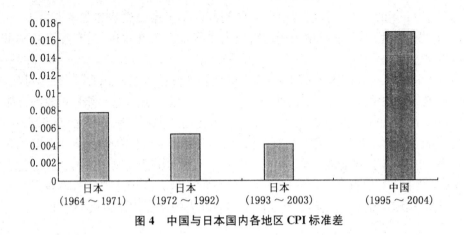

图 4　中国与日本国内各地区 CPI 标准差

3.3　日本资本账户的渐进自由化：1971～1995 年

在 1973 年 2 月汇率制度转为自由浮动之后，日本开始推进资本账户交易的自由化。为了在政策调整期间缓和汇率波动，日本逐渐地放松了资本管制。具体而言，当货币当局认为日元已经升值（贬值）到需要控制的地步时，它就会放松资本流出（流入）的限制，放松管制的顺序为公司融资——长期资本账户交易——证券投资。例如，早在 20 世纪 70 年代中期，日本就已开放了公司对外借款（从非居民金融机构借款）。由于自由化的渐进性，加上特定项目的开放主要是为了缓解对汇率的压力，因此日本资本账户的开放并未导致市场的混乱。

资本账户开放的最后一大障碍是所谓"真实需求"原则。按照这一原则，所有远期交易必须以真实经济交易，如进出口、未来的资产负债变动等为基础。真实需求原则在 1984 年被取消。到 20 世纪 90 年代中期，日本实行金融"大爆炸"改革时，原来的"肯定列表制度"也被"否定列表"制度所取代（即由过去的"原则禁止，许可例外"改变为"原则自由，限制例外"）。"大爆炸"改革被认为标志着日本资本账户开放的完成[①]。

---

① 日本资本账户开放的具体情况参见 Ito（1992）；对发达国家资本账户开放的综述，参见 Bakker and Cappel（2002）；关于资本账户开放次序问题，参见 Ariyoshi, et al.（2000）。

4. 经济高速增长中国家的稳定货币体制

4.1 生产率增长与巴拉萨—萨缪尔森效应[1]

日本在 1969~1971 年与中国在 2003~2005 年的加速增长,都是出现在固定汇率制度之下并伴随着巨额国际收支顺差(贸易与经常账户顺差)。这反映出二者的贸易品部门尤其是制造业贸易品部门的生产率出现了快速增长。这将导致国内工资上涨,接近国际水平。进而影响非贸易品部门的生产成本,因为劳动力在贸易品与非贸易品部门间流动会导致国内劳动力价格均等化。结果贸易品与非贸易品加权计算的 CPI 通胀率将高于其贸易伙伴。在给定贸易品购买力平价的情况下,这意味着高增长国家实际汇率应当升值。

如果一国的高速经济增长是由贸易品部门生产率增长驱动的,其结果要么是国内通货膨胀,要么是本币名义汇率升值。这被称为巴拉萨—萨缪尔森假说[2]。在日本,这一效应在 1971 年 8 月前主要表现为通货膨胀率高于其贸易伙伴,实际汇率升值;在 1971 年 8 月后则表现为名义汇率升值。

中国在不久的将来可能会面临类似情况,甚至也可能现在就存在这一问题。中国贸易品部门生产率的高速增长,在汇率不够灵活的情况下会造成国内通货膨胀,而在汇率更加灵活、国内通货膨胀得到控制的情况下,会导致名义汇率升值。从某种意义上说,由于中国贸易品部门比 20 世纪五六十年代的日本吸引了更多的外国直接投资,其巴拉萨—萨缪尔森效应可能更加明显。

4.2 韩国的经验教训

韩国是效仿日本的出口导向战略实现高速经济增长的发展中国家之一。其年均经济增长率在 1976~1985 年间为 7.4%,1986~1995 年间达到 8.5%,1996~2004 年间则为 4.6%。像日本在之前 20 年间的情况一样,韩国在 20 世纪七八十年代也经历了高通胀,同时韩圆对美元汇率则总体上保持相对稳定,只是在 1971 年、1974 年、1980 年等少数时期出现过暂时的贬值。从 1973~1995 年,韩国在亚太地区中人均 GDP 增长率最高,同时实际汇率升值幅度也最大,年均实际升值达

---

[1] 关于巴拉萨—萨缪尔森效应的最早探讨,见 Balassa (1964) 与 Samuelson (1964)。

[2] 参见 Ito, Isard, Symansky, and Bayoumi (1996)利用亚太国家数据对巴拉萨—萨缪尔森假说的检验。

3%。韩国实际汇率升值的主要原因就是国内外通货膨胀率的差异,这是巴拉萨—萨缪尔森效应的又一个例证。

尽管韩国在 1980 年宣布实行货币篮制度以稳定实际有效汇率,但实际上还是钉住了美元[①]。汇率缺乏灵活性导致韩国在 20 世纪 90 年代上半期借入了大量美元外债。由于名义汇率始终保持稳定,无论是外国投资者还是韩国借款人都忽视了汇率风险问题。

韩国的经历给我们提供了两点教训:第一,当货币篮制度,其构成货币的权重应当与进出口贸易权重相一致。对美元汇率的稳定不应当是首要目标。第二,在国内金融与资本市场发展成熟之前,不应当过早开放短期资本账户。

5. 汇率制度的作用

新兴市场国家对自由浮动汇率制度怀有疑虑是可以理解的。这些国家不愿实行自由浮动汇率制度的现象被称为"浮动恐惧"[②]。汇率的过度波动被认为有损于出口部门与资本流入。一方面,汇率风险将阻碍外国投资者对本国投资。另一方面,许多文献也测算了汇率波动对贸易的影响,某些研究表明这一影响很明显,另一些研究则表明影响不大。

从另一角度看,固定汇率制度本身的缺陷则是众所周知的。一个实行固定汇率制度的国家无法同时实现资本自由流动与货币政策独立性,这通常被称为"三元悖论"。一个资本账户开放、实行固定汇率制度的国家不得不执行别国的货币政策(如果钉住美元,则执行的是美国的货币政策),无论本国的经济景气状况如何,国内利率都将随外国央行货币政策的变动而变动,例如中国香港就是这样。这种做法只有在经济高度开放、工资与物价高度灵活的条件下才能获得成功,而金融机构也必须在汇率与利率风险下保持稳定。而实行固定汇率制度的国家若想执行独立的货币政策,就必须像 2005 年 7 月前的中国那样实行资本管制。

另一方面,采取灵活汇率制度能够使央行与金融监管当局有更大的选择空间,这是灵活汇率制度的最大收益之一。此外,汇率风险显性化也使得金融机构(银行与证券公司)必须在资产负债管理中充分考虑汇率风险问题。灵活汇率制度的这些优点及其缺陷,都必须在选择汇率制度时认真加以权衡。

---

① 参见 Nam and Kim(1999)对韩国汇率政策的总体描述。
② 见 Calvo and Reinhart(2002)。

6. 恰当的改革次序

在从资本管制下的管理浮动汇率制度转向资本账户开放与自由浮动汇率制度的过程中,由于过早开放资本账户,尤其是开放短期资本流动,很多小型开放经济都陷入了金融危机。但在拥有成熟、稳定的国内金融、资本市场的条件下,自由浮动汇率制度的运行都很顺畅。

央行与金融监管当局的独立性对于建立稳定的金融体制有着重要意义。央行货币政策的目标应当是保持物价稳定,许多实行灵活汇率制度的国家都引入了通货膨胀目标制作为货币政策的指导原则[①]。这是保证物价稳定的极好做法。就金融监管机构而言,一个像日本金融服务署或英国金融服务局那样的独立监管机构要好于归属于央行或政府的监管部门。

综上所述,改革的恰当次序应当是:

(1)实行管理浮动汇率制度,保持对短期资本流入、流出的管制,开放经常账户交易[②]。

(2)建立稳定的国内金融机构,实现国内金融、资本市场的自由化。

(3)对汇率波动进行管理,防止实际汇率过度波动(采取有狭窄波幅限制的货币篮制度)。

(4)逐步开放资本账户交易,首先是长期金融交易,然后是短期交易;增加汇率的灵活性。

(5)当国内市场成熟、稳定时,全面开放资本账户,转向自由浮动汇率制度(很少进行外汇干预);实行通货膨胀目标制。

只要改革的次序能够认真制定、审慎执行,一个大国能够顺利地完成从钉住美元向自由浮动汇率制度的转轨。

7. 结 论

本文探讨了在短期内提高汇率制度灵活性,在中期内逐步开放资本账户交易的做法,并提出了能够避免金融危机的改革次序。通过对日本以往经历的回顾,可

---

① 关于亚洲国家对通货膨胀目标制的探讨和实践,见 Ito and Hayashi(2004)。

② 在存在严格资本管制的情况下,国内金融机构的资产负债表即使存在问题也不会影响一国采取灵活汇率制度,因为金融机构的汇率风险暴露依然很有限。参见 Prasad、Rumbaugh and Wang (2005) 以及 Prasad and Wei (2005)。

以认为,1971～1973 年日本在从钉住美元汇率制度向更加灵活的汇率制度转轨的过程中犯了错误;而 20 世纪 70 年代中期至 90 年代中期日本资本账户的渐进自由化可以视为成功的经验。另一方面,韩国在增加汇率灵活性之前过早地开放了资本账户,尤其是短期资本账户,则为我们提供了反面教材。中国当前面临的挑战与 1969～1970 年的日本有相似之处。从某种意义上讲,退出钉住美元制度对中国来说既是必要的,也是势所必然。而最关键的则是按照正确的次序采取决定性行动。

根据上述结论,中国政策当局在 2005 年 7 月 21 日决定人民币放弃钉住美元是正确的决策。不过 2% 的升值幅度,以及每日 ±0.3% 的波幅限制,远不足以缓解外汇储备的进一步累积。尽管采取货币篮制度的声明原则上值得欢迎,但现在就对货币篮制度的具体运作做出评判还为时过早。中国不应重蹈 20 世纪 80 年代韩国的覆辙。另一方面,人民币升值压力仍将存在,从 CPI 和房地产价格看,阻止升值有可能在中期内造成高通货膨胀。进一步提高汇率灵活性,有助于建立一个稳定的、能够抵御冲击的国内货币体制,这是控制通货膨胀的基础。就这一点而言,7 月 21 日的决定只是一个长期进程的第一步,这一进程最终将使中国到 21 世纪中叶,成为世界经济大国,乃至第一经济大国。

参考文献

Ariyoshi, Akira; Habermeier, Karl F.; Laurens, Bernard J.; Otker-Robe, Inci; Canales Kriljenko, Jorge I.; Kirilenko, Andrei A. (2000), "Capital Controls: Country Experiences with Their Use and Liberalization", International Monetary Fund, Occasional Paper, No. 190.

Bakker, A. F. P.; Cappel, Bryan (2002), "Advanced Country Experiences with Capital Account Liberalization", International Monetary Fund, Occasional Paper, No. 181.

Balassa, Bela (1964), "The Purchasing Power Parity Doctrine: A Reappraisal", *Journal of Political Economy*, Vol. 72: 584—596.

Calvo, Guillermo A. and Carmen Reinhart (2002), "Fear of Floating", *Quarterly Journal of Economics*, Vol. CXVII, No. 2, May: 379—408.

Ito, Takatoshi (1992), *The Japanese Economy*, Cambridge, Mass: MIT Press.

Ito, Takatoshi and Tomoko Hayashi (2004), *Inflation Targeting in Asia*, Hong Kong Institute for Monetary Research, Occasional Paper, No. 1, March, p. 62.

Ito, Takatoshi, Peter Isard, Steven Symansky, and Tamin Bayoumi (1996), *Exchange Rate Movements and Their Impacts on Trade and Investment in the* APEC *Region*, International Monetary Fund, Occasional Paper Series, No. 145.

Ito, Takatoshi, Peter Isarad, and Steven Symansky (1999), "Economic Growth and Real Exchange Rate: An Overview of the Balassa—Samuelson Hypothesis in Asia", in T. Ito and A. O. Krueger (eds.), *Changes in Exchange Rates in Rapidly Developing Countries: Theory, Practice, and Policy Issues*, NBER-University of Chicago Press, 1999: 109—128.

Nam Sang-Woo and Se-Jong Kim (1999), "Evaluation of Korea's Exchange Rate Policy", in

T. Ito and A. O. Krueger (eds.), *Changes in Exchange Rates in Rapidly Developing Countries: Theory, Practice, and Policy Issues*, NBER-University of Chicago Press, 1999: 235—264.

Prasad, Eswar, Rumbaugh, Thomas and Wang, Qing (2005), "Putting the Cart Before the Horse? Capital Account Liberalization and Exchange Rate Flexibility in China", IMF Policy Discussion Paper No. PDP/05/01, January.

Prasad, Eswar and Wei, Shang-Jin (2005), "The Chinese Approach to Capital Inflows: Patterns and Possible Explanations", IMF Working Paper, WP/05/79, April.

Samuelson, Paul A. (1964), "Theoretical Notes on Trade Problems", *Review of Economics and Statistics*, Vol. 46, May: 145—154.

附录

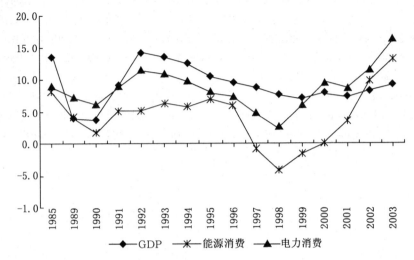

资料来源:各年度《中国统计年鉴》。

附录图 1　GDP 与能源消费增长率

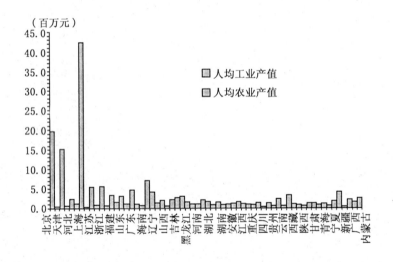

资料来源:2004 年《中国统计年鉴》。

附录图 2　中国各地区人均工农业产值(不包括港、澳、台地区)(2003 年)

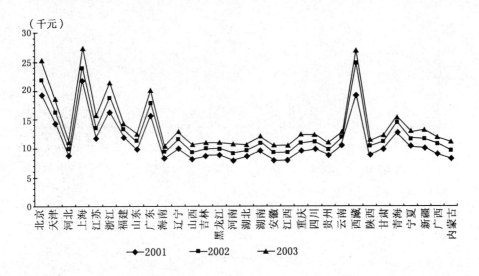

（千元）

━◆━2001　━■━2002　━▲━2003

附录图3　中国各地区平均工资率（不包括港、澳、台地区）（2001年、2002年、2003年）

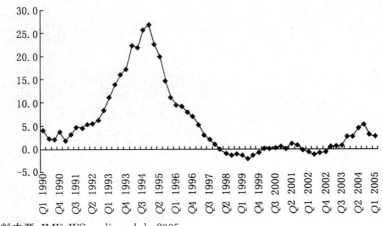

资料来源：IMF，IFS on-line，July 2005。

附录图4　CPI通胀率

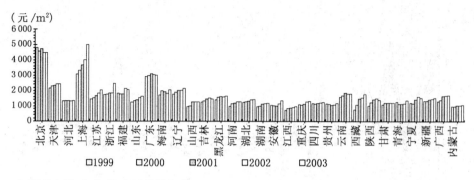

资料来源:各年度《中国统计年鉴》。

附录图 5　中国各地的平均房价

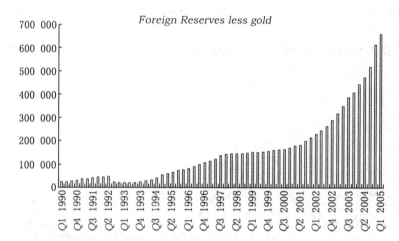

资料来源:IMF, IFS on-line, July 2005。

附录图 6　中国的外汇储备(不包括黄金)

(丁一兵　译)

分报告之六

市场化改革与减少不平等和贫困：
农村和农业方面的经验及政策选择*

Michael Lipton　章　奇

---

　　* Michael Lipton 是英国 Sussex 大学贫困研究小组的经济学研究教授。章奇在本文写作期间为中国社科院世界经济与政治所助理研究员,中国科学院农业政策研究所博士后,现为美国西北大学政治学系博士候选人。作者非常感谢 Sussex 大学 Joanne Ho 小姐在本文写作期间所提供的极大帮助,也感谢林重庚(Edwin Lim)博士和 Nicholas Stern 博士富有价值的评论与帮助。黄季焜博士和 Scott Rozelle 教授提供了很多有价值的资料,在此一并致谢。

　　麦克尔·利普顿(Michael Lipton)(英国)：英国苏塞克斯大学研究教授和贫困研究部主管。

　　1937年出生于伦敦，先后在牛津大学贝列尔(Balliol)学院和美国麻省理工学院读书。分别在牛津大学和苏塞克斯大学获得硕士和博士学位。曾任教于牛津大学万灵(All Souls)学院(1961~1968,1983~1984)。利普顿的大部分职业生涯是在英国的苏塞克斯大学度过的，是1961~1962年学校初创时7名教师和研究人员之一，1967~1994年间历任发展研究院的高级讲师和教授。

　　其他社会和学术职务包括：世界银行、国际食物政策研究机构、国际劳工组织、联合国粮食及农业组织、亚洲开发银行顾问，联合国人类发展报告撰稿人，《发展研究杂志》和《世界发展》的执行编辑，伦敦海外发展研究院的委员，国际发展机构(IDE)顾问团成员。1970年由他发起的一项对发展中国家农村进行比较的研究导致了关于移民、劳动利用和营养的一系列专著的问世。

　　其研究主要强调以下因素对贫困的影响：城市—农村和政府—市场间的联系、农业科学技术、营养经济学(Nutrition Economics)、土地改革、援助及人口变化。研究的国家包括孟加拉国、博茨瓦纳、印度、塞拉里昂、斯里兰卡和南非等。已出版专著包括：《为什么穷人始终贫困：城镇歧视和世界发展》、《对印度的援助是否有效?》、《对抗贫穷的胜利》等书籍，以及《均衡和非均衡增长》等数十篇论文。

章奇，美国西北大学政治学系博士候选人。

1975年出生，1996年毕业于中南财经大学国民经济管理系，获经济学学士学位。1999年毕业于中国人民大学国民经济管理系，获经济学硕士学位。2002年毕业于北京大学中国经济研究中心，获经济学博士学位。2002～2005年在中国社会科学院世界经济与政治研究所任助理研究员。2005年至今为美国西北大学政治学系博士候选人。

主要研究领域：农业经济学、国际经济学、政治经济分析等。论文《意识形态与政府干预》获2004年第4届中国制度经济学年会论文一等奖，《论中国现阶段适宜的产业政策》获1997年中国人民大学第一届研究生"挑战杯"论文竞赛二等奖。

1. 市场化改革：进程、增长、结构转型和贫困

本章将回顾中国的经济改革，以及其对增长、不平等特别是对农村贫困的影响。自 20 世纪 70 年代后期以来，中国开始了一系列的经济改革，目前改革仍在进行中。改革的主要目标是使中国从中央计划经济体制向市场经济体制转型。与 20 世纪 90 年代一些东欧国家和苏联不同，自 1978 年进行经济改革以来，中国改革的速度不断变化，并经历了三次互有关联的经济市场化改革的浪潮：农业市场化，非农经济部门市场化，以及对外经济市场化。

上述各项经济市场化改革放开了产品、服务、投资，以及土地和劳动（尽管程度较小）市场，逐步消除了非市场因素对竞争性产品价格的影响，并在一定程度上消除了贫困。这三方面的经济改革包含了市场化的核心内容（core-meaning），或称之为"遵循比较优势"的自由化。当决策和经济行为自由度更高时，个人、企业、产品和要素更有可能根据中国的比较优势参与经济活动。当基础设施、公共产品以及诸如医疗和教育等权益性商品（merit goods）的供给十分充分的情况下，遵循比较优势的自由化将有助于实现稳定的经济增长。

然而，一些对自由化的鼓吹远远超过了其核心内容，这表明了政府在生产、制定规则和管制等很多方面是缺乏作为的（至少是通过提供收费服务进行融资而不是税收）。经济市场的核心内容（以下简称为核心自由化）包括逐步取消补贴、政府放弃生产私人产品以及放弃公共部门的寻租行为和限制性法规等，若经济市场化程度走过了头，超过这一核心内容，可能一方面对于以遵循比较优势为核心的经济市场化（core liberalisation）的实现起到促进作用；另一方面这一促进作用也会由于其他超越核心自由化的内容而减弱，这种过犹不及的做法包括政府从公共产品、权益性商品和一些基础设施的供应中撤出，或从这些产品和服务的供应中收取全部的费用。在金融市场或其他需要透明性的市场，政府缺乏规范，政府不再事先公布和执行有关的战略。这些战略包括税收，以及减少环境负外部性或其他外部性的措施，这些税收或措施有时不是为了帮助企业实现利润，但是能够照顾相对贫穷或处于劣势的群体，保证人力资本的充分发展。

目前有人主张在遵循比较优势的经济市场化中继续扩大市场作用的范围，同时也有人强调有必要采取一些有针对性的政府行为以强化、规范和引导市场化改革的成果，这两方面的争论目前很激烈，市场参与者和政府官员在争论中均有各自的利益。因而有关政府行为的边界究竟应该如何变化应充分考虑公众的参与和理解。尽管 1977～1990 年间中国政府部门规模的大大缩小对于实现最优的核心自由化是必需的，但是要使市场在核心自由化下能够更好地发挥作用，需要中国政府继续发挥作用（例如，在公共灌溉和农业研究方面）。政府在某些领域的退出（例

如,医疗和教育等)也会削弱市场在核心自由化下的正常作用。

1.1 浪潮 1:农业市场化

中国的经济改革从农业部门开始,家庭联产承包责任制(HRS)取代了人民公社制度。尽管土地仍归集体所有,但是土地的使用权根据家庭人口按比例分配到农户,每个农户均负责耕种一定面积的土地(其中会考虑土地质量因素)。家庭联产承包责任制在各省普及的速度不同,但到 1984 年所有的省份都采纳了该项制度。

除了产权改革之外,政府还在 1977～1984 年间提高了农产品的收购价格,降低了政府定购量占农产品总产量的比率①。1984 年以后经济市场化改革继续深入。到 90 年代后期,除了粮食产品之外,国内所有农产品市场全部放开,这带来了农村自由市场数量的增加,农产品更多地是通过市场而不是通过国家分配的渠道交易(图 1a—b)。1992 年之后,对外贸易的约束也放松了②。在要素市场上,各项试点工作开始展开,例如延长农户土地承包期期限③,立法规范农户间的土地租赁④以及农业经营的公司化。

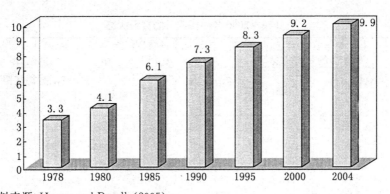

资料来源:Huang and Rozelle(2005)。

图 1a　农村自由市场的个数

以上措施增加了农民的选择范围,提高了农业生产率。1977～1985 年间中国农业增加值年均增长 6%,这一令人震惊的增长大部分可归功于家庭联产承包责

①　在 1979 年,政府按低于市场价格收购的粮食占全部粮食产量的 21%。到 2003 年,收购价格高于市场价格,而收购量占总产量的比例则不到 13%。

②　在中国加入世贸组织之前,农产品平均关税已从 1992 年的 42%下降到 2001 年的 21%,在 2002～2004 年间,平均关税率从 21%下降到 17%。

③　这意味着村委会不再频繁地或者根本不再根据人口变化进行土地大调整。

④　从中国最贫困的三个省的相关数据看,"土地租赁市场和行政性的土地大调使得土地分配到土地禀赋较低的人手中,市场发挥了更多的作用",并具有提高生产率的效应(Deininger and Jin,2004)。

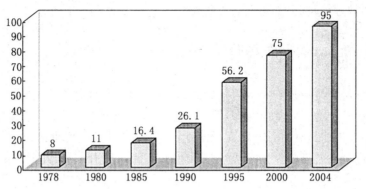

资料来源：Huang and Rozelle(2005)

图 1b　在自由市场交易的农产品所占的比重(10%)

任制的推行(McMillan et. al. ，1989；Fan，1991；Lin，1992)，余下部分则可归功于其他方面的经济市场化改革①。较高的农业增长速度，加上联产承包责任制后农地分配十分均等，使得农村贫困人口总数从 1978~1984 年间至少减少了 2/3(见表 1)。这一阶段城乡差距扩大幅度微不足道，农村间的不平等程度也几乎没有任何扩大②。

表 1　　　　　　　　　　　　　1978~2003 年中国农村的贫困状况

年份	基于中国官方确定的贫困线的贫困状况		基于国际标准的贫困状况（＄1/天 按 PPP）		Ravallion-Chen 的估计	
	贫困人口（百万）	贫困率(%)	贫困人口（百万）	贫困率(%)	基于贫困线的贫困率(%)	
					官方	修正
1978	260	32.9				
1979	239	30.2				
1980	218	27.6	40.65	75.70		
1981	194	24.4	28.62	64.67		
1982	140	17.5	17.33	47.78		
1983	123	15.3	13.34	38.38		
1984	89	11.0	9.87	30.93		
1985	96	11.9	8.82	22.67		
1986	97	11.9	9.85	23.50		

---

①　Rozelle(2004)的估计显示，自由化方面的贡献度为 55%，定购额的放松带来的收入增加，使得农民可以对非农产品需求的增加作出反应。在 1978~1984 年间，粮食产量的年增长率为 4.7%，水果的年增长率为 7.2%，油菜籽、活动物和水产品的增长率分别为 14.9%、9.1%和 7.9%。尽管农业的增长缓慢，但仍是整个改革期间人口增长率的 3 倍(见表 1)。

②　(a)Ravallion and Chen(2004)所做的后续工作指出，和初始的贫困率相比，这一阶段经历了贫困率的显著下降。(b)1980 年农村内部的基尼系数为 0.24，1984 年为 0.244(MOA 2001)。

续表

年份	基于中国官方确定的贫困线的贫困状况		基于国际标准的贫困状况（＄1/天 按 PPP）		Ravallion-Chen 的估计	
	贫困人口（百万）	贫困率(%)	贫困人口（百万）	贫困率(%)	基于贫困线的贫困率(%)	
					官方	修正
1987	91	11.2	8.29	21.91		
1988	86	10.4	7.99	23.15		
1989	102	11.6	11.88	29.17		
1990	85	9.4	280	31.3	10.55	29.18
1991	94	11.0	287	31.7	11.66	29.72
1992	80	8.8	274	30.1	9.83	28.18
1993	75	8.3	266	29.1	11.29	27.40
1994	70	7.7	237	25.9	10.41	23.32
1995	65	7.1	200	21.8	7.83	20.43
1996	58	6.3	138	15.0	4.20	13.82
1997	50	5.4	124	13.5	4.83	13.33
1998	42	4.6	106	11.5	3.24	11.58
1999	34	3.9	3.43	11.40		
2000	32	3.4	5.12	12.96		
2001	29	3.2	4.75	12.49		
2002	28	3.1	78.6	8.7		
2003	29	3.1	74.9	8.0		

资料来源：Cols 1978－1988：World Bank (1992)；1989－2001：NBSC (2003)；2002，NB-SC (2003)；2003，MOA (2004). Ravallion and Chen (2004).

1.2 浪潮2：乡村企业(REs)①和城市非国有部门(UNSSs)的市场化

农业改革的成功,使得中国领导人开始允许和鼓励乡村企业的发展,并在城市实行以市场为导向的改革。从 1982 年开始,国有企业(SOEs)的改革优先进行。

---

① 在 90 年代后期,在股份制和私有化改革进行之时,镇办和村办企业(TVEs)改名为乡镇企业,目前则更多地称为乡村企业。

而为了在经济改革初期满足对消费品的市场需求,同时也为了给国有企业以市场压力,乡村企业和非国有企业的发展(大多集中在轻工业或服务行业)也随后被认可[①]。

1992 年之后,政府采取了"抓大放小"的战略[②],在进行国有企业改革的同时,其他的诸如财政、社会保障、金融(尤其是银行)等重要的体制改革也取得了较大的进展,这些改革现在仍在推进之中。那么,市场化的第二个高潮对经济增长、收入分配和农村贫困产生了怎样的影响呢?

第一,改革使得资源和需求更多地从国有部门转向城市非国有部门(UNSSs),加之 UNSSs 有很大一部分发轫于农村。这种转变意味着非国有企业的发展并没有排挤掉那些规模较小的、更具劳动密集型特点的乡村企业(REs)的发展:在 1985~2002 年,非国有部门占较大产出比重的省份,乡村企业所占的比重也比较大(见图 2)。

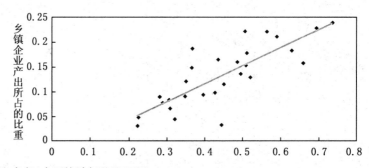

资料来源:各年《中国统计年鉴》NBSC。

图 2　不同省份非国有部门与乡镇企业的发展(1985~2002 年均)

第二,由于上述市场化改革的推行,城市非国有部门和乡村企业得到了迅速的发展。乡村企业的净增加值占 GDP 的比例,从 1985 年的 10% 增加到 2002 年的 31%(2003 年乡镇企业统计年鉴)。尽管没有明确的数据表明,但非国有企业的份额也在上升[③]。

第三,城市非国有部门和乡村企业的快速发展提高了国民收入中工资性收入所占的份额。与国有企业相比,城市非国有部门和乡村企业竞争力相对更高,因为

---

① 为了保证非国有部门的发展与执政党的指导思想一致,中国共产党分别在 1982 年、1984 年和 1999 年对宪法作了修订,允许私人部门在社会体系内发展。2002 年,允许私人企业主加入中国共产党。2004 年 3 月,全国人民代表大会通过了新的宪法修正案,新宪法中增加了对私有权和人权的保护。

② 政府继续对几百个较好的国有企业注入资源,使其发展成为集团公司。中小国有企业可以自己寻求解决方案,为国有企业改革融资的办法包括三类:债务注销、债转股、股份制。

③ 对国有企业的定义在 1996 年发生了变化。而在此次之前和之后,非国有企业和国有企业的许多数据是根据每个企业的总产出(而不是根据附加值)来统计的。由于国有企业和非国有部门间的垂直一体化,这将包含不同程度的重复计算。

它们的技术选择主要是劳动密集型的,这顺应了中国比较优势之所在,提高了工资水平和就业。

第四,以上对平等和收入分配的积极作用在很大程度上被其他效应所抵消了。非国有部门以及乡村企业不断发展,更多地增加了对技术工人而不是非技术工人的需求,更多地增加了对城镇、沿海地区以及一体化程度较好地区的劳动力而不是对偏远农村劳动力的需求,同时更多地增加了对工业品而不是农产品的需求。因而第二阶段的自由化浪潮对地区间、农村间、城乡之间的不平等的影响比第一阶段农业自由化要大,甚至可能是很不利的。乡村企业的发展在初期的确有利于中国较贫困地区,到 90 年代后期日益集中到发展较好的地区(Howes and Hussain,1994)。由于非国有部门和乡村企业的增长和效率的提高——包括生产了更多更便宜的消费品,其对农村贫困的净影响可以确定是正向的,但是对于偏远地区缺乏流动性的贫困人口来说,也许获取的收益很少,甚至由于竞争遭到了损失。

1.3 浪潮 3:贸易自由化及吸引外商直接投资(FDI)

在 20 世纪 80 年代早期,中国就已经开始进行外贸体制改革以适应总体的改革战略。这方面的改革包括给予企业更多的外贸经营自主权;逐步取消指令性计划;允许外贸企业留存外汇;在沿海地区建立经济特区。从 20 世纪 80 年代中期开始,外贸企业被赋予更多的自主权,允许更多的非国有企业和乡村企业从事国际贸易,同时平均关税水平不断下降。1992 年底平均关税率为 43%,1997 年减少到 17%,2000 年减少到 15%。2001 年,中国加入 WTO,标志着开始了新一轮的贸易自由化。

在 1970~1995 年改革期间,中国对外贸易的年均增长率为 15%。不过需要注意的是,对外贸易在改革前 1970~1979 年增长更快,增长率为 20%——约为经济增长率的 4.2 倍。1995 年后外贸年均增长率相对于经济增长率的倍数稳步下降:1996~2000 年间受金融危机影响,外贸年均增长率下降为经济增长率的 1.2 倍;到 2001 年,外贸年均增长率与经济增长率持平,为 7.5%。而到 2003 年,对外贸易的年均增长率飞速上升,达到 35%的水平(见表 2)。那么自由化究竟是怎样对贸易发展趋势发生影响的呢?

贸易自由化可能会先刺激进出口,然后促进国内部门自由化。对外贸易的增长有一段时期不比 GDP 的增长快多少,但仍然保持较高的增长速度。在 1980~2001 年间中国初级产品的贸易额(主要是农产品)从 161 亿美元增加到 721 亿美元,年均增长 7.4%。中国在 2001 年 11 月加入 WTO 后,外贸再度高速增长。总体上来看,中国外贸占 GDP 的比重从 1980 年不到 13%增加到 2003 年超过 50%,而且在未来的几年,对外贸易仍有可能保持较高的增长率。

表 2   1970～2003 年中国经济年增长率(%)

(以 2001 年价格为基数)

	改革前	改革阶段					
	1970～1978	1979～1984	1985～1995	1996～2000	2001	2002	2003
总国内产出	4.9	8.5	9.7	8.2	7.5	8.0	9.3
农业	2.7	7.1	4.0	3.4	2.8	2.9	2.5
工业	6.8	8.2	12.8	9.6	8.4	9.8	12.7
服务	n. a.	11.6	9.7	8.2	8.4	7.5	7.3
对外贸易	20.5	14.3	15.2	9.8	7.5	21.8	34.5
进口	21.7	12.7	13.4	9.5	8.1	21.3	37
出口	19.4	15.9	17.2	10.0	6.8	22.4	32
谷物生产	2.8	4.7	1.7	0.03	−2.16	0.38	−5.9
油	2.1	14.9	4.4	5.6	−3.04	1.13	−2.98
水果	6.6	7.2	12.7	8.6	6.95	4.42	108
肉类	4.4	9.1	8.8	6.5	3.88	4.02	5.3
水产品	5.0	7.9	13.7	10.2	2.40	4.18	3.07
人口	1.80	1.40	1.37	0.90	0.70	0.65	0.6
人均 GDP	3.1	7.1	8.3	7.1	6.7	7.2	8.7

注：1970～1978 年的 GDP 数据为世纪国民收入增长率。增长率依回归方法计算。产业部门和产品组的增长率基于生产数据计算。部门增长率指实际附加值的增长。

资料来源 e：NSBC, Statistical Yearbook of China, various issues；MOA, Agricultural Yearbook of China, various issues.

通过向外国资本开放,特别是外商直接投资(FDI)——约占中国总资本流入的 70%,中国日益融入世界经济一体化之中。20 世纪 80 年代后,为了扩大生产能力和引进先进技术,中国加快了吸引外商直接投资的自由化进程,使外商独资企业和中外合资企业能够较容易地进入加工业特别是出口导向型的企业[①]。在 1979～1984 年间,全部外资流入只有 30.6 亿美元,而 2002 年一年就为 527 亿美元。目前,大多数 FDI 来自于先进国家,并集中在沿海省份和制造业部门,而农业部门和中西部贫困地区获得的 FDI 份额远远低于其人口所占的份额[②]。但 FDI 仍具有减少贫困的作用,这主要是因为它所具有的出口导向性,从而遵循了中国劳动力密集的比较优势,提高了对劳动力的需求,而劳动力是贫困人口拥有的最主要要素禀

[①] 20 世纪 80 年代的大多数外商直接投资来自于海外的中华文化地区,特别是中国香港地区。直到 2001 年,来自于中国香港和中国台湾的 FDI 仍然占实际利用外资额的几乎一半(Cai and Lin, 2003：第七章)。

[②] 在“九五”计划期间(1996～2000),东部地区吸引了全部 FDI 的 85.6%(人口占 41.3%),而中西部地区分别仅吸收了 9.5%(人口占 35.6%)和 4.9%(人口占 23.1%)。2001 年,FDI 的 65.9%流入了制造业部门。

赋。超过一半以上的中国出口产品(绝大多数是劳动密集型)由跨国公司(UNCTAD,2003)生产[①]。

1.4 三次经济市场化浪潮:对增长和贫困的影响

除非增长进程中存在严重的不平等,否则像中国经济这么高的增长速度将会带来贫困的迅速减少。事实上,贫困在中国的确大幅度下降(表1),但同时地区间以及城乡之间的不平等程度明显上升,一些农村地区被远远地甩在后面[②]。

1.4.1 经济增长的绩效

在 1978~2003 年间(图 3),中国每年 GDP 的增长率为 9.2%(人均 GDP 增长8%)。GDP 翻了 9 番,人均 GDP 翻了 7 番。尽管对 GDP 的数据可靠性存在着争论,且农村私人部门收入的增长速度仅为 GDP 增速的一半,经济增长的速度还是相当快的。但快速成长的经济最终如何对贫困、不平等、城乡差距和地区差距产生影响,关键取决于经济中的结构变化。

1.4.2 部门结构变化与城市化

在改革之前的 1970~1978 年,农业 GDP 的增长速度为全部 GDP 增长速度的55%。在第一次农业市场化浪潮中,这一比例增加到 83%,从 1985~2001 年,伴随着非农业部门的市场化和快速的经济增长,这一比例下降到 41%。在第三次市场化浪潮中,这一比例下降得更多:到 2003 年 GDP 的增长速度几乎是农业增长速度的 4 倍,同时农业部门占全部 GDP 的比例从 1978 年的 28% 下降到 2003 年的14%,农业部门就业所占的比重也从 70% 下降到 49%(见表 3)。

表3　　　　　　　　　1970~2003 年不同部门的 GDP 和就业状况(%)

年 份	1970	1980	1985	1990	1995	2000	2002	2003
占 GDP 的比重								
农业	40	30	28	27	20	16	15	14
工业	46	49	43	42	49	50	51	52

---

① 在大多数发展中国家,相对于国内投资而言,FDI 并不能带来更多的就业(更多的偏向资本密集型)。而在中国,国有企业和国内股份有限公司通常比外资企业具有较高的资本劳动比率,而其他国内企业的资本劳动比率较低(Cai and Lin,2003)。

② 这些都是最偏远、最贫困、初始工资水平最低的地区。那么为什么中国遵循比较优势发展的自由化没有使他们是最大的受益者,反而获益最少? 我们把它暂且看作是一个悖论,并通过下文的分析予以解释。

续表

年　份	1970	1980	1985	1990	1995	2000	2002	2003
服务业	13	21	29	31	31	33	34	34
占就业的比重								
农业	81	69	62	60	52	50	50	49
工业	10	18	21	21	23	22	21	22
服务业	9	13	17	19	25	28	29	29
贸易占 GDP 比重	n. a.	13	23	30	40	44	49	51
占出口的比重								
初级产品	n. a.	50	51	26	14	10	9	
食物	n. a.	17	14	11	7	5	4	
占进口的比重								
初级产品	n. a.	35	13	19	18	21	17	
食物	n. a.	15	4	6	5	2	2	
农村人口所占的比重	83	81	76	74	71	64	61	59

资料来源：NBSC, Yearbook of Statistics, various issues。

伴随着就业方面的巨大变化,中国经历了从以农村为基础的社会向以城市为基础的社会的加速转变。以通常的定义来衡量,中国城市人口所占的比重从 1990 年的 26.4% 增加到 2001 年的 37.7%,2004 年为 41%,并且预计到 2005 年达到 55%。1990～2000 年,从农村涌入城市的人口为 1.255 亿,而在 1950～1990 年近 50 年的时间里,仅有 1.344 亿[1]。

农业部门内部也发生了巨大的结构变化(见表 2、表 4;图 3)。不断增加的收入和城市化以及粮食市场的发展使得对农产品的需求从粮食转向了高附加值的产品,但对粮食的需求仍然很高,只不过更多地是用于高附加值产品——例如牲畜的饲料需求[2]。同时经济市场化引导供给从以土地密集型产品为主向遵循比较优势的劳动密集型产品为主转变。因而,自 1984 年以来,粮食产量在农业生产中所占的份额已经下降,取而代之的是生产周期短的高附加值产品,例如园艺品、畜产品和海产品。然而,为了满足对饲料的需求,中国在降低了粮食存量的同时,增加了粮食的净进口。土地密集型产品的净出口,例如谷物、油菜籽、糖类等均已下降;高附加值、更具有劳动密集型的产品出口,例如园艺品和畜产品(包括水产品)的净出口增加。

---

① Huang and Rozelle, 2005；Chan and Hu, 2003。

② 维持一般人每天必须的卡路里需要摄入肉类和乳制品(需要粮食喂养),这比人们直接从粮食中摄入,需要多 2～7 倍的粮食。

表4　　　　　　　　1980～2003年中国食品和饲料贸易结构（百万美元）

年　份	1980	1985	1990	1995	2000	2001	2002
出口：							
活动物和肉类	745	752	1 221	1 822	1 628	1 976	1 008
奶制品	71	57	55	61	188	192	194
鱼类	380	283	1 370	2 875	3 705	4 231	4 690
谷物、油和油籽	481	1 306	1 237	1 608	2 667	1 835	2 422
园艺	1 074	1 260	2 293	3 922	4 367	4 931	6 402
食糖	221	79	317	321	173	156	227
所有食品	2 972	3 737	6 493	10 609	12 728	13 340	14 943
进口：							
活动物和肉类	6	24	68	115	696	659	706
奶制品	5	31	81	60	218	219	274
鱼类	13	44	102	609	1 212	1 319	1 558
谷物、油和油籽	2 472	1 065	2 535	6 760	4 163	5 343	5 825
园艺	104	92	113	259	677	866	838
食糖	316	274	390	935	177	376	238
所有食品	2 916	1 530	3 289	8 736	7 143	8 782	9 439
净出口：							
活动物和肉类	739	728	1 153	1 707	932	1 317	302
奶制品	66	26	—26	1	—30	—27	—80
鱼类	367	239	1 268	2 266	2 493	2 912	3 132
谷物、油和油籽	—1 991	241	—1 298	—5 152	—1 496	—3 490	—3 403
园艺	970	1 168	2 180	3 663	3 690	4 065	5 564
食糖	—95	—195	—73	—614	—4	—220	—11
所有食品	56	2 207	3 204	1 873	5 585	4 558	5 504

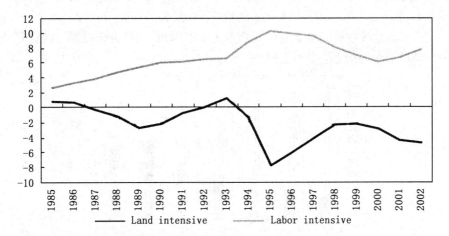

资料来源：Huang and Rozelle (2005)。

图3　农产品进出口额（10亿美元）

　　农业部门的上述结构转换，通过增加每公顷土地的就业，在总体上有助于减少
贫困和不平等，然而有两个例外需要政策上的考虑。第一，较贫困的中西部省份倾
向于生产土地密集型、低附加值的产品，这与中国的比较优势是不协调的，除非这

里的农村贫困人口能够迁出本地区或改变其产品类别。第二,农业用水的日益短缺致使目前的粮食生产变得越来越不经济(因其更多地依赖于需要补贴的、面临枯竭的灌溉水——许多发达地区如东部扬子江和黄河流域也面临同样的情况)。要解决第二个问题,需要采取一些鼓励措施使得粮食生产从东部地区转移到贫困的西部地区,这也同时有助于解决第一个问题。但这需要新的农业研究和基础设施建设。因此,市场化要对贫困减少和收入分配具有积极的作用,需要政府增加而不是减少在公共产品、权益品和基础设施方面的供给。

1.4.3 移民和非农就业

经济增长和结构性转换使得农村人口的收入增加并且收入来源更加多元化:农民可以进城也可以留在家里,这增加了非农业活动的比例[1]。到 2000 年,约 40%农村劳动力(约 2 亿,自 1995 年以来就增加了 5 000 万)将非农工作作为其收入的最主要来源。其中约 1 亿人仍然住在农村,而另外 1 亿人是城市移民,约有 8 500 万人居住在城市或在城市的郊区[2]。乡村企业和城市非国有部门的扩张由于比国有企业更具有劳动密集型的特点,对农村人口非农收入的增长做出了重要的贡献(Huang, Rozelle and Zhang,2004)。从农村居民的平均水平看,2000 年非农收入首次超过了农业收入,占总收入的比重超过 50%(见图 4)。然而较贫困人口和省份的非农收入所占的比重较低(见表 5)。2003 年,在国定贫困县里,从事非农工作的人口占全部劳动力的比重更低。这与中国和全球的现实一致(Du et al.,2005;Connell et al.,1976):最贫困地区在资源流动方面面临着更大的困难(包括资金、信息、教育和社会网络),使得那里劳动力流动更加困难。

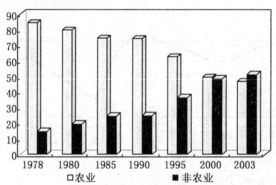

资料来源:Huang and Rozelle (2005)。

图 4 农民收入来源%

---

① 周边地区的一些活动即使能够多少增加一些收入,但长期的城市化还是首选。

② 这些人仍然是农村户口,没有城市户口。

表 5   **1999 年各地区按收入水平划分的农村人口**

	总体平均	收入水平按从低到高依次分为 1～11 组										
		1 (3.5%)	2 (6.5%)	3 (10%)	4 (10%)	5 (10%)	6 (10%)	7 (10%)	8 (10%)	9 (10%)	10 (10%)	11 (10%)
中国西部												
家庭规模(1)	4.53	5.46	5.34	5.19	4.98	4.80	4.55	4.49	4.24	4.06	3.93	3.58
劳动力(2)	2.84	2.95	3.10	3.06	2.99	2.93	2.87	2.87	2.75	2.68	2.63	2.50
(1)/(2)	1.60	1.85	1.72	1.70	1.67	1.64	1.59	1.56	1.54	1.51	1.49	1.43
非农时间(%)	11.1	3.7	5.2	6.8	8.3	8.2	11.1	10.9	10.8	12.1	14.9	17.1
劳动者受教育情况(%)												
全/半文盲	17.5	29.6	27.6	25.4	22.5	19.7	18.3	16.4	13.8	12.1	10.4	10.0
小学	38.1	38.9	39.7	37.3	38.3	41.0	38.1	40.6	38.5	36.4	35.8	34.6
初中	36.5	25.9	27.6	31.4	34.2	34.4	37.3	37.5	40.0	41.7	43.3	44.3
高中	7.9	5.6	5.2	5.9	5.0	4.9	6.3	5.5	7.7	9.8	10.4	11.1
可耕作土地（亩）	8.5	11.8	10.3	9.8	9.1	8.8	8.3	8.9	8.3	8.4	8.4	10.1
中国中部												
家庭规模(1)	3.99	4.51	4.56	4.46	4.39	4.30	4.27	4.14	4.08	3.97	3.81	3.50
劳动力(2)	2.63	2.84	2.83	2.77	2.76	2.71	2.77	2.69	2.69	2.70	2.66	2.52
(1)/(2)	1.52	1.59	1.61	1.61	1.59	1.59	1.54	1.54	1.52	1.47	1.43	1.39
非农时间(%)	12.3	4.8	6.5	9.7	11.1	11.1	12.3	12.3	15.2	14.7	17.1	15.3
劳动者受教育情况(%)												
全/半文盲	6.2	7.9	8.1	6.5	7.9	7.9	6.2	6.2	6.1	5.9	4.3	5.2
小学	33.8	34.9	35.9	35.5	33.3	31.7	33.8	32.3	31.8	32.4	31.4	29.2
初中	49.2	49.2	46.8	48.4	47.6	49.2	49.2	50.0	50.0	51.5	51.4	50.7
高中	10.8	7.9	9.3	9.7	11.1	11.1	10.8	11.5	12.1	10.3	12.9	14.9
可耕作土地（亩）	11.2	18.0	12.9	10.9	11.2	10.4	10.4	10.3	10.4	11.4	12.5	13.7
中国东部												
家庭规模(1)	3.95	4.43	4.61	4.51	4.44	4.36	4.33	4.14	4.07	3.92	3.70	3.51
劳动力(2)	2.65	2.88	2.91	2.84	2.84	2.83	2.85	2.78	2.77	2.74	2.66	2.60
(1)/(2)	1.49	1.54	1.58	1.59	1.56	1.54	1.52	1.49	1.47	1.43	1.39	1.35
非农时间(%)	22.5	9.2	11.1	12.7	14.1	18.5	19.7	20.9	25.0	28.6	31.9	37.8
劳动者受教育情况(%)												
全/半文盲	6.0	7.7	7.9	6.3	6.3	6.2	5.3	4.9	4.5	4.3	4.2	4.1
小学	31.3	33.8	31.7	33.3	32.0	30.8	31.8	31.3	31.3	29.6	29.5	28.4
初中	49.3	49.2	49.2	49.2	50.0	50.8	50.0	49.6	49.3	49.3	48.3	48.6
高中	13.4	9.2	11.1	11.1	11.7	12.3	12.9	14.2	14.9	16.8	18.1	18.9
可耕作土地（亩）	5.6	9.2	6.9	6.7	6.2	6.2	6.2	6.0	5.5	5.2	4.9	4.1

注：非农就业比重是指全部在非农业部门的工作时间(按 1 年 12 个月,每月 30 天计算)占全部工作时间的比重。

1.4.4   减贫

按国家贫困线统计,从 1978 年到 2003 年,农村贫困人口从 2.5 亿(占 31%)下降到 2 900 万(占不到 3%)。然而经缩减指数调整后,2001 年的农村贫困率是未经调整的数字的 2.6 倍(从 4.75% 增加到 12.49%,见表 1)。但是按国际贫困线(按购买力平价调整,定义为收入低于 1 美元/天)计算的贫困率更加让人触目:联合国计算的贫困率 1980 年为 62%,2001 年为 16.6%(UNDP,2004:147);而按国家统计局的标准,2003 年为 8%(NBSC,2004:表 1)。

除了收入方面,其他非收入方面的贫困状况也在缓解。例如,农村人口中文盲比例从 1990 年的 21% 下降到 2003 年的 7.4%,而接受初中和更高教育的比例从 40% 上升到 63%(见表 5)。根据相关的调查,农村地区的医疗状况已经达到了较高的水平;对国家贫困县人民的问卷调查显示,84% 的人们认为病人可以得到及时的治疗。

1.4.5　仍存在的贫困

尽管对中国的贫困已经大幅度减少,这一观点已有共识,但是中国的贫困情况比估计的要严重。

第一,仍有将近 3 000 万农村人口生活在国家贫困线以下,仍有 7 500 万农村人口生活在 1 天不足 1 美元的国际贫困线以下(见表 1)。

第二,中国贫困减少的速度有几个阶段性的放缓。农村贫困减少的速度在 20世纪 80 年代后期和 90 年代早期有所放慢,到 90 年代中期又有所恢复,但到 90 年代后期又出现了放慢的迹象(见表 1)。几乎一半贫困的减少是在 20 世纪 80 年代的早期完成的。经济增长使脱贫可资利用的资源更多,但贫困的减少并不会更容易自动实现。当贫困率下降到一定水平,要使得其他贫困人口脱离贫困变得越来越困难。

第三,不仅贫困减少的速度在 90 年代后期放慢,省际之间贫困减少的进程也不相同(图 5)。2001 年按修正的官方贫困线计算的贫困率为 12.5%,但是在云南、新疆、青海、甘肃和西藏地区,这一比率超过了 20%(见表 6)。最贫困的地区都集中在偏远和资源匮乏的地区,大多集中在西南、西北和中北部的内陆省份。在这些地区,识字率很低、受教育程度不高,导致移民较少而人口增长率较高。所有这些使得将来贫困的减少变得更艰难。

表 6　　　　　　　　　**2001 年农村平均收入最低的省份**

省份	农村平均收入		(官方)贫困人口所占比率		农村个人收入的基尼系数
	按 1980 年价格(元)	年均增长率(%)	贫困线*	年均增长率(%)	
	2001	1980～2001	2001	1983～2001	
云南	188.5	1.09	25.54	0.3234	2.55
青海	235.7	1.08	19.34	0.3976	1.46
陕西	235.9	2.43	14.59	0.3044	2.41

续表

省份	农村平均收入		（官方）贫困人口所占比率		农村个人收入的基尼系数
	按 1980 年价格（元）	年均增长率（%）	贫困线*	年均增长率（%）	
	2001	1980～2001	2001	1983～2001	
贵州	247.8	1.05	14.57	0.268 3	1.05
新疆	284.3	0.97	19.04	0.3961	1.39
湖北	293.6	2.64	1.84	0.283 3	1.87
河南	304.6	3.09	4.46	0.258 6	1.04
甘肃	326.2	3.66	28.63	0.357 8	1.75
宁夏	358.1	2.85	15.20	0.364 5	2.06
中国	642.6	3.36	12.49	n. a.	1.72

注：(1) * 与表 1 处理方法相同。

(2)28 个省份的数据（不包括西藏和海南和台湾）。

资料来源：Ravallion and Chen 2004，表 13、表 14。

根据 1999 年的数据（NBSC,2003），我们将西部、中部和东部三个地区的农民按收入水平分为 11 个组[①]，第 1 组是收入水平低于国家贫困线的；第 2 组是收入水平在国家贫困线和每天 1 美元的贫困线之间；表 5 显示了每个地区农村居民按收入水平分类的情况。表 7 显示了每个地区按收入水平划分的不同农村居民的收入变化以及收入来源和消费支出。尽管结果与我们的预期相符，但是不同收入水平间的差异，特别是最贫困和最富裕的组别之间的差异惊人的大。同时每个地区最贫困居民的家庭规模与劳动力的比率更高：对于最贫困的第 1 组农村居民，1999 年这一比率为 1.85，而其他较高收入居民的这一比率平均为 1.60，最富裕收入水平的居民为 1.43（见表 5）。这表明了最贫困人口的生育率高，死亡率也较高。在国际研究中，这通常是贫困带来的效应。因而更好的医疗和妇女教育将帮助贫困地区的贫困人口降低生育率，进而减少贫困。

贫困人口在人力资本和非农就业方面更加落后。例如，1999 年，西部地区最贫困阶层（收入水平第 1 组）的年均收入是 356 元（比国家绝对贫困线 625 元低40%），最贫困人口中有 30%是文盲，是最富裕人口这一比例的近 3 倍。在西部地区，有 2/3 的贫困人口甚至无法获得小学教育（表 5 第 6 行）。

相对较低的人力资本也影响了不同地区贫困人口从事非农工作的进程（de Brauw et al. , 2002）。例如，最贫困阶层（收入水平第 1 组）在非农工作上的时间仅占 3.7%（表 5 第 4 行）。Ravallion and Jalan (1997)指出了"空间贫困陷阱"（Spatial poverty traps ）——由于一些省份地理条件不利，加剧了贫困居民的不

---

① 西部地区包括陕西、甘肃、宁夏、云南、四川、贵州、重庆、西藏和新疆；中部地区包括山西、内蒙、吉林、黑龙江、安徽、江西、河南、湖南和湖北；东部地区包括河北、辽宁、江苏、浙江、福建、山东、广东、广西、海南、北京、天津和上海。

幸,使得他们当中有些人陷入永久的贫困之中。的确,在同样的收入水平下(收入水平第11组),西部地区的最富裕人口在非农工作上的时间约占17%,而东部地区的最富裕人口在非农工作上的时间占38%。

表7　　　　　　1999年按收入水平划分的每个地区农村居民的收入和支出状况　　　　　单位:元

| | 平均(100%) | 按收入水平从低到高依次分为1~11组 | | | | | | | | | | |
		1(3.5%)	2(6.5%)	3(10%)	4(10%)	5(10%)	6(10%)	7(10%)	8(10%)	9(10%)	10(10%)	11(10%)
中国西部地区												
人均净收入	1 502	356	592	783	960	1 130	1 302	1 497	1 723	2 026	2 494	3 961
工资性收入	332	55	98	146	177	213	250	302	364	487	630	941
工资性收入所占比重(%)	22	15	17	19	18	19	19	20	21	24	25	24
农业收入所占比重(%)	62	76	68	66	67	66	66	65	63	60	57	50
人均生活支出	1 197	685	706	774	887	967	1 067	1 182	1 329	1 488	1 734	2 383
食品支出	706	455	488	519	582	621	666	717	785	851	930	1 125
食品支出所占的比重(%)	59	66	69	67	66	64	62	61	59	57	54	47
中国中部地区												
人均净收入	2 003	459	840	1 118	1 366	1 574	1 785	2 007	2 260	2 584	3 098	4 726
工资性收入	488	127	184	237	288	363	419	493	572	649	794	1 090
工资性收入所占比重(%)	24	28	22	21	21	23	23	25	25	25	26	23
农业收入所占比重(%)	65	69	76	74	72	70	67	65	63	62	60	55
人均生活支出	1 437	920	957	1 050	1 146	1 249	1 286	1 406	1 497	1 658	1 947	2 506
食品支出	788	552	574	631	672	717	747	797	830	895	982	1 143
食品支出所占的比重(%)	55	60	60	60	59	57	58	57	54	52	50	46
中国东部												
人均净收入	2 929	598	1 074	1 437	1 780	2 100	2 425	2 800	3 236	3 826	4 780	8 040
工资性收入	1 106	154	253	383	513	640	788	964	1 206	1 535	2 028	3 476
工资性收入所占比重(%)	38	26	24	27	29	30	32	34	37	40	42	43
农业收入所占比重(%)	42	72	65	60	55	53	49	47	43	38	35	26
人均生活支出	1 991	1 024	1 041	1 194	1 365	1 487	1 680	1 865	2 129	2 465	3 059	4 367
食品支出	963	588	618	689	757	807	877	936	1 026	1 148	1 322	1 668
食品支出所占的比重(%)	48	57	59	58	55	54	52	50	48	47	43	38

注:地区间人均收入和支出的差异也由于农民的储蓄和各种税费,收入转移和其他因素没有包含在生活支出中。

资料来源:Huang, Rozelle and Zhang (2004)。

每个地区内部收入的不平等非常明显。在西部地区,最富裕人口(收入水平第11组)的收入是第1组最贫困人口收入的近11倍,是第2组的6.7倍(表7第1行)。在其他地区也可以发现同样的现象。收入来源的不同,造成了贫困人口和富裕人口间的收入不平等。在人均收入中,工资收入是比其他收入更能影响不同收入阶层收入差异的原因。贫困人口从工资性和非农业活动中赚取的收入比例要低得多，相对于其他收入阶层而言，他们主要依靠农业，这使得他们变得更穷。如果他们工资性收入所占的比例与其他收入阶层一样，那么地区间的不平等程度要小得多。表7也表明了更贫困的家庭主要依赖农业收入。每个地区最贫困阶层（第1组）的农业收入所占的比重为70%~76%，而最富裕阶层第11组的农业收入仅占25%。每户的农业收入增加25%就可以显著提高贫困人口的相对收入，同时增加贫困人口在非农就业的工作时间并赚取工资收入，也可以达到相同的效果。

总支出和食品支出都和收入水平密切相关。就像在印度，1999年，穷人的支出比他们的收入还多。这意味着他们或者要接受政府的转移支付，或者从他们的亲戚或朋友那里借钱。不管是哪种情况，他们都没有能力储蓄。年人均收入低于625元的农村人口在粮食上的支出占总支出的60%~70%，而年人均收入超过2 500元的农村人口在粮食上的支出不到50%，并且有一定的储蓄。

现在我们开始转向政策问题。很多农村的贫困人口没有能力储蓄；大多都在缺乏农业进步的偏远的农村；而较低的文化水平又进一步限制了他们从事非农工作和移民至城市的能力；对于他们来说，抓住经济市场化带来的机遇实现脱贫比他们的前辈更加困难。的确，经济市场化的有些方面（如土地密集型产品的进口，外资更多地涌入沿海地区）有可能使贫困人口陷入更严重的贫困之中。尽管如此，这些贫困地区反映出来的特点——主要是被忽略的农业经营模式、较低的人力资本、较高的生育率和死亡率等，都给相关政策的取向提供了明确的线索。经济市场化进程同样需要有目的的政府行为。我们将稍后讨论这个问题。

2. 日益增长的不平等和差距

2.1 总体上农村间、城市间和农村与城市间的不平等

在中国经济持续增长的同时，收入不平等也在不断上升——这是向市场经济转轨的国家经常发生但并不总是发生的事实(Cornia et al.，2004)。官方统计的基尼系数，已经从1981年的30.9%上升至2001年的44.7%（见图5）[①]。1981~1985年间，在进行比较的亚洲国家中，中国是最平等的国家，但是到了1999~2001

---

① Ravallion and Chen(2004)指出，官方数据夸大了农村的生活成本相对于城市的上升，进而夸大了城市真实收入增加的程度。经过调整后（见表1），他们发现基尼系数的增加没有那么多（1981年和2001年分别是28.0和39.4）。

年,中国成为最不平等的国家①。

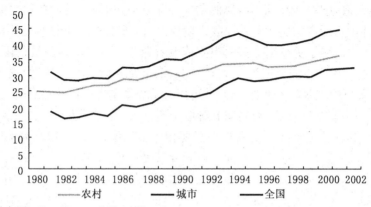

资料来源：Ravallion and Chen (2004)。

图 5　基尼系数

不平等涵盖了农村间、城市间、城乡之间。不寻常的是,中国农村人均收入的基尼系数超过了城市。由于农村土地分配相对公平,农村基尼系数的上升主要是由于地区差异、以及非农收入所占比例的差异。图 6 显示了农村基尼系数比城市基尼系数上升得更快。尽管在 20 世纪 80 年代早期和 90 年代中期,城乡收入差距是下降的,但是在改革的大部分时间里,还是呈上升趋势②。

2.2　财产分布的不平等

尽管 1977～1984 年间土地分配变得更加均等化,但是在城市和农村地区,最贫困人口拥有的财产比例却在明显下降。在 1995～2002 年间,如果仅仅看第 1 组(最穷的一组)的话,他们财产的相对数额在下降。在城市其财产所占比例从 0.7%下降到了 0.2%,在农村这一比例则从 3.1%下降到了 2%(见表 8)。对于农村来说,收入高的前三组的相对数额上升,而收入低的其他七组的份额下降,因而农村的收入差距总体上是扩大的。城市的变化不是很明确:城镇的相对数额除了第 1 组和第 10 组外,其他大部分组都是上升的(Li,Wei and Ding,2005)。

---

① 1998～2001 年,孟加拉国的基尼系数为 31.8,印度为 31.8,印度尼西亚为 34.3,巴基斯坦为 33.0,越南为 36.1;巴西为 59.1,哈萨克斯坦 31.3,泰国 43.2,马来西亚 49.2,土耳其 40.0(UNDP,2002:188－191)。有些数据根据收入计算,有些数据根据支出计算,有些按人均计算,有些以家庭为单位计算。

② "没有调整之前",城市相对于农村收入的上升速度为每年 4.7%……但经调整后下降到每年 2.1%,不再显著了。在 1986～1994 年间和 90 年代后期,这一比率在上升,而在 90 年代中期则显著地下降(Ravallion and Chen,2004)。

表 8　　　　　　　　　1995～2002 年按人均财产分布的十等分组的财产份额　　　　　单位:%

组别 十等分组(从低到高排列)	城镇		农村		全国	
	1995	2002	1995	2002	1995	2002
1	0.7	0.2	3.1	2	2	0.7
2	2.2	2.6	4.7	3.7	3.8	2.1
3	3.2	4	5.8	4.9	5	3
4	4.3	5.3	6.7	6	6.1	3.8
5	5.6	6.5	7.7	7.1	7.2	4.8
6	7.3	8	8.8	8.4	8.4	6.2
7	9.3	9.9	10.2	9.9	9.8	8.3
8	12.1	12.6	12	12	11.8	11.8
9	16.9	17.2	14.9	15.6	15.2	17.9
10	38.5	33.9	26.2	30.5	30.8	41.4

资料来源：Li, Wei and Ding (2005)。

表 9 反映了 1995～2002 年间城乡财产分布不平等的进一步扩大。城镇人均净资产价值上升了 3.4 倍(年均增长率为 18.9%),而农村人均净资产价值仅增加了 1.1 倍(年均增长率为 1.8%)。城乡的相对比例从 1995 年的 1.2% 上升到 2002 年的 3.6%。这部分源于城市"泡沫"——显示了城市房地产的价值增加了 5 倍,而金融资产价值增加了 3 倍——但是城市和农村财产分布的不平等是实实在在存在的。

表 9　　　　　　　　　　住户人均财产额:全国、城镇和农村

	1995 (元,折合为 2002 年价)	2002 (元)	1995～2002 的增长率(%)	1995～2002 的 年均增长率(%)
全国				
总资产净值	12 102	25 897	114	11.5
土地价值	3 828	2 421	−36.8	−6.3
金融资产	1 908	5 643	195.8	16.8
净房产	4 289	14 989	249.5	19.6
生产性固定资产价值	525	1 037	97.5	10.2
耐用消费品价值	1 441	1 784	23.8	3.1
非住房负债	−65	−219	236.9	18.9
其他资产	175	242	38.3	4.7
城市				
总资产价值	13 698	46 134	236.8	18.9
金融资产	3 841	11 958	211.3	17.6
净房产	5 985	29 703	396.3	25.7
生产性固定资产价值	165	815	393.9	25.6
耐用消费品价值	3 156	3 338	5.8	0.8

续表

	1995 (元,折合为 2002 年价)	2002 (元)	1995~2002 的增长率(%)	1995~2002 的 年均增长率(%)
非住房负债	−61	301	393.4	25.6
其他资产	612	620	1.3	0.2
农村				
总资产净值	11 427	12 938	13.2	1.8
土地价值	5 350	3 974	−25.7	−4.2
金融资产	1 131	1 593	40.8	5
净房产	3 599	5 565	54.6	6.4
生产性固定资产价值	664	1 182	78	8.6
耐用消费品价值	750	793	5.7	0.8
非住房负债	−67	−169	152.2	14.1

资料来源：Li, Wei and Ding（2005）；总资产净值是在总资产中减去负债。

简要总结如下：农村内部财产和收入的不平等在显著地上升；城乡之间财产分布的不平等几乎是爆炸式的上升，而收入的不平等也在显著上升。因而，在中国快速增长的改革进程中，较贫困地区的农村远远地落在较富裕的农村和城镇平均水平之后。

2.3 地区间收入的不平等

对于人口众多、幅员辽阔的发展中国家来说，地区间的发展通常是不均衡的。但是在大多数这样的国家——例如，印度或印度尼西亚——发展带来了差距进一步扩大（divergence）还是趋同（convergence）并不明确。自 1977 年以来特别是自 20 世纪 80 年代后期以来，中国的发展就显示出了明显的差异性：初始条件较好的沿海地区发展得较快，沿海省份享受了很多中央政府给予的优惠政策，通过完善地理和交通条件，加速了经济增长，这些条件因而也变得对贸易商和投资者更具吸引力。当实行了贸易自由化以及外商直接投资进入时，他们因而能够进一步发挥沿海地区的比较优势。关于这方面的另一篇文献（Venables，2005）更详尽地描述了这一进程和政策选择。

同时，偏远省份的农村人口不能够通过劳动力流动来缩小这一不断增长的差距。在偏远省份，同一省份内部的城乡差距最明显（见图 6）。那里的劳动力和住户要移民至城市，更多地受制于政策和户口，以及有限的教育、信息和城市社会网络。Bhattasali et al（2005）和 Venables（2005）都表明户口和农村极低的教育水平极大地影响了贫困省份不能从内、外部市场化中受益。

表 10 描述了若干地区的经济发展指标。中国东部地区的人均 GDP 最高，几乎是中国西北部地区的两倍。在农业市场化浪潮和乡村企业以及非国有企业开始

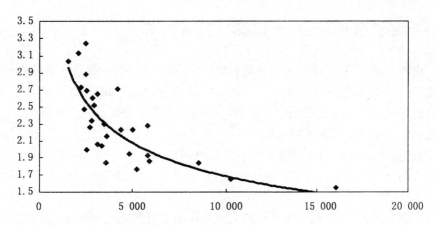

资料来源:各年《中国统计年鉴》。

图 6　不同省份间人均 GDP 与城市－农村收入比率(1978～2002 年均值)

发展的 1980～1984 年间,最富有省份与最贫困省份的人均 GDP 的比率从 10∶1
下降到 8∶1。而在 20 世纪 90 年代该比例则迅速上升,在此期间制造业的发展提
高了沿海地区城镇和周边地区的收入水平。到 2001 年这一比例上升至 13%,远
高于其他发展中国家的水平[①]。

表 10　　　　　　　　　　　地区间的经济发展(2002)

	人均 GDP	GDP 增长率	农村人均收入
中国	9 255	14	2 476
北部	10 758	10	2 703
东北	10 813	13	2 509
东部	12 266	12	3 203
中部	9 018	15	2 641
西南	5 144	21	1 894
西北	6 180	18	1 744

资料来源:NBSC (2003);Fan (2003)。

---

① 表 11 表明了这一比例在中国刚刚加入 WTO 的 2002 年有明显的下降,但并不足以说明省份间的不
平等程度开始下降。有关中国地区间不平等的水平和趋势的类似结论,可参见 Cai and Lin,2004;Ravallion
and Chen,2004;and Sachs and Woo,2000。Venables (2005:1—2)作了最新数据的修正。

2.4 经济增长、不平等和农村的贫困减少

资产分布(特别是土地和受教育程度)或者是收入分配的高度不平等有可能拖累发展中国家的经济增长(Barro,2000,Eastwood and Lipton,2000a),而经济增长是贫困减少的最主要驱动力。严重的不平等降低了增长与减贫之间的联系,从而抵消了经济增长带来的减贫效应。中国约 60% 的人口(贫困人口的 90%)都生活在农村,且贫穷的、发展缓慢的农村人口所占的比例最大,城乡差距最高,在这些地区人们的利益将会因为日益上升的农村间、城乡之间以及地区间的不平等而遭受严重的损失。

中国在过去 20 年间不平等的变化既可说明农村贫困率的变化,又可说明地区间贫困人口分布的变化。首先,如前所述,20 世纪 80 年代以来日益增长的农村间、地区间和城乡之间的不平等部分地抵消了经济增长带来的减贫效应。当控制了经济增长率,在那些城乡收入差距越高的省份,贫困发生率下降得越慢(MOA,2003)。其次,日益扩大的地区间的不平等意味着,在 1985～2002 年间,沿海省份贫困率下降的年均幅度为 17%,而在内陆省份仅为 8%。8% 的平均速度尽管高于大多数贫困的发展中国家的水平,但却意味着在一些最贫困的省份情况会更糟。

2.5 增长率和平等之间并不互相抵消

我们已经看到和较贫穷的地区相比,较富裕的地区(如沿海城市)经济增长得更快。从全国来看,中国经济增长的同时,收入不平等也日益增加。但是经济增长并不会必然引起不平等。在改革期间,经济快速增长的时期并不总是伴随着不平等程度的快速上升(见表 11),但与经济增长的结构是有关系的。如果(或者当)经济增长主要集中在农业部门,不平等程度上升得就不会太快,每单位增长的贫困率也会很快下降(如 1981～1984 年,1994～1996 年)[1]。

表 11   经济增长率与不平等的关系

时　　期	不平等	居民人均收入的年增长率
1981～1985	下降	8.9
1986～1994	上升	3.1
1995～1998	下降	5.4
1999～2001	上升	4.5

资料来源：Ravallion and Chen (2004)。

既然快速的增长并不会加大中国的不平等,那么就可能在获得高速增长的同

---

[1] 这并不意味着,要削减贫困,所有地区都应增加农业部门的比重,关于政策选择,请参见第 4 章。

时,使得贫困率能够迅速下降。换言之,不平等的迅速上升并不是由于高速的增长带来的。"如果 1981～2001 年期间的经济增长并没有发生收入分配的恶化,那么 2001 年的贫困人口数量将仅为其实际规模的 1/4"(Ravallion and Chen,2004)。我们的任务应该是改善收入分配、增长的结构和区位,而并非是放慢速度。

2.6 经济市场化与不平等:一些政策上的建议

中国的经济增长和不平等都出现在市场化改革之后。很多人错误地因为增长而赞扬改革,或因为不平等的扩大(或者从更广泛的意义上说,因为所有改革的负面效应——例如农村医疗体系的畸形运作)而批评改革。因而为了避免不平等的进一步恶化,有人认为中国应该放慢甚至扭转经济市场化的进程。然而,正如同将所有的增长都归功于经济市场化是不公平的——因为部分原因需要归功于政府在早期的干预(如政府为灌溉系统、公路、教育和种子研究而进行的投资),将所有增长的负面效应归咎于市场化也是不公平的。针对印度的研究指出(Sen,1997):为了解决日益加剧的不平等,拒绝实行经济市场化是没有效果的,这样的做法只会起到保护既得利益的作用。因此,有必要进一步推进经济市场化,但同时需要政府有所作为,以保证贫困人口和地区能够从中受益。这一看法同样适用于中国。

如前面所提到的核心自由化意味着减少对市场的限制,使得:(1)经济人能够进入市场进行交易;(2)要素所有者能够充分利用自己的要素禀赋(对于穷人来说,主要是利用劳动力禀赋)来赚取收入。但政府服务的退出其实并不是核心自由化的内容。有时政府服务的退出对经济市场化是有益的,但更常见的却是它并不利于穷人从经济市场化中获得利益①。

对于农村和农业发展,核心自由化给予了农民自主决定生产什么和生产多少的权利,使得农民可以按市场价格而不是收购价格出售产品。同时农民还可以依据自身的比较优势来从事适当的非农活动。这样,越来越多的农村人口可以在城市地区找到非农收入机会或者受雇于乡村企业(这在自由化之前的体制之下是不可能的)获得非农收入。如果没有这些市场化的改革,自 1977 年以来,贫困的减少以及农村和农业的发展几乎是不可能的。然而,在经济市场化过程中仍需要政府有所作为:(1)一些规模庞大和资本密集型的经营者——特别是制造业部门(在部分农业部门中也存在)——已经获得了市场或非市场的控制能力,而这些是以牺牲中小企业家及其员工的利益为代价的②;(2)偏远地区、农村、少数民族以及文化程

---

① 在非洲的很多地区,国有农业部门在经营农产品投入时的情况基本上可以用腐败和低效率来概括,但当国有部门从这一领域退出后,偏远地区的农民反而难以获得配料和良种的供应,结果是价格自由化之后的产出增加并不明显。

② 例如,一些大的私有企业或国有企业常常通过政府和私人的力量将一些有效率的农户挤出所在的土地。

度较低的群体缺少从经济市场化中收益的机会。受早期美苏冷战时期意识形态的影响,政府行为和市场自由化被看作是"势不两立的敌人",然而为了维护偏远地区贫困人口的利益,他们能够也应该为此结合起来。

由于地理位置和其他外生因素的差异,核心自由化将会使一些地区和社会集团受益更多,如果这些利益集团的初始条件也更好的话,则将会进一步加剧不平等的程度。但是如果经济增长像中国这样迅速的话,所有的地区和阶层都将从大部分经济自由化政策中获得好处。中国入世后,农业自由化将更大程度地增加东部沿海地区较富裕农民的实际收入(既有生产效应又有消费效应),如果快速的经济增长能够持续,则无论穷人还是富人,无论沿海还是内陆地区,所有的居民都将从中受益(Huang et al.,2004)。不过无法保证国际经济条件总是对经济增长是有利的。如果不能,有些人的利益就会在经济市场化中受到绝对损失,因而有必要对这部分人的损失进行预防、保险和补偿,以使经济市场化获得最广泛的支持。有模型显示,由于加入WTO,贫困人口(主要是西北部地区)会遭受短期的福利损失,但是通过户口改革和更好的农村教育,这些损失会转变为净的收益——这两方面均有助于使贫困人口更容易地进入到城市,并充分利用贸易自由化带来的机会(Chen and Ravallion,2005;Sicular and Zhao,2005;Hertel et al.,2005)。

在中国经济改革的过程中,除了核心自由化之外,政府还采取了许多其他的改革措施。如果这些所谓的改革措施能够做到以下几点,则贸易自由化带来的不平等实际上能够被抵消或克服:(1)能够帮助相对处于弱势的人们抓住"核心自由化"带来的机会。例如,将偏远地区的穷人重新安置,或者重新培训文化程度低的农村劳动力。(2)建立一个安全网络,以补偿在经济自由化所带来的竞争中遭遇损失的贫困人口。但是以下一些政策——其中很多政策并非核心自由化的内容,却常被看作是核心自由化——不仅妨碍甚至扭转了核心自由化发挥其潜在的有利于平等的效应,而且同时有可能降低经济增长。

第一,政府倾向于把医疗和教育服务看作是市场导向的经济行为,视"收费服务"为改革的方向,并实际上已走得很远;对偏远地区的交通基础设施建设也采取了经济性的做法。没有良好的医疗、教育和专业训练,贫困人口很难进入和参与市场活动。在改革的后半阶段,私人的医疗支出不断上升(World Bank,1998),但是穷人付不起医疗费,因而医疗的供给就将注意力集中在经济条件更好和较富裕的地区。在农村地区,以人均计算的对医疗卫生的公共投资,仅是城市地区的1/10(Fan et al,2002)。收费服务使得农村人口一旦得病,有可能变得更加贫困,一方面他们不得不闲散在家,没有收入,另一方面要支付医疗费,这都使得他们的收入减少。更糟的是,一些农民由于付不起医疗费,而放弃了治疗。这些人也因为太穷而负担不起孩子的教育费用和培训费,也就很少有机会获得因经济市场化带来的非农就业的机会。基于医疗和教育的付费服务改革损害了穷人的利益,增加了不平等,并有可能减少来自于经济市场化的收益。这并不是否定在基本的医疗和教育方面应该寻求激励、融资和参与,但必须认识到在许多国家,个人为(基本医疗和教育)服务付费的做法已经被证明是缺乏效率并且是违反公平原则的①。类似地,政府在交通基础设施方面相对较低的支出使得人均拥有的公路长度比亚洲一些国家要低。一些连铁路都不通的偏远地区,由于不能够进入城市而抓住经济市场化带来的机会,其经济增长蒙受的损失是最大的。

第二,政府有意或无意地给予一些部门政策上的照顾,或者赋予一些社会集团特殊的权力。在理想的状态下,经济市场化所带来的机会——不一定是成果的分配,应该和人们所在的地区、部门以及社会集团无关。但由于很多复杂的原因,在经济市场化之前,一些社会集团就比其他人具有了更多的权力。这使得他们能够让经济市场化的结果变得更有利于自己,同时让其他人为改革付出成本。例如,以促进经济发展和城市化为借口,一些地方官员征用农民土地,并以很低的价格卖给房地产公司,这些官员从中得到很高的回报,但是贫困的农民失掉了他们最主要的生产性资产——土地,却没有任何补偿。有些地区的官员没有经过村民的允许就批准高污染的投资项目,允许企业和政府官员分享经济租金,但是本就不堪一击的贫困人口还要遭遇恶化的生存环境,并有可能陷入贫困的陷阱中。

第三,很多地区的户口制度仍然不变,使得农村人口难以享有和城市人口一样的经济和社会权利,而这对于劳动力的自由流动是非常不利的。例如,在户口制度下,在城镇的农村移民不能像城市居民一样享有保险和医疗服务。在城市地区农民工的孩子也很难在当地学校就学。

第四,政府对于在市场化进程中的"净损失者"几乎没有什么补偿机制。如果户口制度能够取消,那么一些以往很少面临丧失工作风险的城市职工将不再拥有特权,这种情况下再培训和再安置比单纯的补偿要更合适。总地来说,尽管农产品贸易自由化有利于不同收入阶层和地区的农民,但是对于一些偏远地区的非流动性农民来说,因其只能生产竞争力较低的土地密集型产品,有可能由于未来 10 年农产品保护的不断下降,而遭受损失(Huang et al.,2004)。20 世纪 90 年代以来,城市改革和随之而来的日益激烈的竞争导致了国有资产和集体所有制资产的大量流失,以及大量城市工人的下岗失业。而目前现存的社会保障体系又不能为这些人提供足够的补偿(Fan and Chan-Kang,2005),同时也严重地忽视了贫困人口集中的农村地区的需求(Hussain,2005)。

尽管上述政策并非是核心自由化的内容,甚至由于它排斥了弱势群体进入市场,而有可能与经济市场化的要求相背离,但是许多人却将这些不恰当的政策对贫困和不平等的负面影响归咎于经济市场化。实际上,核心自由化本身并非是引起不平等上升的原因,市场的开放尽管不可避免地使一些人的利益受损,但是也能够

---

① 在许多国家都存在着对贫困人口的忽视,这倾向于将极其贫穷人口边缘化,且管理成本高昂、存在着腐败等。中国在服务付费方面的实践对农村人口造成了歧视。

通过给予人们更多新的机会而增加他们的收入,它支撑了中国过去 20 年来快速的经济增长和贫困减少,并带来了深刻的经济和社会变革。另一方面,经济自由化是否能够使得不同的利益集团均等受益取决于政府采取的其他政策。如果政府在保证弱势群体能够抓住新的市场机会方面无所作为,或者政策执行不当,或者没有对经济自由化过程中受损的群体给予适当的补偿,那么减贫的速度会放慢,不平等的程度会提高。很多国家的经验表明,如果政府在经济市场化的同时不考虑这些因素,或者该做的事情却做得不够,仅仅把注意力集中在特殊地区或少数群体的利益上,最终无论是经济增长还是政策本身都会受到不利影响。

3. 地区贫困和不平等:农村方面

在中国,几乎所有的农村地区——特别是主要靠农业而又缺乏基础设施和农业用水的地区[①],赤贫和与之相伴的相关问题(包括糟糕的教育、医疗和营养条件)都是明显的事实,而且自 20 世纪 80 年代以来,尽管总体上经济在增长,贫困在减少,扭曲的农业价格在经济市场化中得到纠正,但农村的相对劣势仍在继续甚至变得更严重。这也是亚洲国家的通病(Eastwood and Lipton,2000)。

在中国的贫困省份中,往往农村人口所占的比重较大,对农业的依赖程度更高,农业条件比较艰苦。这一情况以及全国范围内城市和农村的差距,可以大部分解释中国日益增长的贫困和不平等的原因。如果省份内部的不平等保持不变,省际之间差距的减少(例如减少一半)将会大幅度降低总体的不平等和贫困程度[②]。而在中国,自 1985 年以来沿海和西部地区原本就大的差距变得更大,这就更增加了中国不平等和贫困的程度。

在许多改革成功的国家,增长造成或是加剧了农村贫困地区的“孤岛”状态,那里的人们由于“连锁性阻塞”(interlocking log-jams)而远离主流,无法享有快速的经济增长及其所带来的贫困的减少。良好医疗、信息、教育和基本资产的缺乏,相互关联又互相加强,使得贫困一直保持在较高的水平上(de Haan and Lipton,1999)。在中国,这些问题在西部和中西部省份的农村地区变得日益严重。和其他国家类似(如巴基斯坦、秘鲁),这部分缘于“空间贫困困境”(spatial poverty traps)[③]。这种情况是指,给定其他影响贫困的人口特征(如人均受教育的时间,儿童/成人比例等),区位因素将显著地影响贫困。在一个缺乏现代部门就业机会或

---

① 同样在印度,在缺乏灌溉和干旱的地区,贫困现象多,而且贫困减少很慢。

② 这样的情况在印度尼西亚也存在 (Huppi and Ravallion, 1991a),但是印度没有 (Ravallion and Datt,1999)。

③ 关于中国在这方面的例证,请参见 Jalan and Ravallion,1997;秘鲁的情况,请参见 de Vreyer. et al., 2003。

信息来源的地区,文化水平、医疗和信息对贫困的人帮助并不大。不利的区位因素也使得人们更难获得能够帮助他们脱离贫困的条件——不管是在当地通过改善农业,或是从事农村非农活动,还是通过城市化。在偏远的地区,由于缺乏优秀的教师、诊所、公路以及网络设施,人们更难以变得有文化、健康和信息灵通。

要打破农村以及地区间的贫困与不平等的互相锁定,存在着相关的政策选择。来自于其他地区的经验是——尽管核心自由化(市场自由化和市场准入)、制度和社会的投资都是重要的,但是它们本身并不一定自动地将穷人从农村贫困地区脱贫,也需要采取必要的技术方面的措施以提高贫困地区劳动力的生产率和对他们的劳动力需求(IFAD,2001)。从历史上看,在那些贫困大范围发生的地区,这些措施总是始于农业部门。

在农业部门内部,偏远地区的贫困人口在准备做出更有利但也更有风险的选择之前(诸如从事经济作物生产,在当地从事非农劳动以及城市化等),他们需要更高的生产率来保证当地的食品安全(IFAD,2001)。在中国和在印度的情况一样,在贫困地区对生产率提高的需求与农作物生产方式的转变密切相关。农村用水成本的不断增加以及不断变化的消费者需求,使得先进的(已经脱贫)、灌溉条件便利的农村地区转而生产高附加值的农产品和非农产品。当水资源和谷物价格以及环境因素发生变化,变得对利用灌溉水生产粮食不利的时候,生产方式的转变速度会更快。这意味着,对于那些不希望进口大宗粮食产品的大国政府来说,为了增加粮食生产,对贫困地区特别是缺水地区进行技术和投资支持是必要的。

3.1 农村、不平等和持续的贫困

3.1.1 农村—城市间的不平等和收入方面的贫困

居民调查显示,农村和城市实际的个人平均收入(RPMI)在1981年和2000年间,翻了近3倍。城市和农村RPMI的比例一直为2左右①。在大多数亚洲国家,经济增长比中国要低,但这一比例要高,甚至趋于上升 (Eastwood and Lipton, 2000)。那么,为什么很多人认为,在中国农民因为相对收入差距加剧而产生的不平等感更严重呢(World Bank,1997)? 第一,城市/农村收入的比例在1981~2001年的大多数时间均上升,仅在农业市场化改革期间(到1984年)是下降的,在

---

① 按1980年价格,在1981~2001年间,农村的RPMI从218.2元人民币上升至642.6元。城市的RPMI按官方公布的缩减指数从486.3元上升到1 565.2元,但经重估的、快速上涨的生活成本指数削减,则从407.2元上升到1 102.0元。按官方公布的城市缩减指数,城市和农村人均实际平均收入的比例从2.23上升到2.44,但按新的估算方法,则从1.87下降至1.72 (NBSC 2003; Ravallion and Chen, 2004)。

1991～1994年增长速度减慢。

第二，按亚洲的标准，中国农村内部的不平等比较大，而对于农村的贫困人口来说，城乡不平等更严重。尽管农地分配是公平的，但是城乡差距却不断上升。在沿海地区，城市的快速增长与农村的增长基本是相匹配的，但在贫困不断增加的农村地区，城市与农村的增长速度并没有得到很好的协调。这主要源于以下因素：地区间每公顷附加值的巨大差异；收入中非农收入所占的比重快速增加，与农业收入相比，它在不同地区的农民和省份之间的分布的差异非常大（表5、表6；Howes and Hussain，1994）；也可能像印度一样，由于农业增长放慢，对劳动力的需求减少，农村家庭中失业比率不断上升[1]。不断上升的农村内部的不平等（与城市内部的不平等相比）意味着，1981～2001年间，城市平均收入一直是农村的两倍，而两者收入中位数相比较城乡收入差距更大，并在不断上升。换言之，尽管快速的经济增长本身并非坏事，但它使城市与农村中位数收入的差距变得巨大且增长速度不断加快[2]。

第三，在大多数最贫困省份，实际的个人平均收入增长缓慢，这削弱了在全国范围内通过提高农民平均收入来减少贫困的能力。和印度类似（Dyson et al.，2004），在中国也存在同样的情况：农村贫困的日益增加，使得当地陷入了这样的一种困境——经济增长缓慢、人口自然增长率高、城市化进程缓慢以及贫困对增长的反应迟钝。农村就像一座孤岛。只不过在中国这一孤岛上的人口比例没有印度多，但是增长得很快。

第四，除了收入问题之外，农村地区还更深地陷入了财产分布不平等的困境中。1995～2002年间，城市人均资产增加了237%，而农村仅增加13%。进而在1995～2002年，城市与农村的人均净资产比例急速上升（见表8）。更让人担忧的是，农村平均资产价值的缓慢上升与农村内部资产不平等的急速增加[3]同时存在，说明与1995年相比，2002年农村按贫困人口的加权的平均收入计算的净资产价值实际上有所减少。这说明通过资产的出售或作为贷款的抵押担保，来维持不利情况下的消费的可能性更低了。这有可能使农村的贫困变得更加严重，也使得摆脱贫困变得更困难：因为没有多少财产的穷人难以承担风险，难以通过借贷来增加经济市场化期间的收入。如果土地是有保障的私人财产，那么农民的生活会好过一些，但事实并非如此。农村的土地有时会被征用作房地产开发和开设工厂，而当

---

[1]　Wang Jian（2003）：“据我估计，如果将所有的失业人口和农村不能从农业部门转移到其他部门的剩余劳动力都包括在内，2001年底，按中国有7.3亿就业人口计算，中国的总失业率为12%～15%，失业人口约有1亿”。

[2]　如果年人均收入在城市是200美元，在农村是100美元——两者间有100美元的差距，城市居民几乎支付不起耐用消费品（电视、洗衣机等）——农民更不可能了，但当人均收入的差距变为3倍，例如城市为600美元，农村为300美元，那么情况则发生了变化。

[3]　最贫困的一组在农村资产中所占的份额从7.8%下降至5.2%（Li，Wei and Ding，2005）。

地政府没有给予农民的相应补偿,此时农村的土地产权变得不再是可靠的。这也是有些地区农村迟迟无法摆脱贫困的另一个深层次原因。

因此,尽管农村的贫困率显著下降,但在 2001 年,中国农村人口中平均每 4 个就有 1 个生活水平仅能达到平均每天 1 美元的标准[①]。这部分是源于上述的各种原因,也部分源于 1980～2001 年农村实际的个人平均收入(RPMI)年均 3.36% 的增长速度(Ravallion and Chen,2004,见表 16)远远低于按购买力平价计算的人均 GDP 8.2% 的增长速度。这就存在着这样的问题:中国除私人部门收入之外的 GDP 的快速增长(投资和政府支出),在多大程度上减轻了贫困,政府的供给在多大程度上对农民的个人收入起到了补充作用?

3.1.2 健康

如按中低收入国家的标准衡量,中国和斯里兰卡、哥斯达黎加、印度西南部的咯啦啦邦一样,在向穷人提供的健康医疗方面做得较好,并因此而赢得赞誉,死亡率和发病率较低。然而,中国农村的健康状况比城市要差,两者间的差距已经开始扩大。在农村地区,由于必须要为医疗服务付费和对部分医疗服务私有化的实行,使得特别是偏远地区在享受医疗服务方面的改进远远不及城市显著[②]。2000 年中国农村男性的预期寿命比城市短 7.4%(5.6 年),女性则短 8%(6.3 年),"1981 年,两个地区间的差距是 5%～6%,在 1989 年和 1990 年,分别是 3.6% 和 5.5%",中国三个直辖市的人口的预期寿命比在最贫困地区人口的预期寿命长 10 年(Feng and Mason ,2005)。"1980～2000 年间,农村死于呼吸系统疾病的人数增加了约两倍,从每 10 万人中的 79 个上升到 142 个,已经成为过去 10 年引起死亡的主要疾病"[③]。最贫困地区的婴儿死亡率比城市地区约高 3.5 倍 (Lebrun,2003)。

3.1.3 营养

营养对于孩子和成人的健康都是非常重要的。这方面也有明显的改进。1990～2002 年,中国 5 岁以下体重不足、发育迟缓的儿童减少了一半,但是农村地区仍

[①] 根据最近年份的调查数据显示(UNDP 2004:147),2001 年按购买力平价 1 美元 1 天的标准,中国 16.6% 的人在这一贫困线以下。城市贫困的程度较轻。2002 年,按人口普查,中国人口的 39% 在城市,按户口统计 27% 在城市(《中国统计年鉴 2002 年》,表 13—3,表 4—1)。

[②] "大城市和贫困的农村地区在医疗设施方面的差距很大。从理论上说,基础的医疗服务对所有人应是免费提供的。而实际情况是,医疗卫生变得越来越商业化了。"(FAO,1999)约 15% 的国家级贫困县的患者不能够得到及时的治疗,还有 30% 距离医院太远(MOA,2004)。

[③] "在城市地区,引起死亡的呼吸系统疾病位居第四,前面分别是癌症、脑血管病和心脏病。与 1980 年相比,2000 年农村人口由于伤害、外伤和中毒引起的死亡增加了两倍多,与城市地区相比高两倍"(Feng and Mason,2004:30)。

然还很高,农村和城市之间营养不良的差距在加大①。更有新的迹象表明,早期的营养失调增加了中年患致命传染病的风险,也增加了患心脏病和糖尿病的风险②。因而中国在处理"健康转型"或所谓"富裕病"的时候,注意力不能从农村地区和弱势社会阶层身上转移,而是要继续加强对营养不良问题的重视。核心自由化并不要求在实行所谓的医疗改革之后,贫困农民所能获得的预防性和基础性的医疗健康/营养的供给反而会减少。如果这样做,将损害福利和增长,以及经济自由化稳步推行所依赖的基础。

3.1.4 人口

更好的医疗和营养状况,以及儿童生存状况的改善,加之更好的教育和更多的收入机会都会带来人口生育率的下降,人口结构的变化,并导致抚养比率(指幼年及老年人口对工作年龄人口(15～65 岁)的比率)的急速下降。在中国和东亚的其他地区,这一比率的下降对 1960～1992 年人均收入增长率的贡献度为 1.7%(Bloom and Williamson,1998)——由于分配效应,对贫困减少的贡献度可能比对人均收入增长的贡献度高两倍(Eastwood and Lipton,1999)。然而,中国城市地区基本完成了人口的结构转换,65 岁以上的人口比例增加与儿童人口比例的下降,使得 2001～2015 年城市的预期抚养比率稳定在 0.35 的水平。而农村的抚养比率预计将不断下降,同一时期将从 0.49 下降至 0.38(Feng and Ma son,2005a)。这种人口结构的变化——更多的工作年龄人口抚养较少的依赖人口,只有在改善了儿童生存、营养、健康、教育,以及工作等方面的原因,使父母愿意减少生育、提高人口质量的情况下才可能发生。中国政府的政策选择将会决定,是否农村和其他地区的健康医疗状况能够保证未来这种情况的实现。

3.1.5 教育

农村地区在教育方面很落后。在 20 世纪 90 年代中期,15 岁以上的农村人口中有 61.3% 仅上过初中,而在城市这一比重仅为 19.3%(Knight and Song,

---

① FAO(1999)显示,1996 年在 6 岁以下的儿童中,如果按超过 NCHS 标准达 2 个标准差的口径衡量,城市地区有 9% 的儿童体重不足,农村地区为 15.8%;两个地区发育迟缓(按年龄身高)的儿童分别占 13.9% 和 21.5%,按身高,体重低于中位数的分别占 2.1% 和 2.9%。ADB(2000)引用国家食品营养监督的标准指出,1990～2000 年,城市 5 岁以下体重不足的儿童所占的比重从 8.6% 下降到 3.0%,但在农村地区仅从 14% 下降到 10.9%,城市和农村之间的差距无论从绝对值还是相对值上,差距都增大了。

② 冈比亚医药研究局提供的数据,运用 50 年的面板分析,支持了"巴克假设"——Barker hypothesis(认为产前胎儿期和产后胎儿期营养不良会导致成年期的心脏病)(UN-SCN,2004;UN ACC/SCN,2000;Lipton,2001)。

1999)。2002 年,世界上 10 个文盲中有 1 个是在中国,约 90% 的文盲都在农村,占总人口的 61%(《人民日报》,2002)。

3.1.6 为什么会存在着差距?

和城市相比,在农村,特别是在偏远地区,获得同样的医疗、教育等服务(如给定医院规模相等)更昂贵。但是这些地区每单位的医疗供给通常采取非常廉价的形式(如小诊所、没有经过培训过的医院),这无法解释为什么中国对城市提供服务存在显示性偏好。这一偏好或许表现得过度了。中国的城市与农村之间享有健康、教育(人口转换)以及交通等资源方面日益扩大的差距意味着,如果将更多的公共资源转向农村地区和人口,将会产生巨大的福利收益[①]。在经济市场化的框架中,可以通过激励和舆论等实现这一转变。然而,坚持认为学校或是诊所应该通过收费的方式来融资,并不是核心自由化的内容。与城镇居民相比,对于农民和偏远地区的人口来说,这种费用通常很高,很难付得起。相对而言,城镇居民也更为富裕,身体也更健康[②]。

3.2 地区间的贫困和不平等:事实、市场和选择

3.2.1 不同省份间的农村平均收入差异

从全国来看,农村地区的实际个人平均收入(RPMI)在 1980~2001 年间增加了两倍,年均增长速度达到 3.36%。然而,根据生活成本支出对数据进行调整之后,各省增长模式的差距变大了(见表 6;Ravallion and Chen,2004)[③]。1980 年,实际个人平均收入最高的上海仅比最低的省份陕西高 2.8 倍。到 2001 年,这一倍数增加到 6.4 倍(上海和云南相比)[④]。不包括西藏,1980 年实际个人平均收入最低的 8 个省份依次是:陕西(排名 28,1980~2001 年的年均增长率为 2.4%)、云南

---

① 同样在学校建设上的额外花费,给农村带来的收益增加和贫困减少要超过城市(Fan et al.,2000),公路的建设也是如此(Fan and Kang,2005)。

② 有证据表明,对用水按成本价收费或允许收费是有效率的,但是对基本的社会性服务(健康医疗和教育)收费却没有这样的效果,详见 http://ideas.repec.org/p/fth/wobadi/338.html;在健康方面,Decosas(2005)和 WHO,ESA(2003)做了研究;在教育方面,有 Kattan and Burnett(2004)和 Vanus and Williams(2002)的研究。而在中国,农民越来越多地为基本健康和教育付费,而对用水付费却不多(即使进行了灌溉供水的改革)。

③ 因缺乏生活成本支出的调整数据,不包括海南和西藏(最穷的省份)。

④ 本段和下一段的数据均引自 Ravallion and Chen(2004)的表 13、表 14,变量之间的相关性并没有显著上升,但最贫困的省份被远远落在后面。

（年增率为 1.1％）、甘肃（3.7％）、青海（3.0％）、河南（3.5％）、山西（4.2％）、贵州（2.1％）和湖北（2.6％）。可见，大多数贫困省份的农村实际个人平均收入比全国的平均增长率要低得多。到 2001 年，除了陕西和湖北被新疆和宁夏所替代之外，这 8 个省份仍有 6 个省份属于收入最低的行列[①]。到 2001 年，"中西部贫困地区"（West-Central poverty crescent）包含了河南、陕西、宁夏、甘肃、青海、新疆、西藏、云南和贵州，这些省份已经被确定为农村平均收入较低的主要地区，而且这些地区的贫困发生率较高，农村相对贫困的情况也较严重。1980～2001 年，省际之间日益增加的不平等（主要表现为农村实际个人平均收入的差距）[②]是造成中国西部地区居民持续贫困的主要原因。

3.2.2　在贫困省份内部，农村的不平等日益增加

一省内部农村的不平等以两种方式削弱了经济增长对贫困减少的影响。第一，省份内部农村初始较高的不平等意味着额外增加的省内收入如果像初始收入一样分配，则贫困人口甚至是中等收入水平的农村人口都不会从中受益太多；第二，如果给定省内新增额外收入的总量，省份内部不断增加的不平等将在长期内不断减少中等收入者甚至是贫困者从新增收入中获得的收益。

自 1983 年以来，第一种效应——省份内部农村初始较高的不平等对中国的影响并不很重要，因为 1980～1984 年这种不平等的程度比较低。最早可获得的省份内部农村个人收入的基尼系数从 0.18（1983 年江西的水平）到 0.33（1988 年新疆和青海的水平）不等，其他实际个人收入最低的省份也基本在这一范围内变化（Ravallion and Chen，2004：表 13、表 14）。

第二种效应——省份内部不断增加的不平等较大地影响了地方贫困减少的速度。到 2001 年，大多数省份的农村个人收入的基尼系数急速上升：目前的变化范围为 0.23 到 0.40。农村实际个人平均收入最低的 8 个中西部省份，基尼系数增加得更快：1983～1991 年间，云南基尼系数年均增长率为 2.6％，陕西为 2.4％。这种趋势削弱了 1983～2001 年以来经济增长对贫困和生活水平的正向影响。同时也表明到 2001 年，在 8 个农村实际人均收入最低的省份，相当高的农村不平等现象已经出现：青海和宁夏（分别是 28 个收入最低省份中居第二位和第五位的省份）农村的基尼系数达到了 0.40，这还可能是被大大低估的数字[③]。如此高的收入基尼系数妨碍了未来穷人和中等收入水平的农村人口的收入增长。

[①]　由于很低的增长率（每年 0.97％），新疆的实际个人平均收入从第 7 名下降到第 24 名。

[②]　按我们的数据可能低估了这一情况。因为很多省份比较大而且人口众多，在实际个人平均收入方面，省份内部可能存在着较大的地区差异，而我们缺乏与之相吻合的数据，例如缺乏整个中国范围内所有县乡的数据。

[③]　许多发展中国家的经验表明，在居民调查中，最富裕的 1％不足以具有代表性。

3.2.3 地区间的贫困差异

按照经缩减指数重新计算的官方公布的贫困线（Ravallion and Chen,2004），2001年生活在该线以下的农村贫困人口所占的比例是12.5%，如按1美元1天的标准，则该比例将增大1倍[1]。在中西部的9个实际个人平均收入最低的省份，农村的贫困率要高得多。表1也反映出自2001年以来，全国范围内贫困率的下降并不明显，但是用于修正的缩减指数暂时无法获得。

更进一步的分析表明了西部贫困省份的贫困人口比其他地区的贫困人口所占的比例要高，反映了"永久性"的贫困（贫困监测报告2004）[2]。这反映了两件事情：第一，"空间贫困陷阱"（spatial poverty traps）更多的是由地区特性而不是居民特性造成的（Jalan and Ravallion,1997）。第二，贫困地区农村反映出来的种种特性——高于平均水平的儿童/成人比例、低于平均水平的文化水平和花费在非农工作上的劳动时间——主要是由于地区特性造成的。当然，无论是贫困的西部地区的居民还是其他地区的贫困居民，所具有的特点都是相似的（见表5）。

3.2.4 贫困地区贫困人口的特性

贫困人口和贫困地区的特点出现交迭是有内在逻辑的（表5、表7）。较高的儿童/成人比例反映了较高的人口生育率。国际经验表明，对以下家庭或地区而言，早婚以及较高的生育率是在下列生活状态下的一种正常反应：（1）较高的婴儿死亡率（以及健康和营养状况的恶化，这是引起较高婴儿死亡率的原因）；（2）较低的教育水平和识字率，特别是妇女；（3）从非农工作中赚取的收入很少（Livi-Bacci and de Santis,1999；Birdsall et al.，2001）。所有这些都会形成对贫困的连锁影响，这意味着家庭一般认为生育的机会成本很低，父母认为孩子健康长大获得高收入的可能性不高。因此，他们在进行家庭规划时，总是考虑人口的数量而不是质量。在永久性贫困地区的贫困家庭，存在着下列特点：工作年龄人口相对于依赖人口要少（见表5）；医疗和教育水平低；因而通过储蓄、迁移或是从事多样化农业等途径摆脱贫困的机会受到限制。

更进一步地说，中西部贫困地区离贸易中心较偏远，缺乏信息，进而难以便捷地获取市场经济带来的潜在收益；另外，以下因素也限制了中西部地区农业的快速增长，包括土地条件较差（通常是缺乏灌溉的、多坡的土地）；对早期农村非农活动

---

[1] 由于城市的贫困率仅为0.5%，这表明按新的官方贫困线，全国的贫困率约为8%。

[2] 从4个南部省份（云南、广西、贵州和广东）的面板分析可知，约60%的农村永久性贫困人口分布在云南、广西和贵州，而不到20%分布在广东（Ravallion and Jalan,1998）。

(特别是就业密集型的活动)过于依赖（Hazell and Ramasamy，1991）；教育水平和交通状况的低下（还有语言、文化和歧视等），劳动力无法有效流动——如此一来，出现"尽管自 1978 年以来中国的贫困大规模减少，但是贫困现象大都集中在中国的西部地区"这样的现象也就不奇怪了（ADB，2003）。其他不同的发展中大国也有相同的经历，即在快速的经济增长中总能发现贫困孤岛（存在于某个特殊地区或农村)的存在（IFAD，2001）。Venables（2005）通过中国和欧盟的案例研究指出了，如果内部自由化被证明对于"减少日益加大的地区间的差异"是不足够的，那么原因在政策上出了问题（如对富裕省份的偏好、户口问题的存在、对贫困地区的教育和交通投资不足）。而在说明应该如何改进经济市场化期间的政策之前，我们需要了解中国各地区非收入性权利的丧失以及农业、非农收入和城市化所发挥的作用。

3.2.5 地区医疗和教育的差异与不平等

2000 年，大多数中国中西部贫困省份（西藏、新疆、云南、贵州和青海），平均预期寿命为 64.4～66 岁，低于全国 71 岁的平均水平[①]。同时，尽管婴儿死亡率从 1954 年的 139‰下降到 20 世纪 90 年代的 41‰，但省份之间的差异很大，青海、宁夏、云南、新疆和贵州的情况更严重。由于恶劣的健康医疗条件，贫困县由于健康问题而损失的工作时间是全国农村平均水平的 2.5 倍（Riley，2004；also FAO，1999；UNDP，1997）。

各地区之间在营养方面的差异和城乡之间的健康差距表现出类似的模式。西部地区少年儿童营养不良的现象约是东部地区的两倍。在山区少数民族地区的农村，营养不良的现象最为严重。如果怀孕的妇女属于苗族、彝族、哈尼族的贫困家庭，生出的小孩发育迟缓的可能性会较高，在青海、内蒙古、新疆和贵州，5 岁以下儿童缺乏维生素 A 的比例是最高的，超过了 20%，在广西为 42%（ADB，2000；Li et al.，1999）。

不同地区在教育方面的差异也是巨大的。西藏、青海、贵州、甘肃、云南、宁夏、新疆和陕西的人口占中国总人口的 15%，但成人文盲却占全国的一半[②]，宁夏的情况更严重，河南则稍好一些。对于政策的优先次序，县的明细数据可以告诉我们更多，但各方面权利的丧失集中在中西部地区是显而易见的。这和印度的贫困集中在中东部地区的现象无论在范围、持续性和政策性原因等方面是相似的（Drèze and Sen，1997）。在两个国家，这些地区恶劣的医疗和教育条件不仅无法带来专业

---

① Wang and Mason（2004）指出，湖北、河南和陕西基本接近全国平均水平。甘肃 2000 年的预期寿命是 67.5 岁。

② 《人民日报》（2002）还指出，世界的成人文盲中每 10 个中就有 1 个是中国人。

的医师和便利的条件,反而造成其从业人员、监管、大众参与和公共治理等各方面质量的低下。同时两个国家即使总体经济繁荣并持续增长,但仍存在着贫困地区相对恶化的状况,并对全国造成影响——因为它们已经提高了剩余贫困人口比率、文盲率、高死亡率和高生育率的团体所占的比率,以及较高的人口增长率和抚养比率。

3.2.6　贫困地区的人们能否逃脱困境

在多大程度上中西部地区的农村贫困人口能够逃脱困境? 答案可能是什么样的政策对他们最有帮助。有三种路线:移民、农村非农活动和农业。

贫困地区可能会因为教育、医疗等各方面的缺乏而被锁定在贫困状态(logjam of poverty)。例如,人口迁移受限于地区的教育、医疗和民族构成等等因素。国际经验表明,大规模的农村向城市的移民,尽管文化水平比城市同龄人低,但是比农村平均水平要高得多;反之,教育的缺乏会阻止移民,也会妨碍移民成功地赚取更多的收入。因而中西部贫困地区较低的教育水平(见表5)降低了通过移民方式逃脱贫困的期望。另外,少数民族由于在语言、文化等方面与城里人存在着差异,常常面临后者的歧视,这也会对贫困地区的人们逃离现状有影响。非汉族的少数民族约占中国人口的10%,但至少有40%的人口分布在云南、广西、青海、宁夏和西藏地区。在全国范围内,少数民族聚居的257个县乡的贫困率比汉族占绝对多数的县乡高出20%[①]。这些少数民族群体——通常不会说普通话(或者仅将其作为第二种语言),而且由于健康状况不佳、教育程度低,常常会感觉迁移对于他们来说更困难。但这决不是说人口流动是不可能的,比如有证据表明,少数民族的弱势状况可以通过对语言的学习而得到改变。问题在于在很多贫困地区,人口迁移路线的可选择范围很有限。

中西部地区的贫困人口能否抓住农业增长的机会? 在整个亚洲,土地、水资源生产率的快速增长是地区摆脱贫困的关键。然而,偏远的、增长缓慢和高度贫困的地区具有如下特点:

● 与发达地区如东部地区相比,这些地区人均有效土地较少,而且大多缺乏灌溉。

● 劳动密集型的农产品种类较少。

● 科研基础薄弱:与中国的沿海地区相比,"西北部地区"(甘肃、陕西、青海、宁夏和新疆)这方面的支出少得多,而且在20世纪90年代几乎停滞甚至有所下

---

① ADB(2003)指出:"1996~1998年间,国家政府用于贫困减少的400亿元人民币有45%直接用在少数民族地区。结果,大约1 100万人口和1 500万动物获得了饮用水,新增100万公顷的土地用于耕种,70 000公里的高速公路建成。"

降。因而西北部地区的土地生产率在全国最低是不足为奇的。沿海地区省份(广东、浙江、江苏、山东)在农业研发方面的支出增长则是最快的[1]。

● 农民文化水平较低,导致效率低下、创新不足和增长乏力(Jamison and Lau,1982)。

在资源贫乏的偏远丘陵地区,土地通常很差,很少有农民能够仅通过耕种养活他们自己(World Bank,1992)。另外,这些地区的灌溉条件差,用于灌溉的水源不足而且昂贵——1993年,非贫困地区的灌溉面积占36%,而贫困地区仅为18%。较高的风险使得农民更不愿意尝试新的脱贫的方式。另外,贫困县和非贫困县相比,更高比例的可耕地都遭受过旱灾、火灾、水灾[2]。

即便如此,前途仍然是存在的。Fan等(2002)指出目前在一些中西部贫困地区,新增的农业研究支出带来的收益率增加和贫困减少比南部和东部以农业主导的地区要高,在农村公路建设、教育以及其他许多基础设施建设方面也存在着类似的情况。以下方面的因素是非常重要的:(1)生物科技的新发展应更多直接针对中西部地区作物的需求和条件;(2)采取有效的步骤显著改进用水的效率——不仅包含水的定价、市场和自由化的其他方面,还包括开发新的、经济实用的用水技术,例如滴灌技术、碱性水研发等(IFAD,2001)。

农村非农产业的增长,最初主要是通过乡村企业带动的。在1977～1985年农业快速增长的高潮过后(经历了产权改革、绿色革命和定购任务的减少),农村非农产业已经成为许多农村地区贫困减少的"指挥棒"。这种"指挥棒效应"在亚洲其他地区也能看到。劳动密集型的非农活动的增长紧随农业的增长,这主要是由于存在"增长的关联效应",农户将增加了的收入主要用于消费当地劳动密集型的商品上,特别是贸易品、建筑和交通[3]。然而,基于这些国家以及中国自己的经验可以看到,如果没有最初农业部门的起飞提供初始的需求,农村非农部门的增长是否能够纠正地区在各方面的相对贫困是值得怀疑的。快速发展的小型乡村产业和小城镇大多集聚在中国的东部和南部地区,就像20世纪六七十年代意大利的北部和法国南部出现的情况一样。而较贫困地区地处偏远,对可能的非农活动缺乏吸引力。中国早期的乡村企业实际上给贫困地区带来了较快的收入和就业的增长。但80年代早期之后,情况发生了变化,这或许是之前存在的政府干预和补贴所带来的不可避免的结果(Howes,1994)。中国最贫困的中西部地区要通过非农产业的增长摆脱贫困,必然要求当地小规模农户产出的增加以及就业和收入的增长,就像前面

① Fan et al. (2002)的相关表格显示较贫困地区在农业研发方面的支出较小,人均增长率也较低。

② "尽管贫困县乡的平均人均农业收入从1985年仅是农村平均收入的一半,在1985年达到农村平均收入2/3的水平,但在最贫困的西部地区这一情况却未发生(ADB,2003)。研究表明贫困县大多集中在西北和西南的省份。

③ 关于印度北部的情况,请参见Hazell and Ramasamy (1991) on North Arcot, India,关于马来西亚的情况请参见Bell, Hazell and Slade (1982)。

例子所表明的那样。表 5 反映了在最贫困的西部地区,家庭人均收入很低,而且与其他农村地区相比,非农收入所占的比例低得多。

4. 政策选择

4.1 形势

从世界历史的进程看,中国在过去 30 年的经济增长和贫困减少,在规模、速度和持续时间方面都是无以伦比的。而同时,中国从亚洲最平等的国家之一变为贫富差距越来越大的国家之一。因而,尽管中国人均实际 GDP 增长了 9 倍,但是仍存在着相当大比例的穷人,这些穷人很多处在疾病、饥饿和文盲的生活状态中。他们日益集中在中国中西部的农村和少数民族地区。

所有这些变化都伴随着市场开放,这种趋势将可能继续。因而此时评价政策对贫困和不平等的影响非常重要。而所选择的政策也应该能为偏远地区和农村提供更多的利益,这要求考虑以下因素:

● 市场开放的速度放慢——可能是暂时的或是地区性的;

● 考虑经济增长长期放缓带来的冲击;

● 正视其他的"宏观趋势",特别是在人口结构、水源的可获得性以及对穷人、偏远和农村地区人口的福利影响方面;

● 一些特定的,具有一定规模的社会群体和地区在人口流动方面处于不利地位,因此即使经济增长总体上降低了贫困,可能会(由于缺乏流动性)无法通过及时调整来适应竞争,从而可能蒙受损失。

放弃"核心自由化"可能并不能达到预期的目标。"核心自由化"已经在中国和亚洲其他地区被证明是对经济增长和贫困减少是有益的。因为核心自由化带来农业飞速发展,使人们获得物资资本和人力资本的机会更加合理和均等,从而改善了穷人们的生活前景。这些都不是通过放弃货币或财政政策以通货膨胀为代价(许多研究表明通货膨胀在短期内对穷人的利益损害最大,并在中期降低经济增长)实现。然而,一些国家在经济市场化过程中实行的一些"非核心"政策——例如,向基础医疗和教育服务收费,减少政府对公共物品、权益品和基础设施的供给,对不稳定的热钱流入管制不力等 (Stiglitz,2003)——都无助于经济增长和公平的收入分配。需要注意的是,即使政府努力推行核心自由化政策,这些本来应该由政府承担的政策却有可能被放弃。核心自由化要求区域经济政策和反贫困的政策保持协调,需要由公共部门和某些社会群体提供许多产品和服务——包括公共物品和权益品以及一些基础设施,穷人要想能够充分利用经济市场化创造的机会,以上产品和服务的供给是十分必要的。

所有这些对于偏远的农村地区来说尤其重要。在这些地区,教育落后、信息和交通闭塞、缺乏土地和水资源,再加上语言交流困难等和少数民族相关的问题,使得穷人更无法充分把握市场开放带来的各种机会。如果某些社会群体被排斥在市场竞争之外,不仅会带来效率的损失,且这种排斥对和谐社会也是一种威胁,因为它会导致社会不稳定或社会内部凝聚力的丧失。这就更需要从数量和质量两方面加大对偏远地区,特别是农村地区的投入,包括服务性的供给、市场准入机会和教育。

对于这些地区来说,从中国过去的增长上看,还存在着另一种重要的政策。这一政策通过收入的提高(最初是在农业部门,后来是在乡村企业),以及贫困人口向快速增长地区的大规模移民,已经给中国大多数地区的农村贫困人口带来了巨大的收益。中国中西部的贫困地区,不仅在经济增长,而且在农村贫困人口流动方面都远远地落后于中国的其他地区。这不仅是由于这些地区农业和非农业活动发展缓慢,也是由于地区地处偏僻几乎没有人口迁移(从而没有转移性收入)。因而,中国的减贫、促进公平发展的政策不仅需要在当前较有希望的贫困地区刺激其农业和非农产业的发展,还需要去除限制他们自由迁移的人为障碍,改善并提高他们的交通、信息和教育服务的数量和质量。

4.2 刺激经济快速增长的政策对穷人是有利的,但并不是全部

1985～2002年间,农村贫困减少的92%都与经济增长的变化相联系。如果根据跨省数据的研究,两者间的数量联系甚至会更强(Huang, Rozelle and Zhang, 2004)。然而,尽管快速的经济增长在全国范围内对穷人是有好处的,但一些社会群体和地区却被忽略了,他们的利益甚至受到了损害。因而最终的影响不仅依赖于快速的增长,还依赖于增长的结构以及如何对增长的成果进行分配和使用。

早期经济发展的经验,特别是农地分配较公平的国家的经验表明,GDP每上升1 000美元,如果这一增长发生在农业部门,将会更有利于减少贫困,因为农业部门具有更强的就业密集型特点,并能够抑制粮食价格[①]。然而,产业结构在发展的后期变得更加复杂,那时额外增加的收入在粮食上的支出减少,农业经营规模更大却更不平等。以脱贫为目标的农村经济增长就会对相关的政策提出要求,以增加和多样化对就业密集型农产品的需求,支持创造更多的农村非农就业机会,并鼓励自由迁移。

在印度和中国这么大的发展中国家,农村的不平等程度在地区间差异较大且

---

① 中国的情况请参见 Ravallion and Chen, 2004;印度的情况请参见 Ravallion and Chen, 1999 和 Palmer-Jones and Sen, 2003;关于总体的综述,请参见 Byerlee et al., 2005; Eastwood and Lipton, 2000。

这一差异仍在上升,上述相关政策如何在地区层面上贯彻下去并不是很明确。原则上,面向发达地区的政策应该致力于为非农就业部门和城市化提供更多的便利,但这一思路是否同样也应适用于贫困地区呢? 或者说,在贫困地区,是否政策和政府部门的行为应该更多地为农业起飞提供便利? 我们将在后文评价相关的政策选择。中国反贫困的斗争越来越依赖于区域性经济增长以将人们从"空间贫困陷阱"拉出来。经济增长及其结构一起决定了穷人能在多大程度上受益。

自 20 世纪 70 年代以来,核心自由化是市场经济改革的主题。它是中国的经济增长的基石(见第一部分)。从原则上来说,这应该能为包括穷人在内的所有人带来更多的市场机会,使得他们能够利用扩大了的市场最大化他们的收入。然而,政府也实行了其他的政策。这些政策可能改善也可能恶化和扭曲甚至逆转了核心自由化对贫困地区及社会群体的影响。

2000～2015 年旨在减少贫困以及个人和地区不平等的政策选择,就其与农村和农业发展的联系来看,可以分成两类:影响经济增长速度或是结构的政策,以及影响经济参与的政策(Stern et al., 2005)。市场开放型的政策(见 c 部分)可以进一步使经济自由化,也有可能加速增长。这些政策可能允许更多的贫困人口和偏远地区的农民利用更广泛的市场机会增加他们的收入,但是这种效应的发挥很大程度上依赖于与市场相补充的政策。这样的政策在自由化期间,既能够补偿自由化进程中的净损失者,也能够通过改进公共品、准公共品、权益品以及基础设施的供应,来增加穷人和贫困地区进入市场的机会以使他们从市场扩大中获得的收益更多,也包括通过扩大就业等其他方式使穷人获益。

4.3 以脱贫为目标的更深程度的市场化

第一,一些人为的干预会损害"核心自由化"、经济效率以及省际和个人之间的平等。使收益和损失能够更公平均担的政策——例如逐步减少对已经迅速发展的沿海和城市地区的优待和激励——将是双赢政策。

第二,使税收在农村不同收入来源的人中平等负担,来提高政府的收入,这一政策(显然正在进行中)也是双赢的。这可能是一种中性的税收政策。贫困家庭和贫困省份比非贫困的家庭和省份更多地依赖农业收入,因而(仅征收)农业税费增加了地区间和个人间的不平等和贫困①。

第三,在一些情况较好的国家,放松户口管制有时会导致更多的人口迁移。优先解除中西部省份的居民在户口方面的限制并使从农村迁往城镇的人口更具安全感,可以使人口迁移带来的收益向更贫困的人们和地区倾斜。这将增加中西部地

---

① 这一负担在某种程度上可以说主要由那些粮食的购买者来承担,具有累退性,因为较贫困家庭和贫困地区在粮食支出上的比例较大。

区留在当地的居民可用的资源,增加他们来自于城镇的汇款;将劳动力供给从中西部村庄转移至城镇;减小最落后省份的城乡差距。有迹象表明,这些省份也将通过实行经济市场化政策来实现脱贫,例如允许人口外迁时将土地和房屋出租①,降低了农村人口外迁期间可能丧失土地的风险(很多农户会返回农村),这样一来,劳动力流动对贫困农户和省份来说就更具可操作性了。有一些文献(Bhattasali et al.,2005)研究了户口的取消在多大程度上可以进一步改善"入世"和内部经济市场化对中国贫困人口和地区的作用,并对此进行了量化。

　　然而,贫困人口如果缺乏教育且信息闭塞,则他们从更好的市场机遇中获取的收益仍是有限的。这些处于不利条件下的穷人,通常生活在地理和交通不便的地方,产出对价格的敏感度很低。如果没有相关支持,这里的人们无法承担得起在教育和信息方面的开支,从而进行创新和人口迁移。同时,即使是"成功"的自由市场运作,也会给一些穷人带来负面作用。例如,经济市场化将进口更多的土地密集型产品,这提高了市场效率,但它有可能使得偏远地区的农民丧失了靠种庄稼赚取收入的机会(Huang et al.,2005)。

　　核心自由化包含国内层面和国际层面,商品、服务、要素和投资等方面的自由化;消除对竞争性商品价格的非市场因素影响,以及明晰产权。这部分涉及的政策选择包含四个领域的自由化:国际贸易和资本流入;劳动力流动;更充分的土地产权;以及市场准入。这些政策如何影响到贫困和不平等? 又有哪些政策选择能够改进这些影响?

　　(1)自由的国际贸易和FDI流入。中国对外贸易的蓬勃发展既是贸易自由化的结果,也是(出口导向的)FDI自由流入的结果。正如标准的理论所示,这导致对中国相对丰裕要素——劳动力——的需求增加了,这种情况也发生在农业部门(见图3)。从这个意义上说,更多更自由的贸易是有利于脱贫的。从合理的假定出发,平均来看,所有收入阶层的农民都能从自由化中受益(Huang,Rozelle and Zhang,2004)。然而"入世"有可能在2001~2007年间轻微地降低穷人的平均收入,这种影响是短期的,且会发生改变(如通过放宽人口迁移),但是对有些地区的农户(如中国的东北地区)的影响可能更大(Chen and Ravallion,2005)。那么怎样的政策能够改善这些政策对穷人的影响?

　　第一,按目前的技术水平,一些地区被"锁定"在他们具有比较优势的土地密集型产品上(Huang et al.,2005)。在中国西部一些贫困的内陆地区,土地密集型的农业是其主要的生产活动,农民作为生产者可能会因更自由的贸易而受损。新的政策选择应该能够帮助他们将生产决策更多地转向具有竞争性的农产品上。针对农业研究和节约用水方面的政策应刺激在土地增产技术方面的投资。在实行这些政策不经济或不可行的地区,政府应使偏远地区或资源匮乏地区的人们更快地迁

---

① 这在一些富裕省份的县乡已经开始试点。

移出来,帮助他们摆脱长期依靠缺乏竞争力的农业生产为生的状态。

第二,劳动密集型(进而是有利于脱贫的)产品的贸易扩张假定,中国的贸易伙伴特别是 OECD 国家一致乐于接受中国的出口产品。近年来,中国与欧盟和美国之间存在着不同的意见,在农业和纺织等行业的现实离这一假定太远。中国政府怎样才能说服自己的贸易伙伴遵守他们在中国"入世"时做出的自由化承诺(包括公开和不公开的承诺)? 成功的政策需要对以下疑问作出回应:即中国出口的快速扩张可能是以损害其他国家甚至是更贫困国家的利益为代价的,例如孟加拉国的纺织品、肯尼亚的花卉。通过与 OECD 国家就履行了和 WTO 相关的市场准入的承诺达成谅解,中国可以提出增加对这些发展中国家的援助,帮助他们提高农业技术、减少贫困和加快经济市场化进程。这种发展和合作将使中国的伟大成就也惠及这些国家,并和中国政府"和平崛起"、"共同繁荣"的政策相吻合。

第三,国际贸易和 FDI 倾向于集中在沿海地区,沿海省份因而成为主要的受惠者。尽管沿海地区相对于内陆地区的繁荣反映了地理区位优势,但是政府倾向于沿海地区的优惠政策也拉大了沿海和内陆地区的经济差距。此外,为吸引 FDI,当地的领导者通常承诺更优惠的政策——有时甚至是一个固定的收益率。这些政策——不仅偏离了经济自由化的原则,还加大了沿海与内陆地区的收入差距,加大了部门间发展的不平衡[①],并容易产生严重的腐败现象。自 20 世纪 90 年代以来,政府开始寻求解决地区不平衡的发展战略,如西部大开发,与东盟国家建立自由贸易区[②]。更进一步的政策选择将使贫困的内陆省份增加就业创造型的投资机会(而不仅仅是吸引投资于制造业的 FDI):

● 提高对内陆省份公共基础设施方面的投资比例(电力、水源、公路等),增加这些投资的经济收益 (Fan et al. , 2002;Fan and Chan-Kang ,2005),这些将降低内陆企业在寻求投资和从事国际贸易时面临的高额交易成本。

● 给予国内投资以"国民待遇",以便和 FDI 享有平等的机会,这将减少对内陆地区的偏见。

● 逐步取消对出口部门和制造业部门的超国民待遇,同等对待所有的部门和不同类型的投资。这将使得劳动密集型的服务部门得到适当的发展。人为地不断刺激出口会降低效率,这不仅违反了 WTO 的原则,也不利于经济活动在贫困的内陆地区进行,并且打击了为满足本地市场所进行的生产活动。在政治条件成熟时,政府应逐步取消这些人为的激励政策,但这有可能遭到来自于既得利益集团(或企业)的抵制。不过除此之外,还存在一条阻力较小的政策:估计在扭曲的经济政策下弱势地区所遭受的损失,通过对这些省份进行财政转移和税收补贴来予以一定的补偿。

---

① 给予制造业而不是劳动密集型的服务部门更多的优惠。
② 从地理位置上看,中国的西南和西部省份与这些国家离得更近。

● 针对偏远和欠发达省份,通过更好的金融服务,优先加快农村税费改革来刺激这些地区农村非农部门的发展①。农村的非农经济活动(通常主要集中在服务业)将为穷人提供更多的就业机会。

第四,尽管中国的出口基本上是劳动密集型的,Wood(1994)表明(穷人)要从经济市场化所带来的制成品出口中获取更多的收益,仍然需要满足至少是最低水平的"基本条件"(the baseed)。对偏远的农村地区(特别是西部地区,见表5)而言,它们要想参与到中国不断扩大的制成品出口和经济增长中去,获得这些"基本条件"是至关重要的,这将有助于工人们在变化多端的市场面前寻求收益。尽管政府在增加职业教育和培训的投资压力很大,政府仍需尽快在农村普及免费的9年制义务教育。

(2)更自由的劳动力流动。国际经验表明,农村劳动力的转移对于收入增长和分配是极为重要的。在农村社会实现经济的迅速增长之前,农村中大量的劳动力转移主要是从一个农村地区流向其他农村地区,并具有季节性(以满足不同耕作区域的劳动力需求的高峰)。这种转移对于较贫困地区的人口仍然很重要,但随着农村向城市移民的迅速增长,现在这种转移仅占全部移民的一半(Chan and Hu, 2003;on data see Cai and Wang,2003)。自2000年以来,政府出台了一系列政策文件,以放松或取消对农村向城市转移劳动力的限制(Song,2002)。尽管已有了重大改进,但仍然存在着很多限制。第一,户口依然存在,仍然控制和阻止了劳动力的流动。特别是在中国的大中城市,农民工不可能获得合法的居民身份。第二,与城里人相比,农村劳动力寻找工作时,受到很多规定以及歧视,例如最低教育程度要求等②。第三,在大多数地区,农民工不能在社会保障、医疗卫生和子女教育等方面与城里人享有同样的待遇。更重要的是,即使有些地区当地政府③已经承诺不再进行限制,但是由于人们仍然怀疑政府承诺的可信性,更重要的是,这些地区较差的商业环境和较少的非农工作机会,都阻止了农民迁移至城市。

可以考虑如下的政策以为农村的劳动力流动创造便利条件。一般来说,政策需要渐进地执行,逐步取消户口制度和所有相关的歧视性政策。这可能在政治上是有争议的,需要考虑社会的稳定。但如果中央政府一致认为户口制度不利于经济发展以及农村潜在的迁移人口,那就应该放松这一带有计划经济色彩的僵化体系。要使政策选择既能够取消户口,又能保证社会的稳定,并带来平等和贫困减少的效应,也许应该注意以下三个方面(three-track policy)。

第一,对偏远地区的农村人口来说,在农村和周边小城镇所增加的机会,尽管

① 在印度,密集的金融网络促进了区域性的农村非农经济活动的繁荣和发展(Binswanger and Khandker,1995;234—62).

② 在有些地区,农村劳动力既不能受雇于银行、保险部门,也不能当司机。在北京,外来务工的农村劳动力必须具有初中文化水平——这将89%小学以下文化水平的劳动力排除在外。

③ 大多数是人口少于5万的中小县乡。

绝对收益不会很大,或许仍然是他们最需要的(Zhao,1999)。这种提高当地就业增长的政策表明,户口的取消不会带来城市化的膨胀。"减少农村和城市的收入差距也许是控制人口流动规模和城市化速度的有效政策工具"(Zhang and Song,2003)。

第二,采取适当的措施使得与人口迁移相关的信息、市场准入和利益更多地遍及偏远地区的农村、少数民族①以及教育水平低和收入水平低的群体。在拉丁美洲等一些国家,少数民族的收入劣势常常由于他们教育水平低下和语言不流利;当采取政策纠正了这些不利条件,收入间的差距也就大大减小了。这种政策具有普遍意义,而不是只适用于拉美国家。

第三,像印度一样寻求一种"退出政策",包括培训和重新安置,以减少城镇中国有企业的职工在企业转制过程中因为下岗而陷入贫穷。相对于农村人口来说,城市职工在旧体制下享有"特权",然而他们实际上也是旧体制的受损者,因而对于可能因为户口政策的取消而蒙受冲击的城市职工,政府也需要对他们进行"补偿"。只不过对低收入群体的补偿应该是通过再培训或再安置的形式,而不是长期的现金补偿。

户口制度的改革应该致力于增加贫困人口通过移民所能得到的工作机会,并通过其他方面的改革,使他们有能力抓住这些机会:

①提高对职业培训和基础教育的投资,这对于农村贫困人口有能力从事非农就业日益重要。在20世纪80年代,一个人接受正规教育的时间每增加1年,他外出打工的可能性就会增加10%,从事当地工资性工作的可能性增加6%。到90年代,这种效应增强,概率分别提高到18%和17%(Huang et al.,2004)。

②为当地的商业环境以及制度改革提供支持和便利。例如,尽快缩短对申请开办自营工商业执照的审批时间,尽可能降低申请此类执照的审批费用(Zhang,et al.,2005),对发展就业密集型的中小企业非常有用,这些都有助于外出打工人员更快地找到工作。

③哪些地区应优先考虑放开劳动力自由流动?从帮助尽可能多的移民的角度出发,显然应该是中部省份,这是农村劳动力转移的主要来源。农业部(MOA)的最新数据显示,2003年,2亿外出打工人口中有7 000万~8 000万来自于中部省份河南。但从帮助贫困人口脱贫的角度来看,西北和西南省份应该更优先考虑鼓励劳动力的自由流动。由于地处偏远、交通、教育水平低或许是少数民族等原因(见表5),这些地方的农村人口的迁移倾向本来就不高,而流动性的限制更强。

④城市的社会性供给和基础设施的扩展是必需的,以适应未来向城市移民增加的需要(在交通、住房、学校以及医疗体系等各方面)。

(3)土地市场。在实行家庭联产承包责任制后,农户可以根据土地的质量和家

---

① 在中国,少数民族移民的可能性不高(Huang and Pieke,2003)。

庭规模获得一定面积的土地,并拥有30年的承包经营权(这一期限在1998年获得了延长)。因而中国给每个农村家庭提供了最基本的耕地资源。然而由于农户家庭人口的增长、土地的退化以及城市用地的征用,农户平均拥有耕地规模已经下降到0.13～0.14亩,并且还在下降。在一些发达省份,由于人口流动和当地工资率不断上升,已对农地规模和土地资源的均等化造成了很大的压力。

承包经营权促进了良种和氮肥的生产和需求,然而土地租赁期有限,地方政府可能会根据农户家庭规模变化和工业化或城市化的需要而重新分配土地,这些风险带来了令人担忧的结果。首先,农民在保持土地肥力以及对土地进行长期投资方面的激励会降低,包括打井、种树和施肥等。其次,灵活性下降。一些打算外出打工在城市需要住上1～2年的农户不能出租土地,并且很可能发现他在返乡时已经丧失了土地。再者,安全性降低。这是因为土地不能在需要时抵押或转卖出去。对于贫困地区的贫困人口来说,由于他们非农方面的选择更少,这些负作用对他们的影响更为严重。一些延长土地租用期限、使土地市场自由化、减少主管部门随意进行土地大调的权力等做法正在一些地方进行试点,但是这些做法可能难以普及。另外,发达地区土地租金和价值,围绕着土地产生的冲突也更激烈和频繁,这就增加了政治上的困难。尽管租用期限的延长(现在是至少50年)是会减少土地分配不平等的风险,但是在偏远地区政策的注意力应该集中于增加土地的安全性,将更多对土地的处置权力转移到农户手中,这样更符合贫困人口的利益。未来的政策选择可以考虑引导地方政府和农户,使他们更多地把土地租给穷困人口。

同时需要制定一些有关土地产权方面的规则。很多国家的经验表明,通过合理的分权,相对分散的权力机构能够通过立法达到以下目的:

①确保农民对土地和水资源的合法使用,不会在未经协商和必要赔偿的情况下,损害他人的私有产权或公共产权;②划定某些土地不宜用做某些用途(如危及居民住宅的洪涝地区);③对土地征用权(eminent domain rights)所适用的条件进行界定(例如,为了防止自然灾害和其他环境破坏,或非通过征用这种方式无法满足的公认的社会需要),保证土地征用必须在作了充分的补偿和履行了必要的司法程序之后才强制性执行。这与前面提到的建议是一致的。

(4)城市地区更自由的部门准入。虽然非国有部门有了长足的发展,但他们仍然不能与大型国有企业展开自由竞争。许多商业部门都贴着“战略性产业”的标签(如通信、邮政、航空、电力等部门),禁止非国有部门,特别是私营企业进入①。这种歧视性政策大大降低了经济增长带来的就业效应,因为非国有部门通常在技术选择方面具有劳动密集型的特点。放松对非国有部门进入这些所谓“战略部门”的限

---

① 同时,由于大多数非国有企业都属于中小企业,因为缺乏担保,他们难以从银行借入资金。

制,应该有利于经济增长和就业增加[①]。

4.4　解决不平等问题:补充核心自由化和经济增长的部门政策选择

如果中国不解决日益上升的不平等问题,那么中国有可能难以保持过去减贫的进展速度(Ravallion and Chen,2004:37)[②]。原因何在?

4.4.1　经济增长可能放缓

中国在 1980～2001 年间,人均 GDP 达到年均 8.2% 的增长速度,到 2005 年仍在持续。而制定扶贫政策时必须考虑 GDP 以及消费的增长速度会明显放慢的可能性。

- 尽管没有人怀疑增长速度很高,但是 8.2% 的增长率可能被高估[③]。
- 农村平均人均消费——对于那些面临贫困风险的人来说,这是一个比平均 GDP 更好的衡量福利的方法,这一指标的增长在放缓(年均增速 3.36%:Ravallion and Chen,2004)。
- 在中国以及东亚其他地区的实际 GDP 增长中,约有 1/3 依赖于抚养比率(依赖人口/工作人口)的下降 (Bloom and Williamson,1998)。在中国这一比率的下降趋势将要结束。
- 20 世纪 90 年代,在快速的经济增长的保障下,国有企业可能仅靠贷款(转化为银行的不良贷款)生存,进行银行改革和承担国有企业职工下岗的问题也随之产生。但现在也有人认为,需要改变目前进行国有企业改革和银行改革时"优先考虑债权人的利益而不是职工利益"的法规(McGibbin and Stoeckel,2004)。如果这种要求真的实现,将放慢经济增长,也将在给定人均 GDP 的情况下增加短期的贫困和不平等。

---

① 有些领域,民营部门的进入会带来诸如安全问题、外部性、导致当地垄断的规模经济问题等,但这并不应作为阻止他们进入这些领域的借口,因为这些问题在国有企业的经营活动中也会产生。

② 这也是 20 世纪 90 年代印度和印度尼西亚等亚洲大国面临的现实。"尽管越来越多的人脱贫,但是要使剩余的穷人脱离贫困陷阱变得越来越困难。2003 年,尽管增长率达到 9.1%,但贫困人口仍增加了 80万。未来贫困的减少不能再像最初那样仅依赖经济增长——继续保持 8% 的增长率并不容易。贫困的减少应靠经济增长的质量,特别是收入分配的状况。尽管经济增长对 1980～2002 年间贫困率的下降作用最大(从相关性上来看),但当收入增加到一定程度,收入增长对贫困率下降的贡献就变得相对有限了。1995～2002 年,人均 GDP 增长了 63%,仅占贫困率下降的 77% (Huang et al.,2005a)。

③ Young(2000)指出存在系统性地对通货膨胀的低估,这导致对非农经济的年均增长率被高估了2.5%。

4.4.2 经济增长减少贫困，但在中国，这种传递机制已经弱化

经济增长日益集中在富裕省份的城市地区，在农村贫困地区的不平等程度则不断增加。在1990年平均收入低的大多数地区，它们的经济增长速度低于全国平均水平，可供投资的资源有限，而快速扩大的不平等加大了精英和大众之间的差距。

上述趋势：(1)削弱了贫困地区政府的能力，也减少了贫困人口通过利用参与来达到脱贫的机会。在更依赖于财政转移支付的贫困县中，往往其人均农业和工业产出较低，这在很大程度上是因为政府效率较低，因而提供相同的服务需要更多的政府职员①。②加速了农村中的受过教育的精英向繁荣的城镇迁移速度。另外，贫困地区特别是那里的最贫困家庭生育率和抚养率都较高，而教育水平较低，非农活动的选择较少（见表5；关于印度的情况，参见 Dyson et al.，2004）。因为在这些省份，所有使大规模贫困减少的方式（农业增长、农村非农活动增长、外出人口的汇款）都面临特殊的困难。那么，应采取怎样的政策纠正这种状况呢？

4.4.3 不属于再分配的安全网络

以现金或实物形式的转移支付的"社会供应"，主要针对的是那些生活没有保障的穷困人口，这包括一般性的"社会保险"以及不需要记入纳税范围的"社会援助"。这些措施可以在短期减轻紧急事件（包含自然灾害）带来的冲击，在长期内为孩子、老人、被动失业者和病人提供帮助。这些措施不仅可以减轻贫困带来的痛苦，还可以增加安全性，进而能够使人们为在经济市场化进程中寻求高收益、高工资和高产出机会时所需承担的风险进行充分的准备。即使平均GDP很低，但中国和其他少数国家一样在较低的收入水平上提供了转移支付。然而，一些市场导向的改革措施削弱了上述的社会供应机制。大量由农村流向城市的劳动移民（估计约在7 000万～1.2亿不等），因为没有户口而几乎难以享受这些社会保障。政府部门为农村所提供的免费医疗和教育也不断缩减。

原则上说，在经济缓慢增长或是衰退中，即使没有缩小贫富差距，仍有帮助穷人的政策选择②。利用税收或保险融资、非配给性的失业保险或医疗保险、调节性的补助以及对国有企业下岗人员的再培训和再安置等其他构建安全网络的做法，

---

① 在一个县级的水平上，财政供养人口与人均产出之间的相关性为−0.46(CCAP,2004)。

② Cook (2002)指出，"(尽管)以前没有'铁饭碗'（公共部门的终身制及其他类似的保障）保障的团体现在也被排除在新的社会援助之外……但是既能够帮助弱势群体又能提高他们长期安全的新的安全网可能是有效率的，但必须辅之于社会保护政策（例如提高人力资本的投资）。一个设计优良的干预应该能够加强非正式的安全网络，允许非政府组织发挥应有的作用。"

与自由化也是一致的。然而,对那些在非正规部门工作以及偏远地区的农村人口来说,即使他们因收成不好或需求萎缩而失掉工作和收入的话,也很难享受到上述措施——农村公共部门除外。这些措施在财政困难的情况下需要大量的公共资金投入①。中国有限的社会保障和保险资源必须更多地致力于面对人口的快速老龄化上,应付由此产生的更多人口患病和非工作人口所带来的压力。为了解决市场开放过程中出现的贫困,怎样才能在不妨碍生产率增长的条件下,改进分配状况以有利于穷人,并逐步改进农村地区和农户家庭的状况呢?

4.4.4 对增长资源的重新分配

以往的做法若不改变(就完成核心自由化改革,纠正被证明是错误的非核心自由化,建设社会安全网络而言),对于解决目前剩余的贫困人口以及相关的地区差距,很可能并无多少裨益,对进一步凝聚共识以推动将来的核心自由化(例如土地和劳动力市场)也很不利。中国目前已经成为亚洲总体不平等程度最高的国家之一,经济增长的驱动力日益来源于仅给最贫困者带来有限收益的领域(Ravallion and Chen,2004:37)。为了减少贫困,减少偏远地区和少数民族的不满,需要采取相关政策保证更多的人有序地参与对经济增长资源的分享。在中国的城市和沿海省份,穷人的确大量分享到了经济增长的果实。在贫困的地区,对医疗和教育方面的投资不仅本身是有价值的,更重要的是它们实际上为穷人的参与提供了支持。这样一来,全国上下对经济市场化带来了"公正的增长"这一观点就会达成共识。

中国有能力实行上述政策。第一,过去的经济增长意味着剩余的贫困人口越来越少,可以有更多的资源来帮助他们。第二,由于发达地区的收益递减,对贫困地区的认识和知识也更加丰富。从边际意义上来说,公共投资的投向应从富裕地区转向贫困地区。这既能促进经济增长,也能促进收入分配。然而需要注意的是,在农村公路建设上,将额外的 100 万投资在贫困的西南省份而不是东部省份带来更显著的贫困减少和经济增长,但将额外的 100 万投资在西北省份而不是东部省份则存在一个"权衡",它会带来贫困减少,但经济增长表现会差些。在公路投资方面也需要注意:若想花同样的钱来"买到"贫困减少和更快的经济增长,应将钱花在农村公路,而不是城市公路上,应多建质量较低但延伸公里数更长的次级公路,而不是质量较高但延伸长度较短的高速公路(Fan and Chan-Kang,2005)。在农业研究方面也是一样,他们在贫困地区对经济增长和贫困减少的作用要比在较富裕地区的作用更大(Fan et al.,2003)。但在选择地域和技术时,需要特别注意,为了避免浪费,应注意增长和贫困减少之间不应互相抵消,也不应以破坏环境为代价。

---

① 本文并不评论有关社会援助、养老金和社会保险等方面的政策选择。我们所关注的是通过直接对穷人有利的措施来减少贫困和不平等的各种努力。

4.4.5　部门政策选择

部门政策选择有两类:

一是选择通过农业部门还是非农部门的生产活动来改善自身状况的政策①。

二是通过改善贫困地区农村人口的农村金融服务、教育和医疗卫生(包括营养),从而影响人口结构的社会政策。

我们回顾了与中国市场化取向相联系的政策选择。有时政府提供投入、服务及补贴是最好的方式,有时让私人部门来完成政策目标效果会更好②。

4.5　经济市场化期间促进农业增长的政策框架

4.5.1　农业增长对减少贫困和不平等仍是至关重要的吗?

2001 年,51%的中国劳动者(1981 年为 71%)的收入结构中农业是最主要的收入来源(Huang and Rozelle,2005)。然而,在中国的中西部贫困地区,特别是更贫困的家庭,农业在其收入和就业中所占的比例更大(见表 5)。这些省份仍然主要依赖于增长缓慢、常常缺乏灌溉的农业生产。同时中国的发达省份在经历了农业转型之后,日益以非农业为主;这些地区的农村增长和贫困减少仍将继续来源于非农业部门的增长和人口迁移。中西部农村的贫困地区是否能够不经过农业转型,实现跨越性发展,即通过非农业活动和城市的起飞来减少贫困和不平等? 如果一个省能够确定一种"非农业导向"的战略,在经济自由化进程中,利用当地能够"支付得起"的物资和人力资本,发展就业密集型的生产来减少贫困和促进经济增长,这不失为一种政策选择。但是这并不一定是有希望实现的。成功的农村非农产业的发展通常发生在当地农村收入增加带来的需求快速增长之后,是对后者的反应(Bell,Hazell and Slade,1982;Hazell and Ramasamy,1991;Lipton,2005)。在中西部贫困的农村地区,许多人由于文化水平低和语言不流利问题 ,难以成功地迁移,也就没有来自于移民的汇款。因而,农业方面的政策选择可能更有希望实现。发达地区开始逐渐地从农业生产上转移。在东部地区,农业研究、公路和灌溉条件都呈现了递减的收益,而在西南和西北部地区收益较高。在这些地区,减少贫

---

① 关于人口迁移政策,请参见第 4 部分。

② 1988~1993 年间,一些在城市周边的县乡,"贸易更开放,而且城市与农村收入的不平等明显下降"(Wei and Wu,2001),但又由于部分的内部自由化(一体化),最贫困地区和人口也可能承受了损失,但这在理论和实证方面难以衡量(Venables,2005)。

困和不平等的最可信服的政策选择可能会加快农业生产率的提高[①]。

4.5.2 农业进一步增长的初始条件及政策选择

在这方面,中国有一个非常大的初始优势,就是土地平等。它的作用看起来不明显,但它对农业的促进作用却被过去的经验所证实。

(1)从经济意义上说,贸易自由化和对 FDI 开放都将对贫困的消费者和劳动密集型产品的生产者有利,对土地密集型的生产者不利。在贫困的偏远省份,由于交通成本的存在(较高的重量/价值比,以及与港口较远的距离)和土地密集型的特点,这些情况更严重。在 1985~1997 年间,中国在劳动密集型农产品方面的贸易平衡从 17 亿美元增加到 48 亿美元,而土地密集型产品的贸易平衡从 9 亿美元减少到−40 亿美元 (Rozelle,2004)。

(2)从内部看,中国水资源日益短缺,以及正在进行的用水的市场化将带来地区农产品生产方面的巨大变化。发达的可灌溉地区将土地和工人从传统农业中大批转移出来,农业用水从粮食生产转向高附加值的农作物。这会促使中西部地区大力发展非灌溉性的大宗农产品,在适当的时候引入灌溉农业种植经济作物,从而为中西部贫困地区的扶贫工作提供了空间。

(3)从技术上看,即使中国在农业科学方面是世界的领先者,仍需要农业科技致力于农业和水利方面的研究,包括:①了解贫困地区,通常是半干旱地区贫困家庭的技术需求;②技术革新要增强农产品的竞争力,提高土地密集型出口产品以及进口替代品中的劳动密集度,增加农业研究投入,包括新型转基因技术和其他形式的农作物多样化,改进节约用水,提高土地使用效率的技术等。将这些研究更多地投放在贫困的地区通常会提高他们对收入和贫困减少的正面影响 (Fan et al.,2000)。

(4)从结构上看,中国农业有两个方面值得注意:

①土地结构。和大多数亚洲和非洲国家一样,中国自 20 世纪 70 年代开始,农业耕地规模和耕作面积都在稳步下降。对此,较令人信服的解释是,尽管劳动力仍然是主要的生产要素,但由于更容易对劳动力进行监督,较小规模的耕作规模更有吸引力(Lipton,2005a)。然而,在发达地区,农业劳动力减少,融资方便,耕作规模开始变大。这表明,应放开土地租赁市场 (Deininger and Jin,2002)。

②劳动力结构。1990~2000 年,30 岁以上的妇女逐渐成为农业劳动中的主力,贫困地区更是如此。另外,在这些地区,31~50 岁的妇女在农业劳动力中所占

---

① 在很多发展中国家,减少农地分配的不平等即使没有带来农业的快速增长,也可能显著地减少贫困。在中国,土地分配已经很均等。其他地区的经验表明,高度的土地不平等,特别是在大规模贫困存在的地区,将会降低农业就业,延缓贫困减少的速度,也不能增加农业生产的效率 (IFAD,2001)。

的比例从超过 95% 下降到 85% 以上,但这一年龄段的男子所占的比重下降得更显著,从 70% 下降到不足 40%(Rozelle,2004)。因而需要采取措施,使得不同性别在土地利用、家畜畜养、信息以及市场准入方面享有平等的机会。

(5)在财政方面,尽管农户的税费负担(包括正式的税和非正式的费)占农村净收入的比例在 1986~1999 年间仅从 1% 增加到 4%,但是税费负担的累退性十分严重。对于最贫困的农村家庭(年均收入 200 元以下),税收所占比例达到 10.5%,而在最富裕地区(年人均收入 8 000 元以上),已从 9.5% 下降到 4.4 %(Tao and Liu,2004)。这是由于绝大部分农村税收是针对农业收入(贫困人口和地区的收入结构以农业为主,见表 5、表 7),而不是非农收入(较富裕的家庭和省份在这方面的收入增长得很快)。可以采取"中性税收"的政策,将农业税费转为收入税,这将减少市场扭曲,将收入更多地转移至较贫困的地区和农户[①]。温家宝总理已经在 2005 年 6 月宣布:"中国将比时间表提前两年,在 2006 年免除所有的农业税。"

4.5.3 在贫困地区的农业技术和投资

在绿色革命的前两个 20 年过去之后,很多地区的重点,都从增加产量转到如何面对新型病虫害、水资源短缺和微量元素枯竭的问题,因而中国很多作物的产量增长都放慢了(Rozelle,2004),亚洲其他地区也是一样。近来的农业增长也可能被夸大[②]。全球农业依靠传统种植方式提高产量的方式也面临着严重的威胁。

如果农业增长仍然重要,则必须提高劳动生产率,同时因为剩下的适合耕作的土地越来越少[③],土地生产率的上升需要高于劳动生产率,以避免农业部门净的就业损失(以及其他地区工资下降的压力,这都使得扶贫变得更困难)。同时技术进步也要使得水资源生产率(crop-per-drop)上升。尽管进行了一些改革,但是在灌溉方面仍然存在着普遍而且明显的补贴,这导致了水资源的过分使用,在生态上(地下水位的下降[④]和盐碱化)和经济上(存在效率成本,农业用水被过分使用,而家庭用户特别是贫困人口要按市场价格为清洁水付费)都是不可持续的。由于上述原因,伴随着全球变暖,土壤水分的蒸发率可能上升。尽管农业增长所需的资源

---

① 这也是由于贫困家庭将收入的很大比例用于购买食品。

② 以江苏为例,宏观数据显示,1988~1996 年间,年均生产率增长是 5.8%,而按照更精细的家庭调查的数据计算,仅增加 0.1%。这反映了 20 世纪 80 年代以来投资的减少和投入成本的增加(Carter et al.,1999),参见 Ao and Fulginiti(2003)。

③ 中国几乎没有未曾使用过的土地。几乎每年都因为盐碱化和城市化而使得农田日益减少。

④ 中国北部和西北部地区面临一个比较特殊的问题,这些地区拥有超过 40% 的人口和 60% 的耕地,但只拥有 15% 的水资源;在北部平原地区,每年深蓄水层的水位都在下降,使得抽水的成本越来越高昂(New Agriculturist,2002)。

（土地、水源、劳动力和传统的耕种技术）日益萎缩，但是国际粮食政策研究所（IF-PRI）指出中国的农业供给能够基本满足日益增长的需求，这种大致的平衡至少能维持到2015～2020年。那么，存在着怎样的政策选择能进一步改善这一状况，并降低额外的土地、水源和环境成本，使贫困的人口和地区更多地受益？

在农业基础设施方面增加投资，特别是在贫困省份较有希望的地区进行投资是非常重要的。"仿真模型表明，政府在农业方面增加5％的投资，到2020年将使中国增加3 100万吨谷物的净出口"（New Agriculturist，2002），同时就业也相应增加。公共投资的关键形式——灌溉、农业研究、公路和学校等如果更多地投向偏远的农村地区而不是边际收益已经递减的传统"领先地区"，不仅能使更多的人脱离贫困，而且能够增加GDP（主要来自于农业部门）。但投资地区和形式的选择（如低质量的公路、适合的农作物种植技术）必须谨慎以保证收益能够实现（Fan et al. ，2000，2002）。总而言之，对于中国来说（印度、印度尼西亚也类似），过去在农业部门的增长比其他部门，对贫困减少和缩小城乡差距发挥了更加有效率的作用（Chen and Ravallion，2004）。

在这种情况下，增加在偏远地区对农业基础设施的公共投资是一个有力的政策选择。在存在着"绿箱政策"、OECD国家普遍的农业支持（大多不是反贫困的，反而存在着更多扭曲的成分）以及千年减贫目标的情况下，这种做法不会遭到WTO的反对，但公共投资的大规模扩张应与农业内部产品组合的变化大致一致。

这是因为，（像在印度和其他国家）对产品组合的市场反应可能是对经济和环境变化的合意的反应，它们本身可能就是有利于减贫的。例如，在中国（或是印度及墨西哥）发达的可灌溉地区，种植低附加值的谷物如稻米已经变得越来越不经济，而且易产生环境问题。由于地表水位越来越低，地下水变得日益枯竭的地区已经成为一个大问题。但如果这些水（或用于抽水的动力）是受补贴的，则纳税者负担了不断上升的生产成本。如果不是受补贴的，则农民可能找不到适合种植的农作物。应采取措施使可灌溉的地区更快速地从种植粮食作物转向种植水生产率更高的高附加值作物，并在中西部贫困省份一些多雨的地区加强对生产率更高的农作物的研究以及相关基础设施投入（如节水技术）。如果实施的政策不仅仅包括"用水市场化"——取消补贴和用水市场，也包括维护灌溉体系、农业研究以及新增投资的合理配置，那么这些政策选择将有利于持续的经济增长，并使贫困人口受益（IFAD，2001）。

4.5.4　农业研究与贫困

农业研究应主要着眼于使最贫穷的那部分人口获得利益。研究应面向劳动密集型的作物和地区，避免研究依赖于公共融资或补贴，以及注意避免劳动替代的创新也是很重要的（例如除草剂、联合收割机等）。

中国的农业科学在世界是领先的,包括生物技术的应用。棉花生产主要集中在贫困省份——新疆。在那里,Bt转基因棉花使贫困农民从中受益,增加了他们的净收入和安全感,并减少了由于使用有毒的杀虫剂带来的疾病和死亡(Huang et al.,2003)。中国目前正在积极考虑准许使用Bt转基因稻米品种。这种政策也会增加穷人的收入和健康,进而直接增加食品安全。而为使最贫困地区的收益最大化,转基因的研究需要"提高水资源的使用效率"。

这种国家研究向某些地区集中的变化,反映了日益迫近的中国农作物生产结构的地区性变化。为了充分发挥效应,这些研究在一开始就应该由科学家领头,并与经济学家和其他政策研究者一起合作,使之建立在科学的战略之上[①]。

4.6 农村非农部门的自由化、贫困人口和地区:政策选择

在20世纪80年代,在中国农村快速发展的地区,由于经济增长,产生了对农村非农部门(RNFS)的巨大需求:最初是当地农民收入增加带来的需求,后来是国内制造业生产投入的需求,以满足来自于国内和国际两个市场的需求。在农业增长缓慢的贫困地区,非农部门的增长很难取得成功。此类地区非农部门的增长不是来自于农业的增长,而是农村家庭的失业人口"痛苦的多样化"选择,这类活动压低了当地的工资率,但对减少贫困不会起到什么作用。许多贫困和偏远地区的非农业部门在进一步扩大城市市场或国际市场时,总是面临较高的交通成本和其他交易成本。

而在人口密集的大型村庄(这在西部地区是常见的),公共部门的行为能够刺激农村非农部门的增长。首先,在农业增长可实现的地区,对非农部门产品的需求能够刺激当地的供给;较高密集度的农村公路和农村金融机构有利于非农部门的发展是众所周知的(Binswanger and Khandker,1995)。其次,开放市场准入,可能引导农村非农部门向工厂供货;当地的激励和运输政策能够使私人中介部门的发展更有希望。

当长期补贴不合适时,还有一种公共措施,将支持并促进偏远地区有潜力的农村非农部门(RNFS)的可持续发展。户口的逐步取消——对贫困减少是有利的,原因是多方面的——可能会吸引农村人口大规模地转移到其他区域,这将加大城市政府的压力和负担。对于那些不能或不愿意在农村工作的劳动力,农村非农部门(RNFS)为其提供了很好的就业机会,并将持续很长一段时间,这(间接地)对管理流入城市地区人口是有利的。

① 在斯里兰卡,20世纪80年代谷物的研究已经从干燥地区转向条件较困难的潮湿地区,并获得了较大的成功。

4.7　农村金融市场

那些希望发展农业或从事其他小商业的贫困农村家庭通常根本无法获得贷款,或者他们仅能以相当高的利息从一个近似垄断的当地放贷者那里获得贷款。发展中国家的经验表明,公共部门通常会采用以下三种方法来解决中小农户贷款难的问题,但却并不能解决这个问题:一是管制或压低利率的法律,但此类注册一般是没有效率的[①];二是要求公共贷款机构以低于市场价格的利率向贫困农民或小型农场主提供贷款,同时对公共贷款机构进行补贴,但这通常会产生很大的赤字,并且实际获益者反而是那些规模较大的借款者(包括与他们分享经济租金的官员);三是对预计没能合理使用资金的借贷双方实行遥控监管,但代价是对贷款机构的公共监管成本高昂。

中国的政策选择需要详细分析贫困农户借款困难的原因。这些原因主要有以下几点:(1)垄断的放贷者。中国农村金融市场的主体——农村信用合作社(RCCs)缺乏对农村借款者提供服务的激励,将大量的农村储蓄通过各种渠道用于城市;(2)信息不对称——贷款方并不了解哪一个借款者是可信赖的,这将导致逆向选择和道德风险;(3)从许多分散的贫困借款者收取利息的执行成本很高;(4)风险集中——贫困地区的人们,特别是偏远地区和干旱地区的人们,还几乎会同时面临着很差的产出(干旱、洪水、害虫、流行病)问题,因此不能还款,或在贷款方延长还款期限之后也难以还款;(5)贫困的借款者缺乏抵押担保。上文所提到的各种不成功的政策以及扭曲的市场难以解决这些问题。

农村金融服务的完全自由化(以对主要贷款者的清偿能力和流动性进行严格监管为条件)将提高农村信贷的供给并因此降低市场价格(而禁止高利率的法律无法达到这一点)。然而,这样的一种政策自身并不能解决我们以上提到的(1)到(2)的问题,因此也不能解决向偏远地区的贫困农民和乡村企业家的贷款难问题。

如果农村金融系统的改革使农村信用合作社(RCCs)成为农村金融市场事实上的垄断者(即使在对 RCCs 进行了产权改革),那么第一个问题就无法解决。缺乏其他金融代理机构,RCCs 仅是一个政府的代理机构而并不是一个农民的合作社。为了促进农村金融市场的自由竞争,应该逐步并谨慎地允许其他金融机构,包括民营金融机构加入农村金融市场的竞争。

对于(2)~(4)问题,主要的成功解决方案已由国际上的非政府组织或准非政府组织所发起,例如孟加拉国的格莱明银行(Grameen)和 BRAC,以及印度、印度尼西亚和埃及的相应组织。它们由 5~15 个农村家庭企业成员组成一个集体,共

---

① 这样的法律并不是完全强制性的,但即使是部分或有选择的强制性也减少了信用的供给,造成了腐败,制约了农村金融的发展。

同监督,解决了从(2)～(3)的抵押担保、执行成本和信息不对称的问题。它们联合在一起从更高层次的机构那里接受贷款,并且通过集体内部成员间的互助和还款提供"社会抵押担保"(social collateral)。问题(4)——风险集中是在国家层面上予以解决的,因为农村贷款者属于国家银行所支持的分支机构。

但这并没有考虑村一级的风险集中问题。当庄稼歉收的时候农民该如何还款?一个较好的方法就是公共综合农作物保险(public comprehensive crop insurance)(Mishara,1996)。在印度许多邦里,保险不仅包括对农业的低产出进行支付,而且也在当地降雨量超出测量范围后进行偿付,来避免道德风险。实际所获得的保险溢价也避免了预算软约束的现象。

在金融自由化中,若要考虑试行共同监督的集体贷款和农作物保险的政策,需要在县、省和国家水平上进行考察。尽管很难预测将国际经验介绍给中国的前景①,但是值得一试。同时,中国应允许农民通过自行组织的农民专业组织(FPAs),克服农村金融存在的典型的信息不对称问题。这意味着需要有促进FPAs建立和运营的法律草案(Zhang and Huang,2004)。

4.8 "双重负担":反击农村与地区贫困和不平等的社会政策

在经济市场化快速发展的同时,中国需要统筹考虑落后地区以及经济快速增长地区人民对健康和教育的需求。这种双重的负担也存在着一个人口结构问题。在偏远和农村地区,仍然存在着大量对基本健康和教育存在需求的年轻非劳动力人口,而发达的城市地区存在着日益增长的老年人口和大量要求更高教育的年轻成年人口。

快速发展的发展中国家大都存在着"双重的健康负担"。贫困病(如痢疾、瘴气)在贫困人口和贫困地区仍然相当普遍,而在富裕人群中和60岁以上的人群中又存在着富贵病(心脏病和糖尿病)。由于经济增长的关系,对于"富贵病"的诱因(吸烟、肥胖)而言,收入多少所起的作用大幅降低。在印度最富的人最容易发胖且吸烟最多,而美国则正好相反,在巴西则是中等收入阶层肥胖症的患病率最高。这种双重负担之间另一个联系是营养不良(也就是贫穷)。一个冈比亚长达50年的面板数据显示,5以下的儿童在他们50岁后将极易患致命的传染性疾病,60岁后将极容易患糖尿病和心脏疾病②。什么样的政策能使那些贫困人口获得更好的健康和营养状态,并有助于阻止所谓富贵病的增长?政治上的压力将使与健康有关

① "格莱明模式的翻版"存在着不同的记录:需要对成功的条件有充分的了解,有10%～20%最贫困的农村企业难以达到这些条件(Hulme and Mosley,1996)。只有在存在技术进步或有新的市场前景的地区,信用供给的增加才可能带来贫困的减少。另外,贷款不是惟一有效的满足贫困企业和家庭需要的金融服务。格莱明和他的"翻版"之所以成功,部分是由于能否获得贷款是以按是否有经常性的小额储蓄为前提的。
② 后者是基于贝克假设(Barker hypothesis),关于此部分的参考和证据请参见Lipton(2001)。

的支出更多地转移到更富裕的人和老年人身上,并转向更高水平的服务。然而,这种"双重负担"之间的联系意味着,它可能会由于太过于关注这种需求并以牺牲偏远地区的利益为代价,而导致了低效和不平等。

教育也面临着这样一个相似的政策问题。中国的繁荣区域需要许多一流学府的毕业生和研究生。但是在中国,正如在印度一样,偏远的贫困地区和少数民族地区的中等教育甚至初等教育都十分缺乏并且质量低下。这就减少了高等教育所需的人才储备。同时从全国范围来看,教育的不平等与较缓慢的增长速度相联系(Birdsall et al.,1995)。当高等教育需要扩展的时候,如果这种发展是以贫困地区更为基本的需求为代价的话,那么这种发展将是无效率的。

富裕的、城市的和政治上更有力量的群体,将会要求更多的(并且是更昂贵的)有关糖尿病和心脏疾病的健康服务,并且需要更多的更昂贵的高等教育。这将是必须的,但同时贫困的偏远地区的社会群体仍然得不到足够的基本教育、并受大量贫困病的煎熬——如果他们居住在城市,还可能会导致富裕病的发生。但是他们却缺乏各方面的能力和实力来获得预防性和医疗性的措施。在印度和其他国家,基于较差的初中等教育之上的日益扩展的大学教育已经损害了大学本身。中国在探索其他方面政策时,可能需要动员政治资源和经济资源为偏远地区建立更好的学校。

参考文献

X. Ao and L. Fulginiti, "Productivity growth in China: evidence from Chinese provinces", University of Nebraska, March 2003, at http://ideas.repec.org/p/wpa/wuwpdc/0502024.html.

ADB(Asian Development Bank), "Methodology of county poverty alleviation planning in China: a report on methods, guidelines and processes", Manila, 2003, at http://www.adb.org/Documents/Reports/County_Poverty_Alleviation_PRC/default.asp.

ADB, TAR OTH 34014, "Regional Initiative to Eliminate Micronutrient Malnutrition in Asia throughPublic—Private Partnership", consultancy report, Manila, Oct. 2000.

R. Barro, "Inequality and growth in a panel of countries", *Journal of Economic Growth* 5: 2000, 5—32.

C. Bell, P. Hazell and R. Slade(1982), Project Evaluation in Regional Perspective, Johns Hopkins, Baltimore.

D. Bhattasali, Shantong Li and W. Martin(2005), China and the WTO: *accession, policy reform and poverty reduction strategies*, World Bank and Oxford UP, New York.

H. Binswanger and S. Khandker(1995), "The impact of formal finance on the rural economy of India", *Journal of Development Studies* 32.

N. Birdsall, A. Kelley and S. Sinding (eds.)(2001), Population Matters: demographic change, economic growth and poverty in the developing world, Oxford: OUP.

N. Birdsall, D. Ross and R. Sabot, "Inequality and growth reconsidered: lessons from East Asia", *World Bank Economic Review* 9, 1995: 477—508.

D. Bloom and J. Williamson, "Demographic transition and economic miracles in emerging Asia", *World Bank Economic Review* 12, 1998: 419—455.

Alan de Brauw, Jikun Huang, Scott Rozelle, Linxiu Zhang, and Yigang Zhang, "The evolution of China's rural labor markets during reforms", *Journal of Comparative Economics* 30, 2002: 329—353.

D. Byerlee, Xinshen Diao and C. Jackson, "Agriculture, Rural Development, and Pro-poor Growth: Country Experiences in the Post-Reform Era", DfID-World Bank Joint Study, Department for International Development, London, June 2005.

Fang Cai and Justin Yifu Lin(2004), "Chinese Economy", *Zhongguo Caizheng Jingji*: Ch. 7.

Fang Cai and Dewen Wang(2003), "Migration as mercerisation: what can we learn from China's 2000 census data?" *The China Review* 3.

C. Carter, Jing Chen and Baojin Chu, "Agricultural productivity growth in China: farm level versus national measurement", *Dept. of Agricultural and Resource Economics, University of California Davis*, 1999: Working Paper #99-001.

CCAP, *Survey on Township and County Poverty Status*, Center for Chinese Agricultural Policy, 2004.

Kam Wing Chan and Ying Hu(2003), "Urbanisation in China in the 1990's: new definition, different series, and revised trends", *The China Review* 3.

Shaohua Chen and M. Ravallion, "Welfare impacts of China's accession to the WTO", in (Bhattasali et al. 2005).

China Statistical Yearbook (2003), tbl 13—3, 4—1 http://www.iiasa.ac.at/Research/SRD/data/fig_pop_1a.htm and http://www.iiasa.ac.at.Research/SRD/data.tab_rurpop_1.htm.

Chronic Poverty Report 2004—5, Chronic Poverty Research Centre, Manchester, 2004.

J. Connell, B. Dasgupta, R. Laishley and M. Lipton(1976), *Migration from Rural Areas: the evidence from village studies*, Oxford University Press, Delhi.

S. Cook, "From Rice Bowl to Safety Net: Insecurity and Social Protection during China's Transition", *Development Policy Review* 20, 2002: 615—635.

G. A. Cornia, T. Addison and S. Kiiski, 'Income distribution changes and their impact in the post—Second World War period', in G. A. Cornia (ed.)(2004), *Inequality, Growth and Poverty in an Era of Liberalisation and Globalisation*, Oxford University Press, New York.

J. Decosas, "User charges for health care: progressive reform or regressive social policy?" Overseas Development Institute, at http://www.odi.org.uk/speeches/social_protection_2005/2ndmeeting_15june/ppp/Decosas.pdf.

J. Dreze and A. Sen (eds.)(1997), *Indian Development: selected regional perspectives*,

Oxford University Press, Delhi.

K. Deininger and Songing Jin(2004), "The potential of land rental markets in the process of economic development: evidence from China", *Journal of Development Economics*.

K. Deininger and Songqing Jin(2002), "Land rental markets as an alternative to government reallocation? Equity and efficiency considerations in the Chinese land tenure system", Policy Research Working Paper #2930, Nov. 2002, World Bank, Washington D. C. , at http://ssrn. com/abstract=636292.

S. Demurger, J. Sachs, Wing Thye Woo, Shuming Bao, Gene Chang and A. Mellinger (2001), "Geography, economic policy and regional development in China", *Asian Economic Papers*, 1 (2001): 146—197.

Yang Du, Albert Park and Sangui Wang(2004). "Is migration helping China's poor?", Conference on 'Poverty, Inequality, Labour Market and Welfare Reform in China', Australian National University.

Yang Du, Albert Park and Sangui Wang(2005), "Migration and rural poverty in China", FED Working Paper Series, No. FE20050063, at: www. fed. org. cn.

T. Dyson, R. Cassen, L. Visaria (eds.)(2004), *Twenty—first Century India: population, economy, human development, and the environment*, Oxford University Press, Oxford.

R. Eastwood and M. Lipton(1999), "Impact of changes in human fertility on poverty", *Journal of Development Studies* 31, 1999: 1—30.

R. Eastwood and M. Lipton(2000), "Rural-urban dimensions of inequality change", Working Paper #200, World Institute for Development Economics Research, Helsinki, June.

R. Eastwood and M. Lipton(2000), "Pro-poor growth and pro-growth poverty reduction", *Asian Development Review* 18, 2000a: 22—58.

FAO (Food and Agriculture Organisation)(1999), "Nutrition Country Profiles: China", *Rome*, April 1999.

Shenggen Fan(1991), "Effects of technological change and institutional reform on production growth in Chinese agriculture", *American Journal of Agricultural Economics* 73, 1991: 266—275.

Shenggen Fan, Z. Linxiu and X. Zhang(2000), "Growth and poverty in rural China: the role of public investments", International Food Policy Research Institute, Washington, D. C.

Shenggen Fan, L. Zhang and X. Zhang(2002), "Growth, inequality and public investment in China", Research Report No. 125, International Food Policy Research Institute, Washington, D. C.

Shenggen Fan and Connie Chen—Kang(2005), "Road development, economic growth and poverty reduction in China", Policy Research Report No. 138, International Food Policy Research Institute, Washington, D. C.

Wang Feng and Andrew Mason(2005), "Population aging in China: challenges, opportunities, and institutions",(in press).

Wang Feng and Andrew Mason(2004), "The demographic factor in China's transition", paper at conference on China's Economic Transition. Pittsburgh，4—7.11.

B. Carillo Garcia(2004)，"Rural—urban migration in China：temporary migrants in search of permanent settlement"，PORTAL J. Multidisciplinary Studies.

A. de Haan and M. Lipton，"Poverty in emerging Asia：progress，setbacks，and log-jams"，*Asian Development Review* 16，1999：135—176.

P. Hazell and C. Ramasamy(1991)，*The Green Revolution Reconsidered：the impact of high-yielding rice varieties in South India*，Johns Hopkins，Baltimore,1991.

T. Hertel，Fan Zhai and Zhi Wang，'Implications of WTO accession for poverty in China'，in Bhattasali 2005.

S. Howes and A. Hussain，'Regional growth and inequality in rural China'，London School of Economics，STICERD，Programme of Research into Economic Transformation and Public Finance，No.11，1994.

Jikun Huang，Ruifa Hu，Cuihui Fan，Carl Pray and Scott Rozelle，'Bt cotton benefits，costs and impacts in China'，Working Paper 202，Brighton：Institute of Development Studies，2003.

Jikun Huang and Scott Rozelle，"*Small farmers under commercialization：asset base and market development in China*"，unpublished paper，Rome conference，2005.

Jikun Huang，Scott Rozelle and Qi Zhang，"*Macroeconomic policies，trade liberalization and poverty in China*"，Policy Report，Asian Development Bank，2004.

Jikun Huang，Scott Rozelle and Qi Zhang，"Economic growth，income distribution and poverty reduction in rural China"，unpublished paper，2005.

Jikun Huang，Z. Xu，Scott Rozelle and N. Li(2005)，"Impacts of trade liberalization on agriculture and poverty in China"，FED Working Papers Series ♯FE20050018.

P. Huang and F. N. Pieke(2003)，"China migration country study"，presented at Conference on Migration，Development and Pro-Poor Policy Choices in Asia，Dhaka，22—24.6.

D. Hulme and P. Mosley(1996)，Poverty and Finance (2 vols.)，Routledge，London.

M. Huppi and M. Ravallion(1991)，"The sectoral structure of poverty during an adjustment period：evidence for Indonesia in the mid-1980's"，*World Development* 19：1991，1653—78.

M. Huppi and M. Ravallion(1991)，"Measuring changes in poverty：a methodological case study of Indonesia during an adjustment period"，*World Bank Economic Review* 5，1991a：57—82.

Athar Hussain(2005)，"Coping with and adapting to job losses and declines in farm earnings in China"，in Bhattasali 2005.

Ideas http：//ideas. repec. org/p/fth/wobadi/338. html (n. d.).

International Fund for Agricultural Development，*Rural Poverty Report* 2001，Oxford University Press，New York.

J. Jalan and M. Ravallion，"Spatial poverty traps?" World Bank；October 1997.

（齐俊妍　译）

分报告之七

中国发展对世界能源及环境的影响[*]

Warwick McKibbin

[*] 本文是"中国与世界经济,2010"课题的研究报告之一。作者感谢研究助手杨严(音译)先生的帮助,同时感谢蒋庭松先生在上一次合作中的深刻见解。文中的观点仅代表作者个人观点,与作者所在机构无关。

Warwick McKibbin（澳大利亚），澳大利亚国立大学亚太研究院国际经济学教授，应用宏观经济学研究中心主任。

McKibbin 在新南威尔士大学获商学学士，在哈佛大学获得博士学位。其他学术和社会职务包括：澳大利亚储备银行委员会委员、哈佛大学亚洲经济论坛发起人之一、澳大利亚社会科学院院士、布鲁金斯学会高级成员。此外，他还曾担任过：约翰·霍普金斯大学高级国际研究学院副教授（1991～1993）、美国国会预算办公室访问学者（1990～1991）、日本大藏省访问学者（负责制定财政和货币政策）（1986）。

主要研究领域包括：全球经济模型、亚太经济的相互依赖性（重点关注中日两国）、全球环境政策、国际宏观经济相互依赖性、全球贸易政策、人口变化的全球影响、澳大利亚宏观经济、环境政策、风险认知变化的宏观经济效应、国际资本流动效应、全球化与疾病等。

主要著作为：《〈京都议定书〉以后的环境政策：一个现实路径》（与 P. J. Wilcoxen 合著）、《裁军：后冷战时代的经济影响》（与 L. Klein、F. Lo 合著）、《全球联系：宏观经济相互依赖与世界经济合作》（与 J. Sachs 合著）、《经济学在环境政策中的作用》（与 P. J. Wilcoxen 合著）、《日本的宏观经济政策》、《排放贸易、资本流动与〈京都议定书〉》（与 M. Ross、R. Shackleton、P. J. Wilcoxen 合著）、《G-Gubed 模型的理论与实际构架》。

1. 引 言

　　中国经济的迅速发展对本国、对所在地区乃至对全球的能源消费和环境问题都具有重要的影响。尽管从统计数字来看,中国经济的表现非常不错,但是中国的能源状况以及诸多环境问题却令人担忧。目前,中国是世界上第三大能源生产国,也是第二大能源消费国[①]。如图 1 所示,2002 年中国的能源使用量占世界总量的10％,预计到 2025 年,该比率将上升到 15％。中国是世界上煤炭产量最高的国家,其总产量占世界的 28％,总消耗量占世界的 26％。中国是世界第三大石油消费国,而中国探明的储油量居世界第六。据预测,在未来 30 年,中国的能源消费将占世界的 25％。目前,中国约占世界已建成发电容量的 9.4％(仅次于美国)。而作为能源消费大国,中国化石燃料的碳排放量约占世界总量的 13％,这一比例将在 2025 年达到 18％(见图 2)。中国的能源生产大部分依靠化石燃料,同时中国已经建成 9 处核反应堆,并计划在未来 20 年中再建 30 处[②]。据估计,中国拥有世界上最大的水电储量(主要集中于西南部),目前中国发电量的 20％来自于水力发电。2009 年三峡水电站建成后将成为世界上最大的发电站。2005 年 5 月,国家发改委批准建设亚洲最大的风力发电站,该项目将于 2006 年动工。尽管已经开始使用可再生能源,在相当长的时间内煤炭仍将占据中国能源生产的主导位置。因此,中国需要应对由煤炭引起的一系列环境问题,包括空气质量(包括黑炭排放)、酸雨(主要来自二氧化硫及氧化氮)以及气候变暖(来自二氧化碳排放)。

　　本文总结了目前中国在世界经济中的地位,并主要从国家、区域以及全球的层面上探讨中国的经济发展所带来的能源及环境问题;本文还将探讨中国面临的近期及中长期问题。首先,本文认为中国采取行动治理环境污染(如减少二氧化硫排放和黑炭排放等)不但将有助于解决区域内环境的问题,而且将对全球温室效应的治理也有所贡献,同时这也有利于中国自身的经济发展和人民的福祉。中国政府已经将本国及地区间的环境治理提上日程[③],本文将具体讨论这些政策措施;除此之外,文章还涉及能源消费增长、温室气体排放以及全球气候政策对中国的影响,本文简要分析了一种应对二氧化碳排放的政策方案,这一方案目前还鲜有讨论,但在将来有实施的可能,它主要是主张建立一种长期产权制度,并为减少温室气体排放而采取排放定价措施。这种方案与中国目前的一些硫排放许可交易试点有相似

---

① 除非特别说明,本文所有数据都来自于美国能源部能源信息管理局(2004 年)。
② 资料来源:DOE(2005)。
③ 1979 年中国颁布环境保护法——从 1982 年开始实施全国范围内的污染收费。而 1992 年开始对使用煤炭产生的二氧化硫收费。参见 Jiang(2003)对这个问题的综述。

之处,但需要注意到二氧化碳排放治理与硫排放治理有显著区别。对中国这样的大国而言,这种区别非常重要,因为中国已经核准了《京都议定书》[①],预计在将来中国会制定二氧化碳排放的目标。总之,中国已经开始着手治理本国的环境问题,并取得了令人欣慰的成果,但仍然有许多问题亟待解决[②]。

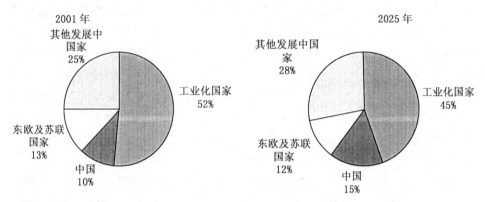

资料来源:能源信息管理局:《国际能源展望 2004》。

图 1　2001 年与 2025 年中国在全球能源消费中的份额

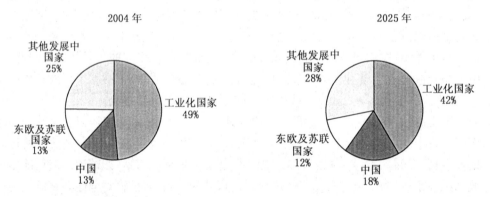

资料来源:能源信息管理局/国际能源展望 2004。

图 2　2004 年与 2025 年中国碳排放量在全球的份额

---

① 第 4 部分将更多涉及《京都议定书》的内容。

② 参见 Jiang(2003)对中国环境问题的论述,Jiang 和 Mckibbin(2003)认为中国的政策有效缓解了环境污染,但其他因素(如强劲的经济增长)抵消、掩盖了这些政策的效果。

2. 能源消费的历史回顾与预测

图 1 和图 2 显示了中国在世界能源使用中的地位。2001 年,中国的世界能源使用量占世界的 10%(美国为 23%),二氧化碳排放量占世界的 13%(美国为 23%)。中国 2003 年以购买力平价计的 GDP 约为美国的 59%[1]。这说明,虽然中国每单位能源的二氧化碳排放量高于美国,但每单位 GDP(以购买力平价计算)所使用的能源量则低于美国。大多关于能源密集度(每单位 GDP 所使用的能源量)的讨论都使用市场汇率进行比较,从而大大高估了中国的能源密集度。然而,当比较处于不同发展阶段的国家时,用市场汇率衡量的 GDP 并不合适做为一个基准[2]。

图 3 显示了中国近年来的能源生产与消费情况。中国的能源需求和能源供给增长十分迅速,在 1980 年到 1996 年间翻了一番多。1998 年中国的能源消费量开始超过能源生产量。2002 年以来中国经济的增长以及不断攀升的能源需求对世界能源价格的影响大大超过了过去。

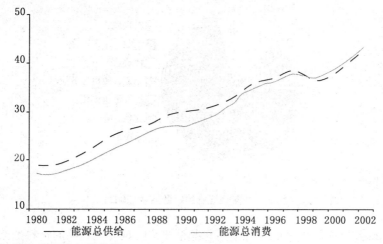

资料来源:能源信息管理局。

图 3　中国的能源总消费与总供给(1980～2002)

图 4 表明中国的能源供给大部分依靠低成本煤炭生产(主要集中在华北地区)。中国的煤炭产量占世界产量的 28%,煤炭消费占世界产量的 26%。原油是第二大能源供给方式,其他依次是水电、天然气以及核电。

---

[1]　资料来源:联合国开发计划署(UNDP)人类发展报告(2004 年)。

[2]　关于使用购买力平价进行国家间能源比较的文献请参见 Castle 和 Henderson(2003)。

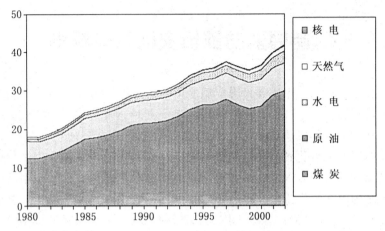

资料来源:能源信息管理局。

图 4   中国分类型的能源生产

图 5 分析了中国 2002 年分部门的能源需求。工业是能源的最大需求方,占需求总额的 70％,家庭部门占 12％,交通运输部门则占总需求的 7％。

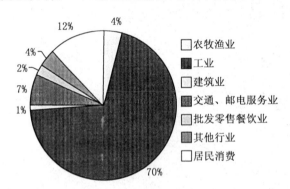

资料来源:《中国统计年鉴》,2004。

图 5   中国分行业的能源消费(2002)

要准确预测中国未来的能源使用状况是非常困难的。近期的资料虽然可以用来预测未来的趋势,但正如 Bagnoli 等（1996）和 Mckibbin 等（2005）所指出的那样,总体经济增长并不是能源使用的关键因素——关键是经济增长的源泉。目前,有多种预测方法可供参考。美国能源信息管理局在每年的《国际能源展望》报告中提供了一种方法。图 6 显示了该方法在高增长、低增长以及基准情况下的预测结果,三种预测都显示在将来中国的能源使用趋势与过去的经历相比没有大的变化。有意思的是,在《国际能源展望》的预测期内,石油及其他化石燃料的实际价格的变动也不大。能源信息管理局将 1990～2025 年的中国总体能源预测按来源分解成天然气、煤炭、石油以及核能四类。无论是总体预测还是分类别预测都显示出目前的这种增长趋势将至少持续到 2010 年。

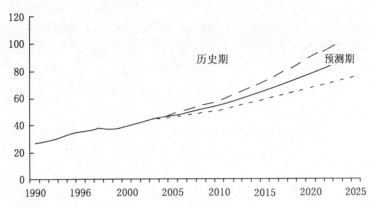

注:预测期中上、中、下三条曲线分别代表高经济增长情形、基准情形以及低经济增长情形的能源消费预测。

资料来源:能源信息管理局/国际能源展望 2004。

图 6 中国能源消费预测(1990～2025)

在可预见的将来,中国将逐渐成为主要能源供应国和生产国这个事实,将是全球能源问题讨论中最重要的议题之一。正如下文所分析的那样,中国的环境问题对本国、亚洲乃至全世界都是重要的问题。

3. 能源消费的环境问题

能源消费所引起的环境和健康问题涵盖多方面内容,包括对国内环境产生巨大影响的颗粒物排放问题,包括影响本国及区域环境的酸雨问题,也包括对全球的环境和气候都有影响的二氧化碳排放问题(参见图 7)。

就国家层面来讲,已经有许多研究探讨中国的能源使用对空气污染的影响。"空气污染"含义非常广泛,包括颗粒物、二氧化硫、氧化氮以及二氧化碳等多种污染问题。空气污染大部分是由于化石燃料燃烧引起的,目前对空气污染的成本估算差别较大。世界银行 1997 年的一份报告指出,1995 年空气污染引致的健康成本约占当年 GDP 的 5%[1],而其他例如 Yang 和 Schreifels(2003)的研究则认为该比例应约为 2%。Garbaccio、Ho 和 Jorgenson(2000)的研究发现,如果每年碳排放量减少 5%,降低的健康成本达到 GDP 的 0.2%。国家环保总局[2]最近的一项

---

[1] Panayotou 与 Zheng(2000)认为 20 世纪 90 年代后期,中国空气污染以及水污染的成本达到 GDP 的 14.6%。

[2] 参见国家环保局(SEPA,2004)。

报告指出,中国大部分城市的空气质量有所好转,但主要大中城市的空气质量问题依然不容乐观。世界卫生组织认为,2004年中国只有31%的城市的空气质量达到世界卫生组织的标准。既然空气质量问题主要是由能源使用直接引起的,那么在未来10年里,能源使用的增长是否会引起更严重的环境问题呢? 这是目前中国决策者面临的关键问题之一,中国政府非常重视。温家宝总理在2005年3月5日的《政府工作报告》中指出加强可再生能源建设可以有效缓解经济快速增长与能源有限供给之间的矛盾,他同时强调要加强对污染的控制力度。成立于1988年的国家环保总局也一直在努力实施严格的监控措施,并不断加强环保立法。

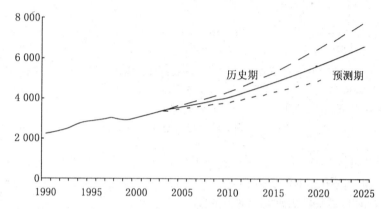

注:预测期中上、中、下三条曲线分别代表高经济增长情形、基准情形以及低经济增长情形的二氧化碳排放预测。

资料来源:能源信息管理局/国际能源展望2004。

图7　中国二氧化碳排放预测(1990~2025)

颗粒物排放会引起严重的健康问题,造成巨大的经济成本和社会成本。Ho和Jorgenson(2003)的一项研究指出,空气中悬浮颗粒物主要来源于煤炭使用——包括发电、非金属矿物产品、金属熔炼以及交通运输等等。

化石燃料产生的最严重的污染物之一是二氧化硫。二氧化硫污染对本国(健康及酸雨问题)以及区域的环境(酸雨)都产生重要影响。世界卫生组织预测目前有将近6亿人口受到高于世界卫生组织标准的二氧化硫污染[1]。而二氧化硫和一氧化氮混合会生成酸雨。据世界卫生组织2004年[2]预测,中国30%的地区受到酸雨的严重污染,但问题并不仅局限在中国。Streets(1997)估测1990年中国的二氧化硫污染占整个东北亚地区污染的81%,他认为中国是东北亚地区酸雨的主要来源。Streets认为,如果不采取控制措施,中国的这个占比不会有很大变化,而且到2010年二氧化硫排放将比1990年增长213%,到2020年将增长272%。Streets

---

① 世界卫生组织(WHO,2001)。

② 世界卫生组织(WHO)第六页以及国家环保局(SEPA,2004)。

认为,如果人工废气脱硫装置建成使用,那么到 2020 年,二氧化硫排放量将下降到 1990 年的 31%。中国政府已经开始重视这个问题,在一些地区开始了二氧化硫排放交易试点,关闭高硫煤矿,并采取了其他控制措施。从 1995～2002 年,中国的二氧化硫排放量已经逐渐降低(但 2003 年又出现上升的迹象)。这些相关政策措施有一定成效,但由于越来越多的地区使用替代物质排放出大量二氧化硫[①],酸雨问题没有得到有效缓解。所有这些控制二氧化硫排放的措施对中国和周边地区都是非常有益的,中国政府正在采取行动。目前进行的排放交易系统试点取得了不错的成效,应该在更大范围内推广。

黑炭排放是 Streets 等最近提出另一个更为重要的值得关注的问题。黑炭是含碳物质的不完全燃烧产生的细微颗粒物。中国大部分城市都有不同程度的黑炭污染。有人认为中国目前迫切需要采取相关措施控制家庭能源使用及森林火灾中排放的黑炭。Hamilton 和 Mansfield (1991)、Hansen 等(1998)及 Streets(2004)的研究提高了我们对黑炭污染问题的理解和重视。黑炭属于气溶胶源物质,因此并没有写入《京都议定书》。然而,Streets 及其他相关研究指出,黑炭污染对中国来讲是个非常关键的问题。黑炭排放的危害非常多,它会降低空气能见度,引起健康问题,对建筑物有损坏作用,相关研究还认为黑炭还将显著降低农作物产量(小麦将减产 30%)[②]。Streets 更认为黑炭是继二氧化碳之后造成温室效应的第二大原因。Menon 等(2002)使用循环模型分析指出,黑炭是导致中国一些地区性气候问题(比如北方的干旱和南方夏季的洪水)的主要原因。一般来讲,从降低黑炭的排放到取得显著的气候改变需要 5 年时间——这比见效时间长达几十年的二氧化碳处理问题要快的多。

图 8 显示了中国黑炭污染的来源。预想不到的是,大部分黑炭污染来自居民能源使用而不是发电或交通运输部门。1995 年,住宅燃烧用煤占黑炭排放量的 83%。这是因为中国 80% 的住户使用固体或生物燃料来烹饪和取暖(WHO,2004)。因此黑炭污染将是中国政府需要解决的重要问题之一。一方面因为这个问题是最近才刚刚引起人们关注,而另一方面是因为黑炭污染的解决途径并不在于能源生产部门,而在于居民能源使用方式的改变。

总之,中国能源消费的增长将带来一系列的环境问题。一些问题已经开始着手治理,而同时一些新问题也在不断出现。

---

① 参见 Yang 和 Schreifels (2003),第 7～8 页。
② 参见 Streets (2004) 及其参考文献。

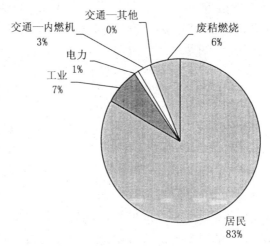

资料来源：Streets D.（2004）"Black Smoke in China and Its Climate Effects"paper presented to the Asian Economic Panel，Columbia University，October 2004.

图8　中国黑炭污染的来源

4. 如何应对能源、环境（气候）以及其他挑战

中国政府已经开始着手治理能源消费增长导致的环境问题。具体措施包括尝试使用清洁能源如风能、水力以及太阳能等替代化石燃料。同时，政府还采取了一系列政策来减少化石燃料的二氧化硫排放。在上一节我们论述了黑炭排放问题，而从全球的角度来讲，中国政府需要采取更多措施的是二氧化碳排放问题，这是本节讨论的重点。

人为因素引起的气候变化的最主要原因是大气中温室气体浓度的提高，而温室气体最主要的成分就是二氧化碳。几十年来，国际社会一直在为有效治理气候变化的威胁而绞尽脑汁。1992年，在里约热内卢召开的联合国地球峰会上通过了《联合国气候变化框架公约》，目标是稳定大气中的温室气体浓度，这在国际气候保护行动上具有里程碑式的意义。该公约虽然只强调"稳定排放"，而事实上，公约的精神更认为全人类应该不惜任何代价降低废气排放以消除气候变暖可能带来的危险。有186个国家包括美国和中国（世界二氧化碳排放量最大的两个国家）签署并批准了该项公约，之后有多个回合的谈判，努力想把工业国家的空气污染水平降低到1990年之前的水平。而到目前为止，这些谈判在控制温室气体排放上取得的成效甚微，甚至还未能有效减缓排放的增长速度[1]。经过漫长的波昂谈判及马拉

---

[1]　对这些谈判的综述和对这些方法的评论参见 McKibbin 和 Wilcoxen（2002）。

克什谈判[①]后,作为此公约的实施协定,《京都议定书》于 1997 年诞生。2005 年 1 月俄罗斯批准以后,《京都议定书》于 2005 年 2 月 16 日正式生效。但是要想真正达到该议定书制定的减排目标,还有许多实际问题和障碍需要克服。我们用十多年的谈判制定了一个原则上非常严格的政策,但在实践中却很难奏效。

在国际社会中,《京都议定书》面临的麻烦更加严重。该议定书对某些工业国家做出了限制,作为世界上最大的二氧化碳排放国,美国并未签署议定书。发展中国家包括中国,虽然已经核准该条约,但除清洁发展机制和联合履行机制之外,并未做出其他任何承诺。这也是美国和澳大利亚拒绝签署《京都议定书》的理由之一。美国作为二氧化碳最大排放国而没有加入该气候条约,这大大削弱了全球改善气候行动的效力。而一些最重要的发展中国家如中国、印度、巴西及印度尼西亚等没有做出有约束力的承诺,这意味着致力于改善气候的有效行动仍然停留在假想性的争论阶段。

发展中国家之所以没有加入《京都议定书》是有其理由的。虽然它们也愿意加入到应对气候变化的行动中去,但它们不愿意为此承担过高的、(与自己经济相比)不相称的成本。目前空气中的温室气体主要是工业革命之后工业国家气体排放的结果。因为大气中的二氧化碳浓度达到一定程度才会引起气温变化,因此工业国家的工业化进程才是目前气温变化的主要原因。如果发展中国家为发达国家以往的行为买单的话,那么如果发展中国家选择与工业化国家一样的能源密集型发展道路,发达国家也应做出相应的补偿。所以发展中国家目前面临的困境是:他们不仅要做出某种承诺来控制温室气体排放,而且气候变暖带来的大部分损失也将由他们来承担[②]。

面对复杂的国际谈判,有必要阐明气候政策的成本和收益方面的几个重要事实,探索能否有不考虑中国和其他发展中国家的解决方案。一般认为《京都议定书》仅仅是发达国家间的游戏。正是因为这种想法的存在,在过去几十年里很多国家都迟迟不采取有效行动。因为气候变化的不确定性,如果迟迟不采取明确的措施来促进化石燃料能源体系的转型,其代价将会是非常昂贵的。

温室气体排放的一个主要来源是化石燃料的燃烧。为了减少对化石燃料的依赖,成本最低的方法是在未来的能源体系中逐渐减少化石燃料的使用。从目前的能源体系来看,这是有一定困难的。正如我们在第二部分所讲的那样,中国的能源供应主要依赖煤炭,起码需要几十年的时间才能完成能源体系的转变,而且现有相关物质资本和人力资本的转变也需要非常昂贵的成本。但是如果在未来逐步实施能源体系转变(大部分发展中国家都将经历这个过程),成本将明显降低。无论是

[①] 对《京都议定书》COP3 和 COP3 版本的比较参见 Bohringer(2001)、Buchner 等(2001)、Kemfert (2001)、L.schel 与 Zhang(2002)以及 McKibbin 与 Wilcoxen(2004)。

[②] 参见 IPCC(2001)。

开发替代能源,还是减少化石燃料中的二氧化碳排放,技术必将是减少温室气体排放的主要手段。发达国家在其发展过程中已经经历了二氧化碳浓度过高所带来的种种问题,而发展中国家完全可以来避免这些问题。最关键的一点是如何在发展中国家中促进新的低炭能源体系的建设。事实上,当气候变化问题真的严重到一定程度时,发展中国家也将采取低炭的能源发展道路。然而与将来大规模的重建相比,在当前采取渐进式的能源转变模式的成本显然更为合理——这也正是目前工业国家所面临的问题。

当前国际社会中气候政策的整体形势是:美国(最大的温室气体排放国)拒绝签署《京都议定书》,它倡议通过技术转变直接或间接地降低排放;欧盟已经承诺排放目标(俄罗斯遵守《京都议定书》是其能达成减排目标的重要条件),并在2005年1月份开始实施欧盟排放交易系统(不包括一些关键部门如铝、机动车辆以及化学产品部门等),但要到2008年底才有可能完全实行;日本目前排放量还高出目标量16%,而且经济经历了10余年的萧条之后开始复苏,这也为其达到减排目标提出了严峻的考验;而发展中国家拒绝正式讨论承诺问题。

在这样一个背景下,中国在应对二氧化碳排放问题上有多种道路可以选择,并将对世界减排行动作出重要贡献。其中一个方法就是取消能源补贴;另一个方法是进一步提高能源价格以更准确地反映化石燃料燃烧的经济和环境成本;一个进一步的方法是直接从清洁发展机制国家进口低炭的能源技术。与前面两者相比,这种方法虽然可行,但其成效尚待进一步证明。

经济理论可为中国气候政策的架构提供一定的指导[1]。由于温室气体来自于不同渠道,要想实现减排的成本最小化,必须使不同类别的产生渠道的减排边际成本相等。要达到这一点,标准的经济政策处方必须是一个市场化的政策工具,例如气体排放税收或者排放许可交易体系。在中国,这种治理环境污染的市场激励政策已经开始实行,如污染收费以及二氧化硫排放许可等等。Richard Cooper(2005)建议中国应该实行二氧化碳排放税,而McKibbin和Wilcoxen(2004)则认为,价格信号对转变中国未来的气体排放状况将会相当有效。在没有不确定性的情况下,建立税收制度或者许可交易制度都可以有效降低能源使用的气体排放,尽管这两种制度安排会产生不同的分配效应。

但是当存在不确定性的时候,问题就变得比较复杂。Weitzman(1974)证明当边际收益和边际成本不确定的时候,税收和许可的作用是不等价的,哪种政策更为合理取决于两条曲线的斜率[2]。当边际收益曲线相对陡峭而边际成本曲线相对平缓的时候,排放许可政策更为合理(在这种情况下,关键问题是制定一个合理的许可排放量)。而当边际成本曲线相对陡峭而边际收益曲线相对平缓时,税收政策

---

① 参见McKibbin和Wilcoxen(2002a)的一个综述以及Pezzey(2003)关于税收和许可的比较。

② 关于对这个问题最近的讨论参见Pizer(1997)。

就更为可取。在不确定情况下，排放许可体系可能效果欠佳，这并不仅仅是个理论问题，很多参与气候变化政策讨论的国家都有这种直观感受。

将这种分析应用于气候变化，我们可以看到当气候变化存在不确定性时，税收制度比许可体系更为有效。很多事实都证明降低温室气体排放的边际成本曲线非常陡峭（至少在发展中国家是这样）。有很多模型都预测实现减排目标的成本，尽管有一定差别，但这些模型得到的结果都发现，当目标减排量越高时，成本上升速度越快。同时，气候变化的性质说明减排所带来的边际收益曲线是非常平缓的。

在用经济学工具分析税收制度及许可体系两者的优缺点后，我们也许想知道是否可以设计出一种政策综合这两种制度的优点？是否存在一种制度安排，既符合发达国家和发展中国家的理念，同时对发展中国家而言，在其还不具备支付能力的情况下，不必以高昂的能源价格形式来负担过高的短期成本？

任何气候变化政策都应该涵盖一系列的目标，它要兼顾国家内部和国家之间的经济效率与公平；同时这些政策必须建立在清晰的排放产权和明确的长期排放目标之上，同时还要明确能源体系转型的短期成本。一个合理的气候政策还应创造出一个良好的机制使人们根据气候变化的不确定性而采取相机抉择的行动。这一切都要求必须建立一种市场机制以明确显现目前及未来的二氧化碳排放的成本。同时，各个国家必须是基于自身的切身利益去维持这种气候政策体系，而不是依靠国际制裁来防止体系的分裂。

McKibbin-Wilcoxen 方案（参见 McKibbin 和 Wilcoxen，2002a，2002b）为解决上述问题提供了一种视角。这种方案综合了税收制度及排放许可交易制度两者的优点[①]。McKibbin-Wilcoxen 方案不但适用于发达国家，也适用于发展中国家，该方案也考虑到不同国家的区别，主张发展中国家不应在短期内负担与发达国家一样的经济成本。

这里简要介绍 McKibbin-Wilcoxen 的方法，有关详细内容请参见 McKibbin 和 Wilcoxen（2002a）。该方案的基本思想是规定能源供给者的年度许可排放数量（取决于其能源产品中的含炭量），并设定长期（比如 100 年）的总许可排放量，这些排放许可可以在市场上以浮动价格交易。而且，政府有权每年以某个价格增加许可配额。正是通过这种长期许可或者年度许可对能源生产进行限制。每年的排放价格不能高于政府制定的最高价格，而每年的排放数量则是由市场决定。因此，这种方案的长期目标由总排放量来体现，而短期目标则由不同产业排放二氧化碳的成本来体现。对中国这样一个发展中国家而言，如果长期许可排放量超出目前排放量，最初的年度排放许可价格可能为零，但长期许可价格毕竟可以反映对长期排放水平的预期。即使最初需要支付的二氧化碳排放许可的价格为零，一个正的长

[①]　实际上这个方案的思想可以追溯到 Roberts 和 Spence（1976）关于环境政策的论述，以及 McKibbin 与 Wilcoxen（1997）对气候变化政策的讨论。

期许可价格也将促进中国二氧化碳排放状况的转变。

McKibbin-Wilcoxen方案有一个亮点是主张对发展中国家建立发展援助机制,这一点的意义非常重要。对发展中国家的能源体系建设而言,能源投资者能长期保全其投资非常关键。在该方案的全球气候承诺框架中各个国家的时间表之间有一定的时间差,中国可以利用这种优势来吸引国外投资,并通过建设一种能源方面的期货市场来促进经济发展。这样做,比清洁发展机制或者其他任何机制节省管理成本,并对国外投资更有吸引力。可能有人会质疑中国缺乏支持这种制度运行的机制和环境。在近期是存在这个问题,但是就长期来讲,中国政府一定会依据自身特点和理念建立符合中国特点的产权制度,并在全球市场上转让二氧化碳排放许可。显然,这远比在《京都议定书》的框架下在照搬西方的产权制度来得更为容易。《京都议定书》之所以很难在一小部分工业化国家之外得以实施,很重要的一个原因就是它缺乏一种全球产权协调机制以反映发展中国家的现实和要求。

5. 结 论

像中国这样一个经济迅速增长的大国,会面临诸多的经济和环境问题的挑战。但没有任何一个问题能像能源及其环境问题那样对中国、亚洲乃至全球会产生如此深远的影响。本文总结了其中的部分问题。首先,本文总结了中国在世界能源市场中的重要地位(中国在世界商品及制造业市场上同样占据重要地位)。而能源消费以及未来巨大的能源需求都将对环境产生深远影响。中国政府已经采取措施治理国内颗粒物排放尤其是二氧化硫排放问题。通过关闭小规模高硫煤矿代之以低硫煤炭、直接控制二氧化硫排放、二氧化硫排放收费试点以及二氧化硫排放交易试点,中国二氧化硫排放得到了有效治理。而这对中国以及东北亚地区的酸雨治理问题产生积极作用。而对于家庭部门的黑炭排放问题,仍旧有待进一步解决。这需要家庭烹饪及取暖方式的技术性转变,并且只能采取渐进性的、阶段性的转变方式。治理黑炭排放的预期成果会非常显著,并会很快改善公共健康、农业生产以及本国气候。

就全球层面来看,中国需要采取更有效的措施治理化石燃料燃烧排放的二氧化碳(其他国家也是如此)。即使马上采取治理措施,也要过几十年才能出现成效。对于中国来讲,一个可能的选择是采取一种市场和政府监管的混合方案,比如像McKibbin-Wilcoxen方案所倡导的那样建立一种长效的二氧化碳减排机制,这种机制可以在不影响中国经济增长的前提下,用未来的二氧化碳排放成本来激励能源体系向低排放技术转型。从现在到2010年这段时间里,这种机制的建立对于中国将是至关重要的。而且,在这种机制的示范效应下,如果美国和其他发展中国家能够更合理地减少二氧化碳排放,那么中国的这一步骤将会影响到整个世界的二氧化碳减排。

在未来几十年里,能源问题和能源带来的环境问题将是多种多样的,它需要不同的应对措施。其中包括技术的革新、对生产者与消费者行为的激励,同时也包括一套市场机制和政府监管规则。尤其需要指出的是,这些措施采纳的越早越好,中国在未来 10 年的决策将不仅影响其的能源体系,同时也将对整个世界产生深远影响。

参考文献

Austin A. (2005), "Energy and Power in China: Domestic Regulation and Foreign Policy", The Foreign Policy Centre, London.

Buchner B. , C. Carraro and I. Cersosimo (2001), "On the Consequences of the U. S. Withdrawal from the Kyoto/Bonn Protocol," Paper presented at the 17th Annual Congress of the European Economic Association, Venice, August 2002.

Bohringer, C. (2001), "Climate Policies from Kyoto to Bonn: from Little to Nothing?" ZEW Discussion Paper No. 01−49, Mannheim.

Castles, I and Henderson, D. (2003a), "The IPCC Emission Scenarios: An Economic − Statistical Critique", *Energy & Environment*, 14 (2&3): 159−185.

China Council for International Cooperation on Environment and Development (2001), Report of Environmental Working Group.

Cooper R. (2005), "A Carbon Tax in China?" Paper Prepared for the Climate Policy Center, Washington D. C.

Department of Energy (2000), "An Energy Overview of the People's Republic of China", Available at http://www. fe. doe. gov/international/EastAsia_and_Oceania/chinover. html.

Energy Information Agency (2004), "International Energy Outlook", Department of Energy, Washington D. C.

Garbaccio, R. F. , M S. Ho and D. W. Jorgenson (1999), "Controlling Carbon Emissions in China", Environment and Development.

Hamilton, R. S. , and T. A. Mansfield, Airborne particulate elemental carbon: its sources, transport and contribution to dark smoke and soiling, *Atmos. Environ.* , 25, 715−723, 1991.

Hansen, J. E. , and M. Sato(2001), Trends of measured climate forcing agents, *Proc. Natl. Acad, Sci.* USA, 98, 14778−14783.

Ho M, and D. Jorgenson (2003), "Air Pollution in China: Sector Allocation Emissions and Health Damage", Paper prepared for the China Council for International Cooperation on Environment and Development.

Intergovernmental Panel on Climate Change (2001), *Climate Change* 2001,3Vols. , Cambridge: Cambridge University Press.

International Energy Agency (2004), "Analysis of the Impact of High Oil Prices on the Global Economy", May, Paris.

International Monetary Fund (2004), *World Economic Outlook*, September .

T. Jiang and W. McKibbin (2002), "Assessment of China's Pollution Levy System: An E-quilibrium Pollution Approach", *Environment and Development Economics* 7, pp. 75105, Cambridge University Press.

T. Jiang (2003), Economic Instruments of Pollution Control in an Imperfect World, Edward Elgar, Cheltenham UK.

Menon, S. , J. Hansen, L. Nazarenko, and Y. Luo (2002) ,"Effects of black carbon aerosols in China and India", *Science*, 297, pp. 2250—2253.

McKibbin W. D. Pearce and A. Stegman (2004), "Long Run Projections for Climate Change Scenarios", The Lowy Institute for International Policy Working Paper in International Economics .

McKibbin W. J. and A. Stoeckel (2004b), "Oil Price Scenarios and the Global Economy", www. Economic Scenarios. com Issue 9, October, p. 8.

McKibbin, W. J. and P. J. Wilcoxen (2002a), "Climate Change Policy After Kyoto: A Blueprint for a Realistic Approach", Washington: The Brookings Institution.

McKibbin, W. J. and P. J. Wilcoxen (2002b), "The Role of Economics in Climate Change Policy," *Journal of Economic Perspectives*, 16(2), pp. 107—130.

National Bureau of Statistics (2003), China Statistical Yearbook (2003), Beijing:China Statistics Press.

Panayotou, T. (1998), "The Effectiveness and efficiency of environmental policy in China, In: *Energizing China*, *Reconciling Environmental Protection and Economic Growth*, Harvard University Press,pp. 431—472.

Panayotou T. and Zheng (2000), "The Cost of Environmental Damage in China: Assessment and Valuation Framework", China Council for International Cooperation on Environment and Development.

Pizer, W. A. (1997), "Prices vs. Quantities Revisited: The Case of Climate Change", Resources for the Future Discussion Paper 98-02, Washington: Resources for the Future.

Roberts, M. J. , and A. M. Spence (1976), "Effluent Charges and Licenses under Uncertainty", *Journal of Public Economics*, 5, pp. 193—208.

SEPA (2004), "Report on the State of the Environment in China: 2003," State Environmental Protection Agency, Beijing.

StreetsD. G. (1997), "Energy and Acid Rain Projections for North East Asia", The Nautilus Institute, online at http://www. nautilus. org/archives/papers/energy/streetsESENAY1. html.

Streets D. G. (2004), "Black Smoke in China and Its Climate Effects", paper presented to the Asian Economic Panel, Columbia University, October 2004.

Streets, D. G. et al. (2003), "An inventory of gaseous and primary aerosol emissions in Asia in the year 2000", *Geophys. Res.* , 108.

Wang, X. and K. Smith (1999), "Secondary Benefits of Greenhouse Gas Control: Health Impacts in China", *Environmental Science and Technology* 33(18),pp. 3056—3061.

Weitzman, M. L. (1974), "Prices vs. Quantities", *Review of Economic Studies*, 41, 477 —91.

Weyant, John (ed.) (1999), "The Costs of the Kyoto Protocol: A Multi-model Evaluation", *The Energy Journal*, Special Issue.

World Bank (1997), "Clear Water, Blue Skies: China's Environment in the New Century", World Bank: Washington D. C.

World Health Organization (2004), "Environmental Health Country Profile— China", August, World Health Organization: Geneva.

World Health Organzation (2001), "Environment and Peoples Health", World Health Organization and UNDP: Geneva.

Wu, Libo, S. Kaneko and S. Matsuoko (2003), "Driving Forces behind the Stagnancy of China's Energy Related CO_2 Emissions from 1996 to 1999: The Relative Importance of Structural Change, Intensity Change and Scale Change", *Energy Policy*.

Yang J. and J Schreifels (2003), "Implementing SO_2 Emissions in China" OECD Global Forum on Sustainable Development: Emissions Trading, OECD: Paris.

Zhang, Z. (1998), "The Economics of Energy Policy in China: Implications for Global Climate Change", Edward Elgar, Cheltenham, United Kingdom.

（曹永福　译）

分报告之八

中国、亚洲与世界经济：
新兴亚洲中心和外围的影响①

Barry Eichengreen

① 本文是为"中国经济研究与咨询项目"的课题《中国和全球经济：2010》提供的初稿。本文的部分内容来自作者和 Hui Tong 正在合作的其他研究。作者感谢 Hui Tong 的帮助。

Barry Eichengreen（美国），加州大学伯克利分校经济学和政治学教授。

1979年毕业于美国耶鲁大学，获经济学博士学位。1981～1986年在哈佛大学任副教授。自1987年伊始，于加州大学伯克利分校执教，担任经济学和政治学教授至今。其他学术和社会兼职包括：美国国民经济研究局研究员、美国艺术与科学院院士、英国经济政策研究中心（CEPR）成员、德国基尔世界经济研究所（Keil Institute of World Economics）国际研究员、福布赖特奖金获得者。2002年，获经济史学会（Economic History Association）优秀教学奖金，2004年获加州大学伯克利分校社会科学卓越教学奖金。

Eichengreen教授主要关注国际货币和金融系统的历史变迁和现实问题，出版了一系列关于这一方面的学术专著，包括：《资本流动和经济危机》《金融危机及其解决方案》《金镣铐：金本位和大危机，1919～1939》等。并在国际著名期刊上发表经济学论文数十篇；最近发表的文章有：《东亚地区金融自由化和资本市场一体化》《欧洲、欧元和欧洲中央银行：货币政策成功，财政政策失败?》等。

1. 引 言

本文的主题是试图说明中国的崛起改变了亚洲经济的格局,使得亚洲经济出现了中心和外围的结构。这对该地区恰当的经济、金融、货币安排的选择,以及为使该地区实现以上目标的制度性安排都将产生影响。由此引起的亚洲地区主义将对亚洲与世界其他地区的关系带来影响。

中国的高速增长对其他亚洲经济的影响主要是通过对国际贸易和国际投资进行的。但是,这种影响不仅在程度上是不确定的,甚至其方向也是存在争议的。一些作者强调中国作为经济大国的崛起对其周边产生了强大的竞争压力。中国无限的廉价劳动力供给将使其在低工资制造业领域超过周边经济,中国纺织和服装出口的猛增已经证明了这一点,在多边纺织协定(Multi-Fiber Agreement,MFN)到期之后,中国会对其他亚洲国家的这些产业带来更大的负面影响。中国作为生产和出口的平台及其迅速扩大国内市场的吸引力,可能会使直接投资的流动从亚洲其他国家转向中国。这样来看,中国崛起对周边将带来负面影响。

其他观点认为,中国作为全球增长最快经济体的崛起对其亚洲邻邦来说是件好事。中国需要进口零部件、资本品、技术和原材料以支持出口引擎并满足国内经济的需要。亚洲邻国向中国提供了这些投入品。结果是中国和其他亚洲国家不断地融入到共同的供应链中,周边经济体为中国产业能力的扩张提供所需的资本品,零部件在中国工厂组装,这就需要技术来组织和升级这些工厂,需要能源和原材料保证中国工厂的运行。这一直接效应,刺激了其他亚洲经济体对中国的出口,其影响远大于中国和亚洲其他国家在第三国市场竞争的间接效应。同理,一定程度上中国对外国直接投资流动越来越具有吸引力。如果外国跨国公司发现在中国进行直接投资具有吸引力,那么它们也将发现为了利用给中国生产提供所需投入的机会,在亚洲周边国家投资也是有吸引力的。如果为了给中国市场生产并再从中国出口,日本公司在中国投资会更多,为了建立给本国和其他中国企业供应所需零部件和资本品的供给能力,它们将同时增加国内的投资。

本文的命题认为这两种观点都正确,但是它们适用于不同的国家。亚洲技术较成熟经济体——日本、韩国、新加坡、中国台湾和香港——将会受到正面影响。它们是有能力为胃口颇大的中国产业提供资本品和零部件的经济体。它们与中国将成为共同供应链的一部分。它们的经济和中国的经济有更强的互补性而不是竞争性[①],在双边的贸易和投资中它们会感受到正效应。

---

① 显然,这存在一个问题,这一结论适合什么时间段,在哪一点上中国将一定会攀向技术的高峰并成为这些经济的直接竞争者?笔者将在下文的第5部分分析。

亚洲技术上最不成熟的经济——比如,巴基斯坦、孟加拉国、斯里兰卡、菲律宾——将主要会感到负效应。它们和中国生产很多相同的纺织、服装、鞋帽和其他劳动密集型的消费品。它们对在中国市场立足几乎不抱任何希望。显然它们不会成为外国公司追逐低成本生产和出口平台而投资的理想之地,现在这些公司选择了投资中国①。

值得注意的是,亚洲的低收入经济和高收入经济之间的差距在扩大,或者至少是其收敛程度缓慢得令人失望。在适当的政策下,一般的规律是低收入国家总能赶超高收入国家。中国的竞争不会阻止这一进程。日本的迎头赶超没有阻挡韩国和中国台湾地区的工业发展和赶超。北欧的领先并没有阻挡南欧的工业发展和赶超②。但是现在的情形不同。与周边区域相比,中国在20世纪50年代和60年代比德国要大,在70年代和80年代比日本要大。中国比20世纪50年代的德国和70年代的日本有更大规模的廉价农村劳动力的储备。而德国和日本很快就走出了劳动密集型、低工资的制造业,因此给区域内的其他经济体留下了增长的空间,一些分析认为,中国在未来的20年甚至更长的时间内将持续与此相同的状况③。因此,虽然亚洲的低收入国家与高收入国家的差距会逐渐缩小,但是对可能需要较长时间的趋同进程还是有些忧虑。

这对促进亚洲区域合作的政策构想有何影响呢?答案取决于亚洲区域安排的领域设定。人们现在谈论的越来越多的通过东盟10+3方式进行的合作进展将会非常缓慢,所以如果在这一框架内,政策的优先考虑应该是对区域外的开放。举例来说,如果要成立东盟10+3自由贸易区,由于成员国的出口结构差异很大,除非它对世界其他地区相当开放,否则这将带来贸易转移④。关税同盟理论的一个基本观点是经济和出口结构差异较大的国家的联盟将产生贸易,从世界其他低成本供给者转向联盟内部高成本供给者的风险。这与具有相似结构国家组成的同盟是不同的,他们主要的效应是贸易创造——鼓励消费者从关税同盟的伙伴购买免税品而不是从高成本的国内供给者购买。减少对世界其他地区的贸易限制能够降低贸易转移的风险。本文认为,中国的崛起将使得亚洲出现中心和外围,其经济机构的差异是巨大的,因此这意味着开放的地区主义具有重要意义。

区域金融合作也将受到影响。旨在推动区域金融合作的亚洲债券市场同样是

---

① 在亚洲也存在一组中等收入国家,比如说泰国。一定程度上,它们已经生产零部件和资本品,它们会感觉到正效应,但是一定程度上它们继续生产非熟练劳动密集型的消费品,因而它们会感觉到负效应。另外,一些经济体,如印度尼西亚可能是最好的例子,提供原材料和能源的数量不断增加,而且中国也在尝试增加非熟练劳动力密集型的产业。它们都会同时经历正负效应,这取决于它们生产和出口的组合。这方面更多的讨论见下文。

② 这一进程还在进行。

③ 见 Dooley, Folkerts-Landau and Garber (2003)。

④ 10+3是指东盟10国加上中、日、韩三国。

东盟 10＋3 提出的构想。这一构想试图培养活跃而流动的以区域内货币计价的债券二级市场，并发展区域债券市场成长所需的基础设施。这些设想的一个假设前提是同样的基础设施和管制措施对整个地区的所有国家都是适用的。但是，如果不同亚洲国家处在经济发展的不同阶段，它们也将处在金融发展的不同阶段。笔者认为，同样的基础设施和管制措施不一定会适合所有成员。同理，另外一个倡议，即由东亚及太平洋中央银行行长会议组织（Executives' Meeting of East Asia-Pacific Central Banks，简称 EMEAP)提出的亚洲债券基金也不可能成功，因为这种做法可能只是将金融服务贸易从更有效的区外的供给者转向区内效率较低的供给者，除非与此同时亚洲对世界其他地区实行金融自由化①。

货币一体化面临同样的问题。如果亚洲国家处在经济和金融发展的不同阶段，那么它们会倾向于不同的汇率安排。它们将有足够的理由来反对钉住共同货币或单一货币。按照最优货币区理论，如果各国的发展水平、经济结构和出口商品结构不同，这意味着不对称的冲击需要各国采取不同的政策反应，但是在各国都参加货币合作的情况下是不可能实现的。

正在形成的亚洲的中心—外围结构意味着两组国家的发展路径将会分道扬镳。这意味着会出现"双轨道的亚洲"（"two-speed Asia"）②。中高收入国家将单独推行区域自由贸易、区域金融一体化以及区域货币一体化。但中国将是这一进程的障碍③。由于中国是一个大国，并在亚洲经济中的权重越来越大，任何一项缺乏中国参与的构想对其他国家来说都是没有吸引力的。这自然会产生一个问题，中国是否准备好了和中高收入的邻国进行贸易自由化、金融一体化和/或货币一体化。中国的情况是它既身处亚洲中心区，也身处亚洲外围区。中国经济有时候又被称为二元经济，一方面是以出口导向、技术密集型制造业为特征的沿海经济，另外一方面则是仍然由低效、低工资农业主导的内陆经济。因此，如果不对世界其他地区开放，甚至是由"CJKST"（中国、日本、韩国、新加坡和中国台湾）组成的自由贸易区也可能带来贸易转移。同理，中国金融部门与中心金融部门相对落后；其银行系统是个大难题。在这一点上中国需要比其高收入的亚洲邻邦更强调全面且根本性的金融改革。中国金融系统的薄弱给全面资本账户自由化带来了困难。这反过来限制了中国参与推进区域金融一体化的努力④。货币相对的自由浮动可能对资本市场开放和具有强健金融体系的高收入国家是较合适的，但在一个金融体系

① 这是 Park (2004)的观点。EMEAP 的成员是澳大利亚储备银行、中国人民银行、中国香港金管局、印度尼西亚银行、日本银行、韩国银行、马来西亚国家银行、新西兰储备银行、菲律宾中央银行、新加坡金管局、泰国银行。

② 与此类似的是，20 世纪 90 年代欧洲货币一体化的文献中经常谈到"双轨道欧洲"。

③ 此外，东盟现在既有中心成员又有外围成员，这种联盟使得把低收入国家从未来的区域合作构想中排除出去变得更加困难。

④ 参见 Prasad，Rumbaugh and Wang (2005)。

薄弱的国家,资本管制、持续强调出口导向的经济体在原则上是限制灵活性的[①]。这说明共同的货币篮钉住,更不用说共同货币,不是中国近期合适的选择。在金融发展存在以上差异的情况下,人民币不可能成为吸引其他国家钉住的对象,即使它们与中国贸易和资本流动存在高速增长。

概括来说,亚洲的区域一体化发展是一个相对缓慢的进程,近期内不可能迅速走向一个有凝聚力的以中国为中心的集团(China-centered bloc)。注意这纯粹是个经济观点。如果考虑到政治因素,我们同样能看到亚洲区域主义的进程困难重重[②]。

这些结论意味着到 2010 年或之后世界经济的组织和治理结构并不会发生深远变化。亚洲不会很快就团结在中国的周围形成封闭的贸易集团。有部分国家可能在贸易自由化方面会走得更快,但是它们与其他区域的贸易联系将继续保持强劲。按照标准的关税同盟理论,它们需要对世界其他地区增加开放程度。亚洲不会发展成为一个有凝聚力的、自给自足的金融区;相反,该区对其他区域在资本流动和对亚洲之外其他金融中心如纽约和伦敦金融服务商的依赖可能还是较强的。中国和其亚洲邻国不会实行共同的货币篮钉住,采用一种共同货币更是很遥远的事。亚洲国家不可能在国际货币基金组织、世界银行或者是其他场合作为一个紧密的投票集团(a cohesive voting bloc)采取行动。

2. 贸易流动

在讨论中国加入 WTO 的时候,很多学者研究了中国的出口如何影响亚洲其他国家的出口。中国加入 WTO 被认为是贸易自由化的典型案例,这将提高中国的进口倾向和出口倾向。Ianchovichina 和 Walmsley（2001）采用多国家、多部门的国际贸易模型并做了模拟分析。他们发现,中国"入世"虽然会提高本国的出口,但是减少了越南、菲律宾、泰国、印度尼西亚和马来西亚的出口(主要是因为对这些国家纺织和服装销售产生负面影响)。他们发现,中国"入世"对日本和新兴工业化国家和地区(中国香港、南韩、新加坡和中国台湾省)的出口有利,主要是因为这些经济体增加了对中国高质量纺织和电子投入产品的出口(同时还有出口加工产业的出口)。正如他们总结的那样,"日本和东亚新兴经济体也会从中国'入世'中受益……作为中国主要的原材料供应商,这些国家将看到其贸易条件和资本回报的提高"。在日本和新兴经济体中,生产项目的增长主要是由出口的扩张拉动的。另一方面,他们的模拟也说明在东亚的发展中国家出口(主要是纺织品和服装)和

---

① 值得提出的是,限制波动并不意味着一定要实行钉住汇率制度,见 Eichengreen（2004）。
② 见 Eichengreen and Bayoumi（1999）中的例子。

GDP 相对于基期水平减少了。

同时,Yang and Vines (2000) 通过差异产品下的多部门、多国模型分析中国增长对其他亚洲国家出口的影响,发现东盟国家的出口轻微下降而日本和其他的新兴工业经济都将上升。其净效应是对中国本身出口的正效应和对第三国市场的负效应之和,这一效应是正还是负,取决于讨论的是亚洲的何种出口。

国际货币基金组织(2004)的研究利用 CGE 模型分析了亚洲贸易流动的地理和部门结构。和基准情景,即中国低速增长的情况相比,中国"入世"将导致中东和北非的产出下降最多,而对发达经济的影响最小。对东盟国家经济的影响比平均水平略高,对新兴工业化经济和南亚经济比平均水平略低。具体的影响因部门和国家而异。那些高度依赖纺织品和服装出口的国家(这些部门正是中国因其丰富的廉价劳动力而具有比较优势的部门)将经历显著的负效应。

研究中国贸易对其他亚洲国家影响的另外一种方法是 Ahearne、Fernald、Loungani and Schindler (2003)的研究。这些作者利用了 1981~2001 年间 3 个新兴工业化经济体(韩国、中国台湾、中国香港)和四个东盟成员(印度尼西亚、马来西亚、菲律宾和泰国)的年度数据,分析中国的出口对这些周边经济出口的影响。他们回归了这些国家的出口增长对外国收入和该国实际汇率变化的影响,并加上了中国实际出口增长作为附加的解释变量。然而,对中国出口的相关系数趋向于正,意味着其出口与其亚洲邻国的出口是互补的,这一效应非常接近标准置信水平的显著值。作者得出了"中国出口增长减少其他新兴亚洲经济出口的证据几乎不存在。实际上,这说明了中国的出口和其他国家的出口是正相关的"的论断[①]。

我认为,对此问题最令人信服的研究是 Eichengreen、Rhee 和 Tong (2004)。我们使用了双边贸易流动的引力模型来研究中国出口的影响。比如,我们用标准的引力模型变量(规模和两个经济体的人均收入,它们之间的距离等等)回归了从韩国到美国的出口,但是我们也把中国对美国的出口纳入进来。关键的方法是确认中国对美国出口的内生性(方程中主要的解释变量和误差项之间的相关性),因为其他的未考察因素(比如,对消费者信心的冲击)在增加韩国对美国的出口的同时,可能也会增加中国对美国的出口。幸运的是,引力模型提供了一个分析该问题的工具变量,即中国到其市场的距离(比如以美国为例),这与中国的出口方向非常相关,但是不能归入对其他国家的出口方程里(比如韩国)。另外,我们使用了相同的技术估计了中国增长对其从其他国家进口需求的影响。

我们的研究确认了中国对第三国市场的出口挤出(crowd out)其他亚洲国家出口的趋势,但是我们认为这一效应主要是在消费品市场而不是在资本品市场上体现出来的。当把消费品、中间品和资本品区分开,方程中的消费品的相关系数绝对值较大并在标准置信水平上更显著。这一结论是符合逻辑的,因为中国一直出

---

① Ahearne 等编 (2003),第 21 页。

口消费品,而不是资本设备。快速增长的中国还将从亚洲邻国吸收进口。中国进口的直接效应主要是在资本品市场体现出来的。

这些结果说明,中国的崛起对亚洲出口资本品的高收入国家和出口消费品的低收入国家的影响是不同的。机械、设备、电子产品中的复杂部件的出口商可能会感觉到中国在第三国市场的竞争效应,但是这一影响被中国对他们自身出口的旺盛需求的正效应抵消了。相反,出口非熟练劳动密集型消费品的低收入亚洲出口商将感觉到中国在第三国市场的激烈竞争,同时,中国的快速发展产生了对它们出口的相对较小的直接需求,因为中国国内具有生产相同制造品的能力。

具体的影响程度取决于各国的经济结构和不同的情景。比如,新加坡在出口增长方面获益最大,这反映了新加坡的资本品生产商感受到的动力以及资本品生产在其生产结构中的重要性。印度尼西亚也受到正面的影响,但是其消费品出口显著下降,这反映出印度尼西亚主要靠初级产品和能源的出口,而中国对此有巨大的需求[①]。

对印度的净影响比对孟加拉国、巴基斯坦和斯里兰卡要小,这反映了印度的产业结构更加多样化。但是这些研究并没有动摇我们的基本观点,即中国的崛起对亚洲高收入和低收入国家的影响是不同的。

3. 外国投资流动

有关中国的外国直接投资流入如何影响其他国家直接投资流入的研究寥寥无几。Mercereau(2005)采用了 14 个国家 1984～2002 年间的数据。他把中国占该地区外国直接投资总额的比率视为中国挤出外国直接投资流入其他国家的一种潜在指标。如果用这一指标来衡量,他发现挤出效应只出现在两个国家:新加坡和缅甸。但是,这些回归是通过最小二乘法(OLS)面板数据估计出来的,并主要受明显的内生问题的影响。

Chantasasawat、Fung、Iizaka and Siu(2004)采用了中国之外的 8 个亚洲经济体 1985～2001 年的数据,并通过两步最小二乘法估计了中国外国直接投资流入和其他外国直接投资流入的方程。其他 8 个亚洲国家的年度数据集中一起并作为面板对待。他们发现中国外国直接投资的流入和其他亚洲国家的流入是正相关的,不是负相关的。这是一个非常重要的发现,虽然模型中的稳健性问题也会出现。尤其是,他们将中国定义为资本流入其他国家的工具变量,这种处理方法要求他们在回归中剔除时间固定效应,因为中国这个工具变量与时间变量是密切相关

[①] 在我们的计算中能源是被纳入到中间产品中。因此,对印度尼西亚来讲,对中国中间品出口反映的正效应基本上抵消了对印度尼西亚消费品出口到第三国市场的负效应。

的。这产生了采用什么工具变量的问题。

另外一个问题的研究是 McKibbin 和 Woo（2003）的研究，他们对中国加入 WTO 的影响进行了模拟，研究表明在其他条件给定的情况下，东盟 4 国（印度尼西亚、马来西亚、菲律宾和泰国）的收入和生产率增长将会下降。作者区分了两种情况，分为 2002 年前（"入世"前）和 2002 年后（"入世"后）。他们假设流入中国的外国直接投资以及流入亚洲其他国家的亚洲直接投资在中国"入世"之前是互补的（中国外国直接投资的增加导致了亚洲其他国家外国直接投资的增加），但是流入到中国的外国直接投资和流入到亚洲其他国家的外国直接投资从那以后是相互替代的。他们的模拟分析关注的是后一种情形，即外国直接投资的转向（FDI diversion）。其他亚洲国家的生产率增长下降了，因为在它们的分析中外国直接投资能够带来正的技术外溢效应（和提高资本/劳动比一样）。这些是建议性结论，但是他们是以假设为基础的，不是对外国直接投资转向的调查结果。

Eichengreen 和 Tong（2005）使用引力模型分析了中国崛起对区域内外国直接投资的影响[①]。我们的分析包括了总量水平上的双边 FDI 流动和人均收入，投资国和东道国之间的距离，还有其他标准引力模型的解释变量，并把对中国的外国直接投资作为额外解释变量。还要再提醒一次的是，中国吸引 FDI 的潜在内生性，但引力模型提供了恰当的工具变量，即从来源地到中国的距离（这不同于来源地和引入国的距离——不属于第二阶段方程）来处理这一问题。我们的基本结论是，中国 FDI 流入对其他亚洲国家 FDI 流入有正的效应。这与我们对其他地区研究的结果不同，那里或者没有影响（比如在拉丁美洲）或者是有负影响（比如在欧洲）。重要的是，我们发现流向中国的 FDI 给为中国的生产和组装提供零部件及资本设备的高收入亚洲国家带来的 FDI 增长要高于与中国在第三国市场上竞争的低收入亚洲国家。这再次说明了，高收入亚洲国家要比低收入的亚洲国家受益更大。

需要注意的是，贸易和投资产生的结果方向是一致的。这并不奇怪，因为最根本的逻辑在两种情形下是一样的。能够利用中国所提供机会的国家通过生产和出口到中国使之成为组装和出口消费电子产品的平台，零部件在那里组装而且组装所需设备也是更具有吸引力的投资之地，外国跨国公司利用该区域供应链的所有环节。这种关联也被其他很多学者提到，比如 Lian（2005）。

[①] 以前的大量研究也把引力模型应用于 FDI。Grubert and Mutti（1991）的早期研究用该模型分析美国跨国公司工厂和设备投资的模式。Frankel（1997）应用引力模型分析优惠的贸易安排对 FDI 的影响。Hejazi and Safarian（2002）运用扩展的引力模型解释加拿大的 FDI。Stein and Duade（2001）运用引力模型分析 28 个 OECD 国家和 63 个东道国之间的 FDI 流动，重点是目的国的制度特征如何具体影响流入的总量。Loungani、Mody、Razin and Sadka（2003）运用双边直接投资的引力模型分析信息在引导投资方面的作用。

4. 动态与反应

前面的部分说明了中国的崛起将导致亚洲经济分为两个集团：一是由充满活力的中国经济推动的具有投资和高技术出口的高收入国家集团；另一个是感到由于中国竞争的存在使之更难发展出口市场和吸引 FDI 的低收入国家集团。必须澄清的是，我们并不认为中国的竞争会使得第二个国家集团遭受增长停滞的厄运。不过，中国崛起可能使它们赶超其他国家的任务变得更艰难了。

这种分化的程度将取决于亚洲的其他发展中国家对来自中国的竞争以及增长与趋同的挑战如何做出反应。对欧洲的研究已经表明，具有良好制度、能够保障合同执行的法律规则、高透明度、低腐败以及稳健的宏观经济政策会加快后进国家和该区域领先国家的收入水平的趋同①。换言之，在标准的跨国增长回归中，具有良好制度的国家的趋同条件的相关系数（相对于领先国家的人均收入）要更大，这表明较快的趋同。这个结论的含义是，具有良好制度和政策的国家将会更好地应对中国的竞争并迎接经济发展的挑战。

具体来说，可靠的合同执行、法律规则和稳健的宏观经济政策使这些国家成为外国跨国公司投资更具吸引力的地方。这反过来又促进了从外国投资中获取技术和组织知识，这对趋同与增长是相当主要的。因为低收入国家的外国直接投资基本上是出口导向的，它也应该会促进在出口增长导向下技术和知识的边干边学（learning by doing）。

在一定程度上，中国 2 亿剩余农村非熟练劳动力进入现代制造业部门尽管会使其他的亚洲发展中国家劳动密集型的制造业的空间变小，但这有助于中国邻邦加速产业链升级。McKibbin 和 Woo（2004）建议，各国可以通过投资教育和培训，发展学术界和商界联系，或者提高它们吸纳外国新技术和独立技术创新能力，来中和（neutralize）未能抵消的 FDI 任何损失造成的影响。这是一个好建议，虽然说起来容易做起来难。

中国的崛起会给亚洲的低工资国家带来多大的竞争压力，要看中国本身将高技术应用到更高技术水平产品生产的速度。中国官员和商界人士知道在产业部门通过生产更多的零部件、资本设备和技术应用能够提高国内的增加值。他们正在积极地朝这一方向迈进，发展所需的人力资本、实物资本以及软硬件设施的投资。在一定程度上他们成功了，中国将与专门生产零部件、资本设备和技术的其他亚洲中心成员进行更直接的竞争，并为实现增长的亚洲外围国家腾出更大的发展空间。同时，中国具有上亿的非熟练失业大军和半熟练的农民工为现代制造业部门提供

① 详见 Eichengreen and Ghironi（2002）and Crafts and Kaiser（2004）。

了劳动力,这意味着即使是成功地增加人力资本的存量并从事更高技术的制造业生产也不会短期内改变低工资制造业的局面。

需要强调的是,上述结论带有一定的不确定性。我们对于一国经济增长的外溢效应的本质、方向和规模等缺乏系统性的了解。以前的研究倾向于认为一国经济增长带来的溢出效应是正的。Chua（1993）建立了一个区域生产函数,并证明一国的产出增长不仅取决于其本国的投入增加,而且取决于邻国的投入增加。Easterly 和 Levine（1995）证明了增长是毗邻国家增长函数的递增函数。Moreno 和 Trehan（1997）证明了增长是周边市场规模的递增函数。这些研究的共同缺陷是忽略了所考察的各国可能共同存在的某些因素,这些因素会导致所考察的国家的经济增长有正相关关系。另外,我们不清楚当一国和其邻国的要素禀赋非常相同,但其相比邻国却有更强的技术和竞争优势时,溢出效应是否更容易变成负的。

5. 对亚洲经济、货币和金融关系的影响

正在形成的这种亚洲中心和外围的格局将影响区域一体化构想的设计。首先,东盟自由贸易区可能是无效的。东盟有富国（比如新加坡）也有一些较贫穷的国家（比如柬埔寨和缅甸）。中国的崛起引起了这些国家连续分化的可能性,或者至少是放慢了它们收入水平和经济结构趋同的步伐。这可能导致东盟自由贸易区产生贸易转移。比如,新加坡可能会从柬埔寨和缅甸进口更多的非熟练劳动力密集型、低工资制造业产品,而不是从世界上其他更有效率的国家进口。柬埔寨和缅甸可能从新加坡进口更多的熟练劳动力和技术密集型制造业产品,而不是从自由贸易区之外的更有效率的供应商那里进口。

这种危险有多紧迫?其他自由贸易区的经验,尤其是北美自由贸易区（NAFTA）,表明收入水平和经济结构差别很大的国家组成的自由贸易区不会对其他地区产生很大的贸易转移,只要它们对区域外的其他国家保持较低的关税水平。对东盟来讲也是如此吗?答案是不确定的。一方面,东盟的大多数成员是高度出口导向的,它们已经大幅度地降低了关税和非关税壁垒[①]。作为 WTO 的成员,它们也有义务对世界其他国家和地区开放贸易。另一方面,它们的经济深受政府的影响,政府的政策能够影响贸易的特征和渠道。在一定程度上中国的崛起促进了东盟国家的持续分化,这使得成员国对世界其他地区的开放更加迫切,而且这又将需要进一步削弱政府影响贸易规模和方向的作用。

除了东盟自由贸易区计划之外,亚洲国家已经开始谈判一系列的双边自由贸易协议。Pangestu 和 Gooptu（2004）提供了一个长达两页的协议清单,介绍了已

---

① Pangestu and Gooptu（2004）提出 ASEAN 内部贸易的 90%是在 0～5%的关税水平下进行的。

经成功签订的协议、正在谈判的或者是处在倡议阶段的协议。最引人注目的是2013年以前的东盟和中国的自由贸易协议。东盟—中国自由贸易协定是全面的,不仅是要承担削减关税和非关税壁垒的任务,而且也要承担贸易便利措施如共同标准和程序并覆盖服务贸易。这种协议对美洲自由贸易区也产生了相同的问题:自由贸易区对世界其他地区开放是相当重要的;同时,中国作为WTO成员履行的义务也使得开放具备了可能性。但是,一定程度上中国—东盟自由贸易区意味着对东盟服务贸易的开放要快于对世界其他地区服务贸易的开放,所以仍然存在贸易转移的风险。中国可能会从相对高成本的东盟国家进口金融服务而不是从世界其他地区较低成本的国家进口。

中国对与东盟建立自由贸易区的兴趣引起了日本建立东盟—日本经济伙伴关系的兴趣,并促使韩国也采取相应的部署。这可能最后会形成一个东盟10+3自由贸易区。结果是自由贸易区中将包括更多的高收入的东亚国家和低收入的国家。考虑到这种变化,东亚地区保持开放的地区主义显得更加重要。

区域合作的另外一个领域是亚洲债券市场的发展。政府从亚洲金融危机中总结了经验,即一国高度依赖银行体系是极其危险的。东盟10+3国家因此提出了亚洲债券市场的倡仪(ABF)以培育区域债券市场。亚洲债券市场构想是2003年的8月东盟10+3财长在菲律宾马尼拉会议上提出来的。其目的在于利用信息共享、同行意见、有管理的协调和区域的一体化来促进国别水平上和区域水平上债券市场运行所需的基础设施。特别是参加国要承诺当地金融市场增长所需政策的信息共享,建立区域信誉评级委员会,建立更有效的信息发布和评级机构决策的机制,通过建立亚洲担保设施提供信贷的担保。它们已经建立了有关方面的6个工作组,创立了证券化的债务工具、信贷担保机制、外汇和清算发行、非居民(多边发展银行、外国政府机构以及跨国公司)发行的以当地货币计价的债券,评级机构和信息发布,以及技术支持的协调。

上述这些活动都是无可厚非的。和谐监管、简化结算流程、减少对跨境保险和投资的管制等措施有助于克服区域债券市场发展的最小有效规模限制,推动区域债券市场向更深、更广地发展。但是,这些做法如果是仅对区域以内经济体实施,其代价是牺牲与世界其他地区交易,而鼓励本区域内国际金融交易。因此,亚洲债券市场构想带来的问题与亚洲自由贸易区引起贸易转移问题的性质一样。因为东盟10+3组合包括了金融发展水平差距很大的国家,尤其是中国崛起意味着该区域内收入水平和经济结构更缓慢地趋同,因此,问题是严重的。自由化和规制协调水平的差异将促使柬埔寨、缅甸,可能还包括中国和其他发展中的亚洲国家从东京、香港和新加坡而不是从伦敦和纽约进口金融服务。即使伦敦和纽约更有效率,金融中心的成本更低。此外,这也说明了亚洲在发展区域内债券市场的同时,应该减少与世界其他地区金融交易的障碍。

相同的结论也适用于由EMEAP 2003年6月提出的亚洲债券基金(Asian

Bond Fund,ABF)。ABF 构想的目的是动用部门区域内中央银行的储备来购买政府和准政府债券,以促进亚洲债券市场的增长。ABF 还包括建立新的泛亚洲和国家债券指数,这样 ABF 基金就可以根据这一指数进行管理。编制方法不久将公布。私人部门基金经理可以把这种指数作为基准(benchmarks),并且以此为基础来构建衍生产品。私人投资发现参与该市场是更有吸引力的,首先是被纳入到 ABF 基金当中,然后是建立自己的基金,限制这种做法的现行管制措施将会被撤销。

这些政策构想可以说是反映了亚洲国家政府希望为设立区域债券市场付出固定成本的承诺,也是为了通过在区域水平上发展关键基础设施以鼓励该区内的跨境投资,这样也就克服了最小规模不足的障碍。不过,如果它们不同时推进与世界其他地区的自由化,他们也会导致金融贸易转移的风险。

最后一组设想是在货币层面。这起源于东盟 10＋3 在 2000 年 5 月亚洲开发银行会议上公布的《清迈协议》。《清迈协议》描绘了扩大现存的东盟互换协议和建立双边互换网络的一套基本原则和程序。双边互换安排谈判的细节并没有公之于众。13 个国家参与的互换额度的估计数字是 350 亿美元[①]。其中 10% 是可以自由提取的,而其他额度的使用则是有条件的。参与国家反复说明其进一步扩大和设计《清迈协议》的意向,2005 年在伊斯坦布尔召开的亚洲开发银行的会议上再次提到了这一点。《清迈协议》最终发展到什么样子是不明确的。但是亚洲货币基金的构想又拿到桌面上来了。并且,有很多讨论是关于这一机构是否要促进该区域内的汇率安排合作、实行共同货币篮钉住、甚至某一天要走向——亚洲共同货币。

如果中国的崛起确实使亚洲的趋同放缓,这将使问题变得更复杂了。在欧洲,经济政策的共同监督是通过参加国平等的推动的,他们具有相近的政策框架、市场结构等等。亚洲包括经济发展的不同阶段的国家,中国的崛起意味着这种状况要持续一段时间,这样的监督就会比较困难。低收入国家将抱怨高收入国家不理解和不考虑他们特定的环境,反之亦然。如果缺乏事前的有效监督,事后的金融援助也将难以被接受。这种不愿意提供互换和信贷的情况将会使任何钉住货币的区域体系的公信力递减。

从根本上,这种新兴的亚洲中心和外围的情形引起了对区域货币一体化方案所提出的实行共同货币篮钉住或者是共同货币的疑问。共同钉住或者是共同浮动意味着在资本账户开放情况下共同的利率水平。这种合意性反过来又取决于标准的最优货币区理论。另外,处在不同经济发展水平上的亚洲国家金融发展水平差异很大。它们的货币传导机制也不相同。在某些情况下其银行体系的薄弱将使它们很难轻松地适应对那些银行体系较强健国家合适的利率变化。具有强健银行体系、稳定的传导机制、有力的财政政策和独立中央银行的高收入国家,可能倾向于

---

① 见 Kawai (2004)。

合法(de jure)的或者是事实上的(de facto)通货膨胀目标制,而那些金融市场和政策框架欠发达的国家很容易理解是要倾向于钉住。在一定程度上,中国的崛起放慢了两个集团结构趋同的步伐,它造成了实行共同货币钉住、共同浮动和共同货币的另外一项障碍。这意味着亚洲整体上在短期内是不会追寻欧洲货币一体化的路径。

6. 对亚洲和世界其他地区之间关系的影响

最后笔者要切入本文的鲜明主题:中国的崛起如何影响亚洲与世界其他地区的关系。第一个结论是上文讨论过的,即中国的崛起将促进该地区进一步融入全球经济。否则,亚洲地区主义会造成贸易转移的危险。贸易转移不仅对世界其他地区带来影响,也对亚洲本身增加成本。因此,中国的崛起增强了亚洲国家与其他地区加深联系的动力,同时也为它们实现相互整合提供了进一步的动力。本文指出的这些效应并不意味着中国的崛起将使亚洲走向内部化。

此外,一个具有凝聚力的亚洲贸易区、金融和货币区不会很快出现。该区内由中国带来的持续的差异性将使完成自由贸易区、发展一体化的金融市场、实行共同汇率和货币政策的努力变得复杂。缺乏紧密协调的政策反过来将减小为建立共同政策立场而发展区域制度框架的紧迫性。这意味着创立亚洲中央银行、亚洲央行行长委员会、亚洲委员会(有意识地模仿欧洲模式)的进程相对缓慢。没有这样的制度框架,亚洲很难建立替代全球国际经济组织的区域制度,比如以亚洲基金替代国际货币基金。

在现存的全球制度框架下,亚洲也很难以一个声音说话,并形成一个代表。和欧洲相比,欧元区的成员仍然发现在多边的金融框架下以一个声音说话是比较困难的,并且继续反对它们的代表以一个席位出现。假定在建设区域制度进程缓慢并且对政治一体化的兴趣不高,亚洲出现转变的时间可能还在很久之后。

新兴亚洲中心和外围情形意味着中心本身要往这些方向迈进吗?我们能看到日本、韩国、中国、中国香港地区、新加坡以及马来西亚和泰国向创建更深入的一体化经济区和一套跨国的制度迈进。这与欧洲六国在20世纪50年代末期起领先打造一体化的欧洲的方式类似吗?这反过来又改变它们与世界其他地区的关系和其在多边框架下的代表吗?

我对此表示怀疑,有三种原因:第一,在没有其他国家参与的情况下,东盟的存在是一些成员分组前进的障碍。到现在东盟已经成立几十年了。当高收入成员改为与"10+3国家"合作时,低收入成员被高收入成员所抛弃,它们可能会以高收入成员违反现存的条约义务为由而提出抗议。

第二,中国本身是一半在中心一半在外围。在此意义上,它是先进沿海经济和相对落后的内地经济的组合,是高竞争、出口导向的外资企业与极其薄弱的银行和金融部门的组合。而韩国或新加坡模式的政策可能是适合这两种中国经济的第一种,它们不适合第二种——这引起了对中国与其高收入的邻国朝这些构想前进的意愿的疑问。

第三,深化协调政策,建立跨国机构,接纳在政治框架中的联合代表需要本地区的政治团结,而这种团结在亚洲仍然是不存在的。最近的事件可能引起了对欧洲是否存在团结的疑问,但是亚洲的情况更加不容乐观。

7. 结 论

越来越多的事实说明中国的崛起对亚洲的发达国家和发展中国家带来不同的影响。发达国家从中国增加的对其资本品、零部件和技术的进口需求中受益。中国成为外国企业进行直接投资的有吸引力的目的地,这能够使得其经济发达的邻国也从中受益,因为它们分享了和中国共同的供应链。

与之相比,这些有利的影响可能对亚洲欠发达国家影响要小一些。后者与中国在第三国市场上直接竞争。到目前为止,中国在提高生产效率和将非熟练劳动力从农业失业人口转向城市出口导向部门是成功的,其他亚洲国家充裕的非熟练劳动力将会发现保持它们在出口市场的份额会更加困难。除能源和原材料生产商之外,这些国家在中国几乎没有市场。这些特征共同增加了亚洲后工业化国家赶超区域工业先锋的难度。这并非意味着趋同是不可能的或者是不会发生的,但是它的确意味着这一进程会更加艰难和缓慢。

亚洲中心和外围的格局表明一个更紧密的亚洲经济和政治集团很难建立。为了避免出现贸易转移,亚洲必须贯彻开放的地区主义。它并不意味着促进亚洲金融发展和一体化的努力要以牺牲该区与世界其他地区的联系为代价。它意味着较早迈向共同货币政策立场下的共同汇率安排是有问题的。缺乏这些共同政策,发展有力的区域制度框架以形成共同货币立场还为时尚早。

所有这些都意味着中国作为亚洲最大、最有活力的经济的崛起,将不会削弱该区域与世界其他地区的联系,或者是快速地走向一个以中国为中心的区域组合的诞生。毫无疑问,当中国增长和发展后,中国在各种国际场合上都会变得果断。但是,几乎没有什么理由认为这将自动把亚洲其他国家拉到一起。

参考文献

Ahearne, Alan G. , John G. Fernald, Prakash Loungani and John W. Schindler (2003), "China and Emerging Asia: Comrades or Competitors?" International Finance Discussion Paper

No. 789, Board of Governors, Federal Reserve System (December).

Chantasasawat, Busakorn, K. C. Fung, Hitomi Iizaka and Alan Siu (2004), "Foreign Direct Investment in China and East Asia", unpublished manuscript, National University of Singapore, UC Santa Cruz and University of Hong Kong (November).

Chua, Hak Bin (1993), "On Spillovers and Convergence", unpublished Ph. D. dissertation, Harvard University.

Crafts, N. F. R. and Kai Kaiser (2004), "Long Term Growth Prospects in Transition Economies: A Reappraisal", *Structural Change and Economic Dynamics* 15, pp. 101—118.

Dooley, Michael, David Folkerts-Landau and Peter Garber (2002), "An Essay on the Revived Bretton Woods System", NBER Working Paper No. 9971 (September).

Easterly, William and Ross Levine (1995), "Africa's Growth Tragedy: A Retrospective 1960—1989", Policy Research Working Paper No. 1503, Washington, D. C. : The World Bank.

Eichengreen, Barry (2004), "Chinese Currency Controversies", *Asian Economic Papers* (forthcoming).

Barry Eichengreen and Tamim Bayoumi (1999), "Is Asia an Optimum Currency Area? Can it Become One? Regional, Global and Historical Perspectives on Asian Monetary Relations", in Stefan Collignon, Jean Pisan-Ferry and Yung Chul Park (eds), *Exchange Rate Policies in Emerging Asian Countries*, London: Routledge, pp. 347—366.

Barry Eichengreen and Fabio Ghironi (2002), "EMU and Enlargement", in Marco Buti and André Sapir (eds), *EMU and Economic Policy in Europe: The Challenge of the Early Years*, Cheltenham: Edward Elgar, pp. 381—408.

Eichengreen, Barry, Yeongseop Rhee and Hui Tong (2004), "The Impact of China on the Exports of Other Asian Countries", NBER Working Paper No. 10768 (September).

Eichengreen, Barry and Hui Tong (2005), "Is China's FDI Coming at the Expense of Other Countries?" NBER Working Paper No. 11335 (May).

Frankel, Jeffrey A. (1997), *Regional Trading Blocs in the World Economic System*, Washington, D. C. : Institute for International Economics.

Grubert, Herb and John Mutti (1991), "Taxes, Tariffs and Transfer Pricing in Multinational Corporate Decision-Making", *Review of Economics and Statistics* 73, pp. 285—293.

Hejazi, Walid and A. Edward Safarian (2002), "Explaining Canada's Changing FDI Patterns", unpublished manuscript, University of Toronto (September).

Ianchovichina, Elena and Terrie Walmsley (2003), "Impact of China's WTO Accession on East Asia", unpublished manuscript, the World Bank.

International Monetary Fund (2004), "China's Emergence and its Impact on the Global Economy", *World Economic Outlook* (April).

Kawai, Masahiro (2004), "Regional Economic Integration, Peace and Security in East Asia", paper presented at the ASSA Annual Meetings, San Diego, California, 3—5 January.

Lian, Daniel (2005), "Singapore's lessons for China", Morgan Stanley Global Economic Forum (5 May), np.

Loungani, Prakash, Ashoka Mody, Assaf Razin and Efraim Sadka (2003), "The Role of Information in Driving FDI: Theory and Evidence", *Scottish Journal of Political Economy* 49, pp. 546—543.

McKibbin, Warwick and Wing T. Woo (2003), "The Consequences of China's WTO Accession for its Neighbors", *Asian Economic Papers* 2 (2), pp. 1—38.

Mercereau, Benoit (2005), "FDI Flows to Asia: Did the Dragon Crowd Out the Tigers?" unpublished manuscript, IMF (March).

Moreno, Ramon and Bharat Trehan (1997), "Growth and the Location of Nations", unpublished manuscript, Federal Reserve Bank of San Francisco (June).

Pangestu, Mari and Sudarshan Gooptu (2004), "New Regionalism: Options for East Asia", in Kathie Krumm and Homi Kharas (eds), *East Asia Integrates: A Trade Policy Agenda for Shared Growth*, New York: Oxford University Press for the World Bank, pp. 39—58.

Park, Yung Chul (2004), "Prospects for Financial Integration and Exchange Rate Policy Cooperation in East Asia", ADB Institute Research Paper No. 48 (December).

Prasad, Eswar, Thomas Rumbaugh and Qing Wang (2005), "Putting the Cart Before the Horse: Capital Account Liberalization and Exchange Rate Flexibility in China", IMF Policy Discussion Paper 05/01.

Stein, Ernesto and Christain Duade (2001), "Institutions, Integration and the Location of Foreign Direct Investment", in *New Horizons for Foreign Direct Investment*, OECD Global Forum on Foreign Direct Investment, Paris: OECD, pp. 101—128.

Yang, Tongzheng and David Vines (2000), "The Fallacy of Composition and the Terms of Trade of Newly Industrializing Economies", unpublished manuscript, Oxford University.

（李　婧　译）

分报告之九

关于区域经济一体化的解释：
原理、经验和对中国的启示

Anthony Venables

Anthony Venables(英国)，伦敦政治经济学院国际经济学教授，英国国际发展部首席经济学家。

1953 年出生于英国，1974 年、1976 年分别毕业于英国剑桥和牛津大学，获经济学学士。1984 年毕业于牛津大学伍斯特学院，获经济学博士。主要学术和社会兼职包括：英国国家学术学院院士、计量经济学学会会员、伦敦政府经济研究顾问团成员、英国经济政策研究中心成员、世界银行经济发展与研究部(DECRG)贸易小组研究主管、英国上议院经济事务顾问委员会成员、香港中文大学客座教授(1997)、哥伦比亚大学客座教授(1982～1983)、《经济学期刊》等期刊副主编。

主要研究领域为：国际贸易、贸易政策和经济一体化方向。已出版著作包括：《世界经济中的跨国公司》《空间经济学：城市、区域和国际贸易》等十余部。参与世界银行、欧盟等多个研究项目，并在经济学核心期刊上发表论文数十篇。

1. 原　理

1.1　贸易和专业化

　　降低贸易壁垒可以使我们以最低的成本获取产品。在产业层次上,由于技术或者要素禀赋的不同,不同地区的生产效率存在着一定的差别,而贸易可以使得我们更好地按照比较优势的原则进行生产(贸易创造)。但在公司层面上,由于贸易的竞争促进效应(pro-competitive effect)会迫使低效率的公司退出生产领域。这个问题就需要作更进一步的讨论。这一讨论区别于传统的比较优势理论,并对其是一个补充。两个相似的地区可能会分别支持同一部门的几家公司,而每个地区内的各家公司可能会有不同的效率水平。开放贸易可以增加竞争、降低价格,同时使得有效率的公司(两个地区都是)扩张,无效率的公司破产。因而贸易量是否增加是不确定的——可见,竞争威胁对贸易量的影响与实际运输成本的影响同样有效。

　　外部贸易壁垒的存在使得发生贸易转移的可能性增加。尽管从区域外部进口会更加便宜(不考虑关税的情况下),但是内部的自由化也会使得地区 A 从同盟的地区 B 进口。而这会导致收入(以及关税收益)的降低。

1.2　引致效应

　　部门的扩张与收缩会相应地影响生产要素的需求量,即使对于扩张部门密集使用的要素的需求量增加。而这很可能会导致工资的趋同,因为低工资区域会面临劳动密集型产业的扩张。

　　如果生产效率与特定区域的特定生产要素的规模正相关的话,我们就可以获得额外的增长受益。在这种情况下,一旦产业的大量要素聚集在某一地区的话,由于集聚效应的存在,生产会变得更加有效率。这一群聚效应包括学习效应、知识外溢、与相关部门厂商的联系以及合格的技术工人的聚集等等。这些效应可能是静态的也可能是动态的,并最终使经济持续快速的增长。

1.3　一体化和区域不平等

　　如果如我们上面所见,地区间的工资差异是获利的主要决定因素,一体化会使得劳动密集型的产业重新转移到低工资地区,并进一步导致要素价格的趋同。但是,如果工资以外的其他要素也很重要,一体化就有可能使生产活动从低工资区域转移出来,并进一步导致地区差异的增大。考虑以下两个例子:

(1)假设存在一个在制造业方面具有天然劣势(由于技术差距或者地理原因带来的低生产效率)的地区。一体化去除了对于制造产业的最初保护,降低了该部门密集使用要素的回报率。这一要素,可能是劳动,也可能是区域内可流动的其他要素(资本或者技术工人)将流出该地区。

(2)在获利差异主要来源于集聚效应的情况下(见1.2)。由于此时集聚效应的优势超过了廉价劳动力的好处,一体化推动了生产活动在少数区域的聚集,这些地区吸纳了原本在低成本区域内进行的生产活动。

在上述两种情况下,降低关税壁垒都有可能加大区域差异。关键在于:究竟是什么因素(除工资率以外)决定了特定地区对于投资的吸引力?

2. 经 验

2.1 贸易

一些区域一体化组织并没有达成真正意义上的自由化,但是已达成的自由化安排都获得了巨大的贸易回应:区域内的贸易绝对量和贸易伙伴所占的份额都有了显著的提高。有证据证明,贸易增长的同时确实伴随着某些商品的贸易转移效应,但是并不普遍。只有当区域对于外部的进口关税仍然非常高的时候,贸易转移效应才会发生,并造成巨大的成本。欧盟的共同农业政策就是贸易转移效应的典型例证。

2.2 企业、竞争和生产效率

欧盟的大多数贸易增长都是产业内的,因为企业将在整个欧盟市场上进行竞争。尽管如此,欧盟已经认识到,其跨国界竞争的程度依然要远远小于一个完全整合的市场,例如美国。这一考虑最终推动了1992年的单一市场计划,以及单一货币的建立。伴随着单一市场计划的建立,出现了一个巨大的跨国购并浪潮。并且,一些研究指出,由于竞争强度的增加,生产效率有了适度的增长。有学者对美国—加拿大的一体化安排对于加拿大制造业的影响进行了深入的研究,并证明了确实存在着一个购并的浪潮,并伴随着较小且无效率的企业的倒闭和大型企业的增长。对于就业的影响在各个产业各不相同——但是在考虑到美国—加拿大间浮动汇率的情况下——劳动力市场的调整并没有显著地导致加拿大失业的上升。

2.3 收入增长

当一体化使得低工资地区能够自由进入相对富裕的市场时,一部分地区经历了工资率的快速增长。这方面最好的例证来自于欧盟,特别是爱尔兰、西班牙、葡萄牙和希腊则经历了相对缓和的增长。东欧经济体的快速增长也证明了这一点:向高工资市场出口的增加导致了投资上升,而投资上升可能导致工资上涨。在北美自由贸易协定下,墨西哥(尤其是北部地区)因服务于美国市场经历了快速的就业增长,同时,工资率也有比较适度的上升,但是墨西哥南部的严重滞后导致了区域间不平等的进一步加大。

落后区域对于欧盟来说也依然是个问题。在很大程度上,这是一个次国家层面上的问题(sub-national),例如英国北部和意大利南部。这个问题可分为几个方面。在国家内部,工资的弹性并不足以吸引内部的投资。地区间有限的工资差异也会阻碍人员流动的积极性,尤其是与优越的福利系统和住宅限制相结合的时候。如果存在人员流动的话,又多为具有更熟练技能的人,而这更进一步降低了落后地区的技术水平。

在南方共同市场 (阿根廷、巴西、乌拉圭、巴拉圭)内部,有人担心一体化进一步促进了已有中心地区(如阿根廷北部和圣保罗地区)的发展,而乌拉圭和巴拉圭却吸引不到投资。宏观经济的不稳定性使得这一现象难以解释,但是有一点可以指出,已发展较好的大型地区确实存在着集聚效应。而对于乌拉圭和巴拉圭来说,则有必要发展特定领域产品的出口,并在非制造业方面发挥自己的比较优势。

3. 对中国的启示

减少内部贸易障碍、增进内部贸易将会对中国经济尤其是落后地区的发展产生怎样的影响呢? 内部的自由化使得各个地区能够面对进口的竞争,并提供给它们出口到国际市场以及国内其他省份的机会。这些无论是对于中国总体而言还是各个省份自己来说都是一份巨大的收益,尽管这一过程可能会带来一些调整成本和一定的(适度的)风险。

3.1 外部贸易机会

内部壁垒和基础设施障碍有可能是造成出口活动在中国沿海地区聚集的一大因素。具体而言,对于那些出口成品、进口中间产品的部门来说,较小的壁垒、贸易成本会对本地价值增量有着非常大的影响。例如,如果产品总成本的50%是进口的中间产品,然后100%用于出口,那么相当货物价值量1%(无论相对于产出还是投入)贸易成本的增加,会使得本地价值增量减少3%(价值增加量被更高的进口成本和较低的出口收价挤轧了)。而如果一半的价值增量由可移动要素获得(例如,资本在不同的地区具有同样的价格),那么固定要素(例如非技术工人)的收益就会降低6%。

以上的计算过程解释了两个问题:出口活动为什么在沿海地区集中和工资水平为什么从沿海到内地呈陡峭的斜坡式分布。它还指出了巨大的乘数效应的存在,即降低内部的壁垒会使得欠发达地区参加到出口贸易中来,从而提高其工资水平。然而,尽管降低内部壁垒会使更多的省份参与向世界市场的出口,仍然会有一些省份由于天然的贸易成本过高而不能有效地参与进来。

3.2 内部贸易和效率

降低壁垒可以推动大多数有效率的国内企业和部门的扩张。许多例证表明:(1)中国传统的工业布局并不符合地区比较优势原则;(2)无论是从产业层面还是从总体上来说,中国都还没有充分获得集聚效应所应带来的潜在效率收益(哈德森等人);(3)企业间的生产效率还存在着巨大的差异。

在这种环境下,推动区域间的竞争和相应的区域专业化发展所能取得的收益将是巨大的。从某种程度上讲,动态规模经济——例如,学习效应和知识溢出——如此巨大,以至于很有可能会激发区域中心的增长。如果提高内部效率措施实施得当的话,国内需求的增长将更有可能被国内供给满足,而不再依赖于进口。

3.3 贸易转移

内部贸易自由化可能会由于贸易转移的影响带来总体的损失,但它在一个相对比较自由的进口框架下是可以被避免的(在关税低于最优关税的情况下是不可能发生的),这方面看来不会对中国构成问题。

3.4 调整成本和地区性影响

专业化的效率收益来源于有效率部门、企业的增长以及无效率部门、企业的关闭,而这就涉及到就业转移。标准的贸易利益理论告诉我们,所有的省份都可以从自由化中获利,但前提是可以进行价格和数量调整。这些变化有可能使某些区域的某些要素的收益恶化。比如说,在没有相对工资调整的情况下,一个省份的扩张部门可能并不能自动地雇佣从因进口竞争而收缩的产业部门中释放出来的所有劳动力。

　　这些效应会由于各个省份出口机会和进口竞争的不同而不同。对于某些省份来说,内部的自由化会导致劳动密集型产业的扩张,并导致工资的上涨。而最初对制造业进行保护的省份则会面临制造业密集使用要素的需求量的下降,以及农业使用要素收益的增加。要实现转移劳动力的再就业,可能会需要降低工资水平,或者将劳动力向高工资地区转移。但是,如果这些机制都不能发挥作用(或者劳动力流动成本过高),要素就不能被合理利用,并将伴随着实际收入的损失。

（罗　瑜　齐俊妍　译）

欧洲一体化对中国的启示

Jean Pisani-Ferry　André Sapir

　　Jean Pisani-Ferry（法国），布鲁塞尔欧洲和全球经济实验室主任（勃鲁盖尔，Bruegel）；巴黎—多芬大学（Paris-Dauphine University，又称巴黎九大）经济学教授。

　　1951年出生，1973年毕业于巴黎高等电力学院，1974年在巴黎五大获得数学硕学学位，1977年毕业于经济项目学习中心。主要学术和社会兼职包括：欧洲委员会经济政策分析组成员、法国总理经济顾问团成员、法国经济协会副主席、法国综合理工大学教授、比利时布鲁塞尔自由大学教授、法国国际预测研究中心（CEPII）高级经济顾问、法国财政部高级顾问（2002～2004）。

　　其主要研究领域包括：经济政策、欧洲一体化、就业政策以及全球经济一体化。已出版著作以及学术论文：《欧洲增长计划》《我们想要的欧洲》《一个市场、一种货币》《东亚国家的汇率政策》《欧元区的宏观经济框架》《欧洲货币联盟的预算政策：设计和挑战》等。

André Sapir（比利时），布鲁塞尔自由大学（Université Libre de Bruxelles）经济学教授，欧洲委员会主席经济顾问团成员。

1950 年出生，1972 年、1973 年在布鲁塞尔自由大学分别获经济学学士和计量经济学硕士学位，1977 年于美国约翰·霍普金斯大学获得经济学博士学位。其他学术和社会兼职包括：布鲁塞尔欧洲和全球经济实验室（BRUEGEL）高级成员、英国经济政策研究中心（CEPR）研究员、国际货币基金组织访问学者（1998）、德国基尔世界经济研究所（Keil Institute of World Economics）国际研究员、《世界贸易评论》（The World Trade Review）的创始人之一。在其担任欧洲委员会主席 Romano Prodi（2002～2004）的经济顾问期间，领导一个高级研究小组起草了 2003 年的"欧洲增长计划"。为了纪念其卓越贡献，这份计划书又被称为"Sapir 报告"。

主要研究方向为：国际贸易和欧洲一体化。已出版著作和论文一百多部（篇），其中包括：《欧洲货币联盟的经济政策》、《欧洲的贸易和就业：小题大做？》、《最优选举区：欧洲是否应该采取统一选举日？》、《欧洲区域一体化的政治经济学》、《贸易理论和经济改革》、《西欧贸易的多米诺骨牌效应》等卓有影响的论著。

1. 欧洲一体化：关键特征

欧洲经济一体化进程持续了 50 年，独立的民族国家逐渐消除它们之间存在的各种歧视，并建立共同的机构来实施统一的政策。经济一体化和政治一体化进程总是相互依存、相互促进。创始人想通过经济一体化防止再次发生战争。2004 年接纳中欧和东欧的新成员国，意在经过数十年的政治分裂后重新统一欧洲。最近的立宪旨在创立一个成熟的政治联盟（远未成功）。

如同其他的区域经济一体化或全球经济一体化进程，欧洲的一体化进程伴随着消极的一体化（negative integration），即消除成员国间的自由流通壁垒。然而，比起简单地实现商品自由流通的一体化进程来说，欧洲一体化雄心勃勃。确定不移的目标是要建立一个统一的市场，消除阻碍商品、服务、资本和劳动自由流动的各种壁垒。尽管统一市场的建设取得很大进步，特别是 20 世纪 80 年代中期发布单一市场计划以来进步很快，统一市场的建设仍在进行当中。

但是真正使欧洲一体化进程与其他经济一体化进程区别开来的是，欧洲一体化进程不仅伴随着消极的一体化，也伴随着积极的一体化（positive integration），即建立统一的法律制度和统一的机构来实施统一的政策。积极的一体化的重要特征在于：欧盟法律凌驾于各国法律之上；一些主要的政策，例如贸易政策、竞争政策和（对于欧盟成员国而言）货币政策，由欧盟统一制定；欧盟有着类似于联邦制的机构，包括：类似于政府的欧洲委员会、行政机构（例如欧洲中央银行），类似于下议院的欧洲议会，类似于上议院的国家理事会。

在积极的一体化和消极的一体化之间取得平衡一直是欧洲一体化的核心。消除自由流通壁垒的每一步都伴随着统一政策的制定。实际上，欧洲一体化的第一阶段——建立关税同盟，既消除了关税和配额，又建立了统一的贸易政策（common commercial policy）。随着欧洲一体化的深入，从关税同盟发展到单一市场，需要统一的政策来确保资源的有效、公平配置以及宏观经济稳定。因此，目前在资源配置、收入分配和宏观稳定这三个政府干预的传统领域有着统一的经济政策。

最重要的用于确保单一市场内资源有效配置的共同政策是竞争政策（competition policy）。欧洲竞争政策是对付企业的反竞争行为（反托拉斯政策）。它有权力阻止兼并，即使兼并发生于属于同一国家的两家公司间。与包括澳大利亚、加拿大或美国等联邦国家在内的其他国家不同，欧洲竞争政策也包含对付政府的反竞争行为：禁止会造成竞争和贸易扭曲的对公共或私有企业的国家援助。有两个主要原因造成欧盟和联邦国家之间的这一差别，它们与欧盟不是一个真正的联邦国家有关。与欧盟的预算相比较，单个欧盟成员国的预算太大（所有成员国的预算总和约为欧盟预算的 40 倍），这意味着民族国家的援助会严重扭曲欧盟内的资源配置。第二个原因是欧盟成员国间劳动力的低流动性,这意味着与在劳动力的流动性相对较高的联邦国家相比,国家援助对资源配置的扭曲影响较大。

再分配不是早期欧盟的一个特征,因为那时的欧洲一体化仅有几个国家参加(1958~1972年有6个成员国),在它们之间经济差别很小①。连续的扩张不仅使成员国的数目增加了(如今有25个成员国),而且使成员国间的经济差别扩大了②。这使得再分配成为欧盟政策的组成部分。

经济差别的首次扩大发生于80年代中期,那时南欧的3个国家加入了联盟。经济一体化的深入(80年代中期的单一市场计划也加快了一体化进程)伴随着经济差别的扩大同时引起了富裕国家和贫穷国家的担心。北欧的富裕国家担心,南欧和北欧的工资差别扩大将吸引北欧的企业迁往南方或者南方的劳动力迁往北方。而贫穷的南欧国家有着不同的担心。它们担心新兴的当地工业活动会迁往北方,因为北方的聚集效应会产生强大的竞争优势。两类担心结果导致了统一区域政策(common regional policy)的大幅扩张,通过向最贫穷地区的预算转移支付来扶持赶超经济体。暗含的假定是(仍维持着):此类转移支付不仅有助于贫穷地区进行赶超,而且抑制了劳动力和资本流动的动机,因为经济趋同会减少工资差别。目前,地区转移支付约为联盟GDP的0.4%,欧洲资金大大促进了一些贫穷成员国的公共投资。

除了旨在改善单一市场资源配置和再分配的统一政策,自由流通壁垒的逐渐消除也导致了旨在提高宏观经济稳定的统一政策。

为了鼓励贸易和在欧洲创立一个真正的共同市场,只是消除贸易壁垒是远远不够的。汇率稳定一直被认为是确保公平竞争和促进贸易的一个重要条件。布雷顿森林体系的平稳运行产生了欧盟成员国所追求的汇率稳定。70年代初布雷顿森林体系崩溃,其后几年经济动荡不安,为了追求共同市场内的商品自由流通,欧洲一些政府决定通过建立欧洲货币体系(the European Monetary System, EMS)形成欧洲"货币区"。欧洲货币体系其实就是一个小型的布雷顿森林体系。体系内法朗、里拉和其他欧洲国家货币与德国马克的汇率基本固定③,对美元、日元和体系外的其他货币实行联合浮动④。欧洲货币体系在80年代的大部分时间里运行得非常好,尽管出现过对欧洲经济的重大冲击。然而,在80年代后期,在单一市场计划实行资本完全自由流动后,它变得不可持续。因为许多经济体很快意识到,不能同时实现下列三个目标:汇率稳定、资本自由流动和独立的货币政策。后布雷顿

---

① 1960年,最穷的成员国(意大利)的人均GDP为最富裕的成员国(德国)的70%。

② 2004年,最穷的成员国是拉脱维亚,其人均GDP为爱尔兰的30%,爱尔兰现在已成为最富裕的成员国。

③ 欧洲货币体系在形式上是对称的,即对所有的货币同等对待。然而,实际上德国马克成为体系中的名义锚,因为那时德国最为强大并有着最强硬的中央银行。

④ 英镑曾短暂地加入这一体系。

森林体系时期显示出,大多数欧洲国家想要(这也许是必要的)让汇率稳定。考虑到欧洲的商品和服务市场已基本实现一体化,显然不能接受剧烈的汇率波动。因此要想维持资本自由流动需要采用统一的货币政策。简单地说,单一欧洲市场内的宏观经济稳定需要单一的欧洲货币和统一的货币政策。

这些统一政策的实施需要通过建立统一的机构来实现国家主权的共享。而这意味着政治一体化的进步,从而实现创立一个"更为紧密的联盟"(earmy 谈判提出的一个关键词)的目标。这里不详细讨论下列机构的作用:欧洲理事会、欧洲委员会、欧洲议会、欧洲法院、欧洲中央银行(the European Central Bank,ECB)、欧洲投资银行等。记住下面这一点就够了:综合起来看,这些超国家的(supranational)机构在欧洲一体化进程中起着关键作用。然而,个别地看,这些机构的作用在不同的统一政策中有很大不同。

下列最后两点值得强调。首先,欧洲一体化进程的一个关键特征在于其渐进的特点。第二次世界大战后的欧洲,相互之间缺少信任。因此,欧共体(the European Community)(这是后来的称谓)的缔造者避免清楚地说明欧共体将会走向何方,他们把它设计为一个没有限度的进程。但是他们也创立了一系列机制来确保一体化不断取得进展:例如,强大的司法体系和锁定(lock-in)机制使得主权向欧盟的转移不能撤回并迫使新成员国完全接受①。

其次,读者应该知道,不管欧洲统一政策和统一机构多么重要,所有的三个政府经济职能的关键要素依然由各国政策和机构控制着。国际政策的协调或多或少地依赖于各国政策和机构。产品和资本市场的配置效率(allocative efficiency)主要由欧盟的规则决定,尽管各国规则也起着重要作用。相反,劳动市场的规则几乎完全由各国决定,少有协调。政府的再分配职能(redistributive function)也可划分为欧盟和国家两个层次。欧盟层次的职能主要处理区域实体(国家和地区)间的收入分配,而国家层次的职能主要处理民族国家内部个体间的收入分配,不存在协调问题。最后,稳定职能(stabilization function)也划分为超国家的和国家的两个层次,但仅适用于采用统一货币的国家。由欧洲中央银行行使货币政策,而财政政策主要由成员国决定,尽管通过《稳定和增长公约》有一些协调。一般来说,比起统一政策的管理,欧盟在各国政策的协调上很少成功。目前的许多困难(从违反管理各国预算政策的《稳定与增长公约》到通过所谓的里斯本进程进行结构改革的协调缺乏效力)可归因于协调失败。一方面日益偏爱分散化的解决方案(这会导致规模缩小和多样化),另一方面感到需要统一的纪律与联合行动,欧洲的一个困难选择就是怎样调和这两方面。证据表明,仍未找到答案。

① 这就是 the acquis communautaire 原则。

2. 对中国国内一体化的启示

乍一看,在中国和欧盟之间几乎没有相似性。欧盟是民族国家的集合,在所有的(目前为25个)成员国间有着单一的市场,在一些(目前为12个,但倾向于扩大)成员国中有着单一货币。相反,中国是单一的国家,有着单一的货币(香港地区使用港币除外),但市场分割严重,经济差距扩大。简单来看,欧盟能被看作是一个单一的经济体,有着不同的政策,而中国实行单一的政策,有着不同的经济体。

然而,中国和欧盟在两个方面非常相似。

首先,区域实体间都有重要的收入差距。中国存在地方差别而欧盟存在国家差别。比较的局限性在于:中国整体经济增长非常快(为9%),地区差别日益扩大;而欧盟整体经济增长非常慢(为2%),国家间的经济差别日益缩小(最近的东扩大大增加了欧盟成员国间的经济差别,但仍呈现出趋同的趋势,新成员国的GDP增长速度为老成员国的两倍)。

其次,劳动市场仍然高度分割。这是由于一系列的管制和制度特征,包括对劳动力在地区间迁移的限制(中国)和在成员国间迁移的限制(欧盟)。

在欧盟,自从80年代中期南扩以来,弥补高收入和低收入国家的收入差别获得了优先考虑,并获得巨大成功,低收入国家的经济增长一般要比高收入国家快得多。爱尔兰(它从一个最贫穷的成员国变为人均GDP最高的成员国)和西班牙(加入欧盟并保持着相对高的增长率,成功地实现了现代化)是两个典型的例子。普遍认为,下列两个互补性因素有助于低收入国家赶超高收入国家。一个因素是单一市场,它鼓励产品和资本在联盟间的流动。另一个因素是区域/凝聚政策(regional / cohesion policy),这有助于低收入国家在融资和物资基础设施建设中利用单一市场提供的机会。然而,仍不清楚始于2004年的东扩就经济发展趋同来说是否会像南扩一样成功。两个因素引起了不确定性。与南扩相比,东扩后旧成员国和新成员国之间的收入差距急剧扩大。同时,旧成员国显然不像南扩时那样慷慨援助新成员国:欧盟再分配预算没有大的增加。而且,其他因素,例如新成员国中劳动力的质量,使得总体上看很可能出现缓慢(因为起点低)而平稳的经济增长趋同。

尽管单一市场有助于低收入国家赶超高收入国家,但不应据此认为建立单一市场的目标是要缩小高收入国家和低收入国家之间的收入差距。如前所述,早在欧盟成员国间的经济差别于80年代中期出现扩大之前,欧洲经济一体化进程就开始了,包括希望建立一个统一的市场。通常把经济一体化当作一种手段,通过增加竞争和在扩大的市场中改善资源配置来提高经济效率和促进增长。

从欧洲一体化的一个启示是:成功的经济发展趋同会大大减少迁移的激励。对于潜在的迁移者来说,重要的不仅仅是目前的工资差别,还有他们预期工资差别在将来会发生怎样的变化。这意味着甚至在存在重大工资差别的情况下，劳动力会保持有限的流动。事实上，在欧洲已经看到劳动力的回流。例如，由于赶超高收入国家取得成功，尽管其人均收入仍低于平均水平，西班牙已出现了净劳动力流入。

对于欧盟和中国来说，目前一个相关的问题是：是否单一市场的扩张（对于欧盟来说）或者创建（对于中国来说）会成为欧盟和中国经济增长强有力的发动机，如果答案是肯定的，那么需要什么条件呢。

正如已经指出的那样，单一市场向中、东欧国家的扩张倾向于促进这些国家赶超高收入国家。同时，可以认为，新成员国的经济变化，通过扩大欧洲市场规模和在整个欧洲范围内改善资源配置，将促进旧成员国的经济增长。然而，只要新成员国接受一些转移支付，而这会为也许已决定迁移的人创造工作机会，那么资源的重新配置很可能不会引起从东欧到西欧的大量迁移。另外，所有欧盟成员国现存的福利国家制度减轻了经济困难时的痛苦，进而减少了迁移的需要。

建立单一的中国市场也会提高经济效率。也许不会加速经济增长，但或许会阻止经济衰退，由于人口的老年化，劳动力从低生产率的农业向高生产率的工业转移的放慢以及储蓄率的预期下降，也许很快就会发生经济衰退。

欧洲一体化的经验显示：拆除民族国家间的贸易壁垒是一件困难的任务。尽管中国为一个单一的国家，国内的区域不能与欧洲内的民族国家相比，但"块块分割"的现状也对中国领导人拆除地区壁垒提出了挑战。因此，中国应借鉴（甚或改进）欧洲经验，实施单一市场计划，采取一系列措施，确保所有的地区从一体化进程中获益，减少对经济自由化的阻碍。

单一市场对中国区域经济差别的影响取决于中央制定的配套政策。有三种可能的前景。第一种前景为：只是建立了单一市场，没有配套政策，劳动力市场一体化没什么进展。第二种前景为：建立了单一市场，增加了高收入向低收入地区的转移支付以缩小经济发展差距，并维持着相对低水平的劳动力流动。第三种前景为：实现了完全的单一市场，放开了劳动力市场，劳动力可在全国大规模流动。

每一类前景都有潜在的优缺点，这部分取决于中国将采用哪种福利制度。一方面，福利规定和劳动市场联系紧密；另一方面，劳动市场和经济趋同联系紧密。对于欧洲而言，福利规定和劳动市场政策使得劳动力在成员国间很少流动。但是，自由贸易和资本自由流动，加上高收入国家向低收入国家的转移支付，导致了经济发展趋同。

对于中国来说，第三类前景，在此前景中劳动力在地区间自由迁移，不太可能实现。第二类情景涉及转移支付以缩小地区差别或者至少防止地区差别超过可接受水平。而第一类前景，就劳动力和社会政策来说维持现状，同时消除地区间的贸易和投资壁垒，在收入差距很大时也不可持续。因此，最可能的结果是前两种前景的一种混合。

3. 对中国外部一体化的启示:东亚区域联盟

东亚和欧盟间几乎没有什么相似性。欧洲总是把建立统一政策和统一机构当作一体化进程的中心任务;与之相反,东亚看来采用了一种模式——实行消极的一体化。实际上,围绕着在东亚创立自由贸易区,出现了许多讨论,并取得许多一致意见,而自由贸易区与关税同盟不同,不涉及统一政策及统一机构。

东亚和欧洲在经济一体化进程中所采取的路线的巨大差别显然反映了不同的经济、地理和政治现实情况。东亚偏好非正式的安排和软协调,而欧洲强调具有法律约束力的承诺。有证据表明这两种方法都有助于通过贸易和外国直接投资促进有效的经济一体化。

在《国际贸易统计 2004 年度报告》中,世贸组织秘书处把世界分为七个地理区域(表 1)。毫不奇怪,西欧是区域内贸易最大的地理区域。这主要是因为:西欧包括了 15 个欧盟成员国,而经过 45 年的欧洲一体化进程,区域内贸易显然非常发达[1]。

另一方面,令人惊讶的是,亚太地区(包括南亚、东亚、澳大利亚和太平洋岛屿)接近于西欧,区域内贸易的比率超过 50%。中国——它将很快成为世界第三大贸易国(亚太地区第一大贸易国)——在亚太区域内贸易中所占的比率也超过了50%。这特别令人惊讶,因为与欧洲的情形相反,亚洲在制度上的经济一体化方面鲜有进展。这说明,非制度性的、市场主导的一体化也是促进贸易一体化的强有力的力量——欧洲应思考这样的发展并从中得到启示。

表1　　　　　2003 年区域内的商品贸易(区域内的贸易占总贸易的份额)

地　区	出口(%)	进口(%)
北美	40	24
拉美和加勒比海	16	18
西欧	68	67
中/东欧和独联体	24	27
非洲	10	11
中东	7	11
亚太	50	58

[1] 然而,欧盟内的贸易(即使在老的成员国之间)远没有同一国家内部地区间的贸易那样密集。尽管已经废除了经济边界,所谓的"边界效应"在欧洲范围内仍然存在——至少在统计上显示如此。

续表

地　区	出口(%)	进口(%)
备忘录项目		
欧盟 15 国	62	62
东盟/太平洋自由贸易区	23	23

资料来源:世贸组织,2004 年国际贸易统计。

　　但是,仍不清楚是否这两个一体化进程将最终趋同。特别是弄不明白是否东亚国家的贸易一体化终将像欧洲一样导致货币一体化。

　　在欧洲,除了布雷顿森林体系崩溃后的短暂时期,始于 1958 年的贸易一体化进程在汇率稳定的环境中不断取得进展。

　　直到最近,亚洲的情形类似于欧洲 20 世纪五六十年代的情形。"外围国家"选择下列发展战略:固定且低估对美元的汇率,实行资本管制,追求储备积累。通过钉住第三个国家的汇率,确保区域内的汇率稳定,从而为外贸扩张创造有利条件。布雷顿森林体系不仅大大促进了欧洲向美国这一"中心国家"的出口,也促进了区域内的出口。亚洲汇率钉住美元的第二代布雷顿森林体系对于亚洲同样如此[1]。因此,在两种情形下,钉住外部锚有助于在区域国家间协调汇率政策,而无需外在的区域机制。

　　当欧洲决定停止积累美元储备时,布雷顿森林体系崩溃了。既然中国已经放弃了严格钉住美元,第二代布雷顿森林体系(the Bretton Wood II system)看来会遇到相似的命运。这也许需要时间,但只要几个国家从严格钉住一种货币转向采用钉住一揽子货币或各种形式的有管理的浮动汇率,区域内汇率稳定的问题就提上议事日程了。

　　迄今为止,其他亚洲国家和地区或者正式钉住美元(中国香港和马来西亚),或者有效地钉住美元(印度、印度尼西亚、韩国、中国台湾地区、泰国),甚至日本也在监控日元对美元的汇率波动。因此,直到最近,这些国家也在不同程度上钉住中国人民币元。只要中国维持钉住美元,拒绝让其货币升值,其他亚洲国家必须干预以避免本国货币升值,因为升值会在亚洲和全球市场上造成相对于中国的竞争力下降。

　　第二代布雷顿森林体系(BW—II)会持续多久呢? 对此众说纷纭。

　　Michael Dooley、David Folkers-Landau、Peter Garber [2] 认为这一体系是稳

---

[1] 参见 Michael Dooley, David Folkerts-Landau and Peter Garber, "An Essay on the revived Bretton Woods System", NBER Working Paper No 9971, September 2003.

[2] 参见"Direct Investment, Excess Real Wages, and the Absorption of Excess Labor in the Periphery", NBER Working Paper No 10626, July 2004.

定的,至少可持续 20 年,直到中国的农村剩余劳动力转移到可贸易品部门。然而,其他一些人认为,这一体系即将崩溃。Nouriel Roubini 和 Brad Setser① 认为有五个原因可说明第二代布雷顿森林体系既不稳定也不可持续。第一,在政治上美国不能容忍在持续不变的美国—亚洲汇率安排下制造业急剧下滑。第二,欧洲不能容忍其贸易品部门被亚洲竞争对手挤垮,欧洲中央银行也不想让欧元钉住美元并加入第二代布雷顿森林体系。第三,对于亚洲国内金融系统,特别是中国金融系统来说,为阻止本币相对美元升值而进行的外汇干预冲销变得日益困难。第四,由于以美元资产的形式持有大部分储备,亚洲各国中央银行承担着巨大的金融风险。而维持这一体系要求亚洲各国的中央银行不仅要继续以美元的形式持有现有的储备存量,而且要充分增持美元资产储备。第五,只有所有的亚洲各国中央银行像卡特尔那样行动,以美元资产的形式保持其现存储备,以美元资产的形式投资从持续经常项目盈余中获得的储备,第二代布雷顿森林体系才能得到维系。然而,单个的中央银行显然有激励"搭便车",或者抢先把美元换成欧元,或者抢先买入欧元/美元套期保值。

最后一点与 Barry Eichengreen 近期所作的一个重要的评论有关②。他认为把美国—亚洲货币安排描述为一种新的布雷顿森林体系会令人误解,因为它低估了世界的剧变程度。在 20 世纪 60 年代,欧洲各国有着共同的历史体验,并迈向建立制度以便利集体行动和跨国管理。而今天的亚洲与之相反,与 40 年前的欧洲相比,区域合作远未实现制度化。所有这些使得亚洲各国将会集体行动来维持现状的假定令人怀疑。

这引出了下面的问题:既然中国已经正式放弃了钉住美元,什么能用来取代第二代布雷顿森林体系呢?

在欧洲,布雷顿森林体系崩溃的威胁(最终成为了事实)激励各国作出政治努力以在欧盟成员间建立替代性的汇率安排。这导致了 1979 年欧洲货币体系的创立,正如已经指出的,欧洲货币体系被认为是一个集体的、对称的汇率钉住体系。而实际上,它运行起来是不对称的,德国作为"毂"而其他货币作为"轮辐"。因此,这些货币不再钉住美元,有效地换成了钉住德国马克。移动到真正对称的体系还需要 20 年的时间,那时由一个超国家的中央银行发行共同货币。

亚洲会呈现出相似的前景吗? 首要的一个问题是,是否亚洲国家像欧洲大陆国家那样偏好汇率稳定。亚洲国家缺少欧洲国家寻求汇率稳定的一些动因。例如,20 世纪八九十年代,受到贸易伙伴竞争性贬值打击的欧洲国家既不能限制进

---

① 参见 "The US as a Net Debtor : The Sustainability of the US External Imbalances",打印稿,2004 年 11 月。

② 参见"The Dollar and the New Bretton Woods System", text of the Henry Thornton Lecture, delivered at the Cass School of Business, 15 December 2004.

口也不能为公司提供支持。这使得单一市场在缺少汇率约束的条件下几乎不能维持下去①。亚洲缺少单一市场,能更多地容忍汇率不稳定。然而,从亚洲国家不愿转向完全的浮动汇率制来看,亚洲国家非常偏好汇率稳定。

在普遍较弱的区域制度环境下,正式地用一种亚洲货币代替美元——一篮子货币或者单一货币——目前看来不会发生。几位经济学家最近在争论中支持在东亚实行一种不同的 basket-band 汇率制度②。基于美元的汇率安排被一种新的安排所取代,美元在其中所占的比重变小,而日元和欧元的比重变大。至少在开始的时候,汇率政策协调就要求东亚的新兴经济体采用一种相似的货币篮子作为锚,以避免全球汇率波动造成区域不稳定。

与欧洲货币体系相比较,区域货币篮子的运行不需要那么正式,弹性也更大,因为所提议的货币篮子安排包括区域外的货币——与欧洲全是区域内货币的情形形成对比,并且通过调整篮子它能兼容各种程度的汇率波动。因此,它并不迫切需要一种货币政策和汇率协调的正式结构。东亚目前缺少成熟的区域金融合作,各国的经济和金融发展水平参差不齐,在这种情况下,上述考虑非常重要③。

总之,制度或市场驱动的高级区域贸易一体化要求成员国间某种形式的汇率稳定。然而,没有理由期待亚洲会遵循欧洲所走过的道路。没有一定的政治承诺亚洲国家也许不愿(或确实不能)参加货币一体化(以一篮子货币或统一货币的形式)。换句话说,只有存在充分的共同政治意愿,统一市场才会导致统一货币。历史将会证明东亚是否存在这样的共同政治意愿。

(齐俊妍 译)

---

① 20 世纪 90 年代中期里拉急剧贬值后形势明显变得紧张起来。单一市场的运行受到了法国和德国实业家的公开挑战。他们宣称,里拉的贬值使得竞争变得不公平。最终,里拉升值,并且意大利加入货币联盟。这个故事指出,汇率不稳定会很快导致紧张形势。

② 两位早期的建议者是 Eiji Ogawa 和 Takatoshi Ito,参见 "On the Desirability of a Regional Basket Currency Arrangement", NBER Working Paper 8002, National Bureau of Economic Research, 2000; 以及 John Williamson, "The Case for a Common Basket Peg for East Asian Currencies", in Stefan Collignon, Jean Pisani-Ferry, and Yung Chul Park (eds.) *Exchange Rate Policies in Emerging Asian Countries*, London and New York: Routledge, 1999.

③ 参见 Masahiro Kawai, "Exchange Rate Arrangements in East Asia: Lessons from the 1997—1998 Currency Crisis", *Monetary and Economic Studies* (Special Edition), December 2002.

影响中欧关系的七大潜在障碍

Jean Pisani-Ferry André Sapir

1. 引 言

近 20 年来,中欧经济关系发展喜人,尽管有暂时的局部紧张,但未形成大争端。对于欧盟来说,中国已成为第二大进口来源国(仅次于美国)和第三大出口市场(位居美国和瑞士之后)。而对于中国来说,欧盟已成为第二大进口来源(位居日本之后)和第二大出口市场(位居美国之后)。尽管中欧双边贸易一直是中国出超,这一形势迄今为止没有引起欧洲决策者的注意。在过去 10 年中,欧洲对中国的FDI 也发展很快,2003 年约为 50 亿欧元,欧盟已成为中国最重要的投资伙伴之一。

中欧关系的平稳发展与闹情绪的、一般策略性的、有时紧张的中美关系形成对照。实际上,这些关系直到最近才为欧洲公众所关注[①]。之前,中国的国际地位上升和对全球经济的影响长期未受关注——自然低估了中国的力量。90 年代及 21 世纪初,政治上的精力基本上被用于处理创立单一市场、欧元和扩张等内部问题。

出现这样明显疏忽的一个例证是:在 2000 年,对那时感觉到的挑战——美国"新经济"的出现——做出反应,采用了一种新的经济战略("里斯本议程"),基本上忽略了中国的增长和发展所带来的各种机遇和挑战。尽管感觉发生了变化,开始纠正初始的疏忽,欧洲对中国的兴趣和关心仍明显没有对美国那样强烈。

本文想要说明,在双边关系不断加强的情况下,这样一种情形是荒谬的,是冒着短命的风险。因为与美国相比,中国的发展象征着对欧洲更为重大的经济挑战。当然,我们不会怀疑双边关系的加强给欧洲和中国带来了贸易和投资机会。但我们要指出,忽略随之而来的挑战和相应的中欧经济关系平稳发展的潜在障碍是不明智的。只有清楚地识别出所面临的挑战,明确地着手解决它们,就潜在的风险和适当的反应建立意义深远的对话机制,双边的决策者才能充分发挥中欧关系的潜能。

我们确定中国经济增长会以独特方式影响欧洲关系的七种不同渠道:

(1)欧洲产业受到中美挤压的风险。

(2)运行失灵的欧洲劳动市场增加了调整成本。

(3)中国融入世界经济或许会妨碍欧洲一体化进程。

(4)中国的竞争造成欧洲特惠贸易关系的不稳定。

(5)中国确保获得能源和原材料的努力影响进口依赖的欧盟。

(6)欧元汇率有着成为最终调节变量的风险。

---

① 第一份有关中国的欧盟政策文件于 1995 年发布,中国经济转型已经过了快 20 年。第一次中欧政府首脑会议发生于 1998 年。参见 Barysch(2005)所作的对中欧关系发展的综述。

(7)中国在世界经济中的地位上升会减少欧洲在国际组织管理中的重要性。

一些渠道只影响欧洲,一些渠道也影响其他国家。七条渠道对欧洲特定形势的影响并不相同。欧洲特定形势也许受到欧洲经济形势和制度的影响,也许受到政策的影响,也许受到欧洲一体化进程的影响。在某些情况下,解决相应的问题需要欧盟或中国采取行动,而在某些情况下,需要中国和欧盟联合采取行动,但在某些情况下,政策行为不能解决问题,欧洲人所应做的就是:接受现实。

然而,欧洲真正特别之处在于上述七大潜在障碍的共存。所以我们认为,中欧双方的决策者应思考相应的挑战并明确地着手处理它们,而不是对它们视而不见。

接下去,逐一分析上述渠道。简要论述问题、潜在风险和政策选择。在文章结尾进行综合概括。

2. 欧洲产业受到中美挤压的风险

不管其主张和愿望,欧盟远未形成知识经济,甚至还未走上知识经济之路,尽管美国决定转向高技术、服务型的经济。欧盟的经济力量和比较优势仍停留在中国正快速入侵的领域,即制造业。一些欧盟成员国仍专业化生产低技术制造业产品(参见表1)。

表1   出口专业化指数

	技术密集度				
	高	中高	中低	低	ICT
美国	1.4	0.9	0.7	0.8	1.5
欧盟 15 国	0.9	1.0	1.1	1.1	0.8
德国	0.8	1.2	1.1	0.7	0.7
法国	0.9	1.0	1.0	1.1	0.7
英国	1.5	0.8	0.8	0.8	1.5
意大利	0.5	0.9	1.3	1.7	0.3
西班牙	0.4	1.1	1.3	1.3	0.4

注:出口专业化指数(the Export Specialisation Index)是指:给定产品占国家出口的份额与同一产品占经合组织国家出口的份额之比。它是揭示比较优势的一个指数。

资料来源:经合组织 STAN 数据库。

其他的几个指数确定,欧洲仍未踏上美国经济历经 10 来年的转型之路。

首先,扩张后的欧盟制造业①仍雇用了约30%的总就业人口,而美国为20%。在德国和新成员国中,制造业在就业和增加值中的份额特别高。另外,欧洲的生产率增长仍基本上依赖于制造业部门的表现。不像美国,近些年没有看到高生产率服务业的出现,代替制造业作为增长的火车头。因此,比起美国,欧洲的经济仍然深深地植根于制造业。

其次,欧盟的研发仍然仅为欧盟GDP的约2%,尽管政治上重复在说要提高到3%,仍未开始增加。类似地,受过高等教育的工作年龄人口比例仍低于1/4,而美国超过1/3。对高等教育的总支出(包括公共支出和私人支出)保持约为GDP的1.5%,而美国约为3%,对教育的投资低于缩小差距所要求的水平②。

这意味着,与美国不同,在建立一种基于知识和创新的新的比较优势方面,欧洲已证明其能力有限。随着中国经济发展,从传统的低技能部门转向对技能要求较高、研发密集型的部门,欧洲的传统竞争优势正受到侵蚀。这正是与Samuelson(2004)的论点有关的情形。如果其他部门同时出现了新的竞争优势,下列说法就是错误的:一国传统竞争优势受到侵蚀意味着收入损失。真实情况是:如果不能前进,改变其生产组合,比较优势受到侵蚀的国家面临收入损失。这正是欧洲所面临的情形,或者至少部分如此:尽管德国在设备商品上强大的比较优势使其能受益于中国的需求,意大利和西班牙并不享有同样的比较优势。

其政策含义是:欧洲人显然不能因无力改变自己及彻底改造其竞争优势而责备中国。他们应采取的应对策略在很大程度上就是2004年在里斯本所详细说明的策略:大力投资于知识和教育,关注创新,使经济体系能随机应变。不幸的是,迄今为止在此方面几乎未采取什么行动。

3. 运行失灵的欧洲劳动市场增加了调整成本

为实现贸易收益,生产要素需要重新配置到国家能利用其比较优势的新部门。这一过程可从来不像教科书上所说的资本和劳动为完全竞争市场的情形那样平稳,总是涉及调整成本。调整成本的大小取决于国内制度的质量,即劳动、产品和资本市场的运行状况。

欧洲(或者至少对于欧盟15国大陆经济体来说)的问题在于:劳动市场,以及产品、住房和资本市场的运行失灵不利于国际专业化生产的调整。

当提到确保转移工人的再配置时,欧洲大陆的劳动市场失灵已声名狼藉。接近退休年龄的工人——一种在纺织、服装和轻工业等传统行业时常发生的情

---

① 包括矿业、电力、水利和建筑。
② 资料来源于:OECD, Education at a Glance, 2004。

形——一般不太可能找到另一份工作,因为事实上没有55岁以上年龄人口的劳动市场。90年代对法国、德国、西班牙和美国所作的一系列比较研究发现,55岁以上的低技能工人脱离失业的概率在欧洲比在美国至少低6倍[①]。尽管欧盟一再强调增加老年工人的参与和就业率,废除了早期退休计划,并且国家已开始实施政策来解决这一问题,但没有迹象表明90年代以来事情有明显好转。结果是,当某一小城市一家雇用中年、低技能工人的工厂倒闭时,大量工人成为永久失业者。

甚至对于年轻的雇员来说,经验证据显示,失去一份持久工作的成本现值很大。就拿法国来说,Margolis(2000)估计,平均而言,因为产业重组而失去一份持久工作的工人持续失业会超过半年,不能很快找到一份新工作的工人一般会失去1/4的工资收入(妇女会失去一半的工资收入)。对于在另一个地方找到另一份工作的工人来说,有权使用安居住房和公共服务的相关成本必定增加了。另外,在把贸易收益重新分配给承受调整负担的人方面,公共政策并不总是有效。

问题并不仅限于劳动市场。欧洲产品和信贷市场不利于通过新企业的创立和增长对变化作出调整。OECD(2003)指出,尽管欧洲和美国新公司的出生率和死亡率大致相同,几年以后典型的新成立的欧洲公司几乎未增加雇员,而典型的新成立的美国公司规模翻倍。换句话说,与美国相比较,欧洲对经济变化的调整过程比较缓慢。

这意味着:对于中国的生产和出口发展的变化作出调整,对于欧洲经济体来说通常是痛苦的,即使它们以后会从自身的生产和外贸调整中获利。

几个欧盟国家的政府已开始强调劳动市场的机能,失业保险的激励性质以及劳动供给和劳动需求的匹配质量。公认的口号是,公共政策应该使人们对经济变化作好准备,并帮助他们应对变化,而不是去阻止变化的发生。这些都是方向正确的步骤,尽管欧洲远未彻底改造其经济制度以适应快速变化的世界经济。

人们提出了许多建议,例如以美国现存模式(Sapir et al., 2004)为基础创设欧洲贸易调整援助机制(European Trade Adjustment Assistance mechanism)。众口批评,此类机制问题很多:难以识别贸易引起的工人转移。然而,这是欧洲政策应该坚持的方向,使市场开放在政治上可以忍受,避免面对全球化的困境产生对抗情绪。

4. 中国融入世界经济或许会妨碍欧洲一体化进程

新近的欧盟扩张大大增加了欧盟内的经济差别[②]。使扩张后的欧盟25国成

[①] 参见 Pisani-Ferry(2000)表13中的比较数据。

[②] 参见同事的论文"Can China Learn from European Integration?"(《欧洲一体化对中国的启示》),2005年7月。

为一个经济体——不仅仅是制度上的——现在成为优先考虑的事。进一步扩张欧盟,至少到保加利亚和罗马尼亚,也许更远,已提上以后几年的议事日程(尽管宪法草案遭拒对于扩张进程或许会有政治影响)。随着时间推移,新成员国被期待着赶上旧成员国。但这一进程将会花费几十年。其间,欧盟处于一个转型期,大部分精力将被用于处理自身的一体化事物。

一体化进程使富裕、成熟的经济体与人力资本相对丰富而物质资本贫乏的新成员国聚在一起。出口专业化指数显示,新成员国的比较优势显然不同于旧成员国。波兰和斯洛伐克共和国的情况特别明显(参见表2)。因此,一体化进程涉及劳动密集型产业向新成员国的重新配置以及劳动力在欧洲的新分布。然而,这不会在国际范围内发生。中国有着新成员国的一些特征:资本稀缺,但不熟练劳动力的供给非常有弹性,尽管与欧盟新成员国相比熟练劳动力相对稀缺,中国正迅速增加熟练劳动力数量[①]。

表 2　　　　　　　　　　中东欧成员国的出口专业化指数

	技术密集度				
	高	中高	中低	低	ICT
捷克共和国	0.6	1.1	1.6	1.0	1.0
匈牙利	1.2	1.0	0.7	1.0	2.0
波兰	0.3	0.8	1.9	1.7	0.4
斯洛伐克共和国	0.2	1.1	2.0	1.2	0.3

资料来源:经合组织 STAN 数据库。

因此,在某种程度上,中国和新成员国竞相争取来自于资本富裕的旧欧盟成员国的投资。这是许多欧盟决策者的观点,倾向于把扩张看作是面对全球化浪潮提高欧盟竞争力的一个机会。他们以德国产业转型为例,德国使其大部分劳动密集型生产部门成功转移到新成员国,这有助于德国恢复世界第一大出口商的地位。从这方面看,扩张或者比较准确地说,扩张后的欧盟内部的经济一体化能被认为是对全球化压力作出的一种反应。但老成员国的公众观点倾向于认为扩张和全球化是两种相互促进的变化,它们导致工作的加速转换。从这一角度看,欧盟扩张引起的紧张使得对全球化带来的负面影响的政治容忍度降低——反之,则反是。

欧盟再次对挑战作出反应。新成员国成功的经济一体化潜在地有利于欧盟整体竞争力的提高。然而,要让这成为现实,需要充分发挥新成员国的比较优势,新成员国要赶上旧成员国需要欧盟政策的支持。在此情境中,新成员国经济加速增

---

① Farrell et al.(2005)提供了主要的新兴地区熟练劳动力供给的有趣的数据,并讨论了离岸潜力(the potential for offshoring)。

长并赶上旧成员国,这使得双赢的主张得以实现,新旧成员国都从中获益(正如80年代和90年代初吸纳希腊、葡萄牙和西班牙加入欧盟所发生的那样)。这也有利于对外开放的顺利进行。然而,不太有利的情境会让人更加担心并使得欧盟不能从容应对全球化带来的挑战。

5. 中国的竞争造成欧洲特惠贸易关系的不稳定

比起美国和日本,欧盟已建立了双边区域贸易协定网络,使有特权的伙伴优先进入其市场。在最后的20年中,贸易政策被用来作为一种工具服务于政治或经济发展目标——特别是在欧盟作为一个实体能真正制定贸易政策但没有其他工具执行对外政策的时候。欧盟与下列国家签署了贸易协定:想加入欧盟但未被认为是合法的候选者;前殖民地国家;欧盟表示感兴趣的一些国家。结果形成了一个给人深刻印象的特惠贸易协定网络(Sapir,1998)①。

欧盟在这些协定中承诺援助发展中伙伴国。例如,与非洲、加勒比和太平洋(African、Carribbean and Pacific,ACP)国家的经济合作协定(Economic Partnership Agreements,EPAs)旨在鼓励与欧盟的贸易以及发展中国家伙伴之间的贸易。举例来说,地中海的几个国家有效地把发展战略与保留进入欧盟市场的特权联系在一起。

此类特惠贸易协定的受益人一般会抵制多边贸易自由,至少会减缓多边贸易自由的步伐,不愿意看到其出口到美国的商品被更具竞争力的中国出口商品所取代,正如目前在纺织和服装行业所看到的那样,他们的抵触情绪上升了。

在多哈回合谈判中,欧盟受到来自于中国和其他G—20的压力,要求向多国开放其市场,欧盟也受到来自于ACP和其他G—90国家的压力,要求保留其特惠待遇。欧盟是否满足和如何满足这两大阵营的要求仍有待观察。

6. 中国确保获得能源和原材料的努力影响 进口依赖的欧盟

中国成为一个主要的能源和原材料进口国已对世界市场产生了重大影响。根据Ming(2005),中国对初级商品全球需求增长的贡献近年已占到10%～15%,这意味着已对价格有重大影响。据国际能源机构统计,2000～2004年中国石油需求

---

① 最近Bruegel联合组织的一次会议关注地方主义的出现和对多边体系的影响,参见 www.bruegel.org.

增长占世界需求增长的近 30%，这也推动了价格上涨。欧盟作为主要的进口者，显然受到相应的贸易条件恶化的影响。

中国接下去几十年的增长将会持续影响世界能源和原材料平衡。然而，这并不总是意味着对欧盟有负的外部性。通过相对价格的变化互相依赖是世界经济的一个特征，欧盟毫无理由抱怨原材料价格的上升，因为它也受益于对自身产品的增加的需求。

另一个问题是能源安全。近年来，中国通过订立一系列双边协定努力确保石油安全。这里的问题是，这一政策在某些方面是否会威胁到欧盟自身的安全。

有两种方法可用来确保能源、原材料和食品的安全。一种方法是依靠公开市场的深度以及确保这些市场正常运行的多边的规则和制度。另一种方法是依靠自我保险，积累储备或者与特定伙伴订立双边密约。根据这一方法，经济安全要求投资于建立在适当的时候能发挥作用的特定安排。

在紧缺的市场中，两种方法难以兼顾，因为求助于双边或单边的安排减少了市场深度，进而减少了主要依赖于市场来确保其供应的国家的安全①。

在前 10 年里，石油市场向第一种样式发展，尽管对于天然气来说，双边协定成为主流，因为基础设施和交通成本较高。欧洲也是这样，其石油供应依赖于全球市场，但已和俄国及发展中国家签署协定以确保持续获得天然气储备。

中国也在公开市场上满足其不断增长的石油需求，但同时还依赖于双边石油协定。这看起来不大会破坏全球市场的运行和欧盟的能源安全，然而，向双边协定的重大转变会引发其他国家的反应，并会改变世界石油供应的模式。

这一问题值得欧盟和中国进行认真的、面向未来的对话，双方都能表达其对能源和原材料市场未来的看法，讨论相应的安全问题，正视潜在的合作，但是明确甚至率直的对话常受到猜疑。

7. 欧元汇率有着成为最终调节变量的风险

欧元和人民币汇率的关系为一些研究者所关注。其基本观点如下：

● 第一种推理一开始就看到美元需贬值以更接近均衡和纠正美国的经常账户赤字。以这种推理，人民币汇率的刚性把调整的负担转移给维持浮动汇率制的国家，其中欧元成为最有可能升值的货币。这会引起欧元的破坏性高估。Benassy-Quéré et al.（2004）就说明了这种推理，他认为调整的负担应在美国贸易伙伴国

---

① 沿着同样的思路可对金融安全进行分析。一些国家选择依靠全球金融体系的深化和多边的金融机构提供的保险，其他一些国家则优先选择建立自我保险，通过储备积累和私营或公共金融机构特别待遇提供保护。

中共同分担,并指出了相应的承担责任大小的次序。

● 第二种推理以资本而不是经常账户为起点。只要维持着与美元的固定汇率,中国就有强烈的动机把其储备主要投资于以美元计价的资产。然而,不再实行美元钉住意味着私人投资者将不再紧随中央银行,换句话说,中国的投资者不再那么偏好美元资产——或者中国央行将实行储备资产多样化,而结果一致。这将导致对以欧元计价的资产的需求增加,从而对欧元汇率有向上的压力。Blanchard,Giavazzi and Sa(2005)等提出了这种推理。

这些方法的不足在于不仅具有投机的特征,而且两种方法合起来会得出"先下手为强,后下手遭殃"的结论。这是荒谬的,因为两种方法都依赖于均衡汇率的概念。

解决这一明显的矛盾的方法在于:对于美国而言,均衡汇率的概念与所谓的复苏的布雷顿森林体系(the so-called revived Bretton Woods system)(Dooley,Folkerts-landau and Garber,2003)几乎没有什么关系。只要中国人民银行愿意积累维持汇率钉住所需的美元储备,相应的均衡汇率就是整个美元区的真实汇率,而不仅是美国经济的汇率。中国的汇率政策会增加欧洲在全球汇率调整中的负担,但也会降低全面调整的负担。这就是为何严格地钉住美元会导致欧元有升值压力。

中国决定不再单一钉住美元只是汇率改革的开始,而不是结束。2005 年 7 月 21 日宣布的新制度在一些方面并不明确,这意味着不能准确说明其对欧元的影响。根据中国人民银行行长周小川的发言,已发布了对人民币篮子中各种货币所占比重的估计。Jen(2005)估计欧元所占比重为 14%,而美元为 43%,日元为 18%(其余的主要由亚洲的一些货币构成,其中的一部分或明或暗地与美元相联系)。如果其估计正确,这意味着中国货币仍主要钉住美元。然而,这一行动暗示着复苏的布雷顿森林体系也许不再持续多久,这仍能引发资本账户引起的欧元升值。

结果是中国和欧元区域汇率的相互依赖成为世界经济的一个持久的特征。而政策讨论仍关注两种货币对美元的双边汇率。对中国汇率政策调整的大多数讨论主要与其对美国赤字减少的潜在贡献相联系。类似地,欧洲对汇率的大多数讨论主要关注欧元与美元的汇率。

结束三角关系,采用全球视角来考虑汇率问题的时候已经来临。

8. 中国在世界经济中的地位上升会减少欧洲在国际组织管理中的重要性

欧盟成员在 G7 和布雷顿森林体系管理机构中拥有过多的代表。而同时,依靠不断扩展欧盟自身才能维持其占世界产出的份额。在其他地方增长率不变或加快的情况下,欧洲人口的下降和缓慢的生产率增长使得拥有过多代表的状况不可持续。中国和其他主要新兴国家的崛起意味着在全球治理中应给予它们足够的代表和责任。

根据 Goldman Sachs(2003),2005 年,BRIC(巴西、俄国、印度和中国)的 GDP 总和占 G7 国家 GDP 的一半。按这种发展趋势,到 2040 年 BRIC 的 GDP 总和会超过 G7。在 2050 年,GDP 排名前三位的经济体将会是中国、美国和印度。

两个原因诱使欧洲采用一种延缓策略。首先,它知道其在管理机构中的整体重要性需要减轻,但希望能够延缓调整。其次,因为国际组织中的欧洲代表呈零散分布,缩减其权力很可能意味着对分担负担的讨论以及可能要合并代表,而相关责任人士会进行阻挠。欧洲优先选择延缓策略也许与中国的战略利益一致,直到其主要作用得到充分肯定,中国避免打破现有的权力制度平衡。

然而,延缓策略对生产不利。正式地(G7 和 IEIs)或非正式地(WTO)由美国和欧盟控制的多边治理体系显然不利于感觉代表名额不足的国家投身于此①。尽管 G20 是向正确方向迈出了一步,全球治理机构的改革进展缓慢已激励中国(和其他新兴国家)去探究双边或区域路线。

这意味着全球经济和金融机构的改革以及权力的重新平衡并不只是简单地要求公平。更重要的是,它们是在多边体系中充分保障所有权所必需的。因此,不应采取延缓策略,当权者(欧盟与美国)应促进改革,为新兴国家建立多边主义的强有力承诺提供激励。

这样一种重新平衡必然意味着欧盟成员国放弃目前在 G7 和布雷顿森林体系管理机构中拥有过多的代表的状况。这进而意味着全球治理机构中某种形式的代表合并,特别是那些成员数有限的机构。在欧洲对这种前景讨论了一段时间,但未进一步深入。外部的压力或许会使欧洲认真考虑,因为有所减少但仍然分割开来的欧洲代表没有希望在全球机构治理中发挥影响深远的作用。

9. 结 论

本文一开始强调了中国和欧盟的共同经济利益,最近它们都成了彼此的第二大经济伙伴。同时,本文也回顾了将来它们的关系的平稳发展存在的潜在障碍。尽管中国和欧盟在多边框架内双边关系的发展中有着巨大的共同利益,由于两个伙伴间初始条件和发展潜力存在重要差别。

---

① 这在货币与金融合作的情形中非常明显。在亚洲金融危机时期,一般认为 IMF 所采取的政策行动受到了美国观点和利益的扭曲。

一些障碍天然与经济有关,而另一些障碍在性质上政治性更强。一些障碍能够——并且必须——由一方单独加以排除,而另一些障碍需要双方坐下来讨论并采取联合行动加以排除。在几种情形中,排除这些障碍涉及重大的政策调整。考虑到中国和欧盟对于彼此及对于世界经济的重要性,关键是这两个伙伴要进行更多的双边对话,对可能出现的紧张状态采取面向未来及公正的态度。

参考文献

Barysch, Katinka (2005), Embracing the Dragon: The EU's Partnership with China, Centre for European Reform, May, www. cer. org. uk.

Bénassy-Quéré, Agnès, et al. (2004), "Burden Sharing and Exchange Rate Misalignments Within the Group of Twenty", in C. Fred Bergsten and John Williamson (eds.), *Dollar Adjustment: How Far?*

Blanchard, Olivier, Francesco Giavazzi and Filipa Sa (2005), "The US Current Account and the Dollar", mimeo, http://econ-www. mit. edu/faculty/? prof_id=blanchar.

Dooley, Michael, David Folkerts-Landau and Peter Garber (2003), "An Essay on the Revived Bretton Woods System", NBER Working Paper No 9971, September.

European Commission (2004), "The Challenge to the EU of a Rising Chinese Economy", in *European Competitiveness Report* 2004, Commission Staff Working Document No 1397.

Farrell, Diana, et al. (2005), The Emerging Global Labour Market, McKinsey Global Institute report, http://www. mckinsey. com/mgi/publications/emerginggloballabormarket/index. asp.

Goldman Sachs (2004), "The BRICs ad Global Markets", Global Economic Paper No 118, October.

Jen, Stephen (2005), "A Yuan a Dozen: On China's Wide Currency Basket", *Morgan Stanley Equity Research*, August.

Kok, Wim (2004), Facing the Challenge: The Lisbon Strategy for Growth and Employment, Report from a High Level Group appointed by the European Council, November.

Margolis, David (2000), "Workers Displacement in France", CREST Working Paper No 2000—2001, www. crest. fr.

Ming, Zhang (2005), "Global Primary Goods Market: The Interaction between Chinese and World Economy", mimeo, June.

OECD (2003), The Source of Economic Growth in OECD Countries, www. oecd. org.

Pisani-Ferry (2000), *Plein emploi*, Report for the French Conseil d'analyse économique, www. cae. gouv. fr.

Samuelson, Paul (2004), "Where Ricardo and Mill Rebut and Confirm Arguments of Mainstream Economists Supporting Globalization", *Journal of Economic Perspectives* vol. 18 No. 3, Summer.

Sapir, André (1998), "The Political Economy of EC Regionalism", *European Economic*

Review 42, pp. 717—732.

Sapir, André, et al. (2004), *An Agenda for a Growing Europe*, Oxford University Press.

（齐俊妍　译）

分报告之十二

面向未来的中国能源政策

何　帆　覃东海

　　何　帆，中国社会科学院世界经济与政治研究所所长助理、国际金融研究中心副主任、《世界经济》编辑部主任。

　　1971 年出生于河南省荥阳县。1996 年和 2000 年毕业于中国社会科学院研究生院，分别获得经济学硕士和博士学位。1998～2000 年在美国哈佛大学进修。其他学术和社会兼职包括：中国世界经济学会副秘书长，中国数量经济学会理事，中国经济体制改革研究会公共政策研究所副所长，天则经济研究所特约研究员，中山大学、东北财经大学、厦门大学等高校兼职教授，中央电视台《对话》节目核心策划，世界经济论坛(达沃斯)青年全球领袖，亚洲社会青年领袖等。

　　主要研究领域包括：国际金融、国际政治经济学和中国宏观经济。主持世界银行、德国阿登纳基金会、东亚发展网络(EADN)、财政部等多项课题。已经出版的专著包括：《为市场经济立宪：当代中国财政问题报告》、《经济全球化时代的对外政策：寻找新的理论视角》、《出门散步的经济学》、《不确定的年代》等，并有多部译著。在国内重要经济学期刊发表论文 50 多篇，并在各种主流媒体发表财经评论 200 多篇，有较大的社会影响。

1. 前 言

2002 年以来,伴随世界经济的强劲复苏,世界能源价格迅速攀升。以世界能源消费中占据 40% 比例的石油为例,尽管从实际价格上看,本轮石油价格上涨仍然低于 20 世纪 80 年代初石油危机期间的水平,但是从名义价格上看已经超过了海湾战争期间的历史最高水平。由于在经历了 20 世纪的石油冲击之后,世界经济结构出现了较大的调整,所以本轮石油价格上涨对全球宏观经济的冲击比较有限。但是,石油价格冲击对各国宏观经济的影响具有不对称性。经济合作与发展组织(OECD)国家 20 世纪 70 年代以来的石油依存度(以石油消费/GDP 比例衡量)持续下降,而发展中国家的石油依存度反而上升了,本轮石油价格上涨中,发展中国家遭受的影响更大。

就中国而言,目前消耗的一次性能源占全球比重已经超过了 10%,紧随美国之后成为全球第二大能源消费国。从增量上,中国的新增能源需求占世界新增能源需求的比例更高。根据欧佩克(OPEC)的估计,2001～2004 年间,中国的新增石油需求对世界新增石油需求的贡献高达 36%[①]。随着中国城市化和工业化进程的加速,未来 10～20 年间,中国的能源需求还将以 3%～5% 的年均速度增长。中国的能源需求,特别是石油需求已经成为世界能源市场上最为引人注目的因素。

中国的能源问题同世界经济之间的互动影响也越来越强。第一,中国已经成为世界经济增长的重要引擎,如果能源问题拖累了中国经济,也必将拖累世界经济;第二,随着中国石油进口的迅速增长和煤炭出口的迅速减少,必将影响到世界能源市场的供求平衡,造成新一轮的能源竞争;第三,中国以及世界其他地区能源消费带来的环境破坏和生态灾难不仅影响到中国的可持续发展,同时影响到世界经济的可持续发展;第四,世界政治经济环境影响到全球能源市场,直接对中国的能源形势带来冲击。

2. 中国的能源问题现状

回顾历史,过去的 25 年间(1980～2004 年),按可比价格计算,中国的 GDP 年均增长率达到了 9.5%,经济规模迅速扩大。中国以能源消费翻一番实现了 GDP 翻两番。展望未来,中国政府计划到 2020 年的 GDP 比 2000 年再翻两番、达到约

[①] 根据欧佩克 2005 年 10 月的《石油市场月报》(Monthly Oil Market Report)数据,中国的石油需求从 2001 年的 470 万桶/天上升到 2004 年的 650 万桶/天;同期,全球石油需求从 2001 年的 7 710 万桶/天上升到 2004 年的 8 210 万桶/天。

4万亿美元的总体目标。经济发展需要有能源发展作为保障,能源和环境问题已经构成我国经济可持续发展的最大挑战,包括能源、特别是石油进口依存度的显著上升,煤炭为主的能源结构带来的环境污染和生态破坏,迅速增长的二氧化碳排放等。为了实现经济持续、快速和健康发展,必须考虑能源和环境的承受力问题。

2.1 中国的能源需求和能源结构

改革开放以来,伴随中国经济的快速增长,能源生产和能源消费也出现了迅猛增长。1978～2003年间,中国的一次性能源生产(供给)增长了155%,一次性能源消费(需求)增长了194%。虽然有经济增长的大背景,与世界能源需求增长速度相比,中国的能源需求增长相当惊人[①]。如图1所示,总结中国的能源生产、能源消费和经济增长,可以得到以下一些经验性结论:第一,1991年前,能源生产能够满足能源消费,1991年后开始出现连续的能源消费缺口,这种状况的持续发展使得中国日渐成为世界上越来越重要的能源净进口国;第二,1995～2000年中国在能源行业的投资不足造成能源生产下降,特别是能源生产下降快于能源消费下降速度,造成能源消费缺口扩大,为最近一轮的能源投资扩大和能源价格上涨埋下了伏笔;第三,经济增长和能源消费变化的周期性波动都相当剧烈,如果没有缓冲能源消费波动的相应措施,经济增长波动带来的能源消费波动将给能源市场的价格稳定带来冲击,并进而影响到国民经济整体价格水平的稳定。

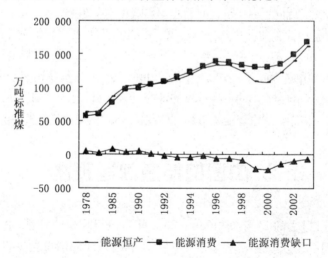

资料来源:国家统计局,《中国统计年鉴》各期。

图1 中国的能源消费和能源生产

---

① 根据美国能源部(http://www.eia.doe.gov)公布的数据,1981～2003年间,中国的一次性能源消费年均增长超过了4.3%。同期,世界的一次性能源消费年均增长仅为1.7%。

　　长期以来,由于能源消费增长速度显著低于经济增长速度,反映在能源消费弹性(能源消费量年均增长率/国民经济年均增长率)长期小于 1。表面上似乎意味着中国经济增长过程中的能源利用效率很高。但是能源消费弹性反映的是两个增量之间的比例关系,掩盖了我国单位产出能源消耗较高的事实。用能源密集度(单位产出消费的能源)衡量,1981~2003 年间中国是日本的 13 倍,是美国的 5 倍,中国的能源利用效率甚至要低于印度,处于相当落后的水平[①]。另外,能源消费弹性小于 1 的状况在 2002 年以后出现了逆转,能源消费弹性突破了 1,并且呈现出逐年放大迹象。由此可见,2002 年以来中国经济新一轮的高速增长是一种高能耗的粗放型增长模式,经济增长过程中重工业化发展和居民消费升级特征相当明显。

　　从行业上看,根据国家发展改革委员会公布的信息,目前我国的能源利用效率为 33%,比发达国家低约 10 个百分点。电力、钢铁、有色、石化、建材、化工、轻工、纺织 8 个行业主要产品单位能耗平均比国际先进水平高 40%;钢、水泥、纸和纸板的单位产品综合能耗比国际先进水平分别高 21%、45% 和 120%;机动车油耗水平比欧洲高 25%,比日本高 20%;我国单位建筑面积采暖能耗相当于气候条件相近发达国家的 2~3 倍[②]。这些指标既反映了中国目前的能源使用比较浪费、能源利用效率相对低下的事实。

　　从能源消费结构看,煤炭依然在中国能源消费存量上占据绝对主导地位,维持在 65% 以上的比重。但在各种能源消费结构的相对变化上,煤炭消费比重呈现出先升后降的变动趋势,从 80 年代初 71% 左右的比重上升到 80 年代末 75% 左右的比重,然后一直下降到目前 65% 左右的比重;石油消费比重呈现先降后升的变动趋势,从 80 年代初期 22% 左右的比重下降到 80 年代末 19% 左右的比重,然后一直上升到目前的 24% 左右的比重;水电消费在中国的能源消费结构中具有了越来越重要的地位,从 80 年代初 3% 左右的比重上升到目前 7% 左右的比重;天然气消费比重相对平稳,一直保持在 2%~3% 左右的比重;核电消费从无到有,也开始在中国的能源构成中占据一席之地;目前占全部能源消费 1% 左右的比重;中国对地热、太阳能、风能及木材废料能源的开发利用尚处于起步阶段,在整个能源消费结构中几乎微不足道[③]。从近两年的情况看,煤炭消费比重重新攀升,据估计,2005 年煤炭消费在中国的能源消费构成中可能重新提高到 70% 以上的比重。

　　从世界的能源消费结构看,受石油危机的影响,石油消费比重从 20 世纪 80 年代初 46% 左右的比重下降到 80 年代后期 39% 左右的比重,然后一直保持相对稳定的比重;天然气消费比重呈现稳步上升的态势,从 80 年代初 19% 左右的比重一

---

　　① 　根据美国能源部(http://www.eia.doe.gov)公布数据整理而来。

　　② 　"大力提高能源效率,努力建设节约型社会——国家发展改革委副主任张晓强在建设节约型社会国际研讨会上的发言摘要。"(http://nyj.ndrc.gov.cn/zywx/t20050810_40425.htm)。

　　③ 　根据美国能源部(http://www.eia.doe.gov)公布数据整理而来。

直上升到现在 23％左右的比重；煤炭消费比重呈现先升后降的变化，从 80 年代初 25％左右的比重稳步上升到 80 年代后期 27％左右的比重，然后稳步下降到目前 24％左右的比重；水电消费比重在世界能源消费结构中几乎没有什么变化，一直保持在 6％～7％相当稳定的比重；核电是世界能源消费中增长最快的能源，从 80 年代不足 3％的比重上升到了目前 6.5％的比重；其他地热、太阳能、风能及木材废料能源的开发在全部能源消费中不足 1％[①]。

与世界能源消费结构相比，中国的能源消费结构具有以下三方面的特点：第一，基于自身能源储量方面的结构性特点，煤炭消费在中国的能源消费结构中占据绝对主导地位，虽然所占比重处于稳步下降的趋势，主导地位在可见的将来不会发生改变；第二，随着中国工业化、城市化发展以及居民消费升级，对石油、天然气的消费需求增长迅速，石油、天然气将在未来中国的能源消费结构中占据越来越重要的地位；第三，核能在全球能源结构中所占比重越来越高，成为新兴能源中重要的组成部分，中国已经掌握了成熟的核能利用技术，核能也将在中国未来的能源结构中扮演更为重要的角色。

中国的能源消费和能源结构给未来的能源发展战略带来了两难选择：如果中国继续依靠煤炭为主要的能源来源，尽管有助于维持能源自给的程度，但是将带来能源效率低下和环境污染等问题；如果中国转而更多地消费石油和天然气，又会遇到能源进口依存度不断提高以及能源安全的问题。

2.2　中国的石油需求展望

一方面，基于环境可持续发展上的压力，以煤炭为主要消费对象的能源结构必须进行调整；另一方面，随着中国工业化、城市化发展以及居民消费升级，对石油、天然气的消费需求增长迅速。可以预见，石油、天然气将在未来中国的能源消费结构中占据越来越重要的地位。然而，从中国的能源储量上看，石油储量却相当有限。因此，中国经济可持续发展的焦点在能源，能源问题的焦点在石油。随着中国的能源进口持续大于能源出口，特别是大量新增石油需求不得不通过进口得以满足，中国已经日渐成为全球能源市场上的重要买家。从 1997 年开始，中国已经成为能源净进口国，能源的进口依存度逐步上升到 2003 年的 6％（见图 2）。特别是从石油消费看，由于自身的石油储量非常有限。中国从 1993 年已经成为石油净进口国。此后，石油进口依存度迅速上升，到 2003 年已经达到了近 50％。

根据英国石油公司（BP）的资料，2004 年末中国的探明石油储量为 23 亿吨，占全球探明储量的 1.4％，同年中国消费的石油已经占到全球消费比重的 8.3％，中

---

①　根据美国能源部（http://www.eia.doe.gov）公布数据整理而来。

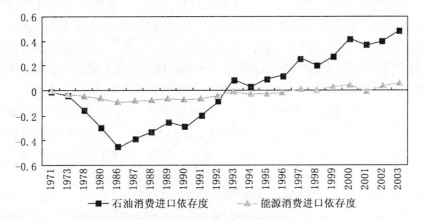

资料来源：IEA. Energy Balances of Non-OECD Countries 各期。

图 2　中国的能源和石油进口依存度(1971～2003)

国的石油进口占全球石油进口比重已经达到 7.1%[①]。特别是 2002 年以来伴随中国经济新一轮的快速增长,石油进口猛增。根据中国商务部的统计资料,2002～2004 年间中国累积进口了 36 971 万吨原油和成品油,特别是 2003 年和 2004 年的增长速度分别高达 33.0%和 34.6%[②]。目前,中国的石油进口依存度已经达到了 40%以上。另据国际能源署的一项合作研究结果,到 2010 年,中国的石油进口依存度将达到 60%,到 2030 年,中国的石油进口依存度将超过 80%[③]。

　　随着国际油价上涨,许多人将中国因素视为对世界能源市场的主要冲击。但是,导致油价上涨的中国因素可能被过分扩大。这主要是因为影响石油价格的因素包括供给方面的因素,也包括需求方面的因素。从供给方面的因素来看,由于 20 世纪 90 年代以来油价偏低导致石油行业投资不足,近年来的空余产能不足是带来油价上涨的主要原因。从需求方面的因素来看,世界经济的复苏,美国等 OECD 国家的石油需求强劲,以及以中国、印度为代表的新兴市场国家新增石油需求给世界石油市场带来了冲击。但是,无论绝对量、比重和人均量来看,中国对国际油价的影响非常有限。2004 年中国石油的消费量仅占全球消费量的 8.3%左右,大大低于美国的 24.9%,美国石油消费差不多是中国的 3 倍。从进口量来看,2004 年,中国石油进口占全球石油进口量的 7.1%,而美国为 26.8%,日本为 10.8%,美国石油进口量是中国的 3.8 倍,日本石油进口也高于中国[④]。从人均石油消费量看,中国远低于美、日等国水平,目前,美国人均消费石油是中国的 14 倍,

　　①　BP,*Statistical Review of World Energy*, June 2005.

　　②　中国商务部(http://www.mofcom.gov.cn/)。

　　③　Ehara, Norio,"IEA Collaboration with India and China on Oil Security", IEA/ASEAN/ASCOPE Workshop, Oil Supply Disruption Management Issues, Cambodia, 6 April 2004.

　　④　BP, *Statistical Review of World Energy*, June 2005.

日本是中国的 3.8 倍。然而,不能忽视的是,投资银行、对冲基金、养老基金以及传统的能源公司大量投资于石油类金融衍生工具,加剧了石油价格波动并抬高了石油价格。

中国能源使用的增加对全球能源市场的影响很大程度上取决于中国能源的供应状况,同时未来的几十年内全球能源的需求和供应状况也不容忽视。中国已经在大型的能源建设方面投入巨资,这其中包括核电站,在未来的 20 年内将计划建设 30 个核反应堆。加上在水力发电上的巨大投资和包括风能在内的可再生能源的更多使用,这一切都会增加中国的能源供应。然而,作为世界上最大的煤炭生产国,在未来的几十年里中国仍然需要依靠煤炭来提供 75% 的能源。中国目前正着力于通过国内一系列的计划来提高能源的使用效率,但这些努力有可能会被经济增长所带来的影响而抵消。从未来发展看,影响中国能源需求最为重要的因素就是宏观经济发展趋势。中国已经维持了 20 多年的快速增长,中国政府计划到 2020 年的经济规模比 2000 年再翻两番,意味着年均经济增长需要超过 7.2%。如果中国经济还能保持快速增长,未来能源需求也将快速增长。国际机构对中国未来经济增长和能源消费增长的预测也印证了这种判断(见表 1)。

表 1　　　　　　　　　中国未来经济增长率和能源消费增长率预期　　　　　　　单位:%

预测机构	预测时段	经济增长率	能源消费增长率	石油消费增长率
国际能源署	2002~2030	5.0	2.6	3.4
美国能源部	1997~2020	5.2	3.2	4.4
	2002~2025	5.3—6.2—7.0	3.5—4.1—4.7	3.9—4.5—5.1
	1996~2020	3.5—6.5—8.0	2.2—4.1—5.1	1.9—3.8—4.8
APEC 亚太能源研究中心	2002~2025	6.6		4.4
	1999~2020	7.2	2.7	3.2

资料来源:U. S. Department of Energy, *International Energy Outlook* 1999, 2005; *International Energy Agency*, *World Energy Outlook* 2000, 2004; APEC Asian Pacific Energy Research Centre, *Energy Demand and Supply Outlook in APEC Northeast Asia Case*, 2005; APEC Asian Pacific Energy Research Centre, *Energy Demand and Supply Outlook* 2002.

当然,在大多数经济体中,GDP 能源消耗强度随着经济的发展而下降是一个正常的现象。对能源依赖程度的降低取决于在特定经济部门中更高的能源使用效率;更为重要的是,取决于经济结构的调整,也就是说,像重型制造业这样的能源高耗型部门在国民经济中的份额要让位于像服务业这样的能源低耗型部门。给定经济增长的速度和构成,中国会在未来的几十年内经历这样的一个转变。不过,在短期内,中国的能源供应不会像能源需求增长的那样快。因此,中国的能源进口会增加。

随着全球能源价格达到历史纪录,有可能在未来的能源市场上出现重大的能源供应冲击。特别是,其他的能源供应变得更加可行。举例而言,在当前的价格水平下,加拿大的沥青砂在经济上就变得可行了。中国可能在不出现严重的能源瓶颈下继续保持每年9%的增长水平。全球能源市场相当开放而且区域上高度分散,因此不太会出现能源短缺的情况。然而,未来几年内能源价格上涨的压力会存在,价格的波动性也会增加。由于中国自身的能源储量不足,限制了国内能源生产,经济快速增长过程中带来的大量新增能源需求不得不通过进口得以满足。

石油价格上涨对宏观经济具有滞胀效应,石油市场上中国因素的日渐加强不仅对中国宏观经济,甚至对全球宏观经济都将带来重大影响。石油价格上涨对宏观经济的冲击强度取决于三方面的因素:第一,石油价格上涨幅度有多大;第二,石油价格上涨将持续多久;第三,国民经济对石油的依赖性;第四,财政货币当局对石油冲击的政策反应[1]。特别是,基于各国对石油的依赖程度(以石油消费/GDP 为指标进行衡量)不同,石油价格冲击对各国宏观经济的影响具有不对称性:发达国家随着技术进步,石油在整个经济体中的重要性正逐步降低,而发展中国家,特别是一些低收入贫困国家的石油进口依赖性越来越强,石油价格波动带来的负面冲击将更加严重。根据世界银行的估算,石油价格上涨 10 美元,将使高收入国家的GDP 下降近 0.3 个百分点,低收入石油净进口国的 GDP 则下降近 0.8 个百分点[2]。石油价格上涨带来的贸易条件恶化使他们不得不大幅削减消费和投资,甚至不得不动用国际机构用于该国发展项目的援助资金,经常项目恶化进一步带来本国货币的贬值压力。

2.3 能源利用和中国的环境问题

以煤炭消费为主的消费结构以及中国在清洁能源技术开发和运用上的滞后,使得中国目前的能源消费利用效率相当低下,同时给环境发展带来沉重压力。随着中国在世界能源消费所占比重的上升,中国的二氧化碳排放所占比重也明显上升,特别是中国的二氧化碳排放比重长期以来高于中国的能源消费占全球的比重,能源消费给环境带来的破坏长期以来比世界平均水平要更加严重。这种总量上的比较在一定程度上掩盖中国相比世界发达国家和其他新兴市场国家在环境污染方面的差距。长期以来,中国单位 GDP 的二氧化碳排放要显著高于发达国家和亚洲以及美洲新兴市场国家。可喜的是,这种状况正在取得明显好转,经过二十多年的努力和发展,中国单位 GDP 的二氧化碳排放已经显著降低,与印度已经相差无几。

---

[1] Roubini, Nouriel and Brad Setser, "The Effects of The Recent Oil Price Shock on the U. S. and Global Economy", August 2004 (http://www. stern. nyu. edu/globalmacro/).

[2] World Bank, *Global Economic Prospects* 2005: *Trade*, *Regionalism*, *and Development*, 2004.

在中国一个更为重要的问题是,中国在未来的几十年仍将把化石燃料(尤其是煤)作为首要的能源。特别大量的煤炭消耗带来了二氧化硫、烟尘和工业粉尘的大量排放。与煤炭燃烧相关的环境问题不仅对于中国,而且对于该地区和全球而言,都值得关注。很多研究估计每年由于使用化石燃料而造成的环境污染成本达到中国 GDP 的 2%。由于使用化石燃料而带来的二氧化硫具有本地(健康和酸雨)和地区(酸雨)的双重影响。世界卫生组织(WHO)估计在中国超过 6 亿人口暴露在二氧化硫超过世界卫生组织规定水平的环境中。二氧化硫和氧化氮混合在一起会导致酸雨。2004 年世界卫生组织估计酸雨严重影响中国 30% 的地区。然而,酸雨问题并不只是中国的问题,中国是东北亚地区主要的酸雨来源地。

2003 年中国的能源消费不到全球 11%,二氧化碳排放超过了全球排放的 14%[1]。另据世界资源研究所(WRI)的数据(图 3),1995 年中国的二氧化硫排放占全球排放的 24.2%,位居全球第一[2]。此后,中国出台了一系列控制废气污染,特别是二氧化硫排放的政策,二氧化硫排放迅速增长的趋势得到了有效控制,甚至在部分年份出现了绝对下降的可喜成果。但是,近年来,随着中国经济步入新一轮的快速增长,能源,特别是燃煤的大量消耗,二氧化硫排放迅速上升,2003 年突破了 2 000 万吨,2004 年更是达到了 2 255 万吨,其他烟尘以及粉尘排放也相当严重。环境污染,特别是与燃煤密切相关的大气污染依然是我们面临的严峻挑战。直接的控制政策,比如二氧化硫交易制度,有助于进一步解决这个问题。

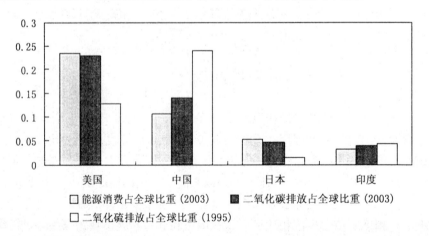

□ 能源消费占全球比重 (2003)　　■ 二氧化碳排放占全球比重 (2003)
□ 二氧化硫排放占全球比重 (1995)

资料来源:美国能源部(http://www.eia.doe.gov);世界资源研究所(http://www.wri.org/)。

图 3　中国废气排放的国际比较

---

[1]　美国能源部(http://www.eia.doe.gov)。
[2]　世界资源研究所(http://www.wri.org/)。

　　与化石燃料相关的另一个问题是黑炭的排放。黑炭是一种由于含碳物质非充分燃烧而产生的微小颗粒。这个问题的主要来源不是能源供应站,而是使用碳烧小炉子的居民。当前的研究表明,采取直接的行动减少由于居民能源使用(燃烧木头和农作物残留物)而带来的黑炭是当前中国亟需关注的一个重要问题。黑炭所造成的后果是多方面的:能见度的降低;严重的健康问题;对建筑物的破坏;农作物产量的降低等。人们认为黑炭应该对中国一些地区性的气候问题负责,比如北方的干旱和南方夏季的洪水。从降低黑炭的排放,到取得显著的气候改变,大概有5年的时间差——这和以见效时间长达几十年的二氧化碳处理问题比较起来,是一个快得多的过程。黑炭的排放问题可以通过一种直接的、低成本的技术改变居民使用能源的方法而加以解决。

　　伴随着中国日趋增加的能源使用(尤其是化石燃料)而带来的一个全球性的问题是二氧化碳的排放。中国的二氧化碳排放量占全球总排放量的13%。二氧化碳是一种温室气体,它在未来几十年内将引起全球重大的气候转变。中国已经批准了旨在控制二氧化碳排放的国际公约——《京都议定书》,但中国没有设定有约束力的目标。在有关气候转变的国际争论中,中国是一个重要的参与者,这不仅因为中国是个比较大的排放国,而且作为一个发展中国家,它对二氧化碳的政策反应会引导全球范围内对这一政策的争论。中国不应该采取《京都议定书》中罗列的那种有严格的目标制和明确时间表的做法,而最好采取被称为 McKibbin-Wilcoxen 规划的方法,即采取市场激励和政府控制相结合的道路。这种方法的基础是建立一套对二氧化碳排放的产权制度,而这又基于长期的排放控制目标。应该建立交易和定价这种产权的市场,对排放不设短期上限而只规定价格上限。这种方法鼓励对能源使用的保护,提高能源使用的效率,并对放弃使用二氧化碳排放技术提供长期的激励。它同样有利于通过在中国境内配置二氧化碳排放权来帮助政府鼓励外国资本投资于能源行业。

　　中国与能源使用有关的不同环境问题需要不同的解决之道。它们同样需要政府的直接干预和以市场为基础的激励手段双管齐下。

　　——为了提高空气质量,目前已经实施的二氧化硫交易体制应该加以推广。

　　——为了减少黑炭的排放,关于居民如何燃烧木炭(以及农业方面的燃烧实践)方面的直接技术创新要紧随其后,这将会带来巨大的健康和经济上的益处。

　　——为了解决二氧化碳的排放问题,需要一个长期的战略,这一战略应当承认中国需要持续增长。而在此过程中,没有短期性质的二氧化碳排放限制,但有基于短期和长期二氧化碳排放带来的成本的一个清晰的定价机制。

3. 中国能源政策的国际战略

2002 年以来,中国的能源需求猛增只是一个信号。中国经济发展刚刚进入工业化和城市化迅速推行时期,重工业发展和城市居民对耐用消费品等耗能产品的需求不断升级,未来相当长的一段时间内,中国仍将保持强劲的能源需求。根据美国能源部的预测,2002～2025 年间,中国的一次性能源消费将保持在 3.5%～4.2%的年均增长速度,远远高于世界一次性能源消费 1.5%～2.4%的年均增长速度[①]。中国对全球能源市场的冲击主要还不是表现在存量上,更重要的是表现在增量上,因为存量因素已经包括在了历史变动之中。国际能源署的一项估计表明,2000～2030 年的未来 30 年间,中国增量能源需求将占世界增量能源需求的20%。其中,增量煤炭需求占全球增量煤炭需求的 43%;增量石油需求占全球增量石油需求的 18%[②]。前面已经说明,中国经济发展的焦点在能源,能源的焦点在石油。本部分关于能源政策的国际战略实际上就是石油战略。

3.1 同石油供应国,主要是富油国之间的合作

作为全球第三大石油进口国,中国却长期游离在全球石油市场和供应体系之外。由于全球石油市场和石油工业主要由美国以及其他工业化国家的跨国石油公司所操控,中国难以通过全球石油市场确保自己稳定的石油供应。另外,作为全球石油需求增长最为迅速的亚洲地区,没有能源政策协调和对话的技术性合作组织,中国也难以通过地区合作机制实现能源安全战略。国家主义导向的双边战略成为中国确保能源供应的惟一选择。

国家主义的双边战略常常带有更强的地缘政治色彩,采用的方式主要有以下三种。第一,通过中国政府积极的外交手段,包括政府对政府的贸易、经济和金融援助,争取这些石油出口国对中国的石油供应;第二,积极开拓发达国家不愿或者基于政治原因拒绝进入的领域,包括利用中东地区以及其他富油国出口多样化的愿望,扩大石油供应基地的选择范围;第三,参与到石油出口国的石油勘探、开采、管道铺设等基础设施建设和投资,直接对中国进行石油供应。通过这些双边途径,中国石油战略的海外之路已经涵盖到了中东、中亚、俄罗斯、非洲和拉丁美洲,开始建立起多样化的石油供应网络。以 2004 年的原油进口为例,中东、非洲、亚太、欧洲和西半球分别贡献了 45.4%、28.7%、11.5%和 14.3%,前 5 位的原油进口地贡

[①] U.S. Department of Energy, *International Energy Outlook* 2005，July 2004.

[②] IEA,*World Energy Outlook* 2002，September 2002.

献了中国 60.1% 的原油进口[①]。

由于美国、日本等发达国家的长期经营已经在主要的富油国和地区建立起了石油进口基地,中国的双边石油战略多少带有游击战的特征,难以进入一些主要的石油储藏地(见图4)。在非洲,中国以安哥拉、苏丹和刚果为基地,而探明储量更为丰富的利比亚、尼日利亚和阿尔及利亚,中国的进口相当有限;在中东,中国以沙特阿拉伯、阿曼、伊朗和也门为基地,而探明储量非常丰富的伊拉克、科威特和阿拉伯联合酋长国处于美国的垄断性控制,中国也难以取得突破;在欧洲和西半球以俄罗斯和巴西为基地,而探明石油储量非常丰富的委内瑞拉和哈萨克斯坦,中国的进口也非常有限。因此,虽然中国在进口地多样化上取得了显著成绩,但是在一些重要的富油国并没有建立起稳固的石油供应基地,美国、日本等工业化国家的大型石油公司已经控制了这些国家和地区的石油供应。

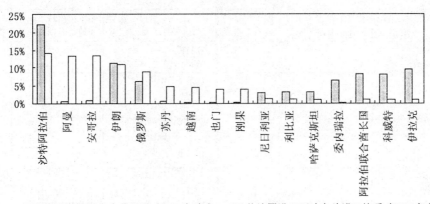

□ 探明石油储量占全球比重(2004年底)　　□ 从该国进口石油占总进口比重(2004年)
资料来源:中国海关总署;BP(2005)。

图4　各国石油丰富程度及其在中国进口地中的重要性

因此,中国必须进一步同主要的富油国之间进行合作,包括非洲的尼日利亚和利比亚,美洲的委内瑞拉以及中东的阿拉伯联合酋长国、科威特和伊拉克。进一步巩固已有的石油基地,开拓新的石油基地。一方面要坚持进口地多样化的方针以规避风险,另一方面必须确保在具有战略重点的富油国建立起稳固的石油供应基地。在这一过程之中,必然同其他石油进口国之间产生竞争和利益冲突,必须同石油进口国,主要是美国之间进行政策协调。

3.2　同石油进口国,主要是美国之间的石油协调

中国日益增长的石油需求意味着中美两国在争夺世界石油资源上的竞争将日

---

① 国家海关总署。

趋激烈。在石油产地的控制上,中美之间已经开始在全球层面上全面接触,但是中国和美国在保障石油进口上采取的战略并不相同(见表 2)。第一,美国海外石油战略的军事化特点尤其明显,主要的石油进口地同时也是美国的海外军事基地,海外军事力量在保护美国的石油供应方面发挥着重大作用;第二,海外石油基础设施的投资在中国的海外石油战略上扮演了非常重要的角色,特别是在非洲和原苏联地区,中国进行了大量投资以确保自己的石油供应;第三,美国通过自己的石油公司进入主要的富油国,投资开采以后的石油进入世界石油市场,通过控制世界石油市场,保证稳定的石油供应;第四,中国通过国有石油公司在世界范围内购买开采权和冶炼权,得到的石油并不进入全球的石油市场,而是直接运回国内。

表 2 中美石油竞争全接触

	美国			中国				美国			中国		
	出口石油	购买武器	军事基地	出口石油	购买武器	基础投资		出口石油	购买武器	军事基地	出口石油	购买武器	基础投资
沙特阿拉伯	√	√	√	√			尼日利亚	√	√		√		√
伊朗				√	√	√	阿尔及利亚	√	√			√	√
伊拉克	√	√	√	√			埃及	√	√	√		√	√
科威特	√	√	√	√			利比亚					√	√
阿拉伯联合酋长国	√	√	√	√	√		苏丹				√	√	√
卡塔尔	√		√	√			哈萨克斯坦		√	√	√		√
阿曼	√	√	√	√			乌兹别克斯坦		√	√			√
也门	√	√			√		俄罗斯	√					
安哥拉	√	√		√			印度尼西亚	√	√	√	√		√

资料来源:根据 Yeomans, Matthew, "Crude Politics: The United State, China, and the Race for oil Security", *The Atlantic Monthly*, April 2005, pp. 48~49. 整理所得。

中美之间的全球石油竞争给中美政治经济关系带来了两大阴影。第一,留给中国的一些外围石油生产国往往就是美国眼中的"问题国家",中国在这些国家增加石油基础设施投资,以及建立能源战略联盟,立即触及到了美国的政治神经,并进而影响到两国之间的政治经济关系。第二,中国希望从外围石油出口国进入中心石油出口国的任何努力都可能遭遇美国的敌视和不满。

伊朗和苏丹分别是中国在中东和非洲重要的石油进口基地,中国进行了大量的石油基础设施投资。然而伊朗的核问题,苏丹达尔福尔地区战乱带来的人权问题等,都成为美国要求联合国进行制裁的重要理由,中国和美国直接面临着政治利益和经济利益上的冲突。另外,一些处于美国控制的富油国希望减轻对美国的过度依赖,争取石油出口的多样化。比如,委内瑞拉总统同中国签署了能源战略联盟,邀请中国的石油公司在委内瑞拉从事石油勘探、冶炼以及铺设通往太平洋的输油管道,这种举措已经触及到美国石油战略的后院。

由于中东地区对石油资源的垄断性占有,中国将不可避免地在该地区加强自己的外交和政治攻势,成为美国在该地区施加政治影响的重要竞争对手。就海湾地区而言,一些主要国家开始逐渐加强他们与亚洲和中国的外关关系,目前海湾地区 2/3 的石油出口都是供应亚洲地区,这一份额随着亚洲地区石油需求的迅速增长还将继续提高。类似问题也出现在欧亚大陆地区,中国的石油需求以及其他亚洲国家的石油和天然气需求已经把俄罗斯拉回到了亚洲阵营。美国的卡特总统曾经放言:任何试图控制波斯湾的外部努力都将视为对美国核心利益的侵犯。中美之间这种利益冲突随着中国石油需求的继续增长将更加激烈,中美之间在石油问题上必须建立起有效的对话和协调机制。

3.3　中国石油战略和周边关系

中国的能源战略也给亚洲地区的地缘政治带来冲击。中国需要处理好两类周边关系。一类是同石油、天然气资源丰富的原苏联地区之间的关系;另一类是同东亚、南亚和东南亚诸多国家和地区之间的能源竞争关系。

从能源贸易上,中国对周边地区还有一定的能源出口。从 1994～2003 年的发展趋势看,中国的能源出口从高度集中开始出现了一定的分散。日本仍然是中国主要的能源出口地,但是相对地位出现了明显下降,日本所占比重从 1994 年的近50％下降到了 2003 年的 20％左右。能源出口主要是煤及煤产品的出口,以 2003年数据为例,日本、韩国、中国台湾和中国香港的烟煤进口中,来自中国的进口比例分别为 17％、37％、32％和 24％,仅次于澳大利亚,成为这些国家和地区的第二大烟煤进口地[①]。但是,煤及煤产品消费在这些国家和地区的能源消费构成中所占比例很低,因此,中国的能源供应并不具有决定性影响。

亚洲地区的大部分国家和地区都是石油净进口国。从 1994～2003 年的发展趋势看,中国的石油进口地进一步出现了多样化和分散化的发展趋势。新加坡和印度尼西亚在中国石油进口上的重要性出现明显下降,中东和非洲国家的重要性显著上升。这主要有以下几方面的原因:第一,中国的石油进口从成品油进口为主转向原油进口为主,原油进口增长速度要快于成品油的进口增长速度,作为中国主

---

① 中国海关总署数据库。

要成品油进口基地的新加坡,在中国能源进口中的绝对重要地位已经不复存在,就成品油进口本身,韩国也已经取代新加坡成为中国最主要的成品油进口基地;第二,中国的能源战略向石油储备丰富的非洲、中东和俄罗斯转向,特别是注重开拓非洲以及中东未被美国控制的富油国的石油市场取得了丰硕的成果。

从长远看,中国日益增加的石油进口需求与周边国家的石油进口需求构成了竞争关系,相互间在石油战略上缺少共同利益,更多的是利益争端。中国和日本已经在争夺俄罗斯的输油管道上直接角力。随着印度经济的迅速增长,即将成为中国下一个石油竞争的主要周边对手。根据 Ito 的一项研究,2000~2020 年间,亚洲地区增量石油需求主要产生于中国和印度,分别占据了 47% 和 21% 的比重,两国之间的能源争夺也将日趋激烈(参见图 5)。由于亚洲各国都在奉行一种重商主义和国家主义的竞争方式以确保未来的能源供应和输送线路,实际上阻碍了该地区发展一种合作型和市场导向型的方式解决地区共同的能源安全问题。

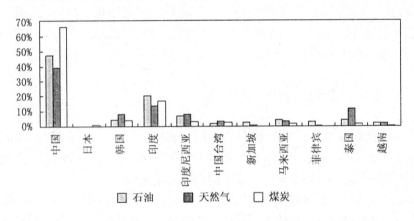

资料来源:Ito, Kokichi. "Asia/World Energy Outlook." 385th Forum on Research Works, 10 March 2004 , Tokyo, Japan.

图 5 亚洲各国能源增量需求占地区增量需求比重(2000~2020)

中国日益增长的石油需求和日益严峻的石油安全问题将深刻影响到中国在亚洲以及全球政治和经济中的角色。从目前现状看,一边是发展完善的全球石油市场,发达国家通过势力强大的石油公司控制全球石油市场获取稳定的石油供应;一边是中国这种发展中国家游离在全球石油市场的外围,只能通过国家主义的双边战略解决自己的石油供应问题。这种双向发展模式容易在石油资源的争夺上爆发冲突。

中国石油企业的海外业务也是服务于国家石油战略的双边途径,直接参与石油出口国的石油建设项目,通过产品分成、合资、租让、服务等方式从合作项目的石油产量中分取一定的份额,得到的份额油直接运回国内,不进入国际石油市场,因而也不受价格波动的影响。另外,中国的石油企业也通过并购方式拓展海外业务,但是并购对象主要集中于石油行业上游的石油天然气田,比如中海油2002年收购印度尼西亚五个区块油田的部分权益,2003年收购哈萨克斯坦北里海油田和澳大利亚西北大陆架天然气项目,2004年收购印度尼西亚天然气项目等。

实际上,中国石油战略的新思路可以对海外石油产业的关注对象从上游领域转向中下游领域,这种行为可以为中国进入国际石油市场提供一条通道。石油出口国虽然控制着石油天然气田等上游领域,发达国家的大型跨国石油公司却控制着生产、冶炼和销售等中下游领域,控制着全球石油流通市场。中国的石油企业只有通过进入国家石油中下游领域的石油公司,才能真正进入全球石油供应的主流系统,通过市场化运作方式获取稳定的石油供应。这种思路不仅符合中国多元化的石油战略利益,也不会威胁到美国的能源安全以至经济安全,实际上为中美之间的能源争夺提供了协调和合作的机制。石油危机得到的一个重要经验教训就是:各国争夺石油供应的双边战略实际上降低了市场效率和灵活性,恶化了各国之间在石油供应上的冲突和争端。国际能源署的诞生正是为了避免各国之间石油供应上的恶性竞争,通过统一的全球市场对石油资源进行最有效的配置。

4. 中国能源政策的国内视角

前面的能源战略主要从国际视角考虑如何保证中国的石油供应问题,还必须从国内视角考虑中国的能源政策问题。为了实现2020年中国GDP比2000年翻两番的目标,国家发展改革委员会关于2020年前的中国能源和石油天然气政策总结为"节能优先、效率为本,煤为基础、多元发展,优化结构、保护环境,立足国内、对外开放"。在我们看来,中国能源问题的国内政策主要有两方面的内容:一是提高能源利用效率,优化能源消费结构;二是改革能源供应机制,平抑能源价格波动带来的负面冲击。

4.1 优化能源消费结构

为了解决能源消费带来的环境可持续性问题,必须提高能源利用效率,优化能源消费结构。作为一个发展中大国,为了确保能源安全,必然长期坚持能源供应基本立足国内的方针。而我们能源资源的特点决定了未来相当长的时期内,以煤炭为基础的能源结构不会有显著改变。根据美国能源部的统计资料,2002年世界一次能源消费构成是:煤炭24.03%,石油38.96%,天然气24.03%,水电6.50%,核电6.56%,净地热、太阳能、风能及木材废料电能0.80%;同年中国的一次能源消费构成为:煤炭65.55%,石油24.52%,天然气3.10%,水电7.23%,核电0.55%,

净地热、太阳能、风能及木材废料电能 0.05%[①]。另据国际能源署的估计,到 2030 年,中国能源结构的主要变化为:煤炭消费的主导地位有所削弱,所占比例下降到 60%左右;石油所占比例稍微上升,达到 27%左右,天然气消费所占比例上升到 7%左右。

由于中国以煤炭为基础的能源结构长期内无法改变,优化二次能源结构,特别是提高煤炭利用效率和清洁性是未来能源结构调整的中心。中国的电力构成中,火力发电占据着 80%左右的比重,水电约为 17%,核电不到 3%,其他风能发电、太阳能发电等尚处于起步阶段。发展煤炭的液化、气化技术,推进大型、高效、清洁煤发电,提高发电用煤在煤炭消费中的比重。目前的煤炭消费中,用于发电的比重仅在 50%左右。从国际经验看,发电是最能干净利用煤炭的部门,大多数的洁净煤利用技术也都与电力工业密切相关。主要工业国家的煤炭消费中除了冶金等原材料用煤外,80%~90%都用于发电。因此,将更多的煤炭经过转化成电能是解决我国煤炭消费为基础和环境可持续发展的关键所在。

表3 各种电力选择的成本分析

	污染成本	碳化物排放	技术成本	燃料成本	总成本
清洁煤	中低	高	高	低	中高
天然气	低	中	低	高	中
水电	难以判断	很低	高	没有	中
核能	难以判断	没有	很高	低	高
太阳能等可再生能源	低	很低	高	没有	中

资料来源:Logan, Jeffrey and Dongkun Luo, "Natural Gas and China's Environment", Paper Presented at the IEA-China Natural Gas Industry Conference in Beijing on 10 November 1999.

同世界能源消费结构相比,中国以煤为主的能源消费结构,特别是煤炭消费中对清洁技术的运用不够是造成中国能源经济利用效率低、污染严重的根本原因。世界能源消费结构在经过战后几十年的发展,完成由煤炭向石油的转换后,正朝着高效、清洁、低碳或无碳的天然气、核能、太阳能、风能方向发展。中国应从可持续发展战略出发,一方面要充分考虑以煤为主的能源消费结构所带来的环境压力,积极地调整现有的能源发展政策,大力开发核能、太阳能、风能、地热能、生物能等新能源;另一方面,在煤炭消费的结构上更需要积极调整,把绝大部分的煤炭消费用于清洁发电上,只有这样,才能确保中国社会、经济、环境可持续发展的能源发展战略。

---

① 美国能源部(http://www.eia.doe.gov)。

4.2 建立起商业和政府控制的石油储备

2002 年以来,石油价格大幅上涨,中国作为主要的石油净进口国就是主要的受害者之一。比如,2003 和 2004 两年,中国的石油进口量分别增长了 33.0% 和 34.6%,由于石油价格上涨,石油进口额却分别增长 55.0% 和 68%。2005 年前 8 个月的石油进口量累计同比下降了 1.5%,石油进口额累计同比却增长了 35.3%。2002~2004 年的 3 年之间,仅石油一项就给中国带来了 711 亿美元的贸易逆差。

因此,在石油战略方面,除了确保稳定的石油供应,还需要有石油价格波动的缓冲机制,出现政治军事事件、自然灾害、投机等不确定因素冲击后,通过缓冲机制平抑石油价格波动的负面影响。也就是说必须建立起石油储备机制。一方面,要有商业储备,中国的石油公司,特别是三大石油公司要有一定的商业储备;另一方面,必须有政府石油战略储备计划。中国正在沿海比较方便的地方开展储备基地的项目建设。

20 世纪 70 年代的石油危机冲击之下,主要的石油消费国联合起来成立了国际能源署。其最初角色就是促成各国建立起石油储备,并且在成员之间共享这种风险缓解机制应对国际石油供应中不确定事件带来的冲击。其中关键性的规定就是成员国对应急石油储备的承诺,最初固定为 60 天的石油净进口量,后来提高到了 90 天的石油净进口量。从表 4 可以看到,OECD 国家[①]作为整体已经建立起了超过 40 亿桶以上规模的石油储备。从石油储备构成上,60% 以上为原油和液态天然气,40% 以下为成品油;60% 以上的石油储备由石油行业的企业控制,即商业储备;40% 以下为政府控制,即官方储备。

表4　　　　　经济合作与发展组织国家的石油储备规模(2005 年 2 月)　　　单位:百万桶

国　家	行业储备	政府控制的储备	总和	能满足的消费天数 (2004 年 9 月底往前)
加拿大	183	0	183	76
墨西哥	47	0	47	20
美国	979	682	1 661	79
美国的领地	17	0	17	
北美的 OECD 国家	1 227	682	1 909	74
奥地利	23	0	23	72
比利时	27	0	27	39
捷克共和国	4	12	17	82

---

① 其中绝大部分国家,包括澳大利亚、奥地利、比利时、加拿大、捷克共和国、丹麦、芬兰、法国、德国、希腊、匈牙利、爱尔兰、意大利、日本、韩国、卢森堡、荷兰、新西兰、挪威、葡萄牙、西班牙、瑞典、瑞士、土耳其、英国和美国,一共 26 个国家,同时也是国际能源署的成员国。

国　　家	行业储备	政府控制的储备	总和	能满足的消费天数 （2004 年 9 月底往前）
丹麦	8	7	15	94
芬兰	17	10	27	106
法国	115	73	188	92
德国	78	195	273	97
希腊	34	0	34	76
匈牙利	11	9	21	128
冰岛	n. a.	n. a.	n. a.	n. a.
爱尔兰	7	5	12	60
意大利	136	0	136	72
卢森堡	1	0	1	14
荷兰	94	17	111	113
挪威	17	0	17	77
波兰	28	5	34	61
葡萄牙	26	0	26	72
斯洛伐克	4	2	6	76
西班牙	92	34	126	79
瑞典	33	0	33	90
瑞士	37	0	37	140
土耳其	54	0	54	81
英国	104	0	104	52
欧洲的 OECD 国家	951	370	1 322	81
澳大利亚	37	0	37	37
日本	296	321	617	114
韩国	69	74	143	67
新西兰	7	0	7	46
亚太地区的 OECD 国家	409	396	804	93
OECD 国家总计	2 587	1 448	4 035	

资料来源：美国能源部(http://www.eia.doe.gov/)。

4.3　征收能源税

无论是发达国家还是发展中国家，对能源产品征税已经成为通用的做法。从各国实践看，能源产品征税至少可以实现三个政策目标：提高能源利用效率；保护环境；获取稳定的财政收入。

在发达国家中，日本和欧洲国家普遍对能源产品征收重税，美国的能源税负担在发达国家中相对较轻。英国、法国、德国对柴油和汽油的税率（税收占税前价格的比率)甚至接近 200％。能源政策上的差异造成各国能源利用效率和环境保护上的差异。其中,美国的 GDP 大约占全球 GDP 的 26％,消耗的能源大约占全球能源消耗的 24％,二氧化碳排放大约占全球排放的 23％,能源利用效率和环境保护只是略优于全球平均水平。相比之下,日本、德国、英国和法国四国的 GDP 总量大约占全球 GDP 的 35％,消耗的能源仅占全球能源消耗的 14％,二氧化碳排放仅占全球排放的 12％。日本和欧洲国家的能源利用效率和环境保护远远走在了美国前面,能源使用的重税政策无疑扮演了关键性角色。

表 5　　　　　　　　选择性经济体的能源产品税收在最终价格中的比重

	工业用低硫燃油	工业用轻质燃油	商业用柴油	91 号常规无铅汽油	家庭用天然气	工业用电	家庭用电
日本	4.8	4.8	48.4	52.7	4.8	7.8	6.8
德国	14.3	18.2	58.2	72.6	23.8		13.8
英国	26.2	20.7	67.6	73.6(95 号)	4.8	6.7	4.8
法国	9.9	16.5	56.4	71.9(95 号)	14.7	11.2	24.6
美国		4.9	25.1	20.8			
中国台湾	6.0	6.1	24.5	36.1	4.8	4.8	4.8
印度		24.3	32.0				
韩国	12.1	33.7	49.4	63.6(92 号)			
泰国	10.5		25.9	34.9			

资料来源:IEA. Energy Prices & Taxes, *Quarterly Statistics*, 2005 First Quarter.

　　能源税的意外之喜是给政府提供了稳定的财政收入,比如德国税收收入的 10％ 来自燃料税,日本、英国、法国的这一比例分别为 11％、12％ 和 8％,韩国高达 19％ 的税收收入来自于燃料税,保加利亚的比例最高,达到了 36％。

5. 结　论

　　结论之一:从能源问题的现状看,中国经济可持续发展的焦点在能源,能源的焦点在石油。首先,从能源需求和能源效率上看,伴随着中国经济的快速增长,中国的能源需求也出现了快速增长,但是中国的能源需求增长长期以来慢于经济增长速度,表明了中国的经济增长并没有以能源消费的更快增长为代价。但是,中国单位 GDP 的能源消耗仍然高于世界平均水平,中国的能源利用效率仍然相当低下。其次,从未来的能源需求看,为了保证经济长期高速发展,必然意味着能源需求的高速增长。能源的进口依存度,特别是石油进口依存度将显著上升。中国经济与国际能源市场之间的互动性将越来越强。最后,以煤炭为主要能源的消费结构给我们环境的可持续发展带来严重挑战,随着城市化和工业化进程加快,转变能源消费结构,实现能源消费多元化是必然的趋势。

结论之二：从能源战略上，确保稳定的能源供应，特别是稳定的石油进口成为中国能源安全的关键所在。首先，日益增长的石油需求必然伴随日益增长的能源进口需求，中国必须同主要的富油国之间进行合作，建立起长期稳定的石油进口基地。其次，中国的石油进口需要同其他石油消费国之间形成资源竞争，中国必须同主要的石油消费国，主要是美国进行能源协调。最后，中国的能源战略影响到了同周边国家之间的关系，东亚各国之间在能源问题上既有合作也有竞争，倡导区域能源合作和对话机制符合各国的共同利益。

结论之三：从国内能源政策上，一方面需要转变能源消费结构，提高能源利用效率；另一方面需要建立起能源储备机制。首先，能源消费结构上，需要大力发展风能、太阳能、生物能等新兴能源，优化能源消费结构，提高煤炭消费用于发电的比重是中长期内的首先任务。其次，建立商业和政府两级石油储备，平抑石油价格波动对石油市场以至宏观经济的负面影响。再者，可以采用国际通行的能源税的办法，达到提高能源利用效率、保护环境等目标。

分报告之十三

解析中国高储蓄

何新华　曹永福

何新华,1962年出生,中国社会科学院世界经济与政治研究所研究员,统计分析研究室主任。

1982年自山东工学院获计算机专业学士学位;1986年自美国加州大学洛杉矶分校(UCLA)获生物统计学硕士学位;2003年1～5月曾赴英国伦敦大学Queen Mary经济系访问进修;2003～2004年曾被亚洲开发银行聘为中国宏观经济模型开发顾问。

主要研究领域为宏观经济模型、养老保险。代表作包括:《中国宏观经济模型China_QEM》、"Aggregate Investment in China：Some Empirical Evidence"、"Aggregate Business Investment in China and UK"、《养老保险体制改革成本的最小化研究》、《中国企业职工养老保险体制改革的数量分析》、《人民币汇率调整对我国宏观经济的影响探析》、《升值优于加息》等。目前正致力于多国模型的开发设计工作。

曹永福，中国社会科学院世界经济与政治研究所统计室研究实习员。

1976年出生于山东省寿光市，1994～1998年就读于天津大学技术经济系，获工学学士。2001～2004年就读于南开大学经济学院国际经济研究所，获经济学硕士。

主要研究领域包括：宏观经济模型、计量经济学应用。已在国内核心经济学期刊上发表论文3篇，参与编写学术著作1部，并先后参与世界银行、亚洲开发银行以及国家自然科学基金等研究课题。

1. 引 言

近年来,随着中国经济的飞速发展,一直保持在高水平上的中国储蓄率受到了越来越多国内外经济学家的关注。比较有代表性的看法把中国的高储蓄归因于中国金融市场的不发达和中国的文化背景,即传统上中华民族崇尚节俭,中国居民缺少多元化的投资方式。另外,也有不少人认为,由于我国社会保障制度还不够完善,住房制度改革后居民的购房需求以及对子女教育支出的预期、未来收入的不确定性等,都使我国居民的预防性储蓄大大增加(参见:齐天翔,2000;于永胜,2003;施建淮、朱海婷,2004)。中国储蓄率为什么居高不下? 本文试图从国民收入分配的角度寻找答案。

2. 储蓄的基本概念

翻阅经济学文献资料时可以发现,对储蓄的解释有以下几种:国民储蓄、居民储蓄、居民储蓄存款等。由于这几种概念的经济学意义有很大差别,因而在讨论中国的高储蓄之前,我们首先需要对储蓄的概念加以界定。

根据国民经济核算原理(见联合国,1995;赵彦云,2000;邱东等,2002),储蓄是指可支配收入中扣除消费的部分。在国民收入的使用核算中,将可支配收入扣除消费之后的部分称之为储蓄。因而,从国家的角度看,国民可支配收入与总消费之差为国民储蓄。其中,总消费又细分为住户(居民)消费和政府消费。国民可支配收入等于国内生产总值与来自国外的净经常转移之和,当按住户、政府、非金融企业、金融企业进行部门划分时,住户的可支配收入与其消费之差为住户的储蓄;政府的支配收入与其消费之差为政府的储蓄;非金融企业和金融企业的可支配收入分别为各自的储蓄(见表1),国民储蓄等于上述四项储蓄之和。

从上述定义可知,国民储蓄是经济学意义上一个国家的储蓄;居民储蓄仅是住户部门的储蓄;而居民储蓄存款则仅指居民储蓄中存入银行的部分。因而国内通常所谈论的居民储蓄过高是因个人投资渠道狭窄或缺少多元化投资方式的论点,其实仅适用于讨论居民储蓄的构成,而不适于对中国的高储蓄进行分析。

表1   国民收入使用核算中的消费与储蓄(选自 2001 年资金流量表(实物交易))

项　目	合　计	住　户	政　府	非金融企业	金融企业
可支配收入	96 430.10	61 499.21	20 331.77	14 308.07	291.05
消费	58 927.40	45 898.10	13 029.30		
储蓄	37 502.70	15 601.11	7 302.47	14 308.07	291.05

资料来源:2004 年《中国统计年鉴》。

3. 城乡居民储蓄率与居民储蓄率的矛盾

由于中国特殊的二元经济结构,加上数据来源的限制,习惯上观察中国居民储蓄一般从城乡居民储蓄存款的增速和城乡居民的收入和支出结构出发。

从图 1 可以看出,改革开放以来我国分城乡居民储蓄率均呈现出了明显的上升趋势。1988 年以前城镇居民储蓄率在波动中曾出现下降,至 1988 年达到最低点 6.5%。从 1989 年开始,城镇居民储蓄率迅速上升,2004 年已升至 23.8%。这一现象从某种程度上印证了文献中所述及的预防性储蓄现象,即居民储蓄率的上升是因为我国社会保障制度的不完善,人们对未来收入的担忧,对子女未来教育的储蓄等。始于世纪之交的住房制度改革、养老保险改革等,无疑都从中有所反映。

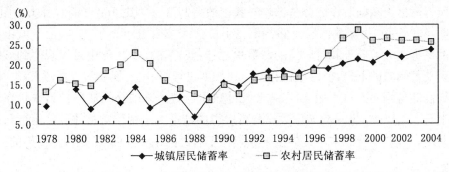

注:(1)城镇居民储蓄率=(1-城镇居民生活消费支出/城镇居民可支配收入)×100%
　　(2)农村居民储蓄率=(1-农村居民生活现金消费支出/农村居民纯收入)×100%
资料来源:中经网数据库。

图1   1978~2004 年分城乡居民储蓄率

农村居民储蓄率 1978~1984 年基本上呈现上升的趋势,1985~1989 却急剧下滑,之后除 1991 年略有下降外持续上升至 1999 年的 28.6%,2000 年以来则基本稳定在 26% 左右。如果说从改革的进程看,城镇居民储蓄率的上升可用预防性储蓄理论来解释的话,那么对农村居民储蓄率的上升显然无法做出同样的理解。

回顾我国农村经济改革的过程(见何新华等,2005),1978～1984 年恰好是推行家庭联产承包责任制的阶段,在此期间还放开了小商品价格,大幅度提高了重要农产品的收购价格,农民收入迅速增长,在消费水平没有发生大的变化前,则主要体现为储蓄率的快速上升。1985～1989 年,国家改变了长期以来对农产品实行的统购派购政策,市场决定价格的比重逐渐加大,农副产品价格形成的市场机制开始出现,农产品流通的价格双轨制局面初步形成。与此同时,国有企业的改革也大大调动了广大职工的积极性,商品供应日渐丰富,农村居民消费在其纯收入中所占比重逐渐加大。80 年代后期的高通货膨胀更进一步加大了农村居民消费在其纯收入中的占比。进入 90 年代,民工潮的出现使得农民纯收入有了较快的增长,农村居民储蓄率再次出现上升趋势,尽管受到 90 年代初期高通货膨胀的影响,储蓄率上升的速度有所减缓,但始终保持了上升的势头。在通货紧缩期间,持币待购的心理使得农村居民储蓄率上升到历史最高点。2000 年之后农村居民储蓄保持了较为稳定的水平。实证研究也已表明(见何新华等,2005,农村居民消费方程),我国农村居民消费在长期符合持久收入假说,而在短期农村居民消费的增长速度低于其收入的增长速度,并且通货膨胀使农村居民消费上升。这与我们的上述分析是完全吻合的。

由于城乡居民储蓄率均上升较快,因而在很多文献中都以中国居民储蓄率上升作为分析的出发点(见施建淮、朱海婷,2005)。然而,近十年来我国城镇化水平的迅速提高却使得居民储蓄率呈现了明显的下降趋势(见图 2),这使得以住户调查所得数据为基础所作的分析结论对我国的高储蓄现象缺乏足够的解释力。图 2 表明,1994～2001 年我国居民储蓄率已下降 7 个多百分点。事实上,由于城镇居民的储蓄率大大低于农村居民的储蓄率,虽然我们在现实生活中可以观察到城镇居民储蓄倾向的下降,但在城镇化的快速发展过程中,这一现象却被城镇人口中新增的高储蓄倾向人口所掩盖,以致于统计数据反映出来的城镇居民储蓄率仍在迅速上升[①]。因而根据对分城乡数据分析所得的结论无法用于对整体经济运行状况的判断,所谓"消费需求不足的主要原因在于居民的预防性储蓄"是值得商榷的。

---

① 根据不等式原理,若 $\frac{a}{b} < \frac{c}{d}$,且 bd>1,则有 $\frac{a}{b} < \frac{a+c}{b+d}$。假定 t 期城镇人口为 $_uP_t$,储蓄率为 s_t;在 t+1 期,储蓄率为 s'的农村人口 $_rP$ 转为城镇人口,且有 $s>s_t$,若原有城镇人口自然增长率为 r,并且储蓄率保持不变 $s_{t+1}=\frac{(1+r)_uP_ts_t+_rPs'}{(1+r)_uP_t+_rP} > \frac{(1+r)_uP_ts_t}{(1+r)_uP_t}=s_t$,即新城镇人口的储蓄率高于原有城镇人口的储蓄率。若原有城镇人口自然增长率为 r,并且储蓄率下降为 s'_t,则同理应有 t+1 期城镇人口的储蓄率 $s_{t+1}>s'_t$,当新增人口储蓄率大大高于原有城镇人口储蓄率时,仍会出现 $s_{t+1}>s_t$。

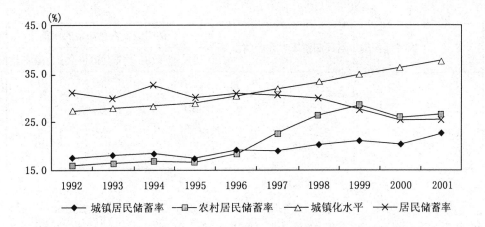

资料来源:居民储蓄率采用 1999~2004 年《中国统计年鉴》资金流量表中的数据计算而得;城镇化水平取自 2004 年《中国统计年鉴》;城镇居民储蓄率和农村居民储蓄率资料来源同图 1。

图 2 中国居民储蓄率及城镇化水平①

4. 从国民收入分配结构看中国储蓄率

既然数据表明中国居民储蓄率已迅速下降,为什么中国国民储蓄率仍维持在高水平之上呢? 对分部门储蓄率的分析较好地回答了这一问题(见表 2)。

表 2   储蓄率及储蓄的部门分布   单位:%

年度	国民储蓄率	居民储蓄率	政府储蓄率	分部门储蓄占总储蓄的比重			
				居民	政府	非金融企业	金融企业
1992	40.3	31.1	31.0	52.3	14.6	30.5	2.5
1993	41.7	29.9	32.4	46.3	15.0	36.0	2.8
1994	42.7	32.6	29.0	50.3	12.2	35.4	2.1
1995	41.6	30.0	29.6	48.2	11.7	38.3	1.8
1996	40.3	30.8	31.7	52.9	13.5	31.4	2.2
1997	40.8	30.5	32.3	50.9	13.8	34.3	1.0

---

① 从统计数据的来源(分城乡住户调查)看,此处的城镇居民生活消费、农村居民生活现金消费以及农村居民纯收入与国民经济核算中所指的居民消费和可支配收入的概念有一定区别(相关定义见许宪春,2000;邱晓华、郑京平,2003),因而如此计算的分城乡居民储蓄率均不同程度明显有别于实际储蓄率。

年度	国民储蓄率	居民储蓄率	政府储蓄率	分部门储蓄占总储蓄的比重			
				居民	政府	非金融企业	金融企业
1998	40.0	29.9	30.0	51.0	13.2	34.3	1.5
1999	38.6	27.6	31.0	48.0	14.9	35.6	1.4
2000	38.5	25.5	32.5	42.8	16.5	39.1	1.5
2001	38.9	25.4	35.9	41.6	19.5	38.2	0.8

资料来源:1999~2004年《中国统计年鉴》资金流量表(实物交易)。

从表2可以看出,在过去10年中,居民储蓄在国民储蓄中所占比重已从1992年的52.3%下降至2001年的41.6%,降幅达到了10.7个百分点。与此同时,非金融企业储蓄在国民储蓄中所占比重却从1992年的30.5%上升至2001年的38.2%,增幅达7.7个百分点。另外,政府储蓄在国民储蓄中所占比重1992~2001年也增加了4.9个百分点。因此,中国过去10年来国民储蓄率之所以保持在高水平上的主要原因并不在于通常所认为的居民储蓄率过高,而在于企业及政府储蓄的迅速增长。

从可支配收入的部门分布(见图3)可以看出,从1996年开始,居民可支配收入在国民可支配收入中所占比重出现了持续下降的态势,降幅达5.5个百分点。与此同时,政府可支配收入在国民可支配收入中所占比重则不断上升,升幅近4个百分点。另外,非金融企业可支配收入在国民可支配收入中所占比重也有所上升(2.2个百分点)。

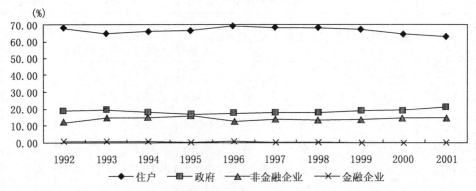

资料来源:1999~2004年《中国统计年鉴》资金流量表(实物交易)。

图3 可支配收入按部门分布

1998年以来,随着政府机构改革的不断深化,公务员队伍得到精简,作为政府消费重要组成部分的政府日常开支得到一定程度的压缩;同时,由于税收征管力度的加强,增加了国库收入,政府可支配收入在国民可支配收入中所占的比重加大,因而使政府储蓄率迅速上升。表 2 中的数据表明,1998 年政府储蓄率为 30%,而 2001 年政府储蓄率已上升至 35.9%。政府储蓄率的上升使得政府储蓄在国民总储蓄中所占比重从 1998 年的 13.2%上升至 2001 年的 19.5%,增幅高达 6.3 个百分点。

非金融企业可支配收入尽管在国民可支配收入中所占比重上升幅度有限,但由于其全部归入国民总储蓄,所以从其占国民总储蓄的比重看,增长幅度也很可观。1998~2001 年,增幅也达到了 3.9 个百分点。Kuijs(2005)认为,企业可支配收入增长的主要原因在于国有企业效益的改善。但根据图 4 可以发现,国有企业效益的改善只是原因之一,1998 年以来,所有工业企业的效益均有了不同程度的改善,其中以股份有限公司类工业企业效益增长最为明显,同时股份有限公司类工业企业在全部工业企业中所占的比重上升幅度也是最大的。因而企业可支配收入在国民可支配收入中所占比重的加大,企业整体效益的改善而非仅国有企业效益的改善应是主要原因。

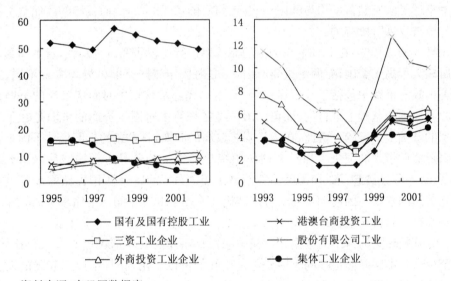

资料来源:中经网数据库。

图 4 不同所有制企业所占比重(左图,以总资产计算)和利润总额占其销售收入的比重(右图)

综上所述,国民收入分配向政府和企业倾斜,以及政府消费率的降低是过去 10 年间我国国民储蓄率居高不下的主要原因。

5. 储蓄率的国际比较

我国是世界上储蓄率最高的国家之一①。下面我们通过分部门储蓄率的对比,对我国高储蓄的成因进行分析。

从图 5 可以看出,除 1987～1988 两年我国国民储蓄率略低于韩国外,其余年度无论国民储蓄率还是居民储蓄率,我国在图中所列的 4 个国家中都是最高的,其中居民储蓄率在所有年份均高于储蓄率相对较高的韩国。相对而言,韩国与我国的情况最为接近,不过韩国政府储蓄率高于我国,而居民储蓄率除受亚洲金融危机影响曾出现短暂上升外,则大大低于我国,因而过去 10 年中我国国民储蓄率仍高于韩国 5 个多百分点。

如果我们对不同时期的数据进行比较,则我国 2001 年无论国民储蓄率、居民储蓄率还是政府储蓄率均与韩国 1990 年前后的情况类似,因而我国的高储蓄率可能与经济发展阶段有关。

Hayashi(1989)在对日本与美国的储蓄率进行比较研究时曾发现,日本储蓄率之所以大大高于美国,有两个重要原因:一是对固定资产折旧的处理方式不同,二是美国政府消费中包括了政府投资②。日本国民经济核算中对固定资产的折旧是在原始成本的基础上进行的,而美国国民经济核算中对固定资产的折旧是在重置成本的基础上进行的。因此,在通货膨胀较高的时期,日本式的折旧低估了固定资产因贬值而带来的损失。当对上述两项统计口径上的差异进行调整后,Hayashi 发现,日本除经济起飞时期国民储蓄率高于美国外,至 1980 年国民储蓄率已基本接近美国的水平。因而 Hayashi 得出结论,1955～1995 年间日本储蓄率的时序变化基本符合新古典增长理论。

尽管缺乏更为详细的数据以对我国居民储蓄率与日本居民储蓄率进行比较,但至少从日本国民储蓄率的时序变化过程我们可以看出,在日本经济起飞的六七十年代国民储蓄率曾达到 30％以上,其最高峰也曾接近目前我国的水平。假如 Hayashi(1989)提到的因提取固定资产折旧方式的不同而对国民储蓄率产生的影响同样存在于我国和韩国③,那么我国国民储蓄率与韩国和日本的数据就是可比

---

① 有经济学家指出,由于固定汇率下贸易品与非贸易品的价格出现扭曲,在一定程度上会对国民储蓄率产生影响。我们在根据购买力平价重新估算我国国民可支配收入的基础上重新计算的国民储蓄率与采用名义汇率计算的国民储蓄率差别仅为 1 个百分点左右。也就是说,由于我国净经常转移和净出口相对 GDP 而言非常小,因而国内廉价的消费品并不会对储蓄率的计算产生大的影响。

② 美国政府消费与政府投资在目前的国民经济核算中已分别列出。

③ 许宪春指出,我国国民经济核算中对固定资产折旧的处理,因"尚不具备对全社会固定资产进行重新估价的基础,所以尚未采用固定资产的重置价值"(许宪春,2000,第 14 页)。

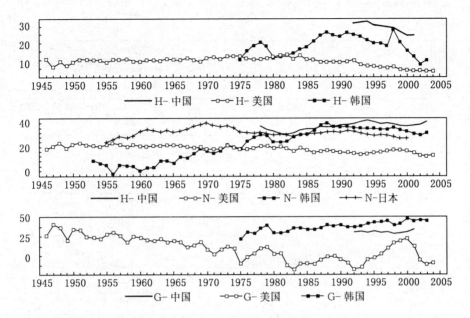

资料来源：

(1)中国 1978～1991 年以及 2002～2003 年数据采用 2004 年《中国统计年鉴》中的国民收入与总消费数据计算；1992～2001 年数据采用 1999～2004《中国统计年鉴》资金流量表(实物交易)中的相关数据计算。

（2）美国数据采用美国资金流量表（实物交易）中的数据计算，http://www.federalreserve.gov/releases/z1/。

(3)日本数据取自国际货币基金组织出版的《国际金融统计》数据光盘.其中 1953～1979 年数据采用国民收入与居民消费和政府消费数据计算；1980～2000 年数据采用国民可支配收入与国民储蓄计算。

(4)韩国 1953～1974 年数据采用国际货币基金组织出版的《国际金融统计》数据光盘中的国民收入与居民消费和政府消费数据计算，1975～2003 年数据采用韩国国民经济核算中的相关数据计算，http://www.nso.go.kr/eng/。

图 5　储蓄占可支配收入的比重(%,H—住户；N—全国；G—政府)

的，而与美国的数据则缺乏可比性。因而我国除 2000 年以来略高于日本及韩国经济起飞时的国民储蓄率外，基本与这两个国家经济起飞时的国民储蓄率相当。也就是说，尽管我国目前国民储蓄率高于同期其他国家的水平，但考虑到我国目前正处在经济的高速发展阶段，这一现象应该说还是基本正常的。

从韩国的情况看，在经济起飞的过程中，居民储蓄率高于 20% 的时间仅持续了约 10 年，目前已降至 10% 左右。从我国过去 10 年中居民储蓄率下降的速度看,达到美国居民储蓄率 10％ 的历史水平只需 10 年左右[①](参见图 6)。

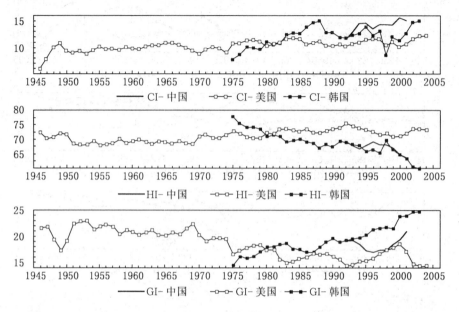

资料来源:同图 5。

图 6　可支配收入的部门分布(％,CI—非金融企业和金融企业;HI—住户;GI—政府)

从收入的部门分配来看,我国居民可支配收入在国民可支配收入中所占比重基本与韩国相当,但大大低于同期美国的水平。尽管考虑到上面提到的固定资产折旧方式的影响,居民可支配收入占比低于美国历史水平有其合理的成分,但 2000 年以来我国与韩国居民可支配收入在国民可支配收入中的比重迅速下降的现象还是值得引起高度重视的。

6. 我国高额储蓄的去向

通过资金流量表可以清楚地看到,尽管居民储蓄中用于固定资产投资的部分已从 1992 年的 26％ 上升至 2001 年的 37％,但剩余的 63％ 除小部分用于手持现金外,仍主要形成了银行存款(存款约占 94％,其余基本为手持现金)。另外,2001 年住户部门还持有相当于其同期银行存款额约 1/3 的银行贷款。从额度上看,大约其中的 2/3 被用于证券投资,另外 1/3 被用于支付保险准备金。可见缺少多元化

---

①　需要引起注意的是,由于居民部门也存在一部分固定资产投资(2001 年居民储蓄中用于固定资本形成的部分已占其总储蓄的 36％),因固定资产折旧方式不同而对储蓄率的影响也波及到居民储蓄率指标。也就是说,从可比的角度看,以我国统计口径计算美国居民储蓄率的历史水平应高于 10％。

的投资方式,仍是居民储蓄存款居高不下的主要原因。

尽管我国政府储蓄率大大高于其他国家,但近年来每年仍需要通过发行大量的国债来满足财政支出的需要。资金流量表显示,过去10年间政府储蓄中用于固定资本形成的比重呈逐年上升的趋势。1992年政府储蓄中用于固定资本形成的比重仅为38%,2001年这一比重已上升至50%。此外,政府储蓄中还有部分资金通过资本转移的形式,间接形成了企业固定资本,1992年这种形式的固定资本形成相当于政府储蓄的63%,2001年该数字上升为83%,因而政府因储蓄不足而需要发行大量国债。从资金流量表看,2001年政府通过证券融资2 575亿元,相当于其储蓄的35%左右。以上两种形式的固定资本形成,使得政府在当年固定资本形成中占有了相当大的比重。1992年这一比重为16%,2001年这一比重已上升至26%,因而政府行为对我国高投资率的形成起到了重要的推动作用。这一方面显示了1998年以来积极的财政政策所取得的成效,另一方面也反映了政府对市场的直接干预程度并没有随着时间的推移而下降,反而在实行市场经济之后逐渐加大了对市场的直接干预。这一现象在2003~2004年经济过热的讨论中似乎并未得到足够的重视。

由于居民是净金融投资者,而企业和政府是净金融融资者,既然居民的储蓄主要流向了银行,因而企业外部融资的主渠道仍为银行贷款。1992年非金融企业固定资本形成的资金缺口为56%,2001年这一缺口仍有49%。除政府的资本转移外,1992年在非金融企业外部融资中78%为银行贷款,证券融资额仅相当于其银行贷款的15%,国外融资仅相当于其银行贷款的22%;2001年在非金融企业外部融资中银行贷款仍占68%,证券融资额仍仅相当于其银行贷款的15%,国外融资则增至相当于其银行贷款的39%。因而非金融企业对银行贷款的依赖以及大量不良贷款的存在使我国银行业面临的风险日益加大。上述分析表明,Kuijs(2005)关于"企业对银行贷款的依赖给银行业所带来的风险,因企业储蓄的增加和政府资本转移的加大而大大低于通常所认为的水平"的结论显然是不确切的。

7. 结论及政策建议

(1)我国国民储蓄过高,在一定程度上是因对固定资产的折旧方式所致。国际比较的结果表明,我国国民储蓄过高也与我国经济发展阶段密切相关,有其合理性的一面。

(2)中国企业可支配收入和政府可支配收入在国民可支配收入中所占的比重近年来呈明显上升的趋势,同时由于政府机构体制改革导致政府消费的增长速度低于政府可支配收入的增长速度,政府储蓄率大大提高,从而使得已出现明显下降趋势的居民储蓄率未能在国民储蓄率中得到体现。同时,来自住户调查的分城乡居民储蓄率的上升趋势,又从另一个角度阻碍了对因城镇化而导致的居民储蓄率下降的认识。事实上,居民储蓄率在过去 10 年中已迅速下降了 7 个多百分点。

(3)企业可支配收入和政府可支配收入在国民可支配收入中所占比重的上升,在一定程度上为近年来的高投资率创造了条件,而积极财政政策的实施则进一步加剧了企业的投资热情。政府直接投资和通过资本转移形成的投资在固定资本形成中所占比重逐年加大,体现了政府对市场的直接干预程度日益加强,在一定程度上违背了推行市场经济的初衷。

(4)为使经济向着健康的方向发展,消除需求不足的现状,应重点加强政府在收入分配中的调节作用,使国民收入向居民部门有所倾斜。建议通过进一步完善最低工资保障制度、减税(如取消利息税、提高个人所得税起征点、降低偶然所得税税率等)以及增加转移支付在政府支出中所占比重的方式(如加快社会保障体系的建设步伐,为普及 9 年制义务教育提供更多的经费支持等)等,一方面通过解除居民的后顾之忧使预防性储蓄在居民可支配收入中所占比重降低,另一方面政府可支配收入的减少也将有助于减少政府对经济的直接干预从而降低过高的投资率。

(5)居民储蓄的主渠道为银行存款以及企业对银行贷款的过分依赖,使得银行系统所面临的风险日益加大。必须加快金融改革的步伐,进一步减少企业间接融资的比重,满足居民投资渠道多元化的需求,才能有效降低银行系统所面临的风险。

参考文献

Hayashi, F. (1989), "Is Japan's Saving Rate High?", *Federal Reserve Bank of Minneapolis Quarterly Review*, Vol 13, No. 2, 1989.

Kuijs, Louis, Investment and Saving in China, World Bank China Research Paper, No. 1, May 2005.

齐天翔:《经济转轨时期的中国居民储蓄研究——兼论不确定性与居民储蓄的关系》,《经济研究》,2000 年第 9 期。

施建淮、朱海婷:《中国城市居民预防性储蓄及预防性动机强度:1999~2003》,北京大学中国经济研究中心,讨论稿系列 No. C200413,2004 年 8 月。

于永胜:《我国居民储蓄行为的深层次分析》,《经济论坛》,2003 年 12 月。

何新华、吴海英、曹永福、刘睿著:《中国宏观经济季度模型 China_QEM》,社会科学文献出版社 2005 年版。

联合国等编,国家统计局国民经济核算司译:《国民经济核算体系 1993》,中国统计出版社 1995 年版。

赵彦云编著:《国民经济核算教程》,中国统计出版社 2000 年版。

邱东、蒋萍、杨仲山主编:《国民经济核算》,经济科学出版社 2002 年版。

邱晓华、郑京平主编:《解读中国经济指标》,中国经济出版社 2003 年版。

许宪春编著:《中国国内生产总值核算》,北京大学出版社 2000 年版。

分报告之十四

中国金融发展:现状评估与政策建议 *

唐 旭

＊ 本部分报告由中国人民银行金融研究所完成,课题组负责人为唐旭研究员。课题组成员包括:纪敏、刘向耘、刘明志、易诚、邹平座。

　　唐旭,1955年出生于四川乐山,经济学博士、研究员、教授、博士生导师。中国人民银行研究局局长,中国人民银行研究生部主任,中国人民银行金融研究所所长。主要兼职:中国金融学会秘书长、中国国际经济关系学会常务副会长以及多个学术团体理事。

　　主要研究领域:金融学。唐旭教授有丰富的研究成果,包括一批有影响力的专著、译著、论文。专著代表作有《货币银行学》、《金融理论前沿课题》(第一、二两册)、《商业银行经营管理》等;主编并翻译《外国金融名著译丛》(10本),《汇率与国际金融》等。论文代表作有《不良资产、税收与银行准入的开放》、《论稳健的货币政策》等五十多篇。

摘　要

改革开放以来,中国金融业快速发展,机构、品种日益多元化,资产规模不断扩张。其快速发展的一条基本经验,就是始终坚持了市场化改革取向。市场化改革既是对过去计划经济体制下的金融压抑逐渐消除的过程,也是未来中国金融发展的基本动力。另一条基本经验是开放,持续不断地对外开放加速了金融改革进程,释放了改革的动力和压力。从中国经济未来的发展趋势看,一方面总储蓄率不断上升,另一方面经济社会发展诸多方面的金融需求尚未得到有效满足,金融如何更有效地媒介储蓄与投资,其深度和广度如何进一步开拓,是本部分报告研究的主要问题。本报告具体包括四个报告,分别从货币与汇率政策的协调、金融市场发展、金融企业改革、金融稳定四个方面,对中国金融发展的现状作了简要评估,并给出了改革建议。各报告的基本结论是:

货币政策与汇率政策的协调

中国目前货币政策与汇率政策的基本框架可描述为:货币政策以货币供应量为中介目标,基础货币为操作目标,中央银行使用市场手段调控基础货币供应,但利率尚未完全市场化;人民币实现了经常项目可兑换,但在资本项目下仍存在部分管制,人民币汇率实行有管理的浮动汇率制度。

过去十多年来,面对国际收支双顺差和外汇市场供大于求的形势,中国人民银行运用一系列对冲操作手段吸收或释放流动性,维持了基础货币的平稳增长,基本实现了货币政策和汇率政策的协调。

在国际收支双顺差和外汇市场上供大于求的形势下,应该采取措施减轻国际收支双顺差程度、改进汇率形成机制。在减轻国际收支顺差程度方面,可以采取降低出口退税率和进口关税税率等手段以抑制出口鼓励进口,并取消对外商投资的优惠政策。在汇率形成机制方面进一步增加弹性,推行意愿结售汇制度,简化资本项目管理,让市场供求在汇率水平的决定上发挥更大的基础性作用。与此同时,应根据国际收支变化情况,充分运用利率政策杠杆引导资本流动,保持人民币汇率在合理均衡水平上的基本稳定。

金融市场发展

中国金融市场的现状是:信贷融资占据主导地位,直接融资不发达。在直接融资体系中,主要是以政府信用为主导的国债和用于公开市场操作的央行票据,以企业信用为基础的公司债券和股票市场不发达。

就总体而言,中国作为一个转轨国家,金融市场发展还没有完全摆脱传统计划经济体制的影响。其突出表现在市场发展还受到较多的行政管制。这一方面,符合中国整体的渐近式改革特点,有助于降低金融市场发展过程中的风险;另一方面,过多的行政管制和模糊不清的审批制度无疑会抑制中国金融市场创新的活力。

未来中国金融市场发展仍要在健全法规、依法监管、完善市场基础设施方面持续努力,以逐步摆脱行政管制的影响,代之以相应的市场约束机制。具体而言,中国金融市场发展重点应围绕服务于企业直接融资需求的公司债券市场和股票市场展开。在公司债市场方面,应更加注重机构投资者的作用,逐渐以规范的信息披露和信用评级代替行政审批。在股票市场方面,重点是确立私募发行和交易的地位,建立多层次市场体系。

金融企业改革

中国金融企业改革近年来明显加速,且取得了显著成效,主要金融企业的财务指标大幅度改善,但这些改善更多源于政府注资和对坏账的剥离。为巩固改革成效,特别是真正使公司治理得到改善,需要从以下几方面进一步深化金融企业改革:一是继续以多种形式推进金融企业的股份制改革,如国家注资、财务重组、引进战略投资者,鼓励社会资金参与中小金融机构的重组、改造等。二是强化资本充足率考核目标,这是最为根本和综合的约束目标。三是强化内控机制,如强化董事会职能,在董事会下设立专业职能委员会,聘用职业经理人管理银行,强化对股东利益的保护,建立以利润为目标的考核机制。四是处理好尊重出资人权利和党管干部原则的关系,强化出资人对企业的责任和社会责任。

金融稳定

在过去的几年内,得益于国民经济持续的高增长以及国家对金融企业改革的支持,中国金融稳定状况获得了显著改善。但与此同时,中国金融稳定的长效机制尚未建立,影响中国金融稳定的主要因素依然存在:宏观经济特别是固定资产投资波动是导致金融风险的主要宏观因素,金融企业公司治理及内控机制不健全是导致金融风险的主要微观因素,法律及公共政策对产权和债权保护的不足是影响金融稳定的主要制度因素,以政府公共资金救助为主导的金融稳定机制是影响金融稳定的主要道德风险。

从未来趋势看,中国金融稳定仍要在以下方面作出努力:一是在科学发展的前提下,保持国民经济持续快速健康发展,减少经济运行的波动,增强金融稳定的经济基础。二是继续推进金融改革,特别是国有金融企业的改革,增强金融稳定的微观基础。三是推进利率、汇率市场化改革,增强金融稳定的市场基础。四是改善监管方式,加强风险监管、资本充足率约束以及建立及时校正机制。五是继续推进市场化的金融稳定机制建设,加速建立存款保险制度,完善证券投资者保护制度和保险保障制度,完善金融企业的市场退出机制。六是改善金融稳定的外部环境,健全《中华人民共和国破产法》等涉及债权人保护的相关法律以及公共政策。

1. 中国货币政策与汇率政策的协调[①]

中国目前货币政策与汇率政策的基本框架可描述为:货币政策以货币供应量为中介目标、基础货币为操作目标,中央银行使用市场手段调控基础货币供应,但利率尚未完全市场化;人民币实现了经常项目可兑换,但在资本项目下仍存在部分管制,人民币汇率实行有管理的浮动汇率制度。1994 年以来,中国国际收支格局经历了大量顺差、少量顺差和大量顺差三个阶段,人民币也先后经历了存在升值压力、贬值压力、升值压力三个阶段。为了保持人民币汇率稳定,中央银行在外汇市场上大量进行外汇买卖,形成基础货币被动吞吐。由于外汇占款数额巨大,对基础货币投放的影响也很大,因此货币政策与汇率政策协调的重要性时时凸现。为减轻货币政策和汇率政策协调的难度,中国应进一步完善汇率形成机制,增强汇率形成机制的弹性,减轻中央银行对冲外汇占款的压力,增强中央银行控制的自主性。

1.1 国际收支格局及外汇储备的变化

1994 年之后,中国国际收支总体上长期保持顺差,但在不同阶段,国际收支格局变化也呈现出不同的特点(见表 1)。

表 1 　　　　　　　 1994～2004 年中国国际收支概况 　　　　单位:百万美元

年份	经常项目差额	其中:货物差额	资本与金融项目差额	其中:直接投资差额	储备资产变动	净误差与遗漏
1994	7 658	7 290	32 644	31 787	−30 527	−9 775
1995	1 618	18 050	38 675	33 849	−22 463	−17 830
1996	7 242	19 535	39 967	38 066	−31 662	−15 547
1997	36 963	46 222	21 015	41 674	−35 724	−21 964

[①] 本文写作于 2005 年 7 月 21 日人民币汇率形成机制改革之前,是对 2005 年改革之前汇率形成机制的评价和分析。2005 年改革之后汇率形成机制的情况已在文中以脚注形式标明。本文作者为刘向耘、刘明志。刘向耘:北京大学运筹学硕士,副研究员,长期从事经济、金融研究工作,现供职于中国人民银行研究局货币政策处。刘明志:1993 年 7 月进入中国人民银行,先后在金融研究所、研究局、驻美洲代表处、上海总部调查统计研究部工作,为中国人民银行研究生部分年级硕士生讲授宏观经济学、国际金融学课程。出版译著《时间序列分析》、专著《银行管制的收益和成本》。

年份	经常项目差额	其中:货物差额	资本与金融项目差额	其中:直接投资差额	储备资产变动	净误差与遗漏
1998	31 471	46 614	-6 321	41 118	-6 426	-16 576
1999	21 114	36 206	5 180	36 978	-8 505	-14 804
2000	20 519	34 474	1 922	37 483	-10 548	-11 893
2001	17 405	34 017	34 775	37 356	-47 325	-4 856
2002	35 422	44 167	32 291	46 790	-75 507	7 794
2003	45 875	44 652	52 726	47 229	-117 023	18 422
2004	68 659	58 982	110 660	53 131	-206 364	27 045

资料来源:国家外汇管理局;《中国外汇管理年报 2004》。

1994~1997 年,中国国际收支持续"双顺差",其中经常项目顺差的波动较大,货物顺差一直保持大幅度增长;资本与金融项目的顺差一直很大,这主要得益于直接投资的快速增长。

1998~2001 年间,货物顺差逐年减少,经常项目顺差连年下降;受亚洲金融危机影响,市场上出现强烈的人民币贬值预期,外汇资金流向发生逆转,1998 年资本与金融项目出现逆差,虽然国家加强了外汇管理,在贸易顺差和实际利用外资下降的情况下,1999 年中国国际收支恢复"双顺差",但 1999 年和 2000 年,资本项目顺差水平明显降低。

2001~2004 年间,国际收支经常项目顺差迅速扩大,人民币升值预期逐步趋强,外资流入大幅度增长,国际储备快速增加。

与国际收支格局的变化相对应,1994 年以来中国外汇储备的变化也经历了明显不同的三个阶段(见图 1):1994~1997 年,外汇储备增加较快,年均增长 300 多亿美元;1998~2000 年,外汇储备的年增加额明显减少,年均增加约 86 亿美元;2001~2004 年,外汇储备进入高增长阶段,年均增加 1 100 多亿美元,其中仅 2004 年一年就增加 2 067 亿美元。2004 年末,中国外汇储备余额达 6 099 亿美元[①]。

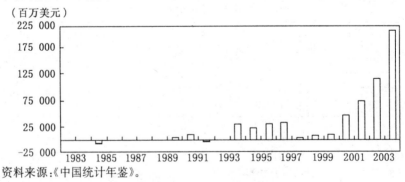

（百万美元）

资料来源:《中国统计年鉴》。

图 1 中国外汇储备的变动情况

---

① 2005 年末中国外汇储备进一步上升到 8 189 亿美元。

1.2 中央银行资产负债结构、外汇市场操作及冲销

1.2.1 中央银行外汇市场操作及汇率变化轨迹

2005 年 7 月 21 日改革之前的汇率形成机制①是：中国人民银行每天将前一天银行间外汇市场加权平均汇率作为当天人民币汇率中间价对外公布；商业银行根据中国人民银行公布的汇率中间价确定其挂牌价。中国人民银行对银行间市场汇率实行浮动区间管理，通过外汇公开市场操作入市干预，平抑供求波动，稳定汇价。银行间外汇市场上美元、日元、港币对人民币的交易，日浮动区间分别为 0.3%、1% 和 1%。央行只对美元对人民币的交易进行干预。

1994 年以来，针对人民币在不同时期出现的升值和贬值压力，中央银行主要运用外汇公开市场操作，同时配合运用结售汇管理和利率政策等手段，维持人民币汇率的稳定。1994～1997 年，针对外汇市场上外汇供大于求的局面，中央银行不断买入外汇，防止人民币剧烈升值。1998 年以后，受亚洲金融危机影响，人民币出现贬值压力，中国人民银行在外汇市场上增加外汇售出，同时强化对资本项目下购汇的管理，严格对经常项目售汇真实性的审查，稳定了外汇供应和人民币汇率。2001 年以来，由于资本流入大量增加，人民币面临升值压力，人民银行加大了外汇公开市场操作的力度，不断买入外汇，致使外汇储备大量增加；同时，调整了外汇管理政策，一方面控制投机性资本流入，另一方面放松对企业和居民用汇及资本流出方面的限制，减轻中央银行购汇压力。

1994 年汇率并轨之初，人民币汇率为 1 美元兑 8.7 元人民币，1997 年人民币汇率为 1 美元兑 8.3 元人民币，按名义汇率计算升值了大约 5%，1997 年以后人民币对美元汇率一直保持稳定②。1994 年以来的人民币汇率走势见图 2。

---

① 2005 年 7 月 21 日中国进行了人民币汇率形成机制改革。新机制的主要内容是：以市场供求为基础，参考一篮子货币进行调节、有管理的浮动汇率制度。与此同时，根据对汇率合理均衡水平的测算，人民币对美元即日升值 2%。新汇率体制运行以来，人民币汇率有贬有升，弹性增强，反映了国际主要货币之间汇率的变化，体现以市场供求为基础和参考一篮子货币进行调节的规律。从目前情况看，随着市场对人民币汇率形成机制信心的不断增强和外汇市场体系的逐渐完善，人民币升值预期有所弱化，主要表现在银行远期结售汇签约额由净结汇转变为净售汇，外汇流入速度有所减缓，外汇储备增长速度明显放慢。

② 2005 年 7 月 21 日汇改后人民币汇率有贬有升，弹性增强。到 2006 年 3 月 16 日，人民币兑美元的中间价较汇改前升值接近 3%（包括汇改之初一次性 2% 的升值）。

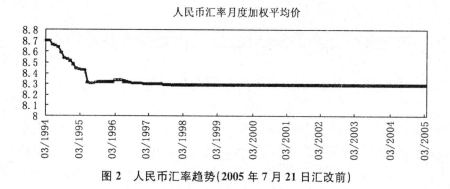

图2　人民币汇率趋势(2005年7月21日汇改前)

1.2.2　外汇市场操作对中央银行资产负债结构的影响

1994年之后,外汇市场一直呈现出供大于求的格局,中央银行通过公开市场操作不断买入外汇,因此导致中央银行资产中外汇资产所占比重不断增加。1993年年底,外汇资产占中央银行银行总资产的比例约为5.5%,到1995年已上升为将近1/3,1998年进一步上升为42%。1999～2000年,外汇储备增加额较前几年明显减少,导致中央银行资产中外汇资产占比连续下降,2000年外汇资产占中央银行资产的比例降至38%。2001～2004年,随着外汇储备的快速增长,外汇资产占中央银行资产的比例重新迅速上升。2004年外汇资产占中央银行资产的比例达到了一半以上。

在外汇资产占中央银行资产的比例大幅度上升的同时,中央银行对存款货币银行的债权占中央银行资产的比例急速下降:1995年为55.18%,而2004年仅为11.92%(见表2)。

表2　　　　　　　　　　　中央银行总资产中各组成部分的占比　　　　　　　　　单位:%

	国外资产(净)	其中:外汇	对政府债权	对存款货币银行债权	对特定存款机构债权	对其他金融机构债权	对非金融机构债权	其他资产
1995	32.34	31.57	7.67	55.81	0.00	0.88	3.30	0.00
1996	36.13	35.25	5.98	54.86	0.00	0.44	2.59	0.00
1997	42.11	40.27	5.04	45.71	0.00	6.60	0.54	0.00
1998	43.37	41.86	5.06	41.76	0.00	9.48	0.33	0.00
1999	40.90	39.78	4.48	43.49	0.00	10.84	0.29	0.00
2000	38.94	37.98	4.06	34.66	0.00	22.05	0.28	0.00
2001	45.83	44.64	6.68	26.79	0.00	20.24	0.46	0.00

	国外资产（净）	其中：外汇	对政府债权	对存款货币银行债权	对特定存款机构债权	对其他金融机构债权	对非金融机构债权	其他资产
2002	45.02	43.62	5.65	19.70	4.55	14.29	0.41	10.39
2003	50.23	48.13	4.68	17.13	2.20	11.70	0.33	13.73
2004	59.70	58.41	3.78	11.92	1.33	11.27	0.17	11.82

资料来源：《根据中国人民银行统计季报 2005—1》整理。

在中央银行资产结构发生变化的同时，中央银行调节流动性的对冲措施致使中央银行的负债结构也发生了相应变化（关于对冲措施详见下节内容）。中央银行的负债结构及中央银行储备货币构成的变化见表3、表4。

表3　　　　　　　　　中央银行总负债中各组成部分的占比　　　　　单位：%

	储备货币	债券	政府存款	自有资金	其他（净）	其他负债
1995	100.66	0.96	4.72	1.80	−8.13	0.00
1996	101.70	0.00	4.63	1.39	−7.72	0.00
1997	97.52	0.38	4.73	1.17	−3.79	0.00
1998	100.22	0.38	5.52	1.17	−7.29	0.00
1999	95.11	0.34	5.05	1.04	−1.53	0.00
2000	93.56	0.00	7.95	0.91	−2.43	0.00
2001	94.37	0.00	6.75	0.84	−1.97	0.00
2002	89.06	2.93	6.09	0.43	0.00	1.49
2003	85.22	4.89	7.99	0.35	0.00	1.54
2004	75.37	14.19	7.47	0.28	0.00	2.70

资料来源：同表2。

表4　　　　　　　　　　　中央银行储备货币构成　　　　　　　　单位：%

	货币发行	对金融机构负债	非金融机构存款
1995	41.30	46.59	12.11
1996	35.09	53.39	11.52
1997	35.85	52.61	11.55
1998	38.50	47.05	14.45
1999	44.82	43.81	11.37
2000	43.68	43.90	12.43
2001	42.33	42.88	14.79
2002	41.18	42.40	16.42
2003	40.20	42.69	17.11
2004	39.26	60.61	0.13

资料来源：同表2。

1.2.3 中国人民银行的对冲操作

由于外汇占款对基础货币的影响很大，为了冲销外汇占款给基础货币带来的巨大冲击，保持货币供应的平稳增长，中国人民银行进行了必要的对冲操作。起初中国人民银行使用收回对金融机构贷款，以政府债券、政策性金融债券为工具进行公开市场操作等方式来调节流动性，近两年来又主要通过发行中央银行票据等手段来吸收银行体系多余的流动性。1994 以来，与外汇市场上的供求变化以及国内经济发展的不同周期阶段相对应，中国人民银行的对冲操作也分为三个阶段。

1994～1997 年，国际收支顺差不断扩大，形成了人民币升值压力。为了防止人民币升值过快，中央银行不断买入外汇，平抑汇价，外汇占款不断增长。1994～1995 年间，中央银行还承担着治理通货膨胀的任务，中央银行通过收回对金融机构贷款、开办特种存款等方式控制基础货币的过快增长。这一时期基础货币结构的变化如表 5。

表 5   **1994～1997 年基础货币主要供应渠道**   单位：人民币亿元

	1994		1995		1996		1997	
	增加额	比重	增加额	比重	增加额	比重	增加额	比重
基础货币	3 999	100	3 604	100	6 147	100	3 805	100
外汇占款	3 105	78	2 303	64	2 765	45	3 072	81
对国有商业银行贷款	−79	−2	−2 832	−79	1 317	21	−2 059	−54
对政策性银行贷款	712	18	3 716	103	1 647	27	2 031	53

资料来源：中国人民银行，《中国金融展望 2000》。

1998～2000 年，由于亚洲金融危机的影响，人民币出现贬值预期，资本外流严重，外汇储备的增加较以前明显减少，外汇占款占基础货币增加额的比重急剧下降。2000 年外汇占款增加额占基础货币增加额的比例为 29%，而 1997 年这一比例高达 81%。与此同时，中国国内首次出现通货紧缩迹象，从 1997 年 10 月开始，零售物价指数出现年同期比负增长，从 1998 年 2 月开始，消费物价指数出现年同期比负增长。由于 1994 年之后基础货币投放对外汇占款的依赖性增强，1998 年之后，外汇储备增加额的下降导致基础货币投放渠道阻滞。为了消除这种不利影响，中央银行于 1998 年 5 月开始恢复于 1997 年停止的国债回购公开市场业务，当年交易额为 2 827 亿元，1999 年和 2000 年交易额分别为 12 245 亿元和 9 762 亿元。1998 年公开市场操作净投放基础货币 701 亿元，1999 年净投放基础货币 1 920 亿元，两年合计占同期基础货币投放额的 82%。2000 年在市场流动性增多的情况下，净回笼基础货币 800 多亿元。

2001～2004 年,外汇资金的流向又发生转变,外资流入大幅度增加,中国人民银行通过外汇公开市场业务购入的外汇数量持续上升,导致基础货币投放快速增长。中国人民银行随之调整了公开市场对冲操作的方向,主要进行以收回金融机构多余流动性为目的的对冲操作。由于持续进行正回购操作,有可能出现原有的债券陆续到期、公开市场操作可用债券不足的问题。在此情况下,中国人民银行于2002 年 9 月 24 日将当年公开市场操作未到期的正回购转换为中央银行票据。2003 年之后,针对外汇占款投放基础货币大幅增长,而国内货币信贷增长过快,面临通货膨胀压力的情况,中国人民银行主要通过发行中央银行票据等方式,加大基础货币回笼力度。

1998 年之后中国人民银行的公开市场操作情况见表 6,表 7 则反映了近两年中央银行票据的发行情况。

表 6   **1998 年以来公开市场操作情况**   单位:人民币亿元

年 份	1998	1999	2000	2001	2002	2003	2004
增加基础货币供给	718	2 716	2 335	8 227	1 798	10 492	13 281
减少基础货币供给	17	796	3 152	8 523	2 820	13 186	19 971
合 计	701	1 920	−817	−296	−1 022	−2 694	−6 690

注:合计中负号表示减少基础货币供给,正号表示增加基础货币供给。

资料来源:1998～2002 年数据引自谢平:《中国货币政策分析:1998～2002》,《金融研究》2004 年第 8 期;2003 年和 2004 年数据来自中国人民银行《中国货币政策执行报告》。

表 7   **2003～2004 年中央银行票据发行情况**

年 份	2003	2004
发行期数(期)	63	105
发行总量(亿元)	7 226.8	15 072
年末余额(亿元)	3 376.8	9 742

资料来源:《中国货币政策执行报告》2003 年第 4 期、2004 年第 4 期。

中国人民银行除通过公开市场业务来进行对冲操作外,还综合运用利率政策、存款准备金政策、对结售汇和外汇管理政策进行调整等措施来进行国内货币政策与汇率政策的协调。例如,2003 年和 2004 年,中国人民银行分别提高法定存款准备金率 1 个和 0.5 个百分点,以减轻发行中央银行票据回收流动性的压力。近两年又不断加强对结售汇制度的管理和完善,控制投机性资本流入,放松对企业和居民用汇及资本流出的限制,以减轻中国人民银行被动买入外汇的压力。

1.2.4 中国人民银行对冲操作的效果

中国人民银行"对冲操作"的效果表现为:(1)消除了外汇占款对基础货币投放的剧烈影响,避免了银行体系流动性大幅度波动,保持了基础货币和货币供应量的平稳增长(见图3)。(2)保持了宏观经济的平稳运行态势,既治理了通货膨胀,又防止了通货紧缩(见图4)。

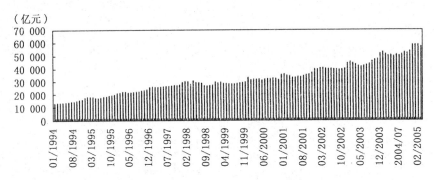

资料来源:中国人民银行。

图3 1994年以来基础货币余额

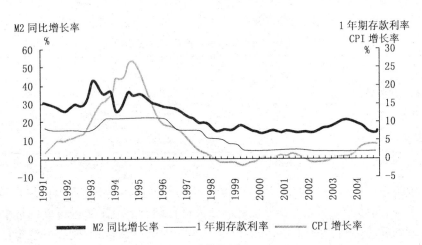

资料来源:《中国统计年鉴》、《中国人民银行年报》。

图4 1991年以来货币供应量、存款利率与消费价格指数

虽然中国人民银行成功地对外汇占款进行了对冲操作,但从货币政策与汇率政策协调的角度看,货币投放在很大程度上受国际收支差额的影响,并且由于国际收支差额的变动与国内经济周期的走向一致,即国际收支高顺差与经济高增长相对应,低顺差与经济低增长相对应,这样外汇占款导致的基础货币变化与国内宏观经济调控需要往往发生矛盾,使中央银行货币政策调控的难度加大。

1.3 人民币资本项目可兑换、外汇市场发展及汇率形成机制变化

1998 年之后,由于人民币汇率年波幅不超过上下 1‰,因此,被国际货币基金组织视为钉住(美元)的汇率制度。人民币汇率长期超稳定,中央银行被动入市干预、国内货币政策受到牵制,这不仅与中国稳定汇率的政策取向有关,也与现行人民币汇率制度安排也有很大关系。

虽然目前中国实行的是以市场为基础的有管理的浮动汇率制,但在目前强制结售汇和银行结售汇周转头寸管理制度①和资本项目未完全放开情况下,企业、居民与银行的外汇需求均受到压抑。此外,虽然人民币汇率是在银行间外汇市场上形成的,但外汇市场交易品种少、交易主体不充分,外汇交易通过撮合成交制度而不是做市商制度完成,外汇市场的发展尚不充分,人民币汇率形成机制的市场化尚不彻底。

1.3.1 资本项目可兑换与汇率形成机制

目前人民币在资本项下不能自由兑换,外汇需求受到一定程度压抑,这进一步强化了外汇市场上供大于求的局面。因此逐步实现人民币可兑换,对完善人民币汇率形成机制具有重要意义。

近年来国家出台了一系列政策措施,推进资本项目可兑换程度。据国家外汇管理局初步评估,截至 2004 年底,按照国际货币基金组织划分的 7 大类 43 项资本项目交易,超过一半已实现可兑换或只有较少限制,严格管制的不足一成半。其中,可自由兑换的有 11 项,较少限制的有 11 项,有较多限制的有 15 项,严格管制的有 6 项。

在目前形势下,对资本项目实施管制的成本越来越高,资本项目管制的有效性也受到很大冲击。例如,中国国际收支平衡表中净误差与遗漏项的绝对值一直很大,其负值在一定程度上反映了资本外流情况,其正值则在一定程度上反映了资本流入情况。

从中国经济改革与发展的长期目标看,中国最终要实现更灵活的汇率制度和

---

① 银行结售汇制度和银行结售汇周转头寸管理制度是指:企业的外汇收入需卖给外汇指定银行,企业正常用汇须凭有效凭证到外汇指定银行购买。当外汇指定银行的外汇头寸超出或低于规定的上下限时,需要在银行间进行外汇头寸调节买卖。

资本项目可兑换。改善人民币汇率形成机制,使人民币汇率制度更加灵活,人民币汇率水平可以更准确地反映外汇供求状况。但人民币资本项目可兑换是一个渐进过程,在此过程中需要同步推进人民币资本项目可兑换和汇率形成机制灵活化。

1.3.2　外汇市场发展与汇率形成机制的市场基础

目前外汇市场发展不充分,缺乏形成灵活汇率机制的市场基础。一方面,现行外汇管制政策使外汇需求受到抑制;另一方面,外汇市场交易品种和交易主体少,外汇交易通过撮合成交制度而不是做市商制度完成,市场汇率是在不完善的市场条件下形成的,市场发现市场均衡汇率的功能受到一定程度的抑制。

近些年来中国在发展外汇市场、完善人民币汇率形成机制方面做了很多工作。一是进行了完善经常项目管理工作,便利企业和个人外汇收支,放松对企业和居民用汇的限制,调整经常项目外汇账户限额管理办法,规范进口延期付汇和远期付汇等贸易融资行为等;二是放宽企业购汇限制,实施境外投资外汇管理改革试点,逐步拓宽资本流出渠道;三是扩大远期结售汇业务试点,允许开办外债项下的远期业务;四是扩大市场交易主体,允许中国外汇交易中心正式开展外币间买卖业务;五是加强和改进境内外资银行短期外债管理等等。目前,中国外汇市场正在继续朝逐步改善外汇管理、发展交易品种、增加交易主体、发展银行间市场做市商制度的方向不断迈进,这对于改善人民币汇率形成机制具有重要意义。

1.4　现行汇率形成机制评价[①]

1.4.1　汇率形成机制刚性的表现及原因

现行汇率形成机制建立在结售汇制度和银行间市场交易制度基础上。外汇需求受到压抑,外汇供应刚性,市场对外汇供应没有充分的吸收能力,一旦发生国际收支顺差,就直接转化为外汇市场上的超额供给。现行刚性汇率形成机制在相当程度上导致外汇市场上持续供大于求,中央银行动用大量基础货币干预外汇市场,外汇储备水平不断升高,汇率在很窄的幅度内波动。

1994年中国开始实施上述制度的目的在于集中全国的外汇收入,将分散的有限的外汇集中在国家手中,通过压抑外汇需求挤出外汇供应的方式防止国内市场上外汇供不应求和人民币持续贬值,保持人民币汇率稳定。在外贸持续顺差、持续资本净流入的局面下,除个别时间外,外汇市场上始终呈供大于求的格局。

---

① 此处现行汇率形成机制指2005年7月21日改革之前的汇率机制。

这种刚性汇率形成机制可有效地保证外汇供应,对于防止人民币贬值而言,效果较好。但当人民币具有升值压力时,不能有效阻挡资本流入,而且事实上的对外币值向下刚性不断鼓励资本流入,加重了中央银行干预外汇市场的负担。

为使中央银行摆脱对外汇市场的经常性干预义务,有必要推进汇率形成机制改革,让汇率形成机制更加灵活化。具体而言,可逐步取消强制结售汇制度和银行持有外汇头寸限制,逐步放开企业海外投资限制,取消居民用汇限制,释放被压抑的外汇需求,实现外汇需求和外汇供应两方面的多元化,使市场供求更有弹性。

1.4.2 出口导向的增长战略与汇率稳定

中国自改革开放以来,对外贸易发展迅速,利用外资不断增加,中国与外部的经济联系日益紧密,中国经济不断融入世界经济体系。随着中国经济对外开放的扩大,中国经济对外部经济的依存度不断上升,按进出口总额对国内生产总值之比率衡量,中国外贸依存度在 1980 年仅为 12.7%,2004 年时已经达到 70%。尽管中国对外贸易增长迅速,但改革开放以来中国大部分年份并未追求贸易顺差,只是通过参与国际分工实现自己的比较优势。事实上,1978～1993 年期间,中国对外贸易差额不是太大,而且有的年份顺差、有的年份逆差,见图 5。可见,1993 年前,中国的贸易政策是促进对外贸易,但不是靠出口带动经济增长。

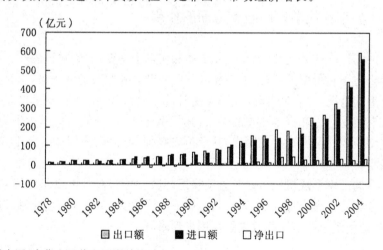

资料来源:中华人民共和国海关统计。

图 5　中国的进出口情况

1997 年以来,受亚洲金融危机影响,中国也出现需求不足问题,扩大出口、拉动总需求在事实上成为中国政府推动经济增长、扩大就业的一个策略,中国对外贸易连续呈现顺差格局,扩大出口对保持中国经济增长越来越重要。

由于低要素成本优势,中国在过去 10 年间出现了持续对外贸易顺差,市场上外汇供求持续呈现供大于求的格局,中国货币当局承担着持续干预外汇市场以维持汇率稳定的任务。

随着中国经济规模的不断扩大,如果中国试图长期依靠扩大贸易顺差以扩大总需求,维持经济快速增长,则中国对贸易顺差的依赖会越来越大。因此,中国作为一个大国,不可能长期依靠出口拉动经济增长。从中国改革开放以来的历史看,中国在长期内仍然追求贸易收支大致平衡。预计将来中国不会片面追求外贸顺差。一旦实现经常项目收支平衡,则中国外汇市场上供大于求的压力将下降,人民币汇率稳定也更加容易。

中国应逐步降低出口退税率乃至取消出口退税以恢复外贸收支平衡。自1985年开始中国执行出口退税政策以来,大部分年份出口退税超过进口税(含关税和进口环节税)的一半,个别年份甚至超过进口税。从绝对量来看,1985年出口退税额仅为19.7亿元人民币,2004年就升至4 200亿元人民币,出口退税政策的财政负担逐渐加重,见图6。

在对外贸易大量顺差的情况下,如果中国降低乃至取消出口退税,同时降低进口关税,则中国源自进出口的税收净额不会受到太大影响,而出口会下降,进口会上升,对外贸易比较容易实施平衡。当然,一旦将来出现对外贸易平衡形势逆转,还可以恢复出口退税政策以鼓励出口。

1.4.3 汇率在调节国际收支方面的作用

一国的汇率变动(包括名义汇率变动和实际汇率变动)影响该国产品和服务的国内价格与国际价格的对比,因而影响该国的产品和服务的竞争力,也就影响该国的贸易平衡情况。当一国国际收支失衡时,汇率可以起到调节国际收支失衡的作用。长期贸易顺差和资本顺差的国家,其货币将升值,升值后该国竞争力下降,贸易顺差将减少。长期逆差的国家,其货币将贬值,贬值后该国竞争力下降,贸易逆差将缩小。

灵活的汇率形成机制可以及时反映国际收支形势对外汇供求的影响,并对国际收支形势变化做出反应,可以有效地调节国际收支;而缺少市场化基础的汇率形成机制,则使汇率调节国际收支的作用受到限制。

1.4.4 现行汇率形成机制对进出口和资本流入流出的影响

现行汇率机制自1994年开始运作以来,扭转了长期以来外汇市场上外汇短缺和人民币贬值的局面,人民币汇率保持了稳定,而且按实际汇率衡量,人民币有所升值。稳定的人民币汇率消除了外贸企业的汇率风险,对于进出口都起到促进作用。从图6也可以看到,1994年以来,中国对外贸易发展迅速。

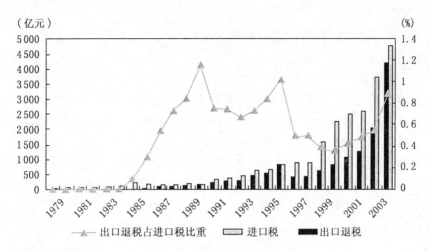

资料来源:海关统计。

图6 出口退税和进口税

现行刚性汇率形成机制及市场上外汇供大于求的形势,造成了事实上人民币对美元只会升不会贬的态势,形成市场上人民币升值预期,对资本流入有鼓励作用。外商直接投资由1994年的338亿美元增至2004年的606亿美元,增长79%。

1.4.5 现行汇率形成机制对银行经营的影响

现行汇率机制对商业银行持有外汇头寸做出限制,不利于商业银行根据自身经营需要摆布外汇头寸,而且银行间市场上汇率长期变化甚微,不利于商业银行形成汇率风险意识。

1.5 中央银行外汇干预策略的变化及基础货币供应控制

1.5.1 汇率形成机制的可能改变

现行汇率机制不利于发挥汇率作为国际收支调节杠杆的作用,给中央银行干预外汇市场带来了较大的压力。汇率也不能反映企业部门和居民部门的外汇供应和外汇需求的变化,市场发现均衡汇率的功能受到抑制。因此,改进汇率生成机制,发挥市场供求的作用,显得非常重要。从发展趋势上看,随着外汇短缺时代的结束,以外汇市场集中外汇资源的想法可能已不合时宜。一旦结售汇制和银行持有外汇头寸限制被取消,企业的外汇持有将更加灵活,外汇需求和供应也将更富有弹性。加之资本项目管制放松,外汇需求将更加多样化,外汇需求将进一步释放。

1.5.2 中央银行外汇干预策略和基础货币供应渠道的可能改变

结售汇方面的改革将释放外汇需求,外汇市场上供求失衡的局面可能被打破,外汇市场外汇供应持续大于外汇需求的形势可能不再延续,汇率也会呈双向波动,中央银行单向干预外汇市场的压力就减轻了。中央银行就有可能将目前的高频大幅干预策略转变为低频小幅干预策略。

一旦中央银行干预外汇策略改变,中央银行控制基础货币的主动性将增强,中央银行进行对冲操作的压力将减轻。基础货币供应渠道将从目前外汇占款为主转向中央银行增加持有国内资产为主,同时中央银行将减少乃至停止中央银行票据的发行。

1.6 利率政策和汇率政策的配合

1.6.1 国内利率政策、国内外利差对资本流动的影响

国内利率政策主要着眼于调节国内需求的需要,但国内外利率水平差异对国际资本流动具有引导作用,国际资本流动方向对汇率具有重要影响。忽略国别风险因素,则国内利率水平高于国外利率,可吸引资金流入,从而有利于维持本币的坚挺地位。在本币疲软的情况下,维持国内高利率有利于维持本币汇率稳定;国内利率水平低于国外利率,可鼓励资本流出,抑制资本流入。在本币有升值倾向的情况下,有利于缓解本币升值压力。

1.6.2 中国协调利率政策和汇率政策的经验

随着中国改革开放的深入,对外经济联系日益紧密,外汇管制逐渐放松,资本流入流出日益频繁,资本流动规模不断扩大。国内利率水平对资本流动方向和规模的影响逐渐增大,对汇率的影响也逐渐增大。在此情况下,国内利率政策需考虑国内利率水平变动对资本流动和汇率的影响。

中国国内目前的利率分为两种:本币利率和外币利率。因此,存在着中国国内本币利率、国内外币利率和国外利率三者之间的关系。下面以存款利率为例分析三者之间的关系。从国内本币利率和国内外币利率之间的关系看,若本币存款利率高于外币存款利率,则事实上有鼓励存款户以各种名义结汇的效果,可以减轻人民币贬值压力或构成人民币升值压力;若本币存款利率低于外币存款利率,则鼓励人们持有外币存款,可以减轻人民币升值压力或构成人民币贬值压力。从国内外

币存款利率和国外存款利率之间的关系看,国内外币存款利率高,鼓励金融机构从国外借款,鼓励国外资金流入国内;若国内外币存款利率低,则鼓励金融机构将资金运用于国外。

表8给出了1996年以来中国人民币存款利率、美元存款利率和美国美元存款利率。

表8　　　　　　　　中国人民币、美元存款利率与美国美元存款利率

年份	1年期人民币 存款利率(%)	1年期境内美元 存款利率(%)	美国1年期美元 存款利率(%)
1996	7.47	4.78	5.78
1997	5.67	5.00	5.88
1998	3.78	3.75	5.08
1999	2.25	4.44	6.51
2000	2.25	5.00	5.91
2001	2.25	1.25	2.28
2002	1.98	0.81	1.28
2003	1.98	0.56	1.32
2004	2.25	0.88	3.02

资料来源:中国人民银行货币政策分析小组:《稳步推进利率市场化改革》。

从表8可以看出,1996年,人民币存款利率高于境内美元存款利率和美国美元存款利率,客观上有利于吸引资本流入并鼓励资本流入结汇,这与当时的吸引外资的政策意图是相吻合的。

1998～2000年,中国的人民币存款利率低于境内美元存款利率或与境内美元存款利率相当,但低于美国美元存款利率,客观上鼓励资本流出境外。

2002～2003年,受国际市场美元利率持续下走影响,人民币存款利率高于美国美元存款利率,对资本流入及其结汇有促进作用,客观上也形成人民币升值压力。

2004年,中国国际收支呈现更大规模的双顺差,人民币升值压力加大。受美国经济走势和美国货币当局连续调高目标利率的影响,美国美元存款利率逐步升高至3.02%。中国人民银行将人民币存款利率由1.98%微升至2.25%,低于美国美元存款利率,客观上不再鼓励资本流入,尤其不再鼓励套利形式的资本流入,这就减轻了外汇市场上供大于求的压力,有利于人民币币值保持相对稳定。今后,中国人民银行仍会采用利率调控杠杆,调节国内利率水平,引导资本流出流入,以稳定人民币汇率水平,减轻直接买卖外汇对基础货币形成的冲击。

值得注意的是,长期以来,中国实行境内本币存款利率高于境内外币存款利率

的政策,这种政策鼓励外币存款持有人将外币存款转化为本币存款,尤其在本币汇率稳定或本币有升值倾向时,更是如此。这样的利率结构对本币构成升值压力。

1.7 小 结

过去 10 年来,中国人民银行为维持汇率走势的平稳,在银行间外汇市场上进行了买卖操作,由此形成了基础货币吞吐。为平衡干预外汇市场造成的基础货币增长的过度波动,中国人民银行运用一系列对冲操作手段吸收或释放流动性,维持了基础货币的平稳增长,基本实现了国内货币政策和汇率政策的协调。但由于结售汇制度和银行持有头寸限制造成汇率形成机制刚性和外汇市场上长期供大于求的格局,中国人民银行承受着被动干预外汇市场的压力。在国际收支双顺差和外汇市场上供大于求的形势下,应该采取措施减轻国际收支双顺差程度、改进汇率形成机制,减轻中国人民银行对冲操作的压力,增强中国人民银行控制的自主性。在减轻国际收支顺差程度方面,可以采取降低出口退税率和进口关税税率等手段以抑制出口鼓励进口,并取消对外商投资的优惠政策,不再鼓励盲目招商引资,以减少国际资本净流入。在汇率形成机制方面,在维持资本项目管制的情况下,尽快改部分强制结汇制为完全意愿结汇制,取消对银行持有外汇头寸的限制。如果以上限制取消后,人民币升值压力缓解了,可以逐步扩大人民币汇率浮动区间。然后,逐步取消资本项目管制,释放被压抑的外汇需求。外汇供求多样化以后,汇率形成机制的弹性将增加,货币当局执行货币政策的自主性也将增强,货币政策和汇率政策的协调将更加容易。

2. 中国金融市场发展:现状评估与改革建议[①]

本报告简要评估了中国金融市场的现状,揭示了存在的问题,并对未来改革提出了建议。报告分为五个部分:一是对金融市场现状的总体评估和存在问题进行分析;第二、三、四部分分别对公司债市场、资产证券化市场、多层次股票市场这三个未来金融市场发展的重点作了分析;第五部分对未来金融市场发展所需法律和公共政策条件进行了分析。

[①] 本报告作者为纪敏。纪敏:中国人民银行金融研究所副研究员,中国人民大学经济学博士。曾主持国家社会科学基金项目,获得中国金融学会、中国人民银行、国家发展改革委等机构优秀论文奖励。

2.1 中国金融市场现状的简要评估

广义金融市场涵盖银行业、证券业、保险业在内的所有金融交易活动；狭义金融市场专指区别于银行贷款的金融交易，主要指服务于企业直接融资需求的资本市场。本报告所指是狭义金融市场概念，主要指企业发行债券和股票融资的资本市场交易。

2.1.1 金融市场不发达，企业外部融资主要来自银行贷款

就总体而言，我国是一个以银行贷款融资的金融结构。与庞大的银行贷款相比，企业通过金融市场直接融资的规模很小（表9）。

表9   2005 年国内非金融机构部门融资情况简表

	融资量（亿元人民币）		比重（%）	
	2005 年	2004 年	2005 年	2004 年
融资总量	31 507	29 023	100.0	100.0
贷款	24 617	24 066	78.1	82.9
股票	1 884	1 504	6.0	5.2
国债	2 996	3 126	9.5	10.8
企业债	2 010	327	6.4	1.1

资料来源：中国人民银行调查统计司。

企业融资对银行过度依赖的后果，从微观角度看，就是企业的财务杠杆率通常高达 70%～80%，财务风险增大。从宏观角度看，由于货币供应量主要来自银行贷款，因此，贷款的不断增加导致 M2/GDP 之比[①]越来越高（见图 7）。

M2 与 GDP 之比过高，意味着全社会的货币供应集中于银行体系，这可能导致两个结果：一是银行增加贷款以分散风险，这可能导致不良贷款的增大。二是在金融市场产品供给不足的制约下，银行为消化过多的流动性，将大量资金用于有限的金融市场产品投资，可能导致利率走低，投资收益率下降。以 2005 年为例，银行存、贷款增长差额持续扩大，大量资金转而在银行间市场投资，投资收益率下降，1 年期国债和央行票据发行的招标利率仅 1.5% 左右，远低于 2 年定期存款利率，致使商业银行资金运用的收益小于成本，增大了投资者的利率风险。

---

① GDP 数字未经调整，下同。

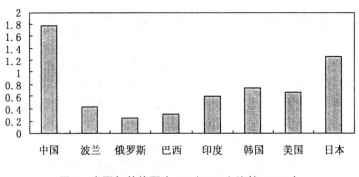

图 7　中国与其他国家 M2/GDP 之比较：2002 年

2.1.2　债券市场不发达,公司债市场发展严重滞后

就总体而言,中国债券市场不发达,一是总量小(见表 10),二是结构不合理(见表 11)。

表 10　　　　　　　　　　　　主要国家债券存量与 GDP 比较

国家	债券余额 (10 亿美元)	GDP (10 亿美元)	债券余额 /GDP(%)	股票市值 /GDP(%)	债券市场 (%)	债券交易方式
美国	15 274.10	10 553.70	144.72	168	场外 90	各种衍生产品
英国	920.80	1 467.20	62.76	n. a.	场外 90	各种衍生产品
日本	5 816.70	4 786.60	121.52	96	场外 99	各种衍生产品
意大利	1 335.50	1 119.10	119.34	n. a.	场外 90	各种衍生产品
德国	1 946.490	1 991.70	97.72	n. a.	场外 90	各种衍生产品
法国	1 037.50	1 358.60	76.4	n. a.	场外 90	各种衍生产品
加拿大	563.50	726.90	77.52	n. a.	场外 90	各种衍生产品
中国	37 450	116 694	31.8	26	场外 88	现券买卖,回购

注:(1)国外部分统计至 2001 年;其中债券存量数据见 BIG Quarterly Review,June 2003;GDP 见 IMF World Economic Outlook,September 2002。

(2)国内部分统计至 2003 年年底,单位为元。其中债券市值的计算以中央国债公司提供的债券估值数据计算而得。2003 年国内 GDP 总值为116 694亿元;2003 年末国债托管总余额为3.7 万亿元,其中场外为 3.27 万亿元;股票市值为29 804亿元。

表 10 显示,2002 年世界债券市场余额超过 34 万亿美元,七国集团合计近 30 万亿美元,占 85%。若以债市相对规模(债券市值与本国 GDP 之比)衡量,中国为32%,远低于七国集团 116%的平均规模。

表 11 显示,中国债券市场是一个典型的以低风险政府债券和金融债券为主体的结构,公司债券比重很低[①]。

表 11   中国债券市场结构

	2005 年末余额(亿元)	比重(%)
合计	72 172.07	100
1. 中央政府债券	27 074.49	37
2. 中央银行债	22 207.84	30
3. 金融债券	19 686.44	27
(1)政策性银行债	17 698.25	
(2)商业银行债券	1 785	
4. 企业债券	1 801.5	2
5. 短期融资券	1 380.5	1.5
6. 资产支持债券	69	0.1
7. 外国债券	21.3	0.001

资料来源:中国债券信息网。

这一状况与普遍的国际经验明显不符。比如,2004 年美国公司债券发行量为7 112亿美元,与同期国债发行量相当,公司债券余额47 000亿美元,是国债余额的1.2 倍,占整个债券存量的20%,与 GDP 之比为 40%。公司债券市场的滞后制约了经济发展,增大了社会经济运行成本。首先是企业的资金需求严重依赖银行贷款,大量资源在通过银行贷款配置的同时,也给银行体系积聚了极大的风险;其次是降低了资源配置效率。一方面,由于缺乏直接投资渠道,投资者无法根据不同风险偏好自主选择投资品种,巨额储蓄不能有效转化为投资;另一方面,大量具有发展潜力的企业的筹资需求又得不到满足。

2.1.3 股票市场不发达,没有可供股票交易的场外市场

1. 股票市场规模不足

目前中国股票市场规模按市值计算在亚洲居第三位,仅次于日本和中国香港地区。到 2004 年底,在境内市场上市的公司达1 377家,A 股总股本7 149亿股,总市值4 486亿美元,其中流通市值为1 415亿美元(表 12),约占 1/3[②]。与经济规模

---

① 公司债券在中国被称为企业债券,下同。

② 自 2005 年 4 月 30 日起,股权分置改革开始启动,到 2005 年底,占市值约 40%的公司已通过了股权分置改革方案。

相比,中国股票市场的规模明显偏小。2004 年股票总市值和流通市值占 GDP 分别只有 27.14％和 8.56％,这一比例不仅大大低于 OECD 等发达国家,也明显低于印度、巴西等一些发展中国家。从企业融资结构分析,2005 年股票融资占比仅为 6％。

表 12   中国股票市场一览   单位:亿美元,％

上市公司数	总股本	市价总值		流通市值		筹 资		
		市价总值	占 GDP	流通市值	占 GDP	A 股	B 股	H 股
1 377	7 149	4 486	27.14	1 415	8.56	964	47	269

注:(1)上市公司数系中国境内上市公司,总股本系列 A 股总股本,单位为亿股;(2)A 股筹资包括 1991～2004 年底的 IPO、配股、可转债的累计数;(3)统计时间为 2004 年 12 月 31 日止。

2. 缺乏非公开发行制度及场外交易市场

中国股票市场存在的另一个重要问题是缺乏必要的层次,没有形成与不同规模、盈利能力以及成长阶段企业相对应的多层次市场。全部股票均采取公开发行方式,交易场所均为上海或深圳证券交易所。由于没有明确股票的非公开发行方式,没有明确除交易所以外的场外市场的地位①,致使绝大多数企业(特别是中小企业)无法通过股票市场融资。

2.1.4 缺乏必要的金融衍生产品市场

中国的金融衍生产品市场还处于相当初级的阶段。随着汇率、利率形成机制以及股权分置改革的深入,推出基于汇率、利率以及股指的衍生产品的市场条件正逐步成熟。在外汇市场方面,随着汇率形成机制的进一步市场化,汇率风险逐渐显现,迫切需要通过衍生品交易规避风险。在债券市场方面,很多商业银行已遭遇大量持有长期国债的利率风险,对债券衍生产品的交易需求日益迫切。在股票市场方面,股票指数自 2000 年 8 月达到峰值以来,已连续下跌 5 年,跌幅高达 60％,由于没有衍生产品对冲市场风险,众多证券公司和其他投资者亏损累累。

2.1.5 市场之间相互分割

中国现行金融体制是分业经营和分业监管,即银行业、证券业和保险业的业务范围不能相互交叉。这虽然降低了金融风险传递的可能,但也限制了资金在不同金融市场的有序流动,降低了金融市场运行的整体效率。

以上对中国金融市场现状的简要评估表明,尽管金融市场体系的框架已基本

---

① 2004 年 5 月在深圳证券交易所设立了面向中小企业的板块,但这一板块尚未从交易所市场分设。

形成,但广度和深度还远远不够,特别是服务于企业直接融资需求的公司债券市场和股票市场发展不足,为此后文将分别对公司债券市场、资产证券化市场以及股票市场这三个未来需要重点发展的金融市场进行分析。

2.2 公司债券市场的定位与改革

2.2.1 公司债券投资者应定位于商业银行等机构投资者

中国公司债券市场的落后显然并非由于缺乏需求,而是受到了严格的发行管制。在现行体制下,每一笔公司债的发行都要由国家发展和改革委员会严格审批,只有极少数承担国家重点建设项目的大型国有企业才能发行公司债券。

在公司债券市场发展之初,居民投资渠道只有银行存款。由于公司债利率高于银行存款,为了让老百姓得到实惠,要求公司债券主要面向个人发行。但由于中小投资者普遍缺乏债券投资的专业知识和分析技能,缺乏足够的风险识别能力和承受能力,一旦发债公司不能按期还本付息,就可能危及社会稳定,政府或金融机构将被迫承担责任和损失,为防止可能的兑付风险,管理部门对公司债券发行实行了严格管制。

从普遍的国际经验看,公司债市场最主要的参与者是机构投资者。美国公司债市场最大参与者是保险公司和外国机构投资者,分别持有大约25%的份额,个人投资者主要通过债券基金和债券信托等方式间接投资公司债。新兴市场国家也有类似特点,韩国公司债最大持有人是信托公司,持有量为37%左右;其次是银行,持有20%左右;个人投资者持有量仅2%。

中国为保证银行储蓄存款的绝对安全,现行《企业债券管理条例》①规定:储蓄资金不能投资公司债券。但中国目前的融资结构以商业银行为主导,商业银行的储蓄存款占金融资产总量的70%以上,如果不允许商业银行投资公司债券,公司债券就缺少了一类最重要的机构投资者,事实上这一规定也不符合国际经验。美国商业银行持有19%的公司债券,日本商业银行持有30%的公司债券,韩国商业银行约持有15%的公司债券(见13)。

---

① 该条例于1993年由国务院颁发。

表 13　　　　　　　　　　　　公司债券持有者结构　　　　　　　　　　单位:%

	美国(2001)	英国(2000)	日本(2002)	韩国(2001)
商业银行	19	28	30	15
基金	33	24	18	26
保险	18	29	35	—

资料来源:作者整理。

　　一个有趣的现象是:尽管在法规上不允许商业银行投资公司债券,但实践中大多数公司债券又是由银行担保发行的。这种互相矛盾的现象,本身就充分说明现行法规的不合理性。事实上,认为商业银行购买公司债券会增加风险是中国公司债券市场发展的一大误区。一方面,发行公司债券有严格的信用评级和信息披露要求,能够大大减少银行发放贷款所必须付出的尽职调查(due diligence)成本;另一方面,公司债券显然比贷款具有更好的流动性,加之债券公开发行增加了对发行人在财务上的"硬约束",银行投资公司债券的风险实际要低于发放贷款的风险,因此允许商业银行发放贷款却限制其购买公司债券的制度并不合理。

　　公司债券是一类具有信用风险的债券,在国际市场上,不同公司债券的评级可以从 3A 到投资级以下(高收益垃圾债券),这是公司债券区别于其他债券的本质特点。与此相对应,投资者应具备相应的风险识别和承受能力。正因如此,在国际市场上,机构投资者特别是成熟的金融机构投资者往往是公司债券的主要持有者。这样看来,中国在发展公司债券市场上的一大失误,就是投资者定位的偏差,即将公司债券定位于包括个人投资者在内的普通投资者。正因为投资者定位发生偏差,与这些不具备风险识别和承受能力的个人投资者相匹配的公司债券,只能是那些风险极低甚至隐含国家担保的大型建设项目或大型国有企业发行的债券,在实践中即便是这样的低风险债券,还必须由大型国有银行强制担保。这就从根本上消除了公司债券的风险特性,使其成为与国债类似的无风险债券。定位的偏差带来两个直接后果:一是符合低风险条件的公司很少,自然市场的规模就很小;二是公司债券的二级市场并不重要,因为风险很低,因此无需通过二级市场管理风险,个人投资者只要持有到期即可获得利息收益,迄今为止已发行的公司债券大约只有 1/3 在二级市场交易,不过区区几百亿,市场交易也不活跃。

　　以上分析显示,如果将公司债券市场定位于成熟的机构投资者,发挥机构投资者识别和承担风险的能力,更多的公司债券就可能得到发行。市场本身并不排斥风险,关键是要有与之相匹配的风险识别和承受能力。

　　另一个与公司债券定位相关的问题是监管当局的作用。监管当局是否有必要对申请发债的公司逐一审批。如果公司债是定位于普通个人投资者的产品,那么风险的外部性可能较大,这就是上面提到的中国在 20 世纪 80 年代末 90 年代初的情形。但如果是定位于风险识别和承受能力较高的合格机构投资者,风险的外部性就大大下降了。在此格局下,作为监管当局,其作用主要是保证那些具备风险识别和承担能力的投资者能够将这些能力充分发挥出来。一是制定信息披露的规则并监督执行,使投资者有足够真实及时的信息以识别风险;二是健全市场的基础设施,制定旨在促进公平竞争和提高交易效率的规则,使市场能够充分发挥作用,使投资者承担和管理风险的能力有用武之地。这两个方面归结为一点,就是不要去代替市场,而是要去健全市场,让市场机制在公司债券发展中起主导作用。

2.2.2 公司债券主要应定位于报价驱动型的场外市场交易

公司债市场的改革的另一个重点,是要提供与其特点相适应的多层次交易市场。上面提到的国际经验表明,约90%以上的公司债交易并不在证券交易所这样的场内市场进行,而是在各种场外市场完成。

上述特点并非偶然,与公司债的产品特性密切相关。通常而言,单一债券的发行规模通过远大于单一股票,因而债券交易属于大宗交易,大宗交易更适应在场外市场询价交易,如采取交易所集合竞价方式:一是交易的连续性不能保证,二是容易导致价格过度波动。正因如此,报价驱动型的场外市场成为债券特别是公司债券交易的主要方式。中国自1997年建立全国统一的银行间债券市场以来,债券交易也逐渐集中于这一场外市场(表14)。

表14 中国债券二级市场分布 单位:亿元

年份	银行间债券市场			交易所债券市场		
	回购	现券	小计	回购	现券	小计
1997	307	10	317	11 912	2 469	14 381
1999	3 949	75	4 024	12 124	3 798	15 922
2000	15 782	683	16 465	13 149	3 307	16 456
2002	101 885	4 412	106 297	21 190	3 446	24 636
2003	117 204	30 848	148 052	53 000	5 756	58 756
2004	93 083	25 215	118 298	44 589	3 179	47 768

资料来源:中国债券信息网。

2.2.3 依托银行间债券市场发展公司债的思路

根据公司债券市场定位,银行间债券市场应成为中国公司债券市场的主要依托平台。其原因:一是这一市场集中了主要的机构投资者。到2005年12月,该市场机构投资者数量近6 000家,包括商业银行、证券公司、基金公司、保险公司以及多家企业,初步形成了层次结构较为合理的机构投资者体系。二是这一市场的交易机制属于典型的报价驱动型机制,经过多年的完善,目前在交易方式、工具以及登记、托管、结算等方面,已完全具备承担公司债券市场大规模发行与交易的能力。

受传统认识的局限,银行间债券市场建立之初,主要服务于政府债券、金融机构债券的发行和交易,参与主体局限于金融机构以及在此进行公开市场操作的中央银行,名称上也被冠以"银行间"市场,在认识上被认为是货币市场的一部分,是银行等金融机构调节流动性的场所。随着发展资本市场重要性的日益突出,特别是2003年中共中央《关于完善社会主义市场经济体制若干问题的决定》提出要发展多层次资本市场,单纯依靠两个证券交易所显然不能满足国家大力推进资本市场发展的战略需要。在这一背景下,银行间债券市场自2003年以来推出了一系列产品创新,其功能逐渐得到拓展。一是2004年发布《银行间债券市场债券交易流通审核办法》,首次将企业债券纳入银行间债券市场流通。2005年12月,又专门发布《公司债券进入银行间债券市场交易流通事项的公告》,进一步从准入、交易、登记、托管等各环节,为公司债进场交易提供便利。二是2005年5月19日,该市场推出了企业短期融资券①,这一直接针对企业融资的创新产品,获得了市场的高度认同。三是2005年12月,两只信贷资产证券化产品成功发行。这些情况均表明,银行间债券市场的性质正在发生积极变化:(1)参与主体从银行等金融机构逐渐扩展到企业;(2)产品从国债、政府债券逐渐扩展到公司债券、企业短期融资券、资产支持证券。这些变化集中表明银行间债券市场正在成为我国多层次资本市场体系的一个重要组成部分,成为发展公司债券市场的一个重要依托。

2.3 加速推进资产证券化进程

资产证券化的意义至少体现在五个方面:一是提高资产的流动性。资产证券化使资产流动性得以大大提升,促进资源的优化配置和定价。二是降低银行风险。贷款证券化能够降低风险,特别是一些长期贷款,如住房抵押贷款和项目建设贷款,能够通过证券化降低银行"短资长用"的错配风险。三是有助于提高商业银行资本充足率。通过资产证券化,商业银行可以将部分风险贷款移出资产负债表,从而减少风险资产总量,使银行资本充足率得以改善。四是有助于发展资本市场。资产证券化可为市场提供流动性较高、风险较低、收益较稳定的多档次证券产品,为投资者提供了新的储蓄替代型投资工具。五是有助于适应金融对外开放。根据中国加入世界贸易组织的承诺,2006年以后,国内金融业对外资金融机构将全面开放。资产证券化业务的开展,一方面可以改善商业银行的资产负债管理水平,提

---

① 企业短期融资券是指1年期以内的无担保商业票据。到2005年11月底,企业短期融资券发行1 122亿元,发行利率低于同期贷款利率40%,初步显示了良好的发展前景。

高中国金融系统的稳定性;另一方面也可以提升国内金融机构的创新能力,以适应对外开放的竞争需要。

从证券化资产的供给分析来看,一方面中国人口基数全球第一,正处于城镇化进程之中,对住房以及相应抵押贷款的强劲需求是一个稳定的长期趋势;另一方面中国投资率长期居高不下,大量用于项目投资的中长期贷款需要通过证券化提升流动性。

从证券化资产的需求分析来看,中国储蓄大于实体经济的投资需求将是一个中长期趋势,过剩的储蓄需要借助多种投资工具转化为投资,资产支持证券以其流动性好、风险相对较低[①]而收益较好的优势,必将成为众多储蓄资金偏好的投资工具。

从证券化资产的交易条件分析来看,目前银行间债券市场无论在交易制度,还是在登记、托管、结算等基础服务方面,或是市场参与主体的投资能力上,都具备吸纳资产证券化产品的能力。

2005 年 12 月 29 日,国家开发银行和中国建设银行作为试点,已在银行间债券市场首次发行信贷支持证券。从招标结果看,这类产品应具有良好的市场前景。

2.4　构建多层次的股票市场体系

中国的人均 GDP 水平虽然很低,但经济总量已居世界第六位。不仅如此,中国的中小企业占 99% 以上,地区发展水平也差异很大。这些经济上的多层次性,决定了资本市场也必须是多层次的。进而言之,中国在全球经济中最为突出的比较优势,既非资金、技术,也非资源,而是劳动力这一生产要素。这一要素优势决定了中国发展劳动密集型的传统产业仍然是最为重要的经济发展战略,也决定了企业类型主要是密集分布于传统产业的中小企业。这些特点都会对资本市场的发展产生重要影响。在这些影响中,最为重要的就是资本市场的多层次性。

资本市场的多层次性表现在多个方面,如场内市场和场外市场、现货市场和期货市场、债券市场和股票市场等等。就股票市场而言,最为重要的是三点:一是股份公司的多层次性,二是股份募集方式的多层次性,三是股份交易方式的多层次性。

2.4.1　股份公司的多层次性

尽管从公司制度的发展过程看,股份制这一形式最初是用于修建铁路等大型

---

① 相对于单一公司借款人,由众多同质而分散资产组成的资产池现金流的稳定性一般更好。此外,由于破产隔离的作用,出售资产的公司本身破产,不会影响资产支持证券的偿付能力。

基础设施的财产组织形式,但由于其在公司治理和财产组织上的优势,股份制现已成为现代企业制度的主流形式。正因如此,很多国家在《公司法》或相关法律中,股份公司的设立门槛并不高,目的是鼓励企业采取股份公司这一比较规范的现代企业制度。这里仅以设立股份公司的最低出资额为例进行比较,美国的相关法律没有制定具体标准,德国不低于10万马克,比利时不低于5万欧元,我国台湾地区除汽车制造等少数资本密集行业外,一般不超过100万台币(折合人民币仅25万元)。我国《公司法》原规定为1 000万元人民币,现调整为500万元,标准仍然很高。股份公司设立的门槛过高,就会限制股份公司的数量。2000年美国股份公司数量约504万家[①],2002年7月中国台湾地区仅工业领域即高达近16万家[②],而大陆地区目前仅为1万家左右[③]。根据中国国家统计局公布的数据[④],到2003年6月底,规模以上工业企业的数量就达到60多万家,可见中国股份公司的数量很少,这一状况与股份公司设立标准过高不无关系。

2.4.2 股票发行方式的多层次性

对大多数企业而言,公开发行不仅成本过高,而且达不到相应的标准。相对于公开发行而言,各类非公开发行更具灵活性,这也是历史更为悠久和运用更为普通的发行方式。正因如此,大多数国家在其证券法律中均有针对小额私募发行的注册豁免制度,目的是发挥私募发行的灵活性。中国1993年的《公司法》规定,经批准发行的公司证券只能在依法设立的交易场所转让。从中国现状可见,依法设立的交易场所只有上海和深圳两地的证券交易所和以接受退市企业为主的股份代办转让系统,这就意味着私募发行实际上被严格排斥。2006开始执行的新《公司法》初步确立了非公开发行的地位,规定股份公司可采取发起人认购公司股份的一部分,其他部分向特定对象募集的方式设立,并明确将公开发行的对象界定为200人以上。上述条款虽给非公开发行预留了空间,但仍缺乏相应的具体规定。不仅如此,《证券法》关于上市公司非公开发行也须经证监会核准的规定,在很大程度上将限制私募发行的灵活性优势。

2.4.3 股票交易场所的多层次性

与发行方式的多层次性相对应,股票交易场所也具有多层次性,既要有交易所

---

① 资料来源于美国人口统计局网站。
② 资料来源于郭励弘《厘清企业制度,促进中小企业融资》,《金融时报》2004年10月。
③ 资料来源于中国法律网。
④ 资料来源于国家统计局网站。

这样的场内市场,也应有各种形式的场外市场。

　　美国的资本市场结构大体为:交易所市场(包括全国性和区域性交易所)、场外交易市场(包括非上市公司的场外交易和上市公司的场外交易市场);其中,非上市公司的场外交易市场又包括OTCBB市场和粉红单市场。到2005年底,纽约证券交易所上市公司2 800家,纳斯达克上市公司3 300多家,另有35 000家公司在各类形式的场外市场上市。日本资本市场的结构为:全国性交易所市场(东京证交所和大阪证交所,其中东京证交所又分为一部、二部和创业板市场)、地区性交易所市场、场外交易市场。法国资本市场结构为:交易所市场(包括主板市场、二板市场、新市场)和自由市场。我国台湾地区资本市场结构为:台湾证交所市场、柜台市场(包括一类股票和二类股票市场)、兴柜市场和地下做市商(台湾称为盘商)市场。

　　从海外实践看,不同层次市场之间的区别主要是:

　　第一,上市标准不同。以美国为例,纳斯达克全国市场首次上市对有形净资产的要求为600万~1 800万美元,而纳斯达克小型资本市场的要求为400万美元[①],在OTCBB和粉红单市场挂牌则没有财务要求。再如中国台湾证交所上市、柜台交易中心挂牌和兴柜挂牌的实收资本要求,分别为6亿、1亿和100万元台币。

　　第二,交易制度不同。证交所通常采用集合竞价的拍卖制,场外交易通常采用做市商造市的报价制,更低一级的市场则采用一对一的谈判制。在OTCBB、粉红单和台湾兴柜市场,则只提供报价服务而不提供交易服务。

　　第三,监管要求不同。对于不同层级的资本市场,监管对象、范围和严格程度也是不同的。例如,美国对证交所场内交易的监管最为严格,其监管对象囊括了与上市证券有关的各个方面,包括证券发行人、上市公司及其高级职员和公司董事、证券承销商以及会计师和律师等等。美国监管当局对交易所内交易活动制定了严格的信息披露要求并确保其实施。而在纳斯达克市场,监管重点主要是会员和做市商。尽管近年来针对OTCBB市场买壳交易暴露出来的问题,美证监会对其监管趋于严格,但相对于纽约证交所和纳斯达克市场而言,对OTCBB市场的监管要求还是宽松得多。至于粉红单市场,只要在每天交易结束时公布挂牌公司报价即可。

　　第四,上市成本和风险不同。在美国,小额市场挂牌的公司只需要缴纳很少的挂牌费用即可交易,大大节约了企业的上市成本。但是,由于小额市场对公司治理的要求不像大额市场那样严格,因而投资者的风险也要高于纽约证交所和纳斯达克全国市场。

　　上述关于多层次股票市场的国际经验集中表明,企业类型以及成长阶段的差异,需要有与之对应的不同层次的资本市场,在公司设立类型、发行方式、交易方式及交易场所等方面的差异,构成了多层次资本市场差异的主要内涵。有鉴于此,中

---

① 其实纳斯达克的上市标准较本文表述的要复杂得多,为行文简便起见仅择其要。

国作为一个中小企业众多的发展中大国,更应在相关的证券发行及场外交易市场建设方面作出努力,特别是要从制度上进一步降低股份公司的设立标准,并允许股票及其他证券的私募发行,这是构建多层次资本市场需要进行的重要制度变革。

2.5 健全发展金融市场的法律和公共政策

中国作为一个经济转轨国家,金融市场的发展还没有完全摆脱传统计划经济体制的影响。其突出表现在市场发展还受到较多的行政管制。这一方面符合中国整体的渐近式改革特点,有助于降低金融市场发展过程中的风险;另一方面,过多的行政管制和模糊不清的审批制度无疑会抑制中国金融市场创新的活力。就总体而言,未来中国金融市场发展仍然需要在健全法规、依法监管、完善市场基础设施等方面作为持续努力,以逐步摆脱行政管制的影响,代之以相应的市场约束机制。

2.5.1 加速推进利率和汇率的市场化进程

利率和汇率市场化是发展资本市场的基础条件。在债券市场方面,应推出不同风险的债券,促进债券市场收益率曲线的合理化。在外汇市场方面,应发展外汇远期及其他衍生产品,为汇率的合理定价创造条件,促进汇率形成机制的市场化。

2.5.2 建立有效的保护债权人和投资者利益的法律和制度框架

一个清晰有效的债权人和投资者利益保护框架是发展金融市场的基础条件。
《中华人民共和国破产法》(以下称《破产法》)应明确债权人或投资者对债务人的约束。公司破产是公司债投资者面临的主要风险,《破产法》应赋予债权人申请企业破产偿债的权利以及在公司清算中更为优先的法律地位。
《中华人民共和国刑法》(以下称《刑法》)应更为明确地对债务人利用虚假信息骗取投资者的行为进行惩处①,信息披露的真实有效是任何一个金融市场有效性的核心。
中国上市公司以及其他债务人在信息披露的真实性方面存大较大问题,应充分利用法律手段维护金融市场信息披露的真实性,打击金融市场上利用虚假信息骗取投资的行为。

---

① 目前《中华人民共和国刑法》第193条对"以非法占有为目的"的金融诈骗有明确规定。但这一规定以行为人贷款目的是为了非法占有为前提,因此根据目前《刑法》,行为人利用虚假信息骗取银行贷款的行为并不属于金融诈骗。只有对贷款的"非法占有"才能追究行为人的刑事责任,否则只能通过《合同法》追究行为人的民事责任。这一规定显然对利用虚假信息骗取银行贷款的行为缺乏足够的威慑,将对财务金融纪律的建立以及今后银行会不会再产生大量不良资产有重大的影响。

《中华人民共和国担保法》(以下称《担保法》)应规定更为灵活和富于效率的担保交易制度。担保是金融市场交易的基本类型,在信用增级、降低风险、促进交易方面发挥着重要作用,这方面的改进包括:

一是增大担保物的范围,特别是要将应收账款纳入担保物的范围,这对于应收账款为基础的证券发行至关重要。

二是实行浮动抵押制度(floating charge)制度,这有益于公司以变动资产(应收账款和存货)作抵押的证券融资。

三是简化担保交易登记过程,特别是要建立中央集中登记系统,这有益于提高MBS这类涉及众多债务人的证券发行效率。

除了在法律上作出改进外,中国还应完善保护债权人和投资者利益的制度框架,大力推进市场化的存款保险制度、证券投资者保护制度以及保险保障制度建设。通过健全金融机构的市场化退出机制,解除金融市场发展的后顾之忧。

2.5.3 建立清晰有效的会计准则和信用评级体系

会计准则、征信及评级是发展金融市场的基础条件,中国在这方面有很大的改善余地。在会计准则方面最为重要的是和国际接轨,并按审慎会计原则披露信息,这是与国际投资者对话的基础。就总体而言,中国应对国际评级机构和会计中介服务机构持更为开放的战略,这有利于提高信用评级机构的公信力。征信体系建设也应加快推进,这是投资人识别风险和评级市场发展的基础性制度建设。

3. 中国金融企业改革开放:现状评估与政策建议[①]

这部分报告对中国金融机构改革和开放的现状作了简要评估,分析了面临的主要挑战,提出了深化金融机构改革和开放的政策建议。

3.1 金融机构发展现状

3.1.1 金融机构资产结构

经过25年的改革与发展,中国金融体系取得了引人瞩目的进步,以广义货币

---

① 本报告作者为易诚,系中国人民银行金融研究所研究员、中国社会科学院研究生院经济学博士。主要从事金融体制改革、存款保险等问题研究。1992年以来在国内主要报刊杂志发表论文数十篇。

(M2)占国内生产总值(GDP)比重这一反映金融深度的指标衡量,中国高于绝大部分发展中国家甚至相当数量的发达国家[1]。

上述现象既反映了中国居民储蓄水平高、金融体系动员居民储蓄富有效率。但同时也表明,中国在金融宽度,也就是金融媒介将居民储蓄投入到实体经济方面的渠道不多,特别是直接金融发展较慢,企业融资依赖银行信贷,居民金融资产的绝大部分集中在储蓄存款[2]。

上述货币结构和融资结构反映在金融机构资产结构上,就是银行业机构的资产占绝对比重。到2005年9月底,中国银行业金融机构资产总额46.37万亿元[3],证券业机构资产总额0.47万亿元,保险机构资产总额约1.43万亿元。

从银行业金融机构看,目前共有各类法人机构34 862家,形成了以国有商业银行为主体,其他银行业金融机构互相并存,功能齐全、形式多样、分工协作、互为补充的多层次机构体系(表15)。其中,国有商业银行资产总额19.7万亿元,占52.5%,比重呈下降趋势;股份制商业银行以及其他金融机构的资产比重呈上升趋势。

从证券业资产结构看,国有证券公司和股份制证券公司占主体,基金公司资产份额近年上升较快,反映了监管机构大力发展机构投资者的整体思路。

从保险业资产结构看,中国人保、人寿等国有大型保险公司的份额在70%以上,但股份制保险公司近年来发展速度超过了国有保险机构,一些专门保险机构,如农业保险公司、健康保险公司以及再保险机构近年来也开始得到发展。

表15　　　　　　　　　　银行类金融机构数量、资产、负债

机　　构	资　　产		负　　债	
	余额(亿元)	比例(%)	余额(亿元)	比例(%)
所有银行类金融机构	374 696.9	100.00	358 070.4	100.00
国有商业银行	196 579.7	52.46	187 728.6	52.43
股份制商业银行	58 125.2	15.51	56 044.3	15.65
城市商业银行	20 366.9	5.44	19 540.2	5.46
其他类金融机构	99 625.2	26.59	94 757.4	26.46

注:其他类金融机构包括政策性银行、城市信用社、农村信用社、农村商业银行、非银行金融机构、邮政储蓄和外资银行。数据统计时点为2005年底。

资料来源:根据银监会网站 www.cbrc.gov.cn公布的统计数据整理。

---

[1] 参见第三部分。

[2] 本部分分析参见第三部分。

[3] 银行业金融机构资产除银监会监管的机构资产外,还包括中国人民银行和金融资产管理公司相关科目资产,证券业机构资产包括证券公司、基金管理公司、证券投资咨询公司、上海和深圳证券交易所的资产,保险机构资产包括保险公司、再保险公司以及保险经纪公司的资产。数据由中国人民银行调查统计司提供。

3.1.2 竞争力比较

改革开放以来,尤其是加入世贸组织后,中国政府不断加大对金融机构尤其是国有商业银行和农村信用社的改革力度,与此同时,对其他金融机构改革和发展进行适时指导。近年来,金融机构竞争力有了较大提高。从美国《银行家》①杂志(根据一级资本、资产规模、盈利指标、资本充足率、不良贷款率及其他综合指标)对全球1 000家银行评定和排名情况看,中国入选银行的家数由1998年的7家上升为2003年的16家,且大部分银行的排名都有所上升(表16)。

表16　　　　　　　　　中外银行竞争力比较

银　行	一级资本(百万美元)		资产(百万美元)			资本资产比例		资本收益率(税后利润/平均资本)		资产收益率(税后利润/平均资产)		成本收入比率	资本充足率	不良贷款率
	数额	排名	数额	排名	增长	比例	排名	比率	排名	比率	排名			
花旗银行	66 871	1	1 264 032	2	15.2	5.29	638	41.8	45	2.08	167	52.50	12.00	2.69
汇丰银行	54 863	3	1 034 216	5	36.2	5.30	635	27.3	166	1.24	401	47.93	12.00	2.77
JP摩根大通银行	43 167	5	770 912	13	1.6	5.60	597	24.9	212	1.30	382	68.03	11.79	1.50
东京三菱银行	37 003	7	974 950	8	8.4	3.80	871	25.2	205	0.87	536	72.44	12.95	3.09
中国建设银行	22 507	21	429 432	33	15.3	5.24	647	0.3	927	0.01	937	46.23	6.51	9.12
中国工商银行	20 600	25	637 829	20	10.5	3.23	925	1.5	917	0.05	931	66.41	5.52	21.24
中国银行	18 579	29	464 213	28	6.9	4.00	846	6.0	803	0.26	836	46.73	6.98	16.29
中国农业银行	16 435	36	359 606	41	17.7	4.57	760	2.2	903	0.10	911	91.41	n.a.	30.07
交通银行	4 911	101	114 834	91	23.9	4.28	799	0.5	924	0.02	936	41.55	7.41	13.31
中信实业银行	2 035	202	50 721	163	25.3	4.01	841	18.7	368	0.58	669	42.50	8.90	n.a.
中国招商银行	1 882	214	44 901	179	39.6	4.19	814	24.8	213	0.69	623	47.87	n.a.	n.a.
上海浦东发展银行	1 486	261	44 805	174	32.6	3.32	916	22.8	267	0.64	644	48.12	8.64	2.53
中国光大银行	1 435	273	47 655	180	20.1	3.01	939	6.6	790	0.21	863	53.11	4.65	9.34
中国民生银行	1 196	310	43 614	184	49.4	2.72	961	23.6	239	0.53	699	54.31	8.62	1.29
上海银行	1 037	344	23 363	276	14.7	4.44	773	15.7	473	0.68	627	48.57	10.79	5.97
华夏银行	1 026	348	29 345	240	39.0	3.50	900	20.4	318	0.51	708	54.45	10.32	4.23
兴业银行	766	434	21 538	296	42.8	3.56	892	15.6	476	0.52	704	46.43	8.14	3.13
广东发展银行	677	471	26 496	255	14.7	2.56	973	8.4	726	0.21	859	81.84	n.a.	n.a.
北京城市商业银行	605	515	16 342	361	n.a.	3.70	881	n.a.	na	0.53	698	69.03	n.a.	n.a.
深圳发展银行	528	548	22 930	283	15.2	2.30	979	5.5	819	0.13	900	54.25	6.96	8.49

资料来源:TheBanker,July2004,比较数据截至到2003年6月底。

---

① The Banker, July 2004,比较所采用的数据截止2003年6月底。

1. 规模效应

从一级资本看,我国4家国有商业银行的排名分别为建设银行21位、工商银行25位、中国银行29位和农业银行36位;而入选的其他12家商业银行该项指标的平均值为12.93亿美元,仅为花旗、汇丰、JP摩根和东京三菱4家银行均值(504.76亿美元)的2.6%。

从资产规模看,4家国有商业银行的排名分别为建设银行33位、工商银行20位、中国银行28位和农业银行41位;入选的其他12家商业银行资产规模的平均值为405.33美元,仅为上述4家外资银行均值(10 110.28美元)的4%。

2. 盈利能力[①]

我国4家国有商业银行的盈利能力不强。以资本收益率(税后利润/平均资本)衡量,建设银行0.3%、工商银行1.5%、中国银行6.0%、农业银行2.2%,平均值为2.5%,仅为上述4家外资银行均值(29.8%)的8.40%。资产收益率(税后利润/平均资产)分别为建设银行0.3%、工商银行1.5%、中国银行6.0%和农业银行2.2%,平均值为0.1%,为上述4家外资银行均值(1.4%)的7%。

其他12家入选商业银行的盈利能力均大大强于4家国有商业银行,但与上述4家外资银行相比也存在相当差距,其资本收益率平均值为4家外资银行的50%;资产收益率平均值为4家外资银行的31%。

3. 风险控制能力

由于国家注资和巨额不良资产剥离,中国银行、建设银行,工商银行的资本充足率、不良贷款率指标大幅改善。截至2005年9月末,中、建、工三行的资本充足率分别为9.81%、10.69%、10.51%,不良贷款比率分别为4.55%、3.65%、4.6%,均已接近国际先进银行水平。入选的其他12家商业银行资本充足率都已达到或超过8%;不良贷款平均水平为6%,离国际先进银行的差距不大。

4. 成长及创新

就资产增长率指标而言,4家国有商业银行与国际先进银行的水平接近;其他12家商业银行均超过发达国家银行和新兴市场国家的水平,这主要由于我国股份制商业银行资产规模小,同比基数低。

仅以中间业务收入占比对银行创新能力进行评价发现,招商银行中间业务收入占比最高,为8.24%,但美国、日本和英国的商业银行中间业务收入占全部收入均在40%左右,花旗银行收入的80%左右来自于中间业务,中外差距十分明显。

在人力资源、科技能力、金融创新能力、服务竞争力、公司治理及内控机制等潜在竞争能力方面,中资银行也存在比较显著的差距。

---

① 经过剥离不良资产、注资、引资等措施,国有商业银行盈利能力已获得较大改善,具体参见后文。

3.2 金融业对外开放

3.2.1 加入世贸组织承诺及履行情况

1. 银行业

2001 年加入 WTO 以来,中国政府认真履行承诺,银行业按时兑现了各项开放措施(表 17)。外币业务加入时就已全面放开。到 2003 年 12 月底,外资银行人民币业务的客户对象扩大到中资企业,目前已有 25 个城市允许外资银行经营人民币业务。截至 2005 年 10 月底,共有 20 个国家和地区的 71 家银行在中国设立了 238 家营业性机构,另外还有 15 家外资银行获准在华开办网上银行业务,5 家外国银行分行获准开办合格境外机构投资者境内证券投资托管业务。外资银行在法规规定的 12 项基本业务范围内经营的业务品种已达约 100 个。截至 2005 年 10 月底,在华外资银行的资产总额为 845 亿美元,总资产市场占有率达 2% 左右,外币贷款市场占有率为 20% 左右。

2. 保险业

根据加入世贸组织的承诺,保险业是对外开放力度较大的行业之一。加入世贸组织以来,保险业认真履行对外承诺,已有 22 家符合条件的外资保险公司陆续进入中国市场,外资保险公司受到的限制逐步减少。外资保险公司实际经营保险业务的城市已由加入世贸组织前的 5 个增加到目前的 14 个。一批境外寿险公司与中国大型国有企业合作,以合资公司的形式进入中国保险市场。外资保险公司业务增长迅速,保费收入从 2001 年底的 33.29 亿元人民币增长到 2005 年底的 341 亿元人民币,增长了约 10 倍,市场份额达 6.92%。目前除了外资在合资寿险公司中的持股比不得超过 50%、外资产险公司不得经营有关法定保险业务以及对外资保险经纪公司股权比例和业务等限制外,保险业已按照加入世贸组织承诺基本实现全面对外开放。证券业对外开放也按照加入世贸组织的承诺,如期兑现(参见表 17)。

表 17　　　　　　　　　　加入世贸组织承诺及履行情况

行业	承　诺	履行情况
银行业	正式加入时,取消外资银行办理外汇业务的地域和客户限制,外资银行可以对中资企业和中国居民开办外汇业务。 　逐步取消外资银行经营人民币业务的地域限制:加入时,开放深圳、上海、大连、天津;加入后1年内,开放广州、青岛、南京、武汉;加入后2年内,开放济南、福州、成都、重庆;加入后3年内,开放昆明、珠海、北京、厦门;加入后4年内,开放汕头、宁波、沈阳、西安;加入后5年内,取消所有地域限制。 　逐步取消人民币业务客户对象限制:加入WTO后2年内,允许外资银行向中国企业办理人民币业务;加入后5年内,允许外资银行向所有中国客户提供服务。 　加入时,允许已获准经营人民币业务的外资银行,经过审批可向其他已开放人民币业务的地区的客户办理人民币业务。 　发放经营许可证应坚持审慎原则。加入WTO后5年,取消所有现存的对外资银行所有权、经营和设立形式,包括对分支机构和许可证发放进行限制的非审慎性措施。 　关于汽车消费信贷和金融租赁问题,协议规定:设立外资非银行金融机构提供消费信贷业务,可享受中资同类金融机构的同等待遇;外资银行可在加入后5年内向中国居民个人提供汽车信贷业务。	中国2001年加入WTO以来,认真履行承诺,按时兑现了各项开放措施。加入时就已全面放开外汇业务,2003年12月,外资银行人民币业务的客户对象扩大到中资企业。目前,向外资银行开放人民币业务的城市达25个,其中为鼓励外资金融机构参与实施我国西部大开发和振兴东北老工业基地战略,提前向外资金融机构开放哈尔滨、长春、兰州、银川和南宁五个城市的人民币业务。2006年底将取消所有地域限制,并同时开放中国居民个人的人民币业务。届时,外资银行的人民币业务范围和领域将与中资银行完全一样。 　批准符合条件的外资银行进入货币市场,开展人民币同业拆借业务。 　上汽通用、丰田、大众和福特四家汽车金融公司获准筹建并陆续开业。
证券业	交易形式方面:加入世贸组织后外资证券经营机构可不通过国内中介直接交易B股;加入世贸组织后,有资格获得各交易所的特别会员席位;加入世贸组织3年后,可交易B股、H股、政府债券和公司债券(包括新产品)。 　一级市场方面:通过外国股权占少数的合资券商(最高比例不超过33.33%)从事证券发行业务,包括发行A股、B股和H股,发行政府债券和公司债券。 　资产管理方面:通过外国股权占少数的合资券商(最高比例不超过33.33%,加入WTO 3年后可达到49%)管理资产。	外资证券经营机构可直接交易B股、H股、政府债券和公司债券,有资格获得各交易所的特别会员席位。 　外资证券经营机构可通过合资券商从事证券发行业务(包括发行A股、B股和H股,发行政府债券和公司债券),从事资产管理业务。截至2005年9月,中外合资证券公司7家,合资基金管理公司19家。

续表

行业	承　诺	履行情况
保险业	在外国保险企业进入形式和合资比例方面：对外国非寿险公司，加入时允许设立分公司或合资公司，合资公司外资比例可达51%，加入后2年内允许设立独资子公司；对寿险公司，加入时允许设立合资公司，但外资比例不超50%，外方可自由选择合资伙伴；对再保险公司，加入时允许设立合资公司、分公司和子公司；对保险经纪公司，加入时允许设立合资公司，比例可达50%，3年内不超过51%，5年内允许设立独资子公司；以上各类保险机构，在地域限制取消后，允许在华设立分支机构。 　　在地域限制和开放时间上：加入WTO即开放上海、广州、大连、深圳、佛山；此后2年内，开放北京、成都、重庆、福州、苏州、厦门、宁波、沈阳、武汉和天津；3年内取消地域限制。 　　在开放的业务范围方面：对外国非寿险公司，加入时允许跨境从事国际海运、航空和运输险及再保险业务；允许在华非寿险公司从事没有地域限制的"统括保单"和大型商业保险业务，允许提供境外企业的非寿险业务、在华外商投资企业的财产险、与之相关的责任险和信用险服务；加入后2年内，允许向中国和外国客户提供所有的非寿险服务。对寿险公司，加入时允许向中国公民和外国公民提供个人（非团体）寿险服务，3年内允许合资寿险公司向中国公民和外国公民提供健康险、团体险和养老金/年金险服务；对保险经纪公司，加入时允许跨境或来华设立机构，从事大型商业保险经纪业务和国际海运、航空、运输险业务以及再保险经纪业务。对在华外国再保险公司，加入时允许开展寿险和非寿险的再保险业务，且无地域或发放经营许可的数量限制。对20%的法定再保险，加入后每年降低5个百分点，直至取消。	加入世贸组织以来，我国保险业认真履行对外承诺，陆续有22家符合条件的外资保险公司进入我国市场。外资保险公司受到的限制逐步减少，到2004年12月11日，保险业入世过渡期基本结束，标志着我国保险业进入全面对外开放的新时期。按照加入世贸组织承诺，我国保险业对外资保险公司开放全部地域和除有关法定保险以外的全部保险业务。目前，除了外资在合资寿险公司中的股比不得超过50%，外资产险公司不得经营有关法定保险业务以及对外资保险经纪股比和业务等若干限制外，保险业已按照加入世贸组织承诺基本实现全面对外开放。

资料来源：根据《中国人民银行年报》2001年、2002年、2003年期整理。

3.2.2　其他开放措施

　　尽管中国金融业对外开放已经取得较大进展，但同大部分新兴市场国家和转轨国家的开放水平相比仍然偏低（见图8），全面提高金融业对外开放水平是经济全球化背景下的必然趋势。因此，应在股权、业务以及其他方面进一步加强中外资金融机构的合作。

　　1.欢迎合格境外战略投资者与中资银行开展各种形式的股权合作

外国银行控制资产占比（%）

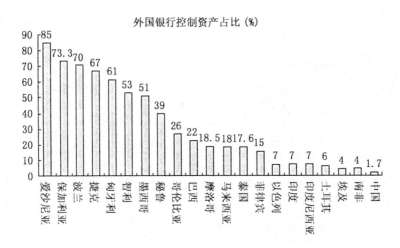

资料来源：国际清算银行网站，外国数据为 2002 年度数据，中国数据根据 2005 年 5 月份《中国金融机构信贷收支月报》估算。

图 8　中国与其他新兴市场国家和转轨国家银行开放度对比

2004 年 12 月中国银监会发布了《境外金融机构投资入股中资金融机构管理办法》。该《办法》规定单个境外金融机构向中资金融机构投资入股比例由 15％提高到 20％，多个境外金融机构对单一中资金融机构的投资比例合计可达 25％。目前，外资金融机构入股中资银行出现了良好势头：花旗银行、汇丰银行、高盛投资集团、恒生银行、国际金融公司和新加坡政府投资公司等多家外资金融机构都已经入股中资银行。截至 2005 年 10 月①，已有 22 家境外投资者入股 17 家中资银行，外资投资金额已超过 165 亿美元，占国内银行总资本的 15％左右。由于外资的加入，这些中资银行在董事会运作、风险管理、市场拓展和业务经营等方面都已有较大变化。以中国建设银行为例，该行引入外资在香港上市后，发行溢价（发行价格/每股净资产）达 1.96 倍。

2. 加快非银行金融机构领域的开放步伐

在汽车金融公司方面，到 2005 年底，已批准了 4 家外资汽车金融公司筹建和营业。它们是上汽通用汽车金融有限责任公司、丰田汽车金融（中国）有限公司、大众汽车金融（中国）有限公司和福特汽车金融（中国）有限公司。只要符合条件，还将批准更多的汽车金融公司。根据 2004 年 9 月 1 日实施的《企业集团财务公司管理办法》，允许外资投资性公司设立财务公司，为其在中国境内的投资企业提供内部财务管理服务。财务公司的注册资本可以由该外资投资性公司单独或者与其投资者共同出资。同时，对中资机构已设立和即将筹建的财务公司也鼓励外国战略

---

①　2005 年底，高盛投资团与工商银行达成战略投资协议，至此，已经改制的建、中、工 3 家国有商业银行均引入了境外战略投资者。

投资者参股,单个机构的参股比例可达 20%。

3. 简化机构和业务审批程序,鼓励金融创新,丰富业务品种

2004 年 9 月 1 日实施的《中华人民共和国外资金融机构管理条例实施细则》已有很大进步,对外资银行准入条件和程序都作了许多修改,如降低营运资金的数量,简化营运资金的档次,减少审批层次,对外资银行开展业务的范围和品种都采取审批与备案制,且绝大多数都是采用备案制。

3.2.3 影 响

1. 引入了新的管理、技术和经验,为中国银行业发展带来了积极变化

外资金融机构进入中国市场有利于银行业改革和重组。外资金融机构,特别是外资银行,已经成为中国银行体系的重要组成部分。

一方面,外资参与将有助于巩固银行的资本基础,促使中资银行的股权结构多样化,提升银行业的公司治理和全面管理水平,有利于金融产品和业务创新以及开拓国际市场。另一方面,加强与中资银行的联系将帮助外资银行尽快增加市场份额和客户资源。实际上,许多外资银行都把与中资银行的紧密合作看作是在中国市场快速提升业绩的机会。

综合来看,在银行改革过程中引入战略投资人不会危及金融安全。

其一,中国监管当局提出了"长期持股、优化治理、业务合作、竞争回避"的原则,在国家保持绝对控股权的前提下增加外国投资人和社会公众投资者,将会促进国有商业银行治理结构的改善和经营管理水平的提高。

其二,金融安全是个宏观概念,主要指保持国民经济的均衡发展,保持币值和汇率的稳定,是一国宏观调控能力问题。通过引入战略投资者让国有商业银行在国家绝对控股权下变得更加健康不仅不会影响金融安全,相反能改善金融安全的微观基础。

引入外资股需要规避的不利影响是:政府对其直接调控能力可能下降;外资获利后可能撤资,但这可通过锁定股份等手段规避;银行客户的信息安全可能受到一定影响。

2. 对外开放给保险业发展注入新活力

保险业对外开放以来,外资保险公司带来了先进的技术和管理经验,在稳健经营和优质服务等方面起到了良好的示范作用,促进了市场竞争,提高了中国保险业的整体发展水平。

一是保险业务快速发展。2005 年全国保费收入达到 4 927 亿元,在世界排名第 11 位,保费收入比 1992 年增长近 14 倍,年均增长约 23%。截至 2005 年底,保险公司总资产超过 1.5 万亿元,中国保险业发展已跃上了一个新台阶。

二是保险市场体系逐步完善。截至 2005 年底,中国共有保险公司 82 家,保险

集团公司 6 家,保险资产管理公司 5 家。加入世贸组织前,我国保险市场上有 28 家外资保险公司,目前,外资保险公司已达 40 家。外资保险公司参与中国保险市场的深度和广度逐步加深,不仅从数量上丰富了中国保险市场主体,而且促进了我国保险市场组织形式的多样化,使之成为中国保险市场体系的重要组成部分。

三是保险体制改革不断深化。在对外开放的过程中,中国保险业也开始逐步走向国际资本市场。2003 年 11 月,中国人民财产保险股份有限公司在香港联交所挂牌上市,开创了国有金融保险企业在境外上市的先河。2003 年 12 月,中国人寿保险股份有限公司在纽约和香港同步上市,募集资金 34.75 亿美元,是当年全球最大的 IPO 项目。2004 年 6 月,中国平安保险(集团)公司在香港联交所上市,是我国第一家以集团形式在境外整体上市的金融保险企业。与此同时,平安、新华、泰康、华泰等保险公司纷纷通过增资扩股的形式引进汇丰、摩根、高盛等境外著名的金融保险企业作为战略投资者,增强了资本实力,优化了股权,改善了公司治理结构。

3.3　金融机构改革

实施"十五"计划尤其是加入世贸组织以来,为应对金融业面临的更加激烈竞争,适应国民经济发展和社会经济结构调整提出的更高要求,中国政府制定并实施了一系列金融改革与发展的举措,以提高金融业整体竞争水平和服务效率。

3.3.1　国有商业银行改革

1. 主要改革措施

如前所述,间接融资在中国金融市场融资结构中处绝对主导地位,特别是国有商业银行资产总额占银行业金融机构资产总额的比重达 52.5%,国有商业银行是中国金融机构体系的主体,国有商业银行改革是重中之重。

国有商业银行改革始于 1998 年,主要举措包括发行 2 700 亿元特别国债,用于补充 4 家国有商业银行资本金;将 9 800 亿元不良资产剥离给资产管理公司。2003 年,选择中国银行、建设银行进行股份制改革试点,2004 年工行试点也开始启动。采取核销、剥离和注资等财务重组手段,使其财务状况根本好转,并通过公司治理结构改革和资本市场上市,在加入世贸组织过渡期内(2006 年底)将国有商业银行改造成资本充足、内控严密、运营安全、服务和效益良好、具有国际竞争力的现代化股份制商业银行(表 18)。

目前,国有商业银行改革已经取得初步成效。一是两家银行财务状况明显改善。资本充足率、不良贷款率和不良贷款拨备覆盖率等财务指标已经达到或接近国际大型商业银行水平,到 2005 年 9 月底,中国银行、建设银行、工商银行资本充足率分别为 9.81％、10.69％、10.15％；不良贷款比例为 4.55％、3.65％和 4.6％；经营利润为 532.76 亿元人民币、473.6 亿元人民币、644 亿元人民币，同比增幅 10.6％、9.33％、11.23％。二是试点银行治理机制开始发挥作用。国有资产产权主体明确，开始建立相对规范的公司治理架构，完善了内部控制和风险管理，实现了机构扁平化和业务垂直化管理。中国建设银行已在香港联交所成功上市；中国银行完成了股份公司的设立和引进战略投资者的初选工作，正积极准备上市；中国工商银行接受中央汇金公司和国家财政部注资，启动了公司治理及内部管理各项改革，股份有限公司已于 2005 年 10 月正式挂牌成立，并已引进了境外战略投资者。此外，中国农业银行改革也在结合农村金融整体改革积极酝酿。

表 18　　　　　　　　　　国有商业银行改革：目标、举措与成效

目　标	举　措		成　效
	步骤（环节）	措　施	
紧紧抓住改革管理体制、完善治理结构、转换经营机制、促进绩效提交这几个中心环节，在加入世贸组织过渡期内（至 2006 年底）将大多数国有商业银行改造成资本充足、内控严密、运营安全、服务和效益良好、具有国际竞争力的现代化股份制商业银行。	财务重组	遵循"一行一策"原则，采取核销、剥离、注资三个步骤，使中国银行、建设银行的财务状况根本好转，满足股改和上市的基本条件，并保证国家新注入资本金能够获得较高收益。 　核销：中国银行、建设银行用现有资本金、准备金和 2003 年利润核销账面资产损失。 　剥离：中国银行、建设银行 2 800 亿元可疑类贷款，2004 年 6 月 30 日，以 50％市场评估价格，卖给信达资产管理公司，置换为中央银行票据。 　注资：由中央汇金投资有限责任公司使用外汇储备向中国银行、建设银行注资 450 亿美元，工商银行于 2005 年接受中央汇金公司注资 150 亿美元。	两股份制改革试点银行的主要财务重组工作已基本结束。累计核销损失类贷款 1 993 亿元，处置可疑类贷款 2 787 亿元；正式启动次级债的发行工作，中国银行已发行次级债 260 亿元，建设银行已发行次级债 233 亿元，增强了资本金实力。截至 2004 年底，中、建两行不良贷款比率分别为 5.12％和 3.70％，不良贷款拨备覆盖率分别为 71.70％和 69.90％，资本充足率分别为 8.62％和 9.39％。上述财务指标均已达到或接近国际先进银行的平均水平。

目　标	举　措		成　效
	步骤（环节）	措　施	
公司治理结构改革		按银监会《关于中国银行、中国建设银行公司治理改革与监管指引》的要求,要求两家试点银行:(1)建立规范的股东大会、董事会、监事会,建立对高级管理层授权经营的考核目标和问责制度;(2)引进境内外战略投资者,实现投资主体多元化;(3)制定清晰明确的发展战略,实现银行价值最大化;(4)建立科学的决策体系、内部控制机制和风险管理体制;(5)实行机构扁平化和业务垂直化管理,整合业务流程和管理流程;(6)深化劳动用工人事制度改革,建立市场化人力资源管理体制和有效的激励约束机制;(7)实施审慎的会计制度和严格的信息披露制度,深化财务管理制度改革;(8)加强信息科技建设,全面提升综合管理与服务功能;(9)落实金融人才战略,有针对性地加大培训力度和做好关键岗位人才引进工作;(10)充分发挥中介机构的专业优势,稳步推进改革重组进程。	两家试点银行股份有限公司在 2004 年下半年先后挂牌,完成了包括公司章程、"三会"议事规则、董事会所属专业委员会议事规则等的起草和报批工作,并根据现代企业制度的要求开始设立内设组织机构;两家试点银行都制定了发展战略,并对发展战略进行了细化和分解;完善了决策、内控和风险管理体系,相关制度建设和基础平台建设都有新的进展;启动了机构扁平化和业务垂直化改革,内设机构和业务流程更加符合市场化的需要;大力推进人事激励制度改革,取消了总行员工的行政级别;此外,还推进了财务会计制度改革,大力加强信息科技建设等。
资本市场上市		按照成熟一个上市一个的原则,争取适当时机在境内外资本市场上市。	建设银行于 2005 年 10 月已在香港成功上市;中国银行完成了股份公司的设立和引进战略投资者的初选工作,正积极准备上市。

注:此表不包括中国工商银行改革的情况。中国工商银行改革的基本情况是:2005 年 10 月完成股份公司设立,同年 12 月引进了高盛投资团等战略投资者。

资料来源:根据《中国人民银行年报》2003 年、2004 年,中国人民银行网站 www. pbc. gov. cn 和银监会网站 www. cbrc. gov. cn 公布的有关信息整理。

2. 关于注资和上市

国家注资和在资本市场上市,是国有商业银行改革的两个重要步骤。对此,目前存在一些争议。注资只是整个商业银行改革步骤中的一步。如果要想把国有银行真正转变成商业银行,还需要按照国际会计准则和上市公司的要求,对国有银行内部的资产继续进行全面清理,完善内部风险控制制度和公司治理,在新条件下防止出现过量的新的不良资产,保证新注入的资金要有良好的收益和回报。此外,监管机构也将强调对资本充实率的监管,并关注如何在机制上确保不再有新的大规模的不良资产发生。

上市不是改革的最终目标,只是改革步骤中的一个阶段,其目的也不仅在于满足融资需要。事实上,既然国家有能力为国有银行注资,上市的主要目的就不是为了筹资。国有商业银行改革的最终目标,是建立一整套新的市场激励和约束机制,强调投资者利益,彻底打破国有商业银行的"准官僚体制",改变"官本位"的经营目标,通过合理的绩效激励机制、充分的风险控制和资本约束,将国有商业银行变成真正的市场主体。上市作为一个重要的步骤,关键还在于解决长期难以解决的问题,特别是来自政府部门的机关化约束问题。只有当国有商业银行面临上市的紧迫性时,各个部门的协助配合及相应变革,才会成为当务之急。事实上,如果没有足够的外部压力,没有哪个主管部门会主动放弃手中的权利,改革的进程就可能延长。

从广义公司治理看,商业银行业务运作涉及公众利益,必须增大透明度和提高公众监督的力度。通过股份制改造和上市,国有商业银行必须满足上市公司信息披露的要求,上市为真正的公众监督创造了条件。政府注资的意义,并不仅仅是为了改善银行的资产负债表,而是为了建立一个新的高效率运用储蓄的金融中介机制。因此,从更实质的意义看,只有通过上市,通过施加足够的外部压力,才有可能真正建立和完善公司治理结构,切实切断机关化运行机制,保证国有商业银行改革成功。

3.3.2 农村信用社和其他金融机构改革

农村信用社是我国金融体系的重要组成部分。2003年启动的深化农村信用社改革试点是在管理体制、产权模式和组织形式等方面的一次全面改革,重点解决两个问题:一是改革农村信用社的产权制度,明确产权关系,区别各类情况,确定不同的产权形式;二是改革农村信用社的管理体制,将农村信用社的管理交由省级政府负责。2005年,改革试点工作取得了阶段性成果:一是新的监督管理体制框架基本形成;二是农村信用社历史包袱得到初步化解,经营状况开始好转;三是农村信用社实力明显增强,支农力度加大,支农服务进一步改善;四是农村信用社产权制度改革已经起步,经营机制开始转换,内控制度得到加强。农村金融其他改革也在酝酿之中,农村小额信贷、农村扶贫贴息贷款、邮政储蓄资金返还农村、农业发展银行改革和农村政策性保险等开始研究、试点。

按照"抓两头(国有商业银行、农村信用社)、带中间(中小金融机构)"的改革方针,在推进国有独资商业银行和农村信用社改革的同时,中国政府也对其他中小商业银行的改革发展进行适时指导。其主要思路是:鼓励民间资本以及外资入股现有商业银行,参与重组、改造和化解风险,使中小商业银行做大、做强。据不完全统计,目前已有十数家商业银行引入境外投资者(表19)。外资股权进入有助于巩固商业银行的资本基础,促使中资银行的股权结构多样化,提升银行业的公司治理和全面管理水平。

表19　　　　　　　　　部分商业银行引入境外机构投资者情况

中资商业银行	参股外资金融机构	参股比例(%)
光大银行	亚洲开发银行	1.90
上海浦东发展银行	美国花旗银行	4.60
兴业银行	香港恒生银行、国际金融公司、新加坡政府投资公司	24.98
深圳发展银行	新桥投资公司	17.89
民生银行	国际金融公司	1.60
交通银行	英国汇丰银行	19.90
上海银行	国际金融公司	7.00
北京银行	国际金融公司	20.00
南京市商业银行	国际金融公司	15.00
西安市商业银行	国际金融公司、加拿大丰业银行	24.90
杭州市商业银行	澳大利亚联邦银行	19.90
济南市商业银行	澳大利亚联邦银行	11.00

资料来源:根据公开信息整理。

3.4　中国金融企业的改革方向

根据《中共中央关于制定国民经济和社会发展十一五规划纲要的建议》,在未来的"十一五"期间,中国需要继续加快金融企业改革和提高金融业对外开放水平。

3.4.1　完成国有商业银行的综合改革

通过加快处置不良资产、充实资本金、实施股份制改造、上市等途径,转换国有商业银行的经营机制,建立规范的公司治理结构,强调投资者利益,形成符合商业银行运营要求的绩效激励、风险控制和资本约束机制,将国有商业银行转变成资本充足、内控严密、运营安全、服务和效益良好的现代金融企业。建立完善的股东大会、董事会、监事会和高级管理层制度,完善公司治理。在保持国家绝对控股的前提下,有选择地引进国内外战略投资者,优化股权结构,提升公司治理水平和业务创新能力。制定并落实清晰明确的发展战略,实现股东价值最大化。建立科学的决策体系、内控机制和风险管理体制,有效控制经营风险。

3.4.2 完善证券经营机构规范运作的基本制度

在所有制、资金、经营范围和业务领域、人才、技术等各方面创造公平竞争的环境,推动证券公司重新定位,回归投资中介服务的基本功能,改善收入结构,形成核心竞争力。完善证券经营机构公司治理,建立健全对高管人员的约束激励机制。按照分类指导的原则,探索包括集团、证券控股公司及合伙人制在内的各种组织形式,以形成规模不等、经营特色各异的证券公司,适应多层次投融资需求和多层次资本市场发展的需要。

3.4.3 建立现代保险企业制度

不断完善公司治理结构,进一步明确股东大会、董事会、监事会和经理层的职责,形成各负其责、协调运转、有效制衡的机制。以优化股权结构为基础,以加强董事会建设为核心,通过政府监管加强外部约束,促使保险公司真正建立起现代企业制度。支持集团或控股公司根据市场定位和业务发展需要,通过产险、寿险、资产管理等多元化业务,整合内部资源。允许保险公司依法兼并、收购,实现股权有序流转。支持符合条件的保险公司在境内外上市。

3.4.4 加快政策性银行的职能调整和转型

根据新的形势合理调整政策性银行的功能定位,不同政策性银行可选择不同的改革模式。通过招标方式让商业性金融机构参与政策性金融业务,探索一套公正、公开、透明、竞争的政策性金融运作机制。界定政策性金融项目的基本性质、风险程度、补贴范围,锁定对政策性金融业务补贴的底线,超过底线,财政不再给予补贴。逐步建立政策性金融机构自主经营、自担风险的运行机制及相应的资本金补充和国家补贴机制。加快政策性银行立法步伐,建立资本金补充机制和财政补贴机制,使政策性银行成为符合市场需要的、财务上可持续发展的开发性金融企业。

3.4.5 稳步发展各种所有制金融企业

加快股份制商业银行改革,进一步完善公司治理结构,形成一批具有市场竞争力的股份制商业银行。城市商业银行应支持服务中小企业、服务城市居民、服务地方经济的定位。在加强监管和保持资本金充足的前提下,鼓励社会资金参与中小型金融机构的设立、重组和改造,稳步发展各种所有制金融企业,优化金融组织结构体系,促进竞争。

与此同时,中国金融业的对外开放步伐应进一步加快:一是逐步扩大外资金融机构参股中资金融机构的比例限制;二是扩大对外开放领域,包括评级、资产评估、会计、法律等中介服务领域的对外开放;三是加强支付、清算等金融基础设施建设,提高金融运行的效率和安全性,为进一步扩大对外开放提供基础条件;四是统一中外资金融企业在经营范围、税制、准入标准等方面的差异,推进平等竞争的市场环境建设。

4. 中国金融稳定:现状评估与政策建议[①]

中国持续的高速经济增长和金融改革为金融稳定创造了良好的外部环境。与此同时,中国仍然存在很多金融不稳定因素。本部分在简要评估现阶段中国金融稳定现状的基础上,着重分析未来一段时间影响金融稳定的基本因素,并提出健全金融稳定机制的政策建议。

4.1 中国金融稳定现状的总体评估

金融稳定[②]是指金融体系处于能够发挥其关键功能的状态。在这一状态下,宏观经济健康运行,货币和财政政策稳健有效,金融生态环境不断改善,金融机构、金融市场和金融基础设施能够发挥资源配置、风险管理、支付结算等关键功能,而且在受到外部因素冲击时,金融体系整体上仍能平稳运行。

按照上述定义,中国金融总体稳定,历史形成的风险已得到有效处置,金融体系的关键功能处于正常发挥状态,金融稳定机制正在形成。其主要体现在以下方面:一是国民经济运行稳定健康,已连续 4 年保持 9% 以上的增长,币值稳定,汇率稳定,奠定了金融稳定的基础;二是金融市场平稳运行,货币市场、债券市场、外汇市场规模不断扩大,金融工具增多,促进了金融稳定;三是初步形成了市场化风险补偿和退出机制,有效化解了历史风险;四是近年来中国金融企业改革与开放的步伐明显加快,财务状况显著改善,竞争力上升,金融稳定的微观基础有所增强;五是

---

① 本报告作者为邹平座。邹平座:中国人民银行金融研究所博士后。主要研究方向是价值理论、金融理论与实践。先后在国内外刊物发表各类文章 100 余万字。著有《金融监管学》、《中国经济改革理论争鸣》、《科学发展观的经济学原理》等著作。

② 关于金融稳定的定义,至今尚未统一,本文定义取自中国人民银行发布的《中国金融稳定报告》,中国金融出版社 2005 年版。

金融基础设施和生态环境日益改善,金融稳定的制度基础得到加强。

尽管中国金融总体稳定,但以下金融不稳定因素仍然存在,需要密切关注。一是全球经济风险对中国的影响逐渐增大。二是经济增长方式粗放,过度依赖投资,容易导致经济波动,影响金融稳定。三是金融资源配置结构及相应的风险结构失衡,不利于金融稳定。四是金融企业公司治理和内控机制薄弱,容易引发信用风险和操作风险。五是金融企业定价能力不足的风险。随着利率、汇率市场化改革的深入,市场风险逐渐上升,但由于长期的计划经济体制,金融企业和其他投资者缺乏应有的风险定价能力。六是缺乏创新的金融体制蕴藏着竞争力不足的风险。特别是随着综合经营的发展,金融企业对交叉金融业务的风险准备不足。七是金融企业市场退出机制不健全,存在较大的道德风险;八是金融生态环境建设有待改善,社会信用意识薄弱,债权人利益难以充分保障。九是正规融资渠道狭窄,导致大量的非正规金融风险。

4.2 影响中国金融稳定因素的具体分析

4.2.1 全球经济风险对中国的影响逐渐增大

中国加入 WTO 和金融业的对外开放,既增大了中国与全球经济的一体化程度,也使全球经济风险对中国的影响逐渐增强。一是 2005 年中国的外贸依存度已达 80%,这不仅意味着中国与全球经济互动性的增强,也表明全球经济风险对中国影响力的上升。二是全球经济结构调整对中国金融稳定的影响。20 世纪末以来,伴随新技术革命和全球经济一体化的浪潮,世界经济结构正经历重大变化,这些变化可能加剧金融不稳定因素。如新技术革命中的资产泡沫,就曾造成了美国股票市场的剧烈动荡。再比如,全球经济两极分化的进一步加剧,也增大了金融稳定的不确定因素。三是国际“热钱”对中国金融稳定的冲击。经济全球化使全球金融市场一体化程度大大增强,“热钱”对各国金融市场的稳定构成了重大威胁。无论是 20 世纪 80 年代拉美金融市场的动荡,还是 1997 年的亚洲金融危机,都与庞大的“热钱”攻击密不可分。尽管中国的资本账户尚未开放,但其管制的有效性逐渐下降,并且长期的资本管制不利于促进投资和贸易的便利化,不利于增强中国经济的灵活性。近年来日趋强烈的人民币升值预期,更是导致“热钱”流入的规模不断增大,导致中国国际收支持续失衡。尽管中国人民银行对日益增加的外汇流入实施反向对冲操作,但这一操作会被经济运行中的各种自发因素所抵消,可能对货币供应量与物价发生影响,增大了通货膨胀等金融不稳定因素。

4.2.2 经济增长方式粗放影响金融稳定

从 20 世纪 80 年代中期至今,中国经济增长方式仍属于要素投入型增长,固定资产投资在中国的经济增长中的地位举足轻重。投资率由 2001 年的 38%增至 2002 年的 39.4%,2003 年激增到 42.7%,2004 年达到 55.60%,2005 年进一步上升到 59.7%。与消费拉动型增长相比,投资拉动型增长容易导致经济剧烈波动。1984~1985 年、1991~1993 年、2002~2004 年在投资高增长的带动下,形成了三次较为明显的经济扩张。前两次经济扩张期后,投资增长率锐减,经济迅速收缩。最近一次经济收缩期发生在 1998~2001 年,主要也是由于投资波动。由于银行贷款是固定资产投资的主要来源(表 20),因此投资波动对金融稳定构成了严重威胁。

表 20　　　　　　　　　　中国固定资产投资的资金来源　　　　　　　　单位:%

年　份	按资金来源分			
	国家预算内资　金	国内贷款	利用外资	自筹和其他资金
1995	3	20.5	11.2	65.3
1996	2.7	19.6	11.8	66
1997	2.8	18.9	10.6	67.7
1998	4.2	19.3	9.1	67.4
1999	6.2	19.2	6.7	67.8
2000	6.4	20.3	5.1	68.2
2001	6.7	19.1	4.6	69.6
2002	7	19.7	4.6	68.7
2003	4.6	20.5	4.4	70.5
2004	5.5	21.4	5.1	68

资料来源:《中国统计年鉴》。

4.2.3 金融资源配置结构失衡的风险

1. 金融资源配置的区域配置失衡

虽然东南部沿海地区八省(市)的投资总量,从 1994 年的 93.8%下降到 2005 年的 58%,但金融资源配置的区域性失衡状况依然存在。特别是东南部沿海地区一些城市的房地产价格急剧上升,潜伏着金融不稳定因素。

2. 金融资产的主要形式是贷款,不利于通过证券市场分散风险

中国是典型的银行主导型金融结构,2005 年银行贷款占企业融资总额的比重仍占 78.1%。这一融资结构对金融稳定构成威胁:一是中国银行业风险管理水平还不高,由银行承担过多的融资功能,必然导致银行承担过多的金融风险;二是中国实行分业经营的金融体制,银行只能通过贷款分散风险,缺乏通过证券市场、保险市场分散风险的手段,其结果就是银行业不良资产的增大[①]。

3. 信贷期限结构错配

近几年来,全部金融机构活期与定期储蓄存款余额的比例从 2000 年的 39.4% 上升到 2005 年 9 月末的 47.8%,上升了 8.4 个百分点。与此同时,中长期贷款占全部贷款余额的比例则从 2000 年的 23.7% 上升到 2005 年 9 月末的 47.2%,上升了 23.5 个百分点(图 9)。存贷款期限结构的错配问题逐渐加剧,蕴藏着潜在风险:一是商业银行积累了大量的中长期资产,潜伏着较大的利率风险;二是中长期资金主要由银行来配置,长期风险集中于银行体系。

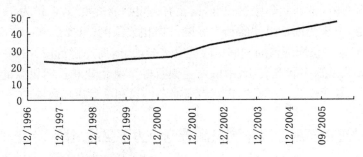

资料来源:《中国人民银行统计月报》。

图 9 中长期贷款与全部贷款的比重

4.2.4 金融企业公司治理和内控机制薄弱的风险

从微观角度看,中国金融稳定的威胁主要来自金融企业公司治理上的缺陷。一是对股东利益不够尊重,内部人控制比较严重。董事会在维护股东利益方面的职责和意识还很薄弱,股东大会和董事会决议流于形式,难以保证股东利益最大化。二是公司治理各方缺乏有效的制衡机制,降低了公司治理的有效性。公司治理框架中的党组织、董事会、独立董事、中小股东、中介机构、机构投资者等利益各方发挥作用的方式并不明确,即便出现大量违背良好公司治理原则的现象,也缺乏有效的纠正机制。三是缺乏一整套有效保护投资者利益的市场激励机制。如果不

---

① 根据中国银监会的统计,中国银行业不良资产已连续两年下降。到 2005 年末,不良贷款率已降为 8.61%。数字上的变化既有银行业经营绩效的真实改善,也有国家政策性剥离的支持。

能建立有效的正向激励机制,极有可能产生逆向激励机制,妨碍利润最大化的经营目标。

金融企业的内控风险主要有:一是金融企业的某些人员利用职权谋取私利;二是银行决策者为达到经营绩效目标,违反现有规章制度,为短期利益而损害长期利益;三是风险管理体系缺乏独立性,对借款人的一些相互担保、连环担保、重复抵押、虚假抵押等行为不能有效识别,导致贷款决策错误。

4.2.5 金融企业风险定价能力不足的风险

利率是覆盖金融企业经营风险的主要手段之一。但中国由于长期的利率管制,无论是投资者还是金融企业,对利率波动的市场风险普遍缺乏敏感性和识别能力。比如,在亚洲金融危机以后的 1998~2002 年,尽管财政部所发行的 10 年甚至 30 年期长期国债利率很低,但仍然得到了许多大型商业银行的积极投资。事实上,尽管当时中国的通货膨胀率很低,甚至有一定的通货紧缩,但作为 10 年期以上的长期债券,未来仍面临很高的利率风险。据相关预测,只要未来 10 年通货膨胀率高于 2%,这些长期国债的利率风险就会充分凸显,商业银行债券投资的净现值就会发生损失。这一状况表明,中国商业银行等金融企业对长期风险的估计和计算很不充分,缺乏作为一个机构投资者所必备的对利率等市场风险的定价能力。

4.2.6 缺乏创新的金融体制蕴涵着竞争力不足的风险

在 90 年代初期和中期,由于缺乏内部控制,一些金融创新产品,如国债期货等,曾经引发了投机盛行、市场混乱的局面,最后不得不一关了之。随后对金融产品创新过于谨慎的态度和模糊不清的审批制,导致金融创新环境严重缺乏,丧失发展机遇。例如,玉米期货产品的上市交易等历经数年方能完成,资产证券化产品从开始设计到 2005 年底开始试点历时 7 年。金融体制僵化导致金融创新严重不足,金融企业往往只满足于传统的存、贷、汇业务,缺乏对市场需求的把握,不仅丧失了很多赢利机会,而且降低了竞争能力。随着 2006 年底加入世贸组织"后过渡期"的结束,中资金融企业的竞争力将面临严峻挑战。

4.2.7 金融企业市场退出机制存在较大的道德风险

1998 年以来到 2004 年底,中国先后已有海南发展银行、广东国际信托投资公司等近 300 多家金融机构(包括银行、证券公司、信托公司和城市信用社),由于管理不善等原因陷入严重财务困境,被关闭撤销或被宣告破产。由于缺乏规范的、市场化的退出机制,不仅加重了财政负担,而且加剧了危害金融稳定的道德风险。

一是目前中国金融机构的市场退出,仍以非市场化的方式进行。这表现为政府为金融机构的负债提供了隐性的全额担保,政府信用与银行信用不分,对金融机构的救助和对债权人的保护过分依赖中央银行再贷款和财政资源。这一状况加重了财政负担,冲击了货币政策和中央银行的财务安全,对政府信用产生不良影响。

二是迫于财政救助能力和社会稳定压力,没有竞争力的金融机构无法退出市场,扭曲了资源配置,构成了金融稳定的隐患。由于缺少市场化的退出机制和相应的对存款人、投资者、被保险人的保护制度,那些资产质量低下、偿付能力严重不足的金融机构得不到及时淘汰,市场约束机制失灵,市场缺陷无法修复。

三是由于清算规则不明确,很多被关闭的金融机构没有进行清算,或者迟迟不能清算完毕,债权人利益无法得到有效保护,社会稳定受到了影响。中国关于金融机构清算的规定,散见于《商业银行法》、《银行业监督管理法》、《民事诉讼法》、《公司法》、《破产法(试行)》和《金融机构撤销条例》。清算规则不系统、不完整、不明确、不合理。其主要表现在两个方面:一是行政清算与法院主导的清算关系模糊。金融机构被撤销后,首先进行行政主导的清算,如果发现资不抵债,将面临第二次清算——法院主导的破产清算。第一次清算对第二次清算没有约束力。重复清算增加了清算费用,延长了清算时间,损害了相关主体尤其是债权人利益。二是清算中相关主体的权利义务不明确。在过去的行政强制清算中,中国人民银行一度同时担当了金融机构的准入审批人、日常监管人、再贷款人、关闭权行使人、接管人、清算人、破产申请审批人、破产债权收购人(甚至是最大的债权人)等多种角色,角色冲突导致各方利益难以得到有效平衡。

4.2.8 金融生态环境不健康所产生的金融风险

由于经济转型和体制转轨等因素,中国金融业所面临的外部环境仍有很多方面构成对金融稳定的威胁。在中国的经济转轨中,企业违约的因素比较复杂,有与不适当的行政干预直接相关的非正常制度性因素的影响,有法制、规则不健全的影响,有客户行为和质量方面的影响,还有其他更为复杂的体制因素。这些因素和成熟的、发达的市场经济下的企业违约因素并不相同。

1. 银行业客户和银企关系所包含的显著风险

银行客户是银行业经营最直接面对的外部环境。从中国银行业实践看,直接来自客户的风险主要有两个方面:

一是客户利用虚假信息骗取银行贷款的威胁。中国的银行客户在申请贷款时,经常有利用虚假信息骗取银行贷款的事例。具体而言,金融诈骗行为大致分为两类:(1)以非法占有为目的、通过提供虚假信息而进行的金融诈骗。这类诈骗的典型特点是行为人的主观意图是将资金据为己有,这种情况被中国的法律定为刑事犯罪。(2)不以非法占有为目的,但通过有意提供虚假财务资料为企业利益骗贷。这类欺诈的特点是,行为人陈述的资金使用目的是真实的,但行为人向银行申请资金时有意提交虚假资料骗取银行资产。由于目前中国的《刑法》只对贷款的"非法占有"行为追究刑事责任,并不对这类虽然提供虚假信息但并不将贷款据为个人所有的行为追究刑事责任,因此这类欺诈行为在中国的企业中普遍存在,是产生银行不良贷款的重要原因。

二是企业资本金不足所导致的财务风险。总体而言,中国企业资本金不足的现象比较严重,向银行借贷的杠杆率较高,银行面临的风险比较大,产生不良贷款的风险比较大。

2. 产权及信贷人保护制度缺乏的风险

从国际经验看,产权及信贷人权利的保护制度是否有效,是衡量其投资环境最为重要的标准之一。根据世界银行自 2002 年以来对全球 130 多个国家投资环境的评估结果,中国在保护产权及信贷人权利方面仍有相当大的改善余地。

一是在社会信用环境方面,中国仍然缺乏对债务人履约所必须的制约。无论是借款人或上市公司,诚信缺失的现象仍比较严重,有效的失信惩罚机制尚未建立。征信系统建设还处于起步阶段,社会公众甚至机构投资者的信用信息还得不到有效归集和准确评估,金融企业根据客户真实信用状况进行决策的基础尚不具备。

二是法律环境方面的缺陷。迄今为止,中国还没有一部覆盖所有企业的完整的破产法律。现行《破产法》是 10 多年前制定的,只适用国有企业。从法律内容及实际执行效果看,债权人利益很难得到保障。在以往的国有企业政策性破产案例中,国有企业先支付历史包袱和职工的安置费。按照有关规定,破产企业的土地使用权(不论土地使用权是否已经抵押)也可以运用,不足部分从处置无抵押财产和抵押财产中依次支付,致使银行债权受到严重损害。事实上,职工劳动债权应通过建立良好的社会保障制度而不是靠侵蚀银行债权落实,作为规范企业破产的法律,理应规范破产程序,强调公平偿债权和债权人利益的保护。

法制环境的缺陷会显著削弱企业履约还款的动机。从借款人角度看,法律上如果存在漏洞,借款人可通过中介机构,或者通过和银行工作人员拉好关系,或者利用与银行在信息上的不对称性,成功利用虚假资料获得银行贷款。如果没有"非法占有",银行就难以提出刑事诉讼;即便银行想提出破产申请,借款人可以利用低标准的会计准则做账,说明目前还没有达到"破产条件"中"资不抵债"条款的要求,从而避免银行的破产起诉;即便银行能用破产法起诉,在法庭审理之前,借款人还可以通过尽量不给职工发工资、欠交医疗费、养老保险金等,甚至人为制造一些劳动债务等手段,优先占用清算资金,使债权人所剩无几。在这样的法律环境下,任何一个"聪明的"借款人都可能会利用法律允许的机会寻求自身利益最大化。这一结果显然对建立市场经济下正常的财务纪律有着严重的负面影响,构成了对金融稳定的严重威胁。

4.2.9　金融市场正规融资渠道狭窄导致大量的非正规金融风险

中国金融市场无论在宽度和深度上还不适应企业的多元化融资需求,银行信贷几乎是企业惟一的融资渠道。从间接融资看,现行《贷款通则》规定,贷款只是银行等金融机构的专属权利,企业之间不能相互借贷。从直接融资看,尽管新的《公司法》和《证券法》已允许私募发行,但仍缺乏明确的可操作规则。上述限制固然有助于降低金融风险,但也大大限制了企业的融资渠道,引发了大量的非正规金融风险。事实上,在中国经济较为发达的东部沿海地区,存在大量的非正规金融活动。这些非正规金融一方面弥补了正规金融的不足,另一方面由于缺乏必要的法律规范和外部监督潜伏着大量的金融风险,反而对金融稳定构成严重威胁。

4.3　完善金融稳定机制的政策建议

预计在未来5年内,无论是出于应对加入世界贸易组织"后过渡期"结束所面临全方位国际竞争的挑战,还是出于支持国内经济增长战略中期目标的实现,中国都需要有一个健康稳定并富有效率的金融环境。为此除了进一步推进利率、汇率市场化以及金融企业改革之外,应致力于在监管制度、市场退出、投资者保护以及外部环境等方面,建立与完善一个有利于金融稳定的长效机制。

4.3.1　提高金融监管水平,防范金融风险

1. 加强风险监管

通过加强风险监管,促使金融企业健全公司治理结构和内部控制机制,增强内部风险防范能力,培养对利率风险、汇率风险及其他市场风险的管理能力。通过在金融业推广使用国际上发达国家普遍采用的审慎会计准则,促使其严格按照各类资产的风险程度提足风险准备,增强风险承受和消化能力。

2. 严格资本充足率约束

现阶段中国相当多的银行还达不到最低资本充足率约束的要求。因此,必须通过机构改革、财务重组、不良资产核销等途径解决资本金不足和不良资产比例过高问题,在各个银行经过改革和重组后大致达到8%资本充足率的基础上,严格按照8%的资本充足率要求对银行进行考核,限制商业银行风险资产的过度扩张。对其他金融机构也要根据各类机构的特点严格资本充足水平要求,增强各类金融机构自身的风险抵抗和吸收能力。

3. 建立对系统性金融风险的监控、评估和预警体系,完善和落实及时矫正机制

在加强日常监管和监管部门信息沟通的基础上,建立统一的监管信息系统,增

强对高风险机构和高风险业务领域的识别和预警能力,及时把握金融运行的总体态势和潜在风险。根据风险程度及时向市场提示,加强事前防范,有效控制金融风险的扩大和蔓延。与此同时,对金融机构的风险状况、资产质量和资本充足程度进行动态监测,如发现金融机构的风险趋于加大,就及时采取措施,减少风险积累,促使有问题的金融机构转变成健康的金融机构。

4. 建立金融危机应急处理机制

针对金融一体化加深和金融不稳定性增加的形势,加快建立金融危机应急处理机制,提高金融风险应急处理能力,以控制突发性事件的发生,防范和化解系统性金融风险。建立金融危机应急组织体系,统一制定和部署金融应急处理方案及其组织实施。建立中央银行紧急流动性支持系统,完善金融应急信息共享机制和备份系统。

5. 建立科学、高效的金融稳定协调机制

在发挥分业监管模式优势的同时,中国人民银行、财政部等综合调控部门与三个直接金融监管部门之间也要建立有效的协调机制,采取信息共享、重大问题协商、联席会议等形式,形成以专业金融监管机构和宏观协调部门共同组成的金融稳定协调机制,确保采取共同的监管政策和步调一致的监管行动,明确在对问题金融机构救助过程中各部门的职责。

4.3.2 健全金融机构市场退出机制

1. 减少政府的直接干预

逐步减少政府对有问题金融机构处理的直接干预,规范、健全金融机构市场化退出机制,按照市场化原则严格依法处理有问题的金融机构,最大限度地降低社会成本。选择适合中国国情的金融企业市场退出模式,建立与《破产法》相衔接的、对有问题金融机构实施行政接管、重组、撤销、关闭清算的制度。

2. 建立危机救助机制。

根据风险和危机的不同情况,制定明确的危机救助标准。对于仅出现一般流动性风险的金融机构,可以实行援助。对于有严重支付问题、已救助无望的金融机构,及时予以关闭或促其破产。逐步实现处置方式规范化,通过发行次级债券、特别国债、原有股东增资、新股东出资,以及中央银行再贴现和有担保再贷款等途径,开辟多样化的救助资金渠道。

3. 建立市场退出问责制

通过问责制度,严厉追究有过错的高级管理人员的行政责任、民事责任和刑事责任。

4.3.3 建立投资者风险补偿机制

以防范和化解系统性金融风险,维护金融业的稳健运行为核心,建立投资者风险补偿机制。通过法律和法规确定存款保险公司、证券投资者补偿基金、保险保障基金的法律地位,授予其信息获取权、在金融机构达到一定预警指标后的有限监管权以及预警阶段的及时矫正手段,确立其在风险处置过程中的有限赔付原则,赋予其直接参与或主持金融机构破产清算的权力和义务。

1. 建立存款保险制度和投资者保护制度

建立正向激励机制相对完善、充分发挥市场约束作用的存款保险体系,是中国金融安全网建设的重要目标。要尽快建立存款保险制度,保障存款人权益。中国存款保险制度要立足国情,实行强制型存款保险,建立存款保险计划,设立存款保险基金,对存款人实行有限赔付。存款保险制度覆盖的金融机构应包括所有在中国境内依法设立的吸收公众存款的金融机构,包括国有独资商业银行、股份制商业银行、城市商业银行、城乡信用社、邮政储蓄和外资银行在华营业机构。受保险保护的存款范围包括居民储蓄存款、机构及非居民存款、财政资金存款等。

2. 完善证券投资者保护基金,保护公众投资者权益

证券投资者保护基金是一种按一定方式筹集基金,在证券经纪机构陷入财务危机或发生倒闭清算,导致投资者的存管证券或交易保证金蒙受损失时,由基金直接向投资者进行有限赔偿的保障机制。该基金目前已经设立,应根据需要不断完善。

3. 完善保险保障制度

2004年12月中国保监会发布了《保险保障基金管理办法》(2005年1月1日实施)。当保险公司被撤销或被宣告破产,其清算财产不足以偿付保单责任时,保险保障基金按照比例补偿限额与绝对数补偿限额相结合的方式,对保单持有人或保单受让公司进行救济,应根据需要不断完善这个制度。

4.3.4 改善金融业经营的外部环境,维护金融稳定

金融业外部环境的改善需要全社会力量的支持和配合,特别是需要有效的立法和执法提供制度保障。(1)加强债权人保护的立法,特别是要建立符合市场经济原则的破产法律制度,保障银行等债权人的利益不受侵犯。(2)完善担保交易法律制度,特别是要建立高效的担保利益登记和执行体系,保证担保利益的执行。(3)贯彻落实国务院《全面推进依法行政实施纲要》,完善金融主管机关的行政决策机制、行政执法责任制和行政执法监督检查机制,规范政府和监管当局的行政行为,鼓励金融创新。今后对那些在国际范围内较为成熟的产品,对那些具有较强风险控制能力的机构投资者,不一定采取先建规则再实践的"正面清单"做法,可采取先实践后完善规则的"负面清单"的做法,也就是说,"未经法律明确禁止的业务品种",均可以开发,以此形成鼓励金融创新的监管环境。

后 记

　　本书汇集了中国经济研究和咨询项目的第二期研究课题《中国和全球经济：中期问题和对策》的综合报告和分报告。本书的翻译、编辑由何帆和张斌负责。罗瑜同学在书稿的整理过程中提供了很多帮助。参与外方论文翻译和校对工作的同志包括：张明、王世华、田慧芳、丁一兵、李婧、齐俊妍、曹永福、章奇、罗瑜、张斌等。负责翻译并整理作者简介的同志包括：罗瑜、李强、郭强、吕巍鑫等。何帆对全书进行了统校。中国人民银行金融研究局的纪敏同志在本书的编辑过程中提供了大力支持，特此致谢。本书中 Blanchard 和 Giavazzi、Rodrik 以及余永定和覃东海的三篇报告曾经发表在《世界经济》。林重庚、Spence 和 Hausmann 写作的综合报告的内容提要部分曾经发表在《比较》杂志。何新华和曹永福的论文曾经发表在《国际经济评论》。本书收录这些论文得到了这些刊物的允许。最后，我们感谢上海财经大学出版社的支持，感谢本书责任编辑王永长同志的辛勤工作。

何 帆

2006 年 4 月 19 日